Polina Daschkowa

Die leichten Schritte des Wahnsinns

Polina Daschkowa

Die leichten Schritte des Wahnsinns

Roman

Aus dem Russischen
von Margret Fieseler

Aufbau-Verlag

Die Originalausgabe unter dem Titel
Легкие шаги безумия
erschien 1999 bei Eksmo-Press, Moskau.

Gefördert vom Literarischen Colloquium Berlin
mit Mitteln des Auswärtigen Amtes und der Senatsverwaltung für Wissenschaft, Forschung und Kultur Berlin.

ISBN 3-351-02914-4

1. Auflage 2001

Einbandgestaltung Ute Henkel/Torsten Lemme
Druck und Binden Clausen & Bosse, Leck
Printed in Germany

www.aufbau-verlag.de

Kapitel 1

Moskau, März 1996

Lena Poljanskaja zog den Kinderwagen durch den tiefen Frühjahrsmatsch und kam sich dabei vor wie ein Wolgatreidler. Die Räder versanken in dem pappigen, angetauten Schnee, auf dem Bürgersteig der schmalen Straße türmten sich hartgewordene Schneewehen, und die Autos bespritzten die Passanten mit dickem braunem Schmutz.

Die zweijährige Lisa versuchte die ganze Zeit, sich im Kinderwagen aufzustellen, sie wollte unbedingt selbst laufen, denn sie fand sich schon viel zu groß für einen Kinderwagen, und außerdem passierte ringsum so viel Interessantes: Spatzen und Krähen zankten sich lauthals um eine feuchte Brotrinde, ein junger Hund mit zotteligem rotem Fell jagte hinter seinem eigenen Schwanz her, ein großer Junge kam ihnen entgegen und biß in einen riesigen, leuchtendroten Apfel.

»Mama, Lisa will auch Apfel«, erklärte die Kleine mit wichtiger Stimme und versuchte von neuem, auf die Beine zu kommen.

Am Griff des Kinderwagens hing eine große Tasche mit Lebensmitteln. Kaum wollte Lena ihre Tochter hochheben, um sie wieder richtig hinzusetzen, verlor der Wagen auch schon das Gleichgewicht und kippte um.

»Alles hinfallen«, stellte Lisa seufzend fest.

»Ja, Lisa, alles hingefallen. Jetzt sammeln wir es wieder ein.« Lena stellte ihre Tochter vorsichtig auf den Bürgersteig, hob die Lebensmittelpakete auf und klopfte sie mit dem Handschuh sauber. Plötzlich bemerkte sie, daß sie aus einem dunkelblauen Volvo, der auf der anderen Straßenseite parkte, beobachtet wurde. Die Scheiben des Wagens waren getönt, so daß Lena niemanden erkennen konnte, aber sie spürte einen Blick.

Als sie später in den Hof einbog, fiel ihr der dunkelblaue Volvo erneut auf. Er fuhr ganz langsam vorbei, so als wollten die Insassen feststellen, in welchem Hauseingang die junge Mutter mit dem Kinderwagen verschwand.

Es waren zwei, die im Wagen saßen – am Steuer eine Frau, neben ihr ein Mann.

»Bist du sicher?« fragte die Frau leise, als sich die Haustür hinter Lena geschlossen hatte.

»Absolut«, sagte der Mann, »sie hat sich in all den Jahren kaum verändert.«

»Sie müßte jetzt sechsunddreißig sein«, bemerkte die Frau, »aber diese junge Mutter ist höchstens fünfundzwanzig. Und das Kind ist so klein. Hast du sie nicht doch verwechselt? Immerhin ist viel Zeit vergangen.«

»Nein«, entgegnete der Mann, »ich habe sie nicht verwechselt.«

* * *

In der leeren Wohnung überschlug sich das Telefon.

»Hast du einen Augenblick Zeit für mich?« Nur mit Mühe erkannte Lena ihre enge Freundin und frühere Kommilitonin Olga Sinizyna – die Stimme im Hörer klang merkwürdig fremd.

»Hallo, Olga, was ist passiert?« Lena preßte mit der Schulter den Hörer ans Ohr und löste die Bänder an Lisas Mütze.

»Mitja ist tot«, sagte Olga ganz leise.

Lena glaubte sich verhört zu haben.

»Entschuldige, was hast du gesagt?« fragte sie zurück und zog Lisa die Stiefel von den Beinen.

»Mama, Lisa muß A-a machen«, verkündete ihre Tochter feierlich.

»Olga, bist du zu Hause? Ich rufe dich in einer Viertelstunde zurück. Ich bin gerade erst nach Hause gekommen. Ich ziehe Lisa aus, setze sie auf den Topf und rufe dich sofort an.«

»Kann ich nicht gleich zu dir kommen?«

»Natürlich!«

Bis Olga eintraf, hatte Lena für ihre Tochter das Abendbrot gemacht, sie zu Bett gebracht, das Geschirr gespült, Kohlsuppe gekocht und die Waschmaschine eingeschaltet. Eigentlich wollte sie heute noch wenigstens fünf Seiten von dem langen Artikel des amerikanischen Modepsychologen David Crowell übersetzen, der unter dem Titel »Die Grausamkeit des Opfers« im »New Yorker« erschienen war und sich mit den jüngsten Forschungsergebnissen zur Psychologie von Serienmördern befaßte.

Obwohl Lisa gerade erst zwei geworden war, arbeitete Lena sehr viel. Sie leitete das Ressort Kunst und Literatur der Zeitschrift »Smart«, hatte allerdings nur zwei Anwesenheitstage. Den größten Teil der Arbeit nahm sie mit nach Hause und saß nächtelang am Computer. Wenn sie in die Redaktion mußte, blieb Lisa bei der Nachbarin – Lena und ihr Mann Sergej hatten keine Eltern mehr. Lisa wuchs ohne Oma und Opa auf, und der gebildeten Rentnerin Vera Fjodorowna machte es Freude, den Tag mit dem ruhigen, lieben Kind zu verbringen. Ja, und das Geld, das ihr Lena und Sergej dafür gaben, konnte sie bei ihrer kümmerlichen Rente nur zu gut gebrauchen.

Vera Fjodorowna war für Lena wie eine Märchenfee. Sergejs Gehalt – er war Oberst im Innenministerium und stellvertretender Leiter der Kriminalabteilung im Sicherheitsdienst – reichte kaum. Noch wichtiger aber war, daß Lena ohne Arbeit einfach nicht leben konnte. Außerdem wußte sie, daß sie nur ein wenig nachzulassen brauchte, und schon wäre ihre Stelle besetzt.

So war jede Minute ihrer Zeit verplant, sie schuftete

unablässig und schlief nicht mehr als fünf Stunden pro Nacht. Von den kostbaren zwei Stunden, die Lisa tagsüber schlief, war jetzt noch eine Stunde geblieben. Aber nach Olgas Anruf konnte Lena nur noch an Mitja denken. Was mochte ihm zugestoßen sein? Ein Unfall? Hatte ein Auto ihn überfahren?

Lena war gerade dabei, Kaffee zu kochen, als es klingelte.

Olga stand in einem schwarzen Kopftuch, offenbar von ihrer Großmutter, vor der Tür. Man sah auf den ersten Blick, daß sie sich weder gekämmt noch gewaschen hatte und schnell das erste, was ihr in die Hände gekommen war, übergeworfen hatte.

»Er hat sich erhängt«, sagte Olga mit dumpfer Stimme, während sie ihren Mantel auszog. »Er hat sich heute nacht erhängt, in seiner Wohnung. Hat seinen Ledergürtel am Gasrohr über der Küchentür befestigt.«

»Und wo war seine Frau um diese Zeit?«

»Sie hat geschlafen. Sie hat ruhig im Nebenzimmer geschlafen und nichts gehört.«

»Wer hat denn als erster ... ?« Lena wollte sagen »die Leiche gefunden«, aber sie stockte – dieses Wort wollte ihr im Zusammenhang mit Mitja nicht über die Lippen. Mitja, der sie noch vor kurzem besucht hatte, der hier bei ihr auf dem Küchensofa gesessen und vor Energie, Gesundheit und optimistischen Zukunftsplänen nur so gesprüht hatte.

»Seine Frau hat ihn gefunden. Sie ist aufgewacht, in die Küche gegangen und hat ihn gesehen.«

Lena fiel auf, daß Olga in der letzten Zeit die Frau ihres Bruders nicht mehr mit Namen nannte. Früher hatte sie ständig von Katja, Katjuscha, Katjenka geschwärmt.

»Und was war weiter?«

»Wie es passiert ist, hat niemand gesehen.« Olga zuckte nervös die Schultern und zündete sich eine Zigarette an. »Wir wissen das alles nur von ihr, und sie erinnert sich an nichts mehr. Sie selbst hat Mitja aus der Schlinge gezogen.

Ich weiß ja, es passiert alles mögliche, aber einfach so, aus heiterem Himmel, nicht einmal ein Brief. Und vor allem – Mitja hat immer gesagt, Selbstmord sei eine schwere Sünde, davon war er überzeugt. Für die Polizei ist das natürlich kein Argument, aber Mitja ist getauft, und er war gläubig, ging zur Beichte und zur Kommunion. Zwar selten, aber immerhin. Und jetzt kann ich ihn nicht einmal kirchlich beerdigen lassen, Selbstmörder bekommen kein kirchliches Begräbnis. Jede andere Sünde wird vergeben – nur diese nicht.«

Olga hatte dunkle Ringe unter den Augen, ihre Hand mit der erloschenen Zigarette zitterte leicht.

»Er war noch vor etwa einem Monat bei mir«, sagte Lena leise. »Er hatte so viele Pläne, erzählte, er hätte fünf neue Lieder geschrieben, hätte die Bekanntschaft eines berühmten Produzenten gemacht und würde jetzt bestimmt einen Videoclip nach dem anderen herausbringen. Ich erinnere mich nicht mehr an alles, worüber wir gesprochen haben, aber mir schien, daß er eine richtige Glückssträhne hatte. Er war ein bißchen erregt, aber freudig erregt. Vielleicht haben sich irgendwelche Hoffnungen, die mit diesem Produzenten verbunden waren, zerschlagen?«

»Solche Hoffnungen hatte er jeden Monat ein Dutzend Mal, und genausooft haben sie sich wieder zerschlagen.« Olga lächelte traurig. »Daran war er gewöhnt und nahm das ganz gelassen. Nein, wenn ihm etwas wirklich naheging, dann seine eigene Arbeit, wobei es ihm nicht auf Popularität oder Geld ankam. Ihm war wichtig, ob er schreiben konnte oder nicht. Im letzten Monat konnte er schreiben wie nie zuvor, und das war für ihn die Hauptsache.«

»Das heißt, du hältst es für möglich, daß Mitja nicht selber … ?« fragte Lena vorsichtig.

»Die Polizei versichert, daß er es selbst getan hat.« Olga steckte sich noch eine Zigarette an.

»Hast du heute eigentlich schon etwas gegessen? Soll ich dir einen Kaffee kochen?«

»Von mir aus.« Olga nickte gleichgültig. »Und wenn es geht, würde ich gern bei dir duschen. Ich habe mich heute nicht einmal gewaschen. Entschuldige, daß ich mit dieser schrecklichen Geschichte zu dir komme, aber zu Hause halte ich es nicht aus, und ich muß ein bißchen zur Besinnung kommen und dann meine Eltern beruhigen, und Großmutter.«

»Heb dir diese Förmlichkeiten für deine Japaner auf. Komm, ich gebe dir ein sauberes Handtuch.«

»Lena, ich glaube nicht, daß er es selber getan hat«, sagte Olga leise, als sie vor dem Badezimmer stand. »Das alles ist mehr als seltsam. Ihr Telefon hat den ganzen Tag nicht funktioniert. Ich habe mich beim Amt erkundigt, die Leitungen waren alle in Ordnung. Irgendwas war am Apparat kaputt, der Nachbar hat es heute morgen in einer Minute repariert. Den Krankenwagen und die Polizei hat seine Frau vom Apparat der Nachbarn aus alarmiert, um fünf Uhr morgens. Diese Nachbarn haben auch mich angerufen. Ich bin hingefahren, da hatte man Mitja schon weggebracht. Weißt du, seine Frau war in dieser Nacht – also, sie war vollgepumpt mit Drogen. Und Mitja, so hat man mir gesagt, ebenfalls. Es hieß, ein klarer Fall von Selbstmord aufgrund einer narkotischen Psychose. In der Wohnung sind Ampullen und Spritzen gefunden worden, und an seinem Arm waren Einstiche. Deshalb hat die Polizei keine besonderen Anstrengungen unternommen. Mir wurde gesagt – verehrte Olga Michailowna, Ihr Herr Bruder war drogensüchtig. Und seine Frau ebenso. Alles klar!«

»Mitja war nicht drogenabhängig«, sagte Lena, »er hat nicht einmal getrunken. Und Katja ...«

»Sie hat schon seit anderthalb Jahren gespritzt. Aber Mitja nicht. Niemals.«

»Du hast ihn im Leichenschauhaus gesehen?«

»Nein. Ich konnte nicht, ich hatte schreckliche Angst, daß ich es nicht ertrage und womöglich in Ohnmacht falle.

Er war schon im Kühlraum. Für eine Obduktion muß man sich in eine Warteliste eintragen – es wären zu viele Leichen, heißt es. Wenn ich einen Antrag bei der Staatsanwaltschaft stelle – dann muß er da liegenbleiben, bis er an die Reihe kommt.«

»Und was willst du tun?«

»Ich weiß nicht. Der Antrag, so heißt es, hat nicht viel Sinn. Die Sache wird irgendeinem unbedarften Mädel übergeben, das bei der Moskauer Staatsanwaltschaft eigentlich für alle Aufenthaltsgenehmigungen zuständig ist, es gibt nämlich zuwenig Untersuchungsführer. Und so ein Mädchen wird nicht lange nachforschen, ist ja eine klare Sache, Selbstmord. Es gibt so viele unaufgeklärte Morde, und das hier ist nur ein Drogensüchtiger.«

Während Olga duschte und sich herrichtete, stand Lena mit der surrenden Kaffeemühle in der Hand am Fenster und dachte an Mitja Sinizyn. Worüber hatten sie neulich gesprochen? Immerhin war er ganze zwei Stunden hier gewesen. Er hatte von seinen fünf neuen Liedern erzählt und ihr sogar eine Kassette dagelassen. Sie mußte sie suchen und sich anhören. Bis jetzt hatte sie noch keine Zeit dafür gefunden.

Und von diesem Superproduzenten hatte er gesprochen, der da an seinem Horizont aufgetaucht war. Seinen Namen nannte Mitja nicht, er sagte nur: »Eine sagenhafte Berühmtheit, du wirst es nicht glauben! Und überhaupt, ich will's nicht beschreien!« Nachdem er mit Appetit gegessen hatte, saßen sie noch lange zusammen und redeten. Es ging um ihre Studentenzeit.

Mitja hatte am Institut für Kulturwissenschaften studiert, Regie für Volkstheater. Ein seltsames Fach, besonders heutzutage. Er hatte aber nie in dieser Sparte gearbeitet, sondern seine Lieder geschrieben und meist in kleinem Kreis vorgetragen. Ende der achtziger Jahre konnte er sogar ein paar Konzerte in Klubs geben, und immer wieder war über eine Schallplatte verhandelt worden, später dann über eine CD und einen Videoclip. Diese Verhandlungen kamen nie zu einem Abschluß, aber Mitja verlor den Mut nicht. Er glaubte daran, daß seine Lieder gut waren, nur eben keine Popmusik.

In der letzten Zeit hatte er als Gitarrenlehrer an einem kleinen Kindertheater gearbeitet. Das Gehalt war erbärmlich, aber die Kinder liebten ihn, und das war ihm wichtig – eigene Kinder konnten Katja und er nicht bekommen, obwohl sie sehr gern welche gehabt hätten.

Angenommen, Mitja war tatsächlich auf so ausgeklügelte Weise ermordet worden, dann tauchte sogleich die Frage auf: Weshalb? Wem konnte ein Mensch im Wege sein, der Kindern klassische Gitarre beibrachte und Lieder schrieb?

Draußen fiel feuchter Schnee. Lena blickte aus dem Fenster und registrierte automatisch, daß Olga ihren kleinen grauen VW nicht eben glücklich auf dem Hof geparkt hatte – er stand in einer Schneewehe, aus der sie nur mit Mühe herauskommen würde. Und ebenso automatisch streifte ihr Blick den dunkelblauen Volvo, der ein paar Meter von Olgas Auto entfernt stand und schon mit einer leichten Schneeschicht bedeckt war.

* * *

»Siehst du«, sagte die Frau am Steuer des Volvo leise, »ich war mir sicher, daß sie noch Kontakt zueinander haben, und sogar recht engen. In dieser Situation ist sie nicht irgendwohin, sondern zu ihr gefahren.«

»Ich habe Angst«, flüsterte der Mann mit ausgetrockneten Lippen.

»Nicht doch«, sagte die Frau und streichelte zärtlich über seine Wange, »du bist mein tapferer Held. Ich weiß, wie groß deine Angst jetzt ist. Sie kommt tief aus dem Inneren, steigt vom Magen zur Brust hoch. Aber du läßt sie nicht weiter hinauf, du läßt sie nicht in deinen Kopf und dein Unterbewußtsein. Du hast es schon so oft geschafft, diese kompakte, brennende, unerträgliche Angst aufzuhalten. Du bist sehr stark und wirst noch stärker, wenn wir diese Anstrengung auf uns nehmen – sie ist schwer, unumgänglich, aber es wird die letzte sein. Ich bin bei dir, und wir werden es schaffen.«

Ihre kurzen, kräftigen Finger glitten langsam und zärtlich über seine glattrasierte Wange. Die langen Fingernägel waren mit tiefrotem, mattem Lack überzogen. Auf der leichenblassen Wange wirkte diese Farbe unangenehm grell. Während sie leise ihre einlullenden Worte sprach, nahm die Frau sich vor, diesen Lack noch heute abend zu entfernen und die Nägel mit einer gedämpfteren und raffinierteren Farbe zu lackieren.

Der Mann schloß die Augen. Er atmete tief und ruhig. Als die Frau spürte, daß seine Gesichtsmuskeln sich völlig entspannt hatten, ließ sie den Motor an, und der dunkelblaue Volvo rollte langsam vom Hof.

* * *

Während des Studiums an der journalistischen Fakultät waren Olga Sinizyna und Lena Poljanskaja eng befreundet. Dann hatten sie sich eine Zeitlang aus den Augen verloren, und erst acht Jahre nach dem Studium waren sie sich ganz zufällig wiederbegegnet.

Lena flog damals nach New York. Die Columbia-Universität hatte sie eingeladen, eine Reihe von Vorlesungen über zeitgenössische russische Literatur und Publizistik zu halten. Im Abschnitt für Raucher setzte sich eine elegante, gepflegte Geschäftsfrau in einem schlichten teuren Kostüm neben sie.

Man schrieb das Jahr 1990, und derartige Business-Damen waren in Rußland noch eine Seltenheit. Lena streifte sie mit einem flüchtigen Seitenblick und wunderte sich, warum eine reiche Amerikanerin mit Aeroflot und nicht mit PanAm oder Delta Airlines flog. Da schüttelte die Dame bekümmert ihren leuchtendblonden Kopf und sagte auf Russisch:

»Na also, weißt du, Poljanskaja! Die ganze Zeit warte ich, ob du mich erkennst oder nicht.«

»Lieber Himmel, Olga! Oljuscha Sinizyna!« rief Lena erfreut.

Olga Sinizyna, die an der ganzen Fakultät für ihre Zerstreutheit, Lebensfremdheit und ihre verworrenen, eher unglücklichen Liebesgeschichten bekannt gewesen war, und diese kühle, unnahbare Dame mit dem perfekten höflichen Lächeln einer Amerikanerin, selbstbewußt und gutsituiert, schienen von verschiedenen Planeten zu stammen.

»Ich lebe allein mit meinen beiden kleinen Jungen, sie sind nur ein Jahr auseinander«, erzählte Olga. »Ich hatte ja Giwi Kiladse geheiratet, erinnerst du dich an ihn?«

Giwi Kiladse hatte mit ihnen studiert und war vom ersten bis zum letzten Studienjahr unglücklich in Olga verliebt. Er war Georgier, aber schon in Moskau geboren, und an seine Muttersprache erinnerte er sich nur dann, wenn er jemanden umbringen wollte. Und umbringen wollte er immer entweder Olga oder jeden, der es wagte, sich ihr auf mehr als drei Meter zu nähern.

»Weißt du, mit der Leidenschaft war es schnell vorbei, und es fing der widerwärtige, armselige Alltag an. Giwi fand keine Arbeit, begann zu trinken und schleppte alle möglichen Herumtreiber mit nach Hause, die unsere Handtücher und Teelöffel mitgehen ließen. Alle bekamen bei uns zu essen und ein Bett für die Nacht. Er hatte ein großes Herz, und ich lief mit meinem dicken Bauch und einer Toxikose herum. Als unser Gleb geboren wurde, holte Giwi seine Großtante aus den Bergen zu uns, sie sollte mir mit dem Kind helfen. Nach der Großtante kam der Großonkel, dann noch Onkel und Tante. Schließlich habe ich Gleb genommen und bin zu meinen Eltern geflüchtet. Da fing das Drama dann an, besser gesagt, die Schmierenkomödie: ›Ich bringe mich um, ich bringe dich um!‹ Na ja, schließlich haben wir uns wieder versöhnt. Damals war ich fest überzeugt, daß ein Kind den Vater braucht, selbst wenn er verrückt ist, er bleibt doch der Vater.

Mein Gleb hat schwarze Haare und schwarze Augen, aber Goscha, der kleinere, kam mit blondem Haar und blauen Augen auf die Welt. Da hat dieser Idiot irgendwelche Berechnungen angestellt und fing an zu heulen, Goscha sei nicht sein Sohn. Weißt du, was ich gemacht habe, um nicht überzuschnappen? Ich fing an, Japanisch zu lernen! Stell dir das Bild vor: die junge Mutter, den Säugling an der Brust, liest laut Hieroglyphen, der Vater rennt mit hervorquellenden Augen und dem Familiensäbel in der Hand umher und brüllt: ›Ich stech dich ab!‹, und Gleb mit seinen zweieinhalb Jahren sitzt auf dem Topf und sagt auf Georgisch: ›Papa, bring Mama nicht um, sie ist lieb!‹ – die beiden Alten aus den Bergen hatten ihm das beigebracht. Zum Schluß bin ich doch wieder zu meinen Eltern zurück, hab die Kinder genommen, und weg.«

»Du hättest doch mal anrufen können.« Lena seufzte. »Warum bist du so spurlos verschwunden?«

»Und du?« sagte Olga und lächelte. »Warum bist du verschwunden?«

»Tja, ich weiß nicht.« Lena zuckte die Schultern. »Ich habe wohl auch meine Leiche im Keller. Hast du denn nun Japanisch gelernt?«

»Das habe ich, und wie! Weißt du, ich bin Giwi sogar dankbar. Wenn er mich nicht so weit getrieben hätte, wäre ich heute nicht Managerin der russischen Filiale von Kokusai-Koyeki, einer fabelhaften Firma. Ich habe als Übersetzerin dort angefangen, ohne von den Computern und der ganzen Bürotechnik, mit der sie handeln, auch nur die leiseste Ahnung zu haben. Aber die Kinder mußten ernährt werden, und Mama, Papa, Oma und Mitja ebenfalls. Mein Bruderherz ist noch immer der gleiche Schwachkopf wie früher, schreibt seine Lieder, singt sie zur Gitarre und will sonst nichts machen – er wartet auf den Weltruhm. Aber essen möchte er natürlich auch.

Also mußte ich Geld verdienen. Und das ist mir nicht übel gelungen. Ich war bald so gut eingearbeitet, daß ich sehr viel verdient habe. Mama und Oma haben auf die Kinder aufgepaßt, und ich habe Karriere gemacht. Weißt du, es läuft alles hervorragend, ich verdiene einen Haufen Geld, aber manchmal sehe ich in den Spiegel und frage mich, wer ist diese fremde Frau? Weißt du noch, ich habe mal Gedichte geschrieben? Und meine Seminararbeit über Kafka? Damals habe ich mit dem Kopf gearbeitet, aber jetzt ... Manchmal habe ich das Gefühl, daß in meinem Schädel anstelle des Gehirns ein kleiner Computer sitzt und seine Ergebnisse ausspuckt.«

»Laß gut sein, Sinizyna.« Lena lachte. »Dir geht's doch prima. Kafka und die Gedichte, das ist alles noch da und nicht verschwunden, nur die Jugend ist vorüber. Alles hat seine Zeit.«

»Aber deine Jugend ist noch nicht vorüber«, bemerkte Olga und betrachtete Lenas große graue Augen, ihr schmales ungeschminktes Gesicht. »Du bist noch ganz dieselbe wie im ersten Studienjahr.«

»Was redest du!« Lena schüttelte ihren kastanienbraunen Kopf. »Ich bin nur so dünn, deshalb sehe ich jünger aus. Außerdem sind für meine Arbeit Business-Kostüme und Make-up nicht erforderlich. Als Journalistin kann ich ruhig in Jeans und Pullover herumlaufen.«

Seit dieser Begegnung im Flugzeug waren sechs Jahre vergangen. Olga war inzwischen stellvertretende Verkaufsleiterin der russischen Filiale von Kokusai-Koyeki geworden. Sie hatte nicht wieder geheiratet, die erste Erfahrung mit dem Eheleben hatte ihr ein für allemal gereicht. Das bißchen Freizeit, das ihr neben der Arbeit blieb, widmete sie ihren Söhnen und ihrem jüngeren Bruder.

Im Laufe dieser sechs Jahre hatten Lena und Olga sich nicht wieder aus den Augen verloren, sie telefonierten häufig und trafen sich hin und wieder. Beide begriffen sehr gut: Je älter man wird, desto schwieriger ist es, neue Freunde zu finden. Und man braucht unbedingt einen Menschen, den man zu jeder Tages- und Nachtzeit anrufen kann.

Kapitel 2

Tobolsk, September 1981

Er liebte es, an seine Kindheit zu denken. Dabei holte er aus der Tiefe seines Gedächtnisses irgendeine besonders bedrückende, schmerzliche Episode hervor und vergegenwärtigte sie sich in allen Einzelheiten. Je quälender diese Einzelheiten waren, desto länger verweilte er bei ihnen.

Er war ein stilles, gehorsames Kind gewesen. Seine Mutter beobachtete ihn bei jedem Schritt, bei jedem Atemzug.

»Du bist der Enkel eines legendären roten Kommandeurs«, schärfte sie ihm wieder und wieder ein. »Du mußt dich deines berühmten Großvaters würdig erweisen.«

Der kleine Junge begriff nicht recht, was das bedeuten sollte – sich des Großvaters würdig erweisen. Der finstere, breitgesichtige Mann mit dem hellen Schnurrbart, der Lederjacke und dem Gewehrriemen blickte ihn von zahllosen großen und kleinen Porträts in der ganzen Wohnung an. Einen anderen Wandschmuck gab es im Haus nicht – keine Bilder, keine Kalender, nur Porträts des legendären Großvaters. Auf dem Schreibtisch der Mutter standen außerdem noch kleinere Bronzebüsten der beiden großen Führer – Lenin und Stalin. Wenn er den Staub von den kalten kleinen Gesichtern wischte und die bronzenen Augen und

Schnurrbärte mit Zahnpulver scheuerte, gab Wenja Wolkow sich immer große Mühe. Seit seinem siebten Lebensjahr war es seine Pflicht, das Zimmer sauberzuhalten, und die Mutter kontrollierte seine Arbeit sehr gewissenhaft.

Als sie eines Tages unter dem Auge von Stalin einen weißen Fleck entdeckte – die Reste des Zahnpulvers –, gab sie ihrem Sohn eine Ohrfeige. Damals war er zehn Jahre alt.

Er wunderte sich nicht über die Bestrafung und hielt sie für verdient. Aber zum erstenmal erschreckte ihn das vollkommen ruhige, gleichgültige Gesicht seiner Mutter. Während sie ihn systematisch ohrfeigte, sah sie ihm starr in die Augen und wiederholte:

»Im Leben gibt es keine Zufälle. Nachlässigkeit ist Absicht. Nachlässigkeit ist immer kriminell.«

Viele seiner Mitschüler wurden von ihren Eltern geschlagen, aber gewöhnlich schlugen die Väter – wenn sie betrunken waren oder der Junge ihnen gerade zur Unzeit in die Hände geriet.

Wenja Wolkow wurde von seiner Mutter geschlagen, und zwar immer auf die Wangen und mit der Handfläche, was überhaupt nicht weh tat. Aber seine Wangen brannten danach. Der Vater, ein stiller, unauffälliger Mensch, nahm ihn nicht in Schutz. Er arbeitete als Ingenieur in einer Brotfabrik und blieb dort oft ganze Tage, manchmal auch Nächte. Der Sohn erzählte dem Vater nie etwas.

Überhaupt erzählte er nie jemandem etwas.

Die ganze väterliche Erziehung bestand darin, dem Sohn ohne Unterlaß einzuprägen:

»Alles, was sie für dich tut, ist zu deinem Nutzen. Du mußt stolz auf deine Mutter sein und ihr in allem gehorchen.«

Die Mutter war Parteisekretärin in derselben Brotfabrik. Man wählte sie regelmäßig in den Stadtsowjet, ihr Foto prangte auf dem zentralen Platz und auf der Ehrentafel »Die besten Menschen unserer Stadt«.

Er gehorchte, aber stolz war er nicht auf sie. Ein Mensch, der mindestens zweimal wöchentlich geohrfeigt wird, ist kaum noch imstande, auf etwas oder jemanden stolz zu sein.

Jetzt saß Wenjamin Wolkow, Kulturamtsleiter des Tobolsker Komsomolkomitees, ein blonder, hochgewachsener, hagerer Mann von sechsundzwanzig Jahren, in seinem kleinen, verrauchten Arbeitszimmer, starrte die Papiere auf seinem Schreibtisch an und ließ in seinem Kopf zum soundsovielten Mal eine der quälendsten Szenen seiner Kindheit abrollen.

Es war im Februar, einem eisigen sibirischen Februar mit durchdringenden, beißend kalten Winden. Wenja hatte sein Sportzeug vergessen und rannte in der großen Pause nach Hause.

Sein Vater hatte Grippe und morgens noch mit hohem Fieber und einer Kompresse auf der Stirn im Bett gelegen. Im Glauben, er schliefe, schloß Wenja leise die Tür auf und erstarrte noch auf der Schwelle.

Aus dem Zimmer der Eltern drangen seltsame Laute – das rhythmische Quietschen der Sprungfedermatratze, begleitet von leisem, unterdrücktem Stöhnen.

Wenja schlich auf Zehenspitzen näher und lugte durch die angelehnte Tür. Auf dem zerwühlten Bett der Eltern wälzten sich zwei nackte Körper. Der eine war der seines Vaters, der andere gehörte der Nachbarin Lara, einer zwanzigjährigen angehenden Bibliothekarin.

Diese Lara aus der Wohnung gegenüber, eine kleine, rundliche Brünette mit Stupsnase und lustigen Grübchen, rief in Wenja schon lange ein merkwürdiges, stechendes Gefühl hervor, das er nicht verstand.

Wenja starrte auf die beiden Körper, die rhythmisch auf und ab hüpften. Er sah ihre Gesichter, auf denen qualvolle Seligkeit geschrieben stand, ihre geschlossenen Augen und die leicht verzerrten Münder.

Das war es also, wovon alle schmutzigen Wörter, alle geheimnisvollen, verbotenen Gespräche auf der Schultoilette, alle anatomischen Zeichnungen auf Zäunen und Wänden handelten. Deswegen malte sich die rundliche Nachbarin die Lippen flammendrot und duftete nach süßem Parfum, und genau wie sie machten es Millionen Frauen auf der Welt. Davon handelten Filme, Bücher, sogar Musik. Ihre Helden litten für die Liebe, intrigierten, erschossen sich, wurden verrückt. Und weswegen? Wegen dieser widerwärtigen rhythmischen Zuckungen, wegen dieser Abscheulichkeit hier?

Und Kinder werden auch dadurch geboren, nur dadurch.

Aber das Allerwiderwärtigste war die plötzliche Anspannung in seiner Leistengegend. Ein heißer, fast stechender Schmerz erfüllte ihn unterhalb des Bauches. Wenja spannte sich wie eine Saite. Einen Augenblick später spürte er in seiner Hose einen feuchten, klebrigen Fleck.

Der Ekel vor sich selbst brachte ihn zur Besinnung. Die beiden im Bett waren mit sich selbst beschäftigt und bemerkten ihn nicht. Alles dauerte nicht länger als fünf Minuten, aber Wenja kam es vor wie eine Ewigkeit.

Mit angehaltenem Atem stürzte er in sein Zimmer, zog sich rasch und geräuschlos um, faltete seine beschmutzte Hose und Unterwäsche ordentlich zusammen und schob sie unter sein Kopfkissen. Eine Viertelstunde später war er schon im Umkleideraum der Turnhalle.

Der Kulturamtsleiter des Tobolsker Komsomolkomitees hob seine hellen, durchsichtigen Augen von den Papieren auf dem Schreibtisch und sah zum Fenster hinaus. Draußen schien die Sonne. Die leuchtendgelben Blätter einer Birke berührten leicht die Fensterscheibe und zitterten kaum merklich im warmen Wind.

In Tobolsk gab es viele Bäume, die meisten Häuser waren aus Holz, die Zäune aus dicken, unbehauenen Brettern. An

Holz wurde nicht gespart – ringsherum war die Taiga. Der Stadtpark war ebenfalls dicht bewaldet. Er begann am Ufer des Tobol und zog sich, immer undurchdringlicher werdend, weit hin. Tagsüber war dort keine Menschenseele, abends leuchtete nicht eine Laterne.

»Wenjamin, kommst du mit essen?« Die Instrukteurin der Nachbarabteilung, Galja Malyschewa, sah ins Zimmer – eine junge, schon sehr füllige und kurzatmige Frau.

Er zuckte wie ertappt zusammen.

»Was? Essen? Nein, ich gehe später.«

»Immer beschäftigt, immer fleißig«, sagte Galja, »paß nur auf, daß du nicht zu mager wirst, sonst nimmt dich keine mehr zum Mann.« Sie lachte vergnügt über ihren Scherz, machte die Bürotür von außen zu, und er hörte, wie sich ihre schweren Schritte auf den Plateausohlen über den Flur entfernten.

Wirklich, ich sollte essen gehen, dachte er und überlegte, wann er zuletzt gegessen hatte. Gestern abend vermutlich. Schon da hatte er das Essen kaum hinunterbekommen. Er wußte, es würde ihn in den nächsten Tagen riesige Anstrengungen kosten, sich zum Essen zu zwingen. Aber andernfalls würde er vor Hunger in Ohnmacht fallen. Und vor Schlaflosigkeit.

In der letzten Zeit waren die Anfälle immer häufiger gekommen. Früher hatte er sie einmal im Jahr, und sie dauerten nicht länger als zwei Tage. Jetzt wiederholten sie sich alle drei Monate und dauerten fast eine Woche. Er wußte, in Zukunft würde es noch schlimmer werden.

Zuerst überfiel ihn immer eine stumpfe, ausweglose Melancholie. Er versuchte, sie zu bekämpfen, dachte sich verschiedene Arbeiten und Ablenkungen aus, las Bücher, ging ins Kino. Alles war nutzlos. Die Melancholie verwandelte sich in Verzweiflung, heftiges Selbstmitleid kam in ihm auf, Mitleid mit dem kleinen, gehorsamen Jungen, den niemand liebhatte.

Früher betäubte er die Verzweiflung mit grellen Bildern aus der Vergangenheit. Er wußte – dort lag die Wurzel seiner Krankheit, in der finsteren, eisigen Kindheit. Dort fand er auch das Heilmittel.

Der fünfzehnjährige Wenja erzählte niemandem, was er zu Hause, im Bett der Eltern, erblickt hatte. Aber nach diesem stürmisch-kalten Februartag betrachtete er seine Eltern und sich selbst mit anderen Augen. Jetzt wußte er genau, daß sie alle logen.

Auch früher hatte er zu seinem Vater kein rechtes Verhältnis finden können, er war gewohnt, ihn als Anhängsel der starken, herrischen und von allen respektierten Mutter anzusehen. Aber nun lösten sich alle Rechtfertigungen der mütterlichen Härte wie Rauch auf.

Nicht ein einziges Mal hatte die Mutter Mitleid mit dem Sohn gehabt, selbst dann nicht, wenn er krank war oder sich Ellbogen und Knie aufgeschlagen hatte. »Mitleid erniedrigt den Menschen!« Nicht ein einziges Mal hatte sie ihn geküßt oder über den Kopf gestreichelt. Sie wollte, daß ihr Sohn, der Enkel des legendären roten Kommandeurs, ohne Sentimentalitäten und täppische Zärtlichkeiten aufwuchs. Aber jetzt begriff Wenja – in Wirklichkeit liebte sie ihn einfach nicht. Die Mutter gab ihm nur deshalb Ohrfeigen und ignorierte ihn wochenlang, sprach mit ihrer ruhigen, eiskalten Stimme unerträgliche Worte, weil es ihr gefiel, zu herrschen und die Schwachen und Schutzlosen zu erniedrigen und zu quälen.

Aber nun kannte er ein wichtiges Erwachsenengeheimnis, das seine Mutter betraf, und zwar nicht als Parteifunktionärin, nicht als kristallene Kommunistin, sondern als gewöhnliche, nicht besonders junge und nicht besonders attraktive Frau. Hier war sie schutzlos. Jetzt konnte er ihr jeden Augenblick weh tun. Aber er schwieg. Er bewahrte dieses schmachvolle Erwachsenengeheimnis sorgsam und ängstlich für sich. Mit einem besonderen, rachsüchtigen Vergnügen beobachtete er, wie die junge Nachbarin seine geschätzte Mutter respektvoll grüßte, wie diese parteigemäß der molligen Rivalin die kleine weiche Hand drückte, ohne zu ahnen, daß es sich um ihre Rivalin handelte, noch dazu um die glücklichere.

Das Geheimnis zerriß ihn fast, aber er wußte genau – das war eine Waffe, die man nur einmal verwenden konnte. Zu gern hätte er darüber gesprochen – wenn schon nicht zur Mutter, so doch wenigstens mit einem von den dreien, die durch dieses Geheimnis fest miteinander verbunden waren. Zu gern hätte er sich am Erschrecken der Erwachsenen geweidet.

Eines Tages hielt er es nicht mehr aus. Als er die Nachbarin auf der Treppe traf, sagte er ihr leise und deutlich ins Gesicht:

»Ich weiß alles. Ich habe meinen Vater und dich gesehen.«

»Was weißt du, Wenja?« Die Nachbarin hob ihre feinen Brauen.

»Ich habe euch im Bett gesehen, wie ihr …«

Das zarte Gesichtchen verzerrte sich etwas. Aber die Wirkung, die Wenja erwartet hatte, blieb aus.

»Ich sage alles der Mutter«, fügte er hinzu.

»Nicht doch, Wenja«, bat das Mädchen leise, »davon wird niemandem leichter.«

In ihren runden braunen Augen entdeckte er zu seinem Erstaunen Mitleid. Das war so unerwartet, daß Wenja außer Fassung geriet. Sie hatte keine Angst vor ihm – er tat ihr leid.

»Weißt du was«, schlug das Mädchen vor, »laß uns in aller Ruhe darüber reden. Ich will versuchen, dir alles zu erklären. Das ist nicht leicht, aber ich will es versuchen.«

»Gut«, sagte er, »tu das.«

»Aber nicht hier, auf der Treppe«, besann sie sich. »Wenn du willst, gehen wir ein bißchen spazieren, bis zum Park. Das Wetter ist so schön.«

Das Wetter war wirklich prächtig – ein lauer Maiabend.

»Verstehst du, Wenja«, sagte sie, während sie auf den Park zugingen, »dein Vater ist ein sehr guter Mensch. Auch deine Mutter ist gut. Aber sie ist für ihn zu stark, zu streng. Männer wollen selber stark sein, deshalb verurteile deinen Vater nicht. Im Leben kommt so vieles vor. Wenn du Angst hast, ich würde eure Familie zerstören – das ist nicht meine Absicht. Ich habe deinen Vater einfach sehr lieb.«

Wenja hörte ihr schweigend zu. Er war sich noch nicht ganz im klaren, was in seinem Inneren vor sich ging. Vom süßen Duft des Parfums wurde ihm schwindlig. Auf Laras milchweißem Hals pulsierte eine bläuliche Ader.

»Wenn du es der Mutter erzählst, wird sie es nicht verzeihen. Weder ihm noch mir. Sie ist einfach nicht fähig zu verzeihen, deshalb habt ihr beide es auch so schwer mit ihr. Aber du, Wenja, du mußt lernen zu verzeihen. Anders kann man nicht leben.«

Keine Menschenseele war in der Nähe. Lara redete so hitzig und begeistert, daß sie nicht aufpaßte, wohin sie trat. Sie stolperte über eine dicke Baumwurzel und fiel der Länge nach ins Gras. Ihr karierter Wollrock schob sich nach oben, entblößte die Ränder der Perlonstrümpfe, die rosa Gummibänder des Strumpfgürtels und die zarte milchweiße Haut.

Ohne ihr Zeit zum Aufstehen zu lassen, stürzte Wenja sich mit der ganzen Kraft seines gierigen fünfzehnjährigen Fleisches auf sie. Er tat mit ihr, wovon die Klassenkameraden so derb und in allen Einzelheiten erzählten und was er selber zu Hause gesehen hatte, im Bett der Eltern.

Lara wollte schreien, aber er hielt ihr mit der flachen Hand Mund und Nase zu. Sie trat um sich, wand sich unter ihm, aber er schaffte es, sie auf den Rücken zu drehen und ihr mit dem Knie die Oberschenkel, die sie krampfhaft zusammengepreßt hielt, auseinanderzudrücken.

Er wunderte sich selber, wie leicht und rasch alles vor sich ging. Nachdem er aufgestanden war und sich die Hose zugeknöpft hatte, warf er einen Blick auf den im Gras ausgestreckten, wie zertrampelt wirkenden Körper. Einen Sekundenbruchteil schoß ihm der ängstliche Gedanke durch den Kopf: Sie ist doch nicht etwa tot? Aber im selben Augenblick hörte er ein schwaches, klägliches Stöhnen.

»Du darfst das niemandem erzählen«, sagte Wenja ruhig, »niemandem wird davon leichter. Du mußt lernen zu verzeihen, Lara. Anders kann man nicht leben.«

Er wandte sich um und ging schnell nach Hause.

Bevor er zu Bett ging, wusch er alle Kleidungsstücke, die er getragen hatte, aus – die Hose, das karierte Flanellhemd, die Unterwäsche. Ihm schien, als seien die Sachen vom Duft des billigen süßen Parfums durchtränkt.

Einige Tage später hörte er, Lara habe die Bibliothekarsausbildung aufgegeben und sich für eine Arbeit im Neulandgebiet beworben.

Kapitel 3

Moskau, März 1996

Der beigefarbene Lada von Milizoberst Sergej Krotow stand schon vierzig Minuten im Stau auf dem Gartenring. Der feuchte Schnee, der seit dem frühen Abend fiel, hatte sich zur Nacht in einen richtigen Schneesturm verwandelt. Um diese Stunde waren zwar nicht mehr viele Autos unterwegs, aber offenbar hatte es einen Unfall gegeben. Die Wärme im Wageninneren und das rhythmische Hin und Her der Scheibenwischer wirkten einlullend. Sergej fielen die Augen zu. In der letzten Zeit hatte er kaum geschlafen. In zwei Tagen sollte er eine Dienstreise nach England antreten. Scotland Yard hatte eine Gruppe von Mitarbeitern des Innenministeriums zu einem dreiwöchigen Erfahrungsaustausch eingeladen. Bis zur Abreise hatte er noch einen solchen Berg von Dingen zu erledigen, daß ihm der Kopf schwirrte.

Vorgestern morgen hatte er der Staatsanwaltschaft die Untersuchungsergebnisse zur Schießerei im Restaurant

»Der Recke« übergeben. Eine Abrechnung unter Banditen, eigentlich nichts Besonderes – aber unter den sieben Getöteten waren zwei Mitarbeiter des Innenministeriums. Daher war die Sache sofort an die innere Abwehr übergeben worden, und zwar direkt an Sergejs Abteilung.

Vor zehn Tagen hatte im »Recken« ein üppiges Festbankett stattgefunden. Der berühmte Mafioso Pawel Anatoljewitsch Drosdow, genannt Drossel, feierte seinen fünfundvierzigsten Geburtstag. Die Gäste hatten gerade die kalten Vorspeisen gegessen und drei Trinksprüche auf das Wohl des teuren Geburtstagskindes ausgebracht, als schwerbewaffnete jugendliche Rambos den Bankettsaal stürmten, vorbei an der professionell ausgerüsteten und bestens postierten Leibwache. Nicht alle Gäste des Jubilars konnten rechtzeitig ihre eigenen Kanonen ziehen, fünf wurden auf der Stelle niedergemäht. Als erster wurde Drossel selbst getötet, und gleich nach ihm die beiden Mitarbeiter des Innenministeriums.

Pikanterweise hatten die beiden, ein Major und ein Oberleutnant, der Feier als geladene Gäste und gute Freunde beigewohnt; erst durch ihr vorzeitiges Ableben wurde ihre innige Freundschaft mit dem Ganovenkönig Drossel offenbar.

Zeuge des Gemetzels war der bekannte Schlagersänger Juri Asarow, Komponist und Interpret von lyrisch-nostalgischen Weisen und von Gaunerliedern. Freunde von Drossel hatten einmal gesehen, wie er unter Tränen einem Schlager von Asarow lauschte – »Leb wohl, meine untreue Liebe!« –, und wollten dem Jubilar ein ebenso rührendes Geschenk machen.

In dem Augenblick, als die Halbstarken mit ihren Maschinengewehren in den Saal stürmten und die soliden, ehrenwerten Gauner alter Schule niedermetzelten, stand Asarow gerade mit seiner Gitarre auf der kleinen Bühne und sang die zweite Strophe des von Drossel so geliebten Schlagers.

Gerade noch rechtzeitig sprang er von der Bühne, die Gitarre schützend erhoben, ließ sich unter den Tisch rollen und blieb dort mit angehaltenem Atem liegen, bis die Schießerei vorbei war.

Asarow war schon öfter vor einem reichen Unterweltpublikum aufgetreten, aber ein solches Blutbad sah er zum ersten Mal. Es kam ihm wie ein Wunder vor, daß er überlebt hatte. Beim Verhör zitterte er immer noch vor Entsetzen, und es erwies sich als quälend schwierig, ihm Zeugenaussagen zu entlocken. Er forderte eine persönliche Bewachung und einen eigenen Bunker und verlangte, daß vom Parlament unverzüglich ein Gesetz über den Schutz von Zeugen verabschiedet werde, so wie es in allen normalen Ländern existiere.

Die Sache wurde rasch und zügig aufgeklärt, und vorgestern hatte Sergej alles Material mit reinem Gewissen der Staatsanwaltschaft übergeben. Drei der fünf am Leben gebliebenen Nachwuchsbanditen saßen in Einzel-Untersuchungshaft. Das Rätsel vom moralischen Absturz der getöteten Miliz-Mitarbeiter war gelöst, die Erklärung banal und einfach. Nicht als Kettenhunde, nur als dienstfertige Schoßhündchen hatten sie Drossel gedient – bestochen durch Geldzuwendungen und nahrhafte Brocken vom Tisch des Herrn.

Heute morgen aber hatte sich herausgestellt, daß die Ängste des Sängers nicht grundlos gewesen waren: Man fand Asarow tot in der Wohnung seiner Geliebten, des zwanzigjährigen Models Veronika Rogowez.

Um neun Uhr morgens war Veronika mit ihrem Hund, dem irischen Setter Willie, spazierengegangen. Asarow schlief noch. Den morgendlichen Spaziergang mit dem Hund verband Veronika meist mit halbstündigem Joggen durch den Park.

Als sie fünf nach halb zehn wieder nach Hause kam, stand die Wohnungstür offen. Asarow lag auf dem Fußboden im

Flur, nur mit einem Frotteebademantel bekleidet. Sein Kopf wies einen glatten Durchschuß auf, die Pistole vom Typ »Walter«, aus der der tödliche Schuß abgegeben worden war, lag neben der Leiche. Es wurden keine Fingerabdrücke gefunden außer denen der Wohnungsinhaberin und des Ermordeten.

Vorläufig war nur eins klar: Der Mörder hatte die Möglichkeit gehabt, leise und unbemerkt in die Wohnung der Rogowez einzudringen, das heißt, er hatte einen Hausschlüssel und vielleicht auch einen Wohnungsschlüssel. Entweder hatte Asarow selber dem Mörder die Tür geöffnet, oder der hatte sie aufgeschlossen. Wahrscheinlicher war ersteres, denn Asarow schlief um diese Zeit gewöhnlich sehr fest, und wenn der Mörder die Tür mit einem eigenen Schlüssel geöffnet hätte, wäre Asarow im Bett erschossen worden.

Es war nicht auszuschließen, daß der Mörder ein Bekannter von Asarow und Veronika war. Allerdings hatte das Paar einen so riesigen Bekanntenkreis – darunter auch Personen aus dem kriminellen Milieu –, daß eine Überprüfung Monate dauern konnte.

Natürlich drängte sich von selbst der vernünftige und einfache Gedanke auf, daß Asarow von den Freunden und Mitstreitern der jugendlichen Ganoven, gegen die er ausgesagt hatte, erledigt worden war. Und so begann Teil zwei der erfolgreich beendeten Voruntersuchung der Schießerei im »Recken«. Die vorgesetzte Behörde war überzeugt, daß man die Enden dort, im Gemetzel beim Festbankett, suchen müsse. Mischa Sitschkin, Untersuchungsführer der Einsatzgruppe, war anderer Ansicht. Er und Sergej wußten aus Erfahrung, daß solche auf der Hand liegenden Versionen nur zu oft ins Nichts führten. Gut möglich, daß der Mord an dem Popstar mit dem Blutbad im »Recken« gar nichts zu tun hatte.

Bei dem Gedanken, daß er durch London spazieren

würde, während Mischa Sitschkin diese schwierige und unangenehme Untersuchung leiten mußte, bekam Sergej ein schlechtes Gewissen. In London, dachte er, war jetzt sicher schon richtiger Frühling. Er flog zum ersten Mal in seinem Leben ins Ausland – und dann gleich nach England. Während er in die Krassinstraße einbog und das Auto vor dem Haus einparkte, ertappte er sich dabei, daß er schon jetzt, obwohl er noch gar nicht fort war, Heimweh nach seiner Familie hatte.

Seit gut zwei Jahren war er verheiratet. Manchmal kamen ihm diese fünfundzwanzig Monate wie ein einziger langer, glücklicher Tag vor, und manchmal meinte er, seine Frau Lena schon immer gekannt zu haben – niemand sonst auf der Welt stand ihm näher und war ihm lieber.

Bevor sie sich kennenlernten, hatten beide schon ihre Erfahrungen gesammelt – mit der Ehe und auch mit dem Alleinleben. Lena war schon zweimal verheiratet gewesen, Sergej einmal; mit seiner ersten Frau Larissa hatte er zwölf Jahre zusammen gelebt. Ein Jahr nach der Scheidung hatte er Lena Poljanskaja getroffen. Er hatte geglaubt, er würde nie wieder heiraten und den Rest seines Lebens als Junggeselle verbringen, hin und wieder unterbrochen durch eine kleine, zu nichts verpflichtende Affäre. Auch Lena hatte eigentlich nicht vor zu heiraten. Sie erwartete von ihrem zweiten Mann, von dem sie bereits geschieden war, ein Kind, das sie allein aufziehen wollte.

Als Lena und Sergej sich dann begegneten, waren ihre bitteren Erfahrungen wie verflogen, und beider Zukunftspläne von einem stolzen Singledasein lösten sich in Luft auf. Zwei reife, vernünftige, vom Leben gebeutelte Menschen hatten sich bis über beide Ohren ineinander verliebt und wunderten sich bis heute darüber. Schon kurz nach ihrer ersten Begegnung heirateten sie, ohne lange nachzudenken und ohne jeden Zweifel, als wollten sie die verlorene Zeit so rasch wie möglich aufholen.

Heute wußte niemand außer ihnen, daß die zweijährige Lisa Sergejewna Krotowa nicht Sergejs leibliche Tochter war, und für die beiden war es ohne Bedeutung. Sie wunderten sich nicht einmal darüber, daß das Kind dem Vater viel mehr ähnelte als der Mutter. Nein, nicht dem Mann, der es gezeugt hatte, sondern dem eigentlichen Vater – Sergej Krotow.

Lena hatte dunkelblondes, fast kastanienbraunes Haar und dunkle rauchgraue Augen unter schwarzen Brauen und Wimpern. Lisa hingegen war hellblond und blauäugig, genau wie Sergej. Jetzt, mit zwei Jahren, zeigte sich, daß sie auch in Charakter und Mimik ganz nach Sergej kam.

»Als ich dich kennenlernte«, gestand Lena einmal, »hatte ich noch meine Zweifel. Aber Lisa in meinem Bauch wußte es längst besser. Ich habe damit gehadert, daß ich dich nicht eher getroffen habe, und Lisa hat einfach beschlossen, auf die Welt zu kommen und dir ähnlich zu werden.«

»Klingt gut«, meinte Sergej achselzuckend, »und wem sollte unser Kind außerdem noch ähnlich sehen?«

»Ein bißchen vielleicht auch mir.«

»Kopf hoch, unser nächstes Kind sieht bestimmt aus wie du.«

Im Briefkasten fand Sergej außer ein paar Werbeprospekten für Hometrainer und Kosmetik einen dicken, länglichen Umschlag, adressiert an »Mrs. Jelena Poljanskaja, Russia, Moscow«, abgestempelt in New York.

Briefe aus Amerika bekam Lena ziemlich häufig. In den letzten sechs Jahren war sie viermal dort gewesen; mal hatte die Columbia-Universität sie zu Gastvorträgen eingeladen, mal das Brooklyn-College, mal das Kennan-Institut. Sie hatte Freunde und Bekannte in New York, Washington und Boston.

Als Sergej ihr den Brief gab, öffnete sie ihn nicht einmal

gleich, sondern warf ihn zerstreut auf den Kühlschrank. Sie war blaß, müde und schweigsam.

»Lena, ist etwas passiert?« fragte er und umarmte sie.

»Bei uns nicht«, erwiderte sie leise, »Lisa ist gesund, ich auch. Mach dir keine Sorgen, iß erst einmal und ruh dich aus, dann erzähle ich dir alles.«

Während Lena das Abendessen warm machte, ging Sergej auf Zehenspitzen ins Kinderzimmer. Lisa hatte sich im Schlaf gemütlich zusammengerollt. Er küßte sacht die warme kleine Stirn unter dem hellblonden Pony und zog die verrutschte Bettdecke zurecht.

Das Abendessen war für Sergej meist eher ein spätes Mittagessen. Bei der Arbeit schlug er sich den ganzen Tag mit belegten Broten, Tee und Kaffee durch, zu Hause holte er dann das Versäumte nach und vertilgte sogar mitten in der Nacht ein ganzes Menü mit Vorspeise und Hauptgang.

Lena hatte sich auf das kleine Küchensofa gehockt und las. Verwundert bemerkte Sergej, daß ein Lehrbuch der Gerichtsmedizin vor ihr auf dem Tisch lag.

»Lena, was ist das für eine sonderbare Passion so spät nachts?«

»Sag mal, kann man am Strangulationsstreifen feststellen, ob jemand noch am Leben war oder ob man ihn zuerst getötet und dann erhängt hat?«

»Auf den ersten Blick kann man das natürlich nicht erkennen«, sagte Sergej. »Dafür ist eine genaue Analyse des Gewebes nötig, der Hautschicht im Bereich des Strangulationsstreifens.«

»Wird heutzutage ein Selbstmord daraufhin untersucht, ob er inszeniert ist?«

»Vielleicht erzählst du alles der Reihe nach?«

»Gut.« Lena schlug das Buch zu. »Erinnerst du dich, vor etwa einem Monat war der Bruder von Olga Sinizyna, Mitja, bei uns. Du bist früher von der Arbeit nach Hause gekommen, und er saß noch hier in der Küche.«

»Ich erinnere mich.« Sergej nickte. »So ein Riesenbaby, er hat dich fast bewußtlos gequasselt und hat dann noch eine Kassette mit Liedern dagelassen.«

»Er hat sich heute nacht erhängt«, sagte Lena leise. »Die Miliz, der Arzt – alle sagen, ein klarer Fall von Selbstmord. Aber Olga glaubt das nicht. Und es ist wirklich alles sehr seltsam.«

»Tja, Selbstmord ist überhaupt eine seltsame Sache. Und die Verwandten wollen immer glauben, daß der Betreffende es nicht selbst getan hat. Früher ist der Staatsanwalt zu jeder Leiche gefahren, heute haben wir nicht genug Leute. Aber wenn da irgendwas faul war ...«

»Serjoshenka, ich habe keinen Anschlag auf die Ehre der Uniform vor und behaupte nicht, daß deine wackeren Kollegen gepfuscht haben. Aber hör dir alles der Reihe nach an. Erstens – den ganzen Tag und die ganze Nacht war bei ihm das Telefon kaputt. Dann stellte sich heraus, daß die Verbindung funktionierte, aber der Apparat beschädigt war. Der Nachbar hat ihn in fünf Minuten repariert und gesagt, irgendein Kontakt sei unterbrochen gewesen. Drei Jahre war er in Ordnung, und ausgerechnet in dieser Nacht war er unterbrochen.«

Lena erzählte in allen Einzelheiten, was sie heute von Olga gehört hatte.

»Lenotschka, ich versteh dich ja«, sagte Sergej sanft, nachdem sie fertig war. »Olga ist deine gute Freundin, ihr geht es jetzt sehr schlecht, und du leidest mit ihr. Aber glaub mir, in fünf von zehn Fällen kommt ein Selbstmord völlig überraschend, besonders für die Verwandten. Vielleicht hat er selber auch an der Nadel gehangen, wie seine Frau, ohne daß irgend jemand davon wußte, oder er hat aus Kummer getrunken.«

»Nein, er selber war nicht süchtig, so viel ist sicher. Katja hat er sehr geliebt, geradezu vergöttert hat er sie. Sie waren ein wunderbares Paar, fünf Jahre lebten sie zusammen. Kinder konnten sie allerdings nicht bekommen, Katjas Gesundheit war nicht in Ordnung. Da fing es dann an mit den Drogen ... Er hat mit aller Kraft um sie gekämpft. Seine Eltern wußten nichts davon, nur Olga. Sie hat Katja ins Krankenhaus gebracht, aber ohne Erfolg. Mitja hat nicht aufgegeben, ständig hat er irgendwelche Drogenexperten, Hypnotiseure, Psychotherapeuten aufgetrieben. Verstehst du, er war ein sehr aktiver Mensch, er war einfach nicht bereit, aufzugeben. Und sich umbringen – das heißt, sich geschlagen geben, kapitulieren. Nein, wegen Katjas Drogensucht hätte er sich nicht erhängt. Und einen anderen Grund gab es nicht.«

»Lieber Himmel, Lena, woher weißt du, aus welchem Grund sich Leute aufhängen? Manchmal hat ein Mensch alles im Leben verloren, hat sogar sich selbst verloren. Ein von allen verachteter Sträfling, der nicht einmal das Recht hat, den Türgriff anzufassen, den man täglich mit Füßen tritt und in alle Körperöffnungen vögelt, den man zwingt, Spucke aufzulecken – der lebt und klammert sich mit allen Kräften ans Leben. Ein anderer hat alles, was man sich wünschen kann, eine wunderbare Familie, Arbeit, Freunde, Anerkennung, Reichtum. Und der legt urplötzlich Hand an sich. Du weißt doch selber, die höchste Selbstmordrate haben die Länder mit dem höchsten Lebensstandard: Schweden, Dänemark, die Niederlande. Aber dort, wo es Hunger, Kriege und wirkliche Not gibt, bringen die Menschen sich selten um. Die satten römischen Patrizier schnitten sich mit Wonne die Venen auf, und bei uns in Rußland war Selbstmord zu Beginn unseres Jahrhunderts geradezu eine Modeerscheinung. Es galt als schön und erhaben, sich eine Kugel in den Kopf zu schießen. Glaubst du denn, das waren alles Idioten und Verrückte?«

Lena schüttelte den Kopf. »Nein, das glaube ich nicht. Obwohl – es liegt eine gewisse Pathologie darin. Und Mitja hatte nichts Pathologisches. Er war ein gesunder junger Mann. Und außerdem sehr begabt und bei allen beliebt.«

»Na schön«, sagte Sergej, »angenommen, er hat es nicht selber getan. Angenommen, jemand hatte tatsächlich ein Motiv. Aber überleg doch selbst, heute erschießt man sogar Bankdirektoren, Politiker und andere Mächtige dieser Erde bedenkenlos auf offener Straße oder vor ihrem Haus. Wer ist da schon Mitja Sinizyn? Wer hat Lust, sich eine solche Inszenierung auszudenken? Wozu solch ausgeklügelte Tricks? Weißt du, was ein Killer kostet? Und außerdem hätte man dann auch seine Frau beseitigt. Was sollen die mit einer Zeugin?«

»Vielleicht hat man sie ja gerade deshalb nicht umgebracht? Vielleicht hat der Mörder eben das beabsichtigt? Denn er muß sehr klug sein, um alles so geschickt einzufädeln. Wenn sie unter Drogen stand, dann sah und hörte sie nichts. Nein, ich verstehe schon, du hast recht. Das ist eine Sackgasse. Mit dem Kopf verstehe ich es, aber endgültig glauben kann ich es nicht. Irgend etwas stimmt hier nicht.«

»Lena, wenn ein gesunder junger Kerl sich umbringt, dann stimmt immer etwas nicht. Das ist grundsätzlich nicht normal. Aber verstehst du, ein Suizid ist kein Anlaß für Kriminalphantasien. Olga kann ja, wenn sie möchte, einen entsprechenden Antrag bei der Staatsanwaltschaft stellen.«

»Das wird sie auch tun, aber man hat ihr schon deutlich zu verstehen gegeben, daß das nicht viel Sinn macht. Natürlich hat sie nicht vor, auf Mörderjagd zu gehen, aber sie möchte gern genau wissen, ob er es selbst getan hat oder nicht.«

»Dann soll sie einen Privatdetektiv engagieren. Genug Geld hat sie ja.«

»Vielleicht wird sie das auch tun«, sagte Lena nachdenklich.

Kapitel 4

»Wenjamin Borissowitsch, draußen wartet noch das Duo ›Butterfly‹«, sagte die ältliche Sekretärin im rosa Wollkostüm.

Abwehrend schüttelte er den Kopf. »Sagen Sie ihnen, sie sollen übermorgen wiederkommen. Oder noch besser am Montag um elf.«

»Wenjamin Borissowitsch, Sie vertrösten sie schon seit anderthalb Monaten. Sehen Sie sich die beiden doch wenigstens einmal an, es sind nette Mädchen, Ehrenwort.«

Das Duo »Butterfly« – Ira und Lera, beide achtzehn Jahre alt – kam tatsächlich schon seit anderthalb Monaten zum Vorsingen, aber er hatte noch kein einziges Mal Zeit und Kraft für sie gefunden.

In diesen vierzig Tagen hatte die Sekretärin Inna Jewgenjewna alle möglichen Geschenke von ihnen erhalten – von großen Pralinenschachteln mit Mozartkugeln bis zu Chanel-Parfum. Aber heute war die blonde Ira, die gewandtere und praktischere der beiden, auf die Idee gekommen, Inna Jewgenjewna einfach einen weißen Briefumschlag mit drei Hundertdollarscheinen in die Tasche ihrer eleganten rosa Kostümjacke zu schieben.

»Wenjamin Borissowitsch«, drängte die Sekretärin, »es sind ungewöhnliche Mädchen, werfen Sie doch einen Blick auf sie. Solche Typen sind heute gefragt.«

»Na gut«, sagte er seufzend, »bringen Sie mir Kaffee, und schicken Sie sie herein.«

Das Vorsingen von Anfängern war der schwerste und undankbarste Teil seiner Arbeit. Immer wenn er in dem kleinen Zuschauersaal des ehemaligen Klubhauses der Jungen Pioniere saß, fühlte er sich wie ein Goldgräber, der beharrlich das wertlose Geröll auf der Suche nach allerfeinsten Goldkörnchen durchsiebt. Wenn sich dann aber solch seltene Körnchen fanden, dann entschädigten sie ihn reichlich für die Müdigkeit und das Ohrensausen, die ihm die schlechten Stimmen und aufdringlichen Melodien verursachten.

Das einstöckige Haus vom Ende des 18. Jahrhunderts im Moskauer Stadtzentrum hatte er vor drei Jahren gekauft. Bei der Restaurierung und Ausstattung der hölzernen, fast vollständig durchgefaulten Kaufmannsvilla, die wie durch ein Wunder die Zeit nach dem Brand von 1812 überstanden hatte, war an Geld nicht gespart worden. Jetzt befanden sich hier ein Büro, ein Aufnahmestudio und ein Schneideraum, solide und komfortable Räume. Manchmal wurden hier auch Videoclips produziert.

Der wacklige kleine Holzzaun war durch ein hohes gußeisernes Gitter ersetzt worden, am Tor hatte man ein beheiztes Wachhäuschen mit Toilette aufgestellt, das rund um die Uhr besetzt war. Kein Firmenschild wies darauf hin, aber halb Moskau wußte es: Hier befand sich eins von fünf Studios des berühmten Show-Konzerns »Wenjamin«.

Innen war das Haus komplett erneuert worden. Alles funkelte und blitzte, wie man es in den Geschäftsräumen eines milliardenschweren Konzerns erwartete. Einen Raum aber hatte Wenjamin Wolkow unangetastet gelassen.

Im vorigen und vorvorigen Jahrhundert war das größte Zimmer im Haus das Empfangszimmer der früheren Besitzer – der alteingesessenen Kaufmannsfamilie Kalaschnikow, die mit Tuch- und Kattunhandel reich geworden war. Seit den dreißiger Jahren dieses Jahrhunderts wurde das Haus als Klubhaus der Jungen Pioniere genutzt, und das ehemalige Empfangszimmer diente als Zuschauersaal. Bis Anfang der neunziger Jahre hatten ein Theaterzirkel und eine Volkstanzgruppe hier ihr Domizil.

An den Wänden, die mit allerlei Pioniersymbolen wie Hochöfen, Flaggen und ähnlichem bemalt waren, verlief eine lackierte, mit der Zeit dunkel gewordene Ballettstange. Zu der kleinen Bretterbühne führten zwei Stufen, die Tausende von Kinderfüßen blank gerieben hatten. Hinter der Bühne befand sich eine winzige fensterlose Kammer, in der immer noch Reste der Sperrholzdekorationen aufbewahrt wurden.

In diesem Saal, so verfügte er, durfte nichts angerührt werden. Es war eine Marotte – dieser schäbige Saal, das ermüdende Vorsingen, eine Laune, die er sich jetzt erlauben konnte.

Früher einmal, vor langer Zeit und in einem anderen Leben, war Wenja Wolkow, Schüler der fünften Klasse und Pionier, auf eine solche Bretterbühne geklettert und hatte zu den Klängen eines alten, verstimmten Klaviers das Bürgerkriegslied »In der Ferne, hinterm Fluß« gesungen. Das war nicht hier in Moskau, sondern im Pionierklub von Tobolsk, in einem ganz ähnlichen alten, kleinen Kaufmannshaus, in einem Saal mit ebensolchen Hochöfen und Flaggen, die mit Ölfarbe auf die Wände gemalt waren.

Er sang nur für ein einziges Mädchen, für seine Mitschülerin Tanja Kostyljowa. In das Lied legte er alles, was er fühlte, während er Tanjas zartes, ovales Gesicht und ihren schlanken, schutzlosen Hals betrachtete, um den sich das leuchtendrote seidene Pionierhalstuch wand. Die melancholische Melodie voll innerer Spannung intonierte er sehr genau, verfehlte keine einzige Note. Damals, vor dreißig Jahren, wußte er noch nichts über sich selbst, aber jetzt kam ihm plötzlich der Gedanke, es wäre besser gewesen, wenn er gleich damals, auf der knarrenden Bretterbühne, eines plötzlichen, schmerzlosen Todes gestorben wäre, ohne das schöne Lied zu Ende gesungen zu haben. Besser für ihn, besser für das zarte Mädchen im seidenen Halstuch und für viele andere …

»Wenjamin Borissowitsch!« Die Stimme seiner Sekretärin rief ihn sanft aus den Gedanken.

Geschickt rollte sie einen hohen Serviertisch aus

Mahagoni in den Saal, auf dem ein dicker Keramikbecher stand. Wenja haßte kleine zarte Täßchen, seinen Kaffee trank er stark und süß und mit einer großen Portion fettiger Sahne.

Auf der Bühne standen bereits zwei hübsche junge Mädchen in engen hellblauen Jeans, das Duo »Butterfly«. Er hatte gar nicht bemerkt, wie sie hereingekommen waren. Einige Sekunden lang betrachtete er sie schweigend. Die eine war eine kesse Blondine mit Kurzhaarschnitt, etwas pummelig, mit schwerer weicher Brust unter dem dünnen Pullover. Die andere dagegen war eine schmächtige Brünette mit glattem, schulterlangem Haar. Die erste sah sehr sexy aus, wirkte aber zugleich langweilig. Die zweite war die interessantere, ungewöhnlichere: hohe Stirn, hochmütig geschnittene Augen, feine Hände. Da spürte man Rasse. Inna hatte vermutlich recht, das könnte ein erfolgreiches Gespann sein – eine dreiste, ordinäre Sexbombe und ein exquisites Adelsfräulein.

In seinem Kopf liefen automatisch die Bilder möglicher Videoclips ab. Das könnte was werden! dachte er mit vorsichtiger Erregung und sagte freundlich nickend: »Fangt an, Mädels. Ohne Begleitung und Mikrofon. Vorerst. Beim ersten Lied steht ihr ganz ruhig da und bewegt euch nicht. Ihr singt einfach nur. Klar?«

Sie warteten schweigend. Das Vorsingen begann er immer auf diese Weise. Er brauchte vor allem ihre Gesichter und Stimmen. Gestik und Bewegungen konnte man später einstudieren. Aber ganz allein mit den leeren, sinnlosen Worten, mit diesem Stuß auf den Lippen, war jeder Sänger nackt und schutzlos.

Keiner seiner Kollegen und früheren Konkurrenten nahm noch solche Strapazen in Kauf. Ihr Geld machten sie nicht mit denen, die singen konnten, sondern mit denen, die scharf darauf waren, sich selbst oder ihre Frauen, Kinder, Geliebten in einem erstklassigen Clip zu sehen. Von solchen

Leuten gab es mehr als genug. Nicht der Interpret, sondern das Geld, das er verkörperte, machte den Kick aus. Für genügend Geld konnte man selbst eine Telegrafenstange zum Hüpfen und Trällern bringen.

Wenjamin Wolkow hatte niemals der Versuchung nachgegeben, das schnelle Geld zu machen. Um ihn herum dachten alle bei ihren Geschäften nur ans Heute und nicht an die Zukunft: Besser tausend sofort als eine Million in einer Woche. Bei einem Geschäft, das auf kriminellem Kapital beruht, gibt es keine Garantie, daß man am Ende der Woche noch am Leben ist und nicht längst an einem Ort, wo man keine Millionen mehr braucht.

So war »Wenjamin« inzwischen der einzige Konzern im Showgeschäft, aus dem noch echte, seltene Stars hervorgingen. Andere machten aus Scheiße Pralinen, süßliche Bonbons, von denen selbst dem allesfressenden russischen Konsumenten die Zähne bröckelten und der Magen schmerzte. Wenjamin Wolkow scheute weder Zeit noch Kraft und fürchtete kein Risiko. Er machte Stars und setzte auf Stars. Ihm war klar, daß das Publikum irgendwann Lust auf Gesichter bekommen mußte, wenn auf dem Bildschirm ständig nur Hinterteile flimmern.

Die Mädchen standen auf der Bühne, die Arme an den Seiten, und sangen mit schwachen, aber angenehmen Stimmen irgendein abgedroschenes Liedchen. Er hörte nicht zu. Er vertiefte sich in den Anblick ihrer Gesichter und versuchte, das Fluidum des Erfolgs zu fühlen.

Erfolg auf der Bühne ist nicht vorhersagbar. Den Publikumsgeschmack kann man nicht berechnen, er läßt sich aber erahnen. Dazu braucht man ein besonderes Talent. Wenjamin Wolkow schmeichelte sich mit der Hoffnung, über dies Talent zu verfügen. Heute konnte er sich solche Extravaganzen wie »Talent« und »Hoffnung« erlauben. Der Weg dorthin war lang und schwierig gewesen, er hatte durch Blut, Schmutz und Bandenkriege geführt; Wenjamin war so viele Male über andere und über sich selbst hinweggeschritten, daß er sich jetzt entspannen und den Intellektuellen spielen konnte, jemanden, der an etwas Geheimnisvollem, Erhabenem teilhat.

Während er an seiner Zigarette zog und an dem dickflüssigen, süßen Milchkaffee nippte, merkte er zu seinem Ärger, daß diese Mädchen nur die üblichen Nieten waren. Vielleicht kam ein einzelner brauchbarer Videoclip zustande, wenn man den Kontrast zwischen ihnen hervorhob, aber dafür müßte man sie lange dressieren. Solche Mühen waren sie nicht wert.

»Danke, das reicht.« Er unterbrach ihr Lied und klatschte leicht in die Hände.

Sie verstummten mitten im Takt.

»Wenjamin Borissowitsch, dürfen wir noch ein Lied singen?« schlug plötzlich die Blondine vor.

»Nein, danke. Ich habe genug gehört.«

»Eins nur!« beharrte sie. »Nur eine Strophe, bitte! Zwei Minuten.«

»Na gut, legt los«, winkte er ihnen zu – er war zu träge, sie hinauszujagen, und von selbst würden sie nicht gehen, ohne ihre Strophe gesungen zu haben.

»Frühling, geh nicht fort von mir …«

Die schmächtige Brünette hatte die tiefere und vollere Stimme. Sie begann, die Blondine stimmte ein. Es war eine Romanze aus einem Film der siebziger Jahre. Sie klang schön und traurig.

»Dauert an, ihr gold'nen Tage …«

Er schloß die Augen und überließ sich den Klängen der Melodie. Von weither kamen Erinnerungen – ein kleines Lagerfeuer am steilen Flußufer, eine kurze Juninacht, leichter Frühnebel, der wie zerrissene Spitze über dem Fluß hing, der dichte Stadtpark, die Melodie der Romanze:

»Hoffnung, laß mich nicht im Stich!«

Sein Herz begann heftig zu klopfen. Seine Handflächen

wurden heiß, glühten geradezu. Das Blut pulsierte in den Schläfen.

Die Mädchen sangen selbstvergessen, ohne zu bemerken, wie sein Gesicht rot anlief, wie seine rechte Hand, die einen Füller umklammerte, zitterte. Vor vierzehn Jahren hatte er sich zu den Klängen dieses Liedes erhoben und war unter Aufbietung aller Kräfte in die ungewisse Dunkelheit des Stadtparks gelaufen, der geradewegs in die Taiga führte ...

Er drückte mit der Kuppe des Daumens heftig auf die Spitze des goldenen Federhalters. Sie drang tief in die Haut ein, aber er spürte keinen Schmerz. Das Blut vermischte sich mit der schwarzen Tinte.

»Genug«, sagte er dumpf und bemühte sich, ein Zähneklappern zu unterdrücken. »Sie können aufhören. Gehen Sie, ich bin müde.«

Als sie fort waren, ging er rasch in die winzige Kammer hinter der Bühne, wo die Reste der verstaubten Dekorationen des Theaterzirkels standen. Ohne Licht zu machen, verschloß er die Tür von innen und blieb fast eine halbe Stunde im staubigen Dunkel, das nach alter Ölfarbe roch.

Die Sekretärin warf einen vorsichtigen Blick in den leeren Saal, sah die geschlossene Kammertür und entfernte sich auf Zehenspitzen. Ihr Chef hatte allerlei sonderbare Angewohnheiten.

* * *

Krampfhaftes, lautes Schluchzen hallte durch den Andachtsraum des Nikolo-Archangelski-Krematoriums. Katja Sinizyna hatte sich über den offenen Sarg geworfen und küßte die eiskalten Hände ihres Mannes.

»Mitja! Mitjenka! Verzeih mir!« schrie sie, sich immer wieder verschluckend.

»Bitte beeilen Sie sich, die nächste Trauergemeinde wartet

bereits«, wandte sich die Krematoriumsangestellte, eine imposante rothaarige Dame in klassischem schwarzem Kostüm und weißer Bluse, mißmutig an die neben ihr stehende Olga.

Aus unsichtbaren Lautsprechern erklang Bachs Orgelfuge. Olga trat zu Katja, faßte sie um die Schultern, flüsterte ihr etwas ins Ohr und versuchte, sie vom Sarg wegzuziehen. Zwei junge Männer, Freunde von Mitja, kamen ihr zu Hilfe, aber Katja ließ die toten Finger ihres Mannes nicht los und schluchzte laut weiter.

Lena stand neben der achtzigjährigen Großmutter des Toten, Sinaida Lukinitschna. Bis zu diesem Moment hatte die alte Frau sich erstaunlich tapfer gehalten. Aber Katjas Schluchzen war zuviel für sie, und langsam sackte sie in sich zusammen. Lena konnte sie gerade noch auffangen und fragte leise:

»Sinaida Lukinitschna, was haben Sie, das Herz?«

»Nein, Kindchen«, flüsterte die alte Frau, »mir ist nur schwindlig.«

Olga hatte Lena eben wegen der Großmutter gebeten, zur Beerdigung zu kommen.

»Ich bleibe bei meinen Eltern«, hatte sie erklärt, »und seine Frau wird bestimmt eine hysterische Szene machen. Außerdem muß ich alles organisieren. Entschuldige, ich weiß ja, dein Sergej fliegt nach England, aber ich kann die Oma niemandem sonst anvertrauen, nur dir. Ich habe Angst um sie, schließlich ist sie nicht mehr die Jüngste. Du hast immer einen beruhigenden Einfluß auf sie gehabt.«

»Liebe Angehörige«, sagte, mit einem Blick auf ihre Uhr, die Krematoriumsdame mit gut geschulter Stimme, »wenn sich noch jemand von dem Verstorbenen verabschieden möchte, treten Sie bitte näher. Nur bitte, beeilen Sie sich.«

Durch die einen Spaltbreit geöffnete Tür des Saales spähten bereits die Verwandten des folgenden Verstorbenen herein. Und nach ihnen würden weitere kommen, und wieder andere, und so vom Morgen bis zum Abend. Wie am Fließband.

»Lenotschka, Kindchen, hilf mir zu ihm«, bat Sinaida Lukinitschna.

Lena faßte die alte Frau beim Ellbogen und führte sie vorsichtig zum Sarg. Sinaida Lukinitschna streichelte mit ihrer runzligen Hand über die blonden Locken ihres toten Enkels, küßte ihn auf die eisige Stirn und bekreuzigte ihn.

»Bürger, es wird Zeit!« erklang hinter ihnen die Stimme der Krematoriumsdame.

»Nur noch einen Augenblick, bitte.« Olga schob ihr mit einer raschen Bewegung einen weiteren Geldschein in die Hand.

»Mir ist's egal«, sagte die Dame etwas freundlicher und leiser. »Aber die nächsten warten schon.«

Lena hatte noch nie das Gesicht eines Selbstmörders gesehen. Es erstaunte sie, daß Mitjas Gesicht ruhig und friedlich war, als sei er einfach eingeschlafen.

»Herr, verzeih ihm, verzeih ihm, Herr!« flüsterte Sinaida Lukinitschna. »Er wußte nicht, was er tat …«

Lena umarmte die zitternden Schultern der alten Frau.

Mein Gott, meine Nerven sind doch auch nicht aus Stahl, dachte sie.

Plötzlich fiel ihr Blick auf Mitjas Hände, große, kräftige Hände mit den biegsamen Fingern des professionellen Gitarristen. Auf der rechten Hand bemerkte sie einige dünne Kratzer. Offenbar hatte Mitja sich unmittelbar vor seinem Tod noch verletzt. Sie schaute genauer hin und bemerkte mehrere punktförmige Einstiche in den Vertiefungen zwischen den Fingern und auf dem Handrücken. Ja, das waren die Spuren einer Nadel. Polizei und Ärzte hatten es sofort gesehen und zu Olga gesagt: »Ihr Bruder war drogensüchtig.« Aber warum befanden sich die Spuren der Nadel auf der rechten Hand? Mitja war kein Linkshänder gewesen, das wußte Lena genau.

In der Wohnung der Sinizyns hatten sich eine Menge Leute versammelt. Es herrschte eine Atmosphäre gedämpfter Geschäftigkeit. Man setzte sich zu Tisch, bemüht, die Stühle möglichst leise zu rücken; auch die Unterhaltung wurde halblaut geführt.

Katja war wieder in hysterisches Schluchzen ausgebrochen.

»Lena, bring sie nach draußen auf die Treppe, ich bitte dich«, flüsterte Olga, »geh mit ihr eine rauchen, dann kann sie sich ungestört eine Spritze setzen, mir fehlt die Kraft, das noch länger anzuhören.«

Lena fühlte sich von ihren Worten unangenehm berührt. Immerhin hatte Katja ihren Mann verloren, mit dem sie acht Jahre zusammen gelebt hatte, sie selbst hatte ihn aus der Schlinge ziehen müssen. Man konnte doch nicht alle ihre Gefühlsausbrüche den Drogen zuschreiben.

»Hier ist ihre Tasche.« Olga reichte Lena eine abgeschabte kleine Lederhandtasche. »Da ist alles drin.«

Als sich die Wohnungstür hinter ihnen geschlossen hatte, holte Lena eine Packung Zigaretten heraus. Es fiel ihr schwer, zu einer fast unbekannten Frau zu sagen: »Quäl dich nicht, meine Liebe, setz dir eine Spritze, genier dich nicht vor mir, ich weiß alles.«

Katja zog gierig an der Zigarette und bemerkte erst jetzt die Tasche, die an Lenas Arm baumelte. Ihre Tränen versiegten, und ihre Augen begannen zu funkeln.

»Katja«, sagte Lena sanft, »kannst du es nicht noch ein wenig aushalten?«

»Wenn es dir unangenehm ist zuzusehen, kannst du dich ja umdrehen«, sagte Katja und leckte sich nervös die Lippen.

»Na schön.« Lena seufzte. »Aber laß uns noch ein bißchen höher gehen, da können wir uns zwischen den Etagen ans Fenster stellen. Sonst kommt womöglich noch der Aufzug, und jemand sieht uns.«

»Du kannst ja hier stehenbleiben, wenn du willst, und ich gehe nach oben«, bot Katja an.

»Ja, vielleicht ist das besser.«

Katja huschte die Stufen hinauf und kam fast sofort zurück – mit einem ruhigen, abgeklärten Gesichtsausdruck. Sogar eine leichte Röte belebte ihre Wangen.

»Gibst du mir noch eine Zigarette?« fragte sie.

Lena reichte Katja das Päckchen und bemerkte auf ihrer mageren kleinen Hand dünne Kratzer und auf den bläulich hervortretenden Adern kleine Punkte. Aber es war ihre linke Hand.

»Katja, kannst du mir sagen, wann sich Mitja die Hand zerkratzt hat?«

»Die Hand?« Katja blinzelte verständnislos. »Welche Hand? Du meinst, er hätte sich gespritzt, so wie ich, egal wohin?«

»Ich meine gar nichts, ich frage nur.« Lena zuckte die Schultern. »Es ist jetzt auch nicht mehr wichtig.«

»Nein.« Katja schüttelte ihren kurzgeschnittenen Kopf. »Und ob es wichtig ist. Mitja hat nicht gespritzt. Niemals, kein einziges Mal. Er hat Drogen gehaßt. Alles ist nur meine Schuld. Ich habe ihn so weit gebracht, ich konnte keine Kinder bekommen, ich habe immer Geld gefordert, und er hat alles ertragen, weil er mich liebte.«

Lena erschrak: Gleich würde sie wieder einen hysterischen Anfall bekommen, trotz der Spritze. Es wird Zeit, daß ich nach Hause fahre, dachte sie bekümmert. Sergej kommt bald von der Arbeit, holt Lisa bei Vera Fjodorowna ab, sie werden auf mich warten.

»Warum spritzt du dir nicht in den Arm, sondern in die

Hand?« fragte sie und dachte sofort: Warum frage ich das? Welche Bedeutung hat es für mich?

Katja schob schweigend den Ärmel ihres Pullis hoch und zeigte Lena ihre Armbeuge – eine riesige schwarzblaue Beule mit feinen Punkten aus angetrockneter brauner Kruste. Eine heiße Welle von Mitleid überkam Lena, Mitleid mit diesem kleinen, mageren Mädchen, das jetzt völlig allein auf der Welt war.

Katjas Eltern lebten irgendwo in Sibirien, in Magadan oder in Chabarowsk, sie waren seit langem geschieden, der Vater war Alkoholiker, die Mutter hatte eine neue Familie, für Katja interessierte sie sich nicht mehr. Lena fiel ein, wie ihr Mitja das alles einmal erzählt hatte, vor langer, langer Zeit. Sie hatte sich damals für ihn gefreut – er strahlte vor Glück, als er ihr von seiner Frau Katja erzählte. Er hatte sie wirklich sehr geliebt.

Jetzt brauchte diese unglückliche Fixerin niemand mehr. Olga jedenfalls würde sich bestimmt nicht weiter mit ihr abgeben. Sie hatte es nur Mitja zuliebe getan.

»Wie hat das alles angefangen?« fragte Lena leise.

»Nach der dritten Fehlgeburt«, erwiderte Katja ruhig. »Vorher habe ich nie gespritzt und auch nicht getrunken oder geraucht. Mitja und ich wollten so schrecklich gern ein Kind. Nach dem dritten Mal hieß es: Aus, vorbei, nichts geht mehr. Nicht einmal künstliche Befruchtung. Da habe ich angefangen zu spritzen. Ein Bekannter hatte Mitleid mit mir und ließ mich probieren. Einmal und nie wieder, hab ich gedacht – nur um zu vergessen. Na, was soll's. Genug geschwatzt.« Katja winkte ab. »Dir kann das doch egal sein, ich bin für dich ein Niemand, genau wie du für mich. Was kriechst du mir in die Seele? Ich bin ein Stück Dreck, eine Fixerin, und du bist eine anständige, ordentliche Frau, du hast einen Mann und ein Kind. Ich brauche dein Mitleid nicht. Gib mir lieber Geld. Von Olga kriege ich jetzt keins mehr. Der muß ich dankbar sein, wenn sie mich nicht aus der Wohnung wirft. Sie war es ja, die uns die Wohnung gekauft hat.«

Du lieber Himmel! Jetzt reicht's aber! dachte Lena. Das ist ja schlimmer als bei Dostojewski.

* * *

Am späten Abend stand Katja Sinizyna in Slip und T-Shirt unter der Dusche. Die Tränen liefen ihr übers Gesicht und vermischten sich mit dem heißen Wasser. Sie war müde vom Weinen, konnte aber nicht aufhören. Erst jetzt begriff sie, was geschehen war.

Mitja war tot, und ihr Leben war sinnlos geworden. Wer brauchte sie jetzt noch? Ihr Vorrat an Drogen würde sehr bald zu Ende sein, und Geld, um neue zu kaufen, würde sie nicht bekommen. Wenn Olga sie nicht aus der Wohnung jagte, könnte sie vielleicht ein Zimmer vermieten oder diese Wohnung verkaufen und dafür eine kleinere kaufen. Nein, das ging nicht! Die Wohnung war auf Mitjas Namen eingetragen, Olga hatte sich abgesichert, ohne ihre Einwilligung würde Katja nicht verkaufen können. Sie war ein Nichts, eine Null, sie hatte nicht einmal jemanden, den sie anrufen konnte, alle Freunde waren Mitjas Freunde, eigene hatte sie nie gehabt. Ihr blieb nur noch der Strick, wie Mitja. Aber nein, das war zu schrecklich, schrecklicher noch als die Einsamkeit. So blieb wenigstens die Seele erhalten. Hier auf Erden quält man sich, aber später darf sich die Seele dann ausruhen.

Mit wem hatte sie neulich noch über die Unsterblichkeit der Seele gesprochen? Es war jemand sehr liebes, warmherziges gewesen … Natürlich! Regina Valentinowna! Warum war ihr das nicht gleich eingefallen?

Katja stellte das Wasser ab, streifte den Slip und das T-Shirt vom Körper und hüllte sich in ein großes Frotteetuch. Mit nassen Füßen schlurfte sie in die Küche, setzte sich an den Tisch, zündete sich eine Zigarette an und nahm den Telefonhörer ab.

Für eine Sekunde blieb ihr Blick an dem dicken Gasrohr über der Küchentür hängen, und vor ihren Augen erschien wieder Mitja, tot. Ihr Herz krampfte sich schmerzhaft zusammen, sie schüttelte den Kopf und schloß die Augen, um das Gespenst zu verjagen, und wählte die Nummer, die sie auswendig kannte.

Der Hörer wurde sofort abgenommen.

»Regina Valentinowna, entschuldigen Sie, daß ich so spät störe.«

»Das macht nichts, Katja, ich habe noch nicht geschlafen. Du hattest heute einen sehr schweren Tag, ich habe deinen Anruf erwartet.«

»Wirklich?« fragte Katja erfreut. »Können wir jetzt vielleicht eine Sitzung machen?«

»Natürlich, mein Kleines. Wir müssen sogar!«

Katja schloß die Augen und begann mit seltsam monotoner Stimme in den Hörer zu sprechen:

»Mitja ist tot. Ich habe das erst jetzt begriffen, als ich von der Totenfeier zurückkam und ganz allein war. Ich habe Angst, weil ich allein bin. Olga kann mich aus der Wohnung werfen, ich habe kein Geld, ich habe gar nichts, heute habe ich sogar eine Freundin von Olga um Geld gebeten. Wir sind zum Rauchen auf die Treppe gegangen. Olga hatte das so arrangiert, sie wußte, ich brauche eine Spritze, und hat diese Lena mit mir auf die Treppe geschickt. Lena hatte Mitleid mit mir, hat mich ausgefragt. Sie hat sogar gefragt, ob Mitja auch gefixt hat. Wie konnte sie das nur von ihm denken? Sie hat irgendwelche Kratzer auf seiner Hand entdeckt.«

»Lena Poljanskaja?« fragte die Stimme im Hörer vorsichtig.

»Ja, ich glaube, so hieß sie. Genau erinnere ich mich nicht. Ich habe gesagt, wenn sie ein so guter und mitfühlender

Mensch ist, soll sie mir lieber Geld geben. Und jetzt schäme ich mich. Ich ahne, daß ich bald alle anbetteln werde. Vorläufig habe ich noch Ampullen, aber lange reichen sie nicht mehr. Ich habe Angst. Ich halte das nicht aus.«

»Du wirst es aushalten, mein Kind.« Die Stimme im Hörer war ruhig und freundlich. »Sprich bitte weiter.«

»Dann saßen wir beim Essen, aber das ist alles wie im Nebel, ich weiß nicht einmal, wer mich nach Hause gebracht hat. Niemand hat um Mitja geweint, nur ich. Olga hat geglaubt, ich führe mich hysterisch auf, weil ich eine Spritze brauche. Sie versteht gar nicht, wie man um einen Menschen weinen kann, ihre einzige Sorge ist, daß ihre kostbaren Bälger nichts merken und niemand erfährt, daß ich fixe.

So machen sie es immer, wichtig ist ihnen nur die ehrbare Fassade, wie die Wirklichkeit dahinter aussieht, ist ihnen ganz egal. Ich bin doch auch ein Mensch, aber mit mir hat niemand Mitleid gehabt. Diese Poljanskaja hat Olga nur eingeladen, weil die Oma sie gern hat. Mich hat niemand gern. Der Mann von der Poljanskaja fliegt heute nacht nach England, ich hab gehört, wie sie darüber gesprochen haben. Sie hat eine kleine Tochter. Lisa heißt sie.

Die haben alles, und ich habe nichts. Meine Eltern wollen von mir nichts wissen, Mitja hat mich verlassen. Er war es leid, sich mit mir herumzuschlagen, meine Drogen haben ihn alle seine Nerven und Kräfte gekostet. Aber weggehen und sich scheiden lassen, das hat er nicht fertiggebracht, den Mumm hatte er nicht. Mein Gott, was rede ich bloß?« Als sei sie plötzlich zur Besinnung gekommen, öffnete Katja die Augen und griff nach der nächsten Zigarette.

»Reg dich nicht auf, Kindchen. Was raus muß, muß raus. Du kennst doch unsere Vereinbarung: Alles Schlechte muß man in Worte packen, wie den Müll in Zeitungspapier, und wegwerfen. So wird die Seele gereinigt.« Die Stimme im Hörer klang sanft, einlullend und tröstend. »Katjenka, du mußt gewissenhaft alles aussprechen, du darfst nichts vergessen.«

»Vielleicht sollte ich in die Kirche gehen?« fragte Katja unerwartet. »Oder überhaupt in ein Kloster? Das ist immer noch besser als der Strick.«

»Du darfst jetzt nicht vom Thema abkommen, Kindchen, wenn du das tust, wirst du die ganze Nacht nicht schlafen können. Und schlafen mußt du. Sprich weiter, bleib bei der Sache. Du hast dich über die Poljanskaja geärgert, weil sie Kratzer auf Mitjas Hand bemerkt hat. Worüber habt ihr noch gesprochen?«

»Über nichts weiter. Sie hat sofort begriffen, daß das Gespräch mir unangenehm war.«

»Hat Olga die Kratzer auf Mitjas Hand gesehen?«

»Das weiß ich nicht. Olga hat mit mir überhaupt nicht geredet. Ich glaube, sie quält nur, warum das Mitja passieren mußte und nicht mir. Natürlich, das wäre für alle besser gewesen, auch für mich. Und außerdem glaubt Olga nicht, daß Mitja es allein getan hat. Die Poljanskaja ist derselben Meinung. Sie glauben, jemand hätte ihm geholfen.«

»Haben sie dir das gesagt? Haben sie dich irgend etwas gefragt?«

»Olga hat sich genau erkundigt, wie wir den Tag und den Abend verbracht haben, was wir alles gemacht haben, Minute für Minute.«

»Und die Poljanskaja?«

»Die hat nur nach den Kratzern gefragt.«

»Weshalb meinst du dann, sie glaube nicht an einen Selbstmord?«

»Ich habe so ein Gefühl. Du lieber Gott, ist das denn so wichtig, wer was glaubt?« schrie Katja plötzlich in den Hörer. »Sollen sie doch glauben, was sie wollen. Was macht das für einen Unterschied?«

»Schon gut, mein Kind. Reg dich nicht auf. Du legst jetzt den Hörer auf und gehst schlafen. Du wirst lange und fest schlafen, du möchtest jetzt tief schlafen. Deine Beine sind schwer und warm, du fühlst dich gut und ruhig. Du legst den Hörer auf, gibst dir eine Spritze und schläfst ein.«

Auf schwachen Beinen stolperte Katja in die Diele, wo auf dem Boden ihre Tasche lag. Sie hatte nur noch einen Gedanken – in der Tasche befanden sich Spritze und Ampulle. Zwei weitere Ampullen lagen in der Schreibtischschublade und drei auf dem Bücherregal in dem alten Etui von Mitjas Rasierapparat. Daran erinnerte sich Katja genau, sonst an nichts mehr.

Sie sehnte sich nach Schlaf, die Augen fielen ihr ständig zu, wie bei einer Puppe, die man auf den Rücken legt. Die Nadel wollte die richtige Stelle nicht sofort treffen und zerkratzte die Haut, aber nur leicht.

Kapitel 5

Tobolsk, Oktober 1981

Auf der staubigen Bühne des städtischen Pionierpalastes drehte sich eine Volkstanzgruppe zu den Klängen der »Russischen Quadrille«. Die Jungen in gelben Seidenhemden mit Stehkragen, die Mädchen in Stiefeln und blauen Sarafanen wirbelten fröhlich über die Bühne, die Arme in die Seiten gestemmt, und stampften zur Tonbandmusik donnernd auf die Holzdielen.

Die dicke Galja Malyschewa, Instrukteurin der Propagandaabteilung, hielt es nicht mehr aus, sie schlug mit dem Fuß den Takt und fiel halblaut in das ausgelassene Liedchen ein.

»Galja, hör auf!« Der neben ihr sitzende Wolodja Totschilin, zuständig für die künstlerische Jugendarbeit, stieß sie mit dem Ellbogen in die Seite. »Wir sind schließlich eine offizielle Kommission, also reiß dich etwas zusammen. Nimm dir ein Beispiel an Wenjamin.«

Wenjamin Wolkow blickte mit versteinertem Gesicht auf

die Bühne, wie es sich für das Mitglied einer städtischen Kommission geziemte, die sich die Probe für das Festkonzert zum Jahrestag der Oktoberrevolution ansah.

»Ein erstklassiges Ensemble haben wir!« tuschelte Galja laut und schlug sich auf ihr breites Knie. »Die kann man getrost nach Moskau schicken! Oder sogar ins Ausland, nach Karlsbad. He, Genosse Kulturamtsleiter, du könntest ein bißchen mehr für die Förderung der jungen Talente tun.« Sie zwinkerte Wolkow fröhlich zu.

Wenja gab keine Antwort, wandte nicht einmal den Kopf in ihre Richtung. Er konnte seine hellen, durchscheinenden Augen nicht von der Bühne losreißen.

Die Solotänzerin schwebte geradezu über die Bühne. Ihre schmalen Füße in den weichen Tanzstiefeln berührten den Boden kaum. Viele Mädchen des Ensembles hatten sich künstliche Zöpfe angesteckt, die meist farblich gar nicht zu ihrem natürlichen Haar paßten. Die Solotänzerin trug ihren eigenen dicken Zopf. Das Mieder des blauen Sarafans umspannte ihre schmale Taille, der weite Rock wehte hoch über den schlanken, langen Beinen.

Wenja sah ihr gerötetes, längliches Gesicht, die fröhlichen hellblauen Augen direkt vor sich. Etwa sechzehn mochte die Kleine sein. Die Malyschewa hielt es nicht länger aus und klatschte der Solistin begeistert Beifall.

»Unsere Tanja Kostyljowa ist wirklich ein Naturtalent«, sagte der Direktor des Pionierpalastes stolz. Er saß neben den Kommissionsmitgliedern und beobachtete aufmerksam ihre Reaktion.

Die Musik hatte aufgehört. Die Kinder auf der Bühne erstarrten für einen Augenblick in den feierlichen Posen des Finales. Im Saal saßen nicht mehr als zehn Leute. Alle applaudierten. Alle, außer Wenjamin Wolkow. Er saß regungslos da und starrte die blauäugige Solistin an. In seinen Ohren rauschte es: »Tanja Kostyljowa, Tanja Kostyljowa …«

»Du bist ein Banause, Wolkow!« Galja zuckte empört

ihre molligen Schultern. »Wenigstens einmal könntest du doch klatschen!«

Die »Russische Quadrille« war die letzte Nummer des Konzerts. Anschließend begaben sich die Kommissionsmitglieder ins Büro des Direktors und erörterten bei einer Tasse Tee das Konzertprogramm.

»Na, was sagt der Komsomol?« fragte der Direktor, als er sich am Kopfende der reichlich gedeckten Tafel niederließ. »Bedient euch, Genossen, der Samowar ist heiß. Wie möchten Sie Ihren Tee, Wenjamin Borissowitsch, eher stark?«

Tote werden nicht wieder lebendig, dachte Wenja und nickte dem Direktor mechanisch zu. Ich bin nicht verrückt geworden. Alles ist ganz einfach. Tanja Kostyljowa hatte einen Bruder, Sergej, glaube ich. Dieser Sergej kann durchaus eine Tochter im gleichen Alter haben. Und es ist gut möglich, daß er sie zu Ehren seiner toten Schwester Tatjana genannt hat. Was ist erstaunlich daran, daß das Mädchen ihr so ähnlich sieht? Gar nichts. Schließlich sind sie ziemlich eng miteinander verwandt.

»Wenjamin, ist Ihnen nicht gut?« fragte ihn die Leiterin der Tanzgruppe, eine ältere Frau, leise. »Sie sind ganz blaß.«

»Wie? Was?« Er schrak zusammen. »Nein, ich fühle mich völlig wohl.«

So geht das nicht, ich muß mich im Griff haben, dachte er und rang sich ein Lächeln ab. Sonst gibt es ein schlimmes Ende.

»Ein ausgezeichnetes Konzert«, sagte er laut. »Besonders gut ist die Tanzgruppe. Galja hat recht, die Kinder muß man zu den Regionalwettbewerben schicken, vielleicht sogar nach Moskau. Auch der Chor ist gar nicht übel, aber man sollte außer den Revolutions- und Pionierliedern noch irgendein fröhliches Kinderlied ins Repertoire nehmen, besonders, wenn die Kleineren auftreten. Und die Rezitatoren könnten etwas festlicher angezogen sein. Sonst habe ich nichts anzumerken.«

Er bedachte die Anwesenden mit einem charmanten Lächeln.

Nach dem Tee führte sie der Direktor durch alle fünf Stockwerke des Gebäudes. Die Tür zur Aula stand einen Spaltbreit offen, ihnen dröhnte ohrenbetäubend laute Rock-Musik entgegen. Sie spähten in den Saal und erblickten Tanja Kostyljowa auf der Bühne. Im braunen Schulkleid, ohne die schwarze Schürze, tanzte sie einen wilden Rock'n'Roll zu einem Elvis-Presley-Schlager. Ihr Partner, ein hochgewachsener schlanker Junge, drehte und warf sie so leicht wie eine Feder. Die offenen aschblonden Haare flogen hoch und ergossen sich über das grobe braune Kleid, fielen ihr ins schmale gerötete Gesicht. Die Lippen leicht vorgeschoben, blies das Mädchen sich immer wieder die Haare aus der Stirn.

»Ich hoffe, das wollen Sie nicht ins Konzertprogramm aufnehmen?« sagte Wenja mit einem Lächeln zum Direktor.

Jene andere Tanja, die Tante der Solistin, war ebenfalls eine gute Tänzerin gewesen. Auch sie hatte leuchtendblaue Augen und lange, dichte aschblonde Haare. In ihrer Klasse galt sie als das hübscheste Mädchen. Wenja Wolkow hingegen war ein häßliches Entlein. Erst in der neunten Klasse änderte sich das.

Im Laufe eines Sommers wuchs er sieben Zentimeter. Seine Schultern wurden breit, seine Stimme tief. Er begann sich zu rasieren. Mit Erstaunen entdeckte er, daß die Mädchen ihm hinterherschauten.

Erfolg bei den Mitschülerinnen hatten eher die schlechten Schüler, die Rowdys und Möchtegernganoven. Sie rauchten, tranken Portwein, spuckten schneidig durch die Zähne, fluchten nach jedem zweiten Wort und fürchteten sich vor nichts und niemandem.

Die stillen Streber wurden verachtet. Wenja Wolkow war

so ein stiller Streber. Aber er war auch körperlich stark und konnte es mit jedem Ganoven aufnehmen. In der neunten Klasse verachtete Wenja niemand mehr. Er konnte sich zu gut prügeln.

Wowa Sisy, ein echter Ganove, der erst kürzlich aus der Strafkolonie entlassen worden war, verlor Tanja eines Abends beim Kartenspiel. Als er dem Mädchen in einer dunklen Gasse auflauerte, war Wenja Wolkow zufällig in der Nähe. Es war noch nichts geschehen, Tanja und Wowa standen einfach zusammen und sprachen miteinander. Wenja hatte sofort ihre schmale Silhouette mit dem langen Zopf erkannt.

Immer wenn er Tanja anschaute, wurde ihm der Mund trocken. Als er zwölf war, konnte er sich das noch nicht erklären, aber jetzt, mit sechzehn, meinte er seine Gefühle sehr gut zu kennen.

Hätte ihm jemand gesagt: »Wolkow, sie gefällt dir, du bist in sie verliebt!«, so hätte er diesem Idioten laut ins Gesicht gelacht: So etwas gibt es nicht, solche Gefühle kennt die Natur nicht. Es gibt Instinkte und sexuelle Anziehung, wie in der Tierwelt. Ein Gefühl wie der Hunger, nur stärker und schärfer. Es ist ganz natürlich, daß jedes Männchen danach strebt, sich mit einem schönen und gesunden Weibchen zu paaren. Ist ein solches nicht zur Hand, tut es auch jedes beliebige andere. Aber wenn man wählen kann, warum dann nicht das beste nehmen?

Allerdings, es gibt nichts umsonst. Auch bei den Tieren fällt das beste Weibchen dem stärksten Männchen zu.

»Wenja!« Tanjas Stimme klang erschrocken und bittend.

Er machte einen Schritt in ihre Richtung. Wowa hatte seine riesige Pranke auf Tanjas Schulter gelegt. Ohne lange zu überlegen, riß Wenja diese Pranke von ihrer mageren Schulter, und einen Augenblick später war eine erbitterte stumme Schlägerei im Gange. Wowa wehrte sich verzweifelt, aber er war Wenja physisch unterlegen und nicht so geschickt und wendig. Wenja besiegte den Ganoven relativ schnell und kam selber mit einer aufgeplatzten Lippe und angeschlagenen Fingerknöcheln davon.

Seitdem »gingen« er und Tanja Kostyljowa miteinander. In der zehnten Klasse gab es bereits mehrere solcher Pärchen. Das Ritual dieser Schulfreundschaften bestand darin, daß der Junge und das Mädchen zusammen spazierengingen, das einzige Eiscafé der Stadt besuchten und im Kino in der letzten Reihe saßen, wo sie knutschten und sich küßten, sich jedoch nie über die Tabugrenze – die Gürtellinie – hinauswagten. Wenn einer dieser pickligen Herzensbrecher in geheimnisvollem Flüsterton von seinen Erfolgen schwärmte, konnte Wenja sich kaum ein verächtliches Lachen verkneifen.

Du bist doch noch unschuldig wie ein neugeborenes Lamm, dachte er. Erstens hast du gar keinen Ort, wo du es tun könntest. Du wohnst in einer Kommunalwohnung mit Sperrholzwänden, in einem Zimmer mit fünf Personen, und deine giftige Großmutter ist immer zu Hause. Zweitens hast du im ganzen Gesicht Pickel und riechst aus dem Mund. Und drittens erzählst du alles ganz falsch. Ich muß es schließlich wissen.

Nach dem Vorfall mit der pummeligen Nachbarin Lara glaubte Wenja alles zu wissen.

Obwohl er selbst nicht in einer Kommunalwohnung lebte, keine giftige Oma hatte und seine Eltern von früh bis spät arbeiteten, hatte er mit Tanja jede Menge Probleme. Sie weigerte sich beharrlich, zu ihm nach Hause zu kommen, und lud ihn auch nicht zu sich ein.

»Verstehst du, Wenja«, sagte sie, »du gefällst mir sehr. Aber alles hat seine Zeit. Zuerst müssen wir uns richtig kennenlernen. Laß uns nur ein bißchen spazierengehen und reden. Und außerdem könnte deine Mutter zufällig von der Arbeit kommen. Sei mir nicht böse, aber ich habe etwas Angst vor ihr. Sie ist so streng und korrekt.«

In einer sibirischen Stadt kann man im Winter nicht allzu lange spazierengehen. Manchmal wärmten sie sich in einem Kino auf, manchmal in einem Hauseingang. Kaum waren sie allein, preßte er gierig seinen Mund auf ihre weichen, salzig schmeckenden Lippen, versuchte, seine Hände, die selbst bei strengem Frost glühend heiß waren, unter ihre Kaninchenfelljacke und ihren dicken Pullover zu zwängen. Sie wehrte sich ein bißchen, aber nur, um den Anstand zu wahren.

»Nicht doch, Wenja, laß das«, sagte sie, drückte sich mit dem ganzen Körper an ihn und streckte ihm ihre Lippen zum Kuß hin.

Manchmal widerte ihn das an: Auch sie log, wie alle, und spielte nur das Blümchen Rührmichnichtan. Sie erregte ihn absichtlich, ließ ihn zappeln, bis er ächzte und keuchte. In solchen Minuten haßte er sie, wollte ihr weh tun, sehr weh; sie sollte um sich schlagen und sich in seinen Händen winden, wie damals die rundliche Lara. Er träumte oft, daß er sich auf Tanja stürzte, sie zu Boden drückte und ihr die Kleider herunterriß.

Selbst im Traum hatte er Angst. Ein starker, animalischer Hunger brannte in seinem Inneren, er glaubte sterben zu müssen, wenn er ihn nicht stillen und Tanja Kostyljowa, dem schönsten Mädchen der Klasse, nicht sehr weh tun könne.

Bis zum Schulabschluß Ende Juni spielte Tanja Kostyljowa ihre romantischen Spielchen mit ihm. Auf längere Spaziergänge bis in den wilden Park über dem Tobol ließ sie sich nie ein.

»Du bist so hitzig, Wenja«, sagte sie und schlug ihre strahlendblauen Augen nieder. »Womöglich verlieren wir die Beherrschung, und plötzlich werde ich schwanger. Das wäre jetzt noch zu früh, wir sind ja selber noch Kinder. Wir müssen erst noch weiter lernen.«

Zum Abschlußfest brachten viele Wodka mit. Sie

schlossen sich im Chemieraum ein und tranken heimlich. Die Mädchen nippten allerdings nur an dem Glas, das im Kreis herumging, verzogen das Gesicht und aßen rasch etwas Schwarzbrot.

»So trinkt man doch nicht!« lachte Wenja und reichte Tanja das volle Glas zurück, das sie kaum berührt hatte. »Nimm einen richtigen Schluck, Schulabschluß feiern wir nur einmal im Leben. Nur zu, auf meine Gesundheit, du bist doch kein kleines Kind mehr und außerdem eine Sibirierin.«

Tanja hatte noch nie Wodka getrunken, aber heute ließ sie sich überreden. Sie war in bester Stimmung – die Prüfungen hatte sie mit »Eins« bestanden, es gab also genug Grund zum Feiern.

Sie tanzten eine Weile in der Aula, dann schlichen sie sich heimlich in den Park. Die Nacht war warm und klar. In der geheimnisvollen Stille sirrten die Mücken und ächzten die dicken Stämme der alten Zedern. Tanja stützte sich auf Wenjas Arm, streifte die eleganten Lackschuhe ab und ging barfuß durch den nächtlichen Tau.

Sie liefen immer weiter den Tobol entlang. Das Licht des Vollmondes schaukelte in breiten Bahnen auf dem ruhigen Wasser des Flusses. Niemand war in der Nähe.

»Wenja, ich glaube, ich bin betrunken«, sagte Tanja fröhlich. »Mir ist ganz schwindlig. Warum hast du mir diesen verflixten Wodka eingeflößt? Das Zeug trink ich nie wieder.«

Er zog sie an sich und tastete nach dem Reißverschluß ihres Kleides.

»Bist du verrückt geworden? Laß das!« Sie versuchte, sich seinen Händen zu entwinden.

Der Reißverschluß klemmte, eine Strähne aus ihrem langen Zopf hatte sich darin verfangen. Er riß mit aller Kraft.

»Was machst du? Das tut weh!« Tanja gelang es, sich zu befreien, aber nur für eine Sekunde.

Er hatte sie sofort wieder mit beiden Armen gepackt und warf sie ins nasse Gras.

»Wenja, Wenjetschka, bitte nicht ...«

Rasch und geschickt streifte er ihr das Kleid vom Körper und hielt ihr mit der Hand, genau wie damals Lara, Mund und Nase zu. Sie stieß undeutliche Laute aus, ruckte mit dem Kopf. Er spürte unter seiner Hand ihren warmen Atem.

Er preßte ihr die Hand noch fester aufs Gesicht. Sie küßte seine Handfläche und riß sie sogleich mit aller Kraft weg.

»Wenja, laß das, so bekomme ich keine Luft. Küß mich«, flüsterte sie.

Er küßte gierig ihren langen, biegsamen Hals, die zarten, kaum hervortretenden Schlüsselbeine. Ihre Haut duftete nicht nach billigem Parfum, sondern nach Maiglöckchen und herben Tannennadeln. Sein Herz klopfte heftig, er fühlte, daß auch ihr Herz schnell und stark schlug.

Jetzt wird es sein wie bei den anderen, alles wird gut sein und der Hunger vergehen, schoß es ihm durch den Kopf. Sie ist sehr schön, sie liebt mich. Ich bin so normal wie alle anderen.

Aber da legte sich ein schwarzer Schleier über seine Augen, als stülpe ihm jemand von oben eine dichte, undurchdringliche Kappe über. Sein Körper gehorchte seinem Willen nicht mehr, seine Hände lebten ihr eigenes Leben, und er begriff nicht, was sie taten.

»Hör auf, du tust mir weh!« schrie das Mädchen plötzlich.

Seine Hände konnten nicht innehalten. Sie preßten die kleine feste Brust, die Nägel krallten sich in die zarte Haut.

»Wenja, hör auf! Das tut weh!«

»Sei still, sei still! Es muß weh tun, das weiß ich«, sagte er rasch. »Es tut immer weh.«

»Nein, ich will das nicht, nicht so. Du bist ja verrückt!«

Sie versuchte, sich loszureißen. Er merkte selber nicht, wie seine Hände sich um ihren zarten Hals legten. Sie wollte sie wegziehen, versuchte, ihn mit dem Knie zu stoßen. Erbittert kämpften sie gegeneinander, wie zwei Tiere, die einen Kampf auf Leben und Tod ausfechten.

Mit dem letzten Rest seines schwindenden menschlichen Bewußtseins begriff Wenja, daß er genau das wollte, genau darauf gewartet hatte – nicht auf die Leidenschaft der Liebe, sondern auf die Leidenschaft des Todes.

Tanja Kostyljowa war stärker als Lara. Er mußte ihr das Kleid um den Kopf wickeln. Es war aus festem weißem Crimplen und ließ keine Luft durch.

Der biegsame kräftige Körper unter ihm bebte und zuckte, doch Wenja begriff gar nicht mehr, was er tat. Eine Welle heftiger, wilder Lust überschwemmte ihn. Ihm schien, als ströme eine neue, außergewöhnliche, unüberwindliche Kraft in ihn.

Durch den Körper des Mädchens lief ein starkes Zittern, das ihn wie ein Blitzschlag durchbohrte. Er spürte, daß er jetzt mit jeder Bewegung, mit jedem Atemzug stärker wurde. Fast fühlte er sich unsterblich, während er seinen unerträglichen, tierischen Hunger stillte.

Er wußte nicht, wieviel Zeit vergangen war. Gesättigt, zu Bewußtsein gekommen, wickelte er das weiße Crimplenkleid auf, und im Licht des Mondes starrten ihn zwei unbewegliche Augen an.

Er erschrak. Hatte er das wirklich gewollt? Konnte er nur so das gierige Tier in seiner Seele füttern? Die außerordentliche, unüberwindliche Kraft, die ihn jetzt erfüllte, war das Leben von Tanja Kostyljowa. Er hatte sie in sich aufgenommen, sie bis auf den letzten Tropfen ausgesogen. Nur so konnte er seinen unerträglichen Hunger stillen. Ein anderes Mittel gab es nicht. Sie war selber schuld, sie hatte ihn so lange gepeinigt und gequält, hatte mit ihm ihre widerlichen, verlogenen, romantischen Spiele getrieben. Es gab keine

Liebe, alles war Lüge und Heuchelei. Wenn sogar die eigene Mutter sich nicht für ihn interessierte, was sollte dann dieses fremde Mädchen mit ihm?

Er spürte, daß ihm heiße, bittere Tränen über die Wangen liefen. Er weinte aus Mitleid, aber nicht mit dem getöteten Mädchen, sondern mit sich selbst, dem kleinen braven Jungen, den niemandlieb hatte und den alle anlogen. Die Tränen brachten ihm Erleichterung. Sein Kopf wurde klar.

Er blickte sich rasch um und streifte dem noch warmen Körper wieder den Slip über, zog den BH zurecht und registrierte automatisch, daß die Wäsche nicht zerrissen war und der Körper keinerlei Schrammen aufwies – zumindest war im Mondlicht nichts zu erkennen.

Dann hängte er das weiße Kleid ordentlich über den Stamm einer umgestürzten Birke und stellte die zierlichen Lackpumps daneben. Er zog sich aus, ließ auch seine Sachen auf dem Baumstamm, schleifte die Leiche zum Fluß, stieß sie ins Wasser, in die Tiefe, tauchte unter den Körper und zog ihn hinter sich her.

Das Wasser war sehr kalt. Ihm fiel ein, daß er in der Flußmitte, wo es am tiefsten war, vorsichtig sein mußte. Dort war die Strömung sehr stark, wenn man einen Krampf im Bein bekam, konnte man ertrinken. Im Tobol waren schon viele, und gerade gute Schwimmer, ertrunken. Die Suche nach den Ertrunkenen dauerte meist sehr lange, die Strömung trug sie zum breiten Irtysch, an dessen Ufern sich die dichte Taiga hinzog. Manchmal fand man sie auch gar nicht.

Als er endlich wieder ans Ufer kletterte, klapperten ihm vor Kälte die Zähne. Ohne sich anzuziehen, lief er zum Ausgang des Parks. Er lief sehr rasch, rannte fast.

Naß und durchgefroren stürzte Wenjamin Wolkow, Absolvent der Schule Nr. 5, der stillste, bravste und beste Schüler seiner Klasse, auf das Polizeirevier. Er hatte nur eine Unterhose an, übers Gesicht liefen ihm Tränen, seine Augen waren voller Verzweiflung.

»Zu Hilfe!« schrie er. »Bitte helfen Sie! Tanja ist ertrunken! Wir waren schwimmen, es war dunkel, wir haben uns unterhalten, dann hat sie auf einmal nichts mehr gesagt. Ich bin getaucht und habe sie gesucht ...«

Er konnte nicht weitersprechen. Schluchzen erstickte seine Stimme.

Die Leiche von Tanja Kostyljowa fand man zwei Wochen später weit entfernt im Irtysch.

Kapitel 6

Moskau, März 1996

Lena packte die Sachen ihres Mannes in eine große Sporttasche. Der Kleinbus aus der Petrowka sollte ihn in zwei Stunden abholen. Sergej saß im Nebenzimmer an Lisas Bett und las ihr zum fünften Mal das erste Kapitel von »Winnie Puh« vor. Kaum war das Kapitel zu Ende, verlangte Lisa, er solle wieder von vorne anfangen. Schlafen wollte sie noch lange nicht, obwohl es schon elf Uhr war.

»Papa sch-sch-sch!« sagte sie und seufzte traurig.

Niemand hatte ihr gesagt, daß der Papa wegfahren würde, sie war von selbst daraufgekommen.

»Ich bin bald wieder da«, beruhigte Sergej sie. »Was soll ich dir denn mitbringen, Lisa?«

»Puh! Lisa will Puh!«

»Winnie Puh? Einen Plüschbär?«

»Ja.« Lisa nickte mit ernstem Gesicht.

»Einen großen oder einen kleinen?«

»Großen«, erklärte Lisa mit Baßstimme und breitete die Arme aus, um die Größe des Bären zu zeigen. »Kleinen auch«, fügte sie nach kurzem Nachdenken mit hohem Piepsstimmchen hinzu.

»Gehst du denn heute auch noch schlafen?« fragte Sergej vorsichtig.

»Papa sch-sch-sch!« Lisa zog die Unterlippe herunter, bis sie wie ein kleines, nach unten gebogenes Hufeisen aussah. Das bedeutete, daß gleich ein ohrenbetäubendes Gebrüll anheben würde. Es gab nur ein Gegenmittel – das Kind auf die Arme nehmen und im Zimmer umhertragen. Als Sergej gerade mit Lisa auf dem Arm ans Fenster trat und ihr zeigte, wie schön die Lichter in der Dunkelheit leuchteten, guckte Lena ins Zimmer.

»Aha, so also gehen wir schlafen«, sagte sie kopfschüttelnd.

»Wir gehen überhaupt nicht schlafen«, erklärte Sergej resigniert. »Wir haben viel zu schlappe Eltern, ohne jede Konsequenz.«

»Gut, dann laß uns mal nachsehen, wie Papas Tasche gepackt ist«, seufzte Lena. »Womöglich hat die schlappe Mama vergessen, dem schlappen Papa etwas Wichtiges hineinzutun?«

Sie inspizierten die Tasche und tranken ein wenig Tee, aber Lisa wollte immer noch nicht ins Bett – wie soll man auch einschlafen, wenn der Papa mit dem Flugzeug wegfliegt?

»Sag mal«, fragte Lena nachdenklich, »wenn jemand ein Rechtshänder ist, würde er sich dann eine Droge in die rechte Hand spritzen?«

»Wenn er in beiden Armbeugen keine heile Stelle mehr hat, wenn alle Venen am Handgelenk und an der linken Hand zerstochen sind, dann könnte er es vielleicht probieren. Warum fragst du?«

»An der linken Hand sind gar keine Spuren, nur an der rechten. Die Armbeugen habe ich nicht gesehen, aber ich glaube nicht, daß es dort keine heile Stelle mehr gibt.«

»Redest du wieder von diesem Mitja?« fragte Sergej seufzend.

»Ja, Serjosha. Ich muß die ganze Zeit an ihn denken. Ich habe die Kratzer auf seiner rechten Hand gesehen, und diese Punkte, die Nadeleinstiche, aber dann hat seine Frau gesagt, er hätte niemals gespritzt, er hätte Drogen gehaßt. Jetzt ist es zu spät. Mitja ist eingeäschert worden. Aber es gibt Obduktionsergebnisse. Olga hat es irgendwie geschafft, daß er außer der Reihe obduziert worden ist. Vermutlich hat sie die Leute bestochen.«

»Na und?«

»Dasselbe Ergebnis. Eine hohe Konzentration im Blut. Wovon, weiß ich nicht mehr, aber es war irgendein starkes Narkotikum. Die Ampullen mit den Spritzen lagen im ganzen Zimmer herum.«

»Du weißt, wie viele unaufgeklärte Morde es heutzutage in Moskau gibt?« Sergej legte sich Lisa etwas bequemer auf den Schoß; die Kleine schlief langsam ein.

»Ja, so ungefähr.«

»Das haben wir doch alles schon erörtert, es lohnt nicht, noch mal von vorne anzufangen, und außerdem muß ich in vierzig Minuten los.«

»Du hast recht«, stimmte Lena zu. »Aber trotzdem, diese Kratzer auf seiner rechten Hand lassen mir keine Ruhe.«

Sergej trug Lisa ins Bett. Er kehrte in die Küche zurück, umarmte Lena, küßte sie auf die Schläfe und flüsterte:

»Wir haben noch eine halbe Stunde Zeit, verehrte Miss Marple.«

* * *

Mischa Sitschkin, der Leiter der Einsatzgruppe, hatte sich entschlossen, das Model Veronika Rogowez, die Hauptzeugin im Mordfall des Sängers Juri Asarow, zum Verhör aufs Revier in die Petrowka zu bestellen.

Die ersten beiden Verhöre waren bei Veronika zu Hause geführt worden, wo sie die ganze Zeit im Negligé umherspaziert war – einem durchsichtigen Spitzenüberwurf von feuerroter Farbe, unter dem sie nichts trug, nicht einmal einen Slip. Auf Mischas Frage: »Wie haben Sie den Abend vor dem Mord verbracht?« schlug sie nachlässig die Beine übereinander, zuckte elegant mit den Schultern und erwiderte:

»Sie möchten wissen, was wir gemacht haben? Liebe haben wir gemacht! Ich kann gerne Einzelheiten schildern, wenn das der Untersuchung nützt.«

Dabei hatte sie offensichtlich nur eins im Kopf: auszusehen und zu klingen wie Sharon Stone in »Basic Instinct«.

Mischa, der im Laufe seiner Dienstzeit mancherlei gesehen hatte und sich schon lange über nichts mehr wunderte, fragte sich dennoch etwas irritiert, warum das Mädchen so gar keine Reaktion auf den plötzlichen und tragischen Tod ihres Geliebten zeigte, warum sie sich nicht einmal dafür interessierte, wer ihn erschossen hatte, und ihr überhaupt alles schnurz zu sein schien, außer dem Eindruck, den ihre überwältigende Schönheit auf ihre Umwelt machte. Aber vermutlich verschwendete sie auch darauf keinen überflüssigen Gedanken und merkte gar nicht, daß ihre üppigen Reize den mürrischen Kommissar kaltließen.

»Wer hatte außer Ihnen und Asarow einen Schlüssel zu Ihrer Wohnung?« fragte Mischa müde.

»Der Schlüssel zur Wohnung eines Models ist mehr wert als der Schlüssel zu einem Banksafe«, erklärte Veronika mit gurrender Altstimme und heftete ihren Blick schmachtend auf den Kommissar, gespannt, welchen Eindruck ihr Bonmot machen werde.

Nach diesem Gespräch war Mischa Sitschkin durchgeschwitzt, als hätte er bei 40 Grad Hitze Waggons ausgeladen.

Auf dem Revier, so hoffte er, würden die dienstliche Umgebung und die Unmöglichkeit, im Negligé zu erscheinen, auf das schmachtende Geschöpf ernüchternd wirken.

Sie erschien mit einer halben Stunde Verspätung. Bekleidet war sie mit einem feuerroten Lederhöschen, schwarzen durchbrochenen Strümpfen und einer schwarzen durchsichtigen Gazebluse, die sie auf dem nackten Körper trug und noch dazu bis zum Bauchnabel aufgeknöpft hatte. Mischa wies sie vorsorglich darauf hin, daß sie ihre Aussagen wahrheitsgemäß zu machen habe, gab ihr das entsprechende Dokument zur Unterschrift und begann dann noch einmal ganz von vorn:

»Wie haben Sie den Tag und Abend vor dem Mord verbracht?«

»Na, das hab ich doch schon gesagt, wir haben gevögelt«, erwiderte Veronika und zog verwundert ihre feingezeichneten Brauen hoch. »Ich hab Ihnen doch alles erzählt.«

»Gut, am Vorabend hatten Sie mit dem Ermordeten sexuellen Verkehr, das haben wir also geklärt.«

»Einen Moment!« Die Schöne hob protestierend eine Hand mit endlos langen blutroten Krallen. »Wie kann man mit einem Ermordeten Verkehr haben? Das ist ja Nekrophilie! Sie verwechseln da etwas, Herr Kommissar.«

»Veronika Iwanowna, langsam habe ich das Gefühl, daß Sie keine Zeugenaussagen machen wollen.«

»Was Sie nicht sagen!« Das Model schlug entsetzt die Hände zusammen. »Was tun wir beide denn hier die ganze Zeit?«

»Was? Ich bemühe mich, Sie als Zeugin eines Mordes zu befragen, und Sie machen daraus eine Klamotte. Ein für allemal, Veronika Iwanowna, entweder Sie benehmen sich, wie es sich gehört, und antworten wahrheitsgemäß auf alle meine Fragen, oder Sie schreiben ein offizielles Gesuch, daß Sie keine Aussagen machen wollen.«

»Verstehe ich Sie richtig, Sie drohen mir?« In den schönen grünen Augen des Models blitzte ein solch wütender, eisiger Haß auf, daß es Mischa kalt über den Rücken lief. Er begriff plötzlich, daß diese Puppe sich so kratzbürstig aufführte, weil er überhaupt nicht auf ihre überirdische Schönheit reagierte. So war sie eben konstruiert, diese brünstige kleine Raubkatze, einen Vorwurf konnte man ihr daraus nicht machen. Aber er, Einsatzleiter Mischa Sitschkin, war ein Esel, er hätte es sofort begreifen müssen.

»Veronika Iwanowna«, sagte er und schüttelte seufzend den Kopf, »Sie wollen mich nicht verstehen. Sie sind jung, Sie sind sehr hübsch, das ganze Leben liegt noch vor Ihnen. Aber irgendwo schleicht ein Mörder herum, der auch bei Ihnen zu Hause gewesen ist. Woher sollen wir wissen, ob er nicht noch einmal auftaucht – und diesmal zu Ihnen persönlich will?«

»Weshalb denn?« Die grünen Augen blickten etwas ruhiger und freundlicher.

»Weshalb – das ist eine ganz andere Frage«, erwiderte Mischa mit geheimnisvollem Lächeln. »Ich habe Angst um Sie, Veronika Iwanowna. Ich sehe Sie an und denke: Was hat die Welt doch Wunderbares zu bieten, was gibt es doch für hinreißende, außergewöhnliche Frauen. Und wie empörend und alarmierend ist es, wenn dann ganz in der Nähe ein gemeiner Mörder sein Unwesen treibt, der eine so herrliche Blume jeden Moment zertreten könnte.«

Gleich werden wir sehen, ob sie wirklich eine solche Idiotin ist, dachte er insgeheim, oder ob sie nur so tut. Als Idiotin stünde sie jetzt natürlich besser da, andernfalls könnte man ihr Benehmen nur so deuten, daß sie entweder den Mörder kennt und alles tut, damit er nicht gefunden wird, oder … Im übrigen hat sie ein wasserdichtes Alibi, im Park des Sieges ist sie von mehreren Leuten gesehen worden, die dort regelmäßig joggen und ihre Hunde Gassi führen. Und ein Motiv hat sie auch nicht.

»Ich weiß wirklich nicht, wer noch einen Schlüssel haben könnte. Ich bin so zerstreut und vergeßlich. Und verloren habe ich ihn schon hundertmal.« Veronika lächelte entwaffnend.

Sie war der plumpen Schmeichelei offensichtlich auf den Leim gegangen, aber auf seine Fragen wollte sie trotzdem nicht antworten.

»Ich begreife, daß das Schlüsselproblem uns beiden zum Hals heraushängt«, sagte Mischa sanft, »aber wir wollen doch zum Ende kommen. Versuchen Sie trotz allem sich zu erinnern, wann Sie den Schlüssel verloren haben und ob danach das Schloß ausgewechselt wurde.«

»Ja, ich glaube, ich habe es ausgewechselt. Oder vielleicht doch nicht?« Veronika krauste nachdenklich die niedrige kleine Stirn unter der üppigen Mähne. »Wissen Sie, ich konnte mich schon als Kind nicht auf all diesen Kleinkram konzentrieren. In der Schule habe ich ständig mein Heft oder mein Buch vergessen. Ich bin fast verrückt geworden, dauernd hatte ich Angst, etwas zu verschusseln. Aber dann habe ich eine gute Psychotherapeutin kennengelernt, und sie hat mir beigebracht, wie ich diesen Komplex überwinden kann. Mein Gedächtnis ist nicht besser geworden, ich vergesse immer noch alles, aber jetzt ist mir das egal.«

»Welche Therapeutin war das?« Mischa lächelte und lehnte sich entspannt im Stuhl zurück.

»Oh, eine wunderbare Ärztin, sie heilt die schwierigsten Fälle, bei ihr werden sogar Schizophrene wieder normal, ganz ohne Medikamente. Wissen Sie, all diese Psychopharmaka sind ja so schädlich, viel schädlicher als Drogen. Und im Showgeschäft gibt es so viele Psychopathen! Aber ich fürchte, Ihnen wird das zu teuer sein.« Sie lächelte listig. »Sie haben doch für sich selbst gefragt, oder?«

»Was für eine kluge Frau Sie sind!« Mischa hob die Hände. »Ich merke schon, Sie führt man nicht so leicht aufs Glatteis. Ja, es stimmt, bei der Drecksarbeit hier brauche ich unbedingt einen guten Therapeuten. Sie könnten mir nicht vielleicht ihre Telefonnummer geben?«

»Nein.« Veronika schüttelte den Kopf. »Die ist für Sie zu teuer. Außerdem nimmt sie keine neuen Patienten mehr, sie ist sowieso schon überlastet.«

»Na schön«, seufzte Mischa, »dann müssen wir Armen und Bedürftigen eben ohne Therapie klarkommen.«

Du hast dich verplappert, mein Herzchen, dachte er vergnügt. Eine Psychotherapeutin ist gar kein schlechter Anhaltspunkt.

»Hat diese gute Fee auch Juri Asarow behandelt?« fragte er wie nebenbei.

»Juri war stinknormal und zum Gähnen langweilig«, seufzte Veronika. »Kein bißchen Pep, keine Verrücktheiten, keine Streiche.«

Aha, offenbar hängen wir heimlich an der Nadel, dachte Mischa. Die Therapeutin muß ich erst genau überprüfen, bevor ich sie verhöre. War sie es vielleicht, die dieses Püppchen so geschickt auf die Gespräche mit mir vorbereitet hat?

»Ihnen gefallen also Streiche und Verrücktheiten?« fragte er, das Thema Psychotherapie gehorsam fallenlassend.

»Natürlich! Sonst ist das Leben doch langweilig. Ich mag es, wenn die Funken sprühen. Aber Juri war ein echter Geizkragen.«

»Dann war möglicherweise Geld das Mordmotiv?« mutmaßte Mischa und dachte, wenn sie darauf anbeißt, dann gehört sie endgültig zu den Darstellern dieses Stücks und nicht zu den Zuschauern.

»Weswegen sonst?« Veronika lächelte spöttisch. »Ich persönlich bin davon überzeugt.«

»Wozu brauchten Sie ihn dann eigentlich, Veronika Iwanowna, wenn er statt Pep und sprühenden Funken nur Schulden hatte? Mit Ihrem Aussehen hätten Sie doch einen Besseren finden können.«

»Wozu?« Sie dachte nach und legte einen spitzen Fingernagel an den Mund. Nagellack und Lippenstift hatten dieselbe grellrote Farbe. »Wahrscheinlich zur Abwechslung«, sagte sie träumerisch und kaute auf dem Nagel.

Als Veronika das Polizeirevier verließ und sich ans Steuer ihres neuen roten Lada setzte, spulte sie in Gedanken noch einmal das ganze Gespräch mit dem Kommissar ab und war sehr mit sich zufrieden. Regina hatte völlig recht, es waren durch die Bank alles Trottel, außerdem hatte noch nie ein Mann Veronikas Reizen widerstehen können. Sogar dieser dickfellige Bulle war zum Schluß weich geworden und hatte ihr den ganzen Blödsinn abgekauft, den sie ihm aufgetischt hatte.

Nur ein Schnitzer war ihr unterlaufen – sie hatte versehentlich Regina erwähnt. Aber sie hatte es noch rechtzeitig gemerkt und das Gespräch auf ein anderes Thema gelenkt. Den Namen hatte sie ihm nicht genannt, die Telefonnummer auch nicht. Sicher, Regina hatte sie gebeten, überhaupt nichts über sie verlauten zu lassen, ein Psychotherapeut sei heute Gold wert, und so ein Bulle würde sich die gute Gelegenheit bestimmt nicht entgehen lassen und ein paar Sitzungen umsonst haben wollen. Das hatte Regina kristallklar vorausgesehen, dieser Sitschkin hatte die Gelegenheit tatsächlich sofort beim Schopf gepackt, der schlaue Hund. Na, Schwamm drüber, es war ja noch mal gut gegangen.

Trotzdem, wer hatte wohl Juri abgemurkst? Diese blöden Bullen würden den Mörder nie finden. Wer tut schon was für ein so mickriges Gehalt. Sie taten ja auch nichts, nahmen nur Schmiergeld und warteten darauf, daß irgendein einflußreicher Mann sie kaufte. Es hieß ja, die meisten Killer seien Bullen, entweder machten sie beides gleichzeitig, oder sie tauschten ihr kümmerliches Polizistendasein endgültig gegen den einträglichen, angesehenen und staubfreien Job des Auftragskillers. Diesen Sitschkin hatte offensichtlich noch niemand gekauft – er war wohl zu nichts zu gebrauchen.

Geschickt hatte sie das mit den Schulden eingeflochten. Ein Köder, den Sitschkin mit Vergnügen geschluckt hatte. Jetzt würde er hartnäckig nach Juris Gläubigern suchen. Nur zu!

In Wirklichkeit hatte Asarow gar keine Schulden, und er hatte auch nie Geld verliehen. Er war eben ein richtiger

Geizkragen. Veronika hatte das nicht sofort gemerkt, erst nach ihrer siebten Begegnung, als sie sich so schrecklich in diesen Ring mit dem kleinen Brillanten verliebt hatte. Natürlich hätte sie sich den Ring auch selber schenken können, er kostete ja nur anderthalbtausend Dollar. Aber sich selbst einen Brillanten zu kaufen – das war ein schlechtes Omen. Brillanten sind tückische Steine, die muß man geschenkt bekommen oder erben, sonst bringen sie Unglück.

Über Edelsteine wußte Veronika alles, denn sie liebte sie irrsinnig. Einen Brillanten muß einem der Geliebte schenken – das gehört zum kleinen Einmaleins der Esoterik. So hatte sie es auch Asarow gesagt, als sie vor dem Juweliergeschäft »Traumprinzessin« auf der Twerskaja-Straße hielten. Dort konnte man mit Kreditkarte bezahlen, und Asarow hatte in seiner Brieftasche gleich drei davon. Trotzdem kaufte er Veronika keinen Ring, er ging nicht einmal mit ihr in den Laden, sondern blieb im Auto sitzen, dieser elende Geizhals, und schämte sich nicht im geringsten dafür. Veronika mußte sich den Ring selber kaufen, denn sie wollte ihn unbedingt haben, und in diesem Geschäft gab es genau so einen, wie Irka Moskwina ihn hatte, sogar noch schöner.

Veronika spuckte also auf alle Esoterik und kaufte den Ring. Sie nahm Asarow diesen Vorfall aber zutiefst übel. Am liebsten hätte sie ihn zum Teufel gejagt, nur war der Zeitpunkt denkbar ungünstig – sie drehte gerade den dritten Videoclip mit ihm, dafür gab es reichlich Knete. Außerdem war noch ein ganzes Video mit seinen Liedern geplant und ihren Augen, Lippen und Titten dazu, also war ein Streit mit Asarow vorläufig nicht angebracht.

Sie hatte sogar mit Regina darüber geredet.

»Einen jungen Hitzkopf kriegst du leicht herum«, hatte Regina gesagt, »das ist uninteressant. Du mußt lernen, so einen wie Asarow auszunehmen. Wenn du es schaffst, daß er für dich Geld ausgibt, dann hast du mit allen anderen leichtes Spiel. Also halt ihn dir vorläufig warm.«

Aber der Brilli hatte doch Unglück gebracht, allerdings nicht Veronika, die ihn gekauft hatte, sondern Asarow, der zu knausrig gewesen war. Er hatte eben ein schlechtes Karma gehabt, ein minderwertiges Karma. Aber das konnte man so einem Holzkopf aus der Petrowka nicht erklären, der hatte das Wort sicher noch nie gehört.

Kapitel 7

Der blaue Volvo mit den abgetönten Scheiben rollte sanft vor das alte Kaufmannshaus im Zentrum Moskaus. Das Tor öffnete sich geräuschlos, ließ den Wagen ein und schloß sich sofort wieder.

»Guten Abend, Regina Valentinowna!« Der bewaffnete Wachtposten riß die Fahrertür weit auf und reichte der großen, schlanken Frau am Steuer seine Hand. Sie stellte vorsichtig ein Bein im hohen Wildlederstiefel auf die Erde, stützte sich auf den Arm des Wachtpostens und stieg aus.

»Grüß dich, Gena. Fahr ihn noch nicht in die Garage, ich bleibe nicht lange.«

Während sie das Haus betrat, zog Regina Valentinowna den leichten Nerzmantel aus und warf ihn dem herbeieilenden Hausmädchen zu. Sie trug ein klassisches Seidenkostüm. Aus dem riesigen Spiegel im antiken schwarzen Holzrahmen blickte ihr eine elegante Dame von vierzig Jahren entgegen, mit wohlgeformter Figur, langen Beinen und ebenmäßigen Gesichtszügen. Das dichte glatte Haar von der Farbe reifen Weizens war zu einem schlichten, stirnfreien Pagenkopf geschnitten und bedeckte knapp den schlanken, gepflegten Hals.

Hinter ihr tauchte das bleiche, etwas verquollene Gesicht eines Mannes im Spiegel auf. Er hatte wirres blondes Haar, auf den eingefallenen Wangen schimmerten helle Bartstoppeln. Seine blaßblauen Augen blickten sie stumpf und verstört an. Sie drehte sich abrupt um und sah, daß seine Hände heftig zitterten und am Daumen seiner rechten Hand ein häßlicher Schnitt mit frisch verkrustetem, blutigem Schorf war.

»Du solltest dich rasieren, Wenja«, sagte sie leise, trat auf ihn zu und strich ihm mit der Hand über die Wange.

»Regina, ich gehe zugrunde, ich kann nicht mehr«, flüsterte Wolkow fast schluchzend. »Tu etwas, ich kann nicht mehr.«

Regina blickte sich schnell um und vergewisserte sich, daß niemand vom Hauspersonal in der Nähe war, dann gab sie Wenja eine kräftige Ohrfeige und sagte leise:

»Schweig, du Miststück!«

Wenja fuhr zusammen und entspannte sich augenblicklich, seine Hände hörten auf zu zittern, in seine Augen trat ein vernünftiger, jedoch erschrockener und müder Ausdruck.

»Siehst du, man muß etwas tun!« sagte er mit völlig ruhiger, normaler Stimme. »Nicht mehr lange, und ich breche zusammen.«

»Du bist seit vierzehn Jahren gesund. Das ist eine lange Zeit, Wenja, eine sehr lange Zeit.«

Wolkow zeigte ihr schweigend den verletzten Daumen der rechten Hand. Regina betrachtete die mit schwarzer Tinte und Blut befleckte Fingerkuppe und zuckte die Achseln.

»Das wäre nicht nötig gewesen. Du bist einfach müde. Komm, wir fahren.«

Eine gute Stunde später hielt der blaue Volvo vor einer alten einstöckigen Datscha im Moskauer Vorort Peredelkino. Das Haus war von einem hohen Metallzaun umgeben, hinter dem Tor stand ein beheiztes Wachhäuschen.

»Der pennt schon wieder, der Halunke«, bemerkte Regina gutmütig und holte die Fernbedienung aus dem Handschuhfach. Ein Knopfdruck, und das hohe Tor öffnete sich.

Verschlafen streckte der Wachtposten den Kopf aus dem Häuschen, sprang dann wie angestochen heraus und legte nach alter Polizistenmanier ehrerbietig die Hand an die Mütze.

»Guten Morgen, Herr Hauptmann a. D.!« begrüßte Regina ihn sarkastisch. »Gut geschlafen?«

»Verzeihung, Regina Valentinowna!« Der Wachtposten stand stramm.

»Na, es war ja nicht im Wohnzimmer auf dem Sofa. Du kannst jetzt in die Küche gehen und bei Ljudmila etwas essen. Und trink Kaffee, damit du nicht im Dienst schläfst, Genosse Hauptmann, sonst bist du die längste Zeit hier gewesen.« Regina wandte sich an Wenja. »So ein Schweinehund, hat Angst, seine Arbeit zu verlieren, liegt aber auf der faulen Haut.«

Wenja gab keine Antwort und folgte ihr ins Haus.

Diese Datscha hatte früher einem bekannten sowjetischen Schriftsteller gehört, einem Stalinpreisträger. Die Nachkommen des Ordensträgers hatten sie Wolkow teuer verkauft, aber weder ihm noch Regina tat es um das Geld leid. Regina hatte schon lange mit diesem Grundstück in dem stillen, elitären Schriftstellerdorf geliebäugelt. Ihr gefiel die Lage am Ende der Straße, ein malerisches Birkenwäldchen auf der einen Seite und eine kleine Wiese, auf der im Sommer leuchtendgelbe, fröhliche Ranunkeln blühten, auf der anderen.

»Mach uns was zum Abendessen, Ljudmila«, warf Regina dem molligen rotwangigen Mädchen hin, das ihnen die Tür öffnete. »Aber etwas Leichtes, Fisch vielleicht, und einen Salat.«

»Gern, Regina Valentinowna, möchten Sie den Fisch überbacken oder gegrillt?«

»Wenja, schläfst du?« Regina berührte ihn an der Schulter. »Wie willst du den Fisch, mit Pilzen überbacken oder gegrillt?«

»Ich habe keinen Hunger.«

»Also schön, Ljudmila, solange Ihro Gnaden sich noch zieren, mach ihn so, wie ich ihn gern esse, gegrillt, ohne Salz und Sauce, nur mit etwas Zitrone. Für ihn kochst du noch vier, fünf neue Kartoffeln und bestreust sie mit Dill. Für mich, wie immer, nur Spargel dazu. Und komm ja nicht auf die Idee, Sahne dranzutun, ich kenne dich – du willst mich immer mästen!«

Als die Köchin gegangen war, betrachtete Regina ihren Mann mit einem prüfenden kalten Blick. Auf seinen Lippen hatte sich ein dünner weißer Belag gebildet, seine Hände hatten wieder zu zittern begonnen.

»Na schön, gehen wir«, seufzte sie.

Im ehemaligen Arbeitszimmer des Schriftstellers stand jetzt statt des Eichenschreibtisches ein zierlicher Damensekretär aus dem achtzehnten Jahrhundert, und auf den Bücherregalen hatten die Werke Lenins und Stalins der Großen Medizinischen Enzyklopädie und Büchern über Psychiatrie in Russisch, Englisch, Deutsch und Französisch weichen müssen. Auch Nietzsche, Freud und die Rerichs* waren vertreten. Drei Wände waren vom Boden bis zur Decke mit Regalen bedeckt, ausschließlich philosophische, psychologische und esoterische Literatur. Bei genauerem Hinsehen merkte man – hier stand nicht die Sammlung eines neureichen Bibliophilen, sondern diese Bücher nahm die Besitzerin der Bibliothek regelmäßig in die Hand.

Regina zog die Wildlederstiefel aus und setzte sich mit untergeschlagenen Beinen auf die niedrige, breite Liege. Wolkow ließ sich ihr gegenüber auf dem Fußboden nieder und blieb reglos sitzen. Dabei blickte er unverwandt in ihre

* Nikolai Rerich (1874–1947) und sein Sohn Swjatoslaw (1904–1993), russische Künstler, Anthroposophen und Mystiker, die in den 20er und 30er Jahren auch in Westeuropa und den USA sehr bekannt waren und in Rußland noch immer viele Anhänger haben.

braunen Augen, die im Licht der Schreibtischlampe seltsam flimmerten.

»Heute sind sie bei mir gewesen«, begann er. »Von dort, aus der Vergangenheit, sind sie gekommen und haben sogar das gleiche Lied gesungen wie damals am Ufer des Tobol.«

»Warte, überanstreng dich nicht, wir haben noch nicht angefangen«, unterbrach ihn Regina. »Wer war da?«

»Zwei Mädchen zum Vorsingen. Das Duo ›Butterfly‹. Eine Blondine und eine Brünette, beide achtzehn. Zuerst ist mir nichts aufgefallen, aber als sie diese Romanze sangen, da habe ich plötzlich die anderen gesehen, die aus der Vergangenheit.«

»Du begreifst doch, daß sie es nicht waren?« fragte Regina rasch.

»Ja, das weiß ich. Aber ich habe Angst. Es kommt zuviel zusammen. Zuerst dieser Bursche, der beseitigt werden mußte, dann die Mädchen. Ich konnte mich kaum noch beherrschen, und du weißt ja, wie sehr ich mich all die Jahre beherrscht habe. Aber als dieser Bursche auftauchte ...«

»Er ist tot«, erinnerte ihn Regina.

»Wen hast du damit beauftragt?«

»Er hat es selbst getan, das habe ich dir doch gesagt! Wenn du mir schon nicht glaubst, dann glaub doch wenigstens dem offiziellen Gutachten.« Sie lachte laut auf. »Immerhin hat sich ein Sonderkommando mit der Sache beschäftigt, und es hat eine Obduktion gegeben. Hör also endlich auf damit.«

»Und der Sänger?«

»Den Sänger haben dieselben Ganoven erledigt, die auf Drossels Geburtstag waren. Wenja, laß diese Gefühlsduseleien. Du bist wirklich in schlechter Verfassung.«

»Sag mir das Schlüsselwort«, bat er sie vorsichtig.

»Kannst du das nicht allein?« Sie lächelte listig. »Na schön, du sollst deinen Willen haben, legen wir los.«

Wolkow schloß die Augen und begann sich langsam hin

und her zu wiegen, während er mit untergeschlagenen Beinen auf dem Teppich saß. Regina sprach mit tiefer, monotoner Stimme, die irgendwo aus ihrem Bauch zu kommen schien:

»Deine Beine sind weich, schwer, warm, die Muskeln entspannen sich langsam, ganz allmählich, die Arme kühlen ab und werden schwer, sie sind warm, aber nicht heiß, die Haut wird glatt, sie ist weich und kühl. Du hörst nichts und fühlst nichts, dir ist warm und gut. Es gibt nur meine Stimme, alles andere ist Stille, Ruhe, Nichts. Meine Stimme ist der Weg aus diesem Nichts; du gehst diesen Weg, wie auf einem Mondstrahl, zum Licht ...«

Regina sprach immer leiser, Wolkow wiegte sich im Rhythmus ihrer Worte, begann tief und langsam zu atmen.

»Wenja, hörst du mich?« fragte sie ihn endlich.

»Ja«, gab er wie ein Echo zurück.

»Erinnere dich jetzt, vorsichtig, tastend. Übereile dich nicht, und hab keine Angst. Nicht du warst das, dich gab es damals gar nicht, du hast nichts zu befürchten. Los!«

»Drei Menschen am Ufer des Tobol, im Stadtpark«, murmelte Wolkow kaum hörbar. »Ich bin der vierte. Zwei Mädchen, ein blondes und ein brünettes. Die Blondine ist sehr attraktiv, hat blaue Augen und ist etwas mollig. Der Typ, der in Volkstracht mit Brot und Salz die hohen Parteibosse begrüßt. Die Brünette ist auch sehr schön, aber auf andere Weise. Bei ihr spürt man Rasse. Solche wie sie wurden 1918 allein für ihr Gesicht, für den Schwung ihrer Brauen und den Ausdruck in ihren Augen erschossen. Mein Großvater erkannte einen Adligen sofort, an den Händen und am Blick. Die Adligen waren feingliedrig, aber zäh, der Großvater hat sie mit dem Säbel erschlagen ... Ein schneller, kräftiger Hieb, und er spaltete sie in zwei Teile.«

»Wenja, komm nicht vom Thema ab, dein roter Kommandeur hat hier nichts zu suchen. Laß den Großvater ruhen«, warf Regina vorsichtig ein.

»Hochmütige Augen«, Wenja ruckte leicht mit dem Kopf, »spöttische dunkelgraue Augen ... Zarte Hände, ein langer Hals. Wenn sie doch nur ... Ich konnte nichts machen. Ich bin aufgestanden und tief in den Park gegangen. Ein angetrunkenes Mädchen in einer glänzenden Jacke hatte sich von der Gesellschaft abgesondert. In der Jacke waren Goldfäden, pieksend und glänzend. Ein grobes pickliges Gesicht, der Geruch von Wodka und Schweiß ... Ich wollte danach in Kleidern in den Tobol springen, ich war mit Blut befleckt und stank nach fremdem Schweiß. Das Ufer war zu steil, ich habe nach einer weniger stark abfallenden Stelle gesucht. Aber da hörte ich ganz in der Nähe ihre Stimmen. Als erster kam dieser Mitja auf mich zu. Er hat das Blut gesehen, aber vor allem hat er mein Gesicht gesehen. Es waren ja erst fünfzehn Minuten vergangen. Meine Seele war immer noch dort, in der Tiefe des Parks, das konnte man in meinem Gesicht lesen. Es war schon ganz hell, eine von den kurzen Juninächten, ein heller Morgen, die Mücken summten.

Ich hatte das Blut nicht mehr von den Kleidern waschen können, ich wollte ja, daß sie glaubten, ich sei betrunken in den Fluß gefallen. Wir waren alle vier etwas betrunken. Als die Mädchen dazukamen, hatte ich mich schon wieder im Griff, sie haben nichts gemerkt. Ich habe gesagt, das Blut kommt aus der Nase, sie sind ganz aufgeregt um mich herumgeschwirrt, sind mir ganz nahe gekommen ...«

Den ersten Teil der Erinnerungen kannte Regina auswendig. Ihr Mann war sehr beständig in seinen Geständnissen aus dem Unterbewußtsein. Seit vielen Jahren war kein einziges Detail zu diesem Text, den er im Zustand eines tiefen Hypnoseschlafs sprach, hinzugekommen. Erst kürzlich waren noch einige wesentliche Einzelheiten aufgetaucht.

»Er hat mein Gesicht gesehen, er hat alles begriffen. Nicht sofort, später.« Wolkows Stimme klang heiser und monoton. »Er hat es erraten. Wenn auch erst vierzehn Jahre danach, aber er ist zu mir gekommen, von dort, und wollte mich holen, und nach ihm noch zwei, das bedeutet, sie werden mich niemals zur Ruhe kommen lassen.«

»Es gibt ihn nicht mehr«, sagte Regina sanft, »und die Mädchen haben damals nichts gemerkt und erinnern sich auch heute an nichts. Vierzehn Jahre sind vergangen, sie sind erwachsene Frauen, ganz andere Menschen, im Grunde gibt es auch sie nicht mehr.«

»Es gibt sie nicht mehr.«

Natürlich wäre es besser, wenn es sie wirklich nicht mehr gäbe, und das nicht im übertragenen, sondern im ganz konkreten Sinn, dachte Regina. Aber das wäre mit vielen Scherereien und Risiken verbunden, zuerst müßte man wissen, ob sich der Einsatz lohnt.

»Regina Valentinowna!« Das war die Stimme der Köchin von unten. »Das Abendessen ist fertig!«

Regina gab keine Antwort, sie wußte, ein zweites Mal würde Ljudmila nicht rufen. So war es im Haus üblich: Wenn die Hausherrin nicht sofort herunterkam oder nicht reagierte, bedeutete das, sie war sehr beschäftigt und man durfte sie nicht stören.

Wolkows Gesicht war dunkelrot angelaufen, auf der Stirn wölbten sich dicke blaue Adern. Sein Atem ging pfeifend, heiser, er schlug mit den Armen um sich und murmelte sehr schnell etwas Unverständliches. Hätte ein Außenstehender die Szene beobachtet, er hätte geglaubt, der milliardenschwere Produzent winde sich in einem epileptischen Anfall oder im Todeskampf.

Aber es war kein Außenstehender da. Niemand, weder die Köchin noch der Wachtposten oder der Gärtner, hätte es gewagt, einen Blick in das geheimnisvolle Halbdunkel des Arbeitszimmers zu werfen. Jeder ahnte, daß er dafür teuer würde bezahlen müssen, und die Furcht war sehr viel größer als die Neugier. Als es schon fast so aussah, als würde Wolkow den Geist aufgeben, klatschte Regina leicht in die Hände und sagte ein einziges kurzes Wort auf Englisch:

»Enough!«

Wolkow erstarrte in unnatürlicher Pose, mit zurückgeworfenem Kopf, weit geöffnetem Mund und hoch erhobenen Armen, dann sank er langsam in sich zusammen, wie ein Luftballon, aus dem die Luft herausgelassen wird. Er atmete ruhiger, langsamer, sein Gesicht nahm wieder eine normale, gesunde Farbe an.

Er öffnete die Augen und setzte sich ruhig auf dem Teppich zurecht. Selbst beim schwachen Licht der Tischlampe war zu erkennen, daß er glänzend aussah, gerade so, als sei er in einem teuren Kurort gewesen – nur die Sonnenbräune fehlte.

»Danke, Regina«, sagte er mit tiefer, samtener Stimme, küßte galant die kühle Hand seiner Frau, erhob sich leicht und federnd vom Teppich, rieb sich die ein wenig feuchten Hände und fragte:

»Wie sieht's mit dem Abendessen aus?«

Kapitel 8

Katja Sinizyna hielt sich seit früher Kindheit für einen zutiefst unglücklichen und erfolglosen Menschen. Sie war eine gute Schülerin gewesen, ihre Lieblingsfächer waren Mathematik und Physik. Katja glaubte aufrichtig, sie tue ein gutes Werk, wenn sie die anderen in diesen Fächern abschreiben ließ. Hilfsbereit legte sie ihr Heft mit der Hausaufgabe auf das Fensterbrett in der Toilette, und in der großen Pause nutzten etwa fünf bis sechs Mitschülerinnen ihre Gutmütigkeit – so viele Mädchen hatten mit ihren Heften auf dem breiten Fensterbrett Platz.

Bei Klassenarbeiten, besonders am Quartals- und am Jahresende, schrieb Katja sämtliche Lösungen mit Durchschlag und verteilte sie an die notleidenden Banknachbarn. In der achten Klasse wurde sie dabei zum erstenmal ertappt. Der kleine, kahle, blaubekittelte Physiklehrer schickte sie zur Strafe vor die Tür, wischte alle Aufgaben von der Tafel und schrieb schnell neue an.

Katja wurde dem Direktor vorgeführt, man bestellte ihre Eltern. Gottseidank warf man sie nicht von der Schule. Katja war überzeugt, daß ihre Mitschüler ihre Heldentat würdigen und mit Anerkennung vergelten würden. Aber es wollte nach wie vor niemand mit ihr befreundet sein.

Die Schule, die Katja besuchte, war die beste in Chabarowsk. Es war eine Schule mit Mathematik-Schwerpunkt und integriertem Englischunterricht. Nur Kinder aus den Familien der Partei- und Militärelite wurden hier aufgenommen. Katjas Mutter war nur Zahnärztin an der staatlichen Poliklinik, aber sie behandelte sowohl den Direktor wie auch dessen Stellvertreter.

Die Elite-Kinder lebten vom Säuglingsalter an nach besonderen Gesetzen. Für sie zerfiel die Menschheit in zwei Teile. Die »Bevölkerung« war der größere und schlechtere Teil; dort war alles anders – die Lebensweise, die Moral, sogar die Wurst, die nach Papier schmeckte und ungenießbar war. Wurst war Mangelware in Chabarowsk, die »Bevölkerung« stand dafür in langen Schlangen an. Ein Elite-Kind, das aus dem Fenster des elterlichen »Wolga« eine solche Schlange erblickte, fühlte sich nur in seiner Verachtung gegenüber denjenigen bestätigt, die nicht das Glück hatten, zur kleinen, gemütlichen und satten Welt der Auserwählten zu gehören.

Von der ersten Klasse an spürte Katja, daß sie für ihre Mitschüler immer eine Außenseiterin bleiben würde. Ihre Mutter gehörte als Zahnärztin gewissermaßen zu den Bediensteten. Eine Zahnarzttochter akzeptierten die Kinder der Nomenklatura, die Sprößlinge von Parteisekretären,

Gewerkschaftsbossen und hohen Militärs, niemals als ihresgleichen.

Katja glaubte hartnäckig, wenn sie nur immer lieb und nett sei, werde man sie mögen und mit ihr Freundschaft schließen. Was machte es schon aus, wer die Eltern waren?

In den unteren Klassen brachte Katja ihre Lieblingsspielsachen mit und verschenkte sie. Sie machte gern Geschenke, aber vor allem sollten die anderen begreifen, was für ein nettes Mädchen sie war.

Einige ihrer Gaben wurden herablassend angenommen, aber die meisten dieser armseligen Plastikpüppchen und abgeschabten Plüschtiere wurden verächtlich zurückgewiesen. Die Kinder der Nomenklatura hatten deutsche Puppen mit echten, waschbaren Haaren und flauschige tschechische Plüschtiere mit lustigen Schnäuzchen.

Ein anderes Kind an Katjas Stelle hätte vielleicht auf seine arroganten Klassenkameraden gespuckt, kein Spielzeug mehr angeschleppt, keine Hausaufgaben abschreiben lassen. Manch einer wäre zornig geworden und hätte nicht nur die Elite-Kinder, sondern die ganze Menschheit erbittert gehaßt. Aber Katja fühlte sich nur immer minderwertiger, je älter sie wurde.

Als sie der Mutter von den vielen Kränkungen erzählen wollte, unterbrach diese sie streng:

»Such den Grund dafür bei dir selbst! Denk nach, warum niemand mit dir befreundet sein will. Denn du meinst doch wohl nicht, daß alle anderen schlecht sind und nur du gut?«

Am Abend der Abschlußfeier goß es in Strömen. Katja ging in dem duftigen weißen Kleid, das sie sich zu diesem ersten richtigen Ball selbst genäht hatte, aus dem Haus. Als sie barfuß über den Schulhof lief, in der einen Hand einen Schirm und in der anderen eine Tüte mit ihren weißen Lacksandaletten, brauste eine schwarze Funktionärslimousine an ihr vorüber und bespritzte sie von Kopf bis Fuß. Nicht nur das weiße Ausgehkleid, auch das sorgfältig geschminkte Gesicht und sogar die kurzen rotblonden Haare waren über und über besudelt. In der Limousine saßen zwei von Katjas Mitschülern.

Der Junge, der am Steuer saß, der männliche, breitschultrige Sohn eines Parteibonzen, war der Grund gewesen, warum Katja nächtelang an dem weißem Kleid genäht und sich drei Stunden vor dem Spiegel hin- und hergedreht hatte.

Es war keine böse Absicht – die Pfützen waren sehr tief, und sie war sehr nahe daran vorbeigelaufen. Zur Abschlußfeier ging sie nicht mehr, das Kleid versuchte sie nicht einmal zu waschen, sie warf es einfach weg, um für alle Zeiten die Elite-Schule zu vergessen, die Jungen und Mädchen, die ihre Freundschaft ablehnten.

Mit einem Einser-Zeugnis fuhr Katja nach Moskau und schaffte unerwartet leicht die Aufnahme ins Institut für Luftfahrttechnik. Nun war sie von ganz normalen Altersgenossen umgeben. Aber die Zeit auf der Elite-Schule in Chabarowsk war nicht spurlos an ihr vorbeigegangen. Katja war nicht mehr fähig, unbefangen auf Menschen zuzugehen, überall witterte sie Verachtung und Ablehnung. Sogar mit ihren Zimmergefährtinnen im Wohnheim konnte sie nicht normal reden; sie entschuldigte sich täglich wohl vierzigmal, sah ihren Gesprächspartnern nicht in die Augen und erwarb sich den Ruf, »ein wenig sonderbar« zu sein. Wieder fand sie keine Freunde – aber diesmal nicht, weil sie eine »Zahnarzttochter« war, sondern weil sie in ihrer Verschlossenheit und Gehemmtheit niemanden an sich heranließ.

Mit den Jungen wollte es auch nicht klappen. Auf Feten ging sie nicht, und im Institut bemerkte einfach niemand das kleine magere Geschöpf, das wie ein Schatten vorbeihuschte, den Kopf mit den kurzen roten Haaren einzog, mit niemandem redete und, wenn man es ansprach, rot wurde und mit schuldbewußtem Gesichtsausdruck den Blick abwandte.

Mitja Sinizyn erschien in Katjas Leben wie ein Blitz aus heiterem Himmel. Sie war im dritten Studienjahr. Kurz vor Silvester fand im Club des Instituts ein Konzert mit Liedermachern statt. Nach dem Konzert nahmen einige der Sänger die Einladung der munteren Studentenrunde an und fuhren mit ins Wohnheim.

Katja lag auf ihrem Bett, allein im leeren Zimmer, und las Dostojewskis »Tagebuch eines Schriftstellers«. Sie hörte, wie im Nebenzimmer gesungen und gefeiert wurde, aber ihr war das egal. Plötzlich öffnete sich die Tür. Auf der Schwelle stand ein großer Bursche im schwarzen Pullover und in schwarzen Jeans. Die blonden lockigen Haare waren kurz geschnitten, die hellblauen Augen blickten fröhlich und freundlich.

»Guten Abend«, sagte er mit tiefer, weicher Stimme. »Sie haben nicht zufällig etwas Brot?«

Ohne eine Antwort abzuwarten, durchschritt er das Zimmer und setzte sich direkt auf Katjas Bett.

»Ich glaube schon.« Katja wollte vom Bett springen, aber er hielt sie am Arm fest.

»Sie lesen Dostojewski? Alle trinken, und Sie führen in aller Stille Zwiegespräche mit dem Dichter? Warum habe ich Sie nicht beim Konzert gesehen?«

»Ich bin nicht hingegangen.« Katja sprang nun doch vom Bett und schlüpfte in ihre Schuhe. »Was für Brot wollen Sie, schwarzes oder weißes?«

»Warum sind Sie nicht hingegangen? Gefallen Ihnen Liederabende nicht?« Das Brot hatte er offenbar ganz vergessen.

»Doch, wieso? Nur … Ich wollte allein sein, ein bißchen lesen.«

Katja stand mitten im Zimmer in ihren ausgetretenen, viel zu großen Schlappen, in einer dünnen Strumpfhose und einem weiten, langen Pullover.

»Gucken Sie immer so erschrocken?« fragte er, stand vom

Bett auf und nahm sie bei der Hand. »Und haben Sie immer so kalte Hände? Ich heiße Dmitri.«

»Katja.« Sie merkte, daß sie rot wurde.

»Sehr angenehm! Soll ich vielleicht das Brot rüberbringen und dann zurückkommen und ein bißchen mit Ihnen zusammensitzen?«

Dieser Vorschlag kam so unerwartet, daß Katja nichts erwiderte, nur den Kopf noch tiefer einzog, ihre Hand aus seiner großen, warmen Pranke befreite, zum Gemeinschaftskühlschrank huschte und ein Päckchen mit einem halben Weißbrot herausholte.

»Entschuldigen Sie, ich glaube, Schwarzbrot ist keins da«, murmelte sie und reichte ihm das Päckchen.

Er kam fünf Minuten später zurück, in den Händen eine Gitarre.

»Sie waren nicht beim Konzert, ich möchte für Sie singen. Drüben«, er nickte zur Wand, hinter der Gelächter und ausgelassenes Geschrei ertönten, »drüben sind sie alle betrunken und nicht mehr zurechnungsfähig. Gut möglich, daß nur wir beide im ganzen Haus noch die Fahne der Nüchternheit hochhalten.«

Er setzte sich auf einen Stuhl, stimmte die Gitarre und begann, ihr halblaut seine Lieder vorzutragen. Katja lauschte wie verzaubert. Sie begriff nicht, ob die Lieder gut waren, sie verstand überhaupt kein einziges Wort, sie blickte nur in die freundlichen hellblauen Augen und wagte kaum zu atmen.

Hinter der Wand ging das ausgelassene Treiben weiter. Mitja setzte sich zu Katja auf das Bett, dessen Sprungfedern kläglich ächzten, und legte die Gitarre beiseite. Er nahm Katjas Gesicht in die Hände und drückte seinen Mund auf ihre angespannten, zusammengepreßten Lippen.

Es war der erste richtige Kuß in ihrem Leben. Obwohl sie schon zwanzig Jahre alt war, hatte sie bisher eigentlich gar nicht richtig gelebt, sondern nur Filme über das Leben anderer gesehen und Bücher gelesen. Sie hatte sich schon lange mit dem Gedanken abgefunden, daß sie alt werden würde, ohne von irgend jemandem beachtet oder geliebt zu werden.

Der unbekannte Mann, der starke, schöne, romantische Prinz, küßte sie langsam und zärtlich. Mitja Sinizyn verfügte über eine solide Erfahrung im Umgang mit Frauen. Solche wie Katja waren allerdings noch nicht darunter gewesen. Er liebte Frauen vom Typ »femme fatale«, reif, selbstsicher und erfahren. Ihm gefielen die Titelbild-Schönheiten, von denen er selbst sagte: »Eine Frau existiert nach der Formel: Beine – Busen – Mund. Wenn sie lange Beine, einen großen, festen Busen und einen vollen Mund hat, ist alles übrige unwichtig. Augen, Nase, Haare können beliebig sein. Und Grips braucht sie überhaupt nicht zu haben.«

Mit seinen achtundzwanzig Jahren hatte Mitja die Frauen, die die Natur nach dieser schlichten Formel geschaffen hatte, hinlänglich studiert. Heiraten, da war er sich sicher, wollte er so eine Frau allerdings nicht. »Ein Stück Seezunge heiratet man nicht!« erklärte er seiner Schwester Olga, wenn er mit ihr die Einzelheiten seines Liebeslebens erörterte. »Aber was soll ich machen, wenn mir nur solche Frauen gefallen, die man nicht heiraten kann?«

Am ehesten empfand er wohl Mitleid, als er den mageren kleinen Spatz auf dem Wohnheimbett erblickte. Er wollte ein Weilchen bei ihr bleiben, mit ihr im Dunkeln sitzen, für sie singen – einfach so, ohne irgendwelche Hintergedanken. Sie lauschte ihm mit angehaltenem Atem, und in ihren Augen lag so viel Entzücken, Dankbarkeit und Liebe. Mitja kam sich groß, stark und gut vor und fühlte sich in der Rolle des Märchenprinzen sehr wohl.

Katja schwirrte der Kopf, sie vergaß alles auf der Welt – die arroganten Mitschüler in Chabarowsk, die mürrische, abweisende Mutter, die Physik und die Mathematik. Plötzlich zeigte sich, daß sie ein lebendiger, zärtlicher, sinnlicher Mensch war, daß sie Liebe empfangen und geben konnte, daß man auch ihr mit heißen Lippen Worte ins Ohr flüstern konnte, von denen sie eine Gänsehaut bekam.

»Habe ich recht, du bist noch Jungfrau?« hörte sie sein hitziges Flüstern, das für sie wie zauberhafte, überirdische Musik klang.

Mitja erschreckte diese Entdeckung zunächst, aber einen Moment später erregte sie ihn nur noch mehr. Er hatte schon viele Frauen in seinem Leben gehabt, aber bis zu diesem Augenblick war er noch für keine der erste und einzige gewesen.

Katjas taktvolle Zimmergefährtinnen kehrten erst am nächsten Morgen zurück und fanden eine ganz andere Katja vor. Erst jetzt sah man, wie hübsch und weiblich sie war. Sie zog den Kopf nicht mehr zwischen die Schultern, ging aufrecht, hatte keine Angst, den Menschen in die Augen zu sehen, zu lächeln – mit einem Wort: zu leben.

Mitja Sinizyn machte ihr schon zwei Tage später einen Heiratsantrag, am einunddreißigsten Dezember, als es Mitternacht schlug und das Jahr 1991 begann. Katja zweifelte nicht daran, daß sie sich von nun an nie mehr trennen würden. Sie waren füreinander wie geschaffen.

Die Familie Sinizyn nahm Katja wohlwollend und freundlich auf. Man sah sofort, daß dieses stille, kultivierte Mädchen keine raffgierige Provinzlerin war, die es nur auf eine Aufenthaltserlaubnis für Moskau abgesehen hatte.

Alles ließ sich gut an. Zunächst mieteten sie ein Zimmer in einer Gemeinschaftswohnung, aber sehr bald verschaffte ihnen Mitjas Schwester eine eigene Wohnung. Sie lag zwar am Stadtrand, in Wychino, und befand sich im Erdgeschoß, aber dafür hatte sie zwei Zimmer und war separat.

Katja schloß das Institut mit Auszeichnung ab und fand eine Stelle als wissenschaftliche Mitarbeiterin in einem Forschungsinstitut für Leichtmaschinenbau. Allerdings merkte sie rasch, daß das keine Arbeit war, sondern nur eine Methode, auf Staatskosten die Zeit totzuschlagen. Im übrigen war sie an einer Karriere auch gar nicht interessiert. Im Mittelpunkt ihres Lebens stand die Familie, das heißt Mitja. Mehr als alles auf der Welt wollte sie ihm ein Kind gebären. Ihr ganzes Sinnen und Trachten konzentrierte sich auf dieses Kind, sie konnte an nichts anderes mehr denken, von nichts anderem mehr reden. Aber drei Schwangerschaften endeten mit Fehlgeburten, und die Ärzte stellten die schreckliche, hoffnungslose Diagnose: Unfruchtbarkeit.

Mitja tröstete sie damit, daß es auch Familien ohne Kinder gäbe, daß man ja eines der unzähligen verstoßenen Kinder aus dem Kinderheim adoptieren könne. Aber alle Trostworte waren zwecklos. Katjas Minderwertigkeitskomplex, ihre Überzeugung, nicht gebraucht zu werden, flammte mit neuer Kraft auf. Sie glaubte, sie habe Mitjas Leben ruiniert und er verlasse sie nur aus Mitleid nicht.

Ihr Selbsthaß steigerte sich derart, daß sie nicht länger leben wollte. Und genau in diesem Augenblick erschien der junge Praktikant aus ihrem Institut auf der Bildfläche. Er fand sie in Tränen aufgelöst in der hintersten Ecke des leeren Raucherzimmers und bot ihr eine Spritze an.

»Setz dir eine Spritze, das bringt Erleichterung«, sagte er so sanft und mitfühlend, daß Katja, ohne über den Sinn seiner Worte nachzudenken, ihm den Arm hinstreckte.

Mit freudigem Erstaunen entdeckte sie, daß die ausweglose Melancholie, die ihre Seele in der letzten Zeit beherrscht hatte, sich auflöste. Ihr wurde leicht und froh zumute.

»Was war das?« fragte sie den jungen Mann.

»Morphium«, erwiderte er wie selbstverständlich.

Katja erschrak nicht. Was war Schreckliches daran, daß sie sich zum erstenmal seit vielen Monaten ruhig und gut fühlte? Was sie noch vor zehn Minuten zum Weinen gebracht hatte, erschien ihr jetzt als lächerliche Bagatelle. Noch nie in ihrem Leben hatte sie eine solche Leichtigkeit und Gelassenheit gespürt.

»Wenn du mehr willst, kann ich dir jederzeit so viel verkaufen, wie du brauchst«, erklärte der junge Mann mit verschwörerischem Augenzwinkern.

Schon sehr bald wollte Katja mehr. Als die Wirkung der Spritze nachließ, fühlte sie sich wieder elend, noch schlechter als vorher. Anfangs hatte sie genug Geld, aber bald mußte sie es Mitja mit List und Lügen abluchsen.

Ihr Zusammenleben verwandelte sich in einen endlosen Kampf. Er schleppte sie zu verschiedenen Ärzten, Suchtspezialisten, Hypnotiseuren, und sie glaubte die ganze Zeit, er wolle ihr die einzige und wichtigste Freude im Leben nehmen. Sie war überzeugt, ihre Sucht sei nur vorübergehend und sie könne jeden Moment damit aufhören.

Die Arbeit gab Katja auf. Zum Schluß ging sie kaum noch unter Leute. Die Drogen kaufte sie möglichst an verschiedenen Orten, um nicht immer dieselben Händler zu treffen.

Den letzten Versuch, seine Frau von den Drogen abzubringen, unternahm Mitja einen Monat vor seinem Tod. Er machte Katja mit einer hervorragenden Psychotherapeutin bekannt, einer gütigen, mitfühlenden Frau: Regina Valentinowna Gradskaja.

»Du bist schon im fortgeschrittenen Stadium der Sucht, es würde dir sehr schwerfallen, sofort aufzuhören. Wir werden die Dosis ganz allmählich verringern«, sagte Regina Valentinowna zu Katja.

Die anderen erklärten, es sei besser, plötzlich und radikal aufzuhören. Anfangs gehe es einem sehr schlecht, aber dann würde sich der Organismus vollständig erholen.

Nur die Gradskaja verlangte keine abrupten Entschlüsse. Sie war zartfühlender und rücksichtsvoller als die anderen. Sie, eine berühmte, geniale Therapeutin, nahm sich viel Zeit für Katja – und noch dazu völlig kostenlos. Alle übrigen verstanden Katja nicht, schonten sie nicht, wollten sie schrecklichen Qualen aussetzen, der Folter des Entzugs. Wem hätte sie vertrauen sollen, wenn nicht Regina Valentinowna?

Kapitel 9

»John Codney beobachtete sein zukünftiges Opfer gewöhnlich einige Tage, studierte dessen Charakter und Eigenarten, wurde gleichsam zu seinem Vertrauten. Er verwandelte sich, wie er selbst es ausdrückte, in einen Schwamm, der die Energie dieses anderen Lebewesens aufsaugte. In der Einzelzelle des Gefängnisses von Goldsworthy im Staat Indiana schilderte Codney ausführlich und mit Behagen jede Nuance seiner Gefühle – vor dem Mord, dabei und danach. Von ihm stammt der bekannte Satz, den man in gerichtspsychiatrischer Fachliteratur immer wieder lesen kann: ›Indem ich mordete, besiegte ich den Tod.‹

Wir haben einen Mörder vor uns, der eine eigene Philosophie hat, einen Mörder, der nicht nur imstande ist, abstrakt zu denken, sondern seine Gedanken auch formulieren kann. ›Von früher Kindheit an bedrückte mich das Bewußtsein von der Unausweichlichkeit des Todes. Gewöhnlich denken Kinder darüber nicht nach, aber ich war eine unglückliche Ausnahme. Die Menschen erschienen mir als Marionetten. Ein grausamer, höhnischer Schöpfer hatte sie aus schimmerndem Ton geformt, sie mit Leidenschaften und Sehnsüchten ausgestattet, hatte den einen mit Talent beschenkt, den anderen mit Reichtum, und manche hatte er unglücklich und mißgestaltet gemacht. Aber jedem hatte er im voraus seine Frist abgemessen. Jeder war verurteilt, zu Moder und Staub zu werden. Dieser kalte, allmächtige Jemand machte sich einen Spaß daraus, die Menschen aber verneigten sich vor ihm und nannten ihn Gott. Meine Mutter war eine rechtschaffene Protestantin und schleppte mich regelmäßig in die Kirche, ich aber spürte schon als kleines Kind dort nur Kälte und Tod.

Der Tod als unausweichliche, stärkste und konkreteste Macht im Universum, als einzige Realität faszinierte mich und zog mich unwiderstehlich an. Ich wollte ihn wieder und wieder berühren. Der Mord war für mich ein Akt der Liebe zum Tod und des Grauens vor ihm. Mord aus Habgier interessierte mich nicht. Ein solcher Mord gleicht der käuflichen Liebe, der Liebe einer Prostituierten. Der Tod als solcher ist so bedeutsam, daß man nur um seiner selbst willen töten kann.‹«

Lena Poljanskaja übersetzte den letzten Teil des Artikels »Die Grausamkeit des Opfers« von David Crowell und dachte, es würde sich sicherlich lohnen, den Text auf Kosten der blutigen Details ein wenig zu kürzen. Natürlich wußte sie, daß viele Leser diesen Artikel nicht wegen der Psychologie, sondern wegen der Pathologie lesen würden, mit anderen Worten, sie warteten auf bluttriefende und herzzerreißende Szenen. Aber Lena verursachten solche Einzelheiten mittlerweile ein Gefühl leichter Übelkeit.

Im Nebenzimmer wachte Lisa auf und rief laut: »Mama!«

Lena freute sich über die Ablenkung. Ein wenig Erholung von diesem philosophierenden Jack the Ripper und seinen Enthüllungen konnte nicht schaden.

Während sie Lisa mit einer Hähnchenfrikadelle und Kartoffelpüree fütterte und ihr dabei das Gedicht vom Butterbrot des Königs aufsagte, klingelte es.

Lena ging zur Tür, guckte durch den Spion und erblickte eine unbekannte Frau mittleren Alters. Unter ihrem offenen Mantel sah ein weißer Kittel hervor, am Hals baumelte ein Stethoskop.

»Guten Tag, ich komme vom Filatow-Krankenhaus«, rief die Frau von draußen. »Wir veranstalten eine Woche der prophylaktischen Untersuchung von Kindern bis zu drei Jahren, als Vorbereitung für die nächste Impfung.«

Die dem Filatow-Krankenhaus angegliederte Poliklinik war für Lenas Bezirk zuständig. Dort wurden tatsächlich ziemlich oft verschiedene Umfragen und prophylaktische Untersuchungen von Kleinkindern durchgeführt, deshalb öffnete Lena beruhigt die Tür.

Die Frau hatte ein müdes, freundliches Gesicht – das typische Gesicht einer Bezirksärztin. Sie trug eine Brille mit billigem Plastikgestell und eine lila Mohairmütze, unter der die von einem billigen Friseur gemachte Einheitsfrisur hervorschaute – eine rotgefärbte Dauerwelle. Das Gesicht war oberflächlich geschminkt, mit der Art von Make-up, wie es ältere, nicht gerade wohlhabende Frauen jeden Tag vor der Arbeit schnell auflegen – keineswegs aus dem Wunsch, schöner auszusehen, sondern einfach aus langjähriger Gewohnheit.

»Wir haben eigentlich schon alle Impfungen machen lassen«, erklärte Lena, während sie der Frau aus dem Mantel half.

»Wir wollen eine zusätzliche Grippeschutzimpfung einführen«, sagte die Frau lächelnd, »für Kinder ab einem Jahr.«

»Entschuldigen Sie, wir sind gerade beim Mittagessen.«

Die Frau folgte Lena in die Küche.

»Guten Tag, Lisa«, sagte sie. »Was ißt du da?«

»Kartoffeln und Frikadelle«, erwiderte Lisa, die auf ihrem hohen Kinderstühlchen am Tisch saß.

»Nein wirklich, wie gut sie schon sprechen kann! Sie ist doch noch keine zwei?«

»Gerade vor fünf Tagen ist sie zwei geworden. Setzen Sie sich doch. Möchten Sie vielleicht einen Tee?«

»Danke, da sage ich nicht nein. Aber nicht sofort. Essen Sie erst zu Ende, dann untersuche ich Lisa, und danach trinke ich mit Vergnügen eine Tasse Tee.«

Als die Ärztin durch den Flur ins Kinderzimmer ging, bemerkte sie durch die einen Spaltbreit geöffnete

Schlafzimmertür den flimmernden Monitor des Computers und fragte:

»Mit so einem kleinen Kind schaffen Sie es tatsächlich noch zu arbeiten?«

»Ich muß«, antwortete Lena schulterzuckend.

»Ich verstehe, Sie arbeiten bei einer Privatfirma, ohne Mutterschutz und bezahlten Urlaub.« Die Ärztin schüttelte den Kopf. »Ja, da kann man nichts machen. Wie das Sprichwort sagt: Keine Rose ohne Dornen.«

Während sie Lisa untersuchte, sie abhörte und ihr in den Mund schaute, stellte die Ärztin immer wieder beiläufig Fragen nach Lenas Arbeit und ihrem Privatleben. Ihre Fragen waren taktvoll und unaufdringlich.

»Bei welcher Firma arbeiten Sie denn, wenn es kein Geheimnis ist?«

»Ich bin Ressortleiterin bei der Zeitschrift ›Smart‹«.

»Oh, die kenne ich ... Also, wie viele Zähnchen haben wir denn?«

Sie zählte Lisas Zähne, schrieb etwas in ihr Notizbuch und kam dann wieder auf Lenas Arbeit zu sprechen.

»Und welches Ressort leiten Sie?«

»Kunst und Literatur ... Wissen Sie, manchmal hat Lisa Verstopfung, ich weiß gar nicht, woher.«

»Weichen Sie ein paar Rosinen ein, lassen Sie sie vierundzwanzig Stunden in abgekochtem kaltem Wasser stehen und geben Sie der Kleinen dreimal am Tag vor dem Essen je einen Teelöffel davon. Aber wenn es Sie sehr beunruhigt, dann lassen Sie eine Analyse auf Dysbakterie machen. Übrigens sollten Sie das in jedem Fall machen, eine leichte Veranlagung dazu ist zweifellos vorhanden. Kein Grund zur Sorge, aber verschleppen Sie es nicht.«

»Vielen Dank.«

Lena fiel auf, daß die Ärztin lange, spitz zugefeilte Fingernägel hatte, die blaßrosa lackiert waren. Das kam ihr etwas sonderbar vor – gewöhnlich schnitten sich Ärzte und

Krankenschwestern, die mit kleinen Kindern zu tun hatten, die Fingernägel kurz, um die Kinder nicht versehentlich zu verletzen.

Nach der Untersuchung erinnerte die Ärztin selber mit höflichem und schuldbewußtem Lächeln an den versprochenen Tee.

»Ich kann auch Kaffee machen«, schlug Lena vor.

Sie freute sich über die Gelegenheit, in aller Ruhe mit einer erfahrenen Kinderärztin reden zu können. Die Bezirksärztin Swetlana Igorjewna war ein reizender Mensch und eine gute Ärztin, aber immer in Eile.

»Entschuldigung, ich habe Sie gar nicht nach Ihrem Vor- und Vatersnamen gefragt?« Lena goß der Ärztin und sich einen starken Kaffee ein.

»Valentina Jurjewna«, stellte die Ärztin sich vor. »Sie machen einen ausgezeichneten Kaffee. Sagen Sie, wo lassen Sie Lisa, wenn Sie in die Redaktion gehen?«

»Bei unserer Nachbarin. Wir haben großes Glück, sie ist eine alleinstehende ältere Frau und hütet das Kind gegen ein bescheidenes Honorar.«

»Ja«, stimmte Valentina Jurjewna zu, »das ist wirklich ein Glücksfall. Heutzutage ist es schwierig, einen zuverlässigen und preiswerten Babysitter zu finden. Von der Kinderkrippe will ich gar nicht reden. Dort sind sie ständig krank. Zu Hause haben Sie ein gesundes Kind, aber kaum geben Sie es in die Krippe, wird es krank.« Die Ärztin lächelte traurig und nahm einen Schluck Kaffee. »Wie oft müssen Sie denn in der Redaktion sein?«

»Nur zwei Tage in der Woche, hauptsächlich arbeite ich zu Hause, man kommt mir da sehr entgegen. Sagen Sie, Valentina Jurjewna, was kann man machen, wenn ein Kind nicht einschlafen will?«

»Ihre Lisa ist doch ein sehr ruhiges Mädchen, haben Sie da etwa Probleme mit ihr?«

»Hin und wieder schon. Ich glaube, wir verwöhnen sie

zu sehr, manchmal darf sie bis spät nachts bei uns sitzen.«

»Machen Sie sich keine Sorgen, Kinder nehmen sich, was sie brauchen. Haben sie heute zu wenig gegessen und zu wenig geschlafen, holen sie es am nächsten Tag nach. Ihr Organismus ist im Unterschied zu unserem noch weise. Und was das Verwöhnen betrifft – wann soll man sie denn verwöhnen, wenn nicht in diesem Alter? Danach kommt die Schule, der Unterricht, Verpflichtungen ... Sagen Sie, Lena, schreiben Sie auch selber für Ihre Zeitschrift?«

»Hin und wieder. Aber hauptsächlich arbeite ich mit Autoren zusammen und übersetze.«

Lena war etwas verwundert über soviel Wißbegier, aber es machte sie nicht weiter stutzig. »Smart« war eine bekannte und beliebte Zeitschrift, da war es natürlich für jeden interessant, bei einer Tasse Kaffee mit einer Redakteurin plaudern zu können.

Etwas seltsam war allerdings, daß diese Ärztin im Unterschied zu ihren Kolleginnen überhaupt keine Eile hatte. Sonst waren alle diese Umfragen und prophylaktischen Untersuchungen mit viel Hektik und Lauferei verbunden, denn kleine Kinder gab es viele, an Ärzten und Schwestern jedoch herrschte chronischer Mangel, sogar in der renommierten Filatow-Klinik.

Aber natürlich konnte man von all dieser Lauferei auch einmal müde sein, und längst nicht in jedem Haus bekam man eine Tasse Kaffee angeboten.

»Woran arbeiten Sie denn im Moment, wenn es kein Geheimnis ist?« fragte die Ärztin.

»Im Moment übersetze ich den Artikel eines prominenten amerikanischen Psychologen.«

»Tatsächlich, wie interessant, Psychologie ist nämlich ein Steckenpferd von mir, und die zeitgenössische amerikanische Schule ganz besonders. Wen übersetzen Sie denn?«

»Einen gewissen David Crowell. Er beschäftigt sich hauptsächlich mit kriminalistischen Problemen, insbesondere mit der Psychologie von Serienmördern.«

»Was Sie nicht sagen! Wie interessant!« Die Ärztin lachte laut auf, wurde aber sofort darauf wieder ernst. »Wissen Sie, mich fasziniert seit kurzem die Psychologie von Selbstmördern. Der Auslöser dafür war ein schreckliches Unglück. Eine junge Frau, Mutter von zwei Kindern, hat plötzlich Hand an sich gelegt, einfach so, ohne jeden erkennbaren Grund. Ihr Leben lief wie am Schnürchen, ihr Mann vergötterte sie, die Kinder waren gesund, an Geld herrschte kein Mangel – und sie erhängt sich einfach.«

Lena wurde es unheimlich zumute. Sie fühlte sich sofort an Mitja Sinizyn erinnert, der sich auch ohne jeden erkennbaren Grund, einfach so, erhängt hatte.

»Ja, es geschehen merkwürdige Dinge«, sagte sie rasch. »Noch einen Kaffee?«

Da kam Lisa weinend in die Küche gerannt.

»Mama, bei der Puppe ist der Kopf kaputtgegangen, und der blaue Ball ist weg«, teilte sie mit tragischer Miene mit.

Lena erwartete, daß die Ärztin eine weitere Tasse Kaffee ablehnen und sagen würde: »Nein, danke, für mich wird es Zeit«, aber statt dessen folgte sie Lena ins Kinderzimmer, beteiligte sich an der Reparatur der kopflosen Gummipuppe und an der Suche nach dem Ball, der hinters Sofa gerollt war. Dann kehrte sie in die Küche zurück, dachte gar nicht daran, den Kaffee abzulehnen, sondern trank noch zwei Tassen und war überhaupt nicht von ihrem Thema abzubringen – der Psychologie von Selbstmördern.

Lena bereute ihre Gastfreundlichkeit schon längst, aber sie konnte die Besucherin ja nicht gut vor die Tür setzen. So blieb die Ärztin geschlagene anderthalb Stunden bei ihr, bis sie sich endlich verabschiedete.

»Oh, verzeihen Sie, ich habe mich verplaudert! Aber es ist so interessant, sich mit Ihnen zu unterhalten ...«

Als sie gegangen war, blieb bei Lena ein merkwürdiger, unangenehmer Nachgeschmack zurück. Sie begriff nicht, wieso, ihr war einfach traurig und scheußlich zumute, alles glitt ihr aus den Händen, sie bekam sogar Kopfschmerzen.

Lisa spielte friedlich, plapperte mit sich selber und ihren Spielsachen. Lena hätte in Ruhe noch eine halbe oder dreiviertel Stunde an ihrer Übersetzung arbeiten können. Aber kaum hatte sie sich an den Computer gesetzt, verwirrten sich ihre Gedanken und liefen in verschiedene Richtungen auseinander, die einfachsten Worte wollten ihr nicht einfallen, die kleine Schrift auf dem Bildschirm flimmerte ihr vor den Augen, und sie hatte keine Kraft zum Arbeiten. Sie schaltete den Computer aus und spülte das Geschirr, wobei sie es fertigbrachte, ihre Lieblingstasse zu zerschlagen.

Was ist denn bloß mit mir los? dachte sie aufgebracht. Ich schlafe zuwenig. Früher oder später rächt sich das – der Kopf tut weh, Tassen gehen kaputt, und nette Ärztinnen, die niemandem etwas getan haben, rufen meinen Unmut hervor. So geht das nicht weiter. Jetzt nehme ich erst einmal Lisa, wir schnappen zusammen etwas frische Luft, und heute abend gehe ich früher ins Bett, lasse Arbeit Arbeit sein und schlafe mich endlich aus.

Sie zog Lisa an und beschloß, zu den Patriarchenteichen zu gehen, wo man wenigstens eine gewisse Illusion von frischer Luft hatte und die Wege einigermaßen sauber waren. Sie waren nicht weit weg, allerdings mußte man den Kinderwagen die Treppen der Unterführung unter dem Gartenring hinunter- und hinaufschleppen.

»Das war eine böse Tante«, erklärte Lisa unerwartet, als Lena den Kinderwagen beherzt anhob und ihn die Stufen hinunterbugsierte.

»Wieso böse, Lisa?« fragte sie neugierig, nachdem sie die rutschige Treppe glücklich bewältigt und die Räder des

Wagens erleichtert auf den glatten Boden der Unterführung gestellt hatte.

»Eine schlechte Tante«, sagte Lisa finster, »böse.«

Ein etwa zwölfjähriger Junge kam ihnen entgegen, der eine riesige schwarze Dogge mit Maulkorb an der Leine führte. Lisa hüpfte augenblicklich in ihrem Wagen hoch und schrie freudig:

»Oh, was für ein großer Hund! Warum hat er einen Schuh auf dem Gesicht?«

»Das ist ein Maulkorb«, erklärte Lena, »den legt man großen Hunden für alle Fälle an. Plötzlich gefällt dem Hund etwas nicht, und er will beißen.«

Die Dogge mit Maulkorb war interessanter als die »böse Tante«, die Lisa schnell vergessen hatte. Lena war froh, zu diesem Thema nicht zurückkehren zu müssen.

Mit dem Wagen die Treppe hinaufzusteigen war weniger gefährlich als hinunter, man konnte nicht so leicht auf den vereisten Stufen ausrutschen. Dafür erforderte es jedoch erheblich mehr Kraft. Aber Lena hatte Glück, ein älterer Mann kam ihr zu Hilfe.

»Oh, das ist ja Lisa Krotowa!« hörte Lena eine Stimme hinter sich.

Als der Wagen schon oben war, tauchte neben dem Mann eine Frau mittleren Alters auf – die Bezirksärztin Swetlana Igorjewna. Es war ihr Mann, der Lena geholfen hatte, den Kinderwagen zu tragen. Die beiden wohnten nicht weit von den Patriarchenteichen, und Lena begleitete sie bis zu ihrem Haus.

»Heute war jemand aus der Klinik bei uns, wegen einer prophylaktischen Untersuchung, die gerade von Ihnen durchgeführt wird«, sagte Lena.

»Von uns? Eine Untersuchung?« fragte Swetlana Igorjewna erstaunt. »Wie kommen Sie darauf? Nichts dergleichen wird im Moment gemacht. Wer genau war denn bei Ihnen? Haben Sie nach dem Namen gefragt?«

Lena spürte eine unangenehme Kälte in der Magengegend. Sie berichtete kurz von dem Besuch, in der Hoffnung, es bestünde doch irgendeine Beziehung zur Poliklinik.

»Wie hieß diese Frau, sagen Sie? Valentina Jurjewna?« fragte Swetlana Igorjewna aufgeregt.

Lena nickte.

»Und sie hat fast zwei Stunden bei Ihnen gesessen? Haben Sie schon nachgeschaut, ob nichts fehlt?«

»Ehrlich gesagt, daran habe ich überhaupt nicht gedacht«, gestand Lena verwirrt. »Sie trug einen weißen Kittel und hatte ein Stethoskop und hat das Kind ganz professionell untersucht.«

»Heutzutage darf man nicht so vertrauensselig sein«, sagte Swetlana Igorjewnas Mann kopfschüttelnd. »Es gibt jetzt so viele Wohnungsdiebstähle, gut möglich, daß das eine Schnüfflerin war.«

Die Kälte im Magen wollte nicht verschwinden, es kam noch eine unangenehme Schwäche hinzu, so daß ihr die Knie zitterten. Auf dem Nachhauseweg rief Lena sich alle Einzelheiten des Gesprächs mit der »bösen Tante« ins Gedächtnis, und in ihrem Kopf formte sich eine seltsame Kette – von der unbekannten Frau, die sich als Kinderärztin ausgegeben hatte, zum Selbstmord, vom Selbstmord zu Mitja Sinizyn. Lena suchte sich einzureden, daß es keinerlei Zusammenhang zwischen der falschen Ärztin und Mitjas Selbstmord gäbe und auch keinen geben könnte. Das war alles pure Einbildung, und diese Frau hatte bestimmt nur ihre Wohnung ausgekundschaftet. Sie mußte unbedingt Mischa Sitschkin um Rat fragen, wie sie sich schützen konnte. Aber eine sonderbare Schnüfflerin war das schon – hatte reichlich Zeit, untersuchte ein Kind ganz professionell, gab vernünftige und zweckmäßige Ratschläge und diskutierte dann auch noch über die Psychologie von Selbstmördern.

Besondere Übelkeit aber verursachte es Lena, daß sie einem wildfremden Menschen nicht nur Zutritt zu ihrer Wohnung gewährt hatte, sondern ihn auch ihr Kind hatte berühren lassen.

Kapitel 10

»Man muß sich an den kleinen Dingen im Leben freuen können – am Sonnenschein, am ersten Schnee, am frischen jungen Gras«, pflegte Reginas Mutter zu sagen.

Sie war eine ruhige, kultivierte, nicht gerade schöne Frau. Im Alter von einundvierzig Jahren hatte sie, eine alleinstehende, altjüngferliche Bibliothekarin, sich mit dem betrunkenen Elektriker Kirill eingelassen, einem aufdringlichen dreißigjährigen Rüpel, der gerade von der Front zurückgekehrt war.

Er kam an einem eisigen Januarabend in die Bibliothek, um die Elektroleitung zu reparieren. Draußen herrschte grimmiger sibirischer Winter, vierzig Grad Frost, im Lesesaal glühte der große Kachelofen und verströmte eine schläfrige, schmachtende Hitze. Alle waren bereits nach Hause gegangen, zu ihren Familien. Nur Valentina Gradskaja hatte es nicht eilig, und so war sie gebeten worden, auf den Elektriker zu warten, der sich verspätet hatte.

Dieser erbärmliche entlassene Soldat mit seiner dicken Kartoffelnase, dem fliehenden Kinn und dem vulgären Grinsen wurde der Zufallsvater von Regina Valentinowna Gradskaja.

Alles spielte sich rasch und grob ab, auf dem abgeschabten vorrevolutionären Sofa im Lesesaal, unter den großen Porträts mit den Klassikern der russischen Literatur.

»Warum mußtest du mir das erzählen?« fragte die achtzehnjährige Regina ihre Mutter. »Hättest du nicht irgendeine schöne romantische Geschichte erfinden können, von einem Polarforscher, der heldenhaft im ewigen Eis umgekommen ist, oder von einem breitschultrigen Frontsoldaten mit Orden auf der Brust?«

»Er war ja Soldat«, erwiderte ihre Mutter mit schuldbewußtem Lächeln.

»Er war ein erbärmliches Vieh!« schrie Regina. »Eine Mißgeburt! Von solchen kriegt man keine Kinder!«

»Regina, es war Januar 1946. Wo sollte es da heldenhafte Polarforscher geben? Auf zehn Frauen kam ein Mann. Ich war schon vierzig Jahre und stand allein auf der Welt. Ich wollte doch so gern ein Kind. Das war meine letzte Chance.«

»Besser hättest du mich angelogen.«

»Ich kann nicht lügen, das weißt du doch.«

Ja, Regina wußte es. Und insgeheim haßte sie dieses hilflose, schuldbewußte Lächeln, diese pathologische Ehrlichkeit.

Andere belog ihre Mutter nie, nur sich selbst. Sie tröstete sich ständig mit Illusionen, lebte in einer idealen Traumwelt.

»Natascha Rostowa war absolut keine Schönheit«, predigte sie ihrer Tochter in schmeichelndem Ton. »Weißt du, wie Tolstoi seine Lieblingsheldin beschreibt?« Und sie zitierte, die Augen halb geschlossen, ganze Abschnitte aus »Krieg und Frieden«. »Oder die Fürstin Marja? Ihr Porträt ist eine wahre Hymne an die Schönheit der Seele.« Wieder folgte ein Abschnitt aus Tolstois berühmtem Roman. »Und Puschkins Tatjana glänzte auch nicht durch Schönheit.« Lange Zitate aus »Eugen Onegin«, wieder auswendig und mit halbgeschlossenen Augen. »Verstehst du, Regina, unglücklich zu sein, weil du keine regelmäßigen Gesichtszüge hast, ist dumm und überflüssig. Vom Äußeren hängt im Leben nichts ab. Viel wichtiger ist die Schönheit der Seele, sind Güte und Verstand.«

Schon mit zwölf Jahren wußte Regina, daß das Humbug war. Eine schöne Frau kann so dumm sein, wie sie will, sie wird es im Leben immer leichter haben als eine häßliche, wie gescheit diese auch sein mag. Keine Schönheit der Seele, keine Güte und kein Verstand helfen der Häßlichen. Je älter Regina wurde, desto fester war sie davon überzeugt.

Sie war vierzehn, als ihre Mutter, aufgeschreckt durch Gepolter und Geklirr, aus der Küche in ihr Zimmer gerannt kam und sah, wie sie auf den Scherben des großen Spiegels herumtrampelte und dabei leise und konzentriert wiederholte:

»Ich hasse mich! Ich hasse mich!«

Ihre Fäuste waren bis aufs Blut zusammengekrallt.

»Regina, Mädchen, was hast du?«

»Geh weg! Ich hasse mich! Diese Nase, diese Augen, diese Zähne ... Ich hasse mich!«

Regina war immer eine gute Schülerin, ihr fiel alles leicht. Schon in der Schule lernte sie drei Sprachen: Englisch, Deutsch und Französisch, selbständig, nach alten Gymnasiallehrbüchern aus dem Fundus der Stadtbibliothek. Im ersten Anlauf und ohne irgendwelche Beziehungen schaffte sie die Aufnahme ins Moskauer Medizinische Institut.

Viele ihrer Kommilitonen wurden bleich oder fielen sogar in Ohnmacht, als sie im Anatomieseminar zum erstenmal an den Zinktischen standen, auf denen die Leichen lagen. Regina Gradskaja griff seelenruhig zum Skalpell und spürte dabei weder Entsetzen noch Ekel – nur die kühle Neugier eines Wissenschaftlers.

Über die Kaltblütigkeit dieser schweigsamen, hoffnungslos häßlichen Studienanfängerin aus Tobolsk waren sogar die Dozenten, die in ihrem Leben schon einiges gesehen hatten, verblüfft, von den Kommilitonen ganz zu schweigen. Im Studentenheim ging man ihr aus dem Weg und fürchtete sich sogar ein wenig vor ihr. Die vier anderen Mädchen in Reginas Zimmer teilten sich fast alles. Wenn eine von ihnen zu einer wichtigen Verabredung ging, wurde sie von den anderen ausgestattet – die eine gab ihr Schuhe, die nächste einen Rock. Regina verlieh nie etwas von ihren Sachen und nahm auch nichts von den anderen. Zu Verabredungen ging sie nicht, im täglichen Leben war sie penibel und sparsam und brachte es auf diese Weise sogar fertig, mit dem kargen Stipendium auszukommen. Allerdings bekam sie von Anfang an ein Leistungsstipendium, aber auch das waren nur Kopeken.

Alle Zwischenprüfungen bestand sie mit »Eins«. In den sechs Jahren ihres Studiums war sie nicht einmal krank, versäumte keine einzige Unterrichtsstunde. Sie schlief nur vier Stunden pro Nacht und las praktisch alles, was die gut bestückte Institutsbibliothek zu bieten hatte. Besonders intensiv vertiefte sie sich in die Bücher über Psychiatrie.

Mehr als alles auf der Welt fürchtete Regina Gradskaja, verrückt zu werden. Sie wußte, daß ihre Fixiertheit auf ihr Äußeres ans Pathologische grenzte und daß diese Grenze fließend ist – ein schwerer Minderwertigkeitskomplex kann jederzeit in eine psychische Erkrankung übergehen. Es ist schwer, nicht verrückt zu werden, wenn man sich selbst haßt, wenn einem das eigene Gesicht im Spiegel wie ein widerlicher Alptraum vorkommt. Die eigene Häßlichkeit wird zur alles überlagernden fixen Idee und steigert sich bis zur Wahnvorstellung.

Doch je gründlicher Regina Psychiatrie studierte, desto klarer begriff sie: Eine genaue Grenze zwischen Normalität und Pathologie gibt es nicht. So exakt und konkret die Dogmen der Schulmedizin auch sind – psychische Krankheiten vermag niemand zu heilen. Seit Aminasin und Haloperidol war nichts Neues erfunden worden. Und diese Präparate haben auf den menschlichen Organismus eine schrecklichere Wirkung als Zwangsjacken, Gitterstäbe und Elektroschocks. Im Grunde war die Psychiatrie die gleiche geblieben wie schon vor hundert, zweihundert Jahren. Der Arzt sah seine Aufgabe nicht darin zu heilen, sondern darin, den Geisteskranken ungefährlich und hilflos zu machen.

Regina war überzeugt: Die menschliche Seele braucht keine Chemie, sondern etwas völlig anderes. Sie begann sich mit den Phänomenen des Übersinnlichen und mit Hypnose zu beschäftigen und las alles, was man damals zu diesem Thema bekommen konnte. Sie lernte, mit der Stimme, den Händen, dem Blick zu heilen. Manchmal hatte sie das Gefühl, als dringe sie bis ins Gehirn und in die Seele eines Menschen ein und erblicke das Wesen seiner seelischen Krankheit.

Am Serbski-Institut für Gerichtsmedizin, wohin es sie als junge Stationsärztin verschlug, hatte sie es mit einer besonderen Klientel von Patienten zu tun – mit Mördern, Vergewaltigern und Sadisten. Vorsichtig probierte sie an diesen Menschen ihre übersinnlichen und hypnotischen Fähigkeiten aus und entdeckte, daß es neben primitiven Schwachsinnigen, wollüstigen, verbitterten Impotenten und aggressiven Alkoholikern unter ihnen auch ganz ungewöhnliche, starke und begabte Persönlichkeiten gab, wie man sie sonst, bei den normalen Menschen, kaum antrifft.

Am meisten interessierten sie die Serienmörder, und zwar diejenigen unter ihnen, die vollkommen zurechnungsfähig waren, eine höhere Bildung und einen sehr hohen Intelligenzquotienten besaßen. Diese Menschen wußten genau, was sie taten. Sie töteten nicht um des materiellen Gewinns wegen, sondern um ihre großen inneren Probleme zu lösen. Unter den gewöhnlichen, rohen Mördern gab es nur sehr wenige von ihnen, und sie aufzuspüren war schwierig. Für Regina waren sie Genies des Verbrechens, der lebende Gegenbeweis zu Puschkins Formel: »Genie und Verbrechen sind unvereinbar.«

Diese Menschen weckten bei ihr weder Furcht noch Abscheu. Sie erschienen ihr interessanter als alle anderen. Die schwarzen Tiefen ihres Unterbewußtseins analysierte sie ebenso ruhig, wie sie im ersten Semester die Leichen präpariert hatte. Bei ihnen suchte sie Antwort auf die Fragen, die ihre eigene Seele bedrängten.

Als die Kollegen auf ihre Experimente aufmerksam wurden, mußte sie ihre Stelle am Institut aufgeben. Es machte ihr nichts aus, denn sie wußte, sie würde nicht untergehen.

Mit dreißig Jahren hatte Regina Valentinowna Gradskaja, Doktorin der Medizin, eine Zwei-Zimmer-Wohnung im Zentrum von Moskau, einen soliden Lada und jede Menge teurer Klamotten und Schmuck. Zu ihren Patienten gehörten berühmte Schauspieler, Schriftsteller, Popsänger, Parteifunktionäre und deren Frauen und Kinder. Dieses exklusive, launische Publikum ließ sich von ihr gegen Alkoholismus, Drogensucht, Impotenz, gegen Depressionen und Psychosen behandeln. Sie garantierte ihren Patienten völlige Anonymität, vor allem aber war ihre Behandlung sanft, effektiv und ohne schädliche Nebenwirkungen. Kein kalter Entzug, keine zerstörerischen Psychopharmaka. Nur ihre Stimme und ihre Hände.

Wenjamin Wolkow erschien an einem kalten Novemberabend des Jahres 1982 in ihrer Wohnung. Ein Bekannter, der Funktionär beim Jugendverband Komsomol war, hatte sie angerufen und gebeten, ihn zu empfangen – »ein netter Kerl, ein Landsmann von Ihnen aus Tobolsk«.

Schüchtern setzte er sich auf den Rand des Sessels und begann leise zu erzählen: von seiner schweren Kindheit, von den Problemen, die er im intimen Umgang mit Frauen habe. Es fiel Regina nicht schwer, ihm sein Geheimnis zu entlocken. Unter der Hypnose erzählte er in allen Einzelheiten, wie er sieben Mädchen vergewaltigt und ermordet hatte.

»Ich habe Angst«, sagte er. »Ich fürchte, früher oder später wird man mich erwischen. Ich will nicht morden, aber es ist stärker als ich. Ich fühle einen unüberwindlichen, grauenhaften Hunger.«

Regina hatte in ihrer Praxis schon oft mit sexuellen Problemen, sowohl von Männern wie von Frauen, zu tun gehabt. Im Zustand des Hypnoseschlafs gaben ihre Patienten die intimsten Einzelheiten preis. Für Regina gab es keine Geheimnisse und Unklarheiten auf diesem schwierigen Gebiet der menschlichen Psyche. Sie lauschte den Erzählungen ihrer Patienten über die ausgefallensten sexuellen Neigungen mit kaltem wissenschaftlichem Interesse.

Sie selbst war mit ihren sechsunddreißig Jahren noch Jungfrau. Sie konnte sich keinen Mann vorstellen, der sich für sie interessierte – nicht aus Mitleid, nicht aus Habgier, sondern einfach so. Als sie den Geständnissen dieses Serienmörders lauschte, auf seine breiten Schultern und schönen starken Hände blickte, entdeckte Regina plötzlich mit Erstaunen, daß sie auf einen solchen Mann ihr ganzes Leben lang gewartet hatte. Diese Entdeckung erschreckte sie nicht im mindesten.

Ohne ihn aus dem Hypnoseschlaf zu wecken, näherte sie sich ihm und strich ihm mit der Hand über die stachelige Wange, zog ihm vorsichtig das Jackett aus und begann langsam das Hemd über seiner muskulösen, unbehaarten Brust aufzuknöpfen.

»Du wirst nicht mehr töten«, sagte sie, während ihre Lippen seine heiße Haut berührten.

Zum erstenmal in ihrem Leben spürte Regina ein heftiges, animalisches Verlangen, aber die kalte, berufsmäßige Neugier verließ sie auch in dieser Minute nicht.

Es gab einen Augenblick, da schlossen sich seine Hände beinahe um ihren Hals. Auch darauf war sie vorbereitet. Sie bezwang ihn, befahl ihm mit einer mächtigen Willensanstrengung, die Hände von ihrem Hals zu nehmen. Er gehorchte.

Aus dem Hypnoseschlaf holte sie ihn erst fünfzehn Minuten, nachdem alles vorbei war. Er saß vollkommen nackt auf dem flauschigen Teppich mitten im Zimmer und blickte sich entsetzt um. Sie warf ihm ihren Kittel über.

»Siehst du, alles ist gutgegangen, ich lebe noch. Es war sehr schön mit dir. Du wirst dich gleich an alles erinnern, behutsam und in Ruhe.«

Er starrte die fremde, häßliche Frau an, die neben ihm saß, in seinem Hemd, das sie über den nackten Körper gestreift hatte.

»Du hast dein Leben riskiert«, brachte er kaum hörbar heraus.

»Du auch«, gab sie lächelnd zurück.

Dann tranken sie in Reginas großer, gemütlicher Küche Tee. Wenja blieb über Nacht. In der Nacht wiederholte sich alles, nun ohne Hypnose. Wieder legten sich im entscheidenden Moment seine Hände um ihre Kehle. Aber im selben Augenblick spürte er unter dem linken Schulterblatt einen scharfen Schmerz und hörte ihre ruhige Stimme:

»Das schaffst du nicht, Wenja.«

Der Schmerz ernüchterte ihn. Er öffnete die Umklammerung.

Aber Regina ließ den Griff des kleinen, rasierklingenscharfen Küchenmessers trotzdem nicht los. Erst als alles zu Ende war, fiel das Messer auf den Teppich neben dem Bett.

»Verzeih mir«, sagte Wenja, als sie die Schnittwunde auf seinem Rücken mit Wasserstoffsuperoxyd auswusch und mit Jod bepinselte. »Verstehst du, es ist nicht meine Schuld. Es ist ein Reflex.«

»Das ist bald vorbei.« Sie küßte ihn zärtlich auf die Schulter. »Meine Güte, ich hätte nicht gedacht, daß der Schnitt so tief ist. Brennt es?«

»Ein wenig.«

Sie blies auf die Wunde. Weder die Mutter noch der Vater hatten ihn so getröstet, wenn er sich wehgetan hatte, niemand hatte so zärtlich und behutsam gepustet, damit das

Jod nicht brannte. Er fühlte sich wie ein kleiner Junge, der geliebt und bedauert wird. Als hätte er eine garstige, abscheuliche Tat begangen, aber statt ihn zu schelten, in die Ecke zu stellen oder zu ohrfeigen, streichelte und tröstete man ihn.

Es erfaßte ihn der Wunsch, diese Frau möge ihn an die Hand nehmen und durchs Leben führen – egal wohin. Er würde ihr mit geschlossenen Augen folgen, ihr blind und grenzenlos vertrauen. Sie wußte alles über ihn – und hatte sich nicht mit Grausen abgewandt. Sie zog ihn aus dem eisigen Abgrund der Einsamkeit, streichelte über seinen Kopf, wärmte und tröstete ihn. Er bemerkte nicht, daß sie häßlich war, ihm war nicht wichtig, wie sie aussah.

Regina hatte große Pläne. Aber sie wußte, daß sie es allein nicht schaffen würde. Sie brauchte einen Mann wie Wenja Wolkow, stark, erbarmungslos, ohne das geringste Mitgefühl mit anderen, zugleich aber ihr vollkommen ergeben. Daß sie auch noch in Leidenschaft zu ihm entflammt war, war eine angenehme Zugabe, nicht mehr. Zumindest suchte sie sich das einzureden.

Seitdem waren vierzehn Jahre vergangen. Regina hatte mit ihren Überlegungen recht behalten. Der wilde Hunger, der früher Wenja Wolkows Seele verbrannt hatte, lebte jetzt sein eigenes, selbständiges Leben, hatte sich in eine mächtige, gnadenlose Maschine verwandelt, den Konzern »Wenjamin«.

Wolkow hatte seitdem nicht mehr getötet. Viele Male hatte er Killer engagieren müssen, um Gegner und Konkurrenten auszuschalten. Aber diese Morde hatten nichts mit seinen früheren Bluttaten zu tun, sie waren Schachzüge in dem komplizierten, grausamen Spiel, das sich »Showbusiness« nannte.

Von der früheren Regina, die ihr eigenes Gesicht gehaßt hatte, waren nur noch die Stimme und die Hände geblieben.

Ja, und die Haare und die Figur. Alles übrige – die Form von Nase, Wangenknochen und Lippen, der Schnitt der Augen, die regelmäßigen weißen Zähne – war das Ergebnis der sorgfältigen Arbeit plastischer Chirurgen. Nach den Operationen hatte sie alle alten Fotografien von sich vernichtet, selbst die Kinder- und Babyfotos – alle waren zerstört, verbrannt. Jene Regina mit der dicken Kartoffelnase, den kleinen, engstehenden Augen, dem fliehenden Kinn und den kaninchenartig vorstehenden Zähnen existierte nicht mehr. Der Tod der alten und die Geburt der neuen Regina, der kühlen idealen Schönheit mit klassisch zarter Nase, klarem ovalem Gesicht und gleichmäßigen perlweißen Zähnen, hatte einige Zehntausend Dollar gekostet.

Die Operationen wurden etappenweise gemacht. Ein Tag in der Schweizer Klinik für plastische Chirurgie, die als die beste der Welt galt, kostete anderthalbtausend – nur der Aufenthalt, ohne Operationen und Behandlung. Regina verbrachte vierzig Tage in der Klinik.

Als die Ärzte ihr erlaubten, Spaziergänge zu machen, fuhr sie in ein kleines Dorf in der Nähe der Klinik. Auf den sauberen, mit einem speziellen Mittel gereinigten Straßen grüßten freundliche Alpenschweizer die große, schlanke Dame auf Deutsch, auf Französisch und auf Englisch. Sie antwortete, wechselte mit den Passanten einige höfliche Worte – über das Wetter, die wunderbare Luft in den Alpen und die malerische Berglandschaft.

Niemand, weder die Passanten noch die Inhaber der schmucken kleinen Läden und Cafés, wunderte sich darüber, daß das Gesicht der Dame hinter einem dichten Schleier verborgen war: Die reichen Patientinnen der berühmten Klinik waren für die Einheimischen gewohnte und willkommene Gäste. Sie verschafften dem kleinen Dorf zusätzliche Einnahmen.

In den gemütlichen, sauberen Kaffeehäusern und Konditoreien waren für die Patientinnen der Klinik spezielle

Tische reserviert, die hinter dichten Spitzen- oder Samtvorhängen standen. Dort herrschte ein taktvolles Halbdunkel, und die Inhaber wandten höflich den Blick ab.

Auf ihrem ersten Spaziergang stieß Regina auf eine anmutige kleine lutheranische Kirche und bestellte dort einen Gedächtnisgottesdienst für sich selbst, für die unglückliche, häßliche Frau, die hier gestorben war. Ein Kinderchor sang das Requiem so lieblich und traurig, daß Regina, die in der halbleeren Kirche stand, unter ihrem dichten Schleier fast geweint hätte. Aber sie beherrschte sich – die Operationsnähte waren noch nicht verheilt, es wäre zu gefährlich gewesen.

Jetzt aber konnte sie nach Herzenslust weinen und lachen. Sie sah nicht älter aus als vierzig, und damit war sie vollauf zufrieden. So würde sie noch zehn, fünfzehn Jahre aussehen, und dann konnte sie wieder in die Schweizer Alpen fahren.

Kapitel 11

Katja vertrug Kälte nur schlecht, und in der letzten Zeit fror sie ständig. Seit sie von Mitjas Beisetzung zurückgekehrt war, ging sie nicht mehr aus dem Haus. Es kam sie auch niemand besuchen, niemand rief sie an. Man vergaß sie, als sei sie zusammen mit Mitja gestorben. Katja versuchte, nicht daran zu denken, daß keine Kopeke mehr im Haus war, daß die Ampullen zu Ende gingen und sie keine neuen würde kaufen können. Einen Tag wollte sie sich noch mit Tabletten behelfen. Oder sollte sie sich gleich alle Ampullen auf einmal spritzen und die restlichen Tabletten, in medizinischem Alkohol aufgelöst, schlucken? In der Anrichte mußte noch eine Flasche stehen. Das wäre ein leichter und angenehmer Tod, viel angenehmer als der, den Mitja gewählt hatte.

Plötzlich schoß ihr durch den Kopf, daß Mitja die Drogen

so gehaßt haben mußte, daß ihm sogar der Strick lieber gewesen war. Warum hatten die Bullen und die Ärzte dann trotzdem behauptet, er sei im Drogenrausch gewesen? Und die Kratzer auf seiner Hand … Bis zu dieser Minute hatte Katja darüber nicht nachdenken wollen. Jeder Gedanke an Mitja verursachte ihr physischen Schmerz. Ihr wurde schwindlig, in den Ohren rauschte es, sie wollte nur noch rasch spritzen und alles vergessen.

Es war schon Abend, und ihr fiel ein, daß sie seit dem Vortag nichts mehr gegessen hatte. Sie mußte aufstehen und wenigstens etwas heißen Tee trinken. Viel lieber wäre sie unter der Decke liegengeblieben, aber ihr war vor Hunger schon ganz übel, der Magen krampfte sich in dumpfem Schmerz zusammen. Sie zog Mitjas Jeansjacke über das Nachthemd und ging in die Küche.

Bis das Wasser kochte, saß sie bewegungslos auf dem Hocker und starrte auf die Türöffnung. Wieder erschienen vor ihren Augen Mitjas nackte Beine, der lange große Körper, das seltsam ruhige, gleichsam entrückte Gesicht.

Katja griff in die Tasche der Jeansjacke und ertastete eine Schachtel Zigaretten. Sie zog sie heraus – es war eine Packung »Kent«. Die Hälfte hatte Mitja noch aufgeraucht. Gleichzeitig fiel ein zusammengeknülltes Stück Papier aus der Tasche. Katja hob es auf und faltete es auseinander. Es war ein Blatt von einem Notizkalender, an zwei Stellen eingerissen. Ein paar Zeilen, in Mitjas fliegender Handschrift geschrieben, waren kreuz und quer durchgestrichen. So sahen oft seine Liedertexte aus. Aber das hier waren keine Lieder.

Katja strich das Blatt auf dem Küchentisch glatt, zündete sich eine Zigarette an und begann zu lesen:

»1. Herausfinden, was mit dem Kommissar passiert ist (evtl. bei der Poljanskaja?).

2. Zeitungen (lokale?).

3. Psychiatrie.

Du bist verrückt, die murksen dich in aller Stille ab, und gute Nacht. Aber ich kann damit doch nicht zum Staatsanwalt gehen. 14 Jahre!«

Der Teekessel pfiff verzweifelt. Katja stellte das Gas ab, goß sich mechanisch Tee in Mitjas Lieblingstasse, tat Zucker hinein, rührte um und nahm einen großen Schluck. Dann drückte sie die Zigarette aus und steckte sich sofort eine neue an.

»Vielleicht haben sie Mitja doch ermordet«, sagte sie laut.

Sie suchte alle Jackentaschen ab, fand ein Taschentuch, mehrere Chips für die Metro und zum Telefonieren, drei Tausendrubelscheine. Das war alles.

Ich muß den Notizkalender finden! dachte Katja. Er hat dieses Blatt aus seinem Kalender gerissen.

In diesem Tageskalender notierte Mitja nicht nur seine Liedertexte, sondern auch Telefonnummern, Geschäftstermine und alle möglichen Vorhaben.

Katja durchsuchte Mitjas Aktentasche und entdeckte zu ihrer Verwunderung zwischen den Notenheften ein Lehrbuch der Gerichtspsychiatrie. Der Kalender fehlte. Sie durchstöberte alle Schreibtischschubladen, guckte unter den Schrank, sah die Bücherregale durch. Der Notizkalender war ein Geschenk von Olga gewesen, ein kleines, dikkes Buch mit einem Firmenlogo drauf – so etwas war doch keine Stecknadel. Gewöhnlich lag er entweder in der Aktentasche oder in seiner Jackentasche, manchmal auch auf dem Schreibtisch.

Katja war so aufgeregt, daß sie sogar die Spritze vergessen hatte. Ihr Kopf begann schon ein wenig zu schmerzen. Noch eine halbe Stunde, und der Schmerz würde so stark sein, daß sie nicht mehr denken konnte. Aber wenn sie spritzte, dann war sie zu keinerlei Überlegungen oder Erinnerungen mehr fähig. Und sie mußte sich erinnern.

Poljanskaja – das muß diese Lena Poljanskaja sein, die zum Spritzen mit mir nach draußen gegangen ist. Aber was hat sie damit zu tun? Nach welchem Kommissar wollte Mitja sie fragen? Ihre Gedanken verwirrten sich. Ob ich sie anrufe und ihr von diesem seltsamen Blatt erzähle? Ihr Mann arbeitet ja bei der Miliz, Mitja hat davon erzählt. Er hat sie mal besucht ... Lena sehe überhaupt nicht aus wie die Frau eines Milizhauptmanns, hat er gesagt, aber dafür sei ihr Mann ein typischer Bulle, wie aus dem Bilderbuch.

Zu dem Kopfschmerz gesellte sich noch Schüttelfrost, kalter Schweiß brach ihr aus. Aber statt sich eine Spritze zu setzen, nahm Katja eine Aspirintablette und spülte sie mit süßem, kaltem Tee hinunter, aß ein Stück Brot mit Käse und einen Löffel kalten Mais direkt aus der Konservendose. Besser wurde ihr davon nicht, aber Katja war fest entschlossen, nicht eher zu spritzen, bis sie die Telefonnummer dieser Lena Poljanskaja gefunden und sie angerufen hatte. Auf einmal erinnerte sie sich, daß ihr auch Mitjas Telefonbüchlein kein einziges Mal unter die Augen gekommen war.

Das ist also auch verschwunden, genau wie der Kalender! Das Fenster war offen, das Telefon hatte nicht funktioniert. Jemand konnte in aller Ruhe in die Wohnung klettern, Mitja etwas spritzen und dann ... Wir sind zusammen schlafen gegangen, wir waren beide schrecklich müde. Er war von acht Uhr morgens an auf den Beinen gewesen, und ich hatte mir eine Spritze gesetzt und noch zwei Schlaftabletten geschluckt. Was waren das noch für Tabletten? Ich erinnere mich nicht mehr. Ich erinnere mich an gar nichts mehr ... Mein Gott, ist mir übel. Ich brauche eine Spritze. Jetzt sofort, in diesem Moment.

Vier Ampullen hatte sie noch gehabt, blieben also noch drei. Nach der Spritze fühlte Katja sich leicht und gut. Sie war plötzlich felsenfest davon überzeugt, daß ihr Mann keinen Selbstmord begangen hatte.

»Er hat sich selber reingeritten, mit seinen Produzenten«, sagte Katja laut, ruhig und fast fröhlich. »Diese Produzenten sind doch alle mit der Mafia verbandelt. Mitja ist kein

Selbstmörder, diese Sünde hat er niemals begangen. Und ich auch nicht. Nicht ich habe ihn an den Strick gebracht.«

Die plötzliche Fröhlichkeit ging in heftiges Schluchzen über. Vom Weinen wurde ihr leicht, wie in der Kindheit, wenn man aus vollem Herzen weint und die Welt danach wieder neu und strahlend aussieht, als hätten die Tränen sie blitzblank gewaschen. Katja beschloß, zuerst Mitjas Eltern anzurufen und ihnen alles zu erzählen, damit sie sich nicht länger quälten.

Ihre Schwiegermutter nahm ab.

»Nina Andrejewna!« platzte Katja aufgeregt heraus, ohne Einleitung und Begrüßung. »Mitja hat das nicht selbst getan, er ist ermordet worden. Verstehen Sie, er ist kein Selbstmörder. Hören Sie mich? Ich weiß jetzt genau, daß in jener Nacht jemand zu uns durchs Fenster geklettert ist.«

Im Hörer herrschte angespanntes Schweigen. Schließlich sagte Nina Andrejewna kaum hörbar:

»Laß doch, Katjuscha. Bitte, sprich nicht mehr davon.«

»Was?! Warum denn nicht? Das ist sehr wichtig.«

Katja konnte ihren Satz nicht beenden. Olga mischte sich vom zweiten Anschluß aus in das Gespräch ein.

»Reg jetzt bitte Mama nicht auf«, bat sie ruhig.

Katja wurde böse. Ihre stürmische Freude wich einem noch stürmischeren Zorn.

»Ich rege niemanden auf! Es gibt mich doch überhaupt nicht! Vielleicht sollte ich mich entschuldigen, daß nicht ich anstelle von Mitja gestorben bin? Entschuldige, liebste Olga. Aber ihr alle sollt wissen: Mitja hat es nicht selbst getan. Man hat ihn ermordet.«

»Hast du dir gerade eine Spritze gegeben und bist dann auf diese glorreiche Idee gekommen?« fragte Olga kalt.

»Mein Gott, wie ich euch alle satt habe!« schrie Katja. »Ihr seht und hört nur euch selber. Begreif doch endlich: Dein Bruder ist ermordet worden, er hat sich nicht selbst erhängt!«

»Gut«, seufzte Olga, »beruhige dich bitte, und erklär mir, wie du jetzt plötzlich darauf kommst.«

»Ich denke ja gar nicht daran! Ich werde mich nicht beruhigen, und ich werde dir nichts sagen. Ich will überhaupt nicht mit dir reden.« In Katjas Stimme hörte man Tränen, sie schniefte kurz und platzte dann heraus: »Gib mir die Telefonnummer von Lena Poljanskaja!«

»Wieso?« fragte Olga verwundert.

»Sie hat versprochen, einen guten Drogenspezialisten für mich zu finden«, log Katja, ohne zu überlegen.

»Willst du es noch einmal versuchen?« Olga fühlte sich plötzlich unbehaglich und dachte: Wirklich, ich darf nicht so hart mit ihr sein. Es geht ihr jetzt sehr schlecht, erheblich schlechter als mir. Sie ist ja ganz allein.

»Stell dir vor, das will ich.« Katja schniefte wieder.

»Gut, schreib sie dir auf. Vielleicht klappt es ja diesmal.« Olga diktierte ihr Lenas Telefonnummer, und Katja schrieb sie auf das Blatt, das sie in Mitjas Jackentasche gefunden hatte.

»Du hast doch sicher kein Geld mehr«, sagte Olga sanft, »möchtest du, daß ich vorbeikomme und dir etwas zu essen bringe?«

»Danke, ich komme schon klar«, lehnte Katja stolz ab.

Lenas Anschluß war besetzt. Katja stöhnte fast vor Ungeduld. Sie wollte dringend mit jemandem reden, der ihr aufmerksam und mitfühlend zuhörte. Mit wem sonst könnte sie jetzt sprechen? Ja, natürlich, mit Regina Valentinowna. Wenn bei Lena besetzt war, mußte sie eben jemand anders anrufen. Vielleicht sollte sie wirklich noch einmal versuchen, von den Drogen loszukommen? Und mit wem, wenn nicht mit Regina Valentinowna, konnte sie das besprechen?

Der Hörer wurde wie immer sofort nach dem ersten Freizeichen abgenommen.

»Entschuldigen Sie«, sagte Katja leise, »ich habe niemand sonst, mit dem ich darüber reden kann.«

»Ist dir der Stoff ausgegangen?« Diesmal klang Reginas Stimme kalt und aufgebracht.

»Ich habe noch drei Ampullen. Aber bald ist nichts mehr übrig. Ich weiß nicht, was ich tun soll.«

»Willst du, daß ich dir Geld gebe?«

»Nein.« Katja wurde verlegen. »Ich wollte nur einen Rat. Soll ich vielleicht noch einmal ins Krankenhaus gehen?«

»Du kannst es ja versuchen«, antwortete Regina gleichgültig.

»Es ist sehr hart. Sogar in dem teuren Krankenhaus, in das Olga mich gebracht hat, war der Entzug kein bißchen abgemildert. Jetzt wird Olga sich mit mir keine Mühe mehr machen, und kostenlos komme ich nur in irgendeiner gräßlichen Klapsmühle unter. Dort stehe ich es nicht durch. Ich wollte Sie bitten, es gibt doch alle möglichen Wohlfahrtseinrichtungen, wo man Leuten wie mir hilft. Sie wissen doch sicher ...«

»Bist du wirklich fest entschlossen?«

»Ich bin schon seit langem entschlossen, ich schaffe es nur einfach nicht. Sie haben ja selbst gesagt, ich habe einen sehr schwachen Willen.«

»Und wieso glaubst du, daß dein Wille jetzt stärker geworden ist?«

»Das glaube ich ja gar nicht. Aber ich weiß jetzt, daß ich es für Mitja tun muß. Natürlich, er ist tot, aber ich bin sicher, seiner Seele geht es besser, wenn ich aufhöre zu spritzen. Ich wollte Ihnen noch etwas sagen – ich habe es erst jetzt begriffen, in diesem Moment. Es ist sehr wichtig.« Katjas Stimme klang feierlich und geheimnisvoll. »Jemand ist in jener Nacht durchs Fenster in unsere Wohnung eingestiegen.«

»Und wer soll das gewesen sein?« fragte Regina spöttisch.

»Der Mörder«, erwiderte Katja flüsternd.

»Das ist ja interessant, was für ein geheimnisvoller Mörder denn?«

»Ich weiß es noch nicht. Aber daß er durchs Fenster gekommen ist, weiß ich sicher.«

»Willst du Sherlock Holmes spielen?«

»Sie glauben mir also auch nicht!« schrie Katja verzweifelt auf.

»Wer denn noch?«

»Olga und überhaupt alle.«

»Um das zu glauben, sind Fakten nötig. Hast du sie?« fragte Regina rasch.

»Ja! Aber bisher nur sehr wenige, und ich habe Angst, daß Sie sie für Unsinn halten.«

»Wieso denn?«

»Gut. Also erstens sind zwei Sachen verschwunden: Mitjas Kalender und sein Telefonbüchlein. Zweitens habe ich in seiner Jackentasche ein zerknülltes Blatt Papier gefunden.« Katja las vor, was darauf geschrieben stand. »Und drittens ist mir eingefallen, daß das Fenster in jener Nacht vom Wind weit aufgerissen worden ist, das heißt, es war nicht geschlossen. Jemand hat den Riegel aufgebrochen, ist in die Wohnung geklettert, hat dann Mitja getötet, und zwar so, daß es aussah, als hätte er sich selbst erhängt, und ist dann heimlich wieder hinausgeklettert.«

»Hast du das außer mir noch jemandem erzählt?« fragte Regina sanft.

»Nein. Niemand wollte mir zuhören.«

»Gut, Katjuscha. Erzähl auf keinen Fall irgend jemandem davon. Wenn Mitja tatsächlich ermordet worden ist, so hat das jemand aus seinem engsten Umkreis getan. Du erzählst von deinem Verdacht, und ohne es zu wissen, sprichst du plötzlich mit dem Mörder selbst darüber. Dann, das begreifst du doch, bist du selbst an der Reihe. Aber ehrlich gesagt, was du mir erzählt hast, reicht bei weitem nicht aus. Sei mir nicht böse, aber es klingt ein bißchen wie eine Fieberphantasie. Du willst doch nicht, daß man dich in die Klapsmühle steckt? Dann halt besser den Mund. Und ich verspreche, dir zu helfen. Hast du mich verstanden?«

»Ja«, flüsterte Katja verwirrt, »ich sage es niemandem.«

* * *

Nachdem Mischa Sitschkin am Telefon der Geschichte von der falschen Ärztin gelauscht hatte, seufzte er tief und sagte:

»Lena, hast du das ruhige Leben ohne Aufregungen satt? Ist es zuviel verlangt, daß du erst nach dem Namen fragst und in der Poliklinik anrufst, bevor du die Tür aufmachst?«

»Ich kann doch einen Menschen nicht die ganze Zeit auf der Treppe stehen lassen, während ich telefoniere. Weißt du überhaupt, wie schwierig es ist, in der Kinderklinik anzurufen?«

»Ich weiß, daß du imstande bist, die Tür zu öffnen, ohne gefragt zu haben, wer draußen steht, und sogar ohne durch den Spion zu sehen!«

»Du hast ja zweihundertprozentig recht. Ich bin selber schuld. Aber nun sag mir, wer das gewesen sein kann. Vielleicht wirklich eine Schnüfflerin?«

»Hast du in der Poliklinik angerufen?«

»Natürlich. Heute morgen.«

»Und sie haben dir bestätigt, daß im Moment gar keine Umfragen und prophylaktischen Untersuchungen stattfinden.«

»Ja.«

»Sag mal, Lena, was hast du da von einem Selbstmord erzählt?«

»Weißt du, der Bruder meiner Freundin ...«

Lena berichtete in wenigen Worten, was mit Mitja passiert war, und erwähnte das Gespräch, das sie mit ihrem Mann darüber geführt hatte.

»Mit dir ist es wirklich nie langweilig, Lena.« Mischa lächelte. »Du magst es gern kompliziert. In der Geschichte mit diesem Sinizyn kann ich, genau wie Sergej, keinen Kriminalfall sehen. Und die Ärztin? Nach einer Kundschafterin, die für Einbrecher arbeitet, sieht mir das nicht aus, obwohl – möglich ist alles. Vielleicht ist es eine frühere Kinderärztin, die den Beruf gewechselt hat. Nur gut, daß es bei euch nichts zu klauen gibt. Für seriöse Einbrecher ist eure Wohnung herzlich uninteressant.«

»Arbeiten nur die seriösen mit Kundschaftern?«

»Gewöhnlich ja. Hör mal, Lena, ich schicke dir einen unserer Leute, der rüstet eure Wohnung mit einem besonderen Alarmsystem aus. Wenn etwas passiert, ist das Einsatzkommando in fünf Minuten bei dir. Aber vergiß nicht, es einzuschalten, klar? Unser Mann wird dir alles genau erklären. Schließ die Tür sorgfältig ab, jedes Schloß. Und laß keinen Unbekannten in die Wohnung.« Mischa lachte. »Wirklich, ich rede mit dir wie mit einem siebenjährigen Kind.«

»Schon gut, ich habe alles verstanden. Weißt du, als sie weg war, habe ich mich wie eine ausgequetschte Zitrone gefühlt. Ich hatte Kopfschmerzen, die Knie zitterten mir vor Schwäche, mir war plötzlich ganz ohne Grund übel. So, als hätte sie mich mit Röntgenstrahlen durchleuchtet oder hypnotisiert ... Na, genug davon, ich will dir nicht die Ohren volljammern. Sag mir nur ehrlich, ohne zu heucheln: Hältst du einen Zusammenhang zwischen Mitjas Selbstmord und dem Besuch der Ärztin für ausgeschlossen?«

»Denk doch selber mal nach, was für einen Zusammenhang soll es da geben?«

* * *

Schöne Frauen waren Regina schon immer unangenehm, besonders wenn sie auch noch Verstand besaßen. Aber im Unterschied zur Mehrheit ihrer Geschlechtsgenossinnen gestand sie sich das ehrlich ein. Sie konnte anerkennen, daß eine andere Frau schöner, klüger, besser war, und sie dafür ehrlichen Herzens hassen. Der Haß hatte freilich keine Folgen, solange diese Frau sich Regina nicht in den Weg stellte.

An Lena Poljanskaja ärgerte sie vom ersten Augenblick an alles – die regelmäßigen, klaren Gesichtszüge, der lange graziöse Hals, die nachlässig zusammengebundenen üppigen braunen Haare, die zarte, nicht sehr große, aber kerzengerade Gestalt und sogar die kleinen Brillantohrringe – offensichtlich echter alter Schmuck, den sie vermutlich von irgendeiner Urgroßmutter geerbt, also umsonst bekommen hatte. Aber ganz besonders mißfielen ihr die Hände dieser Frau – zarte, zerbrechliche Handgelenke und schmale, gutgeformte Finger mit kurz geschnittenen Nägeln, ohne jede Maniküre. Wieviel Zeit und Kraft verwandte Regina auf ihre eigenen Hände mit den kurzen Fingern, breiten Handflächen und dicken, plebejischen Gelenken! Bei ihren Händen hatten selbst die Zauberkünste der Schweizer Chirurgen versagt.

Natürlich war diese ganze Maskerade als Ärztin der Filatow-Klinik nicht ohne Risiko gewesen. Aber ihr wichtigstes Prinzip hatte funktioniert: Man muß seinen Gegner genau kennen, um zu beurteilen, wie gefährlich er ist und was man von ihm zu erwarten hat.

Sie hatte sich auf die Begegnung sorgfältig vorbereitet und ihr Aussehen wohlüberlegt und professionell verändert. Das Bild der abgehetzten, aber freundlichen und rücksichtsvollen Kinderärztin mußte hundertprozentig glaubhaft wirken. Nur einen Fehler hatte sie gemacht – sie war zu lange geblieben. Aber das war ein verzeihlicher Fehler – schließlich durfte auch eine Ärztin einmal müde sein und sich bei einer Tasse guten Kaffees entspannen.

Außerdem hätte sie auch nicht eher gehen können.

Das Gespräch mußte zu Ende geführt werden. Hätte die Poljanskaja das Thema Selbstmord aufgegriffen und die Geschichte von Sinizyn erzählt, dann wäre Regina erst einmal beruhigt gewesen. Aber stattdessen hatte sie kein einziges Wort über den Bruder ihrer Freundin verlauten lassen. Eine andere Frau an ihrer Stelle hätte bestimmt alles ausführlich geschildert. Aber die Poljanskaja hatte geschwiegen. Das heißt erstens, dieser Selbstmord geht ihr sehr nahe, und sie denkt viel darüber nach, zweitens glaubt sie tief im Innern nicht daran, daß es ein Selbstmord war, und drittens ist sie keine Plaudertasche.

Vielleicht übertreibe ich ja auch? fragte sich Regina. Warum sollte sich die Poljanskaja überhaupt einmischen? Sinizyn war weder ihr Mann noch ihr Bruder, er hatte eigentlich gar keine Bedeutung für sie. Und sie antwortete sich sofort: Nein. Ich übetreibe nicht.

Olga Sinizyna ist zwar die leibliche Schwester des Ermordeten, aber sie wird trotzdem nicht sehr tief graben. Erstens verfügt sie nicht über eine so gefährliche Menge an Informationen, zweitens achtet sie nicht sonderlich auf Details – sie hat nicht einmal die Kratzer an der Hand ihres toten Bruders bemerkt. Aber vor allem hat sie eine ganz andere Art zu denken. Sie ist eine Taktikerin, die Poljanskaja dagegen eine Strategin. Die Sinizyna denkt konkret, die Poljanskaja abstrakt, sie ist fähig zu verallgemeinern und kann selbst unklare, noch nicht ausgereifte Indizien analysieren. Sie ist eine Analytikerin, das heißt, sie wird so lange nachdenken und etwas unternehmen, bis sie zur Wahrheit vorgedrungen ist. Selbst wenn es für sie gefährlich werden sollte. Mehr noch – je ernsthafter die Gefahr ist, desto entschlossener wird sie handeln und versuchen, die Gründe zu verstehen und zu beseitigen, nicht die Folgen.

Vielleicht sollte man sie einfach ohne viele Umstände aus

dem Weg räumen? überlegte Regina. Ein Selbstmord würde bei ihr natürlich nicht durchgehen. Ein Unglücksfall – der paßt schon eher ins Bild.

* * *

Die Kassette mit Mitjas neuen Liedern fiel Lena ganz zufällig in die Hände. Merkwürdigerweise lag sie im Kinderzimmer, unten in Lisas Spielzeugkiste. Lena ließ sofort alles stehen und liegen und schob die Kassette in den Recorder.

»Rückkehr ins Nirgendwo,
in längst vergangne Zeiten,
wo das Wasser sich wiegt, schwarz, wie im Traum …«

sang die klare, tiefe Stimme.

Lena hörte sich ein Lied nach dem anderen an. Kein Zweifel, Mitja hatte Talent. Aber seine hektische Suche nach einem Produzenten war sicher übertrieben. Die Lieder waren aus einer vergangenen Zeit, erinnerten an das Lebensgefühl Ende der siebziger, Anfang der achtziger Jahre. Heute war etwas ganz anderes gefragt.

»Tobolsk im Regen und im Sturm«, sang es vom Band.

Ja, natürlich, wir haben von unserer Reise nach Tjumen gesprochen, besann Lena sich. Den ganzen Abend haben wir von nichts anderem geredet. Und das nach vierzehn Jahren. Warum ist Mitja nur so hartnäckig immer wieder auf dieses Thema zurückgekommen?

»Hell flammt das Feuerzeug auf
im durchsichtigen Zelt deiner Hände.
Du lebst noch. In Tobolsk stöhnt der Wind.
Du lebst noch, und niemand ist da …«

Das Lied war zu Ende, und auch das Band war fast zu Ende. Lena wollte die Kassette schon herausziehen und umdrehen, da hörte sie plötzlich ein Hüsteln, und Mitjas vom Singen etwas heisere Stimme sagte:

»Vielleicht benehme ich mich dumm und unkorrekt, es wäre sicher einfacher, zur Staatsanwaltschaft zu gehen. Einfacher und ehrlicher. Aber ich habe kein Vertrauen zu unserer ruhmreichen Gerichtsbarkeit. In einem Jahr läuft die Verjährungsfrist ab. Im übrigen bin ich in juristischen Dingen nicht besonders beschlagen, ich will auch keinen Anwalt engagieren, der mir erklärt, wie ich Sie am besten erpressen kann und dabei selbst unbehelligt bleibe ... Vielleicht werde ich mich mit diesem ekelhaften Kram auch überhaupt nicht befassen. Es widert mich an. Das Geld ist schnell durchgebracht, aber die Scham bleibt.«

Das Band war zu Ende. Lena drehte die Kassette rasch um, hörte die andere Seite von Anfang bis Ende ab, aber es waren nur Lieder darauf. Sie holte sich die neueste Ausgabe des Strafgesetzbuches aus dem Bücherregal und suchte im alphabetischen Verzeichnis nach »Verjährungsfrist«.

»Er dachte: ich weiß, ich werde es tun,
genauso werde ich's tun!
Auf die geballte rote Faust
setzte sich ein weißer Schmetterling ...«

erklang es vom Band.

Lena lauschte dem Lied und las im Gesetzbuch: »Fünfzehn Jahre bei einem schweren Verbrechen ... Die Frage, ob die Verjährungsfrist auf eine Person angewendet wird, die ein Verbrechen begangen hat, auf das die Todesstrafe steht ..., entscheidet das Gericht. Erachtet das Gericht es nicht für möglich, die betreffende Person nach Ablauf der Verjährungsfrist von der Verantwortung für das Verbrechen freizusprechen, werden Todesstrafe und lebenslange Haft nicht verhängt.«

»Fünfzehn Jahre«, sagte Lena nachdenklich, »Mitja hat gesagt, die Frist wäre in einem Jahr abgelaufen. Das heißt, vierzehn Jahre sind seitdem vergangen. Vor vierzehn Jahren sind wir drei, Olga, Mitja und ich, nach Sibirien, ins Gebiet Tjumen, gefahren. Und eben darüber hat Mitja mit mir vor zwei Wochen gesprochen. Mein Gott, was sind das für Fieberphantasien? Wen wollte er denn erpressen? Und womit? Was hat Tobolsk damit zu tun und was die Verjährungsfristen?«

Das Telefon klingelte. Lena fuhr zusammen. Wer ist denn das noch, so spät? dachte sie mit einem Blick auf die Uhr – es war halb eins.

»Hallo, Lena«, sagte eine leise, unbekannte weibliche Stimme, in der ein leicht hysterischer Unterton schwang. »Entschuldigen Sie, ich habe Sie sicher geweckt. Kennen Sie mich noch?«

»Nein.«

»Ich bin Katja Sinizyna.«

Kapitel 12

Tjumen, Juni 1982

Eigentlich waren diese teuren und beschwerlichen Werbekampagnen völlig unnötig. Aber das Geld dafür kam vom Staat, mit anderen Worten – sie waren umsonst. Und die Journalistenzunft liebte diese Art Tingeltangel.

Jeden Sommer sandten die großen Zeitschriften, allen voran die Jugendmagazine, ihre Mitarbeiter in alle Ecken des unermeßlichen sowjetischen Vaterlandes. Sie hielten Reden vor den Werktätigen in Städten und Dörfern und versuchten Abonnenten zu gewinnen. Abonnentenzahl wie auch Auflagenhöhe waren eine Prestigefrage und hatten nichts mit Kommerz zu tun. Weder das Gehalt der Mitarbeiter noch die Honorare der Autoren hingen in irgendeiner Weise von der Auflagenhöhe ab. Dafür hatte jedoch der Chefredakteur die Möglichkeit, im Falle des Falles der

Zensurbehörde die Millionenauflage seines angeblich vom Kurs abgekommenen Blattes unter die Nase zu reiben: Hier, das Volk liest uns, also ist unsere Politik richtig!

Natürlich wußten sowohl die Funktionäre von Partei und Komsomol wie auch die Chefredakteure sehr gut, daß das Volk gar nichts zur Sache tat. Aber keiner wagte es, das heilige Ritual anzutasten, das die Diener des Volkes sogar im engeren Kreis streng befolgten.

Die Ressortleiter und die festangestellten Redakteure bevorzugten die südlichen, am Meer gelegenen Regionen für die Werbung von Abonnenten. Die freien Mitarbeiter und die Praktikanten schickte man nach Sibirien, in den Fernen Osten und an andere weniger einladende Orte. Im übrigen waren weder die Freien noch die Praktikanten darüber gekränkt. Auslandsreisen waren damals undenkbar, und selbst eine Reise durch die unendlichen Weiten der Heimat war nicht einfach. Erstens war sie nicht ganz billig, zweitens hatte man ohne Dienstreiseauftrag und Vorreservierung durch das Stadtparteikomitee kaum eine Chance, irgendwo in Nowosibirsk oder Abakan ein Hotelzimmer zu bekommen. Da hieß es dann, wir haben keinen Platz für dich, mein Lieber, schlaf auf dem Bahnhof oder, wenn du Glück hast, im »Haus der Kolchosbauern«, wo man dir ein Bett in einem Saal für dreißig Leute gibt, natürlich ohne Waschbecken und mit einer Toilettenbude am anderen Ende der Stadt.

In Sibirien und dem Fernen Osten gibt es so viel Interessantes zu entdecken, besonders wenn man um die zwanzig ist und auf Staatskosten reisen kann. Das Tagegeld, zwei Rubel sechzig Kopeken, reicht für drei komplette Mahlzeiten, mit den Hotels gibt es keine Probleme. Als Vertreter einer großen, unionsweiten Jugendzeitschrift, eines Organs des Zentralkomitees des Komsomol, ist man eine offizielle Person, die abgeholt wird und Quartier, Essen und einen Chauffeur bekommt.

Lena Poljanskaja, Olga und Mitja Sinizyn saßen auf einer Bank vor dem Flughafen der Stadt Tjumen, rauchten, reckten ihre Gesichter der grellen sibirischen Sonne entgegen und erörterten die Frage, ob sie noch warten oder auf eigene Faust mit dem Autobus zum Bezirkskomitee des Komsomol fahren sollten.

Der vom Komsomol versprochene Wagen war nicht gekommen. Bekümmert betrachteten sie die endlose Schlange an der Bushaltestelle.

»Werden sie uns womöglich gar nicht abholen?« fragte Mitja beunruhigt. »Es ist schließlich nur der Komsomol und nicht die Partei, und ihr seid bloß Praktikantinnen, und ich mit meinen Liedchen bin sowieso nur ein Anhängsel.«

»Keine Panik«, beruhigte ihn Lena, »die Sekretärin des Chefs hat in meiner Gegenwart in Tjumen angerufen und gesagt, es kämen drei Mitarbeiter, ohne genauere Angaben.«

»Wo werden sie uns wohl unterbringen?« Mitja war so leicht nicht zu besänftigen. »Ihr habt es gut, ihr kriegt ein Zimmer zusammen, aber mich steckt man zu womöglich zu einem Alkoholiker oder zu einem Schlafwandler oder einem kompletten Psychopathen.«

»Du bist eine Nervensäge, Bruderherz«, seufzte Olga.

»Nein, ich bin keine Nervensäge, ich bin nur ein gründlicher Mensch. Ich möchte gern alles im voraus wissen. Ihr zum Beispiel, ihr habt bestimmt weder einen Wasserkocher noch Tee oder Zucker mitgenommen. Aber hier gibt es alles nur auf Karten. Ich habe sogar zwei Büchsen gezuckerte Kondensmilch und eine Dose Sprotten in Tomatensauce mitgeschleppt.«

»Sprotten gibt es hier garantiert auch«, sagte Lena spöttisch.

»Wetten, daß nicht?« plusterte Mitja sich auf.

»Um was?«

»Zum Beispiel ...« Mitja überlegte. »Um eine Büchse Kondensmilch.«

»Er wettet mit dir um die dritte Büchse«, stichelte Olga, »die ist nämlich geplatzt. Dank seiner Umsicht ist jetzt unsere ganze Küche klebrig und schwarz.«

»Mach dich nur lustig, Schwesterchen. Also gut, ich wette um eine normale Büchse, nicht um die geplatzte, daß es hier keine Sprotten in Tomatensauce gibt. Allenfalls gibt es das sogenannte Touristenfrühstück: Frikadellen aus gemahlenen Fischgräten, dazu Reis, der aussieht wie Mehlwürmer. Und das auch nur auf Karten. Wenn ich verliere, gehört die Kondensmilch dir. Was gibst du mir, wenn ich gewinne?«

»Zwei Päckchen Zigaretten oder vielleicht etwas gemahlenen Kaffee.«

»Es reicht, Kinder, hört auf mit dem Blödsinn, wir werden ohnehin alle zusammen trinken, essen und rauchen.« Olga winkte ab. »Da drüben scheinen unsere Komsomolzen eingetroffen zu sein!«

Auf dem Platz stoppte ein tarnfarbener Geländewagen, und es sprang ein junger Mann heraus, der trotz der Hitze einen strengen dunkelgrauen Anzug trug. Auf dem Aufschlag des Jacketts blitzte hell das kleine Komsomolabzeichen. Der junge Mann blickte sich nach allen Seiten um und steuerte dann entschlossen auf das Flughafengebäude zu.

»Soll er uns doch erst mal suchen, wenn er schon zu spät kommt.« Mitja grinste schadenfroh. »Wann sind wir gelandet? Vor anderthalb Stunden!«

Ein paar Minuten später dröhnte aus dem Flughafen eine Lautsprecherstimme:

»Achtung! Die Journalistengruppe aus Moskau! Sie werden am Informationsschalter erwartet. Ich wiederhole ...«

* * *

»Ihr werdet zuerst nach Tobolsk fahren und dann nach Chanty-Mansijsk«, teilte ihnen der zweite Sekretär des Bezirkskomitees mit.

Der geschniegelte, hochmütige Komsomolze, der um die dreißig sein mochte, hatte sofort erkannt, daß diese Moskauer keine hohen Tiere waren, sondern kleine Fische, Studenten, die ihr Praktikum machten. Und auch der junge Ideologiesekretär, der die Gäste begleiten sollte, hatte das begriffen. Wie sein Chef ging auch er gleich zum »Du« über, klopfte Mitja kumpelhaft auf die Schulter und nannte Lena und Olga »Mädels«.

»Die Hotelfrage werden wir noch klären«, teilte er mit und gab ihnen die abgezeichneten Dienstreiseaufträge zurück. »Geht inzwischen ein bißchen spazieren, und seht euch die Stadt an. Eure Sachen könnt ihr bei mir im Büro lassen. Und so in zirka zwei Stündchen kommt ihr zurück, dann klären wir die Hotelfrage. Wir haben hier zur Zeit einen Kongreß der Rentierzüchter, da sieht's mit Hotelzimmern schlecht aus.«

»Entschuldigen Sie, Wolodja, was heißt ›klären wir‹?« wandte sich Lena an den Komsomolzen und hob das »Sie« besonders hervor. »Soweit ich weiß, haben wir heute einen Auftritt im Fernsehen und ein Treffen in einer Berufsschule. Die Fernsehsendung ist schon in einer Stunde, und wir müssen uns noch von der Fahrt erholen und duschen.«

»Hör mal, altes Mädchen, was sind das für bourgeoise Zicken?« Wolodja runzelte die Stirn. »Was heißt hier duschen? Bleib auf dem Teppich. Hotelzimmer mit Dusche kriegst du hier sowieso nicht, damit du's weißt. Erstens gibt es in Tjumen schon seit einem Jahr kein heißes Wasser mehr, und zweitens bist du kein Chefredakteur.«

An diesem Punkt mischte sich Olga ein. Sie war eine Kämpfernatur und liebte es zu streiten, besonders mit solchen Flegeln vom Komsomol wie diesem hier.

»Ein für allemal, Wolodja«, sagte sie leise und freundlich. »Entweder du hebst sofort, noch in dieser Sekunde, deinen dicken Hintern vom Stuhl und ›klärst‹ nicht irgendwelche Hotelfragen, sondern besorgst uns ein normales Hotel, oder wir gehen zum Bezirkskomitee der Partei und melden dort, daß du deinen ideologischen Aufgaben nicht gewachsen bist. Sollte das nicht genügen, dann rufen wir in Moskau in der Redaktion an, und unser Chefredakteur wird sich mit dem Zentralkomitee des Komsomol in Verbindung setzen. Möchtest du, daß die Hotelfrage auf dieser Ebene geklärt wird? Bitte sehr, das werde ich mit Vergnügen für dich arrangieren.«

Eine Viertelstunde später fuhr sie der Wagen des Komsomol ins Hotel »Wostok«.

»Ich wüßte gern«, sagte Lena nachdenklich, während sie das recht anständige Doppelzimmer betrachtete, »warum es bei uns im ganzen Land kein einziges Hotel gibt, das ›Westen‹ heißt? ›Norden‹ gibt es, ›Süden‹ und ›Osten‹, aber ›Westen‹ – nicht eins. Als ob eine solche Himmelsrichtung gar nicht existiert.«

Das heiße Wasser hatte man in der Stadt Tjumen tatsächlich ausgerottet wie den Klassenfeind. Aber bei einer solchen Hitze konnte man sich auch mit kaltem Wasser waschen. Der Komsomolze hatte ihnen immerhin Zimmer mit Dusche beschafft.

Es war die Zeit der hellen Juninächte in Tjumen. In ihrem Zwielicht leuchteten an den vierstöckigen Plattenbauten Losungen in unheilvollem Rot: »Vorwärts zum Sieg des Kommunismus!«, »Es lebe die unzerstörbare Brüderlichkeit des Sowjetvolkes!«, »Das Volk und die Partei sind eins!«.

Riesenhafte, quadratisch-muskulöse Arbeiter und Arbeiterinnen reckten auf drei Meter hohen Plakaten ihre gewaltigen Fäuste über die stillen, schmutzigen Straßen der schlafenden sibirischen Stadt.

»Wäre ich ein Regisseur«, sagte Mitja, »dann würde ich unbedingt einen Film darüber drehen, wie diese roten fäusteschwingenden Ungeheuer nachts zum Leben erwachen, von den Plakaten steigen und durch die Plattenbauten marschieren, ein gruseliger, schweigender Trupp, der auf seinem Weg alles Lebendige hinwegfegt. Das würde ein richtiger Horrorfilm.«

»Im sowjetischen Kino gibt es ein solches Genre nicht und wird es auch nie geben«, brummte Olga.

* * *

Seine Hände zitterten heftig. Dieser Disco-Abend schien überhaupt nicht enden zu wollen. Er spähte vorsichtig durch die Tür und suchte sie, sein Mädchen, mit den Augen. Sie schüttelte und verrenkte sich zu einem Schlager aus dem vorletzten Jahr:

»Im Morgenrot sing mir leise
Vom Birkenland eine Weise,
Von der Heimat, die dir so lieb.«

Das Mädchen trug einen kurzen himbeerfarbenen Rock, der die kräftigen runden Hüften eng umspannte, und eine grellrosa Bluse mit kurzen Ärmeln. Der üppige, mit rotem Lippenstift dick bemalte Mund lächelte leicht, die Augen waren halb geschlossen. An dem runden, milchweißen Hals schaukelte und hüpfte ein billiger Anhänger – Neusilber mit Emailleüberzug, ein kleines Herz, in seiner Mitte eine rote Rose mit grünem Blättchen. Die hellblond gefärbten glatten Haare waren rund ums Gesicht gekämmt. Eine solche Frisur war nach den Konzerten der französischen Sängerin Mireille Mathieu in Mode gekommen.

Sie tanzte bereits den dritten Tanz mit ein und demselben Burschen, einem mageren, langhaarigen Halbaffen. Bei schneller Musik ging er unbeholfen in die Knie und schüttelte die schmalen, hängenden Schultern, bei den langsamen Tänzen umfaßte er seine Partnerin, legte sich geradezu auf sie, streckte seinen mageren Hintern in den sackartigen sowjetischen Jeans heraus und trampelte ungeschickt mit den Füßen.

Falls er auf die Idee kommt, sie nach Hause zu bringen, muß ich die Sache auf morgen verschieben, dachte er, oder ich muß mir eine andere aussuchen, die allein nach Hause geht. Aber von den anderen Mädchen weiß ich nicht, welchen Weg sie nehmen, aber sie, die Rosarote, muß über das Gelände hinter der Baustelle. Einen anderen Weg hat sie nicht.

»Natascha, soll ich dich nach Hause bringen?« flüsterte Petja Sidorkin seiner Partnerin ins Ohr.

»Mal sehen.« Sie zuckte unschlüssig die Schultern und schielte unauffällig auf das Paar neben ihnen.

Sie wünschte sich, Serjosha Russow möge sie nach Hause bringen, der breitschultrige, gutaussehende, nach ausländischem Eau de Cologne duftende Serjosha. Aber Serjosha umarmte zärtlich die schlanke Taille von Marinka Saslawskaja.

»Nicht doch, Natascha«, sagte Petja, der ihren Blick bemerkt hatte, und schüttelte seine langen Zotteln. »Er hat dich doch kein einziges Mal aufgefordert. Er geht seit dem Winter mit Marinka, weißt du das denn nicht?«

»Misch dich nicht in Dinge, die dich nichts angehen!« zischte Natascha. »Ich komme auch ohne dich klar.«

Sie befreite sich aus Petjas Armen und ging rasch durch die tanzenden Paare auf den Ausgang zu.

»Natascha!« Petja rannte ihr hinterher. »Natascha, warte doch!«

»Verschwinde, du Trottel, du stehst mir bis hier!« sagte sie laut und huschte in die Dunkelheit hinaus.

Sie lief durch die menschenleeren Straßen und schluckte die Tränen hinunter. Seit dem ersten Schultag hatte ihr Serjosha Russow über alle Maßen gefallen. Aber er hatte nie zu ihr herübergesehen. Was war sie auch gegen Marinka!

Marinka sah aus wie Mireille Mathieu, sie war das hübscheste Mädchen der Schule.

Natascha war so jämmerlich zumute, daß sie die vorsichtigen Schritte nicht hörte, die ihr bereits seit der Schule folgten, sich kein einziges Mal umsah und den großen, breitschultrigen jungen Mann in der dunklen Sportjacke aus dünnem Regenzeug nicht bemerkte.

Sie kam erst zur Besinnung, als eine eiserne Hand ihr Mund und Nase zuhielt. Das war am Ende des Brachlandes hinter der verlassenen Baustelle. Ringsum war keine Menschenseele. Natascha konnte nicht einmal mehr schreien.

* * *

»Genug geschlafen, ihr Faulpelze!« Mitja riß die Tür des Hotelzimmers auf. In der Hand hielt er eine große Tüte, aus der er der Reihe nach eine Dose mit Zucker, einen Tauchsieder und das Brot von gestern hervorzog.

»Sie hätten wenigstens anklopfen können, Monsieur.« Lena setzte sich im Bett auf, gähnte ausgiebig und reckte sich. »Wie spät ist es?«

»Halb neun. Um Viertel nach holt uns der wackere Komsomolze ab«, erklärte Mitja, »hol deinen Kaffee raus, wir wollen frühstücken.«

»He, wo ist denn deine berühmte Kondensmilch?« Olga kroch unter der Bettdecke hervor und schlurfte barfuß ins Bad.

»Die kriegst du schon noch. Nur jetzt nicht. Heute abend fahren wir schließlich nach Tobolsk, und wie soll ich deiner Meinung nach wohl eine geöffnete Büchse einpacken?«

»Ein Geizkragen bist du, Bruderherz«, rief Olga aus dem Bad, schon mit der Zahnbürste im Mund. »Geh zum Hotelbüfett und kauf irgendwas. Nur Brot zum Frühstück ist zuwenig.«

»Einverstanden. Aber wenn ich zurückkomme, möchte

ich euch gewaschen und angezogen und den Kaffee gekocht vorfinden.« Mitja stellte die Blechdose mit Zucker auf den Tisch.

»Jawohl, Herr General!« salutierte Lena.

Und Olga nuschelte, den Mund voller Zahnpasta, aus dem Bad: »Wir werden ja sehn, wer hier das Kommando hat!«

Im Hotelbüfett im ersten Stock waren nur wenige Leute. Während die Büfettfrau die aufgeschnittene Wurst abwog, die gekochten Eier in Papier wickelte und mit dem Rechenbrett klapperte, blickte Mitja aus dem Fenster.

Das Fenster ging auf einen kleinen Platz vor dem Hotel. Unmittelbar vor dem Eingang standen ein Polizeiauto und ein Krankenwagen. Mitja sah, wie zwei Sanitäter jemanden auf einer Trage aus dem Hotel brachten, der bis zum Kinn mit einem Laken bedeckt war.

»Ist etwas passiert?« fragte er die mollige Büfettfrau.

»Allerdings«, sagte sie mit einem tiefen Seufzer.

Erst jetzt bemerkte Mitja, daß sie ganz rote, verweinte Augen hatte und auf ihren Wangen Spuren von zerlaufener Wimperntusche waren.

»Die Tochter eines unserer Zimmermädchen hat man heute früh auf der Baustelle gefunden«, sagte sie aufschluchzend. »Vergewaltigt und ermordet hat man das Mädchen. Die Polizei wollte die Mutter holen, zur Identifizierung, aber ihr Herz hat versagt. Sie haben den Notarzt gerufen, und jetzt wird sie ins Krankenhaus gebracht.«

»O mein Gott«, flüsterte Mitja.

»Das Mädchen, Natascha, ist erst vor kurzem sechzehn geworden. Ich hatte ihr noch einen kleinen Anhänger aus Emaille geschenkt, ein Herz mit einer Rose, sie hat sich so gefreut. Man bekommt hier ja nur schwer etwas Hübsches zu kaufen, und das Mädel putzt sich doch so gern. Ihre Mutter, die Klawa, und ich, wir sind schon seit der Schule

Freundinnen. Sie hat Natascha allein aufgezogen, ohne Mann.« Die Büfettfrau schluchzte noch einmal auf und wischte sich mit dem Ärmel ihres weißen Kittels die Tränen aus den Augen. »Vor einem Monat hat es schon mal so einen Fall gegeben. Bloß kam da das Mädchen aus dem Waisenhaus, fünfzehn war es. Und die Polizei schaut untätig zu.«

»He, Tamara, halt deine Zunge im Zaum«, ertönte eine befehlsgewohnte Männerstimme.

Mitja blickte sich um. An einem der Tische saß ein würdevoll dreinschauender Dickwanst in weißem Hemd und mit Schlips und trank Tee aus einem Glas mit Untersatz.

»Ich brauche vor nichts und niemandem Angst zu haben!« Tamara stemmte die Hände in die Hüften. »Ich sage die Wahrheit. In der Stadt ist ein Irrer am Werk und bringt Kinder um, im Frühjahr gab's genauso einen Fall. Wenn wenigstens die Zeitungen oder das Radio uns warnen würden, daß wir die Kinder nicht aus den Augen lassen dürfen! Aber nein, alle schweigen, als wäre gar nichts passiert. Übrigens, Petrowitsch, du hast selber zwei Töchter.«

»Und richtig, daß sie schweigen«, erklärte Petrowitsch wichtig. »Panikmache ist das letzte, was wir brauchen. Die Miliz tut ihre Arbeit, sie wird den Mörder fangen, er hat keine Chance!«

»Ein Trottel bist du, Ehrenwort!« Die Büfettfrau schüttelte den Kopf. »Instrukteur beim städtischen Parteikomitee, und so ein Hornochse! Zwei Fälle hat es in Tobolsk gegeben, das waren auch zwei Mädchen, die irgendein Schwein vergewaltigt und umgebracht hat«, wandte sie sich an Mitja, »und allen ist's egal.«

»Das heißt, insgesamt vier Morde in diesem Bezirk?« fragte Mitja leise.

»Natascha Koloskowa ist die vierte. Sie ist von der Disco nicht zurückgekommen, sie hatten gestern in der Berufsschule Nr. 8 einen Disco-Abend. Klawa, ihre Mutter, hat bis zwei Uhr nachts auf sie gewartet, dann ist sie unruhig geworden und zu den Nachbarn gelaufen, die haben einen Sohn, der in Nataschas Klasse ist. Als sie erfahren hat, daß die Disco schon um halb zwölf zu Ende war, ist sie sofort zur Polizei. Aber da wollte man nicht einmal ein Protokoll aufnehmen. Zwei Stunden, hieß es, das ist keine Zeit, wahrscheinlich ist Ihre Tochter noch mit einem Kavalier losgezogen. Und morgens haben sie dann die Arbeiter von der Baustelle gefunden.«

»Was guckst du so finster?« fragte Olga, als Mitja mit einer Essenstüte vom Büfett zurückkam. »Der Kaffee ist fertig, setz dich zum Frühstück, in zwanzig Minuten erscheint der Komsomolze.«

»Hier geht etwas Schreckliches vor sich...« sagte Mitja leise und zündete sich eine Zigarette an.

»Auf nüchternen Magen rauchen, das hat noch gefehlt!« rief Olga drohend, versetzte ihrem Bruder einen leichten Klaps ins Genick, zog ihm die Zigarette aus dem Mund und drückte sie aus. »Was denn Schreckliches?«

Mitja berichtete, was er gerade am Hotelbüfett erfahren hatte.

Er war noch nicht ganz fertig, als es an der Tür klopfte. Auf der Schwelle stand der Komsomolze Wolodja, immer noch im selben grauen Anzug mit dem Abzeichen auf dem Revers.

»Guten Morgen, Wolodja«, begrüßte Olga ihn höflich. »Möchten Sie Kaffee?«

»Danke, da sage ich nicht nein«, sagte der Komsomolze, »nur möglichst schnell, draußen wartet das Auto.«

Er nahm einen Schluck heißen Kaffee aus dem dünnen Hotelglas, betrachtete dann mit kritischem Blick Lena und Olga, schüttelte den Kopf und fragte:

»Könnt ihr nicht etwas anderes anziehen?«

»Wieso?« wunderte sich Lena. »Was gefällt Ihnen an unserer Kleidung nicht?«

»Bei dir sieht man zuviel Bein, und Olga hat, pardon, einen zu großen Ausschnitt«, erklärte der Komsomolze ohne die geringste Verlegenheit.

Lena trug einen hellen Faltenrock, der knapp über dem Knie endete, und Olga ein leichtes Sommerkleid, dessen tiefer Ausschnitt ihre üppige Brust recht offenherzig zeigte.

Lena und Olga sahen sich empört an. Da mischte sich Mitja ein:

»Hör mal, du Komsomol-Cardin, findest du nicht, daß sie selber entscheiden können, was sie anziehen? Sie sehen durchaus anständig aus, und es ist ja nicht jedermanns Sache, bei dieser Bruthitze im Anzug herumzulaufen!«

»Was seid ihr Moskauer doch schnell beleidigt!« Wolodja zuckte die Schultern. »Ich gebe euch nur einen guten Rat. Nicht ich muß heute im BAA auftreten, sondern ihr.«

»Wo?« fragten alle drei im Chor zurück.

»Im BAA – in der Besserungs- und Arbeitsanstalt, das heißt in der Strafkolonie. Vor den Sträflingen solltet ihr besser keine große Schau abziehen und mit euren schönen Beinen und Busen angeben.«

»Ich würde doch zu gern wissen«, sagte Olga entrüstet, »wer sich das ausgedacht hat, uns zu den Sträflingen zu schicken?«

»Der Direktor der Strafkolonie hat darum gebeten. Letztes Jahr war eine Gruppe von der Zeitschrift ›Jugend‹ hier und ist im Lager aufgetreten. Künstler, Dozenten, sie treten alle dort auf. Schließlich sind auch Strafgefangene Menschen.«

Zum Auftritt vor den Sträflingen fuhren Olga und Lena in langen Röcken und hochgeschlossenen langärmeligen Blusen. Der eigenartige, schwere Gefängnisgeruch traf Lena unvorbereitet. Während sie auf der Bühne vor dem Mikrofon stand, schaute sie hilflos im Saal umher. Alle schienen gleich auszusehen, mit ihren rasierten Köpfen, in den Sträflingsjacken. Lena überlegte, daß es sicher besser sei, den Auftritt nicht mit einem Vortrag über ihre Zeitschrift oder mit einem Gespräch anzufangen, sondern mit einem von Mitjas Liedern.

»Guten Tag«, sagte sie lächelnd in den Saal, »ich bin sicher, Sie alle kennen und lieben unsere Zeitschrift. Unsere Redaktion bekommt viele Briefe, in denen Sie uns Fragen stellen und Ihre Gedichte und Erzählungen schicken. Heute haben wir Gelegenheit, uns nicht per Post, sondern direkt miteinander zu unterhalten ... Als erstes hören Sie den bekannten Moskauer Liedermacher und Sänger Dmitri Sinizyn.«

Die Strafgefangenen erwiesen sich als dankbares und entgegenkommendes Publikum. Mitjas Lieder, Olgas Gedichte und Lenas Erzählungen über die Zeitschrift, die Arbeit der verschiedenen Redaktionen und alle möglichen komischen Leserzuschriften riefen lebhaftes Interesse, Zurufe und Beifall hervor. Man wollte sie gar nicht von der Bühne lassen, schrie ihnen Fragen zu und schickte Zettelchen hinauf.

»Darf ich auf die Bühne kommen und meine Gedichte vortragen? Slepoi, ein zu Unrecht Verurteilter.«

Lena las die Notiz und ergriff das Mikrofon.

»Jemand, der sich Slepoi nennt, möchte seine Gedichte auf der Bühne vortragen«, teilte sie dem Saal mit.

Der Saal begann zu lärmen und zu kichern.

»He, Slepoi, du Hosenfurzer!«

»So ein Klugscheißer!«

»Interessiert ihr euch denn gar nicht für die Gedichte eures Kameraden?« fragte Olga. »Wenn er so gern auf die Bühne möchte, soll er kommen. Wir jedenfalls sind sehr gespannt.«

Der Saal explodierte vor Gelächter.

»Soll der Ziegenbock doch aufs Eis gehen!« sagte ein

riesiger Sträfling mit Goldzähnen, der in der ersten Reihe saß, hingefläzt über zwei Stühle, und spuckte kräftig aus. Rechts und links von ihm saßen zwei Gorillas und fletschten die Zähne, die nicht aus Gold, sondern aus Stahl waren. Lena bemerkte, daß auf der Brust des Anführers unter der aufgeknöpften Sträflingsjacke ein großes goldenes Kreuz an einer dicken goldenen Kette blitzte.

Im Saal war es still geworden. Der mit dem Goldkreuz hatte hier eindeutig das Sagen.

»Na los doch, komm raus und wackel mit dem Hintern, Marussjenka«, ertönte in der Stille eine Stimme in heiserem Falsett.

In den hinteren Reihen begann ein merkwürdiges Gepolter. Ein Wachoffizier wollte schon einen Schritt in diese Richtung tun, überlegte es sich dann aber anders, machte eine verächtliche Handbewegung und wandte sich ab, wobei er ganz wie ein Sträfling durch die Zähne spuckte.

Eine Minute später schleifte man einen klapperdürren Burschen von etwa zwanzig Jahren auf die Bühne. Verlegen zog er die Schultern hoch. Sein Gesicht war mit Narben übersät, die von einer starken Pubertätsakne zurückgeblieben waren. Lena begriff augenblicklich, warum er den Spitznamen »Slepoi«, »der Blinde«, trug. Seine kleinen, tiefliegenden Augen waren unter den schweren, nackten, fast brauenlosen Stirnknochen kaum zu sehen. Als er auf der Bühne stand, sah man, daß die Augen zudem von einer seltsamen, sehr hellen Farbe und die Pupillen klein wie Punkte waren. Weiße Augen – wie ein Blinder.

»Guten Tag.« Lena lächelte ihm so freundlich wie möglich entgegen. »Zuerst wollen wir uns einmal bekannt machen. Wie heißen Sie?«

»Wassili Slepak«, murmelte er kaum hörbar.

»Ich freue mich«, sagte Lena laut ins Mikrofon. »Sie

hören jetzt Gedichte des Nachwuchsdichters Wassili Slepak. Bitte sehr.«

Er hatte seinen Spitznamen also von seinem Nachnamen und nicht wegen seiner seltsamen Augen.

Lena drückte ihm das Mikrofon in die zitternden Hände und applaudierte leise. Auch Olga und Mitja begannen zu klatschen.

Der Saal schwieg. Lena spürte die Anspannung, die in diesem Schweigen lag, geradezu körperlich. Es war eine ungute, explosive Stille. Wassili Slepak umklammerte mit feuchten Händen das Mikrofon. Und plötzlich ertönte in der Stille seine merkwürdig tiefe Stimme, die gar nicht zu der schmächtigen Gestalt passen wollte:

»Ich liebte dich stets ohne Hoffen,
du warst mein Glück und auch mein Schmerz,
jetzt hast du tödlich mich getroffen,
dem ärgsten Schuft gabst du dein Herz ...«

Brüllendes Gelächter erschütterte den Saal. Aber die tiefe Stimme übertönte den Lärm, er las ein Gedicht nach dem anderen.

Dann trat Wassili Slepak schnell zu Lena, gab ihr das Mikrofon, sprang von der Bühne und lief durch den pfeifenden, lachenden Saal. Jemand stellte ihm ein Bein, und er stürzte der ganzen Länge nach hin.

»Wassili!« rief Lena durchs Mikrofon. »Sie schreiben wunderbare, talentierte Gedichte! Ich werde mich darum bemühen, daß sie in unserer Zeitschrift veröffentlicht werden.«

»Bist du verrückt geworden?« hörte sie Olga hinter sich flüstern. »Warum versprichst du ihm das? Das ist doch völlig unbegabtes Geschreibsel!«

»Wassili!« sprach Lena weiter, als sie sah, wie sich die magere, gekrümmte Gestalt von dem vollgespuckten Fußboden im Gang zwischen den Reihen aufrappelte. »Schreiben

Sie uns, schicken Sie Ihre Gedichte in die Redaktion, Abteilung Literatur! Geben Sie nicht auf, schreiben Sie weiter. Sie haben großes Talent.«

Das Gelächter und Pfeifen verstummte, der Saal begann erstaunt und drohend zu summen.

»Wie wär's, wenn ich dir schreibe«, fletschte der Rabauke in der ersten Reihe seine Goldzähne. »Wir werden gute Freunde und schreiben uns Briefe! Gibst du mir deine Privatadresse?«

Lena sah nicht in seine Richtung und sagte ruhig ins Mikrofon:

»Damit ist unser Treffen beendet. Ich wünsche Ihnen alles Gute und danke Ihnen für Ihre Aufmerksamkeit.«

»He, Grauäugige!« erklang in der Grabesstille wieder die Stimme aus der ersten Reihe. »Ich habe dir eine Frage gestellt. Gibst du mir deine Adresse?«

»Die Adresse der Redaktion finden Sie in jeder Nummer unserer Zeitschrift auf der letzten Seite. Wir freuen uns über jede Zuschrift.«

»Zur Hölle mit deiner Redaktion.« Der Goldzahn spuckte aus. »Wie steht's, hast du einen Mann? Na, Grauauge?«

Lena legte das Mikrofon beiseite. Sie fürchtete sich davor, nach unten in die erste Reihe zu blicken. Einer der wachhabenden Offiziere sagte rasch etwas zu einem anderen. Der ging hinaus, und gleich darauf kamen mehrere Soldaten mit Maschinengewehren durch die beiden Saaltüren gerannt.

»Gib Antwort, wenn man dich fragt!« sagte einer der Vertrauten des Goldzahns friedlich.

»Na, auch wenn du einen Mann hast«, der Goldzahn schwenkte verächtlich seinen tätowierten Arm, »ich will ja schließlich nur deine Freundschaft. Werde meine Freundin, Grauäugige! Hier und jetzt. Ich weiß auch einen passenden Ort, wo wir allein sein können, glaub mir, auch das gibt es hier.«

Die beiden Gorillas erhoben sich träge, gleichsam widerwillig, von ihren Stühlen und bewegten sich auf die Bühne zu. Im gleichen Moment sprangen Mitja und Olga zu Lena und stellten sich dicht neben sie. Einen Bühnenausgang gab es nicht, heraus kam man nur durch den Saal.

Einen Augenblick später waren alle drei von Soldaten umringt, und sie verließen schwer bewacht den Saal.

Im Büro des Anstaltsdirektors kam Lena wieder zu sich. Sie stürzte ein Glas Wasser hinunter und zündete sich eine Zigarette an. Jetzt erst hörte sie auf zu zittern.

»Erklären Sie mir, was ich falsch gemacht habe«, sagte sie leise zum Direktor, einem älteren Oberst.

»Hier herrschen eigene Gesetze, Sie sind nicht verpflichtet, sie zu kennen. Dieser Slepak ist ein Entehrter*, das heißt jemand, den alle verachten. Und der in der ersten Reihe, Grizenko, ist eine Autorität, ein König der Diebe. Sie haben einen gelobt, den man nur verhöhnen darf, und damit das Gesetz verletzt. Aber machen Sie sich nichts draus, im letzten Jahr war hier ein Autor von der Zeitschrift ›Jugend‹, der ist darauf verfallen, eine Erzählung mit einer freizügigen Liebesszene vorzulesen.«

»Und was ist passiert?« fragte Mitja.

»Die Leute haben die Bühne gestürmt, dort standen zwei Frauen, eine Abteilungsleiterin in mittleren Jahren und eine noch ganz junge Korrespondentin. Wir mußten gewaltsam einschreiten, es gab eine regelrechte Schlägerei auf der Bühne. Dagegen ist das heute eine Lappalie.«

»Sagen Sie, wenn es so gefährlich ist, warum veranstalten Sie dann so etwas?« erkundigte sich Olga.

»Nun, so schrecklich gefährlich ist es auch wieder nicht«, sagte der Direktor lächelnd. »Die Wachen sind bewaffnet und haben alles unter Kontrolle. Die Zone ist eben die Zone, aber auch hier leben Menschen.«

* Ein »Entehrter«, russ. »opuschtschenny«, dient den anderen Kriminellen als Sexualobjekt und steht in der Lagerhierarchie ganz unten.

»Wofür sitzt dieser Slepak?« fragte Lena.

»Artikel 161, Absatz a. Raub. Er hat zusammen mit einem Freund einen Laden überfallen.«

* * *

Sie tranken gerade in ihrem Hotelzimmer Tee, als der Komsomolze Wolodja erschien. In seiner Begleitung war ein hochgewachsener, breitschultriger Mann von etwa fünfundzwanzig Jahren, mit hellem Haar, angenehmen, intelligenten Gesichtszügen und klugen, etwas hilflos blickenden grünblauen Augen. Auf der Brusttasche seiner dunkelblauen Windjacke leuchtete das kleine rote Komsomolabzeichen.

»Das ist Wenjamin Wolkow, Leiter der Kulturabteilung im Komsomolkomitee von Tobolsk«, stellte Wolodja ihn vor. »Er wird euer Betreuer sein.«

»Wenjamin. Sehr angenehm«, sagte der Komsomolze aus Tobolsk und schüttelte allen der Reihe nach die Hand.

Er hatte ein offenes, charmantes Lächeln und einen weichen, leisen Bariton. Überhaupt war er sehr viel sympathischer als der Angeber Wolodja.

Kapitel 13

Moskau, März 1996

»Wahrscheinlich ist es sinnlos, daß ich Sie anrufe. Aber ich hatte das Gefühl, daß Sie auch ... also, daß Sie auch glauben, Mitja hat es nicht selbst getan. Oder irre ich mich, ist Ihnen das genauso egal wie den anderen?« Der hysterische Unterton in Katjas Stimme war verschwunden. Jetzt klang sie monoton und teilnahmslos.

Lena fiel ein, daß die Stimmung bei Drogensüchtigen sehr oft wechselt.

»Nein, Katja. Das ist mir nicht egal«, sagte Lena sanft.

»Ich wollte auch noch einmal mit Ihnen sprechen. Verzeihen Sie mir, ich glaube, ich habe Sie neulich im Treppenhaus gekränkt.«

»Nein, Sie haben mich überhaupt nicht gekränkt, ich benehme mich manchmal daneben. Wissen Sie, ich habe in Mitjas Jackentasche einen Zettel gefunden. Ich habe darüber schon mit einer anderen Person gesprochen, aber sie hat gesagt, das sind Fieberphantasien. Sie ist eine nette Frau, eine Ärztin, und sie will mir helfen. Aber ich muß noch mit jemand anderem darüber reden, der mir nicht sagt, daß das Phantasien sind. Ich lese Ihnen mal vor, was auf dem Zettel steht. Ihr Name ist auch drauf.«

Lena lauschte dem seltsamen, in Punkte gegliederten Text, den Katja ihr sehr langsam, fast Silbe für Silbe, durchs Telefon vorlas, und dachte dabei: Eine nette Frau … eine Ärztin … Diese falsche Ärztin hat Lisa sehr professionell untersucht und meine Fragen wie eine richtige Medizinerin beantwortet. Und gleichzeitig hat sie das Gespräch immer wieder auf das Thema Selbstmord gebracht, als wollte sie mich auf die Probe stellen, als wartete sie nur darauf, daß ich das Thema aufgreife und sage, wissen Sie, der Bruder meiner Freundin hat vor kurzem …

»Katja«, Lena schrie beinahe, als Katja fertig war, »wie heißt die Ärztin, mit der Sie über Ihren Verdacht gesprochen haben?«

»Das darf ich Ihnen nicht sagen«, erwiderte Katja leise und verwirrt, »entschuldigen Sie, es geht nicht. Sie ist eine sehr bekannte Psychotherapeutin, alle reißen sich darum, von ihr behandelt zu werden, belästigen sie mit Anrufen und Bitten, das stört sie bei der Arbeit. Deshalb bittet sie diejenigen, denen sie helfen will, von Anfang an, ihren Namen nicht zu nennen und nichts von ihr zu erzählen. Entschuldigen Sie. Ich wollte übrigens noch sagen, Mitjas Kalender, aus dem er diesen Zettel herausgerissen hat, ist verschwunden, und in seiner Tasche habe ich ein Lehrbuch der Gerichtspsychiatrie gefunden, und ... Einen Moment, ich glaube, es klingelt an der Tür. Ich bin gleich wieder da.«

Katja legte den Hörer neben das Telefon. Lena hörte, wie ihre Schritte sich entfernten, dann erklang weit weg ihre Stimme:

»Oh, guten Abend.« Sie nannte einen Namen, Inna oder Galina, Lena konnte es nicht genau unterscheiden, und der Vatersname war völlig unverständlich.

Ein paar Minuten später nahm jemand den Hörer wieder auf.

»Hallo, Katja«, rief Lena vorsichtig.

Die Antwort war Schweigen, dann wurde der Hörer aufgelegt.

Lena zitterten die Hände. Sie beschloß, sich einen starken süßen Kaffee zu kochen und eine Zigarette zu rauchen, um sich zu beruhigen und wieder einen klaren Kopf zu bekommen. Aber zuerst mußte sie aufschreiben, was Katja ihr am Telefon vorgelesen hatte. Am besten gleich in den Computer.

Während das Wasser heiß wurde, schaltete Lena ihr Notebook ein, öffnete eine neue Datei und nannte sie »Rabbit« – »Kaninchen«. Das war Mitjas Spitzname gewesen, mit dem Olga ihn seit der Kindheit gerufen hatte.

Sie tippte den Text rasch aus dem Gedächtnis ein. Dann legte sie Mitjas Kassette in den Recorder, spulte das Band bis zu der Stelle vor, wo nach seinem letzten Lied die seltsamen Worte folgten, und schrieb sie ebenfalls auf, gleichsam nach Mitjas Diktat.

Das Wasser kochte. Katja ließ nichts von sich hören, das Telefon schwieg. Lena holte sich einen Kaffee und suchte nach ihrem Notizbuch. Dabei kam ihr der Brief aus New York unter die Augen, den sie immer noch nicht geöffnet hatte. Er war von Michael Barron, Professor an der Universität von Columbia. Bevor sie ihn las, wollte sie aber noch Katja anrufen. Vielleicht war die Verbindung unterbrochen worden? Wer konnte wohl so spät noch zu ihr gekommen sein? Olga hatte gesagt, Freundinnen hätte Katja keine.

Bei Katja war besetzt. Lena wählte ihre Nummer wieder und wieder. Sie hatte den Kaffee ausgetrunken, die Zigarette zu Ende geraucht und öffnete nun den Brief.

»Liebe Lena!« las sie und lauschte dabei zum x-ten Mal auf das entmutigende Tüt-Tüt-Tüt. »Zuerst möchte ich Dir zur Geburt Deiner Tochter gratulieren. Ziemlich spät, da das Kind schon zwei Jahre alt ist, aber was soll man machen, wir sind alle faul geworden und schreiben nur noch aus beruflichen Anlässen Briefe. Und einen solchen Anlaß habe ich jetzt.

Ich beschäftige mich seit einiger Zeit mit der Geschichte Sibiriens – ziemlich komisch für einen Mann, der kein Wort Russisch kann. Aber was komisch ist, ist wenigstens nicht traurig.

Nun brauche ich dringend Deine Hilfe. Ich werde sehr bald nach Rußland fahren und einige sibirische Städte besuchen. Am meisten interessiert mich Tobolsk mit seinem einzigartigen hölzernen Kreml und seinen anderen Baudenkmälern.

Ich erinnere mich an Deine Erzählungen über Sibirien und auch über diese Stadt. Du begreifst, ich brauche auf meiner Reise natürlich einen guten Dolmetscher. Ich weiß, Du hast ein kleines Kind, aber ich wäre Dir sehr dankbar, wenn Du mich auf meiner Sibirienreise als Dolmetscherin und Beraterin begleiten könntest. Ich möchte dafür nicht gern einen Fremden engagieren.

Die Reise wird nicht länger als zehn Tage dauern. Pro Tag kann ich Dir zweihundert Dollar zahlen. Alle mit der Reise verbundenen Kosten, wie Hotels und Verpflegung, werden selbstverständlich von mir übernommen. Wenn nötig, kann ich für diese Zeit auch einen Babysitter für Deine Tochter bezahlen. Der Termin für meine Anreise hängt nur von Deiner Entscheidung ab. Ich habe bereits ein Ticket nach

Moskau mit offenem Datum. Sobald Du mir Bescheid gibst, kann ich abfliegen. Ich warte auf Deinen Anruf.

Herzliche Grüße an Deinen Mann und Deine Tochter, Dein Michael.«

Es folgten mehrere Telefonnummern.

Bei Katja war immer noch besetzt. Lena schaute auf die Uhr: zehn vor zwei. Sie mußte auf jeden Fall in New York anrufen und ja oder nein sagen. Warum eigentlich nein? Lisa konnte sie bei Vera Fjodorowna lassen und den beiden für diese Zeit vielleicht den Aufenthalt in einem Erholungsheim in der Nähe von Moskau bezahlen. Das hatte sich Lena schon lange vorgenommen, und Vera Fjodorowna hatte sie auch darum gebeten. Zweitausend Dollar für zehn Tage – das war eine hübsche Summe Geld. Außerdem lag der Sommer noch vor ihnen, und Lisa war groß genug, um mit ihr ans Meer zu fahren. Dafür brauchte man eine Menge Geld.

Das Telefon schrillte – es war das langanhaltende Signal eines Ferngesprächs.

»Da haben wir's!« dachte Lena, während sie den Hörer abnahm. »Das ist sicher Michael. Wie peinlich.«

»Lena! Mit wem hast du geschlagene zwei Stunden lang telefoniert?« hörte sie die Stimme ihres Mannes.

»Serjosha!«

»Ich habe solches Heimweh, ich zähle schon die Tage bis zur Rückfahrt. Wie sieht's bei dir aus? Wie geht es Lisa?«

»Hier ist alles in Ordnung, Lisa ist gesund, hat Sehnsucht nach dir und fragt jeden Tag zehnmal, wann der Papa nach Hause kommt.«

»Und du? Hast du Sehnsucht nach mir?«

»Natürlich, Serjosha, schreckliche Sehnsucht. Erzähl, wie geht es dir?«

»Nicht am Telefon, ich erzähle ausführlich, wenn ich zurück bin, ich muß die Eindrücke erst noch verdauen. Aber alles in allem gut.«

»Serjosha, ich brauche deinen Rat. Ich habe gerade einen Brief aus New York gelesen, als dein Anruf kam.«

»Meinst du den, den ich aus dem Postkasten geholt habe? Hat der bis jetzt bei dir herumgelegen? Also weißt du!«

»Ja, genau der. Ich hatte einfach noch keine Zeit.«

Lena berichtete ihrem Mann, was in dem Brief stand.

»Wo ist das Problem?« fragte er. »Möchtest du fahren?«

»Ich weiß nicht. Einerseits ja. Zweitausend Dollar liegen nicht auf der Straße, und überhaupt ... Aber andererseits war ich noch nie so lange von Lisa getrennt, sie ist schließlich noch sehr klein.«

»Zehn Tage ist doch nicht so lange. Und du brauchst mal Tapetenwechsel und Ablenkung. Dort kannst du jedenfalls nicht nächtelang am Computer sitzen.«

»Also du meinst, ich soll zusagen?«

»Ja. Ich finde, du solltest fahren. Eine Frage habe ich allerdings. Dieser Michael wird sich doch nicht an dich heranmachen?«

»Doch, natürlich«, lachte Lena. »Aber er wird es sehr rücksichtsvoll und unaufdringlich tun, wie ein echter Gentleman.«

»Fang mir ja keine Affäre mit diesem Gentleman an. Die Gelegenheit ist ja sehr günstig. Wenn du mir versprichst, nicht mit ihm anzubändeln, lasse ich dich fahren.«

»Er ist dick, hat eine Glatze und eine Kartoffelnase, hält gern lange Vorträge über die Gefahren des Rauchens, stochert nach dem Essen in aller Öffentlichkeit mit einem Zahnstocher in den Zähnen und schneidet dazu ein kluges Gesicht.«

»Ein echter Gentleman«, knurrte Sergej ironisch. »In dem Fall bin ich beruhigt.«

»Weißt du, ich möchte für diese zehn Tage Lisa mit Vera Fjodorowna in ein gutes Erholungsheim aufs Land schikken, wo sie an der frischen Luft sind und Vera Fjodorowna keine Arbeit mit dem Einkaufen und Kochen hat. Michael bietet mir an, einen Babysitter zu bezahlen, warum soll ich das nicht annehmen?«

»Eine gute Idee. Aber gib mir noch Bescheid, wohin du sie schickst.«

Nach dem Gespräch mit ihrem Mann hatte Lena sich endgültig wieder beruhigt. Es war höchste Zeit, in New York anzurufen und zuzusagen. Vorher wählte sie noch einmal die Nummer von Katja Sinizyna, um ein reines Gewissen zu haben. Aber dort war noch immer besetzt.

* * *

»Na, wie geht's?« Regina Valentinowna tätschelte flüchtig über Katjas Wange und ging schnell in die Küche.

Katja blieb einen Moment im Flur zurück, ihr einer Pantoffel hatte sich am Bein des Hockers verfangen. Als sie in die Küche kam, sah sie, wie ihre Besucherin den Telefonhörer auf die Gabel legte.

»Ich habe sofort versucht, dich zurückzurufen«, erklärte Regina, »aber bei dir war ständig besetzt. Wie ich jetzt sehe, hast du vergessen, den Hörer aufzulegen.«

»Nein, das habe ich nicht vergessen. Ich hatte gerade noch ein Gespräch«, sagte Katja verlegen. »Ich muß zurückrufen, das ist mir sonst unangenehm.«

»Mit wem führst du so spät in der Nacht noch Gespräche, oder ist das ein Geheimnis?« Reginas Hand im Wildlederhandschuh lag immer noch auf dem Hörer. Katja merkte nicht, wie sie sich bewegte und den Hörer ein kleines Stückchen zur Seite schob, so daß er nicht mehr richtig auf der Gabel lag.

Wie immer duftete Regina Valentinowna nach einem zarten, leicht herben französischen Parfum. Katja gefiel dieser Duft sehr, er war geheimnisvoll und ein wenig erregend.

»Nein, wieso? Ich habe eine Freundin von Olga angerufen, Lena Poljanskaja. Erinnern Sie sich, ich habe Ihnen doch von ihr erzählt?«

Regina nickte.

»Wissen Sie«, fuhr Katja fort, »ich dachte einfach, ich müßte ihr von dem Zettel erzählen, den ich gefunden habe. Ihr Name stand ja drauf. Und außerdem arbeitet ihr Mann bei der Miliz, womöglich kann er etwas herausfinden … Ein Milizhauptmann von der Petrowka ist schließlich was anderes als die Polypen hier vom Revier.«

»Katja, Katja«, seufzte Regina Valentinowna traurig. »Ich habe dir doch erklärt, vorläufig darfst du noch nichts herumerzählen. Was bist du doch für ein Plappermaul. Was hat die Poljanskaja denn gesagt?«

»Sie …« Katja wurde plötzlich flammend rot, als ihr einfiel, daß sie Reginas Bedingung verletzt und sie im Gespräch mit einem Außenstehenden erwähnt hatte. Sie hatte allerdings keinen Namen genannt, aber trotzdem.

»He, wieso wirst du rot wie eine Tomate?« fragte Regina lächelnd. »Sicher hast du auch über mich getratscht?«

»Nein, von Ihnen habe ich überhaupt nicht gesprochen! Ich habe ihr nur vorgelesen, was auf dem Zettel stand, und gefragt, ob sie auch glaubt, daß Mitja sich selbst …«

»Na und? Glaubt sie's?«

»Jedenfalls ist sie nicht der Meinung, daß meine Vermutungen bloß Fieberphantasien sind, als hätte ich mir das alles im Drogenrausch ausgedacht. Eigentlich hat sie noch gar nichts weiter sagen können, denn da ging die Türklingel, und ich habe Ihnen aufgemacht.«

Katja wurde dieses Gespräch plötzlich unangenehm. Wozu all diese Details? War es so wichtig, wer was gesagt hatte? Erst war sie von der Poljanskaja über Regina Valentinowna ausgefragt worden, und nun war es umgekehrt. So ein Blödsinn. Gerade als wollten sie etwas Bestimmtes herausbekommen, die eine wie die andere. War das denn jetzt noch von Bedeutung?

»Übrigens«, Regina besann sich, »weshalb ich eigentlich hergekommen bin – ich habe ein gutes Medikament für dich aufgetrieben. Ein neues amerikanisches Präparat, entwickelt speziell für Leute wie dich. Die Wirkung ist ungefähr die gleiche wie bei Morphium, nur schwächer. Vor allem aber hat es keinen Gewöhnungseffekt, das heißt, es ersetzt dir eine Zeitlang die Drogen und hilft dir, ohne die schlimmen Entzugserscheinungen, vor denen du solche Angst hast, gesund zu werden.«

»Tatsächlich, so ein Medikament ist erfunden worden?« rief Katja aufgeregt. »Sicher ist es unheimlich teuer.«

»Aber nicht doch, Kindchen, ich weiß doch, daß du kein Geld hast. Ich tue das weniger für dich als für mich selber.«

»Mein Gott, Regina Valentinowna, vielen, vielen Dank, ich weiß gar nicht, wie ich Ihnen danken soll.«

»Hör auf, ich bitte dich!« Regina wedelte abwehrend mit ihrer in feines Wildleder gehüllten Hand, schob dann den glockigen Aufschlag des Handschuhs etwas zurück und blickte auf ihre Uhr. »Jetzt ist es schon sehr spät. Die erste Spritze gibst du dir in meiner Gegenwart, ich muß beobachten, wie dein Organismus reagiert, um die Dosierung festzusetzen. Hier hast du die erste Ration.«

Regina holte ein kleines dunkelbraunes Fläschchen ohne Etikett aus ihrer Handtasche.

»Wie viele Portionen sind denn da drin?« fragte Katja und starrte wie verzaubert das Fläschchen an.

»Das ist nur eine Probe. Ich will sehen, wie es wirkt, und lasse dir dann so viel da, wie nötig. Du verstehst, es ist ein sehr teures Medikament, jedes Gramm ist Gold wert. Und du bist nicht meine einzige Patientin, daher muß ich alles genau berechnen. Eine Spritze hast du doch sicher?«

Katja saß auf ihrem zerwühlten, ungemachten Bett und hob bereits die mit einer durchsichtigen Flüssigkeit gefüllte

Spritze, um eine passende Stelle auf der zerstochenen Haut ihres Arms zu finden, da hielt Regina sie fest:

»Warte, willst du dir den Arm vorher nicht wenigstens mit Spiritus einreiben? Hast du welchen da?«

»Ja, natürlich. Ich hole ihn.«

Katja legte die Spritze vorsichtig beiseite, lief in die Küche, ergriff die große Flasche mit reinem medizinischem Spiritus und nahm aus dem Arzneischränkchen, das neben dem Kühlschrank hing, etwas Watte.

»Ich bin fertig«, sagte sie und setzte sich wieder aufs Bett.

Regina stand über sie gebeugt und sah schweigend zu, wie die feine Nadel in die mit Spiritus eingeriebene, durch und durch zerstochene Haut eindrang, wie die bläuliche Vene sich mit der Flüssigkeit aus der Spritze füllte und anschwoll.

Danach ging alles so schnell, daß Katja nichts mehr begriff oder spürte. In ihren Ohren begann es zu rauschen, ein Rauschen, das rasch stärker und schließlich so laut wurde, als explodiere in ihrem Kopf ein Düsenflugzeug. Vor ihren Augen drehte sich alles und sauste in rasendem Tempo vorbei: Reginas Gesicht ganz nah über ihr, dann das ruhige, lebendige Gesicht von Mitja, dann die Gesichter anderer Leute, fremder oder entfernt bekannter. Nach und nach verschwamm alles zu einer dichten, undurchdringlichen Finsternis.

Regina zog behutsam Katjas Augenlid hoch und hüllte dann den reglosen Körper sorgfältig in eine Decke, schüttete reichlich Spiritus über das flauschige Synthetikgewebe, ging in die Küche, nahm eine Zigarette aus der fast leeren Packung »Kent«, kehrte ins Wohnzimmer zurück, steckte die Zigarette an, nahm ein paar Züge und warf die brennende Zigarette auf die mit Spiritus getränkte Decke. Sie überlegte kurz, nahm das Feuerzeug, knipste es an und hielt es an eine Ecke des geblümten Bettbezugs.

Dann ging sie leise aus der Wohnung und schloß die Tür fest hinter sich. Sie hatte alles erledigt, ohne die Wildlederhandschuhe auch nur einen Moment auszuziehen.

Die Scherereien mit diesen ganzen Zeugen, die plötzlich wie Pilze aus dem Boden schossen, und das nach so vielen Jahren, hingen Regina gründlich zum Hals heraus. Sie hatte auch viel zu wenig Zeit und Kraft für Wenja, und dabei ging es ihm so schlecht wie noch nie. Er konnte jeden Augenblick abstürzen ... Es war schon paradox: Bei ihren Beziehungen und dem Geld, das Wolkow und ihr zur Verfügung stand, hätte sie den allerbesten Killer engagieren können. Aber ein guter Killer ist klug und äußerst vorsichtig. Er ist durchaus imstande, die Person erst mal unter die Lupe zu nehmen, die dem millionenschweren, einflußreichen Konzern »Wenjamin« im Wege steht. Man kennt solche Fälle, wo der intelligente Killer sein Opfer angerufen und ihm ohne Umschweife einen Handel vorgeschlagen hat: Ich bin dafür bezahlt worden, dich umzulegen. Wenn du mir mehr zahlst, lasse ich dich am Leben.

Es gab auch andere Fälle. Wenn der Killer herausfand, daß weder persönliche Rache noch Schulden noch die Aufteilung von Einflußsphären der Grund für den Auftragsmord war, sondern eine für den Auftraggeber gefährliche Information, dann versuchte er, bevor er den Auftrag ausführte, mit allen Mitteln diese Information in Erfahrung zu bringen. Eine Information, für die ein Mord in Auftrag gegeben wird, kann sehr nützlich sein. Wenn man sie vorsichtig und mit Verstand gebraucht, kann man damit Summen verdienen, gegen die das Honorar eines Killers ein Pappenstiel ist.

Regina mußte alles einkalkulieren und durfte nichts außer acht lassen, so unwahrscheinlich es auch sein mochte. Eben darum konnte sie nicht den üblichen Weg gehen und einen guten Gehilfen für die Lösung ihrer zahlreichen Probleme engagieren. Sie mußte alles selbst tun.

Kapitel 14

Einsatzleiter Michail Sitschkin betrachtete nachdenklich die beiden vor ihm liegenden Fotografien. Auf der einen sah man eine ungewöhnlich schöne Frau von etwa vierzig Jahren mit klassischen Gesichtszügen und goldblonden Haaren. Auf der anderen war ein Mädchen mit einem so hoffnungslos häßlichen Gesicht, daß sich einem unwillkürlich ein mitleidiger Seufzer entrang. Bei genauerem Hinsehen allerdings verflüchtigte sich das Mitleid. Es lag etwas Haifischartiges in diesem jungen Gesicht: ein fliehendes Kinn, eine flache, große Nase, kleine, eiskalte Augen. Die Hollywood-Schönheit auf dem anderen Foto hatte die gleichen Augen, nur der Ausdruck in ihnen war ein anderer.

»Ein hungriger Hai und ein satter«, murmelte Mischa, »das ist der ganze Unterschied.«

Sofort wies er sich selbst zurecht: Was maße ich mir eigentlich an? Vielleicht ist diese Regina Gradskaja ja eine ganz reizende Frau und ein herzensguter Mensch? Gut, sie hat einige plastische Operationen machen lassen, hat ihr Aussehen so verändert, daß sie nicht mehr wiederzuerkennen ist. Aber welche Frau würde wohl ein solches Aussehen nicht verändern wollen? Selbst Männern ist es nicht egal, mit was für einem Gesicht sie herumlaufen, na, und Frauen erst recht.

Die Ärztin zu finden, die Veronika Rogowez als gute Fee bezeichnet hatte, war ein Kinderspiel für Mischa gewesen. Was ihm keine Ruhe ließ, war ihr Motiv. Warum hatte Regina Valentinowna es für nötig gehalten, Veronika Rogowez so sorgfältig für das Gespräch mit ihm zu präparieren? Er beschloß, das Treffen mit ihr gründlich vorzubereiten, und brachte soviel wie möglich über diese Frau in Erfahrung.

Die Tatsache, daß Regina Valentinowna ihr Äußeres vollständig verändert hatte, steigerte sein Interesse noch. Fotos von der heutigen Regina fand er reichlich, nicht zuletzt in den Boulevardblättern, wo sie zusammen mit ihrem berühmten Mann, dem Superproduzenten Wenjamin Wolkow, zu sehen war. Aber ein altes Bild aus der Zeit vor den Operationen konnte er nur mit Mühe ausfindig machen.

Mittlerweile wußte Mischa, daß Regina Valentinowna Gradskaja 1946 in Tobolsk, Gebiet Tjumen, geboren war, 1963 am Medizinischen Institut Nr.1 in Moskau ein Studium aufgenommen und ihr Diplom mit Auszeichnung gemacht hatte. Während der Aspirantur am Serbski-Institut spezialisierte sie sich auf Psychiatrie, arbeitete mit psychisch kranken Mördern und erforschte ihr intellektuelles Niveau.

Mischa scheute die Mühe nicht und suchte einen Bekannten am Serbski-Institut auf, einen alten Professor und Gerichtspsychiater. Der Professor plauderte gern, und an Regina Gradskaja erinnerte er sich sehr gut.

»Weißt du, mir haben die Häßlichen mit Verstand immer leid getan. Eine Frau muß nicht unbedingt klug sein«, sagte der Professor. »Regina war sozusagen der Extremfall. Unglaublich klug und unglaublich häßlich. Ich war damals überzeugt, daß sie es in der Wissenschaft sehr weit bringen wird. Ein glückliches Privatleben durfte sie nicht erwarten. Ja, sie hätte es weit bringen können, wenn sie sich nicht für diesen pseudowissenschaftlichen Hokuspokus begeistert hätte, Parapsychologie und all diesen Blödsinn. Daraus ist ja auch der Konflikt mit unserer Institutsleitung entstanden. Sie konnte Zauberdinge mit ihren Händen und Augen vollbringen. Aber unsere Zunft, die Psychiatrie, mag solche Kunststückchen nicht. Und dann wurde noch bekannt, daß sie bei sich zu Hause praktiziert, für Geld. Ihre Dissertation konnte sie noch abschließen, aber dann hat man sich im Guten von ihr getrennt.«

Nach ihrer Entlassung aus dem Serbski-Institut fand Regina Gradskaja Arbeit bei einer staatlichen psychologischen Beratungsstelle. Bereits Anfang der siebziger Jahre, als es noch gar nicht in Mode war und als mystischer Mumpitz galt, befaßte sie sich in ihrer arbeitsfreien Zeit mit Parapsychologie. Sie empfing die Kranken bei sich zu Hause, behandelte für viel Geld prominente Alkoholiker, therapierte alle möglichen sexuellen Störungen und schwere Depressionen.

In seiner Prognose über das Privatleben des häßlichen Entleins hatte sich der alte Professor geirrt. 1986 heiratete die Gradskaja Wenjamin Wolkow – ein Name, der heute jedem Schulkind geläufig ist. Damals kannte ihn fast niemand. Regina Valentinowna war nicht nur zehn Jahre älter als ihr jugendlicher Ehemann, dieser war außerdem auch noch ausgesprochen attraktiv.

Die Ehe erwies sich als äußerst produktiv. Kinder hatte das Paar nicht, dafür aber bauten sie den Konzern »Wenjamin« auf und machten ihn zum mächtigsten im Showbusiness. Der ermordete Sänger war mit diesem Konzern eng verbunden, genau wie seine Geliebte, das Model. Einige ihrer gemeinsamen Videoclips waren im Studio des Konzerns gedreht worden, und Asarows letzte Konzerttournee hatte einer von Wolkows Leuten organisiert.

Bei ihrem ersten Telefonat mit Mischa gab sich Regina Valentinowna sehr liebenswürdig und erklärte, sie sei gern bereit, sich in nächster Zeit mit ihm zu treffen; den Ort könne er bestimmen. Mischa hielt das Hauptkommissariat auf der Petrowka für den günstigsten Ort und bestellte die Gradskaja dorthin.

In natura sah Regina Valentinowna noch jünger und eleganter aus als auf den Fotos. Sie trug einen kniekurzen, engen grauen Rock und einen zartrosa Pullover. Ihre ganze Erscheinung war bis ins letzte Detail durchgestylt, die Stiefel und die kleine Handtasche waren aus dem gleichen grauen Wildleder, Nagellack und Lippenstift zartrosa wie der Pullover. Das ganze Büro duftete nach ihrem feinen, teuren Parfum. Ihr liebenswürdiges Lächeln zeigte strahlendweiße Zähne. Sie war der Liebreiz und Charme in Person. Die sanften braunen Augen blickten Mischa wohlwollend an und drückten die aufrichtige Bereitschaft aus, jede beliebige Frage zu beantworten und alles zu erzählen, was sie über den tragischen Tod des Sängers Juri Asarow wußte.

»Veronika Rogowez hat bei mir eine Rehabilitationstherapie mitgemacht, sie litt unter Depressionen, die mit traumatischen Kindheitserlebnissen zusammenhingen. Sie ist ein sehr verletzlicher Mensch.«

»Ehrlich gesagt, das ist mir gar nicht aufgefallen.« Mischa lächelte. »Ich habe selten eine ähnlich«, er räusperte sich, »eine ähnlich unabhängige und von sich überzeugte Frau getroffen. Besonders wenn man bedenkt, daß gerade ein enger Freund gestorben war, bei ihr zu Hause.«

»Aber nicht doch, das ist nur Fassade«, sagte die Gradskaja kopfschüttelnd. »Glauben Sie mir, in Wirklichkeit leidet sie sehr unter Juris Tod.«

»Sie hat Sie in den letzten Tagen um Hilfe gebeten?«

»Ja, sie war bei mir. Noch am selben Tag, abends.«

»Und Sie konnten ihr helfen?«

»Ja, ich habe ihr Mut gemacht. Sie war in einem schrecklichen Zustand. Wissen Sie, sie fürchtete, man könne auch sie ermorden, aber noch mehr fürchtete sie, selbst unter Verdacht zu geraten. So drückte sie sich auch aus – die Nahestehenden wird man zuerst verdächtigen. Und sie war diejenige, die Juri am nächsten stand. Sie waren in der letzten Zeit eigentlich nie voneinander getrennt. Sie hatte Angst, man würde sie von Verhör zu Verhör schleifen.«

»Hat sie sich mit Ihnen beraten, wie sie sich beim Verhör verhalten soll?«

»Ja, sie hat gefragt, wie sie das Gespräch am besten

führen soll, damit, entschuldigen Sie den groben Ausdruck, ›möglichst bald Ruhe im Karton ist‹.«

»Na, das war ja schon beinahe eine Art juristische Konsultation.« Mischa lachte. »Und was haben Sie ihr empfohlen, wenn man fragen darf?«

»Was glauben Sie denn?«

»Mir scheint, Sie haben ihr ein paar ganz nützliche Tips gegeben.«

»Sicher hat sie heftig mit Ihnen geflirtet und Ihnen schöne Augen gemacht? Das ist ganz ihre Art.« Regina lachte vergnügt. »Glauben Sie tatsächlich, ich hätte Veronika Rogowez instruiert, wie sie sich beim Verhör benehmen soll?« fragte sie, wieder ernst werdend.

»Das haben Sie doch gerade selbst gesagt.«

»Und Sie glauben, Sie hat meine Anweisungen befolgt? Schließen Sie denn die Möglichkeit völlig aus, daß sich Veronika so benommen hat, wie sie es immer und gegenüber allen tut? Wenn sie meinem Rat gefolgt wäre, hätte sie Ihnen die Wahrheit und nichts als die Wahrheit gesagt.«

»Sagen Sie, Regina Valentinowna, haben Sie Juri Asarow gut gekannt?«

»Nicht besonders.« Regina zuckte die Schultern. »Er war nicht bei mir in Behandlung.«

»Glauben Sie, er könnte hohe Schulden gehabt haben?«

»Das ist keine Frage des Glaubens, das muß man genau wissen. Genau kann ich Ihnen nur eins sagen: Weder von mir noch von meinem Mann hat er sich jemals Geld geliehen.«

Nachdem sie gegangen war, begann Mischas Kopf heftig zu schmerzen. Das Denken fiel ihm schwer, alles glitt ihm aus den Händen. Wer hatte ihm noch kürzlich etwas Ähnliches erzählt? Jemand aus seinem Bekanntenkreis hatte ebenfalls nach einem Gespräch mit einem netten, charmanten Menschen unter starker Müdigkeit und Kopfschmerzen gelitten. Mischa strengte sein Gedächtnis an, aber der Kopf wollte ihm fast zerspringen. Hat sie mich etwa hypnotisiert, diese Gradskaja? dachte er verärgert.

Er nahm zwei Tabletten Panadol ein und machte sich einen starken süßen Tee. Die Kopfschmerzen ließen etwas nach, aber das Denken fiel ihm immer noch schwer.

Am Abend drängte ihn seine Frau, die Temperatur zu messen. Es stellte sich heraus, daß er 38,5 Fieber hatte. Das war nicht weiter erstaunlich. In Moskau grassierte die Grippe.

* * *

Lena hatte einen hektischen Tag hinter sich. Sie hatte das gesamte Material für die neue Nummer fertiggestellt und abgegeben, also die Arbeit der nächsten zehn Tage im voraus gemacht, hatte den Aufenthalt im Erholungsheim für Lisa und Vera Fjodorowna bestellt und bezahlt und überhaupt eine solche Menge kleiner und großer Dinge erledigt, daß sie sich selber wunderte.

Ihr einziger Angestellter, Goscha Galizyn, tippte noch den letzten Absatz seines Artikels über eine neue Rockgruppe in den Computer und malträtierte zwischendurch immer wieder das Telefon. Lena wartete auf ihn – er hatte versprochen, sie in seinem Wolga nach Hause zu bringen. Zum x-ten Mal verfluchte sie sich, daß sie immer noch keinen Führerschein gemacht hatte.

Niemand wollte ihren Chauffeur spielen, alle hatten selbst genug zu tun. Auch Goscha Galizyn war längst nicht mehr der unbedarfte Grünschnabel, als der er bei der Zeitschrift angefangen hatte. Er hatte sein Thema gefunden, schrieb jetzt über Rock- und Popmusik. Innerhalb von zwei Jahren hatte er sich einen Namen gemacht, und zwar nicht nur mit Skandalgeschichten aus dem Intimleben der Stars, sondern auch mit seiner Fähigkeit zu schreiben – heutzutage eine große Seltenheit.

»Fertig! Gleich können wir fahren!« seufzte Goscha,

schaltete den Computer aus und wählte noch einmal eine Telefonnummer.

»Wen versuchst du eigentlich so hartnäckig zu erreichen?« fragte Lena.

»Wolkow!«

»Und wer ist das?«

»Na also, weißt du, Chefin!« Goscha prustete los. »Siehst du überhaupt nicht fern?«

»Eher selten«, gab Lena zu.

»Hast du noch nie was vom Konzern ›Wenjamin‹ gehört?«

»Doch, sicher, einiges schon.«

»Lena, das ist ja direkt unanständig. So was muß man wissen. Wenjamin Wolkow ist der Musikproduzent Nummer eins, der Pate jedes dritten Popstars.«

»Wenjamin Wolkow? Warte mal, ich glaube, den kenne ich.«

»Wie? Was meinst du damit, du kennst ihn? Persönlich?!«

»Ich habe einen Wenja Wolkow gekannt, er war Komsomolze in Tobolsk, aber das ist schon lange her, vierzehn Jahre«, sagte Lena.

Goscha zog aus einem Stapel Papiere auf seinem Schreibtisch eine grellbunte Musikzeitschrift, blätterte sie hastig durch und hielt Lena ein riesiges doppelseitiges Farbfoto unter die Nase.

Von dem Foto lächelten ein Mann und ein Frau. Der Mann hatte schütteres blondes Haar, hellblaue Augen und ein hageres Gesicht. Die Frau war eine braunäugige Schönheit von etwa vierzig Jahren, mit goldblondem Haar.

»Und? Ist er das?« fragte Goscha mit angehaltenem Atem.

»Ja, das ist Wenja Wolkow. Nur etwas älter und kahler ist er geworden«, sagte Lena zerstreut.

Sie konnte ihren Blick nicht vom Gesicht der Frau losreißen. Diese gepflegten, ebenmäßigen Züge kamen ihr irgendwie bekannt vor, etwas Verschwommenes, Unangenehmes verband sich mit ihnen.

»Wer ist denn die Frau?«

»Seine Ehefrau und Miteigentümerin des Konzerns, Regina Gradskaja. Hör mal, Lena, soll das heißen, du hast den berühmten Wolkow persönlich gekannt, als er noch in Tobolsk lebte?«

»Goscha, ich habe eine Unmenge Leute überall in der ehemaligen Sowjetunion gekannt. Ich war doch ständig unterwegs. Weißt du vielleicht zufällig, was seine Frau beruflich macht?«

»Ich hab doch gesagt, sie ist Miteigentümerin des Konzerns ›Wenjamin‹. Wieso sollte sie sonst noch etwas machen? Ich glaube, eigentlich ist sie Ärztin oder Parapsychologin. Ist das wichtig? Kennst du sie etwa auch?«

»Ich glaube, ich hab sie schon mal irgendwo gesehen. Ihr Lächeln kommt mir bekannt vor.«

»Hör mal, kannst du mir über Wolkow alles genau erzählen, wie er damals war, worüber ihr euch unterhalten habt?«

»Ich kann's ja versuchen, wenn du's unbedingt wissen willst.«

»Du hast ja keine Vorstellung, was für eine Bombenstory man daraus machen kann. Und dazu noch exklusiv! Was meinst du, erinnert er sich an dich?«

»Wohl kaum«, erwiderte Lena achselzuckend. »Nach so vielen Jahren. Das war 1982. Ende Juni.«

* * *

Regina gingen einige Sätze nicht aus dem Kopf, die Wenja kürzlich unter Hypnose gesagt hatte.

»Sie hätte mich retten können. Wenn sie mich damals nicht zurückgestoßen hätte, wäre ich ihr überallhin gefolgt, ich hätte meinen Hunger besiegen können. Für sie fühlte ich Zärtlichkeit, um sie hatte ich Angst, ich wollte sie nicht quälen und zertreten. Ich habe sie geliebt. Und ich kann sie nicht vergessen. Aber sie brauchte mich nicht.«

»Von wem sprichst du?« hatte Regina erstaunt gefragt.

»Von Lena Poljanskaja ...« erwiderte er leise, ohne aus dem Hypnoseschlaf zu erwachen.

»Aber du hast sie doch nur eine Woche lang gekannt. Das war vor langer, langer Zeit. Wieso war sie besser als die anderen?«

»Ich weiß nicht. Mit ihr hätte ich ein normaler Mann werden können.«

»Warum?«

»Sie hat nicht gelogen und nicht geheuchelt. Und sie war kein bißchen eitel. Ich liebte sie – wie ein Mann und nicht wie ein Tier.«

»Hat denn das erste Mädchen, diese Tanja Kostyljowa, gelogen und geheuchelt?« fragte Regina vorsichtig.

»Nein. Jetzt weiß ich, daß sie es nicht getan hat. Aber damals war ich ein Vollidiot, damals traute ich niemandem, nur meinem Hunger.«

»Ich habe dich gelehrt, den Hunger zu besiegen ...« erinnerte ihn Regina leise.

»Ja. Aber auch sie hätte mich retten können. Früher. Und anders.«

»Du hättest sie am Ende getötet, wie die übrigen. Nur ich habe dir gezeigt, wie du deinen Hunger stillen kannst, ohne zu töten.«

»Ja ... Nur du ...«

Es folgte der übliche Anfall, mit dem jede Sitzung endete.

Regina hütete sich, ihn an die Worte zu erinnern, die er unter Hypnose gesprochen hatte. Aber sie selbst konnte sie nicht vergessen.

All die Jahre waren sie von bildschönen, glamourösen Frauen umgeben: Models, Schauspielerinnen, Sängerinnen. Aber Regina machte sich um ihren Mann keine

Sorgen. Von ihr beeinflußt, glaubte Wenja, er sei imstande, jede andere Frau zu töten. Und es gab nichts, wovor er sich mehr fürchtete. Regina hatte auch deshalb keinen Anlaß zur Eifersucht, weil Wenja von der Hypnose abhängig war wie von einer Droge. Er konnte ohne diese Sitzungen nicht leben, das heißt, er war vollkommen auf Regina angewiesen.

Und nun stellte sich nach so vielen Jahren heraus, daß es in seinem Leben eine gesunde, menschliche Liebe gegeben hatte. Natürlich würde jede normale Frau sich weigern, mit ihm zu leben, sobald sie von seinen Taten erführe. Diese kluge Poljanskaja würde ihn voller Abscheu und Entsetzen an den nächstbesten Bullen verraten. Ausgerechnet für dieses fade, banale Püppchen hatte Wenja das einzige Mal im Leben eine gesunde männliche Neigung empfunden. Nicht Regina, die alles gegeben hatte, um aus ihm das zu machen, was er jetzt war, galt Wenjas erste und letzte Liebe, sondern diesem Polizistenweibchen, diesem kleinen Biest, dieser Schlange.

Zum erstenmal seit vielen Jahren erwachte in ihr heftige, bittere Eifersucht. Ein dummes, überflüssiges Gefühl. Sie würde es in den Griff bekommen, davon war sie überzeugt. Wichtig war nicht, daß Wenja früher einmal in die Poljanskaja verliebt gewesen war und diese Liebe plötzlich zur Unzeit wieder aufgeflammt war. Wichtig war, daß diese Liebe eine höchst gefährliche und höchst aktive Zeugin war. Jeder Schritt, den sie tat, konnte schlimme Folgen haben – für Wenja, für Regina und vor allem für den Konzern.

Kapitel 15

Lisa konnte lange nicht einschlafen. Lena schilderte ihr in den schönsten Farben, wie sie mit Oma Vera aufs Land und ins Erholungsheim fahren würde, erzählte ihr von den

Spaziergängen im Wald, der frischen Luft und den Schönheiten des ersten Frühlings.

»Was ist ein Holinsheim?« fragte Lisa.

»Das ist ein Haus, das im Wald steht, dort, wo es besonders schön ist. Die Leute fahren dorthin, um sich zu erholen«, erklärte Lena.

»Kommst du mit?«

»Wir fahren alle zusammen, im Auto von Tante Olga. Und der Papa holt euch hinterher wieder ab.«

»Ich will aber, daß du im Holinsheim bei uns bist. Ich will bei dir sein.«

»Lisa, du wohnst dort mit Oma Vera nur ganz kurze Zeit. Und ich arbeite inzwischen ein bißchen.«

»Warum?«

»Damit wir Geld haben und im Sommer ans Meer fahren können.«

»Ich will nicht ans Meer, ich will bei dir und Papa sein. Kommt Papa bald wieder?«

»Ja, mein Kleines, Papa kommt bald wieder. Hast du dir schon überlegt, welche Spielsachen du mit ins Erholungsheim nehmen willst?«

Lisa sprang wie der Blitz aus ihrem Bettchen, rannte zur Spielzeugkiste, zog geschäftig ein Teil nach dem anderen heraus und sagte dabei:

»Dich nehme ich mit, Elefant, und dich, Wauwau, und alle Bauklötze. Und das große Auto, und den Puppenwagen …«

Erst um halb zwölf schloß sie die Augen. Lena legte behutsam die überall verstreuten Spielsachen in die Kiste zurück und fand all die Plüschtiere und Puppen viel zu groß und sperrig. Für die Reise wäre es besser, noch etwas Kleines, Kompaktes zu besorgen. Morgen vormittag wollte sie sowieso mit Lisa einkaufen gehen – sie brauchte neue Schuhe und Strumpfhosen und eine Menge verschiedener Kleinigkeiten.

Im Fernsehen begann gerade die »Straßenpatrouille«. Lena schaltete den Wasserkocher ein, setzte sich mit untergeschlagenen Beinen aufs Küchensofa und steckte sich eine Zigarette an. Ohne auf den Bildschirm zu sehen, hörte sie zerstreut auf die Stimme des Fernsehsprechers und überlegte, was sie morgen erledigen wollte. Tagsüber einkaufen und saubermachen, abends wollte Michael kommen. Das hieß, sie mußte ein Abendessen kochen.

»In der Saslawski-Straße ist bei einem Wohnungsbrand eine Person ums Leben gekommen«, sagte der Sprecher im Fernsehen. »Gegen drei Uhr morgens wurden die Bewohner im Erdgeschoß und im ersten Stock durch starken Brandgeruch geweckt. Eine Wohnung im Erdgeschoß stand in Flammen. Die Feuerwehr fand darin die Leiche einer jungen Frau. Die Tote, Jekaterina Sinizyna, lebte seit kurzem allein. Nach Auskunft der Nachbarn führte sie ein zurückgezogenes Leben und war keine Alkoholikerin.«

Lena fuhr zusammen und starrte wie gebannt auf den Bildschirm, auf dem jetzt ein Feuerwehrmann zu sehen war.

»Die vorläufige Untersuchung hat ergeben, daß der Brand durch Rauchen im Bett verursacht wurde«, sagte der Feuerwehrmann. »Ich möchte an dieser Stelle noch einmal wiederholen: Das ist der häufigste Grund für Wohnungsbrände mit tragischem Ausgang. Seien Sie bitte vorsichtig.«

Danach folgte die Auflistung der Verkehrsunfälle. Lena stellte den Fernseher ab und rief Olga an.

»Ja, ich weiß«, seufzte Olga, »das war zu erwarten. Sie hat sich eine riesige Menge Morphium gespritzt, eine tödliche Dosis, und ist mit brennender Zigarette eingeschlafen.«

»Der Brand ist etwa um zwei Uhr nachts ausgebrochen?«

»Ja, um drei stand schon alles in Flammen.«

»Ich habe bis kurz nach zwei mit ihr telefoniert. Dann kam irgendeine Frau zu Besuch. Katja hat sich entschuldigt, den Hörer neben das Telefon gelegt und ist zur Tür gegangen. Und danach war die ganze Zeit besetzt. Olga, sie ist umgebracht worden. Das haben dieselben Leute getan, die auch Mitja ermordet haben. Nach außen sieht wieder alles glatt, logisch und unangreifbar aus. Ein erfolgloser Sänger probiert zusammen mit seiner süchtigen Frau Drogen aus und erhängt sich. Künstler sind bekanntlich schwierige Persönlichkeiten. Und einige Tage später kommt seine Frau durch einen Unglücksfall ums Leben, wie er für Alkoholiker und Drogensüchtige typisch ist. Das ist dieselbe Handschrift.«

Lena verstummte, sie hörte, wie Olga leise schluchzte.

»Olga, beruhige dich, bitte, nimm dich zusammen. Gestern abend wolltest du Katja nicht zuhören. Jetzt paß mal auf, was sie mir vorgelesen hat.«

Lena ging mit dem Telefon ins Schlafzimmer, schaltete den Computer ein und öffnete die Datei »Rabbit«.

»Die Worte standen auf einem zerknüllten Blatt Papier, das in Mitjas Jackentasche lag. Und hier ist noch ein zweiter Text, er war auf der Kassette mit den Liedern, die Mitja mir gegeben hatte, ganz am Ende des Bandes.«

»Willst du etwa behaupten, Mitja hat versucht, jemanden zu erpressen?« fragte Olga mit heiserer Stimme, nachdem Lena alles vorgelesen hatte.

»Zumindest hat er es überlegt. Natürlich hat er sich dagegen entschieden. Es war ihm zuwider. Olga, du mußt versuchen, dich an alle eure Gespräche der letzten Zeit zu erinnern. Und guck noch mal gründlich bei dir zu Hause nach, vielleicht ist noch mehr da – eine Notiz oder eine Tonbandaufnahme. Vielleicht hat er ja den Kalender und das Telefonbüchlein bei euch liegenlassen.«

»Gut«, schluchzte Olga, »ich will es versuchen. Aber der Kalender und das Telefonbüchlein sind bestimmt nicht bei uns. Du weißt doch, bei uns ist immer alles tipptopp aufgeräumt. Einfach so liegt da nichts herum, jedes Ding hat seinen Platz.«

Nach dem Gespräch mit Olga wählte Lena sofort die

Nummer von Mischa Sitschkin. Während sie auf das Freizeichen lauschte, fiel ihr ein, daß Xenia, Mischas Frau, das Telefon nach zwölf Uhr meist abstellte. Jetzt war es schon zwanzig vor eins.

Lena war inzwischen überzeugt, daß die geheimnisvolle Valentina Jurjewna weder eine Schnüfflerin noch eine Verrückte war. Nicht zufällig hatte Lena sich nach dem Weggang der freundlichen Besucherin gefühlt, als wäre sie mit Röntgenstrahlen durchleuchtet worden. Diese Frau stand mit den Leuten, die Mitja und Katja umgebracht hatten, in Verbindung. Lena war durch sie nur auf die Probe gestellt worden, man wollte erfahren, was sie wußte und wie gefährlich sie war.

Olga dagegen konnten sie sich leicht in der Firma vornehmen, ohne daß sie es merkte. Sie erzählte ja immer, wie viele Leute in ihrem Büro ein- und ausgingen und daß sie sich mit allen unterhalten mußte, bis der endlose Strom von Worten sich gegen Abend in ein sinnloses Kauderwelsch verwandelte.

Im übrigen war jetzt etwas anderes wichtig. Sie mußte begreifen, warum das alles geschah und wer davon einen Nutzen hatte. Vorläufig konnte sie nur den vorsichtigen und noch ganz vagen Schluß ziehen, daß es irgendwie mit ihrer Sibirienreise vor vierzehn Jahren zusammenhing. Deshalb war Mitja vor einem Monat zu ihr gekommen. Er wollte etwas von ihr erfahren, aber sie hatte das damals nicht weiter ernst genommen und gedacht, er schwelge nur in nostalgischen Jugenderinnerungen.

Lena hatte ein gutes Gedächtnis, aber die vierzehn Jahre zurückliegenden Ereignisse waren überlagert durch viele Schichten anderer wichtiger Erlebnisse und Erfahrungen.

Vielleicht konnten Fotos ihr helfen. Von der Reise selbst waren wohl kaum welche erhalten, sie hatten keinen Fotoapparat mitgenommen, aber Fotos von der Uni mußte sie noch haben.

Alle alten Fotos lagen unter einem Haufen Trödel in einer antiken Truhe, die noch von der Urgroßmutter stammte und in der Diele stand.

Während sie die Truhe aufräumte, machte Lena sich zum hundertstenmal bittere Vorwürfe, daß sie eine so schlampige Hausfrau war. Als sie sich bis zum Boden der alten Truhe durchgearbeitet hatte, entdeckte sie den Pullover, den sie im Sommer 1982 nach Sibirien mitgenommen hatte. Ihr Vater hatte ihr damals zugesehen, wie sie ihren Rucksack packte, und gesagt:

»Nimm etwas Warmes mit, immerhin fährst du nach Sibirien.«

Lena hatte aus dem Schrank einen hellgrauen Pullover hervorgezogen.

»Den bitte nicht«, protestierte ihr Vater, »das ist mein Vorzeigestück, der ist noch ganz neu.«

»Dann nehme ich überhaupt nichts Warmes mit! Ich werde erfrieren!« erklärte Lena, legte dann rasch den Kopf auf seine Schulter und sagte tröstend: »Papa, mach dir keine Sorgen, ich bringe ihn heil und unversehrt wieder mit, ich gehe ganz vorsichtig damit um. Du willst doch nicht, daß ich erfriere.«

Ihr Vater war vor fünf Jahren gestorben, aber bis heute genügte irgendeine Kleinigkeit, ein zufälliger Gegenstand oder ein Satz, und die Erinnerungen an ihn überfluteten alles andere, Gegenwärtige. Besonders schmerzlich war, daß ihr Vater Lisa nicht mehr sehen konnte. Er hatte sich so sehr ein Enkelkind gewünscht, aber für ein Kind war Lenas Privatleben zu kompliziert gewesen und ihre Arbeit zu interessant. Und sie glaubte, noch so viel Zeit zu haben.

Der Vater war nie krank gewesen. Als die Ärzte im Onkologischen Zentrum an der Kaschirskoje-Chaussee die furchtbare Diagnose »Magenkrebs« stellten und Lena mitteilten, daß man nichts mehr tun könne und ihr Vater noch höchstens zwei Monate zu leben habe, glaubte sie es nicht. Bis zuletzt hoffte sie, die Ärzte hätten sich geirrt, es werde ein Wunder geschehen.

Lena hatte nur ihren Vater gehabt. Er hatte sie allein großgezogen. Ihre Mutter, eine erfolgreiche Bergsteigerin, war im Elbrus-Gebirge verunglückt, als Lena zwei Jahre alt war.

Ich war im gleichen Alter wie heute meine Lisa, dachte Lena plötzlich. Ich klettere nicht in den Bergen herum wie Mama. Aber in meinem Leben geschieht jetzt etwas Ähnliches, etwas sehr Ernstes, Gefährliches.

Als sie aus ihren Erinnerungen auftauchte, fand sie sich in der Diele auf dem Fußboden sitzend, umgeben von Krimskrams und Trödel, das Gesicht in dem altem Pullover des Vaters vergraben.

In diesem Pullover hatte sie vor vierzehn Jahren im Zug gesessen, auf der Stufe zur Waggontür. Sie fuhren von Tjumen nach Tobolsk. Es war eine helle, neblige Nacht. Das Gefühl der Einsamkeit und der vorbeifliegenden endlosen Taiga hatte sich ihr tief ins Gedächtnis gegraben. Später hatte sie ein sonderbares, unangenehmes Gespräch mit diesem Komsomolzen aus Tobolsk gehabt. Mit Wolkow – Wenjamin Wolkow.

Ein berühmter Produzent war er also geworden, Eigentümer eines Konzerns. Plötzlich begann ihr Herz wie verrückt zu klopfen. Von einem berühmten Produzenten hatte Mitja gesprochen, ohne jedoch einen Namen zu nennen. Nein, Unsinn. Das konnte nicht sein.

Als sie endlich die zerfledderte, aufgequollene Mappe mit den alten Fotos durchblätterte, stieß sie unerwartet auf eine längst vergessene Fotografie. Es war eine große Schwarzweiß-Aufnahme: mehrere Leute, junge Männer und Mädchen, in Arbeitskleidung vor einem Bauwagen. In der Mitte standen Mitja, Olga, Lena und Wenjamin Wolkow.

Mitja blickte lächelnd direkt ins Objektiv. Olga lächelte

ebenfalls, sah aber zu Boden. Lena dagegen wirkte angespannt und verlegen. Sie betrachtete das Foto genauer und erkannte den Grund: Der neben ihr stehende große, breitschultrige Wolkow blickte sie an. Er war daher im Profil zu sehen. Unter seinem Blick hatte sich Lena verkrampft.

Auf der Rückseite des Fotos stand: »Tobolsk, Juni 1982, Baubrigade ›Hoffnung‹.«

Sie waren vor den Bauarbeitern aufgetreten. Es war einer ihrer längsten und schönsten Auftritte gewesen. Anschließend hatten sie im Bauwagen Tee getrunken. Vor diesem Wagen war auch das Foto gemacht worden.

Kapitel 16

Tjumen – Tobolsk, Juni 1982

Der Zug fuhr langsam durch die Taiga. Die Nacht war fast taghell. An Schlaf mochte keiner denken. Beim gemütlichen Rattern der Räder saßen sie zu viert im Abteil und tranken Tee.

»Je weiter wir nach Norden kommen, desto heller werden die Nächte. In Chanty sind sie jetzt schon taghell.« Wenja Wolkow schnitt mit dem rasierklingenscharfen Fahrtenmesser die geräucherte Wurst in exakte dünne Scheiben.

»Eine solche Wurst«, sagte Olga verträumt, »habe ich das letzte Mal im vorvorigen Sommer gegessen, während der Olympiade.«

»Warum fangen eigentlich alle Leute, kaum daß sie im Zug sitzen, sofort an zu essen oder übers Essen zu reden?« bemerkte Wenja lächelnd.

»Aus Langeweile«, meinte Mitja schulterzuckend.

»Daß du dich langweilst, merkt man«, sagte Olga. »Du futterst schon die zehnte Wurstscheibe ohne Brot.«

»Wenja, was war das dort für ein Haus?« fragte Lena, die aus dem Fenster in die unermeßliche Weite der Taiga schaute. »Wohnt hier etwa jemand?«

»Jetzt nicht mehr«, antwortete Wenja. »Aber früher haben hier Altgläubige gelebt, Sektierer. Bis 1932 haben sie sich vor der Sowjetmacht versteckt. Sie hatten hier Einsiedeleien.«

»Und was war 1932?«

»Sie haben sich selbst verbrannt. Neun Erwachsene und drei Kinder. Eine Abteilung des NKWD wollte sie abholen. Aber irgendwer hat sie vorgewarnt. Da haben sie sich in einem der Höfe eingeschlossen und hinter einem Wall aus Reisig verbarrikadiert. Die NKWD-Leute mußten zusehen, wie sie verbrannten.«

»Konnte man denn gar nichts tun?«

»Nein.« Wolkow schüttelte den Kopf. »Wozu auch? Man wollte sie ja sowieso festnehmen. Na, genug davon, laßt uns trinken.« Er zog eine Flasche armenischen Fünf-Sterne-Kognak aus der Tasche.

»Man lebt nicht schlecht beim Tobolsker Komsomol«, bemerkte Mitja.

»Wir können nicht klagen.« Wolkow öffnete die Flasche und schenkte den Kognak in die leeren Teegläser ein.

Bis Tobolsk waren es noch fünf Stunden Fahrt. Bettwäsche gab es in diesem Zug natürlich nicht. Alle legten sich in Kleidern schlafen.

Als Wolkow auf die obere Pritsche kletterte, fiel ihm ein kleiner Gegenstand aus der Hosentasche. Lena hob das billige Emaillemedaillon, das an einem kurzen, dicken Kettchen aus einfachem Metall hing, vom Boden auf. Ein weißes Herzchen mit einer roten Rose in der Mitte.

»Wenja, ist das Ihrs?« fragte sie und hielt ihm das Medaillon hin. »Die Kette ist gerissen.«

»Ja, das gehört mir, danke.«

Mitja hob verschlafen den Kopf, warf einen Blick auf das

armselige Schmuckstück, das gerade in Wenjas Jeanstasche verschwand, und brummte:

»Das tragen die Komsomolzen also anstelle von Brustkreuzen!«

Lena konnte nicht einschlafen. Es war kalt und ungemütlich, so in Jeans und Bluse auf der nackten Matratze und unter einer feuchten Wolldecke, die nach Chlor roch. Ein schreckliches Bild stand ihr in aller Deutlichkeit vor Augen: das brennende Haus in der Taiga an der Eisenbahnlinie, umzingelt von Soldaten mit Gewehren im Anschlag.

Sie stand leise auf, zog sich ihre Turnschuhe an, holte den warmen Pullover aus der Reisetasche, nahm Zigaretten und Streichhölzer und schlüpfte aus dem Abteil.

Auf der Plattform war es stickig und verqualmt. Durch die schmutzigen, verräucherten Scheiben der Waggontüren schimmerte das geheimnisvolle Licht der weißen Nacht.

Lena zog vorsichtig am Türgriff. Die Waggontür gab knirschend nach. Der Duft von Nebel und frischen Tannennadeln wehte herein. Der kühle Nachtwind blies ihr ins Gesicht und zerzauste ihr Haar. Zum Greifen nah flog die Taiga vorüber. Lena setzte sich auf eine Stufe in der Türöffnung. Direkt unter ihren Füßen befanden sich die Gleise.

Plötzlich hatte sie das Gefühl, sie sei allein in der riesigen, grenzenlosen Taiga, die wie ein Ozean rings um sie herum schaukelte und ihr eigenes geheimnisvolles Leben lebte.

»Lena, haben Sie keine Angst rauszufallen?« sagte eine leise Stimme hinter ihr.

Lena schrak zusammen und wäre tatsächlich fast gefallen. Wolkow reichte ihr die Hand, und sie erhob sich. Sofort warf er die Waggontür zu.

»Da sollten Sie nicht sitzen«, sagte er und zündete sich eine Zigarette an, »das ist sehr gefährlich.«

»Wenja, Sie haben mich erschreckt. Ich habe Sie nicht kommen hören.«

»Entschuldigen Sie. Ich hatte Angst um Sie. Ihr Mann hat Sie sicher nicht gern auf diese Reise gehen lassen.«

»Ich bin nicht verheiratet.«

»Ehrlich gesagt, das freut mich.« Er lächelte leicht. »Wir kennen uns kaum, aber schon habe ich Ihretwegen schlaflose Nächte. Vielleicht interessiert es Sie gar nicht, aber ich bin auch nicht verheiratet. Ich finde schwer Kontakt zu Frauen, ich fühle mich ihnen gegenüber wie ein Idiot.«

»Wenn man Sie ansieht, kann man das kaum glauben«, sagte Lena schulterzuckend.

»Mache ich denn auf Sie den Eindruck eines Menschen ohne Komplexe?«

»Ich weiß nicht. Jeder schleppt irgendwelche Komplexe mit sich herum.«

»Ich glaube, Sie und ich, wir haben beide einen Einsamkeitskomplex. Menschen und Gespräche sind Ihnen schnell über, besonders wenn sie nichtssagend und oberflächlich sind. Sehen Sie, auch jetzt möchten Sie gehen. Sie wollten allein sein, und da erscheine ich und belästige Sie mit meinem Geschwätz. Habe ich recht?«

»Nein, wieso? Auf Zugreisen sind unbekannte Menschen oft sehr offen zueinander. Einer Zufallsbekanntschaft, die man nie wiedersieht, kann man leicht sein Herz ausschütten. Das verpflichtet zu nichts. Und über sich selber spricht doch jeder gern.«

»Gibt es manchmal auch Fortsetzungen?« fragte Wenja leise.

»Was meinen Sie damit?«

»Nun, es kommt doch vor, daß zufällige Gesprächspartner durch ihre Reisegeständnisse zu guten Freunden werden?«

»Im Leben kommt manches vor.«

»Könnten Sie sich das vorstellen?«

Sein Gesicht war ganz nahe. In seinen schönen blauen Augen bemerkte sie plötzlich eine verzweifelte Schwermut, und ihr wurde unheimlich. Er sah sie an, als sei ihre Antwort für ihn lebenswichtig. Niemand hatte sie jemals so angesehen.

»Ich weiß nicht«, sagte sie leise und wich diesem seltsamen, flehenden Blick aus.

Aber er rückte noch näher heran.

»Lena, verzeihen Sie mir«, flüsterte er schnell und heiß, »ich begreife selbst nicht, was mit mir los ist. Ich verstehe mich nicht aufs Schmeicheln und Süßholzraspeln. Bei anderen geht alles einfach und natürlich, ganz ohne Worte. Aber ich rede irgendwelchen Blödsinn, habe Angst, Sie zu verscheuchen. Helfen Sie mir.«

Lena spürte, daß seine heißen Finger nach ihrer Hand griffen.

»Wenja, sind Sie schon einmal allein in die Taiga gegangen?« fragte sie, während sie ihre Hand sanft befreite.

»Ja, auf Bärenjagd.« Seine Augen erloschen plötzlich, wurden ganz blaß und trübe.

»Und, haben Sie einen Bären erlegt?«

»Natürlich. Das Fell liegt bei mir zu Hause auf dem Fußboden. Wenn wir in Tobolsk sind, lade ich Sie ein und zeige Ihnen das Fell.«

»Das kann ich kaum glauben.«

»Wieso nicht?«

»Sie sehen nicht aus wie ein Mensch, der allein auf Bärenjagd geht. Und erst recht nicht wie einer, der töten kann – der einen Bären erlegt, sein Fell abzieht und auf den Fußboden legt.«

»Lena, woher wollen Sie wissen, wie ein Mensch aussieht, der töten kann?« fragte er leise.

»Einen Bären?« fragte Lena zurück.

»Überhaupt töten, einem Lebewesen das Leben nehmen.«

»Das sind doch völlig verschiedene Dinge. Ehrlich gesagt, Wenja, ich verstehe Sie nicht ganz.«

»Wissen Sie, die Chanten* glauben, daß der Bär dem Menschen ebenbürtig ist. Sie jagen ihn nicht mit dem Gewehr, sondern nur mit dem Spieß, damit die Kräfte gleich verteilt sind. Auf einen Bären zu schießen wäre Mord.«

»Darin liegt sicherlich eine eigene Logik«, sagte Lena nachdenklich. »Aber trotzdem, das Wort ›Mord‹ bezieht sich vor allem auf Menschen. Sowohl im juristischen wie im moralischen Sinn.«

»Gut, lassen wir die Bären beiseite. Was glauben Sie, gibt es einen Unterschied zwischen einem Mörder und einem normalen Menschen? Ich meine, kann man einen Mörder an seinem Äußeren von normalen Menschen unterscheiden?«

»Ich glaube nicht. Gestern zum Beispiel sind wir im Straflager aufgetreten, vor Verbrechern. Darunter waren bestimmt auch Mörder. Am Gesicht kann man sie unmöglich erkennen. Obwohl es darüber ja verschiedene Theorien gegeben hat.«

»Könnten Sie einen Bären töten?« fragte er.

»Nein.«

»Und wenn er sie angreifen würde?«

»Ich möchte mir lieber gar nicht vorstellen, was wäre, wenn mich ein Bär angreifen würde. Ich hoffe doch sehr, daß mir so etwas nie zustoßen wird.«

»Und ein Mensch?« fragte Wenja ganz leise. »Wenn ein Mensch Sie angreifen würde, könnten Sie ihn töten? Stellen Sie sich vor, ein Räuber, ein Vergewaltiger, ein Psychopath überfällt Sie. Sie retten sich um den Preis seines Lebens und werden dadurch zum Mörder. Das Gericht gibt Ihnen recht, Sie haben ja in Notwehr gehandelt. Aber trotzdem haben Sie die Grenze überschritten, die einen Mörder vom normalen Menschen trennt. Sie haben den Geschmack eines fremden Todes gekostet. Ich will damit sagen, daß

* Finno-ugrischer Volksstamm, Ureinwohner des Gebiets Chanty-Mansijsk in Sibirien.

davor niemand gefeit ist. Im Leben gibt es immer wieder unerwartete Situationen. Jeder kann zum Mörder werden.«

Wolkows Gesicht war ganz nah. Er stützte sich mit den Händen gegen die Wand der Plattform, Lenas Kopf befand sich zwischen seinen Armen. Er starrte ihr durchdringend und erregt in die Augen.

»Wenja, Sie haben doch nicht etwa die Absicht, mich zu überfallen?« sagte Lena mit einem Lächeln, tauchte unter seinem Arm durch und stieß die Tür zum Gang weit auf. »Ein bißchen muß ich noch schlafen. Ich bin müde.«

Ohne sich umzuschauen, ging sie rasch zum Abteil zurück. Der Zug ruckte plötzlich heftig, Lena taumelte, und sofort packte Wolkow sie mit festem Griff am Ellbogen und fing sie auf.

»Verzeihen Sie mir, Lena«, hauchte er ihr ins Ohr, »das war ein dummes Gespräch.«

»Wenja«, sagte sie, wobei sie ihn von sich schob und ihren Arm befreite, »ich mag es nicht, wenn man mir ins Ohr pustet.«

* * *

In Tobolsk wich ihnen Wolkow nicht eine Minute von der Seite, fuhr zu allen ihren Auftritten, zeigte ihnen die Stadt und organisierte eine Führung durch den hölzernen Kreml.

Die Tage waren so ausgefüllt, daß alle drei sich am Abend kaum noch auf den Beinen halten konnten, in ihre Hotelbetten fielen und augenblicklich einschliefen.

Wolkow hatte ihnen die besten Zimmer in einem alten Kaufmannsgasthof besorgt. Lena und Olga hatten ein schikkes Zwei-Zimmer-Appartement mit Kühlschrank, Fernseher und riesigem Bad. Heißes Wasser gab es allerdings auch hier nicht. Aber Wolkow führte sie in eine echte russische Banja.

»Das ist so eine Art Elite-Club für Partei und Komsomol«, erklärte er. »Bei euch in Moskau amüsieren sich die

Funktionäre in der Sauna, bei uns in Sibirien zieht man das russische Dampfbad vor.«

»Ich habe die Partei-Elite noch nie nackt gesehen«, bemerkte Olga ironisch, »weder die von Moskau noch die von Sibirien.«

»Ich glaube nicht, daß du da viel versäumt hast, Schwesterchen«, meinte Mitja achselzuckend.

An einer abgelegenen Stelle am Ufer des Flusses stand ein großes Holzhaus. Aus dem Schornstein qualmte es. Die Tür wurde von einer fülligen, rotwangigen Frau in weißem Kittel geöffnet.

»Guten Tag, Wenjamin Borissowitsch, herzlich willkommen. Es ist alles fertig.«

»Hallo, Sina, darf ich vorstellen, unsere Gäste aus Moskau.«

Die Innenwände waren aus Baumstämmen. In der Mitte des Vorraums standen ein niedriger Eichentisch und riesige, tiefe Sessel, an den Wänden befanden sich breite Bänke, die mit frischgestärkten Laken bedeckt waren.

»Wenjamin Borissowitsch, rufen Sie, wenn ich den Samowar bringen soll. Mädels«, wandte sich die Banja-Angestellte an Olga und Lena, »ihr könnt euch bei mir umziehen. Die Männer bleiben hier.«

Sie führte sie in eine kleine gemütliche Kammer, wo leise ein Radio lief und auf einem Schemel ein großer elektrischer Samowar kochte.

»Sagen Sie, Sina, warum hat man die Frauen- und die Männer-Banja nicht getrennt gebaut?« wollte Lena wissen. »Zusammen, das ist doch unpraktisch.«

»Das ist ja auch keine öffentliche Banja, sondern eine für die Partei«, erklärte Sina würdevoll, »hierher kommen die Chefs, nicht das einfache Volk.«

»Und die Chefs sind geschlechtslose Wesen?« Olga kicherte.

»Also hier sind gewöhnlich nur Männer«, die Banja-

Angestellte zuckte verwirrt ihre molligen Schultern, »und wenn die noch Mädchen mitbringen, dann solche, die nicht zimperlich sind.«

»Sieh mal an«, Olga stieß einen Pfiff aus, »das ist hier wohl so eine Art Puff?«

»Was heißt hier Puff? Unsere Gäste sind solide Leute, alles Parteimitglieder. Von der Stadtverwaltung und vom Kreis, oder wenn irgendeine Kommission kommt, sie besuchen alle unsere Banja. Ein echter Russe braucht seine Banja!«

In Laken gehüllt, huschten Olga und Lena durch den Vorraum ins Dampfbad.

»Aber nicht so lange!« schrie ihnen Mitja nach. »Wir wollen auch noch rein.«

»Dieser Wolkow ist ein merkwürdiger Typ«, sagte Lena, während sie Olga mit einem Gebinde aus duftenden Birkenreisern peitschte, »er macht ein Trara um uns, als wären wir Parteibonzen, zieht ein Riesenprogramm durch und läßt uns nicht eine Minute allein, wie eine Amme ihre Kinder.«

»Was ist schlecht daran? Dafür müssen wir ihm doch dankbar sein. Hätte man uns beide in Moskau jemals in so eine Banja gelassen? Hier ist es nicht dreckig wie in der Sanduny-Sauna oder in der auf der Krasnopresnenskaja, wo die Wände glitschig sind und es nach Chlor stinkt und wo man sich sofort einen Fußpilz einfängt. Hier ist alles pieksauber, auf höchstem Niveau.«

»Natürlich bin ich ihm dankbar, aber trotzdem ist er merkwürdig. Heute nacht bin ich zum Rauchen auf die Plattform gegangen, und er hat sich mit allerlei verworrenen Geständnissen an mich herangemacht.«

»Er ist eben scharf auf dich. Dem hängt die Zunge zum Hals raus, so scharf ist er. Alle diese Provinz-Komsomolzen fahren auf Moskauer Mädchen ab.«

Als sie, in Laken eingehüllt und vom heißen Dampf wohlig erschöpft, zu viert im Vorraum saßen und starken grünen Tee tranken, fragte Mitja plötzlich:

»Lena, weißt du noch, als wir im Zug waren, da ist Wenjamin so ein kleines Ding heruntergefallen, ein weißes Herzchen mit einer Rose.«

»Stimmt«, nickte Lena erstaunt.

»Na also!« rief Mitja. »Das sag ich doch, du hast ein Herzchen am Hals getragen. Ich hab mich nicht geirrt!«

»Mitja, laß ihn doch in Ruhe!« sagte Olga mit einer wegwerfenden Handbewegung. »Was kommst du uns dauernd mit deinem Herzchen? Vielleicht ist es ein Talisman, den ihm eine Freundin geschenkt hat.«

»Mir ist völlig egal, wer was um den Hals trägt, ich will bloß, daß Lena mir bestätigt, daß ich das nicht geträumt habe«, erklärte Mitja ungeduldig. »Wenjamin sagt nämlich, das hätte ich mir eingebildet.«

»Mitja, hör auf!« sagte Olga streng und fügte mit einem Blick auf Wolkows versteinertes, bleiches Gesicht hinzu: »Nehmen Sie es ihm nicht übel, Wenja, manchmal ist er eine schreckliche Nervensäge.«

Nach der Banja, auf der Rückfahrt zum Hotel, lud Wolkow sie zu sich nach Hause ein.

»Geht ihr beide, du und Mitja«, flüsterte Lena Olga zu, »ich habe keine Lust.«

»Bist du verrückt geworden? Er lädt uns doch nur deinetwegen ein! So darfst du ihn nicht kränken«, flüsterte Olga zurück.

»Wie kommst du darauf?«

Wolkow ging hinter ihnen, war aber näher, als sie dachten.

»Lena, Olga hat recht. Ich muß Ihnen doch noch mein Bärenfell zeigen, sonst halten Sie mich für einen Aufschneider.«

Sie drehten sich um. Er blickte sie an und lächelte verwirrt und schuldbewußt.

Er wohnte allein in einer Zwei-Zimmer-Wohnung. Das solide vierstöckige Haus für die Komsomol- und Parteielite war gerade erst fertiggestellt worden. In der Wohnung roch es nach Farbe und Tapetenkleister. Möbel gab es fast keine. In dem einen Zimmer standen ein großer Schreibtisch und ein paar Stühle. In den Ecken stapelten sich Bücher. Im anderen Zimmer stand nur ein breiter, niedriger Diwan, über den ordentlich eine karierte Wolldecke gebreitet war, und ein antiker Kleiderschrank. Auf dem Boden vor dem Diwan lag das dicke, harte Fell eines Braunbären.

»Nicht übel!« stellte Olga anerkennend fest. »Sogar Glasaugen hat man ihm eingesetzt. Wenja, ist er ihnen nicht unheimlich? Dieser Teddy guckt sie an, als wollte er sagen: Warum hast du mich getötet, Komsomolze?«

»Ehrlich gesagt, manchmal gruselt mich schon ein wenig.« Und wieder dieses verwirrte, schuldbewußte Lächeln.

»Wenja! Freund meiner Seele!« schrie Mitja aus dem Nebenzimmer. »Du hast ja fast die ganze ›Bibliothek des Dichters‹!«

Er kam mit zwei schmalen dunkelblauen Bänden in der Hand ins Zimmer.

»Hör mal, kann ich diese hier bis zu unserer Abreise mit ins Hotel nehmen? Nur die beiden, Mandelstam und Achmatowa? Ich bürge mit meinem Kopf dafür.«

»Unmöglich, mein Lieber, tut mir leid.« Wolkow hob die Arme. »Diese Bücher gebe ich nicht aus dem Haus. Du kannst sie aber hier lesen.«

»Na ja, im Grunde verstehe ich dich«, seufzte Mitja, »ich würde sie auch nicht verleihen.«

Wolkow verschwand in der Küche. Mitja und Olga vertieften sich in die Schätze seiner Bibliothek. Lena ging in den Flur, wo der einzige Spiegel der ganzen Wohnung hing, und kämmte sich ihre nach der Banja feuchten Haare.

Unerwartet erblickte sie neben ihrem Spiegelbild Wolkows Silhouette. Er trat von hinten ganz dicht an sie heran und drückte sein Gesicht in ihre feuchten Haare. Sie zuckte zusammen, wollte sich ihm entziehen, aber er preßte ihre Schultern mit den Händen, und sie spürte, wie seine heißen, festen Lippen kitzelnd über ihren Hals glitten.

»Wenja, in der Küche brennt etwas an«, sagte sie leise und versuchte, sich aus dem Griff seiner Arme zu befreien.

Aber da drehte er sie mit einer jähen Bewegung zu sich herum und küßte sie gierig aufs Gesicht, auf die Augen, die Lippen.

»Hab keine Angst vor mir«, flüsterte er wie im Fieber, »hab keine Angst. Ich liebe dich, ich tue dir nicht weh. Eher sterbe ich, als dir weh zu tun. Niemand auf der Welt liebt mich, bleib bei mir, rette mich.«

Lena hatte längst begriffen, daß dieser sonderbare Komsomolze sich leidenschaftlich in sie verliebt hatte. Sie mußte zugeben, zuwider war er ihr nicht. Mehr noch, er war ihr sympathisch, sie fand ihn sogar interessant. Es war etwas Seltsames an ihm, etwas Geheimnisvolles, gruselig, aber auch erregend.

Ich bin frei und ungebunden, schoß es ihr durch den Kopf, und gerade erst einundzwanzig. Natürlich wird daraus nichts Ernstes, nichts von Dauer. Viele lassen sich auf solche kurzen, heftigen Reiseabenteuer ein, damit man etwas hat, woran man sich erinnern kann. Er sieht gut aus, ist intelligent und charmant und völlig allein. Warum nicht?

»Ich liebe dich … Rette mich …«

Der Duft von gutem Tabak und einem teuren Eau de Cologne ging von ihm aus. Er preßte sie immer stärker an sich, seine Lippen saugten sich an ihrem Mund fest, seine heiße Hand glitt unter ihren Pullover.

Lieber Himmel, jetzt knutschen wir schon! Ich knutsche mit einem Mann, den ich fast gar nicht kenne! dachte Lena.

»Wenja, wo stecken Sie? Sie wollten Brot in der Pfanne rösten, es ist alles verbrannt«, rief Olga aus der Küche.

Lena machte sich abrupt frei. Sie standen in einem Winkel neben der Eingangstür, und Olga, die aus dem Wohnzimmer in die Küche gerannt war, hatte sie nicht bemerkt. Oder vielleicht wollte sie sie auch nicht bemerken. Aus der Küche roch es angebrannt. In der Pfanne qualmten die verkohlten Brotstückchen.

Den ganzen Abend starrte Wolkow Lena aus seinen hellen, durchsichtigen Augen an. Sie tranken Wodka und Sekt, die Tischdecke hatten sie direkt auf dem Fußboden ausgebreitet und die Teller mit gesalzenem Lachs, Stör, ungarischer Salami und finnischem Käse daraufgestellt. Unter den glühenden Blicken des Hausherrn blieb Lena das Essen fast im Halse stecken.

Nein, dachte sie, mit so viel Qual und Leidenschaft kann ich nichts anfangen. Und Reiseflirts brauche ich auch nicht. Wozu? Einen fremden Mann zu küssen, für den man nichts weiter als Sympathie empfindet, ist absurd und peinlich. Warum hat er dauernd »Rette mich« gesagt, noch dazu in so einem melodramatischen Tonfall? Bestimmt finden sich reichlich Frauen, die so einen schwierigen Einzelgänger mit Freuden retten. Aber mir ist das zu theatralisch.

Als sie aufbrachen, preßte Wolkow ihre Finger und sagte leise: »Kann ich Sie einen Augenblick allein sprechen, Lena?«

Dabei schubste er sie rückwärts ins Schlafzimmer, stieß mit dem Fuß die Tür zu und wollte sie wieder heftig küssen. Doch Lena riß sich sofort los und stemmte sich mit beiden Händen gegen seine Schultern.

»Wenja, hören Sie ...«

»Du sagst wieder ›Sie‹? Du willst mich doch auch, ich weiß es, ich spüre es. Bleib bitte, ich flehe dich an. Du weißt nicht, wie ernst es mir ist.«

»Ich kann nicht«, sagte Lena.

»Warum nicht? Sind sie der Grund?« Er wies mit dem Kopf zur Tür, hinter der Olga und Mitja warteten.

»Nein. Ich selbst bin der Grund. Ich bin zu solchen plötzlichen Gefühlsaufwallungen nicht fähig.«

»Du wirst es schön haben mit mir. Ich liebe dich so sehr, du mußt meine Gefühle erwidern. So etwas ist mir noch nie passiert. Noch nie ...«

»Wenja, vielleicht bildest du dir das nur ein? Es gibt auf der Welt so viele schöne Frauen!«

»Nein!« erwiderte er mit einem tiefen Seufzer, umarmte sie rasch und drückte sie mit aller Kraft an sich. »Für mich gibt es nur dich. Ohne dich gehe ich zugrunde.«

»Du bist so leidenschaftlich, daß es mir Angst macht. Plötzlich überkommt es dich, und im Überschwang der Gefühle erwürgst du mich.« Sie riß sich erneut los und öffnete die Tür.

Olga und Mitja waren nicht mehr im Flur. Und da bekam sie tatsächlich Angst.

»Olga!« schrie sie. »Mitja! Wo seid ihr?«

»Siehst du, sie haben alles begriffen und sind gegangen«, sagte Wolkow und wollte sie wieder umarmen.

»Nein, wir sind noch da«, ertönte Olgas muntere Stimme von draußen, »wir sind nur ins Treppenhaus gegangen, und da ist die Tür zugefallen.«

»Wartet«, sagte Lena und versuchte, das englische Schloß aufzubekommen, »ich komme mit.«

»Ich bringe euch nach Hause.« Wolkow half ihr, das Schloß zu öffnen.

»Ich verstehe«, sagte er leise, als sie durch die nächtlichen Straßen zum Hotel gingen, »ich mache einen Fehler. Ich will alles sofort, weil ich Angst habe, du fährst weg, verschwindest, und ich sehe dich nie wieder.«

»Wenja, ehrlich gesagt, ich bin keine Anhängerin von Reiseflirts. Und bitte, lassen Sie uns wieder zum ›Sie‹ übergehen.«

»Lena, von einem Reiseflirt kann keine Rede sein«, sagte er ruhig und etwas resigniert. »Du ... Sie können sich gar nicht vorstellen, wie ernst es mir ist.«

»Aber ernsthafte Beziehungen sollten anders anfangen.«

»Und wie? Sagen Sie mir, wie soll ich mich benehmen, damit Sie keine Angst vor mir haben und mich nicht zurückweisen?«

»Ich weiß nicht. Seien Sie mir nicht böse. Wir sind da, gute Nacht.«

* * *

Am folgenden Abend klopfte es zaghaft an der Tür des Hotelzimmers, in dem Olga und Lena wohnten.

»Herein, die Tür ist offen!« rief Olga.

Draußen stand ein untersetzter kleiner Mann von etwa dreißig Jahren.

»Guten Tag, verzeihen Sie die Störung«, sagte er verlegen, ohne einzutreten. »Ich habe gerade erfahren, daß Sie aus Moskau sind und von meiner Lieblingszeitschrift kommen ... Ich wollte Sie bitten ... Entschuldigung, ich habe mich noch nicht vorgestellt – Sacharow, Oberleutnant der Miliz.«

»Guten Tag, kommen Sie herein, genieren Sie sich nicht«, sagte Lena lächelnd.

Er trat unentschlossen ins Zimmer und lehnte die Tür hinter sich nur an.

»Es ist nämlich so, ich schreibe Erzählungen ...«

»O Gott«, seufzte Olga kaum hörbar und verdrehte ausdrucksvoll die Augen.

»Ich habe sie schon an Ihre Redaktion geschickt und an die Zeitschrift ›Jugend‹«, fuhr Sacharow leise fort. »Man hat mir geantwortet, meine Texte seien roh und müßten gründlich überarbeitet werden. Ich habe nicht verstanden, was roh heißt.«

»Roh heißt schlecht geschrieben«, erläuterte Olga.

»Könnten Sie vielleicht eine meiner Erzählungen lesen?« fragte er, den Blick gesenkt. »Für mich ist das sehr wichtig. Ich weiß ja, an Ihre Redaktion werden Berge von Manuskripten geschickt, man liest sie gar nicht mehr und schreibt einfach Standardabsagen.«

»Das wird schwierig, wir haben wenig Zeit, morgen abend fahren wir nach Chanty-Mansijsk«, sagte Olga schulterzuckend.

»Es ist nur eine ganz kurze Geschichte, keine Sorge. Ich stehle Ihnen nicht viel Zeit.«

»Gut.« Lena nickte. »Geben Sie sie her. Kommen Sie morgen früh vorbei, so gegen neun. Ich werde sie lesen.«

»Was machst du für Blödsinn!« ereiferte sich Olga, sobald die Tür sich hinter dem Oberleutnant geschlossen hatte. »Du weißt doch, es gibt keine gute Tat, die unbestraft bleibt. Hör dir das an!« Sie öffnete die Mappe, die Sacharow dagelassen hatte, und las laut vor:

»An den schlanken Birken brachen die ersten zarten Blättchen auf. Eine leichte Frühlingsbrise zerzauste die goldenen Zöpfe des rotbackigen Mädchens. Ihre vergißmeinnichtblauen Augen strahlten vor Freude und Glück.«

Olga schlug die Mappe zu.

»Weiter braucht man gar nicht zu lesen, es ist auch so schon alles klar. Morgen mußt du deinem schüchternen Milizionär umständlich auseinandersetzen, daß ›schlanke Birken‹ und ›vergißmeinnichtblaue Augen‹ gräßliche literarische Klischees sind. Er wird es nicht begreifen und beleidigt sein.«

»Laß gut sein und schimpf nicht.« Lena machte es sich mit dem Manuskript auf dem Bett bequem.

Die Erzählung hieß »Der Unhold«. Auf zwölf Schreibmaschinenseiten wurde holprig und weitschweifig geschildert, wie das rotwangige Mädchen mit den Vergißmeinnichtaugen ermordet und vergewaltigt im Stadtpark gefunden wurde, wie ein furchtloser Kommissar rasch den

Übeltäter entlarvte, einen Trinker und Streuner, der, in die Enge getrieben, seine Untat gestand.

Um zwei Uhr nachts wollte Wenjamin sie abholen. Zum Abschied hatte er sie zu einem nächtlichen Picknick am Ufer des Tobol eingeladen.

»Eine verrückte Idee von deinem Bruderherz!« Lena legte die Mappe mit der Erzählung beiseite, zog sich die Turnschuhe an und streifte den warmen Pullover über ihre Flanellbluse. »Die Mücken werden uns dort bei lebendigem Leibe auffressen.«

»Das war nicht mein Bruderherz, das hat sich dein teurer Wenjamin ausgedacht.«

»Was heißt hier ›mein Wenjamin‹?«

»Das heißt, alle diese Freuden, die Banja, die Ausflüge, und seine ganze unerschöpfliche Aufmerksamkeit gelten ausschließlich dir.«

»Olga, hör auf damit, es hängt mir zum Hals raus«, sagte Lena und verzog das Gesicht.

»Er ist rettungslos in dich verknallt, dieser Wenja. Das hat sogar Mitja bemerkt. Er sieht übrigens wirklich gut aus, ein Kerl wie ein Baum, ein echter Sibirjake! Der wird es noch weit bringen. Vom Stadtkomitee ins Gebietskomitee, und dann, wart's ab, dank Komsomol und Partei bis nach Moskau. Diese Jungs vom Komsomol sind zäh. Also verpaß deine Chance nicht, Lena.«

Olga lachte fröhlich, aber gleich darauf verschluckte sie sich fast und verstummte: In der Tür stand Wolkow.

* * *

Die Mücken stachen gnadenlos, ohne sich vom Qualm der Birkenrinde abhalten zu lassen, die Wolkow abgehobelt und ins Feuer geworfen hatte. Die Nacht war sehr hell. Olga hatte sich ein Bett aus weichen Tannenzweigen gemacht, wachte aber immer wieder auf und schlug nach den aufdringlichen Mücken. Mitja zupfte träge auf der Gitarre herum, Lena rauchte und blickte in das schwelende Lagerfeuer.

Das Schaschlik war längst aufgegessen und der Wodka ausgetrunken. Hinter den Baumwipfeln ging langsam eine riesige, blasse Sonne auf. Nach der schlaflosen Nacht fröstelten alle ein wenig.

»Hört mal, ich möchte zurück ins Hotel«, sagte Olga und stützte sich auf den Ellbogen. »Ich hab genug von eurer Mückenromantik.«

»Gleich«, sagte Lena. »Wenn Wenjamin kommt, brechen wir auf.«

»Wohin ist er denn verschwunden?« fragte Olga verwundert. »Er war doch gerade noch hier.«

»Er stromert schon seit vierzig Minuten irgendwo herum«, sagte Mitja, hörte auf zu klimpern und sah auf die Uhr. »Vermutlich sucht er die Einsamkeit, um seine Wunden zu lecken. Lena würdigt ihn ja keines Blickes mehr.«

»Hört mal, was habt ihr bloß immer mit diesem Komsomolzen?« Lena warf ihren Zigarettenstummel in das glimmende Feuer. »Ob der in mich verliebt ist oder nicht, interessiert mich nicht im geringsten. Das ist sein Problem.«

»Eine erbarmungslose Frau bist du«, seufzte Mitja und erhob sich träge. »Ich werde den unglücklich Verliebten mal suchen gehen.«

Fünfzehn Minuten später stieß er mit Wolkow zusammen und blieb bei seinem Anblick wie versteinert stehen. Der Komsomolze schwankte. Auf seinem hellen Pullover waren dunkle Flecken. Die weit aufgerissenen Augen starrten Mitja mit einem irren, blinden Ausdruck an. Er atmete laut und schwer.

»Wenja! Was hast du?« schrie Mitja und begriff im selben Moment, daß die Flecken auf seinem Pullover Blutflecken waren.

Wolkow schrak heftig zusammen und kam zu sich.

Hinter Mitja knackten Zweige, und einen Augenblick später standen Olga und Lena neben ihm.

»Mein Gott, Wenja, Sie sind ja voller Blut! Was ist passiert? Ist Ihnen schlecht?« Lena lief auf ihn zu und legte ihm die Hand auf die Schulter.

»Ich habe Nasenbluten«, sagte er heiser.

»Sie müssen den Kopf zurücklegen und sich die Stirn kühlen.« Lena zog ein Taschentuch aus ihrer Hosentasche. »Warten Sie, ich bin gleich zurück.«

»Bleib du bei ihm.« Mitja nahm ihr das Taschentuch aus der Hand. »Ich laufe zum Fluß hinunter und mache es naß.«

Lena ergriff Wolkows Hand und fühlte seinen Puls.

»Ihr Puls geht viel zu schnell, mindestens hundertzwanzig«, sagte sie. »Sind Sie herzkrank?«

Seine heiße Hand tastete nach ihren Fingern und drückte sie schmerzhaft. Lena schrie auf. Wolkow atmete schwer und rasch.

»Wenja, hören Sie mich?« fragte Lena erschrocken.

»Ja«, ächzte er, »regen Sie sich nicht auf. Mit mir ist alles in Ordnung. Ich vertrage nur überhaupt keinen Alkohol.«

* * *

Oberleutnant Sacharow holte seine Erzählung nicht ab. Olga und Lena schliefen bis zwei Uhr mittags, fühlten sich aber nach der schlaflosen Nacht immer noch müde und zerschlagen – sie waren erst um acht Uhr morgens ins Hotel zurückgekehrt und sofort wie tot in die Betten gefallen.

Kurz nach drei kam Mitja mit verquollenem Gesicht in ihr Zimmer geschlurft.

»Wo ist denn eigentlich dein Dichter geblieben?« sagte Olga plötzlich zu Lena, als sie sich an den Kaffeetisch setzten.

»Vielleicht hat er geklopft, und wir haben im Schlaf nichts gehört? Das wäre zu dumm.«

»Du kannst sein Manuskript ja an der Rezeption lassen und eine Notiz dazu schreiben«, meinte Olga. »Wovon handelt die Erzählung übrigens?«

»Von einem Mord.«

»Aha ...« Mitja trank seinen Kaffee aus, goß Wasser aus der Karaffe in einen großen Becher und schaltete den Tauchsieder ein. »Was war bloß mit Wolkow gestern nacht los?« fragte er nachdenklich und zündete sich eine Zigarette an.

»Der Gute hatte zuviel getrunken«, sagte Olga und zuckte die Achseln. »Dann wollte er frische Luft schnappen, und dabei ist ihm schlecht geworden.«

»Und woher kam das Blut auf seinem Pullover?«

»Er hat gesagt, er hätte Nasenbluten«, erklärte Lena.

Da klopfte es an der Tür.

»Unterleutnant Nikonenko«, stellte sich der junge Bursche in Uniform vor, der zur Tür hereintrat, und salutierte. »Genosse Sacharow hat eine Mappe bei Ihnen gelassen und mich gebeten, sie abzuholen. Hier ist seine Adresse. Er bittet Sie, ihm unbedingt zu schreiben.«

»Was ist denn passiert? Warum kommt er nicht selber?«

»Er mußte zu einer Leiche«, erklärte der Leutnant.

»Zu wem?« fragte Mitja zurück.

»Zu einer Leiche. Ein Mord. Am Rand des Parks, am Tobol, hat man ein ermordetes Mädchen gefunden. Ich bitte um Entschuldigung, ich muß gehen.« Der Unterleutnant salutierte und ging, die Mappe mit der Erzählung unter den Arm geklemmt, rasch hinaus.

»Halt mal, wo war das?« Mitja sprang auf und stürzte ihm nach in den Flur. »Leutnant, einen Moment«, schrie er den Treppenschacht hinunter. »Wo genau ist das Mädchen gefunden worden?«

»Was brüllst du denn so?« Der Milizionär hob den Kopf und hielt dabei seine Uniformmütze fest. »Ich hab doch gesagt, am Rand des Parks, am Flußufer.«

»Woran ist sie denn gestorben?« fragte Mitja etwas leiser.

»Ein Messerstich ins Herz. Ich habe keine Zeit, ich muß weg.« Die Stiefel des Leutnants klapperten rasch die Stufen hinunter.

Ihm entgegen kam, ohne Eile, ausgeruht, frisch und mit einem Lächeln im Gesicht, Wenjamin Wolkow.

Kapitel 17

Moskau, März 1996

Es war neun Uhr morgens. Draußen regnete es leicht, der erste Frühlingsregen in diesem Jahr. Lena schlüpfte aus dem Bett und deckte Lisa zu – sollte das Kind ruhig noch ein halbes Stündchen schlafen. Am liebsten hätte sie Lisa zu Hause gelassen, aber Schuhe ohne Anprobe zu kaufen war ihr zu riskant. Sie duschte und trank Kaffee. Mittlerweile war Lisa von selbst aufgewacht.

»Fahren wir heute zum Holinsheim?« fragte sie, während sie mit sichtlichem Appetit ihren Haferbrei verzehrte.

»Morgen, Lisa. Heute kaufen wir für dich neue Schuhe und ein paar ganz besondere Spielsachen, kleine, die du gut mitnehmen kannst.«

Innerhalb weniger Tage waren die Schneereste fast völlig verschwunden, nur in den Höfen lagen noch schwärzliche, poröse Haufen. Es machte Spaß, den Kinderwagen über den glatten Asphalt zu fahren. Bis zum Geschäft »Waren für Kinder« brauchten sie eine halbe Stunde. Lisa wollte eine Babypuppe, aber die einzige, die es in der ganzen Spielzeugabteilung gab, war ein kleiner Knirps in einem blauen Steckkissen, mit höchst naturgetreu nachgebildeten männlichen Genitalien aus glänzendem Gummi.

Nach langem Hin und Her blieb aus der ganzen Überfülle von Spielsachen nur ein putziger Plüschaffe übrig, der unverschämt teuer war, dafür aber keinerlei unangenehme

Überraschungen barg. Für den Affen wurde noch ein Satz Geschirr, ein kleines Klappbett und ein Stühlchen gekauft.

Das Aussuchen und Einkaufen hatte Lisa ermüdet, aber sie war so begeistert von ihrem neuen Äffchen, daß sie gehorsam ihre Füße zur Schuhanprobe hinhielt, nicht weinte und nicht nörgelte, während die Mama für sie Strumpfhosen, Hemdchen, Schlafanzüge und noch allerlei Kleinigkeiten kaufte.

Endlich setzte Lena ihre Tochter in den Kinderwagen und machte sich, erschöpft und um einen beträchtlichen Batzen Geld ärmer, auf den Heimweg. Unterwegs kamen sie über einen großen Durchgangshof mit einem Kinderspielplatz.

»Mama, ich möchte ein bißchen schaukeln«, bettelte Lisa, »nur ein ganz klein bißchen.«

Lena stellte den Kinderwagen neben eine der feuchten Bänke, hob Lisa heraus und trug sie auf dem Arm über die Pfützen zur Schaukel.

* * *

Eine gesunde junge Frau mit einem kleinen Kind, die ein ruhiges und glückliches Leben führt, weder trinkt noch Drogen nimmt, erhängt sich nicht plötzlich im Drogenrausch, sie spritzt sich auch keine tödliche Dosis Morphium und läßt dann eine brennende Zigarette auf die Bettdecke fallen. Wenn die Poljanskaja wenigstens Kontakt zum kriminellen Milieu hätte, wie der Sänger Asarow, dann ließe sich schon eine passende Situation konstruieren und eine glaubwürdige Geschichte für die Holzköpfe von der Mafia erfinden, und die hätten dann zuverlässig den Rest erledigt.

Die Versuchung, einen professionellen Killer zu engagieren, war groß. Aber der Weg zum Profi-Killer führt über einen Mittelsmann. Jeder anständige Killer hat seinen Zuhälter, wie eine Prostituierte. Das heißt, von einem Auftrag wissen immer zwei – der Mittelsmann und der Ausführende.

Zwar klärt die Miliz Auftragsmorde höchst selten auf, daraus folgt jedoch nicht, daß sie auch im kriminellen Milieu ein Geheimnis bleiben. In diesem Fall aber durfte absolut niemand Wind von der Sache bekommen. Die kleinste undichte Stelle konnte zu einer Bombe für den Konzern »Wenjamin« werden.

Einen Mann gab es, an den Regina sich direkt, ohne Hilfe eines Mittelsmannes, wenden konnte, aber sie kannte sein eisernes Prinzip: Er tötete keine Frauen, die kleine Kinder hatten.

Also mußte sie auch hier wieder alles selber tun, heimlich, vorsichtig und professionell. Nach langem Überlegen blieben zwei Varianten übrig, die ihr zuverlässig erschienen.

Einen kleinen Sprengsatz, etwa fünfzig Gramm TNT, könnte man unbemerkt in eine Manteltasche, Handtasche oder Einkaufstüte schieben. Die Explosion wäre nicht sehr heftig und müßte an einem wenig belebten Ort stattfinden. Niemand außer der Poljanskaja käme zu Schaden, also würde der Vorfall auch nicht als Terroranschlag eingestuft werden. Im schlimmsten Falle könnte auch ihr Kind davon betroffen sein. Aber das waren schon Details.

Die zweite Variante war Gift. In der Wohnung der Poljanskaja hatte sich Regina aufmerksam das Türschloß angesehen. Mit einem guten Dietrich konnte man in die Wohnung eindringen, wenn niemand zu Hause war. Man mußte sich nur noch überlegen, wohin mit dem Gift – in die Zukkerdose, in das Teekännchen oder in die Suppenterrine? Aber auch das waren nur Details.

Die erste Variante erschien Regina als die zuverlässigere und weniger riskante. Sie beschloß, mit ihr zu beginnen – dann würde man weiter sehen.

Am folgenden Tag saß Regina bereits um neun Uhr morgens in einem unauffälligen grünen Moskwitsch mit schmutzverschmiertem Nummernschild und starrte unverwandt auf den Hauseingang, in dem jede Minute die Poljanskaja erscheinen konnte.

Es war kurz nach elf, als Lena mit dem Kinderwagen aus dem Haus kam.

Regina kannte sich in diesem alten Moskauer Bezirk bestens aus. Aber sie wußte nicht, welchen Weg Lena nehmen würde. Einem Fußgänger mit dem Auto zu folgen, ohne daß dieser oder sonst jemand es merkt, ist praktisch unmöglich.

Die Poljanskaja schritt zügig aus, demnach war es nicht einfach ein Spaziergang mit dem Kind.

Wohin so eilig, Herzchen? dachte Regina. Lebensmittel einkaufen? Aber es gibt ein paar sehr gute Supermärkte ganz in der Nähe, an einem bist du mit deinem Kinderwagen schon vorbeigefahren, der zweite liegt in entgegengesetzter Richtung, und der dritte ... Nein, du willst nicht zum Supermarkt. Und du willst auch nicht in die Poliklinik.

Regina hielt am Anfang einer langen Seitenstraße, wartete, bis Lena die Straße halb hinuntergegangen war, und fuhr dann wieder langsam hinterher. Diese Art zu fahren zerrte an den Nerven. Sie steckte sich eine Zigarette an und öffnete das Fenster einen Spaltbreit. Nach ein paar Metern stoppte sie erneut. Aber auch Lena blieb stehen. Sie zog dem Kind das Mützchen zurecht – unmittelbar neben dem geöffneten Wagenfenster.

»Mama, kaufen wir Puppengeschirr?« Das war die Stimme des Kindes.

»Ganz bestimmt, Lisa«, sagte die Poljanskaja und band dem Kind das Mützchen unter dem Kinn fest.

Da fiel Regina ein, daß sich am Platz bei der Metrostation, zwanzig Minuten von hier zu Fuß, das große Geschäft »Waren für Kinder« befand. Dahin also strebten Mutter und Kind über Höfe und durch Seitenstraßen.

Regina parkte den Wagen neben dem Geschäft und beschloß, Lena zu folgen. Wenn viel Betrieb war, wenn sie an irgendeinem Stand abgelenkt war, könnte sie einen geeigneten Moment abpassen.

Solange Lisa Spielzeug aussuchte, mußte Regina Abstand halten. Am Stand der Spielwarenabteilung stand diese fürsorgliche Mutti mit ihrem blonden Engelchen ganz allein. Die Verkäuferin holte ein Spielzeug nach dem anderen aus dem Regal. So ging das bereits eine halbe Stunde.

Regina stand sich derweil in der Parfümerieabteilung gegenüber die Beine in den Bauch, schnupperte an Parfum und Toilettenwasser, studierte die an den unzähligen Cremes, Shampoos und Haarfärbemitteln baumelnden Heftchen mit Erläuterungen und Hinweisen.

Als sie sich wieder einmal umdrehte, war Lena verschwunden. Sie stieß einen leisen, aber heftigen Fluch aus und hastete ins Zentrum des Geschäftes.

Keine Minute darf man sich ablenken lassen, keine Sekunde! Ernstlich aus der Fassung gebracht, blickte sich Regina nach allen Seiten um.

In den Abteilungen für Kinderkleidung und Schuhe war es erheblich voller. Ist sie etwa schon weg? dachte Regina. Vor Ärger wurde ihr der Mund trocken. Aber gleich darauf seufzte sie vor Erleichterung: Lena steuerte mit dem Kinderwagen direkt auf sie zu, um in der Spielwarenabteilung ihre Einkäufe abzuholen. Sie bekam eine Plastiktüte, die sie sofort an einen der Griffe des Kinderwagens hängte.

Das sieht schon besser aus, dachte Regina angespannt, das macht die Sache erheblich einfacher. Ihre Hand glitt in die Tasche ihrer kurzen billigen Pelzjacke und tastete vorsichtig nach dem kleinen harten Päckchen, kaum größer als eine Zigarettenschachtel.

Die Poljanskaja hob das Kind aus dem Wagen, setzte es auf einen Stuhl in der Schuhabteilung, hockte sich davor und zog ihrem blonden Engelchen die Stiefel aus.

Der Kinderwagen mit der Plastiktüte stand in einiger Entfernung, niemand beachtete ihn. Regina machte einen Schritt darauf zu und streckte schon die Hand mit dem Päckchen nach der Tüte aus.

Plötzlich rannte eine dicke Frau vorbei, stolperte über den Kinderwagen und brüllte mit Donnerstimme: »Wem gehört der Wagen?! Eine Schweinerei ist das! Nehmen Sie den auf der Stelle weg! Man kommt ja gar nicht mehr an den Ladentisch!«

Regina trat hastig zur Seite und steckte die Hand wieder in die Tasche.

»Entschuldigen Sie bitte«, hörte man Lenas ruhige Stimme, »das ist unser Wagen. Ich fahre ihn sofort zur Seite.«

Sie ließ das Kind in Strümpfen auf dem Stuhl sitzen, schob den leeren Kinderwagen rasch beiseite und stellte ihn ein Stück weiter an einer Glaswand ab. Die Tüte nahm sie mit.

Regina wartete noch zwei Minuten, ging dann zum Kinderwagen und betrachtete ihn aufmerksam von allen Seiten. Was sie brauchte, war eine Tasche, irgendeine versteckte Vertiefung, wo sie das Päckchen unauffällig verschwinden lassen konnte. Aber es gab nichts dergleichen.

Zwanzig Minuten später verließ die Poljanskaja das Geschäft. Nun hingen an beiden Kinderwagengriffen Einkaufstüten.

Jetzt konnte man nur noch auf einen glücklichen Zufall hoffen. Regina gab nicht auf. Ihre Intuition sagte ihr, daß sie heute Erfolg haben würde. Sie fand sogar langsam Geschmack an dieser stillen, vorsichtigen Verfolgungsjagd.

Die Poljanskaja bog auf einen großen Hof ein, schob den Kinderwagen neben eine Bank, hob das Kind heraus und trug es zu einer Schaukel. Die Tüten blieben an den Griffen hängen. Regina hielt den Atem an.

Der Hof war menschenleer. Es wollte nicht aufhören zu

regnen – ein widerwärtiger, kalter Nieselregen. Die Stelle, wo Regina ihren Wagen geparkt hatte, war günstig, man überblickte von dort den ganzen Spielplatz und konnte jederzeit ungehindert wegfahren, um rasch in einer der Seitenstraßen unterzutauchen.

Die Poljanskaja wischte mit dem Handschuh die feuchte Schaukel ab und setzte das Kind hinein. Regina stieg ruhig aus, ging zu der Bank, neben der der Kinderwagen stand, und ließ rasch ihr kleines Päckchen in eine der Tüten gleiten. Dann kehrte sie ebenso ruhig und ohne Hast zu ihrem Moskwitsch zurück, setzte sich ans Steuer und ließ den Motor an.

Die Poljanskaja war nur mit ihrer Tochter beschäftigt und sah kein einziges Mal zum Kinderwagen hinüber. Zwei alte Frauen, die auf einem Bänkchen vor dem Hauseingang saßen, waren in ein lebhaftes Gespräch vertieft und konnten ebenfalls nichts bemerkt haben.

Die winzige Fernbedienung fest in der Hand, wartete Regina geduldig darauf, daß die Poljanskaja zum Kinderwagen ging.

* * *

»Noch nicht aufhören, Mama«, bettelte Lisa, »ein klein bißchen noch.«

»Laß uns nach Hause gehen, mein Krümelchen, wir werden ja beide ganz naß bei diesem ekligen Wetter.« Lena wollte Lisa von der Schaukel heben, aber die Kleine protestierte heftig:

»Das Wetter ist gut! Ich will noch ein bißchen schaukeln, bitte, bitte!«

Auf dem Spielplatz gab es verschiedene Schaukeln, und Lisa hatte beschlossen, alle durchzuprobieren. Lena schickte sich in ihr Los, sah aber immer wieder auf die Uhr.

Wenn Lisa sich jetzt richtig austobt, schläft sie nach dem Mittagessen schneller ein und wacht nicht so bald auf, dann kann ich zumindest noch ein paar Dinge in Ruhe erledigen, dachte Lena, während sie die Schaukel anstieß.

»Fertig, Mama, jetzt können wir nach Hause gehen. Ich habe Hunger«, sagte Lisa endlich.

Lena nahm sie auf den Arm. Der Kinderwagen stand etwa zwanzig Meter entfernt. Vorsichtig auftretend, um auf dem überfrorenen Boden nicht auszurutschen, machte Lena einige Schritte.

Plötzlich quietschte es laut. Ein nagelneuer schwarzer Jeep mit grellbunten Zickzackstreifen und Sternen auf den Türen bremste abrupt. Der vierschrötige Mafioso hinterm Steuer, ganz in Leder gekleidet, fluchte wild. Da, wo er immer seinen Wagen abstellte, wenn er zweimal wöchentlich herkam, auf seinem rechtmäßigen, angestammten Parkplatz, stand irgendein Idiot mit seinem dreckigen Moskwitsch.

Seitdem der Eigentümer des Jeeps in diesem Haus eine Wohnung für seine Geliebte gemietet hatte, wagte fast keiner der hier wohnenden Autobesitzer mehr, den Lieblingsplatz des quadratischen Ganoven im Hof zu besetzen. Gewohnt, seinen Platz frei vorzufinden, fuhr er seinen Jeep auf den Hof, ohne hinzusehen. Deshalb bemerkte er den dreisten Moskwitsch zu spät.

»Zur Hölle mit dir!« knurrte er und prallte mit seiner mächtigen Stoßstange auf das erbärmliche Hinterteil des Moskwitsch.

Ohne zu begreifen, was geschah, ließ Lena sich auf den weichen, feuchten Rasen fallen und schützte Lisa mit ihrem Körper. Das Krachen war ohrenbetäubend. Im Hof heulten die Alarmanlagen der geparkten Autos los.

Ganz in der Nähe flammte es grell auf. Lena wagte nicht hinüberzuschauen. Dicht vor sich sah sie die weit aufgerissenen, erschrockenen Augen ihres Kindes, die sich rasch mit Tränen füllten. Die Tränen liefen über die roten, schmutzbespritzten Wangen. Lena wunderte sich, daß Lisa lautlos weinte. Doch dann schwoll das Weinen allmählich zu einem verzweifelten, empörten Gebrüll an.

Sie wollte aufstehen, aber ihre Beine fühlten sich an wie Watte. Zu dem vielfältigen Getriller der Alarmanlagen gesellte sich noch ein weiteres Geräusch – das Heulen der Polizeisirene. Innerhalb weniger Minuten war der Hof abgeriegelt.

»Sind Sie und das Kind okay?« fragte ein beleibter junger Hauptmann und half Lena, aufzustehen. »Brauchen Sie einen Arzt?«

»Ich weiß nicht«, flüsterte Lena kaum hörbar und nahm die schluchzende Lisa auf den Arm.

»Ist das Ihr Kinderwagen?« Der Einsatzleiter in Zivil trat auf sie zu.

Mit dem Gefühl einer eisigen Leere im Inneren wandte Lena langsam den Kopf. Mitten im Hof lag das Gerippe des Kinderwagens. An dem verbogenen Metallgestänge hingen brennende Fetzen von grünem Stoff und Plastik. Von den vier Rädern war nur eins übriggeblieben, das sich langsam und hilflos drehte.

»Ja«, sagte Lena, »der gehört uns. Nur stand er anderswo, neben der Bank.«

»Die Explosion hat ihn weggeschleudert«, erklärte der Hauptmann.

»Mein Äffchen!« schrie Lisa, und ihr Schluchzen ging wieder in verzweifeltes Geheul über.

»Ich muß nach Hause, das Kind umziehen. Wir wohnen ganz in der Nähe, zehn Minuten zu Fuß.« Lena konnte den Blick nicht von dem verbogenen Gestell losreißen.

»Wir bringen Sie nach Hause. Dort drüben steht das Auto«, sagte der rundliche Hauptmann, »setzen wir uns hinein, dort ist es warm. Geben Sie mir Ihr Kind.«

»Nein!« Lisa krallte sich mit Armen und Beinen an der

Mama fest. »Nein! Ich will nicht zu dem Onkel! Wo ist mein Äffchen?«

»Gehört die Tasche Ihnen?« Der Einsatzleiter hob Lenas schwarze Lederhandtasche vom Boden auf.

»Ja, danke.«

In der Handtasche lag der kleine Plüschaffe. Lisa drückte das wie durch ein Wunder heil gebliebene Stofftier an ihren feuchten Overall und hörte auf zu weinen.

* * *

Der Besitzer des Jeeps war völlig verblüfft. Er war doch nur leicht auf den schäbigen kleinen Moskwitsch aufgefahren, aber als Folge davon war ein Kinderwagen, der rund dreißig Meter von seinem Auto entfernt stand, explodiert. Im übrigen hatte er nicht viel Zeit, sich zu wundern. Er wußte, was nach der Explosion kommen würde, und die Aussicht, von den Bullen, die jeden Moment auftauchen mußten, verhört zu werden, behagte ihm überhaupt nicht.

Laut und nervös fluchend legte er den Rückwärtsgang ein, gab Gas und sah gerade noch, daß eine Frau aus dem Moskwitsch sprang und wie der Blitz davonspurtete. Aber dafür interessierte er sich nicht weiter. Er mußte selbst so schnell wie möglich verschwinden, ohne gesehen zu werden.

Kapitel 18

Regina bemühte sich, nicht zu rennen. Der verfluchte Hof lag längst hinter ihr. Sie ging sehr rasch, ohne sich umzusehen. Das aufdringliche, monotone Geheul der Polizeisirene verfolgte sie. Sie wußte, daß niemand hinter ihr her war, aber trotzdem durchbohrte der widerliche Ton ihr den Nacken.

Jeder soll nur das tun, was er wirklich kann, hämmerte

Regina sich monoton ein, während sie in dem staubfeinen Frühlingsregen rasch ausschritt. Jeder soll nur das tun …

Sie kam an einer Haltestelle vorbei, an der gerade ein halbleerer Trolleybus hielt. Ohne auf die Nummer zu achten, stieg Regina ein und ließ sich auf einen freien Platz fallen. Die Türen schlossen sich, aber das Heulen der Polizeisirene peinigte sie noch immer, obwohl sie wußte, daß die Sirene nur in ihrem Kopf gellte.

Nacken und Hals schmerzten entsetzlich. Diese elende kleine Schrottkarre hatte keine Kopfstützen an den Vordersitzen. Als der mächtige Jeep diesen Blechhaufen rammte, flog Reginas Kopf mit einem Ruck nach hinten, ihr Finger, der auf der Taste der winzigen Fernbedienung lag, zuckte. Die ferngelenkte Bombe reagierte sofort. Niemand war schuld, daß sie einige Minuten zu früh detonierte …

Sie konnte froh sein, daß sie sich nicht das Genick gebrochen oder die Halswirbel ausgerenkt hatte. Die Muskeln schmerzten, aber das war eine Lappalie. Die Hauptsache war, sie hatte nicht das Bewußtsein verloren, war noch rechtzeitig hinausgesprungen und weggerannt. Es hätte alles viel schlimmer kommen können. Ja, sie mußte froh sein.

»He, sind Sie taub?! Zeigen Sie Ihren Fahrschein!«

Regina war so in Gedanken versunken, daß sie nicht sofort begriff, was man von ihr wollte. Als sie den Kopf hob, erblickte sie das dreiste runde Gesicht eines jungen Burschen über sich. Er hielt eine Art gekerbten Metallstab in der Hand und fuchtelte Regina damit vor der Nase herum. Ihr wurde plötzlich bewußt, daß sie schon rund zehn Jahre nicht mehr mit öffentlichen Verkehrsmitteln gefahren war.

»Entweder Sie bezahlen das Bußgeld, oder wir gehen aufs Revier!« Der Kontrolleur war nicht zu besänftigen.

»Wieviel?« fragte sie den jungen Kerl leise.

»Zehntausend«, erwiderte er erbost. »Da steht es doch deutlich geschrieben. Also los, Tempo!«

»Entschuldigen Sie bitte. Sofort.«

Sie wühlte in den Taschen der schäbigen Pelzjacke. Aber außer einem gefälschten Führerschein auf den Namen Galina Wladimirowna Tichonowa, einer Schachtel Zigaretten, einem Feuerzeug und der kleinen Fernbedienung war nichts in den Taschen.

»Na, was gibt's?« Der zweite Kontrolleur, ein etwas älterer Mann, aber mit ebenso dreister Visage, kam hinzu.

»Die Frau hier will die Strafe nicht bezahlen«, erklärte der junge Kerl giftig.

»Ich fühle mich sehr schlecht«, sagte Regina.

»Na, dann ab aufs Revier.« Der ältere versuchte, sie am Ellbogen hochzuziehen.

Die übrigen Fahrgäste drehten sich nach ihnen um.

»Kein Gewissen habt ihr!« mischte eine alte Frau sich ein. »Wenn ihr euch nur über andere Menschen lustig machen könnt! Seht ihr denn nicht, der Frau ist übel.«

Regina sah tatsächlich elend aus. Heute morgen hatte sie sich sorgfältig zurechtgemacht – unter den Augen graue Schatten aufgetragen, die Falten um den Mund herum betont, die Lippen schmal und blaß geschminkt. Auf dem Kopf trug sie eine schwarze Strickmütze, ein uraltes, verfilztes Ding, das ihr Gesicht so kläglich aussehen ließ, als käme sie von einer Beerdigung. Alles hatte sie bis ins letzte Detail bedacht. Nur Bargeld hatte sie nicht bei sich. Nicht eine Kopeke. Das hatte sie einfach vergessen. Sie war gewohnt, Kreditkarten zu benutzen, denn sie kaufte nur in den besten und teuersten Geschäften ein. Wenn ihr Wagen hin und wieder von der Verkehrspolizei angehalten wurde, drückte sie dem Polizisten einen Fünfzigdollarschein in die Hand. Nun machte sie sich bittere Vorwürfe, vor Ärger kamen ihr sogar Tränen. Die beiden Kontrolleure fluchten laut und ordinär und versuchten, sie am Arm vom Sitz zu ziehen. Der Trolleybus stand schon zehn Minuten im Stau.

»Entschuldigen Sie«, sagte sie unter Tränen, »ich komme von einer Beerdigung. Ich habe kein Geld dabei. Ich fühle mich elend.«

Die Situation wurde gefährlich. Gleich würde man sie vom Sitz zerren, an der nächsten Haltestelle nach draußen schubsen und aufs Polizeirevier schleifen. Sie würde nicht einmal Gelegenheit haben, unterwegs unbemerkt die Fernbedienung wegzuwerfen. Man würde sie fest an den Armen packen und nicht so ohne weiteres loslassen.

»Hören Sie auf, so rumzubrüllen«, ertönte plötzlich eine weibliche Stimme. »Lassen Sie die Frau in Ruhe. Ich bezahle das Bußgeld für sie.«

Auf der anderen Seite des Gangs saß eine junge, hübsche Frau mit einem etwa vierjährigen Jungen auf dem Schoß. Sie hielt den Kontrolleuren einen Zehntausendrubelschein hin.

Die Kontrolleure verstummten und sahen sich verdattert um.

»Was denn, du willst wirklich für sie bezahlen?« fragte der Ältere neugierig.

»Nehmen Sie das Geld, und stellen Sie eine Quittung aus«, antwortete die Frau ruhig. »Und duzen Sie mich bitte nicht.«

Der Stau hatte sich mittlerweile aufgelöst. Der Trolleybus näherte sich der Haltestelle.

»Vielen, vielen Dank«, murmelte Regina verwirrt, »wie kann ich Ihnen das nur vergelten?«

»Schon gut«, sagte die junge Frau lächelnd, stand auf und nahm ihr Kind auf den Arm. »Jeder kann mal in so eine Lage kommen.«

Eine seltsame Stadt, dachte Regina, einerseits Rücksichtslosigkeit und Grobheit, wohin man sieht, andererseits solche guten Seelen wie diese ... Für jemanden, der mit dem Bus fahren muß, sind zehntausend Rubel eine stattliche

Summe. Wieso wirft diese junge Mutter für eine unbekannte Frau so viel Geld aus dem Fenster? Komisch, wirklich.

Der Trolleybus hatte die Haltestelle erreicht, die Türen öffneten sich. Als erste sprangen die Kontrolleure hinaus, eine Quittung hatten sie nicht ausgestellt. Dann stieg, das Kind auf dem Arm und vorsichtig nach den Stufen tastend, die junge Mutter aus. Regina folgte ihr. Über einen schwarzen, harten Schneewulst sprang sie auf die Fahrbahn und hob die Hand, um ein Auto zu stoppen.

»Wolokowski-Straße«, warf sie dem Fahrer hin, während sie sich auf den Vordersitz des ersten haltenden Wagens fallen ließ.

»Wieviel?« fragte der Fahrer.

»Fünfzigtausend«, sagte Regina aufs Geratewohl.

»Geht in Ordnung.«

Die Strecke kostete höchstens fünfundzwanzigtausend, aber Regina kannte die Preise nicht. Es war ihr auch nicht weiter wichtig. Ihr Wachmann hatte bestimmt russisches Bargeld und würde für sie bezahlen.

Die junge Frau mit dem Kind blickte erstaunt hinter dem salatgrünen Opel her, der die arme Intelligenzlerin, die kein Geld für eine Busfahrkarte hatte, davonchauffierte.

* * *

»Ich hab's gesehen! Ich hab alles gesehen!« schnatterte die dürre, behende Alte, die in Kittel und Pantoffeln aus dem Haus gerannt kam. »Ich hab aus dem Fenster geguckt, mein Kater ist nämlich weggelaufen, er braucht jetzt im Frühling ein Kätzchen, und da ist er schon seit einigen Tagen verschwunden. Ich mache mir solche Sorgen um ihn und halte immer Ausschau, ob er nicht kommt. Rufen kann ich ihn nicht, das Fenster läßt sich nicht öffnen, weil ich schon im

Herbst alle Ritzen zugeklebt habe, bei uns zieht es sonst entsetzlich. Und die Heizung wird dauernd abgestellt. Ich war bei der Hausverwaltung und hab denen gesagt, was ist das für eine Schweinerei! Wir zahlen so viel Geld für die Wohnung.«

»Moment, Moment, alles der Reihe nach«, unterbrach der Einsatzleiter sie. »In welchem Stock wohnen Sie?«

»Im ersten. Da vorn, das ist mein Fenster.«

Der Einsatzleiter blickte in die Richtung, in die die Alte zeigte. Tatsächlich, aus ihrem Fenster konnte man sowohl den Spielplatz als auch die Parkplätze ausgezeichnet überblicken. Der ganze Hof lag wie auf dem Präsentierteller.

»Ab wann haben Sie denn aus dem Fenster gesehen?«

»Oje, das weiß ich nicht mehr.« Die Alte krümmte sich vor Kälte schon zusammen.

»Vielleicht gehen wir besser zu Ihnen in die Wohnung?« schlug der Einsatzleiter vor.

»Ha, da ist er ja, der Nichtsnutz!« schrie die Alte plötzlich und schlug die Hände zusammen. »Kuska! Kuska! Miez-Miez-Miez! Gleich hab ich dich, du Räuber!« Und wie eine junge Frau galoppierte sie durch die Pfützen hinter einem riesigen graugetigerten Kater her.

Der maunzte einmal grollend und floh auf einen Baum.

»Komm du mir nur nach Hause, du Frechdachs, du wirst noch um ein Stückchen Fisch betteln!« drohte ihm sein Frauchen mit dem Finger und spähte von unten zu ihm hinauf. »So ein Parasit!«

In der Einzimmerwohnung roch es durchdringend nach Katze. Das Radio dröhnte in voller Lautstärke. Die Alte schielte auf das ungemachte Bett, schloß verschämt die Zimmertür und führte den Einsatzleiter in die Küche, wo sie sich hastig zu schaffen machte und eine Zeitung mit darauf ausgebreitetem Zwieback vom Tisch räumte.

»Gehen wir alles schön der Reihe nach durch«, sagte der Einsatzleiter, als sie endlich zur Ruhe gekommen war und ihm gegenüber Platz genommen hatte. »Nachname, Vorname, Vatersname.«

»Kolesnikowa, Klawdia Semjonowna, geboren 1925 …«

Trotz ihres Alters hatte Klawdia Semjonowna noch erstaunlich scharfe Augen. Sie beschrieb die junge Frau, die mit einem Kinderwagen auf den Hof gekommen war, in allen Einzelheiten, berichtete, wie das Kind angezogen war.

Eine halbe Stunde vorher hatte der Einsatzleiter diese Frau und ihr Kind selbst gesehen und wußte daher, daß die Alte kein einziges Detail durcheinanderbrachte.

»Und dann«, fuhr Klawdia Semjonowna fort, »stellte sie den Kinderwagen neben der Bank ab und ging mit dem Kind auf dem Arm zur Schaukel. Und am Kinderwagen hingen zwei Tüten. Ich hab noch gedacht: Na, Schätzchen, deine Tüten läßt du so ganz unbeaufsichtigt hängen? Der Kinderwagen war so ein teurer, aus dem Ausland. Dann sehe ich, wie eine Frau aus dem Auto da aussteigt.«

Sie trat zusammen mit dem Einsatzleiter ans Fenster und zeigte auf den kleinen hellgrünen Moskwitsch.

»Also, diese Frau steigt aus dem Auto. Sie geht schnell zu dem Kinderwagen und dann sofort wieder zurück zum Auto. Setzt sich rein und wartet, fährt nicht weg.«

»Haben Sie bemerkt, was sie am Kinderwagen gemacht hat?«

»Ich kann nur sagen, was ich gesehen habe.« Die Alte zuckte die Schultern. »Es ging alles sehr schnell. Jetzt glaube ich, die Frau hat eine Bombe in die Tüte geworfen. Aber in dem Moment ist mir das nicht in den Sinn gekommen. Sie kommt, sie geht – dafür kann sie hundert verschiedene Gründe haben. Vielleicht wollte sie ein Weilchen auf der Bank sitzen. Aber dann hat sie gesehen, daß es dort feucht ist, und es sich anders überlegt. Und dann kommt dieses, na ... ich weiß nicht, wie es heißt. So ein bulliges schwarzes Auto, mit bunten Schnörkeln auf den Seiten. Das sieht man hier in der letzten Zeit öfter. Ich weiß nicht, wohnt der Kerl selber hier oder besucht er jemand. Er geht nicht in unser Haus, sondern in das gegenüber. Die Leute hier in unserem Haus kenne ich alle. Also, dieses schwarze Ungetüm wummst auf den kleinen grünen von hinten drauf. Dann ging alles ganz schnell, ich hab gar nicht mitgekriegt, was passiert ist, sehe nur, wie die Frau mit dem Kind zu Boden fällt, so, sehen Sie, auf die Ellbogen. Das Kind lag unter ihr. Sie hat das Kind mit ihrem Körper geschützt, und im selben Moment hat es furchtbar gekracht. Mein erster Gedanke war – das sind die dummen Jungs mit ihren Streichen. Wissen Sie, in der letzten Zeit ist hier viel Unfug mit diesen Knallfröschen getrieben worden, ein gräßlicher Krach, daß die Fensterscheiben klirren. Wie kann die Miliz solche Frechheiten nur erlauben?«

»Wir erlauben sie nicht«, lächelte der Einsatzleiter, »man fragt uns gar nicht erst. Bitte fahren Sie fort, Klawdia Semjonowna.«

»Ja, da ist nicht mehr viel zu sagen«, seufzte die Alte. »Ich sehe den Kinderwagen, wie er durch die Luft fliegt und lichterloh brennt.«

»Und die Autos?«

»Zu den Autos hab ich nicht rübergesehen. Mir ist das Herz in die Hose gerutscht. Wie furchtbar, hab ich gedacht, der reinste Alptraum! Einen Augenblick später, und die Frau hätte ihr Kind in den Kinderwagen gesetzt. Sie waren ja schon auf dem Weg zur Bank. Was muß man nur für ein Unmensch sein, um eine Bombe in einen Kinderwagen zu legen!«

»Klawdia Semjonowna, beschreiben Sie doch bitte möglichst genau die Frau, die aus dem grünen Auto gestiegen ist.«

»Also, die sah so aus.« Die Alte krauste konzentriert die Stirn. »Nicht mehr jung. Aber auch noch nicht alt. So im mittleren Alter, etwa fünfzig, vielleicht auch etwas drunter. Groß, aber nicht ungewöhnlich groß.«

»Gut. Wie war sie angezogen?«

»Eine kurze braune Jacke. Mit Pelzkragen. Ein Halbpelz. Der Kragen war schwarz und zottelig. Auf dem Kopf hatte sie eine schwarze Wollmütze, eine gestrickte. Die Haare waren alle unter der Mütze. Ein dunkler Rock. Braun, glaube ich. Die Stiefel – genau weiß ich's nicht mehr, ich meine, sie waren schwarz.«

»Hatte sie etwas in der Hand?«

»Nein. Die Hände hatte sie in den Taschen. Sie hatte gar nichts dabei, keine Taschen, keine Tüten.«

»Und ihr Gesicht? Ich weiß, es ist schwer, das vom Fenster aus zu erkennen, aber trotzdem.«

»Eigentlich gar keins«, meinte die Zeugin schulterzuckend.

»Was heißt das, gar keins?« fragte der Einsatzleiter erstaunt.

»Na, kein besonderes, ganz unauffällig und durchschnittlich. Gar keins.«

Der Einsatzleiter stand auf, trat zum Fenster und winkte die Alte hinzu. Unten auf dem Parkplatz waren die Männer von der Spurensicherung bei der Arbeit. Der Einsatzleiter zeigte auf denjenigen, den man am besten erkennen konnte.

»Was hat der da unten für ein Gesicht?«

»Ein rundes, stupsnasiges«, erwiderte die Zeugin, ohne nachzudenken. »Das Gesicht eines Bauern. Dicke Lippen. Hat Ähnlichkeit mit einem Schauspieler. Ein guter Film war das, über den Krieg. ›Im Morgengrauen ist es noch still‹. Neulich lief der wieder mal im Fernsehen. Ich sehe mir unsere sowjetischen Filme immer an. Da kam ein Dorfältester vor, so ein herzensguter, schlichter Mann.

Dem sieht er ähnlich. Das heißt, dem Schauspieler, der ihn spielte.«

»Sie sollten bei der Miliz arbeiten«, lächelte der Einsatzleiter. »Vielleicht sah diese Frau auch irgendeiner Schauspielerin oder Fernsehansagerin ähnlich? Auf dem Weg vom Auto bis zur Bank hatte sie Ihnen ja das Gesicht zugewandt.«

»Nein«, die Alte schüttelte den Kopf, »sie sah niemandem ähnlich.«

»Würden Sie sie wiedererkennen, wenn Sie sie träfen?«

Klawdia Semjonowna überlegte und sagte dann langsam:

»Käme drauf an, was sie anhat.«

»Wie war sie denn angezogen, teuer oder billig?«

»Weder noch. Eher nicht so teuer. So mittelprächtig.«

Der Einsatzleiter war schlecht gelaunt. Solche alten Rentnerinnen hatte er oft als Zeuginnen. Sie schauen den ganzen Tag aus dem Fenster oder sitzen auf der Bank vor der Haustür und sehen so mancherlei. Aber ihre Aussagen sind in der Regel widersprüchlich und verworren. Die alten Frauen sehen und hören schlecht, schwatzen gern über alles mögliche, was nicht zur Sache gehört. Die Arbeit mit solchen Zeugen ist schwer und ermüdend. Aber hier hatte ihm das Schicksal keine verkalkte Oma, sondern ein wahres Goldstück beschert. Um ihre scharfen Augen und ihre Beobachtungsgabe konnte man sie nur beneiden. Aber etwas Brauchbares war trotzdem nicht dabei herausgekommen.

Im Protokoll des Verhörs stand die genaue Beschreibung der unbekannten Frau – mittleres Alter, mittlere Größe, normale Figur und »ohne Gesicht«. Wenn man das als Personenbeschreibung veröffentlichte, machte man sich zum Gespött der Stadt.

Es gab noch eine weitere unbekannte Größe. Ziemlich

schnell stellte sich heraus, daß das »bullige schwarze Auto mit Schnörkeln auf den Seiten« ein Jeep Cherokee war. Die Nachbarn aus dem Haus gegenüber hatten berichtet, daß vor ungefähr drei Monaten in der Wohnung Nr. 170 eine alleinstehende Dame eingezogen sei, »jung, hübsch, mit einem schicken bodenlangen Pelzmantel«. Eben diese »junge, hübsche Dame« pflegte der Unbekannte mit dem Jeep etwa drei- bis viermal pro Woche zu besuchen.

Die Dame war zu Hause. Das Erscheinen der Miliz nahm sie ruhig und gleichmütig auf. Die Ausweise studierte sie allerdings sehr aufmerksam. Gekleidet war sie leger, in einen kurzen Seidenkittel. An den langen nackten Beinen trug sie glänzende, goldfarbene Pantöffelchen.

Kossenko, Natalia Pawlowna, geboren 1975 in Podolsk bei Moskau, hatte die Zweizimmer-Wohnung im November vorigen Jahres gemietet.

»Haben Sie die Explosion im Hof gehört?« fragte man sie.

»Vor etwa vierzig Minuten hat irgendwas gekracht«, meinte sie achselzuckend, »aber da war ich in der Küche, und das Küchenfenster geht nicht auf den Hof, sondern auf die Straße. Außerdem lief bei mir Musik. Ich habe nicht weiter darauf geachtet, hier knallen die Jungs oft mit Feuerwerkskörpern herum.«

»Wer von Ihren Bekannten hat einen schwarzen Jeep Marke ›Cherokee‹ mit bunten Verzierungen auf den Türen?«

»Wowka der Graue«, platzte sie heraus und verbesserte sich sofort: »Wladimir Igorjewitsch Bogatych. Wieso?«

»Kennen Sie sein Autokennzeichen, seine Privatadresse und seine Telefonnummer?«

»Das Kennzeichen nicht, die Karre ist neu. Die Adresse weiß ich auch nicht, er kommt immer zu mir. Zu sich nach Hause hat er mich noch nie mitgenommen, und Briefe habe ich ihm keine geschrieben.« Sie grinste spöttisch. »Aber seine Telefonnummer können Sie haben.«

Und so gelang es, die Identität von Mister X rasch und problemlos festzustellen. Bogatych, Wladimir Igorjewitsch, war mit seinen achtundzwanzig Jahren bereits zweimal vorbestraft. Das erstemal hatte er als Minderjähriger eine Bewährungsstrafe für einen Raubüberfall bekommen. Mit achtzehn Jahren saß er dann richtig, fünf Jahre nach Paragraph 166 des Strafgesetzbuches wegen Autodiebstahls. Aus den Akten des Einsatzkommandos ging hervor, daß er seit einem halben Jahr Mitglied der Ljublino-Bande war, die den großen Markt und ein ganzes Netz von Verkaufsständen im Bezirk Ljublino kontrollierte.

Daß ein normaler Bandit mit gesundem Menschenverstand eine selbstgebastelte Bombe mit der Sprengkraft von fünfzig Gramm TNT in einen Kinderwagen im Hof des Hauses legt, in dem seine Geliebte wohnt, und dabei auch noch seinen eigenen Jeep benutzt, konnte nur ein kompletter Idiot annehmen.

Als man kurz darauf Bogatych fand und als Zeugen verhörte, erzählte er alles ehrlich: von dem kleinen Moskwitsch, von der Frau mit der kurzen Pelzjacke und der schwarzen Mütze, die er gesehen hatte, als er vom Hof fuhr. Daß er es selber eilig gehabt hatte zu verduften, war nur zu verständlich – er wollte den Bullen nicht schon wieder unter die Augen kommen.

Die Spurensicherung hatte mittlerweile den verlassenen Moskwitsch mit dem zerbeulten Heck sorgfältig untersucht und nichts von Interesse entdeckt. Nicht einmal Fingerabdrücke konnte man finden. Offenbar hatte die Dame auch hinterm Steuer die Handschuhe nicht ausgezogen. Nur ein feiner, kaum spürbarer Duft von teurem französischem Parfum schwebte im Wageninneren.

Der Spürhund nahm die Fährte auf, lief ein paar Häuserblocks weit, beschnüffelte nervös die feuchte Erde, blieb an einer Trolleybushaltestelle stehen, drehte sich im Kreis, schnüffelte noch ein wenig und setzte sich dann mit traurig gefletschten Zähnen auf den Asphalt. Die Spur war abgerissen.

Der unglückselige grüne Moskwitsch war laut Unterlagen der Verkehrspolizei schon vor drei Jahren als gestohlen gemeldet worden. Das Nummernschild war natürlich gefälscht.

Kapitel 19

Lisa konnte lange nicht einschlafen, schluchzte aufgeregt und drückte ihr Plüschäffchen an die Brust. Der Major vom FSB* wartete geduldig in der Küche und rauchte nachdenklich eine Zigarette. Endlich machte Lena die Tür zum Kinderzimmer leise zu und kam in die Küche.

»Möchten Sie einen Tee?« fragte sie halblaut.

»Gern«, sagte der Major.

Sie schaltete den elektrischen Wasserkocher ein, setzte sich auf die Küchenbank und steckte sich eine Zigarette an.

»Wie geht es Ihrer Kleinen?« fragte der Major teilnahmsvoll.

»Sie hat nichts begriffen, aber natürlich hat sie sich trotzdem furchtbar erschrocken.«

»Jelena Nikolajewna, lassen Sie uns alles der Reihe nach besprechen, wenn Sie nichts dagegen haben. Es fällt Ihnen doch nicht zu schwer, jetzt auf meine Fragen zu antworten? Immerhin war es ein großer Schock.«

»Mir geht es gut. Fragen Sie nur.« Lena lächelte schwach.

Ihre Antworten waren ruhig und präzise. Sie erinnerte sich sogar, daß sie auf dem Weg zum Geschäft zweimal einen schmutzigen grünen Moskwitsch gesehen, aber ihn nicht weiter beachtet hatte.

»Werden Sie Ihren Mann in London anrufen und ihm berichten, was passiert ist?« fragte der Major.

* Russischer Geheimdienst, Nachfolgeorganisation des KGB.

»Nein«, erwiderte Lena bestimmt. »Ich werde natürlich anrufen. Aber davon werde ich ihm erst bei seiner Ankunft erzählen.«

»Warum?«

»Wozu soll ich ihn ängstigen und aus London wegholen? Was ändert es, wenn er früher als geplant zurückfliegt und sich unterwegs vor Angst und Nervosität verrückt macht? Es ist ja alles gut gegangen, wir haben es überlebt, Gottseidank. Sie denken sicher, es hat irgendwas mit seiner Arbeit zu tun?«

»Sie haben es erraten.« Der Major lächelte. »Dieser Gedanke drängt sich sofort auf.«

»Ich möchte Ihnen nicht widersprechen«, sagte Lena nachdenklich und stand auf, um den Tee einzugießen. »Durchaus möglich, daß sich jemand auf diese Weise an meinem Mann rächen wollte. Aber es sind schon vorher zwei Menschen ums Leben gekommen. Die hat mein Mann kaum gekannt, ich dagegen schon, auch wenn es nicht sehr enge Freunde waren.«

Lena erzählte dem Major von Mitja und Katja Sinizyn. Sie erwähnte nur die ihr bekannten Fakten und sagte nichts über ihre eigenen Vermutungen und Zweifel.

Der Major hörte aufmerksam zu, kritzelte ein paarmal etwas in sein Notizbuch, protokollierte ihre Aussagen aber nicht. Er begann erst Wort für Wort mitzuschreiben, als Lena auf die Geschichte mit der seltsamen falschen Ärztin zu sprechen kam.

»Sie hat nur die Ärztin interessiert?« fragte Lena, als sie fertig war. »Ich hab's gewußt.«

»Jelena Nikolajewna«, sagte der Major, »was kann der Tod des Ehepaars Sinizyn mit dieser Sache zu tun haben? Ich sehe keinen Zusammenhang.«

»Aber überprüfen Sie den Fall doch wenigstens. Sie haben doch alle Möglichkeiten.«

»Ich weiß nicht, ich weiß nicht …«

Der Major rauchte, auch Lena nahm eine Zigarette aus ihrer Schachtel.

»Ich habe eine Bitte«, sagte sie leise, »morgen früh schicke ich meine Tochter zusammen mit unserer Nachbarin, die für uns Oma und Babysitter zugleich ist, ins Erholungsheim ›Istra‹ am Istra-Stausee. Ich habe gehört, daß es dort einen sehr guten Wachdienst gibt. Könnten Sie sich vielleicht mit ihm in Verbindung setzen, damit ...«

»Verstehe«, unterbrach der Major sie, »ich werde alles Notwendige veranlassen. Und Sie selber, welche Pläne haben Sie für die nächste Zeit?«

»Ich muß nach Sibirien, einen amerikanischen Professor als Dolmetscherin und Beraterin begleiten.«

»Werden Sie lange weg sein?«

»Zehn Tage. Der Amerikaner trifft heute am späten Abend ein. Dann fliegen wir gemeinsam weiter nach Tjumen.«

»Ich gebe Ihnen meine Telefonnummer«, sagte der Major. »Rufen Sie mich ab und zu aus Sibirien an. Es könnte sein, daß wir Fragen an Sie haben. Einverstanden?«

»Ja, natürlich. Nur tun Sie mir Ihrerseits den Gefallen und holen Sie meinen Mann nicht vorzeitig aus London zurück. Er ist zum erstenmal im Ausland. Seine ganze Abteilung steht Ihnen hier zur Verfügung, Sie können sich an Michail Iwanowitsch Sitschkin wenden.«

»Gut, Jelena Nikolajewna«, sagte der Major, »ich verspreche Ihnen, wir setzen uns mit Ihrem Mann erst nach seiner Rückkehr in Verbindung. Sie haben schon recht, es ist nicht unbedingt notwendig. Und es ist auch gut, daß Sie Ihre Tochter ins Erholungsheim schicken und selbst Moskau verlassen.«

Als der Major gegangen war, rief Lena Mischa Sitschkin im Büro an.

»Er ist nicht da«, teilte man ihr mit. »Wer ruft denn an?«

»Lena Poljanskaja.«

»Guten Tag, Jelena Nikolajewna. Sitschkin hat Grippe, er ist schon seit zwei Tagen krankgeschrieben.«

Lena rief sofort bei Mischa zu Hause an. Seine Stimme klang völlig heiser.

»Erzähl mir bloß nicht, daß ein falscher Elektriker oder Klempner bei dir war und daß die Frau dieses Gitarristen sich auch noch erhängt hat«, bat er kläglich.

»Wie fühlst du dich?« erkundigte sich Lena.

»Scheußlich.«

»Sag Xenia, sie soll dich mit Wodka einreiben.«

»Wodka wende ich lieber innerlich an«, knurrte Mischa.

»Auch das noch, ein Alkoholiker.«

»Schon gut, Frau Doktor, von der Grippe und vom Alkohol reden wir später noch. Jetzt berichte mir, was bei dir passiert ist.«

»Unser Kinderwagen ist heute explodiert. In der Einkaufstüte mit Lisas Schuhen lag ein Sprengsatz, fünfzig Gramm TNT. Die Leute vom FSB werden zu dir kommen, sie glauben, es hat was mit Sergejs Arbeit zu tun.«

»Lena, ist das dein Ernst?« Mischas Stimme wurde vor Erregung noch heiserer. »In Lisas Kinderwagen hat man eine Bombe gelegt? Und wo wart ihr beide, Lisa und du?«

»Etwa fünfzehn Meter entfernt. Wir wollten gerade zurück zum Wagen. Die Bombe ist ein paar Minuten zu früh explodiert. Wir sind bloß hingefallen. Reg dich nicht auf, uns ist nichts passiert, außer daß wir gründlich naß geworden sind.«

»Wir müssen Sergej anrufen.«

»Auf keinen Fall! Komm ja nicht auf die Idee, ihm davon zu erzählen, bevor er zurück ist. Du kennst ihn doch, er rastet aus. Rede du bitte mit den Leuten vom FSB. Und was die Frau des Gitarristen betrifft, sie ist tatsächlich ums Leben gekommen.«

»Mein Gott! Wann?«

»Vorletzte Nacht. Ungefähr um halb drei. Sie hat sich eine tödliche Dosis Morphium injiziert und dann eine brennende Zigarette auf die Bettdecke fallen lassen. Eine halbe Stunde vorher habe ich noch mit ihr telefoniert. Wir konnten das Gespräch nicht beenden, weil sie Besuch bekam, von einer Frau. Aber Katja hat mir noch eine Menge interessanter Dinge erzählen können. Zum Beispiel von einer Ärztin, bei der sie in Behandlung war, einer Wunderdoktorin, so berühmt und beliebt, daß sie nicht einmal ihren Namen nennen durfte – weil sonst angeblich alle in ihre Sprechstunde rennen. Es ist nicht ausgeschlossen, Mischa, daß ebendiese Frau Katjas nächtliche Besucherin war. Als Katja zur Tür gegangen ist, um aufzumachen, lag der Hörer neben dem Telefon. Ich konnte hören, wie Katja einen Frauennamen gesagt hat. Inna oder Galina oder so ähnlich.«

»Regina«, sagte Mischa, unerwartet für sich selbst.

»Vielleicht auch Regina«, stimmte Lena zu, »es war schwer zu verstehen. Ist dir dieser Name jetzt einfach so eingefallen? Oder hast du jemand Bestimmten im Auge?«

»Ich weiß nicht. Im Moment kann ich noch nichts sagen. Ich muß schnell wieder auf die Beine kommen und zum Dienst.«

»Bist du etwa neugierig geworden? Mischa, was hast du? Sag mir, daß ich phantasiere, daß Katja eine Fixerin war und an ihrem Tod nichts Ungewöhnliches ist, daß es nur ein Unglücksfall, kein Verbrechen war. Sag mir, daß die Bombe von jugendlichen Rowdys in den Kinderwagen gelegt wurde – aus Jux. Oder daß irgendein Irrer sich einen Spaß machen wollte.«

»Lena, darüber spottet man nicht. Wann fliegst du nach Sibirien?«

»Übermorgen.«

»Es ist gut, daß ihr eine Zeitlang nicht in Moskau seid.«

»Ja, das hat Major Ijewlew vom FSB auch gesagt.«

* * *

Der Wachmann erkannte in der abgerissenen Frau, die fast wie eine Bettlerin aussah, nur mit Mühe Regina Valentinowna.

»Gena«, sagte sie, als sie aus dem salatgrünen Opel kletterte, »gib dem Mann hier einen Fünfziger.«

»Dollar?« fragte Gena flüsternd.

»Egal, was du gerade bei dir hast.« Sie huschte schnell durch das Tor ins Haus.

»He! Wo bleibt mein Geld?« brüllte der Fahrer ihr nach.

»Schrei nicht«, beruhigte ihn der Wachmann und zog aus der Tasche seiner gesprenkelten Hose drei zerknüllte Zehntausender. »Da, dreißig sind für dich auch genug. Und jetzt verschwinde, Mann, bevor ich's mir anders überlege.«

Der Fahrer wollte schon den Mund öffnen, um zu protestieren, aber nach einem Blick in die furchteinflößende Visage des bewaffneten Wachmanns änderte er seine Absicht, nahm das Geld und machte sich rasch aus dem Staub.

Im Vestibül stieß Regina mit dem Zimmermädchen zusammen.

»He, Sie da! Wohin wollen Sie? Wie sind Sie hier reingekommen?« Das Zimmermädchen versperrte ihr den Weg.

»Gut gemacht, Galina«, lobte Regina sie und streichelte ihr über die Wange. »Sei auch weiterhin so wachsam. Aber rede bitte nie wieder jemanden mit ›Sie da‹ an. Das ist unhöflich.«

»Regina Valentinowna, entschuldigen Sie, ich habe Sie nicht erkannt«, wisperte ihr das Zimmermädchen erschrokken nach.

Regina schloß sich in ihrem Büro ein und zog die billigen

Lumpen aus. Darunter trug sie feine französische Wäsche. Unter der heißen Dusche wusch sie alle Gerüche und Geräusche dieser schmutzigen, groben Stadt vom Körper. Danach hüllte sie sich in ein flauschiges Frotteetuch. Und was nun? dachte sie. Soll ich's mit Gift probieren? Aber jetzt ist das doppelt gefährlich. Oder soll ich erst mal abwarten und vorläufig gar nichts unternehmen?

Da klopfte es sacht an die Tür.

»Was ist los?« fragte sie ungehalten.

»Regina Valentinowna«, erklang die verstörte Stimme ihrer Sekretärin Inna, »Wenjamin Borissowitsch fühlt sich nicht gut. Ein Journalist ist bei ihm, am besten gehen Sie in den Vorsprechsaal.«

»Ich komme sofort!« Regina schnappte sich aus dem Kleiderschrank aufs Geratewohl ein paar Sachen, zog einen karierten Schottenrock und einen dicken handgestrickten weißen Pullover auf den nackten Körper. Mit bloßen Füßen schlüpfte sie in weiche flache Wildlederschuhe, warf einen flüchtigen Blick in den Spiegel, fuhr sich mit der Bürste durchs Haar und verließ rasch das Arbeitszimmer.

Wenja war totenblaß. Seine Hände zitterten. Er stand mit offenem Mund in dem engen Gang zwischen den Stuhlreihen und brachte kein Wort heraus.

Neben der Bühne saß ein dunkelhaariger junger Mann von etwa fünfundzwanzig Jahren mit einem sympathischen, intelligenten Gesicht. Regina registrierte flüchtig, daß er überhaupt nicht wie ein Journalist für Popmusik aussah. Keine Ohrringe, keine langen Haare, keine auffällige Kleidung. Teure Jeans, ein adretter dunkelblauer Pullover, sauberes, solides Schuhwerk.

»Guten Tag.« Er stand auf und reichte Regina die Hand. »Georgi Galizyn von der Zeitschrift ›Smart‹.«

Regina zuckte zusammen, erwiderte aber den Händedruck. Im selben Moment sah sie, daß der junge Mann in der linken Hand einen kleinen Recorder hielt.

»Wenja, was ist los?« Sie trat dicht an ihren Mann heran.

»Mir ist übel«, preßte er heraus und starrte Regina entsetzt in die Augen.

»Wir haben uns nur unterhalten«, erklärte Galizyn in entschuldigendem Tonfall. »Wenjamin Borissowitsch hat mich selbst hergebeten. Soll ich vielleicht einen Arzt holen?«

»Wie viele Kassetten haben Sie schon aufgenommen?« fragte Regina rasch.

»Eine.«

»Geben Sie sie mir bitte.«

»Warum?« fragte der Journalist erstaunt. »Es ist nur ein ganz normales Gespräch drauf, wir haben uns über Tobolsk unterhalten. Sie können sie gerne abhören.«

»Sie geben mir jetzt diese Kassette und gehen«, sagte Regina mit höflichem Lächeln.

»Wie Sie wollen!« Galizyn zuckte die Achseln. »Wenn Sie glauben, Ihr Mann könnte etwas Unpassendes gesagt haben, dann nehmen Sie sie.« Er zog die Mikrokassette aus dem Gerät und reichte sie Regina.

»Seien Sie mir nicht böse, junger Mann«, sagte sie in etwas freundlicherem Ton, nahm die Kassette entgegen und steckte sie in ihre Rocktasche. »Wenjamin Borissowitsch ist heute nicht in der Verfassung, um ein Interview zu geben. Ich kenne Ihre Zeitschrift. Es ist besser, Sie kommen ein andermal. Wenjamin Borissowitsch wird dann mit Vergnügen Ihre Fragen beantworten. Aber jetzt wünsche ich Ihnen alles Gute. Entschuldigen Sie.«

Galizyn verließ rasch den Saal.

Die Kassette, die er Regina gegeben hatte, war leer.

* * *

»Ich war heute bei Wolkow«, sagte Goscha Galizyn, als Lena sich zu ihm ins Auto setzte. »Eine sonderbare Geschichte. Er hatte mir einen Interview-Termin in seinem

Büro gegeben. Ein todschickes Gebäude, alles funkelt und blitzt, Hausangestellte, Wachleute, aber der Vorsprechsaal sieht aus wie in einem heruntergekommenen Pionierhaus. Die Wände mit Hochöfen und Trommeln bemalt, abgeschabte, knarrende Stühle, alles schäbig und uralt. Ich habe ihn über seine Kindheit und seine Eltern befragt. Danach über seine Jugend. Er gab müde, gelangweilte Antworten. Um ihm etwas einzuheizen, habe ich ihn gefragt, ob er sich erinnert, wie er in seiner Zeit beim Komsomol mit einer Journalistengruppe aus Moskau in einer Funktionärsbanja geschwitzt hat, wie er mit ihnen am Ufer des Tobol Wodka getrunken und Schaschlik gegrillt hat. Da wird er plötzlich kreidebleich, Schweiß tritt ihm auf die Stirn, seine Hände zittern. Er starrt mich mit vorquellenden Augen an und fragt: Wer hat Ihnen das alles erzählt? Ich sage, meine Chefin und gute Freundin, Jelena Nikolajewna Poljanskaja. Sie erinnern sich doch sicher an sie. Und da brüllt er auf einmal durchs ganze Haus: Nein! Sofort sauste die Sekretärin herbei, dann kam seine Frau angelaufen und verlangte, ich solle die Kassette rausrücken. Ich hatte aber zufällig gerade eine neue reingesteckt, die hab ich ihr gegeben und die volle mitgenommen. Willst du mal hören?«

»Ja«, sagte Lena.

»Ich hatte eine sehr strenge Mutter, sie war Parteisekretärin in einer Brotfabrik«, sagte eine ausdruckslose Baritonstimme. »Sie hat viel von mir gefordert, hat mich gelehrt, stark zu sein. Ich bin von klein auf gewohnt, mich nicht zu schonen.«

»Sind Sie deshalb zum Komsomol gegangen?« fragte Goscha mit spöttischer Stimme.

»Im Grunde schon. Ich hatte meine festen Ideale, im Unterschied zu vielen anderen glaubte ich wirklich an den Sieg des Kommunismus.«

Was für ein Blech! dachte Lena. Wenja Wolkow, Komsomolze aus Tobolsk, der uns in die Parteibanja geführt hat, uns in einer bettelarmen Stadt mit Schaschlik und Räucherwurst bewirtet hat, Wenja Wolkow, der in ewiger Liebe zu mir entflammt war, glaubte an den Sieg des Kommunismus? Wieso spielt er den Idioten?

Gerade in diesem Moment kamen auch auf dem Band Schaschlik und Banja zur Sprache. Der Schrei »Nein!« gellte so laut aus dem Kopfhörer, daß Lena zusammenfuhr. Ja, der Schrei ertönte, als Goscha ihren Namen erwähnte.

»Erzähl mir von Wolkow«, bat sie und schaltete den Recorder aus. »Wie ist er Millionär geworden?«

»Von 1985 bis 1987 gehörte ihm ein Netz von Diskotheken und Aufnahmestudios in Tjumen, Tobolsk und Chanty-Mansijsk. Er selbst war aber zu dieser Zeit schon nach Moskau gezogen und arbeitete im Zentralkomitee des Komsomol, in welcher Funktion, weiß ich nicht.«

»Warte mal, Goscha, 1985 war doch bei uns das Gesetz über Privateigentum noch gar nicht in Kraft. Wie konnten ihm da Diskotheken und Studios gehören?«

»Nun, formal war das ganze Musikgeschäft noch in den Händen des Komsomol. Aber faktisch wurde es in Westsibirien schon völlig von Wolkow kontrolliert. Gleichzeitig war er für die sogenannten Agitprop-Züge des Zentralkomitees zuständig. Von denen hast du sicher schon gehört?«

»Ich bin sogar einmal mit einem gefahren«, sagte Lena lächelnd.

»1988 hat Wolkow angefangen, Stars aufzubauen. Zuerst hat er die Tanzgruppe der Tobolsker Pioniere durchs Land gekarrt. Die Kinder haben Rock'n'Roll getanzt und die Tschetschotka gestampft. Er hat den letzten Blutstropfen aus ihnen herausgequetscht und für damalige Zeiten ein Heidengeld verdient.

Dann hat er ernsthafte Schwierigkeiten mit der Leiterin des Ensembles bekommen, ich kann mich sogar noch an ihren Namen erinnern. Tatjana Kostyljowa. In einem Interview hat sie gesagt, daß er sich an den Kindern bereichere, sie wie Sklaven behandele, sie zwinge, zwölf Stunden täglich zu schuften, und sie durchs ganze Land schleppe, so daß sie den Schulunterricht versäumten. Es gab einen großen Skandal. Aber dann haben die Eltern eines Jungen aus dem Ensemble gegen die Kostyljowa Klage erhoben und sie beschuldigt, sie habe unsittliche Handlungen an Minderjährigen vorgenommen. Dieser zweite, schmutzige Skandal ging durch alle Zeitungen. Dabei war sonnenklar, daß sie sich niemals an einen der Jungen herangemacht hatte. Aber die Zeitungen überschütteten sie voller Begeisterung mit Schmutz, wie auf Bestellung.«

»Gab es denn auch einen Prozeß?«

»Nein, so weit ist es nicht gekommen. Aber man hat ihr und ihrer Familie gründlich die Nerven ruiniert. Sie sind dann nach Kanada gegangen. Diese Kostyljowa war übrigens eine geniale Tänzerin. Ich habe mal ein Amateurvideo gesehen.«

»Und was ist aus dem Pionierensemble geworden?«

»Nichts. Es ist zerfallen und existiert nicht mehr. Aber Wolkow hat dann ein tolles Ding gedreht. 1989 tauchte die Gruppe ›Die Nachtigallen‹ auf. Vier Jungen, alle so um die achtzehn, die mit femininen Stimmchen von Liebe trällerten. So ein bißchen in Richtung Gaunerfolklore, lyrische Liedchen mit einer Melodie von drei Akkorden. Ihr Produzent war ein gewisser Granajan, ein armenischer Millionär. Er hat einen Haufen Geld mit den Jungs gemacht und sie außerdem alle der Reihe nach beschlafen. Die Gruppe war im ganzen Land enorm erfolgreich, ihre Konzerte alle ausverkauft, die Mädchen machten sich bei ihren Auftritten vor Begeisterung in die Hose.

Und plötzlich geschieht etwas Seltsames. Granajan kommt mit einer schweren Lungenentzündung ins Krankenhaus. Die Analysen ergeben, er hat Aids. Damals wußte kaum jemand, was das war. Aber das Krankenhaus war eine Spezialklinik für die Nomenklatura, dort kannte man sich aus. Die Jungen geraten in Panik, es stellt sich heraus, daß zwei von den vieren infiziert sind. Und weißt du, womit alles endet? Die beiden gesunden nimmt Wolkow unter seine Fittiche, für die zwei kranken findet er Ersatz. Er gründet eine neue Gruppe unter dem Namen ›Velosiped‹. Viel Werberummel ist gar nicht nötig, sie werden noch populärer, wieder ist alles ausverkauft.

Aber dann macht ein Journalist eine farbige Prostituierte männlichen Geschlechts ausfindig. Ein Algerier, Student an der Lumumba-Universität, ungewöhnlich gut aussehend und aus schwuler Sicht sehr sexy. Diese männliche Nutte gibt zu, daß man ihn dafür bezahlt hat, einen reichen Armenier zu verführen und mit der Pest des zwanzigsten Jahrhunderts anzustecken. Von wem das Geld kam, weiß er nicht, aber es war sehr viel Geld. Er sagt nur, er habe mit einer Frau verhandelt, die mit ihm Französisch gesprochen habe. Bald darauf verschwindet der Algerier, wohin, ist unbekannt, und dem Journalisten wird der Schädel durchschossen, als er nachts mit seinem Hund spazierengeht.«

»Und was wurde aus dem Armenier und den beiden infizierten Jungen?« fragte Lena leise.

»Der Armenier ist kurz darauf im Krankenhaus gestorben. Über die beiden Jungen ist nichts bekannt.«

»Aber warum glaubst du, daß das Wolkows Arbeit ist?« fragte Lena.

»Wessen denn sonst? Verstehst du, jeder, der sich ihm in den Weg gestellt hat, wurde auf die eine oder andere Weise beseitigt. Das Knabenquartett war ein fetter Brocken, aber Granajan stand im Wege. Mit der Sängerin Olga Iwuschkina war es ähnlich. Du erinnerst dich vielleicht noch an sie, Anfang der Neunziger war sie ein Superstar?«

»Ich hab von ihr gehört. Hatte sie etwa auch Aids?«

»Nein. Bei ihr war alles viel einfacher und gröber. Wolkow hatte sie in einer Diskothek entdeckt, sie mit seinem geübten Auge aus der Menge gepickt. So eine Oberstufenmieze, schlank, rothaarig, mit Sommersprossen auf dem Stupsnäschen. Sie sang Liedchen über Schülerliebe, hatte eine runde Brille und Zöpfe. Wolkow hat sie sehr schnell bekannt gemacht, einige Videoclips aufgenommen und verdiente schon recht ordentlich an ihr. Da plötzlich, sozusagen auf dem Zenit ihres Ruhms, erklärt sie, sie wolle nicht mehr singen. Sie liebe jetzt einen Scheich aus den Arabischen Emiraten, und der verbiete ihr, aufzutreten. Sie wolle ihn heiraten und in Zukunft nur noch Scheichgemahlin sein.

Die angekündigten Tourneetermine müssen abgesagt werden. Wolkows Geld wäre futsch gewesen, aber da findet man auf einmal im Luxusappartement des Scheichs im Hotel Metropol eine ermordete Prostituierte. Alle Indizien sprechen gegen den wollüstigen Araber. Weder Geld noch diplomatische Winkelzüge helfen. Der Scheich muß auf die Anklagebank, und von dort kommt er in ein Sonderlager für Ausländer.

Olga Iwuschkina singt heute noch. Aber sie hat ihr Image vollständig verändert. Jetzt ist sie ein blonder Vamp mit Silikonbusen.«

Der weiße Wolga fuhr die gewundene Rampe zum Flughafengebäude von Scheremetjewo-2 empor.

Kapitel 20

Am späten Abend lag Regina in einem warmen Lavendelbad und summte leise eine Melodie vor sich hin. Bald fiel ihr auch der Text wieder ein:

»Ist die Seele ohne Kleider, ohne Schuhe,
schläft sich's gut mit dem Gesicht zur Wand,
wie ein Vögelchen, geborgen in des Staates
großer Hand …«

Regina hatte ein ausgezeichnetes Gedächtnis für Texte und besonders für Gedichte. Sie hatte sich viele Lieder anhören müssen, wenn sie zusammen mit Wenja beim Vorsingen saß oder hin und wieder bei der Vertonung von Videoclips dabei war. Zufällige Liedfetzen blieben im Gedächtnis haften, setzten sich auf der Zunge fest und drängten nach draußen.

»Was ist das? Woher kenne ich das? Das ist kein Pop. Melodie und Text sind ganz anders ...«

Und plötzlich sah sie ihn wieder vor sich: den großen jungen Mann auf der Bühne des lächerlichen Pioniersaales, in dem Wenja sich alle möglichen Möchtegern-Talente anzuhören pflegte. Er steht nicht, sondern sitzt am Bühnenrand. Seine Schuhe starren vor Dreck. Auf den Knien hält er eine Gitarre. Große Hände, kräftige, geschmeidige Finger. Eine sehr angenehme Stimme.

»Sinizyn!« Regina schlug sich auf das nackte Knie, daß es klatschte. »Natürlich, das ist ein Stück aus einem Lied von Sinizyn, und zwar aus dem, mit dem alles anfing.«

»Warum hast du ihn so abgeschmettert?« fragte sie Wenja, nachdem der große junge Mann gegangen war. »Meiner Meinung nach hat er etwas.«

»Meiner Meinung nach überhaupt nicht«, erwiderte Wenja aufgebracht. »So was hat man Anfang der achtziger Jahre in Moskauer Küchen gesungen.«

»Wie du meinst«, sagte Regina achselzuckend.

Am Abend desselben Tages erzählte Wenja unter Hypnose weitere Einzelheiten über das Picknick am Ufer des Tobol.

»Wenja, diesen Burschen muß man im Auge behalten«, sagte Regina später beim Abendessen. »Du hättest ihn besser nicht weggeschickt. Er kann gefährlich werden. Besser wäre es, ihn zu betreuen und aufzubauen, ein paar Videoclips zu drehen. Auf diese Weise machst du ihn abhängig. Er wäre zahm und ruhig und würde alles vergessen, was vor vierzehn Jahren war – wenn er sich überhaupt noch an das Blut auf deinem Pullover erinnert.«

»Er erinnert sich. Ich kann es nicht ertragen, ihn zu sehen. Er macht mir Angst.«

»Gut«, seufzte Regina, »ich übernehme das.«

Es gelang ihr schnell herauszufinden, daß Katja, die Frau von Dmitri Sinizyn, drogensüchtig war. Sie rief bei den beiden zu Hause an.

»Guten Tag, Mitja. Hier ist Regina Valentinowna Gradskaja. Erinnern Sie sich an mich?«

»Ja, natürlich. Guten Tag.« Man hörte, daß er verwirrt und erfreut war. Natürlich erinnerte er sich noch an sie – sein Vorsingen war erst drei Tage her.

»Ich muß Ihnen sagen, Ihre Lieder haben mich stark beeindruckt. Wir müssen uns treffen und darüber reden. Was machen Sie heute abend?«

»Ich? Nichts, ich bin frei.«

»Na, wunderbar. Ich kann in einer Stunde bei Ihnen sein, wenn Sie nichts dagegen haben.«

»Danke«, stammelte er verwirrt. »Aber ich wohne am Stadtrand, in Wychino.«

»Egal«, lächelte Regina. »Ich komme mit dem Auto. Sagen Sie mir Ihre Adresse.«

»Wir haben nicht immer den gleichen Geschmack, Wenjamin Borissowitsch und ich«, sagte sie, als sie in der ärmlichen Zweizimmerwohnung in Wychino auf dem alten Sofa saß. »Er ist durch und durch Geschäftsmann. Er hat keine Perspektive für Ihre Lieder gesehen, aber ich kann sie seit Tagen nicht vergessen.«

Regina saß zwei Stunden bei den Sinizyns, trank erbärmlich schlechten löslichen Kaffee, redete über Literatur und Musik und über das Rätsel von Talent. Sie versprach nichts – schwärmte nur von Mitjas Liedern und schimpfte auf die

Talentlosigkeit der modernen Popmusik und den kalten Pragmatismus ihres Mannes.

»Bringen Sie mich zum Auto, Mitja«, bat sie, als er ihr im Flur in den Mantel half.

Sie traten auf den leeren, verschneiten Hof hinaus. Die Januarnacht war sternenklar.

»Ihre Katja hat schwere Probleme, nicht wahr?« Regina bemühte sich, möglichst sanft und mitfühlend zu sprechen.

»Ja, es gibt da einige gesundheitliche Komplikationen.«

»Sie brauchen sich vor mir nicht zu genieren, Mitja. Ich bin Ärztin und Spezialistin für die Probleme, die Ihre Frau hat. Katja nimmt Drogen.«

»Sieht man das gleich auf den ersten Blick?« fragte er entsetzt.

»Ich schon. Aber ich bin darauf spezialisiert und habe ein geübtes Auge.«

»Ja, das geht schon anderthalb Jahre so. Ich versuche, dagegen anzukämpfen, aber ohne Erfolg.«

»Wissen Sie was«, Regina berührte seine Hand, »ich werde versuchen, Ihnen zu helfen. Wegen der Kosten machen Sie sich keine Sorgen. Ich kann mir schon seit langem leisten, ohne Honorar zu arbeiten. Ich habe im Gefühl, ob jemand mein Patient ist oder nicht. Eine Therapie beginne ich nur dann, wenn mir der Fall interessant erscheint. Und nicht hoffnungslos.«

»Ich weiß nicht, wie ich Ihnen danken soll, Regina Valentinowna.«

»Gehen Sie nach Hause, Mitja. Es ist kalt, und Sie haben nur einen Pullover an«, sagte sie lächelnd und setzte sich ans Steuer ihres dunkelblauen Volvo.

Im Laufe eines Monats wurde sie zur Vertrauten der Sinizyns. Sie fuhr ziemlich oft zu ihnen und führte mit Katja Hypnosesitzungen durch. Sie hätte dieses stille, verschreckte kleine Mädchen mit den schweren Komplexen aus der Kindheit tatsächlich heilen können.

Katja war überzeugt, auf dem Wege der Besserung zu sein. Sie glaubte, sie könne die Dosierungen verringern. In Wahrheit aber tauschte Regina die Ampullen mit dem Morphium in regelmäßigen Abständen aus und ersetzte sie durch höherprozentige Lösungen.

Mitja verging vor Dankbarkeit und bemühte sich nach Kräften, der »guten Fee« gefällig zu sein. Seine Lieder und seine Karriere erwähnte er mit keinem Sterbenswörtchen mehr, es schien ihm nicht angebracht – Regina Valentinowna tat ohnehin schon so viel für sie, behandelte Katja kostenlos und uneigennützig.

Eines Tages sagte er errötend und schrecklich verlegen:

»Verzeihen Sie, Regina Valentinowna, wenn ich Ihnen eine sehr indiskrete Frage stelle. Wenn Sie nicht wollen, brauchen Sie nicht zu antworten.«

»Frag nur, Mitja«, gestattete sie großzügig.

»Was verbindet Sie mit diesem Menschen?«

Regina begriff sofort, wen er meinte.

»Wenjamin Borissowitsch ist mein Mann«, erwiderte sie lächelnd. »Damit ist alles gesagt.«

»Sind Sie sicher, daß Sie alles über Ihren Mann wissen?«

»Mitja«, lachte sie vergnügt, »wollen Sie mir jetzt etwa eröffnen, daß er mit Models und Nachwuchssängerinnen ins Bett geht?«

»Nein«, sagte Sinizyn verlegen, »Sie haben mich falsch verstanden. Ich habe nur den Eindruck, daß Wolkow ein sehr harter und kalter Mensch ist. Und Sie … Ist er Ihnen nicht manchmal unheimlich?«

»Erklären Sie mir, was Sie mit ›unheimlich‹ meinen?«

»Nun, ist es nicht unheimlich, mit einem Menschen zusammen zu leben, der zu allem fähig ist? Das Showbusiness ist ein hartes Geschäft, manchmal sogar ein blutiges, und eng mit der kriminellen Welt verbunden. Und Sie sind doch ganz anders, Sie sind ein sehr sensibler, kluger und edler Mensch. Entschuldigen Sie, wenn ich Blödsinn rede.«

»Nein, wieso? Auf Ihre Weise haben Sie recht. Ich fühle mich tatsächlich in dieser schmutzigen und widerwärtigen Atmosphäre unwohl und einsam. Ich habe in diesem Milieu keine Freunde, zum Teil war das der Grund, warum ich mich so an Sie beide angeschlossen habe. Aber im Leben geht es nicht immer so, wie man denkt. Es ist jetzt vierzehn Jahre her, daß ich Wenjamin Borissowitsch kennengelernt habe. Glauben Sie mir, damals war er ein anderer Mensch.«

»Ja«, nickte Mitja, »vielleicht war er damals tatsächlich anders.«

»Haben Sie ihn denn schon früher einmal getroffen?« Regina zog verwundert die Brauen hoch.

»Nein, noch nie«, murmelte Mitja, ohne ihr in die Augen zu sehen.

Einige Tage nach diesem Gespräch setzte sich Sinizyn in der Bar von Ostankino zu Wenja an den Tisch.

Es war Nacht. Wenja war allein hierhergekommen, um einen Kaffee zu trinken. Nach den Aufnahmen für eine Fernsehshow war er sehr müde. Er wollte allein sein, hatte seine Leibwächter weggeschickt; sie warteten im Auto auf ihn.

»Guten Abend, Wenjamin Borissowitsch«, sagte Sinizyn leise und nahm ihm gegenüber Platz.

»Guten Abend. Was kann ich für Sie tun?« Wenja sah ihn gleichgültig an.

»Gefallen meine Lieder Ihnen überhaupt nicht?« Sinizyn zündete sich eine Zigarette an.

»Doch, durchaus. Aber sie liegen nicht im Trend.«

»Sie haben mich sofort, außer der Reihe, zum Vorsingen kommen lassen. Haben Sie mich erkannt?«

Der Kellner kam. Mitja bestellte sich einen Kaffee, fünfzig Gramm Kognak und eine Portion Nüsse.

»Sollte ich das?« fragte Wenja, nachdem der Kellner gegangen war.

»Kennen wir uns denn nicht von früher? Na, Komsomolze?«

»Ich erinnere mich nicht«, sagte Wenja schulterzuckend.

»Sommer zweiundachtzig, Tobolsk.« Sinizyn lächelte. »Du warst Abteilungsleiter für Kultur im Stadtkomitee. Du hast uns begleitet.«

»Ich habe viele begleitet. Ich kann mich nicht an alle erinnern.«

»Aber Lena Poljanskaja hast du doch wohl kaum vergessen. Sie hat dir sehr gefallen.«

»Poljanskaja? Den Namen höre ich zum erstenmal.«

»Tatsächlich? Und an meine Schwester Olga erinnerst du dich auch nicht?«

»Nein.«

Der Kellner brachte Mitjas Bestellung.

»Nimm von den Nüssen, Komsomolze, bedien dich.« Mitja schob die Schale in die Mitte des Tisches. »Du hast uns in Tobolsk mit erstklassigem Schaschlik bewirtet und in eine Luxusbanja für Parteifunktionäre geführt.«

Mitja stürzte den Kognak in einem Zug hinunter, verzog das Gesicht und warf sich eine Nuß in den Mund.

»Ich habe dich diese ganzen vierzehn Jahre nicht vergessen. Besonders gut erinnere ich mich an die letzte Nacht am Ufer des Tobol, als du ein Picknick zum Abschied organisiert hast. Du hast damals die Zwiebeln mit einem rasierklingenscharfen Fahrtenmesser geschnitten. Dann hast du die dünnen Ringe auf den Schaschlikspieß aufgefädelt. Uns allen liefen von den Zwiebeln die Tränen herunter. Du hast nicht geweint. Du hast ernst und konzentriert mit dem Messer hantiert – und die ganze Zeit Lena angeschaut.«

»Das ist ja alles sehr interessant.« Wenja versuchte zu lächeln. »Nur erinnere ich mich an keine Lena. Ja, manchmal habe ich Picknicks für die Gäste veranstaltet. Es kamen viele Leute angereist – aus Moskau, aus Leningrad. Ich habe sie abgeholt und begleitet.«

»Aber an uns erinnerst du dich nicht? Und an das Mädchen, das man am Flußufer gefunden hat, nicht weit von unserem Lagerfeuer, erinnerst du dich auch nicht? Das kann nicht sein! Ganz Tobolsk redete über diesen furchtbaren Mord, auch in Chanty war er Stadtgespräch. ›Wo ist nur mein Gedächtnis hin‹«, sang er unerwartet laut.

Einige Leute, die an der Bar saßen, drehten sich nach ihnen um.

»Du bist betrunken, Sinizyn«, sagte Wenja leise. »Fahr nach Hause.«

»Nein, Komsomolze. Ich bin nicht betrunken. Ich bin keine höhere Tochter, die nach fünfzig Gramm Kognak aus den Latschen kippt. Weißt du, ich wollte eigentlich schon alles vergessen. So viele Jahre sind vergangen. Ich habe selber jede Menge Probleme. Und da auf einmal seh ich dich in der Glotze, wie du einer devot lauschenden Journalistin irgendwas von Wohltätigkeit vorschwafelst. Gleich nach dem Interview mit dir wurde eine Folge aus der Reihe ›Russische Kriminalfälle‹ gezeigt. Es ging um den Serienmörder, der Anfang der achtziger Jahre im Gebiet Tjumen sein Unwesen trieb. Er vergewaltigte und ermordete sechs Mädchen zwischen fünfzehn und achtzehn Jahren. Vier hat er erwürgt, zweien die Kehle durchgeschnitten. Er wurde gefaßt. Ein abstoßender Kerl, Alkoholiker. Er ging in die Falle, als er an einer Bierbude billigen Schmuck verkaufen wollte, den er seinen Opfern abgenommen hatte. Aber er gab keinen einzigen Mord zu. Man konnte machen, was man wollte – und man hat ihn gründlich in die Mangel genommen. Schließlich wurde er erschossen. Ein Geständnis hat er bis zum Schluß nicht abgelegt – bis zur letzten Minute versicherte er, er sei kein Mörder. Wie gefällt dir diese Geschichte, Komsomolze?«

Mitja sprach leise und schnell. Wolkow hörte ihm schweigend zu. Er spürte, daß sein Hemd unter den Achseln klatschnaß war.

»Jetzt sitzt du hier bleich und schwitzend vor mir und weißt nicht, was du sagen sollst.« Sinizyn grinste spöttisch. »Sag mir, daß du dich erinnerst, wie wir nach Tobolsk gekommen sind, daß du dich an Lena Poljanskaja und an meine Schwester Olga erinnerst. Und daß du mich sofort erkannt hast. Daß du die Mädchen nicht ermordet hast. Sag es, Wenja. Dein Wort genügt mir, ich werde dir glauben. Zugegeben, zuerst wollte ich dich ein bißchen erpressen. Aber dann widerte mich der Gedanke an. Ich brauche weder dein Geld noch deine Videoclips oder deinen Werberummel. Sag nur einfach, daß du diese sechs Mädchen nicht umgebracht hast. Ich werde dir aufs Wort glauben. Also?«

»Du bist betrunken. Schlaf deinen Rausch aus«, sagte Wolkow leise und fügte laut hinzu: »Verschwinde, du stehst mir bis hier!«

»Wie du meinst«, sagte Mitja schulterzuckend, stand auf, stürzte seinen kaltgewordenen Kaffee hinunter, ging zur Theke, bezahlte und verließ ohne Eile die Bar.

Wolkow konnte Regina nicht sofort von diesem Gespräch erzählen, denn sie war nicht in Moskau. Sie war für drei Tage nach Paris geflogen.

Als sie wiederkam, fuhr sie direkt vom Flughafen in den Club »Status«, wo die Präsentation des neuen Albums von Juri Asarow stattfand. Solche überraschenden Auftritte und Szenenwechsel waren ganz nach ihrem Geschmack.

Sie flanierte durch den Saal, wechselte mit allen wichtigen Leuten ein paar Worte und war bereits im Begriff, zusammen mit Wenja aufzubrechen. Asarow begleitete sie zum Ausgang. Da plötzlich stand, wie aus dem Erdboden gestampft, Sinizyn vor ihnen. Unbegreiflich, wie er in diesen Club gekommen war, noch dazu in Jeans und

Pullover. Er trat ganz dicht an Wenja heran und sagte leise:

»Hör mal, Komsomolze, du hattest damals kein Nasenbluten, du hast gelogen. Das war das Blut des ermordeten Mädchens. Und den Herzanhänger hast du der Toten in Tjumen abgenommen. Du erinnerst dich doch an den Discoabend in der Berufsschule? Weißt du, wie das Mädchen hieß? Natascha! Ihre Mutter ist noch im Krankenwagen an einem Herzinfarkt gestorben. Der Säufer, der hingerichtet wurde, hat kein Geständnis abgelegt, weil er unschuldig war. Er ist an deiner Stelle erschossen worden, Komsomolze.«

Sinizyn sprach immer lauter, aber der Lärm der herausgeputzten, flanierenden Menge übertönte seine Worte. Als erste kam Regina zur Besinnung.

»Gibt es hier nun einen Sicherheitsdienst oder nicht, verflucht noch mal!« sagte sie gelassen. »Schafft uns diesen Verrückten vom Hals!«

Zwei breitschultrige Burschen in untadelig sitzenden Anzügen zerrten Sinizyn zum Ausgang.

»Du bist ein Mörder, Komsomolze! Ein wahnsinniger Serienkiller bist du! Regina Valentinowna, er wird Sie umbringen! Seien Sie auf der Hut!« schrie Mitja, während er sich gehorsam zum Ausgang begleiten ließ.

Als Regina sich umdrehte, begegnete sie dem aufmerksamen, kalten Blick Asarows …

Kapitel 21

Michael war dicker geworden und hatte sich einen Bart wachsen lassen. Sein Kopf war kahl wie ein Knie, und mit seiner Körperfülle und seinem kleinen Wuchs erinnerte er an einen straff gespannten, fröhlich hüpfenden Tennisball.

»Weißt du, ich bin entsetzlich hungrig! Das vegetarische Essen im Flugzeug war widerlich«, ratterte er in seinem rauhen Brooklyn-Englisch los. »Du siehst fabelhaft aus. Und das ist Mister Krotow, wenn ich mich nicht irre?« Er schüttelte Goscha erbarmungslos heftig die Hand.

»Nein, Michael, Mister Krotow ist im Moment in London, das ist Goscha. Wir sind Arbeitskollegen.«

»Joshua? Wunderbar! Sprechen Sie Englisch?«

»Ein wenig«, erklärte Goscha, der Anglistik studiert hatte, bescheiden.

»Ich freue mich, Sie kennenzulernen«, schnatterte Michael weiter. »Wie geht's, wie steht's? Was hast du gesagt, wo ist dein Mann? In London? Steven hat mir erzählt, du hättest einen Polizeiobersten geheiratet. Herzlichen Glückwunsch! Und der hat sich nach London aufgemacht, um Scotland Yard zu helfen? Hahaha!«

Die ganze Fahrt über machte Michael den Mund nicht zu. Lena antwortete mit einem zerstreuten Nicken und sagte ab und zu »Ja, natürlich« oder »Wirklich? Nicht möglich!«. Sie dachte an Wolkow. Warum löste ihr Name bei einem Menschen, der sie seit vierzehn Jahren nicht gesehen hatte, eine so stürmische Reaktion aus? Das ist doch wirklich albern – ein millionenschwerer Produzent, der bis zu den Ellbogen in Scheiße und Blut steckt, erschrickt vor einem Namen … das kann doch nichts mit längst vergangener Leidenschaft zu tun haben. Und trotzdem, irgendeine Verbindung zu früher muß es geben.

Zu Hause war alles vorbildlich aufgeräumt und das Geschirr gespült. Vera Fjodorowna hatte sogar daran gedacht, das Bett für Michael auf dem Sofa im Wohnzimmer zu machen.

»Es ist schon spät«, erklärte Michael, »ich weiß, ihr Russen liebt es, nachts in der Küche Tee zu trinken. Aber wenn du erlaubst, nehme ich lieber eine Dusche und gehe schlafen. Morgen früh will ich in die Tretjakow-Galerie. Ich habe gelesen, daß sie endlich wieder geöffnet ist.«

Lena war froh, noch ein Weilchen in Ruhe sitzen zu können. Goscha hatte eine Tasse Tee getrunken und war dann nach Hause gefahren. In der Wohnung schliefen alle. Es war schon halb drei, und Lena wußte, sie würde nicht einschlafen können.

Dieser schreckliche Tag wollte kein Ende nehmen. Sie nahm eine kleine Stehleiter aus dem Wandschrank, stieg hinauf und holte vom obersten Küchenregal den Staubsaugerkarton, in dem sie alte Manuskripte und Briefe aufbewahrte.

In sowjetischen Zeiten hatte die Hälfte der Bevölkerung sich literarisch betätigt. Berge von Manuskripten wurden an die Zeitschriftenredaktionen geschickt – hauptsächlich Gedichte, aber ab und zu war auch Prosa darunter. Diese Tonnen von Volkskunst galt es zu lesen, zu rezensieren und dem Autor mit detaillierter, fundierter Antwort zurückzuschicken.

Es schrieben alle – Pioniere und Kriegsveteranen, Traktorfahrer und Melkerinnen, Bergleute und Flieger, Hochseematrosen und Hausfrauen. Die meisten Gedichte aber kamen aus den Gefängnissen und Straflagern. Sie übertrafen alle anderen Texte an Patriotismus und Linientreue. Die Einbrecher und Vergewaltiger schrieben Verse über Lenin, die Partei und den Sieg des Kommunismus. In der Regel gaben sie freimütig die Paragraphen an, nach denen sie ihre Frist verbüßten, wobei sie »zu Unrecht und gesetzwidrig verurteilt« hinzuzufügen pflegten.

Ein schon in die Jahre gekommener Mörder scheute die Mühe nicht, gab den ganzen Text der Sowjethymne mit eigenen Worten wieder, schrieb seine Gedichte in einer ordentlichen Kolonne auf eine Heftseite, umrahmte sie mit einem roten Band aus geflochtenen Ähren, malte in die eine Ecke das Profil von Lenin, in die andere das von Breshnew und am unteren Ende Hammer und Sichel.

Nicht selten waren die literarischen Erzeugnisse von

langen Briefen begleitet, in denen der Verfasser sein ganzes Leben schilderte und sein Herz ausschüttete. Das war oft weit interessanter als die Texte selbst. Gewöhnlich waren die Autoren zutiefst einsame Menschen, und ihre holprigen Vierzeiler waren nur der Anlaß, sich einmal auszusprechen, eine Antwort zu bekommen und noch einmal zu schreiben.

Im Laufe der Zeit sammelten sich bei Lena rund dreihundert solcher Bekenntnisbriefe an, die an die Redaktion geschickt und an sie persönlich adressiert worden waren. Viele von ihnen bewahrte sie auf – sie brachte es nicht übers Herz, sie wegzuwerfen.

Jetzt suchte sie mitten in der Nacht in dem Haufen alter Papiere einige Briefe, die sie aus Tobolsk und Tjumen bekommen hatte. Einen davon fand sie fast sofort.

»Guten Tag, sehr geehrte Jelena Nikolajewna!

Es schreibt Ihnen Nadeshda Iwanowna Sacharowa. Von meinem Sohn Oleg Sacharow, Oberleutnant der Miliz, bekamen Sie eine seiner Erzählungen zur Lektüre. Sie haben ihm sehr freundlich und ausführlich geantwortet. Auch wenn Sie die Veröffentlichung abgelehnt haben, so haben Sie ihm doch einige wichtige literarische Ratschläge gegeben.

Mein Sohn Oleg wurde von einem Banditen mit einem Messerstich ins Herz getötet. Ich schicke Ihnen hier seine letzte Erzählung. Ein Kamerad von ihm hat sie auf der Schreibmaschine für Sie abgetippt. Möge Ihnen diese Erzählung eine Erinnerung an ihn sein.

Ich wünsche Ihnen alles Gute, Gesundheit und Frieden.

Nadeshda Sacharowa, Tobolsk, 12. November 1984.«

Der Brief war mit einer Büroklammer an das Manuskript geheftet. Die Erzählung hieß »Gerechtigkeit«. Auf zehn Schreibmaschinenseiten wurde die seltsame Geschichte eines Untersuchungsführers erzählt, der einen Mordverdächtigen vernehmen mußte, jedoch nicht an dessen Schuld glaubte. Sein Gefühl sagte ihm, daß der Mörder ein anderer war.

Im Mittelpunkt der Geschichte standen nicht Fakten und Beweisstücke, sondern allgemeine Überlegungen. Lena kam es plötzlich so vor, als berühre der verstorbene Oberleutnant in seiner Erzählung absichtlich nichts Konkretes. Vielleicht ging es ja um eine reale, »heiße« Sache, und er bewahrte als vorsichtiger Milizionär sogar in einem literarischen Werk die vorgeschriebene Diskretion. Völlig schweigen konnte er nicht, dazu beunruhigte ihn die Sache zu sehr, so daß er beschloß, eine Erzählung zu schreiben.

Am Ende der Geschichte triumphierte die Gerechtigkeit. Der Unschuldige wurde freigelassen, seine hochbetagte Mutter schluchzte an der Brust des edlen Ermittlers, und den wirklichen Mörder, den verschlagenen, kaltblütigen Verbrecher, schleppte man schwerbewacht zur Anklagebank.

»Sacharow, Sacharow, bist du etwa dieser gewissenhafte, ehrliche Ermittler? Hat man dich deshalb ermordet?« Lena merkte gar nicht, daß sie laut sprach.

Sie legte das Manuskript und den Brief beiseite und suchte weiter. Sie fand noch einen weiteren Brief – aus einem Straflager mit einer langen Chiffrenummer. Aber Lena wußte, daß dieses Lager sich in der Nähe von Tjumen befand.

»Grüß Dich, Lena!

Danke, daß Du ein Gedicht von mir in Deiner Zeitschrift veröffentlicht hast. Du hast in der Tat mein Lieblingsgedicht ausgewählt, mit Deinen kleinen Korrekturen bin ich einverstanden. So ist es wirklich besser. Und danke auch dafür, daß Du diese Nummer meiner Mutter geschickt hast. Sie läßt Dich ehrerbietig grüßen.

Bei mir sieht es gar nicht gut aus. Genauer gesagt – beschissen. Mein Vater steht wegen Mordes vor Gericht. Er soll sechs junge Mädchen ermordet haben. Blödsinn ist das.

Es stimmt, er säuft, für eine Flasche Schnaps würde er seine Seele verkaufen, und meine Mutter und mich hat er oft verdroschen. Aber ein Mörder ist er nicht. Niemals könnte er so ein Mädel vergewaltigen, würgen und abschlachten.

Einzelheiten schreibe ich nicht. Du weißt selber, weshalb. Ich will einfach nur mit Dir reden, ich habe sonst niemanden. Meine Mutter hat sich schon die Augen ausgeweint.

Schreib mir – einfach so, worüber, ist ganz egal, was Du möchtest. Hauptsache, Du schreibst.

Ich wünsche Dir, daß Du einen netten jungen Mann triffst, heiratest und Kinder bekommst. Vielleicht bist Du ja schon verheiratet? Schreib mir auch davon.

Wassili Slepak. 6. April 1984.«

Er hatte keine Einzelheiten geschrieben, weil die Briefe der Gefangenen zensiert wurden. Und ein Brief, in dem von einem Verbrechen die Rede war, konnte aus Zensurgründen zurückgehalten werden.

Es lag nun schon viele Jahre zurück, daß Lena ihr Versprechen erfüllt und für den von allen verachteten Gefangenen Wassili Slepak die Veröffentlichung seines Gedichtes durchgesetzt hatte. Es hatte große Anstrengungen und eine Menge Nerven gekostet.

Gedichte, die Autoren »von der Straße« geschrieben hatten, wurden äußerst selten publiziert. Das hatte nichts mit der Qualität der Texte zu tun. Das gesamte Leben gründete sich in der sowjetischen Zeit auf Beziehungen und Bekanntschaften – im selben Maße, wie das Leben im heutigen Rußland auf Geld basiert. In jener »guten alten Zeit« lief nichts ohne Vitamin B: Lebensmittel, Haarschnitt, Zahnbehandlung – alles bekam man nur hintenrum. Man brauchte Beziehungen, um gesund auf die Welt zu kommen, eine schöne Hochzeit zu feiern, zum Studium zugelassen zu werden, einen sicheren Posten zu bekommen und eine Grabstelle auf einem guten Friedhof zu erhalten.

Ein Gedicht oder eine Erzählung in einer Zeitschrift zu veröffentlichen war ohne Beziehungen ebenfalls sehr schwierig.

Als Lena dem Redakteur des Literaturressorts das Gedicht von Wassili Slepak auf den Schreibtisch legte, verzog dieser nur angewidert das Gesicht und schnaubte:

»Kommst du mir schon wieder mit deinen Hobbydichtern? Wo soll ich damit hin? Die Lyrik-Rubrik ist schon jetzt für zwanzig Nummern voll.«

»Lew Wladimirowitsch, mir zuliebe, ich bitte Sie doch selten um einen Gefallen.«

»Wie bitte? Ich gebe dir demnächst überhaupt keine Manuskripte mehr. Ständig willst du mir irgendein Genie unterschieben. Habe ich dir nicht die Texte von Studenez zum Rezensieren gegeben?«

»Ja. Aber es ist nichts Geeignetes dabei.«

»Nichts Geeignetes – bei Studenez?! Er sitzt im Vorstand des Schriftstellerverbandes, hat fünf Staatspreise, und du findest bei ihm nichts Geeignetes? Aus vierzig Gedichten hätte man doch wohl ein paar Zeilen für unsere Spalte zusammenkratzen können?«

»Wirklich nicht. Jeder schreibwütige Kolchosbauer dichtet besser.«

»Und was hast du mit seinem Manuskript gemacht?«

»Das habe ich mit der Redaktionspost zurückgeschickt.«

»Allmächtiger! Zeig mir wenigstens eine Kopie deiner Rezension.«

Lena holte ihre Mappe aus dem Schrank und zog aus einem dicken Stapel Rezensionen zwei zusammengeheftete Blätter. Der Literaturredakteur begann zu lesen.

Zuerst griff er sich ans Herz. Dann an den Kopf. Dann hielt er sich den Bauch und lachte lange und heiser. Zuletzt rief er über den Hausapparat in der Postabteilung an. Aber es stellte sich heraus, daß das Manuskript mit der Antwort bereits abgeschickt war.

»Na, dann mach dich mal auf einen Riesenrüffel gefaßt«, seufzte er. »Studenez wird diese Sache nicht auf sich beruhen lassen.«

»Lew Wladimirowitsch«, fragte Lena vorsichtig, »Sie hatten doch für ihn eine Ecke reserviert? Eine Spalte? Können wir da nicht meinen Wassili unterbringen?«

»Also weißt du, Poljanskaja! Wie stehst du überhaupt zu diesem Wassili? Ist das ein Verwandter von dir?«

»Nein, er ist ein Strafgefangener, dazu noch ein Entehrter.«

»Bist du denn ganz verrückt geworden?«

»Es ist für ihn sehr wichtig. Ich habe in meinem ganzen Leben noch keinen unglücklicheren und erniedrigteren Menschen gesehen als ihn. Das ist eine Chance für ihn – ein Mensch zu bleiben.«

»Lena, eine Zeitschrift ist kein Wohltätigkeitsverein«, sagte der Literaturredakteur ganz friedlich und las das auf dem Schreibtisch liegende Gedicht noch einmal aufmerksam.

»Ein Wohltätigkeitsverein ist allemal besser als eine Räuberhöhle«, murmelte Lena leise.

»Das will ich gar nicht bestreiten. Und das Gedicht ist durchaus nicht übel.« Lew Wladimirowitsch steckte sich eine Zigarette an und starrte zum Fenster hinaus. »Gut, wenn du so ein mitleidiges Herz hast, dann geh zum Chef und sag ihm, du willst, daß anstelle der Verse des großen sowjetischen Dichters Studenez, Sekretär des Schriftstellerverbandes und fünffacher Staatspreisträger, in unserer Zeitschrift ein Gedicht des Verbrechers Wassja veröffentlicht wird.«

Lena ergriff das Blatt mit dem Gedicht und ging zur Tür.

»Warte!« rief ihr Lew Wladimirowitsch nach. »Vergiß nicht zu sagen, daß ich kategorisch dagegen bin!«

Die ganze folgende Woche belagerte Lena den Chefredakteur und den Literaturredakteur und ließ nicht locker, bis das Gedicht von Wassili Slepak schließlich doch erscheinen konnte.

Das alles lag endlos weit zurück, als sei es aus einem anderen Leben. Die Zeitschrift gab es nicht mehr, der Literaturredakteur war längst Rentner und hütete seine Enkel. Der Chefredakteur war in die Politik gegangen, hatte sich eine Weile auf der Erfolgswelle von 1991 halten können und war dann unauffällig und höchst geschickt zum Privatunternehmer geworden. Der sowjetische Dichter Studenez hatte eine der zahlreichen nazistisch-kommunistisch orientierten Organisationen gegründet.

Nur von Wassili Slepak wußte Lena nichts.

Kapitel 22

Wenja stürzte völlig außer sich ins Zimmer.

»Du wärst imstande gewesen, auch das Kind zu töten?! Ein zweijähriges Kind! Ist dir eigentlich alles egal? Selbst der mieseste Ganove käme nicht auf die Idee, eine Bombe in einen Kinderwagen zu legen!« schrie er.

»Was ist los, mein Schatz?« fragte Regina und wandte ihm ihr Gesicht zu, das unter der dicken grünen Schicht einer Schönheitsmaske verborgen war.

»Ich habe gerade die Moskauer Polizeinachrichten im Fernsehen gesehen. Bist du dir überhaupt bewußt, was du tust?«

»Beruhige dich erst mal.« Regina sprach durch die Zähne. Mit einer Schönheitsmaske auf dem Gesicht bewegte man die Lippen besser nicht. »Wie kommst du darauf, daß die Rede von der Poljanskaja war?«

»Spiel nicht die Dumme!« schrie Wenja. »Wieso hast du das alles überhaupt angezettelt?«

»Angezettelt? Ich? Das ist ja sehr interessant! Weißt du überhaupt, was du redest? Das Kind tut ihm leid! Du hast es nötig, mich anzuschreien! Keinen Mucks wirst du machen! Hast du mich verstanden? Alles, was ich tue, tue ich für dich, mein Goldstück.«

»Für mich? Für mich hättest du bei Sinizyn aufhören können.«

»Aha«, sagte Regina. »Sinizyn, Asarow, dann die unglückliche Katja. Ende, aus, vorbei. Nein, mein Herzblatt, die Maschine ist in Gang gesetzt. Als nächste ist die Poljanskaja dran, egal, ob mit Kind oder ohne. Du weißt selber, wenn auch nur das Geringste über deine Jungmädchenaffären bei deinen Mafia-Freunden durchsickert, ist das schlimmer als jeder Prozeß, schlimmer als der Tod. Ich kann mich meiner Haut wehren. Aber du ... Ich tue das alles nur deinetwegen. Also reiß dich zusammen, und jaul mir nicht die Ohren voll.«

»Du redest wie meine Mutter«, sagte Wenja leise.

Regina blickte ihm einige Sekunden schweigend in die Augen.

»Gut«, seufzte sie dann, »ich wasche mir rasch die Maske ab, und dann werden wir daran arbeiten.«

»Nein.« Er schüttelte den Kopf. »Wir müssen reden. Einfach reden, ohne Hypnose.«

»Na dann los, rede. Ich höre dir aufmerksam zu.«

»Regina, ich will nicht, daß du die Poljanskaja tötest«, sagte Wenja mit leiser, brüchiger Stimme.

»Sie wird die letzte sein.«

»Laß sie in Ruhe.«

»Warum?«

»Darum«, er schluckte nervös, »weil du es nicht schaffen wirst, das vernünftig und sauber zu erledigen. Du hast ohnehin schon zu viele Spuren hinterlassen. Und Slepoi wird das nicht übernehmen. Verstehst du denn nicht, ihr Mann ist Hauptmann bei der Miliz. Da lassen die schon aus Prinzip nicht locker, aus Bullensolidarität.«

»Nur deshalb soll ich die Poljanskaja nicht anrühren?« fragte Regina rasch.

»Ja. Nur deshalb.«

* * *

»Lena, Kind, wach auf.«

Mühsam öffnete Lena die Augen und starrte Vera Fjodorowna an, die sich mit dem Telefon in der Hand über sie beugte.

»Ja ... Guten Morgen. Wie spät ist es?« fragte sie und setzte sich auf.

»Halb zehn. Ein Anruf für dich aus der Redaktion.«

»Danke.« Lena nahm Vera Fjodorowna den Hörer ab.

»Schläfst du noch? Steh auf.« Es war Katja, die Sekretärin des Chefredakteurs. »Die Redaktionskonferenz ist auf heute verlegt worden. Sei so gegen elf Uhr hier.«

»Gut, Katja, ich komme. Danke, daß du mich rechtzeitig geweckt hast.«

Lisa kam in Strumpfhosen und einem dicken Pullover ins Schlafzimmer gelaufen.

»Mama, guten Morgen! Oma Vera und ich haben schon gefrühstückt, und du schläfst nur und schläfst. Dieser Onkel kann nicht so reden wie wir, er ist so komisch. Guck mal, was er mir mitgebracht hat!«

Lisa rannte in ihr Zimmer und kam mit einem großen Karton Lego-Bausteine zurück.

»Vera Fjodorowna, wo ist Michael denn?« fragte Lena, während sie aus dem Bett schlüpfte und sich einen Kittel anzog.

»Ich glaube, er ist zum Joggen gegangen. Als ich aufwachte, stand er in kurzen Hosen und Turnschuhen im Flur. Sicher kommt er bald zurück. Soll ich vielleicht mit Lisa inzwischen ein bißchen spazierengehen, damit du dich in Ruhe fertigmachen kannst? Dabei können wir dann auch deinen Amerikaner abfangen und mit nach Hause nehmen. Sonst verläuft er sich womöglich noch.«

»Nicht nötig, Vera Fjodorowna. Das Wetter ist scheußlich, außerdem bin ich noch nicht dazu gekommen, Lisas Sachen zu packen. Ich wollte es heute früh machen, aber Sie hören ja – ich muß zur Redaktionskonferenz.« Lena lächelte schuldbewußt. »Die Sachen sind schon alle fertig, gewaschen und gebügelt. Sie brauchen sie nur noch in die Tasche zu legen.«

An der Tür klingelte es. Michael kam von seinem Lauf zurück. Er strahlte übers ganze Gesicht, seine Glatze schimmerte rosig und feucht.

»Draußen regnet es«, sagte er munter.

»Wo bist du denn gelaufen?« erkundigte sich Lena.

»Immer ums Haus herum, fünfzigmal, um mich nicht zu verirren.«

»Im Kühlschrank stehen für dich Joghurt und Orangensaft. Ich muß für etwa zwei Stunden in die Redaktion. Danach kommt meine Freundin Olga, und wir fahren mit dir zur Tretjakow-Galerie. Wartest du solange?«

»Deine Tochter wird mir Russisch beibringen!« sagte Michael und begab sich unter die Dusche.

»Vera Fjodorowna, für Michael bitte keine Wurst, kein Fleisch und keine Eier. Er ist Vegetarier«, sagte Lena. »Kaffee trinkt er auch nicht. Ich habe für ihn einen speziellen grünen Tee, Kleiebrot, pflanzliche Margarine und Marmelade besorgt. Werden Sie das alles finden?«

»Keine Sorge, das schaffe ich schon.«

»Ach ja, und Lisas Overall habe ich in der Waschmaschine gewaschen. Er hängt im Schlafzimmer über der Heizung und muß noch trocknen.«

Bis zur Redaktion war es nicht weit, aber die Verkehrsverbindung dorthin war sehr schlecht – zuerst die Metro mit Umsteigen, dann vier Stationen mit dem Trolleybus. Lena beschloß, ein Auto zu stoppen, und hob die Hand.

Einen Augenblick später hielt ein schwarzer Mercedes.

Die Besitzer ausländischer Wagen verdienen sich selten ein Zubrot mit der Beförderung von Fahrgästen. Der Mercedes war kein Sechshunderter und schon alt, außer dem Fahrer saß niemand im Auto, aber Lena war einen Moment nicht ganz geheuer zumute.

Es wäre nicht nötig gewesen zu trampen, dachte sie und schaute auf die Uhr. Bis zum Beginn der Konferenz waren es noch zwanzig Minuten.

Der Fahrer trug eine englische Wollkappe, die er tief in die Stirn gezogen hatte, und eine dunkle Brille. Er beugte sich herüber und öffnete die Beifahrertür.

»Nowodmitrowskaja, hinter dem Sawelow-Bahnhof. Dreißigtausend«, sagte Lena.

»In Ordnung«, sagte der Fahrer.

Lena kletterte auf den Rücksitz. Eine Zeitlang fuhren sie schweigend.

»Stört es Sie, wenn ich rauche?« fragte der Fahrer.

»Nein, bitte.«

»Möchten Sie auch eine?« Ohne sich umzudrehen, reichte er ihr eine geöffnete Schachtel mit irgendwelchen unbekannten, wahrscheinlich sehr teuren Zigaretten und ein Feuerzeug, Marke »Ronson«.

»Danke.« Lena zog eine Zigarette heraus. Sie wollte tatsächlich gerne rauchen, sie war nervös und hatte ihre eigenen Zigaretten in der Eile zu Hause vergessen.

»Sie arbeiten nicht zufällig bei der Zeitschrift ›Smart‹?«

»Doch. Wie haben Sie das erraten?« wunderte sich Lena.

»In der vorletzten Nummer war Ihr Foto. Sie sind Jelena Nikolajewna Poljanskaja, Leiterin des Ressorts Literatur und Kunst. Sie sind sechsunddreißig Jahre alt, verheiratet und haben eine zweijährige Tochter. Sie heißt Lisa.«

Lenas Herz begann heftig zu pochen. Außer Name und Ressort hatte unter dem Foto nichts gestanden.

»Entschuldigen Sie«, fragte sie so ruhig wie möglich, »kennen wir uns vielleicht?«

»Ja, wir haben uns vor langer Zeit getroffen, nicht in Moskau. Aber Sie haben sich seitdem überhaupt nicht verändert, wirklich erstaunlich.«

»Helfen Sie mir auf die Sprünge und sagen Sie, wann und wo«, bat sie lächelnd.

»In Tobolsk, im Juni 1982«, erwiderte er leise.

Wolkow?! schrie Lena lautlos auf. Lieber Himmel, was soll ich tun? Wie soll ich mich verhalten?

In diesem Augenblick wendete er den Wagen, fuhr in eine stille Seitenstraße, hielt an, nahm Kappe und Brille ab und drehte sich abrupt zu Lena um.

»Guten Tag, Wenja«, sagte sie ruhig. »Ich freue mich, dich zu sehen. Aber leider bin ich jetzt sehr in Eile.« Sie warf einen raschen Blick auf ihre Uhr. Es war Punkt elf.

»Machen Sie sich keine Sorgen, es gibt gar keine Konferenz. Sie sind nicht in die Redaktion bestellt worden.«

»Was soll das heißen?« Sie zog unauffällig am Türgriff.

»Versuchen Sie nicht, die Tür zu öffnen, es ist alles blokkiert. Ich habe meine Tonregisseurin gebeten, bei Ihnen anzurufen. Ihre Stimme klingt ähnlich wie die der Sekretärin Katja. Ich habe ihr gesagt, ich wollte einer guten Bekannten einen Streich spielen. Entschuldigen Sie, aber mir ist kein anderer Weg eingefallen, Sie zu treffen.«

»Wozu?« fragte Lena fast tonlos.

»Ich mußte Sie wiedersehen – nicht nur aus dem Autofenster, sondern aus der Nähe. Sie brauchen keine Angst vor mir zu haben. Möchten Sie Kaffee?«

»Ja.«

Er holte eine Thermoskanne und zwei große Becher aus dem Handschuhfach und goß Lena und sich ein. Der Kaffee war stark, süß und mit viel Sahne.

Lena schluckte und spürte, wie ihre Zähne gegen den Keramikbecher schlugen.

»Wenn Sie meine Telefonnummer haben und mich treffen wollten, warum haben Sie mich nicht einfach zu Hause angerufen?« Sie versuchte zu lächeln. »Wieso blokkieren Sie die Türen, und warum sollte ich Angst vor Ihnen haben?«

»Früher einmal habe ich mich Ihnen gegenüber nicht besonders gut benommen«, sagte er langsam. »Ich dachte, Sie würden mich nicht treffen wollen.«

Er saß ihr halb zugewandt. Sein Gesicht wirkte plötzlich irgendwie verwirrt, kläglich, wie das eines Kindes.

»Wenja, das ist vierzehn Jahre her. Sie haben es weit gebracht, wie ich gehört habe, sind Millionär und Musikproduzent, das ganze Land kennt Sie. Aber Sie benehmen sich wie ein kleiner Junge.«

»Ja, Lena. Es ist vierzehn Jahre her. Aber mir kommt es vor, als wäre es gestern gewesen. Ich erinnere mich bis heute an den Duft deiner feuchten Haare nach der Banja, ich weiß noch, wie deine Lippen geschmeckt haben, ich spüre deine Haut unter meiner Hand. Wenn du mich damals nicht zurückgestoßen hättest, wäre mein Leben ganz anders verlaufen.«

Er ist verrückt, dachte Lena entsetzt, die Hände zittern ihm. Seine Augen blicken ganz irre und unstet.

»Ist denn dein Leben so schlecht verlaufen?« Sie bemühte sich, möglichst ruhig und freundlich zu sprechen. »Wenja, mach mir nichts vor. Du bist reich, berühmt, hast eine schöne Frau.«

»Ich bin allein auf der Welt. Sie liebt mich nicht. Niemand liebt mich. Sie hat eine Marionette aus mir gemacht, einen Zombie. Lena, hättest du mich doch damals nicht zurückgestoßen …«

»Wenja, der Kaffee ist wirklich sehr gut. Hast du ihn selbst gekocht?«

»Damals hast du gesagt, in der Küche brennt etwas an. Jetzt redest du von Kaffee.«

»Entschuldige. Du wolltest mir etwas Wichtiges sagen?«

»Ja. Würdest du mich küssen und mir über den Kopf streicheln? Sonst nichts, das ist alles, was ich von dir will.«

Er drückte auf irgendeinen Hebel, und die Lehne seines Sitzes kippte jäh nach hinten. Lena fuhr zusammen. Er war plötzlich ganz nah, nahm ihr die Tasse aus der Hand, bückte sich und stellte sie auf den Boden.

Lieber Himmel, was soll ich nur tun? dachte Lena in Panik. Vor allem darf ich ihn nicht erschrecken, nicht mißtrauisch machen und nicht zeigen, wieviel Angst ich habe.

Sie strich sachte mit der Hand über sein blondes, schütteres Haar. Er ergriff ihre Hand und drückte seine Lippen darauf.

»Lena, verlaß mich nicht … Es geht mir sehr schlecht.«

»Wenja, warum denn gerade ich?« fragte sie leise. »Du bist von so vielen Frauen umgeben, die viel schöner und jünger sind als ich. Du brauchst nur mit dem Finger zu winken, und jede von ihnen läuft dir bis ans Ende der Welt nach.«

»Sie laufen hinter meinem Geld, hinter meinen Beziehungen und meiner Macht her«, erwiderte er.

»Aber du hast doch eine Frau! Sie liebt dich – nicht wegen deines Geldes und deiner Beziehungen.«

Er drückte ihre Handflächen an seine Wangen und sah ihr in die Augen.

»Du liebst mich auch nicht«, sagte er traurig, »aber du könntest mich so lieben, wie ich es brauche, wie ich es mir wünsche.«

»Woher weißt du das? Vielleicht würde es mit uns überhaupt nicht klappen. Es kommt dir nur so vor, als ob es mit einer anderen Frau besser wäre. Eine kurze Affäre kann man nicht mit einer langen Ehe und einem gemeinsamen Alltag vergleichen.«

Sie kam nicht dazu, weiterzusprechen. Er preßte seinen Mund auf ihren und küßte sie so gierig und heftig, daß es schmerzte.

Irgendein uralter, unklarer, rettender Instinkt gab Lena ein, daß sie sich jetzt nicht losreißen und wehren dürfte. Sie erwiderte seinen Kuß nicht und hielt mit letzter Kraft aus. Sobald er seine Lippen von ihren löste, sagte sie in ruhigem, freundlichem Ton:

»Wenja, bitte, hör mir zu. Vor vierzehn Jahren hat mich genau dieses Ungestüme, Draufgängerische an dir erschreckt. Gib mir Zeit, und mach die Fehler von damals nicht zum zweitenmal. Ich bin ja nicht verschwunden. Auch ich konnte dich all diese Jahre nicht vergessen, aber was mit einundzwanzig schwer ist, ist mit sechsunddreißig noch schwerer. Gib mir Zeit, mich an dich zu gewöhnen. Du willst doch nicht, daß es hier geschieht, im Auto, in einer schmutzigen Gasse? Wir sind doch beide keine Teenager mehr, wir haben Familie.«

Sie sprach und streichelte ihn leise über den Kopf, lullte ihn ein und tröstete ihn wie ein Kind. Sie zwang sich, an ihre eigenen Worte zu glauben, denn sie fürchtete, er könnte auch den kleinsten falschen Ton spüren.

»Ich verstehe jetzt, daß ich mich damals, vor vierzehn Jahren, geirrt habe. Aber wir haben noch genug Zeit, um den Fehler zu berichtigen.«

»Ja«, flüsterte er, »wie du es willst, so wird es sein.«

»Siehst du«, sie küßte ihn sanft auf die Stirn, »ich habe keine Angst mehr vor dir. Ich vertraue dir und fühle mich gut und ruhig bei dir. Wir rauchen jetzt noch eine Zigarette und fahren dann los.«

»Wohin?« Seine Stimme klang nicht mehr heiser, seine Hände hatten aufgehört zu zittern.

»Ich muß noch leichte Schuhe für meine kleine Tochter kaufen. Hast du übrigens Kinder?«

»Nein.« Er zog eine Packung Zigaretten heraus, und sie

rauchten. »Meine Frau mag keine Kinder. Sie wollte nie welche.«

»Und du?«

»Ich weiß nicht. Ich habe darüber nicht nachgedacht. In welchem Geschäft willst du die Schuhe für deine Lisa denn kaufen? Erzähl mir von ihr. Wem sieht sie ähnlich, dir oder deinem Mann?«

»Uns beiden«, wich Lena aus. »Hier in der Nähe ist die ›Welt des Kindes‹. Gleich da vorn.«

»Und dann?«

»Dann, Wenja, muß ich nach Hause. Meine Nachbarin paßt auf Lisa auf, spätestens um halb zwei muß ich zurück sein.«

Lena hatte gehofft, er würde im Auto bleiben und nicht mit ihr ins Geschäft gehen. Aber er begleitete sie und wich nicht eine Minute von ihrer Seite. Sie musterte ein Paar Schuhe nach dem anderen, so konzentriert, als gäbe es auf der Welt nichts Wichtigeres als Kinderschuhe.

Als sie zur Kasse ging, zog er seine Brieftasche, aber es stellte sich heraus, daß er nur Dollar und Kreditkarten hatte. Glücklicherweise konnte man in diesem Geschäft nicht mit Kreditkarten zahlen.

»Verdient dein Mann so wenig?« fragte er, während er ihr den leichten Karton abnahm.

»Warum?«

»Weil du die Sachen für dein Kind in so einem Laden kaufst«, antwortete er ruhig.

»Das ist ein ganz normales Geschäft.« Sie zuckte die Schultern. »In den anderen Läden, wo man Kreditkarten nimmt, wird das gleiche verkauft, aber fünfmal so teuer.«

Auf dem Weg zum Auto hielt er ihre Hand. Diesmal mußte sie sich auf den Vordersitz setzen, neben ihn.

»Warum hast du einen Milizionär geheiratet?« fragte er während der Fahrt.

»Ist ein Milizionär schlechter als andere?«

»Nein, das sicher nicht«, stimmte er zu. »Liebst du deinen Mann? Bist du glücklich mit ihm?«

»Wir sind eine normale Familie ... Und du, liebst du deine Frau?«

»Was glaubst du?« Er grinste spöttisch.

»Was ist sie? Von Beruf, meine ich.«

»Ärztin. Psychiaterin.«

»Wie heißt sie?«

»Regina.«

»Sicher ist sie eine sehr starke und selbstbewußte Frau?«

»Laß uns jetzt nicht von ihr reden«, bat er, »laß uns von dir reden. Ich möchte wissen, wie du diese vierzehn Jahre verbracht hast, was du erlebt hast. Ich möchte alles über dich wissen.«

»Gut, Wenja, ich werde es dir erzählen. Aber nicht sofort. Vierzehn Jahre sind eine lange Zeit, das ist fast ein ganzes Leben.«

Sie waren vor Lenas Haus angekommen.

»Ich rufe dich an.«

Er zog eine Visitenkarte aus der Tasche und unterstrich zwei von fünf Telefonnummern.

»Das ist die Handynummer und das die im Büro. Kann ich dich auch anrufen? Was soll ich sagen, wenn dein Mann abnimmt?«

»Natürlich kannst du das«, sagte sie. »Wenn mein Mann am Apparat ist, sagst du ihm einfach guten Tag und bittest ihn, mich zu holen.«

Sie rannte ins Haus und stürzte die Treppe hinauf, lief mehrere Absätze hoch und blieb dann auf einem Absatz zwischen den Etagen stehen, preßte die Stirn an die kalten Wandfliesen. So stand sie, bis sie das Geräusch des davonfahrenden Autos hörte. Und erst dann stieg sie mit einem tiefen Seufzer die Stufen bis zu ihrer Wohnung hoch.

Kapitel 23

»Ich bin von der Kriminalpolizei.« Mischa Sitschkin reichte dem Wachmann seinen Ausweis.

Der studierte das Papier gründlich und schweigend. Schließlich trat er, ohne ein Wort zu sagen, zur Seite und ließ Mischa durch.

Die Redaktion des Männermagazins mit dem vielsagenden Titel »Wilder Honig« nahm eine ganze Etage des dreistöckigen Plattenbaus am Stadtrand von Moskau ein. Früher war hier einmal ein Kindergarten gewesen. Im Hof standen noch eine Schaukel, Klettergerüste und Märchenhäuschen.

»Guten Tag, wo finde ich Irina Sergejewna Moskwina?« wandte Mischa sich an ein stark geschminktes, fast kahlgeschorenes Mädchen, das im Vorzimmer am Computer saß.

»Am Ende des Flurs auf der rechten Seite«, erwiderte das Mädchen, ohne den Blick vom Bildschirm zu wenden.

»Irka, gib acht auf dein Gesicht!« dröhnte aus der halbgeöffneten Tür am Ende des Flurs ein donnernder Baß. »Den Kopf hoch, hab ich gesagt! Lächeln! Nicht die Zähne fletschen wie der Hofhund beim Anblick einer Katze! Freundlicher, Ira, freundlicher!«

Mischa spähte vorsichtig durch die Tür. In der Mitte eines großen Raums, der von Soffittenlampen grell beleuchtet war, räkelte sich auf einer gestreiften Matratze eine vollbusige Blondine. Sie hatte nichts weiter am Körper als eine weit geöffnete Militärjacke mit irgendwelchen Abzeichen und Medaillen und eine Uniformmütze, die kokett auf eine Braue herabgezogen war.

Den Rücken zur Tür gewandt, hüpfte neben dem Stativ mit dem Fotoapparat ein untersetzter, kurzbeiniger Typ in schwarzen Jeans herum.

»Entschuldigen Sie«, Mischa räusperte sich, »ich komme

von der Kriminalpolizei. Ich muß mit Irina Moskwina sprechen.«

»Zeigen Sie Ihren Ausweis.« Der Fotograf drehte sich um.

Mischa reichte ihm die Bescheinigung.

»Irina Moskwina bin ich«, erklärte die Blondine.

Sie erhob sich träge von der Matratze, warf die Jacke zu Boden, reckte sich ausgiebig, um die verspannten Muskeln zu lockern, und wandte sich nackt, wie die Mutter sie geboren hatte, an Mischa, der stocksteif in der Tür stand.

»Was kann ich für Sie tun?« fragte sie in ernstem, offiziellem Ton. »Schluß, Schorik, mach das Licht aus. Zigarettenpause. Du siehst, die Miliz will mich sprechen.«

»Irina Sergejewna, ich muß Ihnen ein paar Fragen stellen«, stotterte Mischa, der nicht wußte, wohin er blicken sollte.

»Tun Sie das«, sagte die Schöne großzügig.

»Wo können wir uns in Ruhe unterhalten?« fragte Mischa und sah an ihr vorbei. »Und wäre es möglich, daß Sie sich etwas anziehen?«

»Ach ja!« Das Model griff sich an den Kopf. »Pardon, die Macht der Gewohnheit.«

Sie verschwand hinter einem Wandschirm in der Ecke des Raums und erschien eine Minute später in einem weißen, bodenlangen Frotteemantel.

»Gehen wir in den Nebenraum«, lud sie Mischa ein.

Der Nebenraum entpuppte sich als winziges Zimmer, das mit allerlei Kisten von technischen Geräten vollgestellt war. Eingezwängt in einer Ecke standen ein Zeitschriftentischchen und zwei Sessel.

»Irina Sergejewna«, begann Mischa und nahm Platz, »Sie kannten den Sänger Juri Asarow?«

»Aha, das ist es, darum sind Sie gekommen. Ja, ich kannte Jurka.«

»Seit wann und wie gut?«

»Veronika Rogowez hat uns miteinander bekannt gemacht, vor einem halben Jahr.«

»Veronika ist eine Freundin von Ihnen?«

»Ja.«

Irina fischte aus der Tasche des Bademantels eine Packung mit langen braunen Mentholzigaretten, Mischa zog sein Feuerzeug heraus und gab ihr Feuer.

»Sagen Sie, gab es in der letzten Zeit zwischen den beiden irgendwelche ernsthaften Differenzen oder Reibereien?«

»Ich mische mich nicht gern in fremde Angelegenheiten«, erklärte Irina schulterzuckend.

Im Unterschied zu ihrer Freundin und Kollegin Veronika Rogowez benahm sich dieses Mädchen völlig natürlich. Es war ihr vollkommen gleich, welchen Eindruck sie machte.

»Ich verstehe«, nickte Mischa. »Aber Sie haben ja selber gesagt, Veronika sei Ihre Freundin. Sicher hat sie doch mit Ihnen über ihre Probleme gesprochen.«

»Ja, Nika schwatzt gern. Sie hat mir viel anvertraut.«

»Hat sie irgendwelche Streitigkeiten mit Asarow erwähnt?«

»Ernsthaft haben sie sich nicht gestritten. Wegen Kleinigkeiten sind sie sich manchmal in die Haare geraten. Wissen Sie, Nika ist wie Sodawasser. Viel Schaum, der sich aber schnell setzt.«

»Hat sie Probleme in ihren Beziehungen zu Männern?«

»Nika?« Irina lachte. »Nicht die Spur. Wie kommen Sie denn darauf?«

»Ich dachte, eine Frau, die ständig die Hilfe einer Psychotherapeutin in Anspruch nimmt, müßte Probleme haben«, murmelte Mischa nachdenklich.

»Ach, Sie sprechen von der Gradskaja? Ehrlich gesagt, ich verstehe auch nicht, wieso Nika das nötig hat. Sie ist ganz verrückt auf all diesen mystischen Mumpitz, ständig redet sie von Karma und Astralleibern. Sie hat sogar angefangen, Bücher zu lesen.«

»Kennen Sie die Gradskaja eigentlich auch?«

»Flüchtig.«

»Haben Sie schon einmal näheren Kontakt zu ihr gehabt, sich mit ihr unterhalten?«

»Guten Tag, auf Wiedersehen, mehr nicht.« Sie zuckte gleichgültig die Schultern. »Man trifft sich halt bei verschiedenen Anlässen, mal erkennt sie mich, mal guckt sie durch mich hindurch. Sie verstehen schon – wer bin ich, und wer ist sie.«

»Aber Ihre Freundin hat doch recht engen Kontakt zu der Gradskaja«, erinnerte Mischa sie.

»Nika hat auch einen ganz anderen Status.« Irina lächelte spöttisch.

»Was meinen Sie, hat der Tod von Asarow Veronika sehr hart getroffen?«

»Doch, ja, es hat sie getroffen, natürlich. Sie hat sogar geweint.«

»Hat sie im Gespräch mit Ihnen irgendwelche Vermutungen oder Verdächtigungen geäußert, wer das getan haben könnte?«

»Wissen Sie«, Irina verzog verächtlich den Mund, »Nika ist natürlich ein Schaf, aber so blöd ist sie denn doch nicht. Über solche Dinge spricht man nicht.«

Mischa biß sich auf die Zunge. Offensichtlich zweifelte man in diesen Kreisen nicht daran, daß Asarow von den Freunden jener Ganoven umgebracht worden war, über die er als Zeuge ausgesagt hatte. Und deshalb kam ein Gespräch über dieses Thema für die Moskwina nicht in Frage. Der Vogel, der heute singt, ist morgen schon tot.

Gut, sagte sich Mischa, wenn man darüber nicht spricht, dann lassen wir das eben.

»Irina, Sie haben gesagt, daß Sie die Gradskaja bei verschiedenen Anlässen treffen. Wann und wo haben Sie sie das letzte Mal gesehen? Wissen Sie das noch?«

»Wieso interessieren Sie sich so für die Gradskaja?«

Irina krauste die Stirn. »Was hat die denn damit zu tun?«

»Wissen Sie, um einen Mord aufzuklären, muß man sehr viele verschiedene Leute abklopfen. Im nachhinein stellt sich dann meist heraus, daß sie nichts damit zu tun haben. So laufe ich also herum und sammle Klatsch und Tratsch.« Mischa lächelte müde und vertraulich. »Manchmal ist es mir selber zuwider. Aber da kann man nichts machen, das ist unsere Arbeit.«

»Eine scheußliche Arbeit haben Sie.« Irina nickte mitfühlend. »Aber meine ist auch nicht besser. Die Gradskaja habe ich vor ungefähr einem Monat auf der Präsentation von Juris Album im Club ›Status‹ gesehen. Da gab's noch einen kleinen Skandal.«

»Nämlich?«

»Ach, dummes Zeug. Lohnt sich nicht, drüber zu reden«, winkte Irina ab.

»Trotzdem, es interessiert mich schon, was für Skandale man auf Präsentationen erleben kann. Ich bin zu so etwas noch nie eingeladen worden und werde wohl auch in Zukunft kaum die Ehre haben.«

»Na ja, irgend so ein Verrückter hat sich reingemogelt und Wolkow belästigt. Die Wache hat ihn nach zwei Minuten hinausbefördert. Das war der ganze Skandal.«

»Und wer war dieser Verrückte? Kennen Sie ihn zufällig?«

»Ich glaube, ein Sänger oder Komponist. Genau weiß ich es nicht. Wenn es Sie so interessiert, dann fragen Sie doch Nika.«

Veronika Rogowez traf Mischa im Fitness-Center »Fee« in der Kaschirka-Straße an. Sie trat in die Pedale eines komplizierten Trainingsgerätes und war alles andere als erbaut über den Besuch des lästigen Einsatzleiters von der Petrowka.

Er selber war auch nicht erfreut, daß er so weit, bis ans andere Ende von Moskau, pilgern mußte. Seine Grippe war noch nicht richtig auskuriert, er hielt das Fieber mit Aspirin niedrig. Sein Kopf tat weh, und das Denken fiel ihm schwer. Wahrscheinlich war der Skandal, der sich vor einem Monat ereignet hatte, keinen Pfifferling wert und hatte mit dem Mord an Asarow nichts zu tun.

»Irgend so ein Bekloppter tauchte plötzlich auf«, preßte Veronika durch die Zähne, während sie weiterhin fleißig in die Pedale trat, »und brüllte Wolkow etwas ins Gesicht.«

»Hatten Sie ihn früher schon mal gesehen?«

»Flüchtig schon, glaube ich, war er nicht mal zum Vorsingen da? Ist das denn wichtig?«

Mischa begriff selbst nicht recht, wieso er sich so an diesem unglückseligen unbekannten Randalierer festgebissen hatte. Wozu quälte er das vergeßliche Fotomodell, das sich schwitzend auf seinem Trainingsrad abstrampelte und in Gedanken den hartnäckigen Einsatzleiter zum Teufel wünschte, mit seinen Fragen?

Aber er ließ nicht locker: »Es war also kein völlig Fremder? Nicht bloß ein Säufer oder Verrückter von der Straße?«

»Das weiß ich nicht mehr!« Veronika wurde böse und trat noch erbitterter in die Pedale. »Was glauben Sie, wie viele verkrachte Künstler sich bei Wolkow herumtreiben!«

»Das heißt, dieser Mann war Sänger oder Komponist?«

»Na, Schlosser bestimmt nicht!« fauchte Veronika. »Wolkow hatte mal wieder so einen Minnesänger abblitzen lassen, der hat sich besoffen und wollte ihm die Meinung sagen.«

»Und wie hat er das getan? Er ist doch nicht etwa handgreiflich geworden?« fragte Mischa und machte erschrokkene Augen.

»Nicht doch, er hat nur etwas gebrüllt. Er hat Wolkow als Mörder beschimpft, er meinte damit wohl, daß er der Mörder seines Talentes sei.«

»Können Sie sich vielleicht noch an den Namen dieses Minnesängers erinnern?« fragte Mischa ohne große Hoffnung.

»Ich erinnere mich ja nicht mal an Ihren Namen, obwohl ich Sie bestimmt schon ein dutzendmal getroffen habe. Ich sage doch, ich habe den Typen zufällig gesehen. Wir drehten gerade einen Videoclip, Wolkow saß im Studio. Und dann guckte die Sekretärin herein und sagte, der Soundso – also, sie hat den Namen gesagt, aber ich habe ihn vergessen – ist gekommen. Wolkow hat sogar die Aufnahmen unterbrochen und gesagt, macht eine Zigarettenpause, Kinder, und dreht dann ohne mich weiter. Und dann ist er in seinen blöden Saal gegangen. Wir waren natürlich neugierig – wer ist das, für den Wolkow sogar die Dreharbeiten stoppt. Und da sind Juri und ich, der Kameramann und noch ein paar andere der Reihe nach in den Saal gegangen und haben uns sogar die Lieder dieses … wie hieß er bloß?« Veronika runzelte ärgerlich die Stirn. »Nein, es fällt mir nicht ein.«

Immerhin war es Mischa gelungen, das Eis aufzutauen. Die wundertätige Ärztin hatte sich das hochmütige Fotomodell wohl nicht noch einmal vorgenommen. Irina Moskwina hatte recht, ihre Freundin Nika schwatzte und tratschte wirklich gern.

»Sehen Sie, wieviel Ihnen noch einfällt!« sagte Mischa und lächelte freudig. »Es ist doch auch zu Ihrem Vorteil, wenn Sie Ihr Gedächtnis anstrengen, Sie haben ja erzählt, wie Sie unter Ihrer Vergeßlichkeit leiden. Lassen Sie es uns weiter probieren.«

»Wie ist Ihr Name?« Veronika hörte sogar auf, in die Pedale zu treten. Offensichtlich gefiel ihr dieses Memory-Spiel.

»Sitschkin.«

»Und der hieß Sinitschkin!«

»Vielleicht Sinizyn?« fragte Mischa und merkte, wie sein Herz stockte und sein Kopf klar wurde.

»Vielleicht auch Sinizyn«, stimmte sie prompt zu.

»Veronika, wie hat sich Wolkow während des Skandals benommen?«

»Er hat gar nichts getan, ist nur dagestanden und hat geschwiegen. Sollte er mit diesem Verrückten etwa eine Diskussion anfangen?«

»Er hat also ruhig zugehört?«

»Nein, Juri hat gesagt, er sei ganz grün geworden und hätte heftig gezittert.«

»Stand Juri denn daneben?«

»Ja. Wolkow und Regina Valentinowna wollten gerade gehen, und Juri begleitete sie hinaus. In dem Moment passierte es.«

»Das heißt, Juri hörte alles, was Sinizyn schrie? Er hat Ihnen davon erzählt?«

»Nein. Er hat nur gesagt, daß Wolkow grün wurde und zitterte, daß er ihn noch nie so gesehen habe und daß seine Nerven versagt hätten.«

»Aber Sie haben ihn doch sicher gefragt, was dieser junge Mann gesagt hat? Sie wollten doch wissen, warum Wolkows Nerven versagt haben?«

»Halten Sie mich für bescheuert? Nach so was fragt man nicht.«

»Wurde über den Skandal in Ihrem Bekanntenkreis überhaupt geredet?«

Aber diese Frage blieb ohne Antwort. Veronika zog ein finsteres Gesicht und hüllte sich in Schweigen. Sie hatte genug von diesem Memory-Spiel.

* * *

Olga, Lisa und Vera Fjodorowna saßen schon im Auto, als Lena kam. Bis Istra fuhr man zwei Stunden. Unterwegs schlief Lisa aufs Lenas Schoß ein.

Wahrscheinlich bin ich eine verrückte Mutter, dachte

Lena. Während dieser zwei Jahre war ich nie länger als für einen Tag von Lisa getrennt. Ohne sie werde ich mich leer und elend fühlen. Wäre das alles doch nur bald zu Ende.

Sie verbot sich, an die Geschehnisse von heute morgen zu denken, und versuchte, die kalte, klebrige Angst zu vertreiben, die von ihrer Seele Besitz ergriffen hatte. Wann eigentlich? Gestern, als der Kinderwagen explodiert war? Nein, früher, viel früher. Die Angst war nach dem Besuch der falschen Ärztin gekommen. Wolkows Frau hieß Regina. Sie war Ärztin. Mischa Sitschkin hatte ihren Namen erwähnt, als sie über Katja Sinizyna gesprochen hatten.

Ob sie Mischa anrufen und ihm von der Begegnung mit Wolkow erzählen sollte? Nein, das wäre zuviel des Guten – einem Untergebenen und Freund ihres Mannes die Geschichte von dem verliebten Produzenten anzuvertrauen. Mischa brauchte nicht zu wissen, daß sie Wolkow im Auto geküßt und so getan hatte, als sei sie ebenso verliebt in ihn und zu einer Affäre bereit, und daß sie dann noch mit ihm zusammen Schuhe für Lisa gekauft hatte. Die Leute vom Geheimdienst würden ihm sowieso die Seele aus dem Leib fragen, sich in seine Arbeit einmischen und Beweise verlangen. Bis zu Serjoshas Rückkehr würde er sich winden müssen wie ein Aal in der Pfanne. Die Beziehungen zwischen den beiden Behörden waren, gelinde gesagt, äußerst kühl.

Nach der heutigen Begegnung bekam die ganze Geschichte einen zweideutigen Anflug. Während sie vorher absolut nichts vor Serjosha zu verheimlichen brauchte und nur auf seine Rückkehr wartete, begann sie jetzt zu zweifeln: Konnte sie ihm wirklich alles sagen?

Sie lebte mit ihrem Mann seit knapp zwei Jahren zusammen, aber trotzdem wußte sie bis jetzt nicht, ob er eifersüchtig war oder nicht. Es hatte noch keinen Anlaß zur Eifersucht gegeben, sie vertrauten einander so sehr, daß nicht einmal der Gedanke daran aufgetaucht war. Lena versuchte, sich an Serjoshas Stelle zu versetzen. Wenn er nun erzählen würde, er hätte zum Beispiel aus dienstlichen Gründen den Verliebten spielen und eine fremde Frau küssen müssen? Selbst wenn er sagen würde, er hätte nichts dabei empfunden, nur so getan als ob – Lena wäre es schrecklich unangenehm, das zu hören.

Sie hatte die Liebeskomödie nicht aus dienstlichen Gründen aufgeführt. Der Selbsterhaltungstrieb hatte sie dazu gebracht. Sie hatte nur Angst gefühlt, sonst nichts. Und trotzdem …

Nein, dachte sie ärgerlich, diese ganzen Grübeleien über Eifersucht bringen nichts. Wolkow ist nicht verliebt, er will nur irgendwas herausbekommen, direkt und ohne Mittelsleute. Aber warum so kompliziert? Wenn ich für ihn gefährlich bin, warum heuert er nicht einfach einen Killer an, der mich in aller Ruhe aus dem Hinterhalt erledigt?

Ich muß unbedingt den Grund dafür erfahren, die Verbindung zur Vergangenheit finden – wenn sie überhaupt existiert. Deshalb fahre ich ja auch nach Sibirien, deshalb wühle ich in alten Briefen. Wenn ich es nicht tue, tut es niemand …

Das Erholungsheim »Istra« lag in einem schönen Kiefernwald. Lena war schon lange nicht mehr im Grünen gewesen; als sie aus dem Auto ausstieg, wurde ihr von der frischen Luft sogar schwindlig. Hier duftete es wirklich nach Frühling. Der Himmel hatte sich aufgeklärt und leuchtete in dem besonderen, heiteren Frühlingsblau, das einen tief durchatmen und glauben läßt, daß bald Sommer ist und alles gut wird.

Am Eingang des Heims standen zwei robuste Wachleute in Tarnanzügen. Auch die Zufahrt war bewacht, aber eher pro forma. Diese beiden Männer hier am Eingang flößten Vertrauen ein. Die »Halbluxus-Suite«, in der Vera Fjodorowna und Lisa die nächsten zehn Tage wohnen sollten, erwies sich als höchst komfortables Zwei-Zimmer-Appartement mit Fernseher und Kühlschrank.

Lena spazierte mit Lisa über die sauberen Wege des riesigen Parks und erzählte ihr ein Märchen, das sie beim Gehen aus dem Stegreif erfand. In dem Märchen wurde ein kleines Mädchen von zwei bösen Räubern verfolgt, aber es war klüger und stärker und besiegte sie immer wieder. Das Märchen sollte einen guten Schluß haben, aber irgendwie wollte es kein Ende finden.

Es wurde dunkel. Vera Fjodorowna und Lisa gingen zum Abendessen. Olga und Lena tranken in der Bar neben der Kantine einen Kaffee und wollten dann fahren.

Aber kaum hatte Lena einige vorsichtige Schritte zur Tür gemacht, da stürzte Lisa mit verzweifeltem Gebrüll hinter ihr her:

»Mama, nicht wegfahren! Tante Olga soll allein fahren!«

Und sie weinte so bitterlich, daß Lena und Olga noch eine Stunde länger bleiben mußten. Lena brachte sie ins Bett, saß ein Weilchen bei ihr und erzählte ihr das endlose Märchen leise weiter. Sogar im Schlaf hielt Lisa noch die Hand ihrer Mutter fest.

»So, Mädels, geht jetzt ganz leise hinaus«, flüsterte Vera Fjodorowna. »Es ist spät geworden. Lena, mach dir keine Sorgen, du läßt sie ja nicht im Kindergarten.«

Es war schon halb elf, als sie endlich im Auto saßen. Auf der Rückfahrt redete sich Lena alles von der Seele und erzählte der Freundin von der Ärztin, von dem explodierten Kinderwagen und von der heutigen Begegnung mit Wolkow. Olga hörte schweigend zu, nur hin und wieder stellte sie eine kurze, sachliche Frage.

Die abendliche Chaussee war fast leer, Olgas Volkswagen kam rasch und zügig voran.

»Und jetzt denk mal nach«, bat Lena, als sie fertig war, »hat irgend jemand dich in Gespräche über Selbstmörder oder Selbstmord im allgemeinen verwickelt?«

»Da brauche ich nicht zu überlegen«, schnitt Olga ihr das Wort ab. »Niemand.« Sie lächelte bitter. »Ich hätte ihn auch zum Teufel gejagt – selbst, wenn dieser Jemand sich als Kunde unserer Firma ausgegeben hätte.«

»Das heißt, auf diese Weise konnte man nicht herausfinden, wie gut du Bescheid weißt?«

»Das ist ja auch gar nicht nötig. Was ich weiß oder nicht weiß, ist für niemanden bedrohlich. Das gibt es nur in amerikanischen Filmen – den einsamen Kämpfer, der den mysteriösen Tod eines nahen Verwandten aufklärt, die tückischen Mörder findet und bestraft. Im wirklichen Leben kommt so etwas äußerst selten vor. Ich habe nicht die Absicht, den Mörder zu suchen – wenn denn ein solcher überhaupt existiert. Ich muß weiterleben, mich daran gewöhnen, daß es Mitja nicht mehr gibt, und Mama, Papa und der Oma helfen, damit fertigzuwerden. Das kostet so viel seelische Energie, daß für alles andere keine Kraft mehr bleibt.«

»Aber wieso meinen sie dann, daß ich den Privatdetektiv spielen will? Wenn sie davon ausgehen konnten, daß nicht einmal die leibliche Schwester sich einmischt ...«

»Mit der Explosion des Kinderwagens hat der Tod von Mitja und Katja nicht das geringste zu tun. Ich jedenfalls kann keine Verbindung sehen. Ich glaube, Wolkows Frau will dich aus dem Weg räumen.«

»Wolkows Frau?« Lena lächelte spöttisch. »Etwa aus Eifersucht? Das ist doch Blödsinn!«

»Wieso Blödsinn? Mord aus Eifersucht ist gar nicht selten, heute sowenig wie vor dreihundert Jahren«, erklärte Olga fest.

»Aber der Kinderwagen ist gestern explodiert. Und Wolkow habe ich erst heute getroffen. Wir haben uns vierzehn Jahre nicht gesehen. Wenn wir ein Verhältnis hätten und dieses Verhältnis eine glückliche Ehe gefährden würde, dann könnte man von Eifersucht reden.«

»Aber warum hältst du es nicht für möglich, daß seine Frau etwas geahnt hat? Versteh doch, einen Mann wie

Wolkow zu verlieren hat schwerwiegende Folgen. Es geht vielleicht nicht nur um Eifersucht, sondern auch um sehr viel Geld.«

»Olga, Wolkow und ich stehen in keinerlei Beziehung zueinander. Ich hatte schon ganz vergessen, daß es ihn gibt.«

»Aber er hat dich nicht vergessen. Vielleicht hat er diese ganzen vierzehn Jahre deinen Namen im Schlaf gerufen!«

»Den Nachnamen wohl auch?« Lena lachte nervös auf. »Warum hat sie mich dann nicht schon früher attakkiert?«

»Die Menschen ändern sich«, sagte Olga seufzend. »Männer zwischen vierzig und fünfundvierzig stecken oft in der Krise. Lange Zeit lebte Wenja Wolkow ruhig und zufrieden, machte Karriere und viel Geld, sah um sich herum Berge von Scheiße und wühlte mit Vergnügen darin herum. Aber eines Tages war er es leid. Er begriff plötzlich, daß sein Leben ohne Liebe und Zärtlichkeit vergeht. Früher einmal war er leidenschaftlich in die schöne, rätselhafte und unzugängliche Lena Poljanskaja verliebt. All diese Jahre war Lena ihm in zärtlichster, reinster Erinnerung geblieben. Zumal es damals bei euch nicht bis zum Bett gekommen ist. Und dabei wollte er nur allzu gern, das weiß ich noch genau.«

»Aha«, Lena nickte, »und deshalb beschließt seine Frau, eine der reichsten Damen Rußlands, eine Bombe in einen Kinderwagen zu schmuggeln? Olga, hör auf mit diesem Unsinn. Lisa und ich sind gestern fast ermordet worden.«

»Und du glaubst, das hat Wolkow getan?«

»Nein. Ich weiß nicht. Aber ich glaube nicht, daß es seine Frau war. Olga, das ist doch wirklich albern! Er ist von den schönsten Frauen Rußlands umgeben. Warum gerade ich? Was habe ich da verloren?«

»Er ist von den schönsten Beinen und Titten umgeben.« Olga lächelte spöttisch. »Aber Frauen gibt es dort wenige.«

»Nicht doch.« Lena machte eine abwehrende Handbewegung. »Gerade dort gibt es genug Frauen, schicke, superattraktive, für jeden Geschmack. Längst nicht alle sind hirnlos und geldgierig. Es gibt solche und solche, wie überall.«

»Übertreib nicht.« Olga runzelte die Stirn. »Das ist doch im Grunde alles Massenware. Und ums Äußere geht es hier auch gar nicht. Obwohl, unter uns gesagt, mit deinem Äußeren ist auch alles bestens. Aber das ist nicht der springende Punkt. Wenn alles so einfach und langweilig wäre, hätten die Menschen längst aufgehört, sich zu verlieben.«

»Gut, nehmen wir an, Wolkow ist plötzlich übergeschnappt und hat sich verknallt wie ein sechzehnjähriger Grünschnabel. Aber warum hat dann die bloße Erwähnung meines Namens einen hysterischen Anfall bei ihm ausgelöst? Er hat ›Nein!‹ gebrüllt.«

»Eben darum. Im Überschwang der Gefühle.«

»Ehrlich gesagt, an derartige Shakespearesche Leidenschaften glaube ich nicht, aber selbst wenn es so wäre, hätte Wolkows vorsichtige Ehefrau doch in aller Ruhe einen Killer engagieren können.«

»Wir beide haben noch nie einen Killer engagiert und wissen nicht, wie man das macht. Ich bin sicher, es sieht nur so aus, als sei es einfacher, einen Killer zu engagieren, als einen Klempner zu bekommen. Und wenn dir Eifersucht allein nicht ausreicht, dann nimm noch das Geld dazu. Sehr viel Geld. Daß sie versucht hat, dich zu erledigen, bevor es zwischen euch zu einem Verhältnis kommt, ist auch völlig verständlich. Wenn dir auf dem Höhepunkt einer Affäre mit Wolkow etwas passiert wäre, dann hätte man seine Frau als erste verdächtigt.«

»Aber warum soll sie überhaupt glauben, daß es zu einer

Affäre kommt? Ich bin verheiratet und habe nicht die Absicht, meinem Mann Hörner aufzusetzen. Wenn sie so klug ist, warum begreift sie das nicht?«

»Weil sie sich für deine Absichten nicht interessiert. Es ist Wolkow, der sie beunruhigt. Du bist für sie so etwas wie eine Naturkatastrophe, die man rechtzeitig verhindern muß. Sie weiß: Je länger du Widerstand leistest, desto heftiger wird er brennen. Sie spürt, daß er sich nicht beruhigen wird.«

»Und was soll ich jetzt tun?«

»Was du sowieso vorhattest. Flieg nach Sibirien. Vielleicht kühlt sie sich in diesen zehn Tagen ein wenig ab.«

»Und Wolkow?«

»Wolkow erwischt dich überall«, sagte Olga lachend, »und wird nicht eher Ruhe geben, bis er dich im Bett hat. Das garantiere ich dir. Aber er ist für dich nicht gefährlich. Ich meine damit, er hat nicht vor, dich umzubringen.«

Lena war ganz anderer Meinung. Aber sie widersprach nicht. Sie stritt sich ohnehin nicht gern. Wozu auch?

Sie hatten gar nicht gemerkt, wie sie nach Moskau gekommen waren. Es war tief in der Nacht.

»Hör mal«, schlug Olga vor, »laß uns noch in eine Kneipe gehen. Ein bißchen Ablenkung wird dir guttun. Und mir auch.«

»In was für eine Kneipe? Mitten in der Nacht!«

»Wohin du willst. In den ›Tramp‹ oder in den ›Stanislawski-Club‹. Da geht es eher ruhig und gesittet zu.«

»Ich will nirgendshin«, wehrte Lena ab. »Wenn ich ehrlich bin, ziehe ich Chips mit Coca-Cola und Apfelkuchen von MacDonald's allen kulinarischen Extravaganzen vor.«

»Na gut, wenn du Appetit auf Chips mit Coca-Cola hast, fahren wir in die amerikanische Bar am Majakowski-Platz.«

»Und Michael?«

»Ruf ihn an und sag, du kämst erst spät nach Hause. Und deinen Dienst als Beraterin und Dolmetscherin trittst du morgen früh an.«

Michael hatte noch nicht geschlafen. Er sprudelte gleich los und erzählte seine Eindrücke von der Tretjakow-Galerie.

»Warte nicht auf mich«, sagte Lena. »Geh schlafen. Ich komme erst spät zurück. Schließ bitte das zusätzliche untere Türschloß ab. Ich habe einen Schlüssel dafür.«

»Ich gehe noch lange nicht schlafen«, meinte der Professor. »Ihr habt ein so interessantes Fernsehprogramm. Ich verstehe kein Wort, aber ich kann mich einfach nicht losreißen.«

* * *

»Hast du den alten Mercedes aus der Garage geholt?« fragte Regina.

Wolkow nickte.

»Und ich wollte schon den Wachleuten die Leviten lesen. Wo warst du übrigens heute morgen? Die Bank hat angerufen und wollte dich sprechen.«

»Ich war geschäftlich unterwegs«, antwortete Wenja ruhig, ohne sie anzusehen.

»Warum so finster?« fragte Regina. »Geschäft ist Geschäft. Wie fühlst du dich?«

»Gut.«

»Das hört man gern.« Regina trat zu ihm und streichelte ihn über die Wange. »Ich habe heute Veronika Rogowez getroffen.«

»Meinen Glückwunsch«, brummte er und machte eine leichte Kopfbewegung, um ihre Hand von seinem Gesicht abzuschütteln.

»Kein Grund zur Freude, Wenja. Diese Idiotin hat dem Einsatzleiter von der Petrowka erzählt, was im ›Status‹

passiert ist. Sie hat sogar den Namen Sinizyn erwähnt. Habe ich dir eigentlich gesagt, daß dieser Einsatzleiter ein direkter Untergebener von Krotow ist?«

»Na und? Wer ist Krotow?«

»Wenja, Wenja«, sie schüttelte betrübt den Kopf, »Sergej Sergejewitsch Krotow, Leutnant der Miliz, ist der Ehemann der Poljanskaja. Im Augenblick ist er allerdings in London, aber er kommt sehr bald zurück. Und dann wird er von seiner geliebten Frau eine Menge interessanter Neuigkeiten erfahren. Glaubst du, da bleibt er ruhig?«

»Nein, Regina, das glaube ich nicht.« Er seufzte und lehnte sich im Sessel zurück. »Was willst du von mir?«

»Wenja, ich will, daß du dich konzentrierst. Das alles ist sehr ernst. Und du klinkst dich im entscheidenden Moment aus. Wenn morgen die nächste Rotznase von der Presse auftaucht, bekommst du wieder einen hysterischen Anfall und zitterst wie Espenlaub, wirst grün im Gesicht und flüsterst: Regina, ich sterbe! Wenja, man redet schon darüber, man zerreißt sich das Maul über dich. Morgen vormittag hast du eine Live-Sendung im Fernsehen. Wer garantiert mir, daß du nicht die Nerven verlierst?«

»Ich werde schon die Nerven behalten, keine Bange«, sagte er ruhig und bestimmt.

Einen Augenblick sahen sie einander schweigend an, und Regina begriff plötzlich, daß er wirklich die Nerven behalten würde. Seit dem verfluchten Tag, an dem Sinizyn zum erstenmal erschienen war, hatte Regina ihren Mann nicht mehr so ruhig und selbstsicher gesehen.

Vor einer Stunde hatte sie den alten Mercedes durchsucht und dort einen zierlichen Damenhandschuh aus schwarzem Leder gefunden.

»Wenja«, flüsterte Regina und berührte seinen Mund leicht mit den Lippen, »ich mag es, wenn du so bist ...«

»Wenn ich wie bin?« fragte er und wich etwas zurück.

Aber sie gab keine Antwort. Langsam und zärtlich glitt sie

mit den Lippen über seine Brust und öffnete die Knöpfe seines Hemdes, einen nach dem anderen. Zuerst saß er da wie eine Statue, mit erstarrtem und abwesendem Gesicht. Aber es gelang ihr doch, ihn zu erregen. Er schloß die Augen, sie spürte, daß sein Herz schneller schlug, Leben in seine Hände und Lippen kam.

Niemals war er so zärtlich gewesen, hatte sie so wenig gedrängt. Alles geschah wie in Zeitlupe. Sie fielen auf den dicken Teppich im Wohnzimmer, vergaßen, daß die Tür nicht verschlossen war und jeden Augenblick die Köchin oder das Zimmermädchen hereinkommen konnten. Regina schien es, als stehe die Zeit still. Mit Erstaunen merkte sie, daß sie zum erstenmal nach vielen Jahren nicht die Kontrolle über ihren Mann behalten, nicht auf der Hut sein und seinen Zustand beobachten mußte, besonders zum Schluß, als er rascher zu atmen begann und seine Hände sich jeden Moment um ihren Hals krallen konnten. Zum erstenmal konnte sie sich richtig entspannen; all diese Jahre war sie sogar im Bett seine Ärztin und er ihr Patient geblieben – ein gefährlicher, unberechenbarer Patient.

Und sie entspannte sich. Sie fühlte sich so wohl wie noch nie im Leben. Sie flüsterte ihm schnelle, sinnlose Worte zu, er flüsterte etwas zurück, sie hörte nur halb hin.

Mit einem tiefen Seufzer und dem Gefühl süßer, flüchtiger Schwäche öffnete sie die Augen und erblickte sein Gesicht. Seine Lider waren fest geschlossen, der Mund etwas geöffnet.

»Lena«, sagte er langsam und deutlich.

* * *

Michael schlief nicht. Er sah fern, wobei er dauernd von einem Kanal zum anderen zappte. Er verstand kein Wort, lachte aber Tränen. Besonders erheiterte ihn die russische Werbung, die nach amerikanischem Vorbild gemacht war, diese aber so sklavisch imitierte, daß die beabsichtigte Wirkung ins Gegenteil umschlug. Schokoladen und Shampoos wurden von Schauspielern mit so widerlichen Gesichtern und Stimmen angepriesen, als sollten die Zuschauer vom Kauf und Gebrauch nachdrücklich abgeschreckt werden.

Michael merkte, daß ihm die Augen zufielen, und sah auf die Uhr. Es war Viertel vor zwei. Er machte den Fernseher aus und ging unter die Dusche. Als er sich schon schlafen legen wollte, fiel ihm ein, daß er noch das untere Schloß abschließen mußte. Er ging zur Tür, streckte schon den Arm aus, da hörte er ein leises Knirschen im oberen Schlüsselloch.

»Lena?« rief er laut. »Bist du das?«

Das Knirschen hörte auf. Es wurde still.

»Ist da jemand?« Michael spähte durch den Türspion, aber der Treppenabsatz war leer.

Außer den beiden Schlössern gab es noch einen Riegel. Michael schob ihn vor und sperrte dann rasch das zweite Schloß zu. Im oberen Schlüsselloch knirschte es wieder.

»Wenn Sie ein Einbrecher sind, rufe ich die Polizei!« warnte der Professor laut.

Welche Polizei? dachte er. Ich kenne die Telefonnummer nicht, und dort wird auch kaum jemand Englisch sprechen.

Der Mensch vor der Tür rührte sich nicht von der Stelle.

»Gehen Sie sofort weg!«

Hundegebell wurde laut. Ein Türschloß klackte. Michael drückte das Gesicht wieder an den Spion. Aus der Wohnung gegenüber kam ein Mann mit einem dicken Boxer an der Leine. Der Hund kläffte noch einmal, der Mann sagte einige Worte auf Russisch. Die Aufzugtür fiel krachend zu, und Michael kam es vor, als antworte dem Mann eine Frauenstimme. Der Raum neben dem Aufzug war vom Spion aus nicht einsehbar.

Auch wenn tatsächlich jemand vor der Tür gestanden

hat, dachte der alte Professor, der Nachbar mit dem Hund hat den Übeltäter bestimmt verscheucht.

Für alle Fälle schlich er zum Küchenfenster, das auf den Hof hinausging. Im hellen Licht der Laterne erblickte Michael den Mann mit dem Hund und eine große Frau in einem dunklen Mantel. Sie hatte zusammen mit dem Mann das Haus verlassen, ging aber in die entgegengesetzte Richtung.

Als Regina englische Worte aus der Wohnung hörte, lächelte sie nervös. Sie stellte sich vor, welche Verwirrung es gegeben hätte, wenn sie mit ihrer Pistole in die Wohnung eingedrungen wäre, aber anstelle der Poljanskaja einen älteren Amerikaner vorgefunden hätte.

Ein New-Yorker mit Hochschulbildung, konstatierte sie mechanisch, als sie Michaels erschrockene Warnungen, die Polizei zu holen, hörte. Vorsichtig zog sie den Dietrich wieder aus dem Schloß. Sie hatte gerade noch Zeit, den Schlüsselbund voller Dietriche in der Manteltasche verschwinden zu lassen und zum Aufzug zu gehen, als aus der Wohnung gegenüber ein Mann mit einem Boxer trat.

Sie drückte auf den Knopf. Der Boxer zerrte an der Leine, fletschte die Zähne und kläffte. Regina fuhr erschrocken zurück.

»Gib Ruhe, Garri!« herrschte der Mann den Hund an. »Keine Angst, er beißt nicht«, wandte er sich an Regina und ließ ihr höflich den Vortritt.

»Ich habe gar keine Angst«, antwortete sie und lächelte gezwungen.

Nein, es stimmt schon, jeder soll nur das tun, was er wirklich kann, dachte sie. Schluß mit diesen stümperhaften Räuberspielen, es wird Zeit, einen Profi einzuschalten. Jetzt habe ich dafür ja auch einen plausiblen Grund: Mein Wolkow hat sich in irgendeine Tussi verknallt, und es ist ganz natürlich, daß mich das ärgert. Im Grunde ist es ja auch so. Ich brauche gar nichts zu erfinden.

Kapitel 24

Nikolai Sergejewitsch Ijewlew, Major des FSB, trauerte um den berühmten »Dieb im Gesetz«* mit dem Spitznamen »Drossel« wie um einen lieben Verwandten. Fast zwei Jahre hatte sich der Major mit dieser »Autorität« befaßt. In seinem Safe lag genug Beweismaterial, um den prominenten Ganoven an den Galgen zu bringen.

Vor zwei Jahren hatte Drossel den Bruder des Majors, den jungen erfolgreichen Unternehmer Anton Ijewlew, durch einen Killer umbringen lassen. Der Anlaß für den Auftragsmord war eine Bagatelle: Beider Interessen hatten sich überschnitten, und der Ganovenkönig hielt es nicht für nötig, sich mit dem Geschäftsmann zu einigen, sondern zog es vor, einen Killer zu bezahlen, der Anton ohne viele Umstände in einem Hauseingang abknallte.

Drossel galt als nicht überführbar. Er kam immer nur wegen kleiner Vergehen hinter Gitter und wurde jedesmal vorzeitig entlassen. Niemand zweifelte daran, daß er schon längst ein Fall für den Henker war, aber die Beweise reichten nie aus. Kein Wunder – Drossel hatte seine Leute überall: bei der Staatsanwaltschaft, im FSB, im Innenministerium und sogar in der Duma. Ijewlew wußte das sehr gut, und deshalb ermittelte er ganz im stillen. Die verdiente Todesstrafe war schon zum Greifen nah, als Drossel von wild gewordenen Ganoven im Restaurant »Der Recke« umgebracht wurde. Ijewlew war es keineswegs gleichgültig, auf welche Weise der Diebeskönig die ihm zugedachte Kugel empfing.

Natürlich brannte Einsatzleiter Sitschkin nicht gerade

* Ein »Dieb im Gesetz« genießt in der russischen Unterwelt besonderen Einfluß (deswegen oft auch »Autorität« genannt). Er stiehlt und mordet nicht selbst, sondern zieht als Organisator die Fäden im Hintergrund, und er achtet darauf, daß das »Gesetz«, d.h. der Ehrenkodex der Unterwelt, befolgt wird.

darauf, dem Major des FSB die Materialien über den Mord an Asarow zugänglich zu machen. Er sagte nur so viel, wie er laut Vorschrift sagen mußte. Kein Wort mehr. Aber das war völlig ausreichend.

Ijewlew hatte schon vorher vermutet, daß die Schießerei keine übliche Abrechnung unter Ganoven war, sondern ein ganz konkreter Auftraggeber dahinterstand. Als nun noch in den Kinderwagen der kleinen Tochter von Oberst Krotow ein Sprengsatz mit Fernzündung geschmuggelt worden war, bestand für den Major kein Zweifel mehr: Drossel war auf Befehl von oben beseitigt worden und keineswegs in der Hitze eines zufälligen Gefechts. Jemand wollte Oberst Krotow und seinen Leuten zu verstehen geben, daß sie besser die Finger von der Sache lassen sollten. Wahrscheinlich rechnete man damit, daß die Ehefrau sofort in London anrufen würde und der entsetzte Oberst seine Dienstreise abbrechen, nach Moskau zurückeilen und dort alles Nötige tun würde, um die ganze Sache – die Schießerei ebenso wie die Ermordung des Sängers Asarow – in einer Sackgasse enden zu lassen.

Ijewlew war überzeugt, daß der Kinderwagen nicht zufällig explodiert war, bevor das Kind wieder darin saß. Man wollte niemanden töten, sondern der Frau des Oberst nur einen nachhaltigen Schrecken einjagen. Diese sonderbare Person jedoch, diese Jelena Nikolajewna Poljanskaja, war zwar zu Tode erschrocken, erzählte aber ihrem Mann nichts von der Explosion, wollte seine Nerven schonen. Vielleicht würde man versuchen, sie ein weiteres Mal einzuschüchtern. Und ebendiese Leute, die das tun würden, interessierten Ijewlew sehr. Er beschloß, die Poljanskaja in Sibirien rund um die Uhr sorgfältig beobachten zu lassen. Durchaus möglich, daß der zweite Einschüchterungsversuch dort und nicht in Moskau stattfinden würde. Obwohl man von dort nicht so einfach nach London telefonieren konnte.

* * *

Es war Viertel vor drei in der Nacht. Michael hatte vergessen, den Riegel wieder zurückzuschieben, und Lena mußte lange Sturm klingeln, um ihn aufzuwecken. Olga stand neben ihr und redete ihr zu, bei ihr zu übernachten.

»Du solltest besser bei mir bleiben«, sagte Lena, als sie endlich Michaels Schritte hinter der Tür hörte. »Du bist doch kaum noch imstande, dich wieder ans Steuer zu setzen.«

»Hast du eine ungebrauchte Zahnbürste?« fragte Olga.

»Hab ich«, sagte Lena, »auch einen Bademantel, Pantoffeln, alles da.«

»Na gut, schon überredet.«

Michael stand in Unterhose und T-Shirt in der Tür. Er rieb sich wie ein Kind die Augen und gähnte mit weit aufgerissenem Mund.

»Jemand hat versucht, die Tür zu öffnen«, teilte er in verschwörerischem Tonfall mit, »ich habe gedroht, die Polizei zu rufen.«

»Ein mißtrauischer Mensch sind Sie, Michael«, sagte Olga kopfschüttelnd, nachdem sie seinen Bericht gehört hatte. »Sie haben zu viele Schauergeschichten über Rußland im Fernsehen gesehen, und jetzt vermuten Sie an jeder Ecke Banditen. Vielleicht hat sich jemand in der Tür geirrt?«

»Du hast also gesehen, daß eine große Frau in einem dunklen Mantel aus dem Haus gekommen ist?« vergewisserte sich Lena.

»Ja, der Hof war hell genug beleuchtet«, erwiderte Michael, »aber es ist durchaus möglich, daß diese Frau einfach so aus dem Haus gekommen ist. Das heißt, daß nicht sie es war, die die Tür öffnen wollte.«

Das Telefon klingelte.

»Ach ja«, besann sich Michael, »es ruft ständig ein Mann an, aber er kann kein Englisch. Ich habe nur verstanden, daß er Lena sprechen will.«

Lena nahm den Hörer ab und sagte müde: »Ja, bitte?«

»Entschuldige, ich hatte Sehnsucht«, sagte eine leise Stimme, die sie sofort erkannte, obwohl sie mit diesem Mann noch nie zuvor telefoniert hatte.

»Wenja, es ist schon sehr spät.«

»Ich weiß. Aber ich kann nicht einschlafen, bevor ich nicht wenigstens ein paar Worte mit dir gesprochen habe. Sag, was heute morgen geschehen ist, war doch kein Traum?«

»Nein, Wenja, das war kein Traum.« Lena preßte mit der Schulter den Hörer ans Ohr, zog die Stiefel aus und holte aus dem Wandschrank Pantoffeln für Olga und sich.

Michael war inzwischen wieder ins Bett gegangen, und Olga hatte sich im Badezimmer eingeschlossen. Lena ging mit dem Telefon in die Küche, setzte sich mit untergeschlagenen Beinen aufs Sofa und zündete sich eine Zigarette an.

»Ich liebe dich«, sagte die Stimme im Hörer leise, »ich kann ohne dich nicht leben. Ich habe noch nie zu jemandem solche Worte gesagt und noch nie im Leben etwas Ähnliches gefühlt.«

»Wo ist deine Frau denn jetzt?« fragte Lena.

»Ich weiß nicht. Warum fragst du?«

»Na, sie wäre wohl kaum entzückt, wenn sie dich jetzt hören könnte.«

»Sie hört nichts. Sie ist nicht zu Hause. Was machst du morgen? Kann ich dich sehen?«

»Kaum. Ich habe einen Professor aus New York zu Besuch. Morgen zeige ich ihm den ganzen Tag Moskau.«

»War das der, der ans Telefon gegangen ist?« fragte Wolkow.

»Ja.«

»Wie alt ist er?«

»Zweiundsechzig. Nein, Wenja, auf Michael brauchst du nicht eifersüchtig zu sein.«

»Ich bin auf die ganze Welt eifersüchtig«, gestand er mit

einem tiefen Seufzer. »Weißt du was, wir zeigen deinem amerikanischen Professor die Stadt vom Auto aus, das ist bequemer.«

Lena überlegte. In Gegenwart von Michael würde Wolkow kaum wagen, ihr mit seinen Zärtlichkeiten zu Leibe zu rücken. Sie würden keine Sekunde allein sein. Bomben und Kugeln wären in einer solchen Situation ebenfalls ausgeschlossen. Aber vor allem würde vielleicht endlich mehr Licht in die Sache kommen.

»Gut, Wenja«, stimmte sie zu. »Aber ich habe eine Bitte an dich. Michael darf nicht merken, daß wir – daß sich zwischen uns etwas anbahnt.«

»Ja, natürlich, ich tue so, als wäre ich ein guter alter Bekannter oder Kollege, ganz wie du willst. Um wieviel Uhr soll ich euch abholen?«

»Gegen zwölf. Wir kommen nach unten in den Hof. Ich danke dir.«

Das ist alles sehr seltsam, dachte Lena, als sie aufgelegt hatte. Wolkows Frau ist nicht zu Hause. Das muß noch nicht heißen, daß sie hier war und die Tür öffnen wollte. Aber immerhin, sie ist nicht da. Und Wolkow benimmt sich, als sei er wirklich verliebt, will sogar einen wildfremden amerikanischen Professor durch Moskau chauffieren, bloß um ein paar Stunden mit mir zusammen zu sein. Aber warum auch nicht, ist ja ganz clever – den Verliebten zu spielen und mich dabei nicht aus den Augen zu lassen. Andererseits ist er ein sehr beschäftigter Mann. Er hat doch bestimmt die Möglichkeit, mich durch Profis beschatten zu lassen. Und er agiert gemeinsam mit seiner Frau. Ist denn das, was ich weiß, so gefährlich für sie, daß sie niemanden um Hilfe bitten können? Bei ihrem Geld und ihren Verbindungen? Und wenn ich so gefährlich für sie bin, warum bin ich immer noch am Leben? Wenn sie gemeinsam vorgehen, warum hat sie dann heute versucht, in meine Wohnung einzudringen? Er hat ja schließlich den ganzen

Abend bei mir angerufen und wußte, daß ich nicht zu Hause bin. Michael hat sich doch nicht nur eingebildet, daß jemand einbrechen wollte? Und wenn sie es nicht war, wer dann?

Nein, dieses Rätsel kann ich nur lösen, wenn ich weiß, was vor vierzehn Jahren in Tobolsk geschehen ist. Was haben wir damals gesehen, aber nicht begriffen? Vielleicht schleppt Wolkow aus jener Zeit noch irgendeine schmutzige Geschichte mit sich herum. Und wir drei wurden ungewollt Zeugen. Auf keinen Fall darf er erfahren, wohin ich morgen nacht fliege. Ich muß auf seine Komödie eingehen und sein Spiel mitspielen.

Daran, daß es sich um ein Spiel handelte, zweifelte Lena keinen Augenblick. Sie hatte so große Angst, daß sie kaum logisch denken konnte. Vielleicht verhielt sie sich nicht richtig. Sollte sie nicht besser Serjosha anrufen und ihn bitten, eher zurückzukommen, weil sie allein nicht damit fertig wurde? Aber umbringen konnte man sie auch, wenn er hier war. Oder war womöglich noch nichts entschieden, und sie konnte noch hoffen? Vielleicht hatte ja auch Olga recht, Wolkow hatte den Kopf verloren und sich leidenschaftlich verliebt. Seine Frau fürchtete, ihn zusammen mit dem Riesenvermögen zu verlieren, und versuchte, die Affäre, die noch gar nicht begonnen hatte, zu vereiteln? Mitja und Katja hatten damit vielleicht gar nichts zu tun? Und sie, Lena, jagte einer phantastischen Geschichte hinterher, die es gar nicht gab. Einem Gespenst. Oder das Gespenst hinter ihr?

»Na, du hast ja ganz schön gequalmt!« flüsterte Olga, die in Lenas altem Morgenmantel aus dem Bad geschlüpft kam. »Hast du Feuchtigkeitscreme?«

»Auf dem Toilettentischchen im Schlafzimmer.«

»Nun zerbrich dir nicht länger den Kopf!« Olga setzte sich auf den Hocker Lena gegenüber und nahm sich eine Zigarette. »Erzähl Wolkow lieber von den Eskapaden seiner teuren Gattin. Sag ihm: Mein Schatz, ich liebe dich, aber dein hinterlistiges Weib trachtet mir nach dem Leben; beschütze mich vor ihr, mein Liebster!«

»Er mich beschützen, ausgerechnet!« Lena lachte spöttisch. »Olga, ich habe eine Bitte. Wenn irgend jemand, unter welchem Vorwand auch immer, von dir wissen will, wo ich bin, dann …«

»He, Poljanskaja«, unterbrach Olga sie entrüstet, »wofür hältst du mich?«

»Entschuldige, sei nicht böse. Ich bin so müde.«

»Im Ernst, ich rate dir, Wolkow alles zu erzählen. Zumindest kannst du an seiner Reaktion sehen, was los ist. Obwohl meiner Meinung nach auch so alles klar ist. Ich sehe ihn wieder vor mir, den Armen, wie ihm damals vor Aufregung das Blut aus der Nase getropft ist, so hat er deinetwegen gelitten und sich gegrämt.«

»Ja, er hatte einen hellen Pullover an«, sagte Lena langsam, »mit dunklen Blutflecken …«

Bevor sie ins Bett ging, stellte Lena den Wecker auf neun Uhr früh. Sie wollte den Nachbarn von gegenüber noch anrufen, bevor er um halb zehn zur Arbeit ging.

* * *

Um Zutritt zur kardiologischen Abteilung zu bekommen, mußte Mischa Sitschkin erst lange mit der diensthabenden Ärztin und dem Chefarzt verhandeln.

»Galina Sergejewna darf nicht beunruhigt werden.« Die Ärztin sträubte sich hartnäckig. »Ihr Zustand ist ernst, sie hat einen Infarkt erlitten.«

Die mondäne Privatklinik hatte ihre eigenen Gesetze, besonders für die zahlenden Patienten. Trotz aller Bemühungen wollte man Mischa nicht erlauben, die Mutter des ermordeten Juri Asarow zu befragen. Da die Zeit drängte, griff er zu härteren Maßnahmen. Er schob die Ärztin höflich beiseite und marschierte kurzentschlossen auf das Zimmer zu, in dem Galina Sergejewna lag.

»Dafür werden Sie sich verantworten müssen!« schallte es ihm nach. »Ich werde mich bei Ihrem Vorgesetzten beschweren!«

Aber Mischa hatte das Krankenzimmer bereits betreten.

»Ich habe schon die ganze Zeit darauf gewartet, daß jemand von der Miliz kommt«, sagte die mollige blasse Frau und stützte sich auf.

»Ziehen Sie wenigstens einen Kittel über«, verlangte die Ärztin, die hinter Mischa ins Zimmer gestürzt kam.

»Gern, wenn Sie mir einen geben«, sagte Mischa lächelnd.

»War Ihr Sohn oft bei Ihnen?« fragte er Galina Sergejewna, als sie endlich allein in dem gemütlichen Einzelzimmer waren.

»Manchmal besuchte er mich jede Woche, manchmal alle vierzehn Tage, das hing davon ab, wieviel er zu tun hatte.«

»Brachte er auch Gäste mit?«

»Selten. Gewöhnlich kam er allein. Er erholte sich bei mir von der Arbeit. Wenn er jemanden mitbrachte, sagte er vorher immer Bescheid: Mama, ich habe mal wieder eine Geheimkonferenz. Das bedeutete, er wollte in Ruhe etwas Wichtiges besprechen.«

»Wann war er das letzte Mal bei Ihnen?«

»Das war genau zwei Tage vor dieser Schießerei im Restaurant. Er brachte einen jungen Mann mit. Er flüsterte mir noch ins Ohr, Mama, das ist ein Treffen mit einem Geheimagenten unter Ausschluß der Öffentlichkeit. Es hörte sich an wie ein Scherz, aber es war eine Warnung. Im Showgeschäft gibt es so viele Intrigen, das ist ein richtiger Sumpf.«

»Galina Sergejewna«, unterbrach Mischa sie vorsichtig, »bitte erzählen Sie mir doch Genaueres über dieses Treffen.«

»Sie schlossen sich im Zimmer ein und redeten eine gute

Stunde miteinander. Einmal bin ich hineingegangen und habe ihnen Tee gebracht. Offenbar war der junge Mann auch aus der Musikbranche. Sie sprachen von einer PR-Kampagne, von einer CD … Alles in diesem Berufsjargon, wissen Sie.«

»Juri hat ihn nicht mit Namen angeredet?«

»In meiner Gegenwart nicht.«

»Wie sah der junge Mann aus?«

»Groß und blond. Lockiges, kurzes Haar. Das Gesicht«, sie dachte nach, »angenehm, sogar schön. Dem Aussehen nach etwa dreißig, vielleicht etwas darüber. Graublaue Augen, die Nase … Nein, so genau kann ich mich nicht mehr erinnern.«

»Was hatte er an?«

»Einen dicken schwarzen Pullover und schwarze Jeans. Ja, und riesige abgetragene Schuhe. Er hat sie im Flur ausgezogen.«

»Galina Sergejewna, könnten Sie diesen jungen Mann nach einer Fotografie identifizieren?«

»Bestimmt. Ich habe ein gutes Gedächtnis für Gesichter.«

»Welchen Eindruck hatten Sie, war es ein freundschaftliches Gespräch?«

»Ich denke, ja. Jedenfalls habe ich keinerlei Feindseligkeit zwischen ihnen gespürt. Juri war überhaupt ein lieber Junge, auch als Kind hat er sich nie geprügelt oder gezankt.«

Mischa bemerkte, daß die Stimme seiner Gesprächspartnerin zitterte und sie nur mit Mühe Luft bekam. Es wurde Zeit zu gehen. Die Ärztin hatte ihn nicht aus purer Bosheit zurückgehalten. Asarows Mutter war wirklich immer noch in einem ernsten Zustand.

»Ich danke Ihnen ganz herzlich, Galina Sergejewna, Sie können sich gar nicht vorstellen, wie wichtig das ist, was Sie mir gerade erzählt haben«, sagte er freundlich. »Heute will ich Sie nicht weiter beunruhigen. Morgen bringe ich Ihnen ein paar Fotos.«

»Das können Sie ruhig heute schon tun, ich bitte die Ärztin, Sie hereinzulassen. Wenn Sie nur den Mörder finden.«

Außer den Fotos muß ich noch Blumen mitbringen, dachte Mischa, für sie und für die Ärztin. Es ist wirklich besser, alles gleich heute zu erledigen.

Wie jeder erfahrene Einsatzleiter hatte auch Mischa sein eigenes System von kleinen Bestechungen entwickelt. Er wußte genau, was er wem schenken mußte, um ein Gespräch zu bekommen. Keine normale Frau lehnt einen Blumenstrauß ab, auch nicht die grimmige Herzspezialistin einer Privatklinik. Und bei einer Mutter, die ihren einzigen Sohn verloren und einen Infarkt erlitten hat, mit leeren Händen zu erscheinen wäre mehr als schäbig.

Die Eltern von Mitja Sinizyn waren sehr erstaunt, als der Einsatzleiter aus der Petrowka sie um Fotos ihres verstorbenen Sohnes bat.

»Werden denn die Ursachen für Mitjas Tod immer noch untersucht? Wir haben doch einen offiziellen Bescheid von der Staatsanwaltschaft bekommen, und die Miliz war auch von Anfang an überzeugt, daß Mitja Selbstmord begangen hat«, murmelte die Mutter des Toten mit brüchiger Stimme, während sie in einem Album mit Familienfotos blätterte.

»Bei unserer Arbeit gibt es viele Überraschungen«, erwiderte Mischa unbestimmt.

Am Abend hatte er Gewißheit: Juri Asarow hatte sich zwei Tage vor der Schießerei im Restaurant mit Sinizyn getroffen. Offensichtlich hatte der Skandal bei der Präsentation den Sänger so beeindruckt, daß er den Randalierer unverzüglich ausfindig machte, um sich schon einen Tag später mit ihm zu treffen. Das »besoffene Geschwätz«, in dem das schwerwiegende Wort »Mörder« gefallen war, hatte ihn also ernsthaft interessiert. Vielleicht hatte er als einziger begriffen, daß Sinizyn damit keineswegs den »Mord an Talenten« gemeint hatte.

Worüber diese beiden, der erfolgreiche Schlagersänger Juri Asarow und der glücklose Liedermacher Mitja Sinizyn, gesprochen hatten, würde nun niemand mehr erfahren.

* * *

Als der Wecker schrillte, schien es Lena, sie hätte überhaupt nicht geschlafen.

In der Küche saß Olga bereits beim Frühstück, fertig angezogen, geschminkt und gekämmt.

»Ich muß rasch los«, erklärte sie, schlüpfte hinterm Tisch hervor und trank ihren Kaffee im Stehen aus. »Michael ist schon joggen.«

Als sich die Tür hinter ihr geschlossen hatte, wählte Lena die Telefonnummer der Nachbarn von gegenüber.

»Ja«, bestätigte der Besitzer des Boxers, »gegen zwei Uhr nachts stand eine Frau auf dem Treppenabsatz und wartete auf den Aufzug. Aus welcher Tür sie gekommen ist, habe ich nicht gesehen. Warum?«

»Ist nicht so wichtig. Alles in Ordnung. Wissen Sie noch, wie sie aussah?«

»Groß, elegant, um die vierzig. Ehrlich gesagt, so genau habe ich sie mir nicht angesehen. Eine angenehme, kultivierte Erscheinung. Wollte Sie zu Ihnen?«

»Ja. Aber ich war nicht zu Hause. Haben Sie vielen Dank.«

Lena legte auf und dachte einen Moment nach. Dann wählte sie eine der Nummern, die ihr Major Ijewlew vom FSB gegeben hatte.

»Wie gedenken Sie den heutigen Tag zu verbringen?« fragte der Major, nachdem er ihren Bericht gehört hatte. »Wenn ich mich recht erinnere, geht Ihr Flugzeug nach Tjumen heute nacht um eins.«

»Ich werde meinen Amerikaner durch Moskau fahren.«

»In Ihrem Auto?«

»Ich kann gar nicht fahren. Ein Bekannter hat mir seine Dienste angeboten.«

Um zehn nach zwölf erhielt der Major von seinen Außenmitarbeitern die Mitteilung, daß das observierte Objekt gemeinsam mit einem älteren Ausländer in einem schwarzen Mercedes in Richtung Stadtzentrum fuhr. Eine halbe Stunde später vernahm Ijewlew mit Erstaunen, daß der Eigentümer dieses Wagens Wenjamin Borissowitsch Wolkow war. Dieser Name bedurfte keines weiteren Kommentars. Am Steuer des Mercedes saß, eine Brille mit dunklen Gläsern auf der Nase, Wolkow höchstpersönlich.

»Na, Sie haben ja tolle Bekannte, Jelena Nikolajewna!« Der Major stieß einen Pfiff aus und ordnete an, die Observierung fortzusetzen.

Kapitel 25

Er benahm sich tatsächlich wie ein alter Bekannter. Seine Augen waren hinter den dunklen Gläsern der Brille verborgen. Auch Lena hatte eine Sonnenbrille aufgesetzt – der Tag war hell und sonnig.

»Früher nannten eure Korrespondenten New York gern die Stadt der Kontraste«, sagte Michael, als sie über den verschandelten Alten Arbat gingen, »aber schreiendere Kontraste als in Moskau habe ich nicht einmal in Kairo oder Bombay gesehen. Der Arbat war doch einmal eine wunderschöne, gemütliche Straße, mit der sich viele Namen und historische Ereignisse verbanden. Was hat man bloß aus ihm gemacht? Hör mal«, er besann sich plötzlich, »warum schweigt dein Bekannter eigentlich die ganze Zeit?«

»Wenjamin spricht kein Englisch.«

»Dann übersetz doch bitte. Ich würde mich gern mit

einem Mann unterhalten, der in einem Mercedes durch Moskau fährt. Er ist doch ein echter neuer Russe?«

»Wenja, bist du ein neuer Russe?« fragte Lena.

»Ich weiß nicht.« Er zuckte die Schultern. »Vermutlich ja. Kommt drauf an, was man unter diesem Begriff versteht.«

Innerhalb weniger Minuten entspann sich zwischen Michael und Wolkow ein lebhaftes Gespräch. Während Lena mechanisch übersetzte, betrachtete sie diesen freundlichen, intelligenten, gut erzogenen Menschen und dachte, es sei unmöglich, sich ihn in der Rolle eines Verbrechers vorzustellen. In der Rolle des feurigen Verliebten ebensowenig.

»Business im eigentlichen Sinne des Wortes gibt es hier noch nicht«, sagte Wolkow. »Bei uns ist Business so eng mit dem kriminellen Milieu verflochten, daß es unmöglich ist, eine genaue Grenze zu ziehen, nicht einmal annähernd.«

»Wollen Sie damit sagen, daß es bei Ihnen praktisch keinen Unterschied zwischen Geschäftsleuten und Gangstern gibt? Und wie sieht es mit den Politikern aus?«

»Genauso. Unser gesamtes Kapital, auch das der Parteien, hat einen kriminellen Ursprung.«

»Was glauben Sie, ist das nun das Resultat des bolschewistischen Regimes, oder handelt es sich um ein ganz neues, eigenständiges Phänomen?«

»Jedes Phänomen hat seine Wurzeln. Was jetzt geschieht, kommt nicht von ungefähr. Ich weiß nicht, welches Regime besser ist, das bolschewistische oder das kriminelle.«

»Meinen Sie nicht, daß das verwandte Begriffe sind?« Michael kniff die Augen zusammen. »Viele Bolschewiken waren Banditen. An die Macht kamen sie auf den Schultern der Lumpenproletarier und Verbrecher.«

»Mein Großvater war Kommissar und Bolschewik«, sagte Wolkow, »und ich bin ein erfolgreicher Geschäftsmann. Alles im Leben ist relativ und miteinander verflochten ... Frierst du? Deine Hände sind eiskalt. Ich möchte dich umarmen und wärmen.«

Lena dolmetschte mechanisch und übersetzte unwillkürlich auch diese letzten Sätze. Michaels Brauen kletterten ungläubig nach oben.

»Wie bitte?« fragte er verdutzt.

Erst jetzt merkte sie, daß Wolkow ihre Hand hielt, fest und zärtlich, und sie mit den Fingerspitzen kaum merklich streichelte. Sie war so mit dem Synchronübersetzen beschäftigt gewesen, daß sie es nicht gespürt hatte.

»Oh, McDonald's!« rief Michael freudig. »Ich hätte nichts gegen einen kleinen Imbiß.«

»Hat er Hunger?« fragte Wolkow leise.

»Ja«, sagte Lena, »und ich auch, ehrlich gesagt.«

»In dem Schuppen da drüben werden wir nicht essen.« Wolkow nickte verächtlich zu McDonald's hinüber. »Sag ihm, wir fahren in einen Privatclub, wo er echte neue Russen in all ihrer Pracht bewundern kann.«

Sie gingen zum Auto zurück, und zehn Minuten später öffnete sich vor ihnen ein schmiedeeisernes Tor, das den Hof einer alten Kaufmannsvilla von der Herzenstraße und der gesamten übrigen Welt trennte. Auf dem steinernen Pfeiler am Tor prangte vielsagend nur der von kapriziösen Schnörkeln umrankte Buchstabe »C«.

»Was für ein interessanter Ort«, schnatterte Michael, während ihm ein breitschultriger, kahlrasierter junger Mann im Anzug seine pelzgefütterte Jacke abnahm. »Ist das ein richtiger Geheimclub? Und was bedeutet der Buchstabe C? Sicher ist hier alles sehr teuer?«

Wolkow half Lena beim Ausziehen ihrer Lederjacke und flüsterte ihr dabei rasch ins Ohr: »Mein Sonnenschein, mein Liebes – ich habe heute eine Live-Sendung im Fernsehen, um acht muß ich nach Ostankino fahren. Ich bringe dich und den Amerikaner nach dem Mittagessen nach Hause, und danach hole ich dich von Ostankino aus ab. Hier in der Nähe ist eine Wohnung … Ich kann ohne dich nicht sein. Wir verlieren kostbare Zeit, solange dein Mann auf Dienstreise ist.«

Woher weiß er, daß Serjosha nicht in Moskau ist? Ich habe ihm nichts davon gesagt. Oder doch? Auf jeden Fall übertreibt er, dachte Lena, oder er hat sich so in seine Rolle eingelebt, daß er gar nicht mehr heraus kann.

»Nein, Wenja, heute geht es nicht«, sagte sie laut. »Das wäre unpassend. Michael ist mein Gast, und außerdem …«

Ich muß ihm sagen, daß wir heute nacht abreisen. Er darf mich nicht bei einer Lüge erwischen. Ich kann nicht still und heimlich verschwinden, und überhaupt, wie lange kann ich ihn noch an der Nase herumführen? Ich sage einfach, wir fliegen nach Sibirien. Sibirien ist groß, Hauptsache, ich erwähne Tobolsk nicht. Aber vielleicht weiß er es schon? Das alles huschte ihr durch den Kopf, während ein geschniegelter Kellner sie an einen runden Tisch führte, der mit einer rosa Tischdecke und Silberbesteck gedeckt war.

»Ich sehe nirgends neue Russen«, bemerkte Michael und musterte den kleinen Speisesaal.

Der Saal war tatsächlich völlig leer. Ein Fernseher lief, in einer Ecke schimmerten die lackierten weißen Flanken eines Flügels. An den rosafarbenen Wänden hingen moderne abstrakte Gemälde in schweren antiken Rahmen.

»Die tauchen schon noch auf«, versprach Wolkow.

Der Kellner zündete die Kerzen auf dem Tisch an, breitete eine rosafarbene leinene Serviette auf Lenas Knien aus und verteilte die riesigen, in teures Leder eingebundenen Speise- und Weinkarten.

»Oh, hier steht ja alles auch auf Englisch«, rief Michael erfreut, »jede Menge vegetarische Gerichte. Und die Preise sind in Dollar angegeben. Ich hoffe, hier nimmt man Kreditkarten? Ich möchte Sie beide gern zum Essen einladen.«

»Sag ihm, daß ich hier der Gastgeber bin«, bat Wolkow. »Bestellen kann er selber. Die Kellner sprechen Englisch.«

»Wieder bewirtest du uns alle, wie damals in Tobolsk«, sagte Lena leise.

»Erinnerst du dich denn noch an Tobolsk?« fragte er und sah ihr starr in die Augen.

»Dunkel. Es ist ja schon so viele Jahre her.«

Sie unterhielten sich halblaut und nutzten die Gelegenheit, daß Michael wie gebannt auf den Fernseher starrte, wo nicht mehr ganz junge Dörfler gezeigt wurden, die zu den Klängen einer Ziehharmonika das Tanzbein schwangen.

»Wie hast du all diese Jahre gelebt? Ist der Milizionär dein erster Mann?«

»Der dritte. Aber die ersten beiden zählen nicht.«

»Und der Oberst zählt?«

»Genauso wie deine Frau«, sagte Lena achselzuckend. »Weißt du, ich hatte noch nie im Leben eine Affäre mit einem verheirateten Mann. Ich war immer der Meinung, das sei schlimmer als zu stehlen. Auch jetzt habe ich Angst. Vorgestern hat jemand in die Tüte, die an Lisas Kinderwagen hing, einen Sprengsatz geworfen. Wir sind wie durch ein Wunder am Leben geblieben. Und gestern nacht hat jemand versucht, meine Wohnungstür zu öffnen. Michael hat das Knirschen im Schlüsselloch gehört. Mein Nachbar, der zu dieser Zeit mit seinem Hund nach draußen ging, hat eine große Frau in einem dunklen Mantel gesehen. Sie wartete um zwei Uhr nachts in unserem Stock auf den Lift.«

»Vielleicht hat das etwas mit der Arbeit deines Mannes zu tun?« fragte er kaum hörbar, trank gierig einen Schluck Mineralwasser, stellte das Glas wieder auf den Tisch zurück und warf dabei versehentlich die Gabel herunter. »Wie konnte er dich überhaupt allein lassen? Ich an seiner Stelle hätte …«

»Das hat erst angefangen, als er schon nicht mehr in Moskau war.«

»Hast du ihm am Telefon erzählt, was passiert ist?«

»Nein. Wenn es mit seiner Arbeit zusammenhängt, dann

wird die Gefahr durch seine Rückkehr nur noch größer. Er wird fieberhaft nach den Verbrechern suchen, die werden ihrerseits auch nicht untätig bleiben ... Es ist furchtbar, Wenja, wenn der Kinderwagen, in dem eine Minute später dein Kind gesessen hätte, explodiert. Ich habe gar nicht die Absicht, irgend etwas aufzuklären. Ich will so etwas nur nicht noch einmal erleben, ich kann nicht in ständiger Anspannung und Furcht leben.« Sie blickte ihm in die Augen. »Bist du sicher, daß deine Frau nichts weiß?«

»Dir und deinem Kind wird nichts mehr geschehen«, sagte er fest und berührte mit seinen heißen Fingern ihre Hand, »du brauchst keine Angst zu haben.«

Der Kellner erschien. Michael riß sich vom Fernseher los und beäugte eingehend die mit Eis eingefaßten und verschwenderisch mit schwarzem und rotem Kaviar, Lachs, Riesengarnelen und anderen Köstlichkeiten gefüllten Silbertabletts.

»Ich weiß nicht, ob Vegetarier Kaviar essen«, erklärte Wolkow mit charmantem Lächeln.

Lena übersetzte.

»Nein, Vegetarier essen keinen Kaviar, aber ich bringe es nicht über mich, nein zu sagen«, gestand Michael. »Noch nie habe ich Kaviar in solchen Mengen gesehen.«

Die Explosion des Kinderwagens war für ihn keine Neuigkeit. Aber er hat auch nicht versucht, Erstaunen und Entsetzen zu heucheln, er verbirgt gar nicht, daß er vieles weiß, dachte Lena und bestrich eine geröstete Scheibe Roggenbrot mit Preßkaviar. Tobolsk habe ich absichtlich ins Gespräch gebracht. Er hat nicht angebissen, obwohl er gekonnt hätte. Was soll das alles nur – der Privatclub, die Berge von Kaviar, der sündhaft teure Kognak?

Plötzlich ging ihr auf, daß Olga recht hatte: Der großmächtige Produzent hatte sich auf seine alten Tage verliebt.

Aber was soll ich mit einem verliebten Wolkow anfangen? Solange ich so tue, als wäre ich zu allem bereit, bin ich nicht in Gefahr. Und Lisa auch nicht. Aber wenn er begreift, daß seine Liebe mir gewaltig gegen den Strich geht? Auch er selber kann mich umbringen. Wenn ich ihm sage, daß ich heute nacht mit Michael nach Sibirien fliege, fragt er garantiert, in welche Stadt. Ich werde sagen, nach Tjumen, das ist ja auch die Wahrheit. Wenn jedoch nur seine eifersüchtige Ehefrau dahintersteckt, lohnt es sich dann überhaupt, in Tobolsk die alten Adressen aufzusuchen?

»Lena! Warum übersetzt du nicht?« hörte sie Michaels Stimme. »Ohne dich sind wir wie taubstumm!«

»Entschuldigung, es schmeckt alles so lecker«, sagte sie und lächelte schuldbewußt.

»Ich versuche gerade, Wenjamin zu fragen, mit welcher Art von Geschäften er sich befaßt«, erläuterte Michael.

Lena schaltete sich wieder in das Gespräch ein, übersetzte, lachte und neckte ihre Gesprächspartner. Aber wirklich entspannen konnte sie sich nicht. In ihrem Kopf hämmerte ununterbrochen die gleiche hoffnungslose Frage: Was soll ich nur tun?

Die Kombination von Wodka, Kognak, Gin Tonic und Likör war selbst bei dem üppigen Essen für Michael zu stark.

»Ich glaube, gleich fällt dein Professor vom Stuhl«, bemerkte Wolkow leise, als der Kellner den Kaffee brachte. »Ich hole dich so gegen zehn ab, nach der Sendung. Der Professor wird bis zum Morgen durchschlafen, er wird gar nicht merken, daß du nicht zu Hause übernachtet hast. Und falls er es doch merkt, wird er es deinem Mann nicht sagen.«

»Das ist unmöglich.« Lena schüttelte den Kopf. »Heute nacht fliegen wir nach Tjumen.«

»Ihr fliegt nach Tjumen?«

Sein Gesicht versteinerte. In seinem Blick erschien ein seltsamer, gehetzter Ausdruck.

Das war's, dachte Lena entsetzt, ich werde nirgends mehr hinfliegen. Ich komme vielleicht nicht einmal mehr bis nach Hause. Und Michael? Mein Gott, was für eine Idiotin ich bin! Ein Verliebter, der den Kopf verliert! Ich selbst habe den Kopf verloren. Jetzt ist es aus.

»Und wie viele Tage werde ich dich nicht sehen?« Seine Stimme klang wie durch Watte.

»Zehn«, gab sie wie ein Echo zurück.

»Das ist schrecklich lange.« Nun blickte er nicht mehr gehetzt, sondern tieftraurig und düster.

Lena zog eine Zigarette aus der Schachtel und bemühte sich, ihm nicht in die Augen zu sehen. Er gab ihr Feuer, sie bemerkte, wie die Flamme in seiner Hand zitterte.

»Wegen der Reise nach Sibirien ist Michael ja nach Rußland gekommen«, sagte sie so ruhig wie möglich. »Er befaßt sich mit russischer Geschichte und hat mich gebeten, ihm zu helfen und als Beraterin und Dolmetscherin für ihn zu arbeiten. Ich bekomme zweihundert Dollar pro Tag, eine sehr anständige Bezahlung.«

»Ich werde dich zehn Tage lang nicht sehen«, sagte er leise. »Fährst du nur des Geldes wegen?«

»Weswegen sonst?«

»Ich kann dir so viel geben, wie du brauchst ...«

»Wenja, ich bin gewohnt, mein Geld selbst zu verdienen. Die zehn Tage sind schnell herum, ehe du's merkst, bin ich schon zurück. Schließlich geht es nicht nur um das Geld. Ich habe es Michael versprochen, und du verstehst doch, daß man sein Versprechen halten muß.«

»Ja«, sagte er, »das verstehe ich.«

Woher diese Hilflosigkeit, diese Verlorenheit? Dieser flehende Tonfall? Mein Gott, er hat ja sogar Tränen in den Augen! dachte Lena, als sie sein blasses Gesicht, seine zitternden Hände sah. Er ist über Leichen gegangen und sitzt jetzt vor mir wie ein kleiner Junge, der zum erstenmal eine ganze Woche im Kindergarten bleiben muß. Entweder ist er ein genialer Schauspieler, oder ich bin eine komplette Idiotin. Ich begreife ihn nicht.

»Werdet ihr nur in Tjumen sein, oder fahrt ihr noch woandershin?«

»Das weiß ich noch nicht. Michael interessiert sich für das sibirische Dorf. Wieso?«

»Ich könnte mich für einen oder zwei Tage freimachen und nach Tjumen kommen. Weißt du, wo ihr wohnen werdet?«

»Wenja, ich werde dort nicht eine Minute freie Zeit haben. Ich muß arbeiten. Du bist doch kein kleines Kind.«

»Willst du nicht, daß ich komme?«

»Ich rufe dich an. Und jetzt fahr uns bitte nach Hause. Michael muß ins Bett. Außerdem habe ich noch nicht gepackt.«

Der Professor lag in seinem Stuhl, alle viere von sich gestreckt, und schnarchte friedlich. Wolkow nahm Lenas Hand in seine beiden Hände und küßte vorsichtig jeden ihrer Finger.

»Du entgleitest mir«, flüsterte er, »du glaubst mir nicht, ich glaube ja auch niemandem außer dir. Du kannst dir nicht vorstellen, wie sehr ich dich liebe. Früher dachte ich, so etwas gibt es nicht, aber als ich dich sah, nach vierzehn Jahren – es gab so viel Blut und Dreck … früher … und jetzt auch noch. Ohne dich sterbe ich.«

Er sprach wie im Fieber. Aus dem Augenwinkel sah Lena, wie der Kellner den Kopf durch die Tür steckte und sofort wieder verschwand. Die neuen Russen, die man dem amerikanischen Professor versprochen hatte, waren an diesem Abend im Club »C« nicht aufgetaucht.

Kapitel 26

Pawel Sewastjanow, genannt Pascha, zweiundzwanzig Jahre alt und Mitglied der Jassenjew-Bande, saß zum erstenmal in seinem Leben in U-Haft. Man hatte ihm in der überfüllten Zelle den Platz neben dem Abtritt zugewiesen. Der Gestank und die Schwüle ließen ihn nicht einschlafen. Zu allededem hatte er auch noch die Krätze. Nachts lag er auf der Pritsche und starrte in die feuchte Dunkelheit der Zelle, kratzte sich bis aufs Blut und dachte, es wäre besser gewesen, man hätte ihn sofort, zusammen mit den anderen, geschnappt und nicht erst ein paar Tage später.

Nach der Schießerei mit der Drossel-Bande im »Recken« konnte er als einziger fliehen und untertauchen. Die eigenen Leute hatten ihn dann verpfiffen. Nur sie wußten, daß er sich bei der Oma von Natascha versteckte, in Koptewo, einem alten, heruntergekommenen Dorf bei Tula. Die Bullen hätten weder die Oma noch Natascha ausfindig gemacht. Niemand wußte von ihrem Verhältnis, nicht einmal die Eltern.

Hätte man ihn gleich mit den anderen gefaßt, könnte ihm jetzt niemand noch einen weiteren Mord in die Schuhe schieben. Der Sänger Asarow, der die Schießerei heil überstanden hatte, war nämlich umgelegt worden. Und wie man es auch drehte und wendete – er, Pascha Sewastjanow, war der Hauptverdächtige. Asarow war am Morgen erschossen worden, und ihn, Pascha, hatte man am späten Abend festgenommen. Ohne weiteres hätte er sich aus Koptewo nach Moskau davonstehlen und wieder zurückkommen können. Er hatte ein Motiv, und er hatte genügend Zeit. Zwar gab Nataschas Oma wahrheitsgemäß zu Protokoll, Pascha sei an diesem Tag nirgendwohin gefahren, sondern habe ihr Dach repariert, doch das zählte nicht. Niemand außer der Oma hatte ihn auf dem Dach gesehen. Und die Oma war blind, taub und neunzig Jahre alt. Sie konnte sich im Tag und in der Stunde und sogar in der Person irren.

In der engen Zelle, unter dem allgemeinen Schnarchen, Stöhnen und schlaftrunkenen Gemurmel, dachte Pascha daran, daß die Bullen ihm mit Vergnügen den Mord an Asarow in die Schuhe schieben würden. Er hatte nicht die geringste Chance, sich herauszuwinden. Und das bedeutete – Höchststrafe, Tod durch Erschießen.

Erst in der Morgendämmerung konnte Sewastjanow einschlafen. Die blutig gekratzte Haut juckte, er hatte Alpträume.

In der Zelle stand man auf, die üblichen Geräusche wurden allmählich lauter: Husten, Ächzen, trübsinniges Fluchen. Jemand urinierte in die Tonne, die als Abtritt diente, und bespritzte Pascha. Eisen rasselte, dann begannen die Schüsseln mit der dünnen Gefängnissuppe zu scheppern. Pascha rieb sich die verklebten, trüben Augen und schüttelte den Kopf, um die letzten Reste des schweren Alptraums zu verscheuchen.

»Sewastjanow! Zum Verhör!« hörte er durch das innere Rauschen und den Lärm in der Zelle jemanden rufen.

Man führte ihn in eine leere Zelle. Hinter einem Tisch saß der Einsatzleiter Sitschkin. Pascha wunderte und freute sich zugleich. Er hatte geglaubt, daß der Untersuchungsführer ihn verhören würde, ein alter Bock mit stechenden kleinen Augen, ein erbarmungsloser Schinder und zu allem Übel auch noch Nichtraucher. Dieser hier war von ganz anderer Art.

»Kann ich 'n Tee kriegen«, nuschelte Pascha und sah sich gehetzt nach allen Seiten um, »und was zu rauchen!«

Mischa rief den Aufseher herbei, und man brachte heißen, süßen und starken Tee. Pascha kniff vor Vergnügen die Augen zusammen. Der gutmütige Einsatzleiter legte noch zwei Butterbrote mit Wurst und mit Käse dazu. Dann reichte er ihm Zigaretten.

»Du sitzt ganz schön in der Patsche, Pascha«, seufzte er und zündete sich eine Zigarette an. »Bis über beide Ohren.«

»Ich habe niemanden umgebracht«, sagte Sewastjanow, polkte an einer abgestoßenen Ecke des Tisches herum und sah dem Einsatzleiter nicht in die Augen. »Als es den Zoff mit den Leuten von Drossel gab, hab ich geschossen, wie die andern auch. Das stimmt. Aber den Sänger hab ich nicht abgemurkst.«

»Pascha, du bist doch nicht auf den Kopf gefallen. Du begreifst doch, deine einzige Chance, dem Henker zu entgehen, besteht darin, daß wir den richtigen Mörder finden. Verstehst du?«

»Aber wer wird sich denn noch abstrampeln, jetzt, wo man mich am Wickel hat? Die Sache ist doch längst gelaufen.«

»Wenn es so wäre, säße ich nicht hier und würde mit dir reden. Denk gut nach, Pascha, von diesem Gespräch hängt viel für dich ab. Du hilfst mir und gleichzeitig dir selbst. Eine andere Wahl hast du nicht. Deine werten Kumpane haben dich schon ans Messer geliefert und werden es wieder tun, darum laß uns ganz offen miteinander reden.«

»Aber ich hab doch schon alles gesagt. Dem Untersuchungsführer und Ihnen ...«

»Wie lange bist du zur Schule gegangen, Pascha?« fragte Mischa und kniff listig ein Auge zu.

»Bis zur zehnten Klasse.«

»Kommen noch zwei Semester am Institut für Transportwesen hinzu, das du nicht beendet hast. Nicht weil du es nicht geschafft hättest, sondern weil du das schnelle Geld wolltest. Aber ich will dir keine Moralpredigt halten. Ich sage das, weil zwei Semester besser sind als nichts. Und dann warst du noch bei der Armee. Das heißt, vierzehn Jahre deines bewußten Lebens plus die Zeit vor der Schule warst du, Pascha Sewastjanow, ein normaler Junge. Zu der Bande bist du erst vor kurzem gestoßen, vor einem halben

Jahr. Vom großen Geld oder vom süßen Leben hast du noch gar nichts kosten können, und nun winkt dir schon die Todesstrafe. Aber es waren nicht deine Kumpane, die dich Grünschnabel als Strohmann vorgeschoben haben. Denen war das schnurz. Das waren ganz andere Leute, sehr wichtige und mächtige. Und diese Leute will ich kriegen. Du kannst mir dabei helfen. Du mußt dich daran erinnern, Pascha, wie man in deiner Bande auf die glorreiche Idee gekommen ist, Drossels Jubiläum zum Anlaß für eine blutige Abrechnung zu nehmen. Wer genau hat euch auf den ›Recken‹ gebracht?«

»Na, das weiß ich noch«, sagte Sewastjanow erfreut. »Wir waren zu dritt im Kasino ›Europa‹, Spaten, Kralle und ich. Da hat Spaten eine Bekannte getroffen. Mit der hatte er ein langes Gespräch, ich hab nicht weiter drauf geachtet. Aber so viel hab ich mitgekriegt, daß die ihn auf die Idee gebracht hat. Spaten hat danach auch gesagt, morgen machen wir die Drosselbande platt. Einen passenden Anlaß haben wir. Es ist längst Zeit, Drossel wird übermütig, macht sich auf unserem Territorium breit.«

»Wie sah die Bekannte aus?«

»So 'ne schicke Frau war das, um die vierzig, vielleicht auch jünger. Groß, helle Haare, glaub ich – aber keine Blondine. So genau hab ich sie mir nicht angesehen. Ich weiß bloß noch, daß sie sehr gut aussah und todschick angezogen war, Superklamotten, alles vom Feinsten.«

»Asarow wurde in dem Gespräch nicht erwähnt?« fragte Mischa leise.

Pascha überlegte und begann wieder mit dem Fingernagel an der Tischecke zu kratzen.

»Ich weiß es nicht mehr«, sagte er und schüttelte traurig den Kopf. »Lügen will ich nicht, ich erinnere mich nicht.«

»Gut«, sagte Mischa, »versuchen wir's anders. Daß Asarow im ›Recken‹ auftreten würde, wußtet ihr das vorher?«

»Spaten wußte es bestimmt«, sagte Pascha. »Dieses Weib

hat ihn wegen Asarow angehauen, er sollte … also, wir rechnen mit Drossel ab, und den Asarow, den könnten wir in einem Aufwasch …«

»Das heißt, sie hat den Auftrag zum Mord gegeben?«

»So kann man's ausdrücken. Später hab ich gehört, wie Spaten und Kralle sich in die Wolle gekriegt haben, als wir aus dem Kasino raus sind. Kralle sagte, sie soll gefälligst zahlen wie für einen normalen Auftrag. Und Spaten hat gelacht und gesagt, tut's dir um die Kugel leid? Ich hab mir gleich gedacht, bestimmt hat dieses Weib Spaten Geld bezahlt oder welches versprochen. Er hatte bloß keinen Bock zu teilen.«

Bevor Mischa den Umschlag mit den Fotos hervorzog, trank er seinen kalt gewordenen Tee in einem Zug aus und zündete sich eine Zigarette an. Erst dann breitete er die Farbfotos mit den Frauengesichtern wie einen Fächer vor Pascha aus. Aus den sechs Aufnahmen wählte der zwei aus. Auf beiden war, aus verschiedenen Blickwinkeln, Regina Valentinowna Gradskaja zu sehen.

* * *

Er behielt während der Live-Übertragung die Nerven. Er war charmant, geistreich, selbstbewußt. Keine Spur von Nervosität, sondern die Ruhe und Gesundheit in Person. Regina meinte sogar, durch den Fernsehschirm den feinen, kaum merklichen Duft wahrzunehmen, mit dem das Jackett ihres Mannes sich vollgesogen hatte, den Duft eines fremden Parfums.

Sie wußte, daß er für heute alles abgesagt hatte, was er absagen konnte. Er hatte wieder den alten schwarzen Mercedes aus der Garage geholt und war um elf Uhr vormittags weggefahren, ohne ein Wort zu sagen. Den ganzen Tag kamen Anrufe für ihn, wichtige, dringende Anfragen, die geklärt werden mußten.

Sie wußte nicht, was sie sagen sollte, zum erstenmal in all den Jahren, die sie zusammen lebten, konnte sie keine Auskunft geben, wo ihr Mann war. Einige Dinge konnte Regina selber regeln, und sie tat es auch. Aber vieles, sehr vieles konnte Wolkow nur persönlich entscheiden. Ohne ihn funktionierte der Konzern nicht. Und etwas Wichtigeres als den Konzern gab es nicht auf der Welt.

Sie wählte nicht ein einziges Mal seine Handy-Nummer. Aber alle, die zu Hause anriefen, sagten ihr, das Handy sei abgeschaltet. Das Stubenmädchen, das ihr beim Putzen verstohlen neugierige Blicke zuwarf und mit halbem Ohr ihr Geflunker am Telefon mitbekam, schickte sie vorzeitig nach Hause.

Die Sendung war längst zu Ende, die Zehn-Uhr-Nachrichten hatten bereits begonnen. Regina merkte plötzlich, daß sie die ganze Zeit an dem schwarzen Lederhandschuh zerrte, den sie im Mercedes gefunden hatte. Daher also kam dieser so vertraute und fremde Duft.

Von nun an würde sie bis an ihr Lebensende einen Widerwillen gegen »Miss Dior« empfinden, gegen diesen warmen, unaufdringlichen Duft mit einer Nuance Sandelholz. Er hatte im Innern des Mercedes geschwebt. Wenn ihr Mann heute zurückkäme – falls er zurückkäme –, dann würde sein Jackett dieses weiche, zarte Aroma verströmen.

»Was heißt ›falls er zurückkäme‹?« sagte sie laut und vernehmlich. »Er ist natürlich völlig verrückt, aber so nun auch wieder nicht!«

Sie sollte recht behalten, wie immer. Um halb elf kam er nach Hause. Er gab ihr einen flüchtigen Kuß auf die Wange und ging ohne Abendessen sofort in sein Arbeitszimmer. Sein Jackett, das er achtlos auf einen Sessel im Wohnzimmer geworfen hatte, roch tatsächlich nach »Miss Dior«.

Regina wartete zehn Minuten und öffnete dann vorsichtig die Tür zu seinem Zimmer. Er lag auf dem Sofa, in Hosen und mit aufgeknöpftem Hemd, und starrte zur Decke.

»Müde?« fragte sie und setzte sich neben ihn auf das Sofa.

»Ein bißchen«, erwiderte er, ohne sie anzusehen.

»Weißt du, es haben viele Leute angerufen, ich habe ihnen das Blaue vom Himmel heruntergelogen.« Sie erzählte, was sie heute alles für ihn und ohne ihn entschieden hatte.

Er antwortete einsilbig: »Ja, nein, richtig, da muß man noch mal überlegen …«, und starrte weiter an die Decke.

»Ich habe deine Sendung gesehen. Es lief ja alles großartig. Du bist wirklich sehr gut in Form.«

»Ja, Regina. Du kannst dich entspannen, brauchst dich nicht zu beunruhigen. Ich bin jetzt völlig in Ordnung. Weißt du, ich glaube, ich trinke etwas Tee.«

Er sprang vom Sofa auf und ging in die Küche.

»Ach, übrigens, was ich dir noch sagen wollte«, sie schaltete den Wasserkocher ein und stellte zwei Tassen auf den Tisch, »jemand hat im Mercedes einen Handschuh vergessen. Er liegt im Wohnzimmer, ein schwarzer Lederhandschuh, eine kleine Größe. Weißt du noch, wen du gestern gefahren hast?«

»Ja«, sagte er, »das weiß ich noch. Ich kümmere mich darum.«

»Die Poljanskaja hat sehr zierliche Hände«, sagte sie.

Er warf ihr einen Blick aus seinen hellen, fast durchsichtigen Augen zu, schwieg einen Augenblick und sagte dann leise:

»Regina, wenn du dieser Frau auch nur ein Haar krümmst, bringe ich dich um.«

»Oho!« Sie lachte munter. »So schlimm steht es?«

»Ich habe dich gewarnt.« Er stand vom Tisch auf, nahm eine Packung Lipton-Tee aus dem Regal, öffnete sie ohne Hast, warf in jede Tasse einen Teebeutel und goß kochendes Wasser darüber.

Regina beobachtete seine Hände. Sie zitterten nicht,

waren sicher und ruhig. Sie ertappte sich bei dem Wunsch, seine Hand möge zittern und das kochende Wasser ihm die Haut verbrühen.

»Wenja, Wenja«, sagte sie kopfschüttelnd, »glaubst du etwa, dieses wohlanständige Polypenfrauchen teilt wirklich deine zärtlichen Gefühle? Sie hat einfach Angst vor dir. Ich gehe jede Wette ein, daß zwischen euch noch nichts gewesen ist. Und es wird auch nichts sein. Sie verschaukelt dich nach Strich und Faden und denkt gar nicht daran, ihrem Oberst untreu zu werden. Glaub mir, ich sage das jetzt nicht als deine Frau, sondern als Psychiaterin mit fünfundzwanzig Jahren Berufserfahrung, als deine Geschäftspartnerin und Freundin.«

Er starrte schweigend in seine Tasse.

»Du schweigst, weil du nichts einwenden kannst. In deiner Jugend ist dir das Erlebnis einer ersten großen Liebe versagt geblieben. Wir wissen beide, warum. Und nun, mit vierzig, fällt es dir wie Schuppen von den Augen, daß das Leben vorübergeht, aber die echten Gefühle fehlen. Da triffst du plötzlich eine Frau wieder, zu der es dich früher einmal, vor vierzehn Jahren, mit aller Macht hingezogen hat. Damals war nicht dein Trieb, deine Krankheit, sondern ein gesundes männliches Gefühl im Spiel. Ja, Wenja, ich gebe zu – die Poljanskaja ist eine sehr schöne Frau. Sie hat etwas, was weder ich noch die zahllosen Modepüppchen in unserem Geschäft haben. Sie hat Rasse und Format. Beachte bitte, daß ich darüber ganz ruhig spreche. Ich liebe dich zu sehr, um eifersüchtig zu sein. Ich mache keine Szenen und bewerfe dich nicht mit Schmutz. Ich habe nichts gegen eure Affäre. Wirklich treue Ehemänner gibt es sowieso nicht. Aber Geschäftspartner müssen einander bedingungslos die Treue halten. Sonst leidet das Geschäft. Im übrigen wird es keine Affäre geben, Wenja. Die Poljanskaja liebt dich nicht. Sie belügt dich.«

Reginas Stimme wurde immer tiefer, sie blickte ihren Mann unverwandt an. Ihr Monolog ging unmerklich in eine eindringliche Hypnosesitzung über.

»Du wirst dich beruhigen und begreifen, daß keine andere Frau für dich existiert. Nur mir kannst du glauben, sonst niemandem. Meine Stimme ist die Brücke über dem Abgrund, sie ist die leuchtende Mondstraße, über die du gehst, ruhig und sicher. Nur bei mir brauchst du dich nicht zu fürchten ...«

Er schloß bereits die Augen und wiegte sich langsam im Rhythmus ihrer einschmeichelnden Worte. Da klingelte plötzlich das Telefon. Wenja zuckte zusammen, öffnete die Augen und schrie heftig:

»Hör auf! Ich habe dich nicht darum gebeten!«

Es war Reginas Handy, das auf dem Fernseher lag. Sie nahm es und verließ mit den Worten »Ja, bitte?« die Küche.

Allein geblieben, nahm er ein paar gierige Schlucke Tee und steckte sich eine Zigarette an.

»Wenja, hast du Bargeld, so etwa vierhundert Dollar?« fragte Regina, als sie eine Minute später wieder in der Tür erschien. »Ich muß mich mit einem Informanten treffen, sechshundert habe ich selber, tausend schulde ich ihm. Die Bank hat zu, es ist ja schon spät.«

»Vierhundert müßte ich noch haben«, sagte er. »Aber warum so eilig? Hat das nicht bis morgen Zeit?«

»Nein, Wenja. Nur dir kommt es so vor, als sei alles zu Ende. In Wirklichkeit fängt alles erst an.«

»Regina, kannst du mir klar und deutlich sagen, worum es geht?« Er stand auf und ging ins Wohnzimmer. Seine Brieftasche steckte in der Innentasche des Jacketts. Er nahm vierhundert Dollar heraus.

»Ich bin in einer Stunde zurück und erkläre dir alles. Mach dir keine Sorgen. Mit deiner Poljanskaja hat das nichts zu tun.«

Bald wird gar nichts mehr mit der Poljanskaja zu tun

haben, dachte sie, als sie in dem dunkelblauen Volvo saß und durch die schwarze Märznacht fuhr. Ich bin kein bißchen eifersüchtig. Es ist lächerlich, auf eine Frau eifersüchtig zu sein, die nur noch wenige Tage zu leben hat.

In der Nähe des Puschkin-Museums hielt sie an und lief zu Fuß zum Gogol-Boulevard hinüber. Vorsichtig auftretend, um ihre hellen Wildlederstiefel nicht zu beschmutzen, ging sie den Boulevard hinunter. Auf einer der Bänke zeichnete sich die schwarze Silhouette eines Mannes ab. In der Dunkelheit leuchtete seine glimmende Zigarette auf.

Regina setzte sich schweigend neben ihn und zündete sich ebenfalls eine Zigarette an. Aus der Dunkelheit vernahm man schwere, durch den Schmutz patschende Schritte. Ein angetrunkener Stadtstreicher schwankte mit unsicherem, stolperndem Gang über den Boulevard. Er taumelte auf die Bank zu und krächzte heiser:

»Verzeihung, haben Sie vielleicht ein Zigarettchen für mich?«

Regina schüttelte schweigend eine Zigarette aus ihrer Schachtel und reichte sie dem Trunkenbold mit spitzen Fingern.

»Innigsten Dank«, krächzte der, »und vielleicht auch noch ein Feuerchen, wenn's keine Mühe macht.«

Der Mann neben Regina klickte mit dem Feuerzeug. Der Stadtstreicher beugte sich vor und warf für eine Sekunde einen Blick auf ihre Gesichter, die von der Flamme des Feuerzeugs beleuchtet wurden.

»Nochmals innigsten Dank.«

Schwankend und vor sich hin murmelnd trottete er davon und verschwand in der Dunkelheit des Boulevards.

Der Mann wartete noch eine Minute und schob dann Regina schnell ein kleines, flaches Päckchen in die Hand. Eine Minute später befanden sich in der Tasche seiner Jacke zehn Hundertdollarscheine.

»Ich erwarte Ihren Anruf um Punkt zwei Uhr nachts«, sagte der Mann.

Regina nickte, warf die Zigarette in eine Pfütze unter der Bank und ging dann wieder langsam und vorsichtig zum Auto zurück. Bevor sie den Motor anließ, zog sie das kleine Päckchen hervor und wickelte es aus. Es war eine normale Kassette. Regina steckte sie sofort in den Recorder.

Um halb zwei kehrte sie nach Hause zurück. Wenja schlief friedlich, die Hand wie ein Kind unter die Wange geschoben. Regina zog sich aus und stellte sich unter die heiße Dusche.

Wie seltsam, dachte sie, so viele Jahre ist er unter meiner Kontrolle am Rande des Abgrunds balanciert, immer kurz vor einer schweren Psychose. Die Krankheit hat ihn nicht gehindert, ausgezeichnet zu denken und zu arbeiten. Im Gegenteil, er war stark und vorsichtig. Er spürte die Gefahr und war imstande, ihr auszuweichen. Darin bestand ja mein Kalkül. Die Energie der Krankheit, die Energie der unersättlichen Selbstbestätigung trieb ihn vorwärts und machte ihn unbesiegbar. Ich glaubte, er würde niemals endgültig gesund werden. Und jetzt ist auf einmal alles so einfach. Schrecklich einfach. Er hat sich verliebt. Er ist gesund und schutzlos geworden. Er kann nicht mehr klar denken und adäquat reagieren. Er entgleitet meiner Kontrolle. Ich wußte immer, daß er verrückt ist, aber nie hätte ich gedacht, daß er ein solcher Dummkopf ist.

Eine halbe Stunde später saß sie im Bademantel in der Küche, wählte eine Nummer auf ihrem Handy und sprach nur vier Worte:

»Spaten. Kralle. Fünf Riesen.«

»Für jeden?« fragte der unsichtbare Gesprächspartner zurück.

»Gut. Acht für beide. Aber umgehend.«

»Dann zehn.«

»Einverstanden«, sagte Regina seufzend. »Neun. Erledigt ihr das bis übermorgen?«

»Wir werden uns bemühen,« entgegnete ihr Gesprächspartner spöttisch und hängte ein.

* * *

Während Major Ijewlew die Gespräche abhörte, die in dem schwarzen Mercedes geführt worden waren, ging ihm durch den Kopf, daß man einer Frau niemals glauben dürfe. Der Superproduzent ist wie wild hinter der Frau des Milizobersten her – und sie hat gar nichts dagegen. Deshalb hatte sie auch keine Anstalten gemacht, ihren Mann aus London zurückzuholen. Was sollte sie mit dem Ehemann, wenn sie sich einen Millionär angeln konnte? Den Sprengsatz hatte die Frau von Wolkow in den Kinderwagen gelegt. Wer sonst, wenn nicht sie? Aus Eifersucht ist eine Frau zu erstaunlichen Gemeinheiten fähig. Sie war in dem Hof, in dem der Kinderwagen explodierte, gesehen worden. Sie hatte auch versucht, in die Wohnung der Poljanskaja einzudringen. Eine Frau von mittlerer Größe oder etwas darüber, zwischen vierzig und fünfzig, beim erstenmal hatte sie eine kurze Lammfelljacke getragen, beim zweitenmal einen langen Mantel.

Die Gradskaja war eine erfahrene und kluge Frau, die kriminelle Welt war ihr keineswegs nur vom Hörensagen bekannt. Nur naive Kleinbürger glauben, man könne alle Probleme einfach und ohne viel Umstände durch einen Killer lösen lassen – Hauptsache, man hat Geld. Bestimmt waren es die gleichen Kontakte, die sie und ihr Mann zur Unterwelt unterhielten. Was, wenn einer der gemeinsamen Bekannten Wind von der Sache bekäme und sie Wenjamin Borissowitsch verriete?

Ärgerlich, daß sich keinerlei Zusammenhang mit dem Tod von Drossel finden ließ, sehr ärgerlich. Aber mit der

Explosion des Kinderwagens mußte er sich sowieso befassen. Natürlich weckte das potentielle Opfer nun keine besonderen Sympathien mehr bei ihm. Aber das Gesetz bestraft keine untreuen Frauen. Und nichts auf der Welt war Major Ijewlew vom FSB so heilig wie das Gesetz.

Es ließ ihm keine Ruhe, daß gar nicht erst ein Kreis von Tatverdächtigen entstand, sondern alles gleich auf eine Person hinwies. Das ging ihm zu schnell und zu glatt. Beweismaterial und Fakten gab es jämmerlich wenig, nichts als Mutmaßungen. Bevor man sich darin verhedderte, mußte man noch mehr Tatsachenmaterial sammeln.

Ohne viel Hoffnung auf Erfolg beschloß der Major, die eifersüchtige Dame selbst im Auge zu behalten, zu beobachten, was sie weiter tun würde. So saß er denn in seinem unauffälligen Lada neben dem schicken achtstöckigen Gebäude auf der Meschtschanskaja-Straße, in dem sich die Stadtwohnung von Wolkow befand, und war kurz davor, einzunicken, als er sah, wie der dunkelblaue Volvo der Gradskaja aus der Tiefgarage rollte. Es war Mitternacht, eine naßkalte, finstere Nacht. Ijewlew fuhr vorsichtig hinter ihr her.

In der Dunkelheit des Gogol-Boulevards fiel es dem Major in seinen abgewetzten Jeans und dem alten Anorak nicht schwer, den betrunkenen Stadtstreicher zu spielen.

Es war kein zärtliches Rendezvous, das die Gradskaja um halb eins in der Nacht auf dem Gogol-Boulevard hatte. Im Unterschied zu ihrem leichtsinnigen Gatten befaßte sie sich mit geschäftlichen Dingen. Um zu erfahren, welcher Art diese Geschäfte waren, verfolgte der Major den Mann, dessen Gesicht ihm im flackernden Schein des Feuerzeugs entfernt bekannt vorkam. Aber der Bursche war mit allen Wassern gewaschen. Er stürzte sich in das Gassengewirr um den Arbat, schlängelte sich rasch durch Einfahrten und über Höfe, tauchte ein letztes Mal an der Metrostation »Arbatskaja« auf, die soeben geschlossen wurde, und sauste pfeilschnell die Rolltreppe hinunter. Ijewlew sah gerade noch, wie der letzte Zug ihn in die Namenlosigkeit davontrug – einen jungen Mann von etwa dreißig Jahren, mittelgroß, in einer braunen Lederjacke, mit militärisch kurzgeschorenem Kopf. Während Major Ijewlew zu seinem Lada zurückkehrte, zermarterte er sich das Hirn, wo er diesen Typen schon einmal gesehen hatte.

Kapitel 27

Vom Frühling war in Tjumen noch nichts zu merken. Es schneite in großen, weichen Flocken, der Schnee fiel auf die morgendliche sibirische Stadt und schmolz nicht. In Moskau war es zwar schmutzig und kalt, aber doch schon frühlingshaft gewesen.

Lena war traurig zumute. Sie mochte den Winter nicht, und jetzt war sie wieder in ihn zurückgekehrt. Vor Kälte zitternd – ihre Lederjacke war für minus fünf Grad viel zu dünn –, versuchte sie, auf dem Platz vor dem Tjumener Flughafen ein Taxi zu bekommen. Michael blickte sich begeistert um.

»Na, hat sich in den letzten zehn Jahren irgendwas verändert?« fragte er. »Weißt du noch, wie du das letztemal hier warst? Das war doch noch zu sowjetischen Zeiten?«

»Michael, laß uns erst mal zum Hotel fahren«, sagte Lena flehend.

Es standen viele Autos herum, aber ihre Routen waren offenbar von der lokalen Mafia genau aufgeteilt. Die einen lehnten es aus irgendeinem Grund ab, zum Hotel »Tura« zu fahren, die anderen verlangten so unverschämte Preise, daß Lena aus Prinzip ablehnte. Diese gewissenlosen Halunken, die mit sicherem Ganovengespür in dem munteren bärtigen Alten einen reichen Ausländer witterten, durfte man nicht noch ermutigen – selbst wenn einem vor Kälte die Zähne klapperten.

»Warum hast du diesen Wagen nicht genommen?« fragte der Professor. »Das war schon der vierte!«

»Da sitzen zwei drin und verlangen hundert Dollar. Erstens ist das gefährlich und zweitens zu teuer.«

»Lena, du bist ja schon blau vor Kälte. Was mache ich, wenn du krank wirst?« sagte Michael kopfschüttelnd. »Pfeif auf die hundert Dollar, ich will ins Hotel!«

Neben ihnen hielt ein unauffälliger Moskwitsch. Darin saß nur der Fahrer, ein magerer junger Mann mit Brille.

»Hotel ›Tura‹«, sagte Lena müde.

»Steigen Sie ein«, erwiderte der Fahrer.

Lena und Michael setzten sich auf die Rückbank, und erst als sie bereits auf der Chaussee stadteinwärts waren, fragte Lena: »Wieviel?«

»Sind Sie mit einem Fünfziger einverstanden?«

»Einverstanden«, sagte Lena.

»Sie sind wohl aus Moskau?« erkundigte sich der gesprächige Chauffeur.

»Ja.«

»Und der alte Knabe ist Ausländer?« Der Fahrer senkte die Stimme ein wenig und blinzelte ihr im Spiegel zu.

»Amerikaner.«

»Ist er dienstlich hier? Oder macht er Urlaub und will sich auf seine alten Tage Sibirien ansehen?«

»Dienstlich. Er ist Wissenschaftler, Historiker.«

»Ja, das sieht man gleich, daß er Professor ist. Und Sie sind wohl seine Dolmetscherin?«

Lena nickte und schaute aus dem Fenster auf die verschneite Stadt. Tjumen hatte sich in den vierzehn Jahren wenig verändert. Die grauen, häßlichen Plattenbauten aus der Chruschtschowzeit standen immer noch da, nur die roten kommunistischen Plakate hatten bunten Reklametafeln weichen müssen, wie sie in Moskau,

Petersburg, New York und überall auf der Welt zu sehen sind.

Natürlich gab es jetzt auch hier private Verkaufsbuden. Unter den Autos sah man ab und zu westliche Marken. Vor den Geschäften, Restaurants und Cafés, deren Zahl sich erheblich vermehrt hatte, trieben sich scharenweise Kaukasier in teuren Lammfelljacken und schlotternden weiten Hosen herum.

»Bleiben Sie länger in unserer Gegend?« fragte der Fahrer.

»Zwei, drei Tage«, erwiderte Lena.

»Und dann?«

»Dann fahren wir nach Tobolsk und Chanty-Mansijsk.«

»Hör mal«, der Fahrer ging ganz beiläufig zum Du über, »ihr braucht doch sowieso einen Wagen, um durch die Stadt zu fahren. Wie wär's, wenn ich euch chauffiere und nach eurer Rückkehr auch wieder zum Flughafen befördere. Das kommt euch billiger, als wenn ihr jedesmal ein Taxi nehmt.«

Lena betrachtete das schmale, sympathische Gesicht im Rückspiegel. An einen Wagen hatte sie tatsächlich nicht gedacht. Michael war zwar wohlhabend, aber kein Millionär. Und der junge Mann wirkte freundlich und vertrauenswürdig.

»Was würde dein Service denn kosten?«

»Kommt drauf an, wieviel wir fahren«, sagte er lächelnd, »viel nehme ich nicht, du brauchst dir um das Portemonnaie deines Professors keine Sorgen zu machen. Ich hab ein Gewissen. Wie heißt du übrigens?«

»Lena.«

»Sehr angenehm. Ich heiße Sascha. Schreib dir am besten meine Telefonnummer auf.«

Lena nahm Block und Kugelschreiber aus ihrer Tasche, und er diktierte ihr die Nummer.

»Welche Pläne habt ihr für morgen?«

»Wir ruhen uns ein bißchen im Hotel aus, essen zu Mittag, und dann gehen wir uns das alte Zentrum ansehen.«

»Soll ich euch vielleicht besser durchs Zentrum fahren? Ich kenne die Stadt gut, ich bin hier geboren.«

»Großartig!« Michael war über den Vorschlag sehr erfreut. »Der Junge sieht nicht aus wie ein Bandit. Und ich würde mich gern mit einem echten Sibirier unterhalten. Frag ihn, was er von Beruf ist.«

»Ich habe als Ingenieur in einem Holzverarbeitungskombinat gearbeitet«, erklärte Sascha bereitwillig. »Aber der Lohn wird monatelang nicht ausgezahlt, es sind auch nur Kopeken. Und ich habe Familie, ein kleines Kind. Na, und deshalb bin ich jetzt ständig auf Achse, versuche was dazuzuverdienen.«

Den Rest des Weges plauderte Michael lebhaft mit Sascha, und Lena übersetzte.

Das Hotel »Tura« war das beste in der Stadt. Als Lena endlich allein in ihrem kleinen Einzelzimmer war, warf sie die Reisetasche auf den Boden, zog die Stiefel aus, fiel in einen Sessel und schaute einige Minuten still aus dem Fenster, betrachtete die langsam fallenden großen Schneeflokken, den graublauen nördlichen Himmel. In einem Seitenfach ihrer Reisetasche lagen die Briefe von Wassja Slepak und von der Mutter des ermordeten Oberleutnants Sacharow. Auf beiden Briefen standen die Absender – eine Adresse in Tjumen, die andere in Tobolsk. Vielleicht wohnten dort längst andere Leute? Und wenn es noch dieselben waren, was sollte sie ihnen sagen? Da kommt eine fremde Frau und will sie über vergangenes Leid ausfragen, in schmerzlichen Einzelheiten wühlen. Man sagt, die Zeit heilt alle Wunden. Aber Wassja Slepak hatte seinen erschossenen Vater wohl kaum vergessen, und Nadeshda Iwanowna Sacharowa weinte sicher immer noch jede Nacht um den ermordeten Sohn.

Lena stand auf und nahm ihre Pantoffeln und den großen Kosmetikbeutel aus der Reisetasche.

Der Vater von Wassja Slepak ist wegen Vergewaltigung und Mord an mehreren Mädchen angeklagt worden, dachte sie, während sie Shampoo, Zahnpasta und Seifendose auf die Ablage im Bad stellte. In der letzten Erzählung von Sacharow ging es um einen Mann, der zu Unrecht der Vergewaltigung und des Mordes verdächtigt wurde. Slepak senior ist hingerichtet worden. Sacharow wurde ermordet. Von Tjumen bis Tobolsk braucht man mit dem Zug eine Nacht, mit dem Flugzeug nur eine Stunde. Wolkow ist in Tobolsk geboren und aufgewachsen. Vor vierzehn Jahren hat man im Park am Tobol ein vergewaltigtes Mädchen tot aufgefunden. Wir haben in jener Nacht ein Lagerfeuer gemacht, Schaschlik gebraten und Lieder gesungen. Und zur gleichen Zeit hat jemand das Mädchen vergewaltigt und umgebracht. Ganz in der Nähe ... Wenja Wolkow war die ganze Zeit bei uns.

Lena drehte den Hahn der Dusche auf und konnte es kaum fassen: Sofort strömte heißes Wasser heraus. Es hatte sich in diesen vierzehn Jahren also doch allerhand verändert!

Nein, dachte sie, während sie den Schmutz und die Müdigkeit der Reise abwusch, er ist damals längere Zeit weggewesen. Mitja hat ihn ja gesucht. Und danach waren Blutflecken auf seinem hellen Pullover.

Sie hüllte sich in das große Badetuch, schlüpfte in die Pantoffeln und holte aus den Tiefen ihrer Reisetasche ein Emailletöpfchen, einen Tauchsieder, eine Dose gemahlenen Kaffee, Zucker und zuletzt eine kleine Tasse aus Neusilber, die sie seit vielen Jahren auf Reisen begleitete. Sie brühte sich einen Kaffee und zog sich an. Kaum hatte sie den Reißverschluß ihrer Jeans hochgezogen, da klopfte jemand an die Tür.

Es war Michael, rosig und mit schimmernder Glatze. Er

hatte ebenfalls geduscht, sich umgezogen und mit Toilettenwasser besprengt.

»Ich überlege die ganze Zeit«, sagte er und setzte sich in den Sessel, »ob es hier im Restaurant vielleicht gar kein vegetarisches Essen gibt? Was soll ich dann machen?«

»Laß uns erst mal Kaffee trinken«, schlug Lena vor.

»Kaffee und Zigaretten, Zigaretten und Kaffee – das ist alles, was du zu dir nimmst. Kein Wunder, daß du so mager bist. Ich will dich nicht mit Binsenweisheiten langweilen, aber die Statistik sagt, daß jeder dritte Raucher an Tachykardie leidet und das Risiko, Lungenkrebs zu bekommen, sich um achtzig Prozent erhöht ...«

Auf dem Pullover waren Blutflecken, dachte Lena, ich weiß nicht mehr, wie lange Wolkow weg war, aber ... Als ich nach dem Picknick das Geschirr in die Tasche gepackt habe, fehlte das Messer. Ich erinnere mich an dieses Messer noch ganz genau, weil Wolkow damit so geschickt die Zwiebeln für das Schaschlik geschnitten hat, in ganz gleichmäßige Ringe. Es waren frische Zwiebeln, uns allen dreien liefen die Tränen herunter, obwohl wir uns weggedreht haben. Aber er hat nicht geweint.

»Zigaretten mit niedrigerem Nikotin- und Teergehalt sind bloß Tricks der Tabakkonzerne. Solche Zigaretten sind immer teurer, das heißt, man läßt dich für die Illusion, dem Organismus weniger zu schaden, auch noch bezahlen.« Michael war aufgestanden und wanderte, lebhaft gestikulierend, in dem kleinen Hotelzimmer auf und ab.

In Tjumen war doch auch so was Ähnliches, dachte Lena und starrte auf den dunkelblauen Emailletopf mit dem Tauchsieder. Plötzlich stand ihr wieder klar der Junimorgen im Hotel »Wostok« vor Augen. Mitja hatte genauso einen Topf, nur doppelt so groß, und einen Tauchsieder ... Er ist zum Hotelbüfett gegangen, als er zurückkam, war er ganz bleich. Jemand hatte ihm von einem vergewaltigten und ermordeten Mädchen erzählt. Das Mädchen besuchte die

Berufsschule, in der wir am Abend zuvor aufgetreten waren. Halt, das paßt nicht zusammen!

»Du kannst mir widersprechen und das Beispiel von Louis Armstrong anführen, der viele Jahre geraucht und trotzdem ein hohes Alter erreicht hat. Aber das ist eine glückliche Ausnahme, die die traurige Regel nur bestätigt ...«

Warum paßt es nicht zusammen? fragte sich Lena. Nur darum, weil es mir große Angst macht, wenn alles auf Wolkow hindeutet? Er war damals in Tjumen! Natürlich, wir sind doch zusammen nach Tobolsk gefahren. Dabei hatten wir ja dieses merkwürdige nächtliche Gespräch auf der Plattform.

Ihr Herz klopfte heftig. Mechanisch schüttelte sie eine Zigarette aus der Schachtel und zündete sie an.

»Lena!« schrie Michael voller Verzweiflung. »Natürlich bin ich nicht so naiv zu glauben, daß ein Vortrag von mir ausreicht, um dich vom Rauchen abzubringen, aber das muß doch wirklich nicht sein!«

»Verzeih mir, Michael!« Lena griff sich an den Kopf. »Ich hab's unbewußt gemacht.«

»Genau! Das ist es ja, du bist dir nicht einmal bewußt, was du tust. Sag mal ehrlich, denkst du an diesen Mann, diesen Wenjamin, der uns gestern in den schicken Club gefahren hat?«

»Wie kommst du darauf?« fragte Lena erschrocken.

»Liebes Kind, ich bin ein alter Mann. Ich habe im Leben schon mancherlei gesehen, obwohl ich seit vierzig Jahren mit derselben Frau zusammenlebe. Ich sage dir vielleicht wieder eine Banalität, aber glaub mir, die romantische Verliebtheit geht sehr schnell zu Ende. Was bleibt, sind Bitterkeit und Enttäuschung. Du bist eine junge, schöne Frau, und daß du verheiratet bist, hindert niemanden, dir den Hof zu machen. Wärst du meine Tochter, würde ich dir sagen: Sei vorsichtig, geh nicht zu weit.«

»Das habe ich auch nicht vor«, antwortete Lena leise. »Es

gibt keine romantische Verliebtheit, jedenfalls nicht auf meiner Seite.«

»Na, dann ist's ja gut.« Michael lächelte erfreut. »Weißt du was, während ich dir den Vortrag über die Gefahren des Rauchens gehalten habe, bin ich ordentlich hungrig geworden. Komm, wir gehen nach unten ins Restaurant und sehen nach, ob es vegetarisches Essen gibt.«

Als Lena gerade das Hotelzimmer abschließen wollte, klingelte das Telefon.

»Merkwürdig«, meinte Michael erstaunt, »wer kann das sein?«

Es war Sascha, der Chauffeur. Er stand unten am Empfang.

»Ich dachte, ihr hättet schon gegessen und wolltet jetzt eine Stadtrundfahrt machen. Aber macht nichts, ich warte.«

Lena war über so viel Eifer etwas erstaunt. Aber dann dachte sie, daß der junge Mann es nicht abwarten konnte, etwas Geld zu verdienen; vielleicht fürchtete er auch, daß andere ihm den reichen ausländischen Kunden abspenstig machen könnten.

»Ja, warte im Foyer auf uns. Vielleicht müssen wir noch woanders hinfahren, wenn es in diesem Restaurant kein vegetarisches Essen gibt.«

»Was denn, dein Professor ißt kein Fleisch?«

»Fisch auch nicht.«

»Mein Beileid. Da wird er's hier nicht leicht haben. Gut, wenn es im Hotelrestaurant nichts für ihn gibt, überlege ich mir, wohin ich euch fahren kann.«

Das Hotelrestaurant erwies sich als sehr anständig, mit zuvorkommenden, freundlich lächelnden Kellnerinnen und blütenweißen Tischdecken. Vegetarisch waren allerdings nur die Gemüsebeilagen und Bratkartoffeln.

»Es gibt auch noch Bliny mit saurer Sahne, extra

zur Butterwoche«, erklärte die Kellnerin, »bestellen Sie doch das für den Ausländer, ich kann es sehr empfehlen.«

Sie brachte einen solchen Berg Bliny, daß Michael die Hände zusammenschlug.

»Ich habe gelesen, daß sich die russischen Kaufleute in der Butterwoche zu Tode gefressen haben! Wenn wir das alles aufessen, kriegen wir garantiert Darmverschlingung. Hör mal, du hast doch gesagt, daß dieser Bursche, der Chauffeur, im Foyer sitzt. Der kann uns doch helfen, diese Massen zu bewältigen.«

Sascha saß in einem Sessel und blätterte zerstreut in den Zeitschriften, die auf dem Tisch ausgelegt waren.

»Hallo noch mal!« sagte er erfreut. »Habt ihr schon gegessen?«

»Nein, wir haben gerade erst angefangen. Michael lädt dich zu Bliny ein.«

Als sie mit Sascha in den Speisesaal zurückkehrte, spürte Lena plötzlich, daß jemand sie beobachtete. Sie drehte sich um und bemerkte einen jungen, schnurrbärtigen Barkeeper, der hinter seiner Theke die Gläser polierte. Als er Lenas Blick begegnete, wandte er sich sofort ab und begann das feine Glas mit solchem Ingrimm zu wienern, daß es dem Druck nicht standhielt und in seinen Händen zerbrach.

Kapitel 28

Katja Kolossowa, Sekretärin des Chefredakteurs von »Smart«, hatte ihren Mantel noch nicht ausgezogen, als im Vorzimmer schon laut das Telefon klingelte.

»Wer ruft denn in dieser Herrgottsfrühe schon an?« brummte Katja und nahm den Hörer ab.

»Hello!« miaute eine hohe weibliche Stimme auf Englisch aus dem Hörer. »Ist dort die Zeitschrift ›Smart‹?«

»Ja«, antwortete Katja auf Englisch. »Was kann ich für Sie tun?«

»Ich rufe aus New York an. Eine Mitarbeiterin von Ihnen, Mrs. Poljanskaja, begleitet meinen Mann als Dolmetscherin. Ich weiß, daß er in Moskau bei ihr zu Hause wohnt, aber ich kann dort schon seit zwei Tagen niemand erreichen. Ich ängstige mich so. Wissen Sie, mein Mann ist nicht mehr der Jüngste.«

»Machen Sie sich keine Sorgen, Madam. Es ist alles in Ordnung. Sie sind schon nach Tjumen geflogen.«

»Ach ja, natürlich! Kann ich sie denn dort irgendwie erreichen? Hat Mrs. Poljanskaja Ihnen das Hotel genannt, in dem sie Zimmer reserviert hat?«

»Leider nein. Aber sie bleiben auch nicht lange in Tjumen, soviel ich weiß, sie haben ein umfangreiches Programm – Tobolsk, Chanty-Mansijsk. Wenn Mrs. Poljanskaja anruft, kann ich sie bitten …«

»Nein, danke, das ist nicht nötig. Ich bin jetzt beruhigt. Mein Mann sagt sowieso immer, ich sei eine alte Psychopathin. Nochmals vielen Dank. Alles Gute.« Das Freizeichen ertönte.

»Ach, du Schreck!« Katja griff sich an den Kopf. »Lena hat mich extra gebeten, niemandem zu sagen, wohin sie mit ihrem Professor geflogen ist! Aber das war schließlich ein Anruf aus New York …«

Die Frau des Professors hatte eine maunzende Aussprache, mit langgezogenen Vokalen. So sprechen die Einwohner von New York, genauer gesagt, die Einwohnerinnen, noch genauer – ältere Damen mit höherer Bildung aus den wohlhabenden Vierteln Brooklyns. Katja kannte diesen besonderen damenhaften New-Yorker Akzent sehr gut. Sie hatte schon oft mit solchen Frauen zu tun gehabt, sowohl am Telefon wie auch in Moskau und New York, wohin der Chefredakteur sie mitgenommen hatte.

Eine Sekunde lang schoß ihr der Gedanke durch den

Kopf, daß es ein normales Klingelzeichen gewesen war, nicht wie bei einem Ferngespräch. Es hatte nur in der morgendlichen Stille der leeren Redaktion ungewöhnlich durchdringend geklungen. Aber diesen Gedanken verwarf sie sofort wieder. Vor ihr lag ein langer, turbulenter Arbeitstag.

* * *

Ich wußte es, dachte Regina, Tjumen – Tobolsk – Chanty … Na, und wenn schon, jetzt habe ich endgültig freie Hand. Dort ist sie ja ohne ihr Kind. Aber die Zeit, die Zeit … Bis ich mit dem Blinden Kontakt aufgenommen habe, bis er dorthin geflogen ist …

Der bloße Gedanke daran, womit sich die Poljanskaja jetzt in Tjumen und Tobolsk beschäftigen mochte, ließ Reginas Hände feucht werden. Und wenn sie sich vorstellte, daß ihr jemand dort half … Wer weiß, wie viele freundliche Gönner sich im dortigen Innenministerium oder FSB finden mochten! Nein, sie mußte irgendwas unternehmen, jetzt, in diesem Augenblick. Natürlich, der Blinde würde seine Arbeit tun, aber bis dahin würden noch mindestens drei Tage vergehen. Vielleicht sogar mehr. Jeder Schritt, den diese Frau jetzt tat, konnte sich als verhängnisvoll erweisen – für den Konzern und damit auch für Regina.

Sie dachte kurz nach, dann wählte sie auf ihrem Handy die Acht, die Vorwahl für Tjumen, und danach noch mehrere Ziffern. Sie hatte ein ausgezeichnetes Gedächtnis für Telefonnummern, besonders für solche, die man besser nicht ins Adreßbuch schrieb – nicht einmal ohne Angabe von Namen.

* * *

Für sich genommen, waren die Aussagen des Untersuchungshäftlings Pawel Sewastjanow nichts wert, obwohl sie protokolliert und aufgezeichnet worden waren. Sie konnten erst dann bedeutsam werden, wenn Spaten und Kralle nicht nur ihr Treffen mit Regina Gradskaja bestätigten, sondern auch noch möglichst genau den Inhalt ihres Gesprächs mit dieser Dame wiedergaben.

Die Idee, eine Gegenüberstellung zu arrangieren, erschien Mischa zuerst absurd. Aber andere Ideen hatte er nicht. Aus Erfahrung wußte er, daß solche Ganoven meist leicht zu beeindruckende, hysterische Naturen sind. Besonders, wenn man sie tagelang in den schwülen, stinkenden Zellen des Untersuchungsgefängnisses schmoren läßt. Auf diese Hysterie hoffte Mischa. Er beschloß, vor der Gegenüberstellung Spaten und Kralle zum Einzelverhör vorzuladen. Beiden würde er die herzzerreißende Geschichte erzählen, daß die kluge, reiche Regina Valentinowna sie, die armen Schweine, verpfiffen und mit Haut und Haaren verkauft hätte. Ja, sie hätte bestätigt, daß sie im Kasino die beiden Ganoven getroffen hätte. Aber in ihrer Naivität hätte sie gedacht, sie spräche mit zwei anständigen Kerlen. Es sei eine ganz normale Unterhaltung gewesen, allerlei Klatsch und Tratsch, zum Beispiel darüber, daß in einem Restaurant in der Nähe von Moskau demnächst ein zünftiges Jubiläum gefeiert würde und dort niemand Geringeres als der junge, begabte Sänger Juri Asarow singen werde. Sie habe ja nicht ahnen können, wie diese beiden Schurken ihren unschuldigen Leichtsinn ausnutzen würden.

Für Spaten hatte sich Mischa noch eine besondere Überraschung aufgehoben. Bei der Hausdurchsuchung hatte man bei ihm eine beträchtliche Summe Dollar beschlagnahmt. Mischa würde Spaten ganz beiläufig mitteilen, daß die grünen Scheinchen, insgesamt fünftausenddreihundert Dollar, nach Ansicht der Experten Falschgeld seien. Und er würde ihn fragen: Wer hat dich Ärmsten denn so gemein übers Ohr gehauen?

Große Hoffnungen auf Erfolg machte sich Mischa freilich nicht. Natürlich würde Spaten einen hysterischen Anfall bekommen, und Kralle ebenfalls. Aber zerstreiten würden sie sich wegen der Gradskaja wohl kaum. Sie wollten beide leben.

Kapitel 29

Sascha machte eine richtige Stadtrundfahrt mit ihnen und erzählte viel über die Geschichte von Tjumen.

Michael konnte gar nicht genug bekommen und wiederholte immerzu: »Was für ein Glück wir mit diesem Sascha haben!«

Lena war ganz seiner Meinung.

»Du weißt nicht zufällig, wo die Malaja-Proletarskaja-Straße ist?« fragte sie ihn, als er sie abends um halb acht wieder zum Hotel brachte.

»Zufällig weiß ich es«, sagte Sascha und lächelte. »Warum?«

»Ich will dort Bekannte besuchen.«

»Weißt du was, ich fahr dich hin. Das geht schneller, als es zu erklären.«

»Gern, danke. Aber deine Familie wartet doch sicher auf dich.«

»Meine Familie ist gerade zu Besuch bei der Schwiegermutter in Tobolsk«, sagte Sascha und blickte Lena mit seinen klaren, ehrlichen Augen durch die Brille an.

»Bist du eigentlich kurzsichtig oder weitsichtig?« fragte sie ihn.

»Auf einem Auge habe ich minus drei, auf dem anderen minus zwei. Wieso?«

»Nur so. Gewöhnlich vergrößern oder verkleinern die Gläser die Augen. Aber bei dir wirkt es wie einfaches Fensterglas. Na, genug davon, es ist schon spät, und ich muß unbedingt noch heute dorthin.«

Lena brachte Michael auf sein Hotelzimmer. Sascha wartete im Auto auf sie. Bis zur Malaja Proletarskaja fuhren sie zwanzig Minuten. Das Haus Nummer 15 war das einzige einstöckige Holzhaus zwischen lauter grauen Plattenbauten. Es kauerte versteckt in einem Hof, umgeben von einem niedrigen Zaun. Solche Dorfhäuser mitten in der Stadt waren für Sibirien keine Seltenheit. Anfang der Achtziger gab es davon noch mehr; jetzt waren nur wenige übriggeblieben.

Im Fenster schimmerte behagliches Licht. Die Pforte war offen. Lena stieg die quietschende, aber stabile Vortreppe hinauf und klopfte.

Man hörte schnelles Schlurfen, dann wurde die Tür aufgerissen. Auf der Schwelle stand eine große, hagere alte Frau mit einem weißen Kopftuch aus Kattun.

»Guten Abend«, sagte Lena. »Wohnt hier die Familie Slepak?«

Die Alte nickte. »Ja, kommen Sie nur herein.«

»Sind Sie Raissa Danilowna?« Lena trat unentschlossen in die dunkle, mit sauberen Läufern ausgelegte Diele.

Im Haus roch es nach frischgescheuertem Holzboden, gekochten Kartoffeln und Medikamenten.

»Ich bin ihre Schwester«, sagte die Frau. »Zieh die Schuhe aus, ich habe den Boden gewischt. Geh in den Salon. Raja!« rief sie halblaut. »Hier ist ein Mädchen, das will zu dir.«

Lena zog gehorsam die Schuhe aus und ging auf ihren dünnen Strümpfen vorsichtig über die feuchten Läufer und durch die angelehnte Tür.

Was die Alte feierlich als »Salon« bezeichnet hatte, war ein kleines, penibel aufgeräumtes Zimmer, an dessen Wänden alte Fotografien in geschnitzten Holzrahmen hingen. Zwischen den beiden Fenstern befand sich der Gebetswinkel; dort brannte mit schwacher Flamme ein Öllämpchen unter dem dunklen Antlitz der Kasaner Muttergottes.

In der Mitte des Zimmers stand unter einem großen orangefarbenen Lampenschirm mit Fransen ein runder, vollkommen leerer Tisch, auf dem eine schneeweiße, bestickte Decke lag. An dem Tisch saß eine alte Frau, die das gleiche weiße Kopftuch trug und das gleiche eingetrocknete, markante Gesicht hatte wie die Frau, die ihr die Tür geöffnet hatte.

»Guten Abend. Sind Sie Raissa Danilowna?« Lena blieb unsicher stehen.

»Ja, ich bin Raissa Danilowna«, sagte die alte Frau. »Was stehst du da? Komm rein, setz dich.«

Lena setzte sich ihr gegenüber an den Tisch.

»Mein Name ist Poljanskaja. Ich bin aus Moskau«, begann sie und spürte den schweren Blick aus den blaßblauen Augen der Alten auf sich. »Vor dreizehn Jahren habe ich Ihnen eine Zeitschrift mit den Gedichten Ihres Sohnes Wassili geschickt. Wahrscheinlich erinnern Sie sich nicht mehr?«

»Doch, ich erinnere mich.« Die Alte sah sie immer noch schwer und unverwandt an.

»Wie geht es Wassili?« fragte Lena und lächelte.

Am liebsten wäre sie aufgestanden und gegangen. Unter diesem schweren, durchdringenden Blick war ihr unheimlich zumute.

»Willst du etwas von ihm, oder fragst du einfach aus Neugier?« In den ausgeblichenen Augen funkelte es spöttisch.

»Ich ... Verstehen Sie, ich bin Journalistin. Ich schreibe einen Artikel darüber, was aus den Amateurdichtern geworden ist, deren Verse wir einmal in unserer Zeitschrift abgedruckt haben«, sagte Lena – es war das erste, was ihr in den Kopf kam.

»Wassili – ein Dichter?« Die Alte brach in leises, knarrendes Gelächter aus, aber ihre Augen blieben ernst.

»Ja, er hat interessante Verse geschrieben.«

»Raja!« erklang eine Stimme von nebenan. »Die Kartoffeln werden kalt!«

»Ißt du mit uns zu Abend?«

»Danke, aber ...«

Lena war verwirrt. Es sah durchaus nicht so aus, als freue

man sich über ihr Kommen. Trotzdem wurde sie zum Essen eingeladen. Sie hatte in ihrem Leben schon mit vielen verschiedenen Menschen gesprochen, aber noch nie hatte sie sich so merkwürdig und unwohl gefühlt wie bei dieser unbekannten alten Frau, die mit ihren ausgeblichenen, kalten Augen alles zu durchschauen schien und wohl auch wußte, daß Lenas Geschichte über den Artikel erfunden war.

Man hörte schlurfende Schritte, und die Schwester kam ins Zimmer. Sie stellte schweigend eine große Emailleschüssel auf den Tisch, ging dann hinaus und kam eine Minute später mit Tellern und Gabeln wieder. Ohne ein Wort zu sagen oder jemanden anzusehen, deckte sie den Tisch. Außer Kartoffeln gab es noch Salzgurken, Brot und Sauerkraut.

»Warum ißt du nichts?« fragte Raissa Danilowna. »Keine Bange. Iß, und danach erzähle ich dir alles, was du wissen willst.«

»Danke«, erwiderte Lena und zerquetschte mit der Gabel eine dampfende Kartoffel.

»Nimm von den Gurken, wir haben sie selbst eingelegt«, bemerkte die Schwester.

»Entschuldigung, wie ist Ihr Name?« wandte Lena sich an sie.

»Soja Danilowna«, stellte die Schwester sich vor und lächelte freundlich. Lena wurde ein wenig ruhiger. Die Gurken schmeckten tatsächlich sehr gut, das mit Moosbeeren zubereitete Sauerkraut knackte munter zwischen den Zähnen. Bald fühlte sich Lena sogar behaglich, obwohl Raissa Danilowna sie weiterhin mit ihren seltsamen Augen anschaute.

Nach dem Essen tranken sie Tee mit Minze und Zitrone, und erst nach dem zweiten Becher begann Raissa Danilowna zu reden:

»Du suchst den Mörder. Ich wußte, früher oder später

wird jemand kommen und nach dem wirklichen Mörder suchen. Nicht die Miliz oder die Staatsanwaltschaft, sondern jemand wie du. Aber etwas mußt du wissen. Es gab nur einen Menschen, der beweisen wollte, daß mein verstorbener Mann, Gott gebe ihm die ewige Ruhe«, die Alte wandte sich zum Gebetswinkel und bekreuzigte sich dreimal, »daß mein Nikita unschuldig ist. Nur diesen einen, und der wurde ermordet. Er war aus Tobolsk, arbeitete bei der Miliz. Möge der Herr auch ihm die ewige Ruhe geben.« Sie bekreuzigte sich erneut.

»Oberleutnant Sacharow«, sagte Lena leise.

»Richtig.« Die Alte nickte. »Sacharow. Eine ganze Gruppe war im Einsatz, aus Tobolsk und aus Chanty und unsere eigenen Leute aus Tjumen, zehn insgesamt. Meinen Nikita haben sie festgenommen, als er an einem Kiosk irgendwelche Klunker verkaufen wollte. Er hatte sie in der Tasche seiner Steppjacke gefunden. Sein Geld reichte nicht mehr für eine ganze Flasche, also machte er sich auf, das Zeug zu verkaufen. Da haben sie ihn verhaftet. Im Sommer war er noch bei seinem Schwager in Tobolsk gewesen, dort gab's Saisonarbeit für ihn. Der letzte Mord war ja in Tobolsk geschehen.«

»Im Juni 1982?« fragte Lena.

»Ja, im Juni, unmittelbar vor Pfingsten.«

»Sagen Sie, Raissa Danilowna, gab es außer den Schmuckstücken und der Tatsache, daß Ihr Mann im Juni in Tobolsk war, noch andere Indizien?«

»Das Blut paßte.«

»Sie meinen, die Blutgruppe Ihres Mannes war dieselbe wie die des Mörders?«

»Ja. Und außerdem hat man bei uns hinterm Ofen einen Pullover gefunden. So ein heller, er gehörte uns nicht. Darauf waren Blutflecken, halb ausgewaschen, aber nicht ganz. Die Gutachter sollen festgestellt haben, daß es das Blut des ermordeten Mädchens war. In den Pullover war ein Messer eingewickelt, ein kleines, mit einem Plastikgriff. Das soll die Mordwaffe gewesen sein.«

Lena fühlte eine unangenehme Kälte im Magen.

»Raissa Danilowna, ich weiß, es sind viele Jahre vergangen. Aber wissen Sie vielleicht noch, wie dieser Pullover aussah?«

»Ein handgestrickter heller Pullover aus ungebleichter Wolle. Am Hals war ein elastisches Bündchen. Ein einfaches Muster, Rhomben, glaube ich.«

»Waren kurz vor der Verhaftung Ihres Mannes irgendwelche fremden Leute bei Ihnen im Haus?« fragte Lena ohne viel Hoffnung auf Erfolg.

»Eine Frau war da und hat Geld gebracht. Sie sagte, es käme vom Komitee der Sowjetfrauen, eine Unterstützung für die Mütter von Strafgefangenen zum Neuen Jahr. Fünfzig Rubel. Sie gab mir eine Quittung zur Unterschrift.«

»Das wissen Sie noch genau? Nach so vielen Jahren?« fragte Lena verwundert.

»Ich habe es deshalb behalten, weil es so was noch nie gegeben hatte. Meine Nachbarin, Warwara Strogowa, hab ich noch danach gefragt, ihr Andrjuscha saß damals auch im Gefängnis. Aber bei der war niemand gewesen und hatte Geld gebracht. Ich dachte, ich allein hab so ein Glück gehabt – fünfzig Rubel waren damals eine Menge Geld. Und wir hatten kaum etwas zu beißen, Nikita vertrank ja alles. Ich bin noch in die Kirche gegangen, habe eine Kerze für dieses Komitee aufgestellt, und Wassja habe ich für das Geld ein Neujahrspaket geschickt. Die Frau vergaß man auch nicht so leicht, sie sah zum Fürchten aus.«

»Was meinen Sie damit? So häßlich?«

»Das ist noch milde gesagt, häßlich. Ich hab noch gedacht, das ist ja eine Strafe, mit so einem Gesicht auf die Welt zu kommen, noch dazu als Frau. Aber sie war gebildet, höflich und gut gekleidet. Und die Quittung war echt, mit Stempel.«

»Haben Sie dem Untersuchungsführer von ihr erzählt?«

»Natürlich, in allen Einzelheiten! Aber keiner hat mir geglaubt, alle haben gesagt, Danilowna, du lügst wie gedruckt. Nur dieser Sacharow ist dann eines Abends gekommen und hat mich ausführlich über diese Frau befragt. Er hat alles aufgeschrieben. Und was ist dabei herausgekommen? Eine Woche später ist er nach Tobolsk zurückgefahren, und dort hat man ihn ermordet. Was für ein Schlag für seine Mutter! Er war ein so guter Mensch.«

»Entschuldigen Sie, Raissa Danilowna, hat Ihr Mann stark getrunken? War er bei der Drogenfürsorge registriert?«

»Bei der Drogenfürsorge und auch bei der psychologischen Betreuung. Überall war er bekannt. Man soll ja über die Toten nichts Böses sagen, aber wenn er getrunken hatte, konnte er zum Tier werden. Und nachher war er immer unleidlich.«

Lena schwirrte der Kopf. Sie verlor jedes Zeitgefühl. Erst als Raissa Danilowna alles erzählt hatte, sah Lena auf die Uhr. Viertel vor elf! Sascha war bestimmt schon weg. Sie würde allein zum Hotel zurückfinden müssen.

»Wo du schon hier bist, kannst du mir helfen«, wandte Soja Danilowna sich an sie. »Raja muß ins Bett gebracht werden. Normalerweise mache ich das allein, aber wo du gerade hier bist ...«

Sogar zu zweit war es sehr schwer, die an beiden Beinen gelähmte Frau vom Stuhl aufs Bett zu tragen.

»Wie schaffen Sie das nur allein?« fragte Lena leise, als Soja Danilowna sie in die Diele hinausbegleitete.

»Ich bin's gewohnt«, sagte die alte Frau schulterzuckend, »jetzt geht es schon besser. Sie kann ja wenigstens die Arme wieder bewegen.«

»Hat sie das schon lange?«

»Elf Jahre. Als man ihr die Nachricht gebracht hat, daß

das Urteil vollstreckt und Nikita tot ist, da ist sie der Länge nach auf den Boden geschlagen und nicht wieder aufgestanden.«

»Sagen Sie, Soja Danilowna, woher konnte sie wissen, weshalb ich gekommen bin?«

»Sie erzählt allen dasselbe. Egal, woher einer kommt – vom Sozialamt, aus der Poliklinik, von der Post oder der Sparkasse, alle starrt sie mit ihren Glubschaugen an und fragt nach den ersten Worten: Suchst du nach dem wirklichen Mörder? Der Arzt sagt, das ist eine Manie bei ihr. Eine Form von Geistesgestörtheit. Aber jetzt hat sie auf einmal recht behalten. Es stimmt doch, du suchst wirklich nach dem Mörder? Bist wohl von der Miliz?«

»Nein.« Lena schüttelte den Kopf. »Ich komme nicht von der Miliz. Ich bin tatsächlich Journalistin.«

»Verstehe.« Die Alte kniff die Lippen zusammen. »Du brauchst nicht zu reden, wenn du nicht willst. Ich bin nicht neugierig.«

Lena hatte sich schon die Schuhe zugebunden und ihre Jacke angezogen.

»Soja Danilowna, wo ist Wassili jetzt?« fragte sie. »Wie geht es ihm?«

»Tja, nicht schlecht, wie's scheint«, sagte die Alte und sprach auf einmal ganz leise. Ihr hartes, trockenes Gesicht näherte sich Lena. »Er schickt regelmäßig Geld, gutes Geld. Davon leben wir, können Lebensmittel kaufen und Medikamente. Er selber war das letztemal vor zwei Jahren hier. Gut gekleidet, ein stattlicher Mann, gesund wie ein Stier – kaum wiederzuerkennen! Von sich hat er nichts erzählt. Eine Nacht ist er geblieben, hat seiner Mutter einen Rollstuhl mitgebracht, so einen leichten, den man zusammenklappen kann. Wenn es warm wird, fahre ich sie damit wieder spazieren. Außerdem einen Wollschal und zwei warme Kleider und für mich einen Mantel, einen teuren mit Pelzkragen. Zum Tragen ist er mir zu schade, er hängt erst mal im Schrank. Eine Menge Geld hat er uns auch noch dagelassen. Wenn Wassja plötzlich auftaucht, kann ich ihm von dir erzählen?«

»Ihm ja«, sagte Lena, »aber sonst bitte niemandem.«

»Gut, ich verstehe.« Die Alte preßte vielsagend ihre dünnen Lippen zusammen. »Raja und ich, wir halten dicht. Wem sollten wir auch davon erzählen, außer Wassja haben wir ja niemanden zum Reden, gebe Gott, daß er bald kommt. Ich habe ja keine eigenen Kinder. Wir beide, Raja und ich, haben nur ihn, ein Sohn für zwei Frauen.«

Suche ich wirklich den Mörder? fragte sich Lena, als sie durch die Pforte auf den verschneiten Hof trat. Ja, das tue ich. Und ich habe große Angst.

Die Laternen brannten nicht. Die Straße war leer. Lena wußte nicht einmal, in welche Richtung sie gehen mußte. Sie wollte schon ins Haus zurück und Soja Danilowna fragen, wie sie am besten ins alte Stadtzentrum käme, da hörte sie plötzlich ein leises Hupen. Scheinwerfer flammten auf und erloschen wieder. Saschas kleiner Moskwitsch wartete auf sie, eingezwängt in eine enge Durchfahrt zwischen den Plattenbauten. Lena freute sich über ihn wie über einen alten Freund.

* * *

»Sie war bei der Mutter von Slepak.«

»Bei wem?«

»Bei der Mutter von Wassili Slepak. Drei Stunden hat sie dort gesessen.«

»Und dann?«

»Dann habe ich sie ins Hotel gebracht.«

»Worüber habt ihr unterwegs gesprochen?«

»Sie hat mich gefragt, ob ich zufällig wüßte, wo sich die psychologische Betreuung für den Bezirk der Malaja Proletarskaja befindet. Ich habe ihr versprochen, sie morgen früh dort hinzubringen.«

»Hast du nach dem Grund dafür gefragt?«

»Natürlich. Sie hat gesagt, sie hätte vor kurzem für ihre Zeitschrift den Artikel eines amerikanischen Psychologen über Serienmörder übersetzt und würde sich für dieses Thema sehr interessieren. Sie wolle selber etwas darüber schreiben. Und hier bei uns im Gebiet Tjumen habe es doch Anfang der achtziger Jahre einen wahnsinnigen Serienkiller gegeben, der junge Mädchen umgebracht habe. Deshalb habe sie beschlossen, hier Material für ihren Artikel zu sammeln.«

»Das ist ja ein Ding. Und ist man euch schon auf den Fersen?«

»Anscheinend nicht. Aber das kommt bestimmt noch, wenn sie so weitermacht. Bei uns mag man keine Neugierigen.«

»Und was meinst du zu alledem?«

»Es ist noch zu früh für eine Meinung. Überprüft ihr doch mal über eure Kanäle alles, was ihr finden könnt, nicht nur über Slepak, sondern auch über seinen Vater. Ich nutze meine Kanäle.«

»Slepak senior war der Serienkiller, der seinerzeit unter dem Namen ›der Stille‹ figurierte. Er wurde vor elf Jahren erschossen.«

»Sie haben ja ein Gedächtnis!«

»Ich kann mich nicht beklagen. Aber ich werde vorsichtshalber ins Archiv gehen. Ist das vorläufig alles?«

»Offenbar ja.«

»Offenbar oder wirklich?«

»Wissen Sie, die Mutter von Slepak hat vor elf Jahren einen Schlaganfall gehabt. Ihre Beine sind gelähmt, und sie ist nicht mehr ganz richtig im Kopf. Es gibt zwar noch ihre Schwester. Aber aus der kriegt man nicht einmal mit glühenden Zangen ein Wort heraus. Worüber hat Ihre Madame bloß drei Stunden lang mit zwei verrückten Weibern geredet? Wo und wann hat sie die beiden so gut kennengelernt? Woher wußte sie die Adresse? Das ist schon eine interessante Frau.«

»Ja, interessanter, als ich erwartet habe.«

»Soll ich mich vielleicht zu erkennen geben?«

»Ich glaube, sie wird dich selber erkennen. Oder hat dich sogar schon erkannt.«

Major Ijewlew legte den Hörer auf und starrte die Tür seines Büros an. Eine solche Wendung hatte er nicht erwartet. Am Abend, bevor die Poljanskaja abgeflogen war, hatte er sich mit dem FSB in Tjumen in Verbindung gesetzt und darum gebeten, die Journalistin und ihren Amerikaner im Auge zu behalten, nur für alle Fälle, weil er ein gewissenhafter Mensch war und nicht daran schuld sein wollte, wenn der leichtsinnigen Frau des Oberst etwas passierte.

Aber offensichtlich war sie gar nicht so leichtsinnig. Es ging wohl auch gar nicht um Liebe und Eifersucht. Nach allem, was der Gewährsmann aus Tjumen berichtet hatte, befaßte sich die Poljanskaja dort mit privaten Ermittlungen. Vermutlich hatte das auch mit Wolkow und der Gradskaja zu tun. Sehr wahrscheinlich sogar. Liebe und Eifersucht dienten nur der Tarnung, waren nur ein Spiel. Aber wer von den dreien spielte die Hauptrolle?

Mittlerweile wußte er, daß Wenjamin Wolkow in Tobolsk geboren und aufgewachsen war. Auch seine Frau Regina Gradskaja war dort geboren. Und die Poljanskaja war im Juni 1982 in Tobolsk gewesen, zusammen mit ihrer Freundin Olga Sinizyna und deren Bruder Dmitri, eben dem, der sich kürzlich erhängt hatte …

Ich muß hinfahren, sagte Ijewlew nachdenklich zu sich selbst. Ich muß mir unbedingt den Fall von Slepak senior genauer ansehen.

Er beschloß, am folgenden Abend nach Tjumen zu fliegen. Im Vorgefühl eines großen Falles und eines großen Erfolgs juckten ihm schon die Finger.

Kapitel 30

Lena öffnete das Fenster ihres Hotelzimmers und zündete sich eine Zigarette an. Sie überlegte, was sie morgen früh in der psychologischen Beratungsstelle sagen könnte. Würde überhaupt jemand mit ihr reden wollen?

Angenommen, im November oder Dezember 1982 hatte jemand Gelegenheit gehabt, die Krankenblätter der registrierten Patienten durchzusehen. Darauf war bestimmt auch die Blutgruppe notiert. Wer konnte das gewesen sein? Der Mörder selbst? Oder jemand anders? Auf jeden Fall mußte dieser Jemand dort entweder persönliche Bekannte gehabt haben, oder er kannte einen anderen Weg. Wer hat offiziell Zugang zu solchen Daten? Ein Mitarbeiter der Miliz, der Staatsanwaltschaft, ein Psychiater aus einem anderen Bezirk oder einer anderen Stadt. Schließlich gewährt man nicht jedem Dahergelaufenen Einblick in die Akten.

Bei den Schwestern Slepak war eine Frau gewesen. Angenommen, sie hatte den handgestrickten hellen Pullover hinter dem Ofen versteckt. Dann hatte sie logischerweise auch Zugang zur Kartei gehabt. Wolkows Frau ist Psychiaterin … Nein, das paßt wieder nicht. Raissa Danilowna hat gesagt, die Frau habe »zum Fürchten ausgesehen«. Regina Gradskaja aber ist eine Schönheit.

Lassen wir Wolkow und die Gradskaja mal beiseite. Dann haben wir eine Gleichung mit zwei Unbekannten. X und Y. Ein Mann und eine Frau. Die Frau Y war dem Mörder X behilflich, den Säufer Slepak durch untergeschobenes Beweismaterial zu belasten. Nach der Festnahme von Slepak hörten die Morde auf. Hat er danach nicht mehr getötet? Hat sie ihn etwa geheilt?

Lena erinnerte sich, daß Crowell in seinem Artikel geschrieben hatte, manche Mörder und sexuelle Psychopathen seien in starkem Maße beeinflußbar; es seien Fälle bekannt, in denen sie durch Hypnose und Psychotherapie vollständig geheilt worden seien. Wenn die Krankheit keine organischen Ursachen habe, nicht mit Schizophrenie, Oligophrenie oder ähnlichem zusammenhänge, dann gebe es immer Hoffnung.

Es wurde kalt. Lena schloß das Fenster und hängte sich ihre Jacke um. Aber sie fror immer noch. Ihr fiel ein, daß Mitja ein psychiatrisches Lehrbuch gelesen hatte. Er war also auf derselben Spur gewesen.

Eine Tasse Tee wäre jetzt nicht schlecht, um sich aufzuwärmen. In ihrer Reisetasche mußte noch eine Packung Pickwick-Tee mit Erdbeeraroma sein, die sie im letzten Moment in das Seitenfach gesteckt hatte.

Der Reißverschluß des Seitenfachs war geöffnet. Lena wußte genau, daß sie tagsüber nichts herausgeholt hatte. Den Reißverschluß des Hauptfachs dagegen hatte sie offengelassen, und der war jetzt zugezogen. Der Tee lag an Ort und Stelle. Lena öffnete die Tasche. Kein Zweifel – jemand hatte in ihren Sachen gewühlt, gründlich und systematisch. Aber die Kleinigkeiten hatte er nicht beachtet: die Reißverschlüsse verwechselt, das Nachthemd und die Unterwäsche nicht in die Plastiktüte zurückgelegt. Dafür waren Pullover und Wollrock viel ordentlicher zusammengelegt, als Lena selbst es in der Eile des Packens getan hatte.

Während sie ihre Sachen sortierte, stellte sie fest, daß nichts fehlte oder beschädigt war. Die Tasche war nur durchsucht worden. Wozu? Nach einer Fortsetzung des Moskauer Dramas sah das nicht aus. Das war etwas Neues.

Lieber Gott! Mach, daß dieser nette Sascha wirklich vom FSB ist. Oder meinetwegen vom Innenministerium. Vielleicht hat sich Mischa mehr Sorgen gemacht, als ich dachte, und läßt mich hier überwachen? Nein, er hätte mich gewarnt. Und Sascha würde sich anders benehmen. Womöglich ist er von Major Ijewlew beauftragt, mich zu beobachten? Gebe Gott, daß es so ist.

* * *

Mischa Sitschkin war niedergeschlagen. Er hatte gerade vom Tod zweier Untersuchungsgefangener erfahren – Andrej Lichanow, genannt Spaten, und Ruslan Kabaretdinow, genannt Kralle. Beide waren in der vergangenen Nacht fein säuberlich erwürgt worden. Sie hatten in verschiedenen Zellen gesessen, die beide überfüllt waren, aber natürlich hatte keiner der Zellengenossen etwas gesehen oder gehört.

So ein Teufelsweib! dachte Mischa, während er im Zimmer auf und ab ging und die siebte Zigarette dieses Morgens qualmte. Pascha Sewastjanow ist nichts passiert, den hat das schlaue Biest nicht angerührt. Klar, einer muß ja für den Mord an Asarow büßen.

Es fiel ihm schwer, sich zu konzentrieren. Er war wütend und nervös. Zwar hatte nicht er es zu verantworten, wenn jemand die Aufzeichnung des Verhörs von Sewastjanow kopiert und der Gradskaja übergeben hatte. Aber er hätte von Anfang an daran denken müssen.

Das Telefon schrillte so unerwartet, daß Mischa zusammenzuckte.

»Ijewlew. Wir müssen miteinander reden.«

»Allerdings«, erwiderte Mischa, »und am besten an der frischen Luft.«

Eine halbe Stunde später saßen sie auf einer Bank im Eremitage-Garten. Es war ein klarer Vormittag. Magere Frühlingsspatzen hüpften mit fröhlichem Gezwitscher um eine feuchte Brotrinde herum. Die beiden Majore merkten gar nicht, daß sie zum »Du« übergingen.

»Heute nacht fliege ich nach Tjumen«, erklärte Ijewlew.

»Die Frau deines Chefs hat beschlossen, auf eigene Faust zu ermitteln. Ich denke, es ist Zeit, ihn davon in Kenntnis zu setzen. Sonst ist dein Oberst unversehens alleinerziehender Witwer.«

»Makabre Witze machst du«, sagte Sitschkin kopfschüttelnd.

»Was heißt hier Witze! Ich meine das todernst.« Ijewlew steckte sich eine Zigarette an und lehnte sich zurück. »Tauschen wir also unsere Informationen aus, offen, ehrlich und brüderlich.«

»Meine Informationen sind seit heute morgen nur noch einen Dreck wert«, winkte Sitschkin ab. »Letzte Nacht hat man zwei meiner Untersuchungsgefangenen in ihren Zellen ermordet. Mit bloßen Händen erwürgt von ihren reizenden Mithäftlingen. Jetzt bin ich wie der sprichwörtliche Hund – ich begreife alles, aber reden kann ich nicht. Ich war der Gradskaja schon auf die Spur gekommen. Man hätte den beiden Gaunern nur noch ein bißchen einheizen müssen – aber jetzt sind sie tot.«

»Und das Motiv?« fragte Ijewlew rasch.

»Das Motiv«, wiederholte Sitschkin nachdenklich. »Beweise gibt es genug, aber nicht den Hauch eines Motivs.«

»Um das Motiv zu finden, ist die Frau deines Chefs nach Sibirien geflogen.«

»Ist das wieder ein Scherz? Oder der pure Hohn?«

»Hör mal, ich begreife, daß du um deine Untersuchungshäftlinge trauerst.« Ijewlew drückte die Zigarette an der geriffelten Sohle seines Schuhs aus und warf den Stummel zielsicher in den Mülleimer an der Nachbarbank. »Aber denk mal nach, die Poljanskaja hat dir doch bestimmt erzählt, was ihr so durch den Kopf ging. Und vor allem, woran sie sich erinnert. Ich habe ja auch zuerst gedacht, daß sie diese Sinizyns aus lauter Gefühlsduselei mit ins Spiel gebracht hat.«

»Bist du mit dem Auto da?« fragte Sitschkin.

»Ja. Warum?«

»Dann laß uns fahren. Ich erzähle dir unterwegs alles. Aber zuerst muß ich noch telefonieren. Hast du im Auto Telefon?«

»Ich bin doch nicht die Gradskaja oder Wolkow.« Ijewlew stand auf und kramte in seinen Taschen. »Hier hast du einen Chip. Ruf aus der Telefonzelle an, wie ein ganz normaler Mensch. Wohin fahren wir denn?«

»Zuerst in eine japanische Firma, dann zu meinem Chef in die Wohnung.«

»Verstehe«, sagte Ijewlew.

Olga Sinizyna wollte man erst lange nicht ans Telefon holen. Eine Sekretärin erklärte mit dünnem Stimmchen höflich, Olga Michailowna sei in einer Besprechung.

»Sagen Sie ihr, hier ist Sitschkin vom Innenministerium.« Mischa blieb hartnäckig.

»Vom Innenministerium?« fragte die dünne Stimme erstaunt und langgezogen. »Können Sie nicht in einer halben Stunde wieder anrufen?«

»Wenn ich es könnte, täte ich's.«

»Na gut«, die Sekretärin kapitulierte, »einen Augenblick.« Im Hörer erklang eine sanfte Melodie, und eine Minute später sagte eine dunkle Frauenstimme:

»Sinizyna am Apparat.«

»Olga Michailowna, guten Tag. Mein Name ist Sitschkin. Ich ...«

»Guten Tag. Lena hat mir gesagt, daß Sie anrufen würden«, fiel ihm Olga ins Wort. »Der Schlüssel ist bei mir, wann wollen Sie kommen?«

»Sofort.«

Auf der Fahrt tauschten die beiden Majore weitere Informationen aus.

»Du weißt also nicht, wer der Bursche war, mit dem die

Gradskaja sich auf dem Boulevard getroffen hat?« fragte Sitschkin, als sie bei der Firma Kokusai-Koyeki ankamen.

»Der Nacken kam mir bekannt vor«, meinte Ijewlew grinsend. »Und die Haltung. Wie beim Militär ...«

»Na gut.« Sitschkin winkte ab. »Eure Wachleute im Butyrka-Gefängnis sind ja alle von der Armee.«

Olga Sinizyna sah ihrem verstorbenen Bruder, den Sitschkin nur von Fotos kannte, erstaunlich ähnlich.

»Sie öffnen Windows und suchen die Datei ›Rabbit‹. Soll ich Ihnen das aufschreiben, oder behalten Sie es so?«

»Das behalten wir«, sagte Sitschkin, »Kaninchen auf Englisch.«

»Lena wollte eigentlich, daß ich mitkomme und aufpasse. Aber ich kann jetzt unmöglich weg. Und Sie können ja nicht länger warten.«

»Olga, machen Sie sich keine Sorgen, wir kommen schon klar.«

»Das Notebook ist Teil der Intimsphäre eines Menschen«, sagte Olga lächelnd. »Ich würde niemanden ranlassen. Bringen Sie mir den Schlüssel nachher wieder vorbei? Ich bin noch bis acht in der Firma.«

»Ganz bestimmt«, versprach Sitschkin.

Als sie die leere, stille Wohnung betraten, rief Sitschkin als erstes den diensthabenden Milizionär an, um zu kontrollieren, ob die Alarmanlage funktionierte.

»Sie ist gar nicht eingeschaltet, Genosse Major«, teilte ihm der Milizionär mit.

»So eine Schlafmütze«, schimpfte Sitschkin mit Lena. »Hoffentlich stößt dir das in Sibirien übel auf.«

Unter »Rabbit« hatte Lena außer Mitjas Texten auch noch die beiden Briefe gespeichert – den von Slepak und den der Mutter von Oberleutnant Sacharow.

Ijewlew stieß einen Pfiff aus.

»Sieh mal an, Slepak hat Verse geschrieben! Wer hätte das gedacht!«

Sitschkin druckte die komplette Datei in drei Exemplaren aus.

»Sie hätte wenigstens eine Notiz machen können, was dieser Sacharow damit zu tun hat!« sagte er kopfschüttelnd. »Ich sehe keinen Zusammenhang, außer der Zeit und dem Ort. Aber Slepak senior wohnte in Tjumen und wurde dort vor Gericht gestellt. Und dieser Sacharow ist, der Adresse nach zu urteilen, aus Tobolsk.«

»Die Morde wurden in verschiedenen Städten begangen. Auch in Tobolsk. Das Einsatzkommando war sehr groß, gut möglich, daß Sacharow dazugehörte.«

* * *

Lena schlief erst gegen Morgen ein. Sie träumte von Lisa und Serjosha, ein lebendiger, glücklicher Traum, aus dem sie nicht aufwachen wollte. An einem sonnenüberfluteten Sandstrand spielte Lisa mit einem riesigen, zitronengelben Ball. Serjosha kam braungebrannt und lächelnd aus dem Meer. Er hob Lisa hoch und setzte sie sich auf die Schultern. »Papa, mein Ball!« schrie Lisa. Der Ball rollte sehr schnell davon und schepperte dabei so durchdringend, daß Lena die Augen öffnete.

Das Telefon auf dem Nachttischchen schrillte wie verrückt.

»Lena, ich hatte schon Angst, weil du gar nicht abnimmst«, hörte sie Michaels Stimme. »Habe ich dich geweckt?«

»Nein. Alles in Ordnung, guten Morgen.« Sie blickte auf die Uhr. Es war zehn.

»Guten Morgen. Bei mir ist leider nicht alles in Ordnung. Jemand hat meine Tasche durchwühlt.«

Der letzte Rest Schlaf war wie weggeweht. Lena setzte sich abrupt im Bett auf.

»Ist irgendwas verschwunden?« fragte sie.

»Nichts, nur eine Dose Talkumpuder. Wahrscheinlich ist es schon gestern passiert, als wir die Stadtrundfahrt gemacht haben. Aber gestern abend habe ich nicht mehr in die Tasche gesehen. Heute morgen wollte ich die Joggingschuhe herausholen, sie lagen ganz unten auf dem Boden. Nur gut, daß ich gestern meine Brieftasche eingesteckt habe.«

»Meine Tasche ist auch durchsucht worden. Aber verschwunden ist nichts. Ich wasche mich schnell, und dann gehen wir nach unten.«

»Ja, die Lust zum Joggen ist mir für heute vergangen.«

Bevor sie hinunterging, rief Lena bei Sascha an. Er nahm sofort ab.

»Was ist weg? Eine Dose Talkumpuder?« fragte er. »Ich verstehe. Geht ihr schon mal zur Hotelleitung, ich bin in einer halben Stunde da.«

Die Empfangschefin, eine pummelige junge Dame in einem strengen Kostüm und mit fast weiß gefärbtem Haar, das sich wie Schlagsahne auf ihrem Kopf türmte, begriff lange nicht, worauf sie hinauswollten.

»So eine Beschwerde höre ich zum erstenmal«, sagte sie. »Es ist doch gar nichts weggekommen. Ja, wenn Geld oder Schmuck verschwunden wären. In den Hotelregeln steht aber auch schwarz auf weiß: Für Wertsachen, die in den Zimmern gelassen werden, übernimmt die Hotelleitung keine Haftung. Auf Russisch und auf Englisch. Aber eine Dose Talkumpuder ist ja wohl nicht so besonders wertvoll.«

Sascha betrat das Foyer. Sofort verstummte die Empfangschefin.

»Frag sie, wo das Büro des Direktors ist«, sagte Michael erzürnt. »Ich habe nicht vor, die Sache auf sich beruhen zu lassen. Eine Dose Talkumpuder kostet zwar nur fünfzehn Dollar, aber ich will nicht in einem Hotel wohnen, wo man in meinen Sachen herumwühlt. Ich habe schon mehr als zwanzig Länder bereist, aber so etwas erlebe ich zum erstenmal.«

Lena übersetzte. Die Empfangschefin blickte sie mit haßerfüllten Augen an.

»Sagen Sie Ihrem Ausländer, daß er keinerlei Beweise hat. Niemand weiß, wie das Zeugs in Ihren Taschen gelegen hat. Seinen Puder kann er auch in Moskau oder sonstwo liegengelassen haben«, zischte sie durch die Zähne. »Das Büro des Direktors ist über den Flur die dritte Tür links. Aber er ist erst nach dem Mittagessen wieder da.«

»Gut«, sagte Lena, »nach dem Mittagessen kommen wir zurück. Wir haben uns das nicht ausgedacht. Und Sie müssen doch wohl zugeben, daß es nicht angenehm ist, wenn jemand in Ihren Sachen und Ihrer Unterwäsche herumwühlt.«

»Ich verstehe Sie ja.« Die Empfangschefin wurde etwas freundlicher. »Aber wenn Ihnen irgend etwas Wertvolles abhanden gekommen wäre, dann hätten wir die Zimmermädchen auf Ihrer Etage überprüft und mit der Etagenaufsicht gesprochen. Aber so, wegen einer Dose Talkumpuder … Das begreife ich nicht!«

»Wir sind heute wieder den ganzen Tag unterwegs!« Michael war nicht so leicht zu besänftigen. »Wer gibt uns die Garantie, daß sich das nicht wiederholt?«

Lena haßte derartige Auseinandersetzungen. Es fiel ihr leichter zu schweigen, als sich zu streiten. Für diese wasserstoffblonden Dämchen war das Teil ihres Berufs, sie stritten sich gekonnt und mit Vergnügen, und fast immer behielten sie die Oberhand. Wäre Michael nicht gewesen, hätte sich Lena überhaupt nicht an die Empfangschefin gewandt. Sie wußte im voraus, wie das Gespräch ausgehen würde.

Im Büfett auf der dritten Etage war es leer. Sascha bestellte sich eine Riesenportion Rührei mit Schinken und Würstchen mit Erbsen. Lena und Michael nahmen Gemüsesalat mit saurer Sahne.

»Kaffee trinken wir nachher bei mir im Zimmer«, sagte Lena. »Hier gibt es nur die übliche dünne Brühe.«

»Was ist mit der psychologischen Beratungsstelle?« fragte Sascha leise und beförderte ein halbes Würstchen in den Mund.

»Ehrlich gesagt, ich glaube, dort wird kaum jemand große Lust haben, mit mir zu sprechen. Wenn die meinen Presseausweis sehen, jagen sie mich zum Teufel. Journalisten sind heutzutage nicht besonders beliebt. Ja, wenn ich beim FSB oder beim Innenministerium wäre, dann sähe die Sache ganz anders aus.«

»Was ist denn so Besonderes an diesem Serienkiller?«

»Mich interessiert nicht die konkrete Person, sondern seine Psyche. Solche Typen werden nur dann erschossen, wenn man sie für zurechnungsfähig hält. Aber wie kann ein zurechnungsfähiger Mensch sechs Mädchen zwischen vierzehn und achtzehn Jahren ermorden?«

»Meinst du etwa, man hätte ihn nicht erschießen sollen?« Sascha wischte seinen Teller sorgfältig mit einer Brotrinde sauber und steckte sich das Brot in den Mund. »Oder glaubst du, man hat nicht den Richtigen erschossen?« fügte er ganz leise hinzu.

»Ich glaube«, erwiderte Lena ebenso leise, »zuerst müssen wir herausfinden, wer gestern unsere Taschen durchwühlt und Michael eine Dose englischen Talkumpuder gestohlen hat.«

»Du hast versprochen, daß wir bei dir noch Kaffee trinken«, erinnerte Sascha sie.

»Richtig, gehen wir. Für dich habe ich noch Erdbeertee«, wandte sie sich auf Englisch an Michael. »Du trinkst ja keinen Kaffee zum Frühstück.«

Sie mußte gleich dreimal Kaffee aufsetzen. Sascha trank ihn gläserweise.

»Hast du keine Angst um dein Herz?« fragte Lena, während sie einen Schluck aus ihrer kleinen Tasse nahm.

»Soll ich etwa aus so einem Fingerhut trinken?« sagte Sascha und lachte. »Außerdem ist dein Kaffee wirklich exzellent, und über mein Herz kann ich bisher nicht klagen. Also, was ist nun mit der psychologischen Beratungsstelle?«

»Heute ist das nicht mehr drin. Michael hat große Pläne. Er will ins Museum für Heimatkunde und noch ein paar Dörfer abklappern, alles an einem Tag. Übrigens, weißt du zufällig, ob in Sagorinskaja noch Altgläubige leben?«

»Ja, da gibt es welche. Aber bis Sagorinskaja sind es über hundert Kilometer. Anderthalb Stunden hin, anderthalb zurück. Das heißt, drei Stunden allein für die Fahrt. Und jetzt ist es schon zwölf. Das heißt, das Museum müssen wir auf morgen verschieben.«

Lena übersetzte Michael diese Nachricht.

»Okay«, sagte er, »verschieben wir das Museum. Wenn ich mit echten Altgläubigen reden kann, vergesse ich vor Freude sogar meinen Talkumpuder.«

»Sag ihm, daß die Altgläubigen nicht gerade kontaktfreudig sind. Sie leben sehr zurückgezogen«, mahnte Sascha.

»Michael kriegt jeden zum Sprechen, sogar einen Taubstummen ohne Dolmetscher. Wenn ich für ihn arbeite, vergessen seine Gesprächspartner schnell, daß ich übersetze. Sie haben das Gefühl, direkt mit ihm selber zu sprechen. Michael ist ein Kommunikationsgenie.«

Nach dem Kaffee rauchten Lena und Sascha. Michael verzog angeekelt das Gesicht und wedelte mit den Armen.

»Ich gehe auf mein Zimmer und ziehe mich an.«

»Michael ist militanter Nichtraucher«, erklärte Lena. »Ich spüle noch rasch den Kaffeetopf, wir müssen los.«

Im Bad fiel ihr ein, daß sie den Tauchsieder auf dem

Tisch vergessen hatte. Auch er mußte gespült werden. Als sie ins Zimmer zurückging, saß Sascha auf dem Nachttisch und schraubte das Telefon auf. Er sah sie an, blinzelte ihr durch die Brille zu und schüttelte vielsagend den Kopf. Ohne ein Wort zu verlieren, nahm Lena den Tauchsieder und ging ins Bad zurück.

Kapitel 31

»Du bist ein Idiot! Ein Volltrottel!« Das waren noch die harmlosesten Ausdrücke, mit denen der kleine dicke Glatzkopf, genannt Locke, seine Rede würzte.

Er lag auf einer mit einem weißen Laken bezogenen Liege, bekleidet nur mit Unterhosen. Eine kräftige, vollbusige Schönheit in einem koketten Kittelchen walkte seine behaarten Lenden durch.

»Ich hab mir gedacht, das ist bestimmt Koks oder Hasch, echt«, nuschelte, den Blick auf den Boden gerichtet, ein stämmiger Bursche. Er stand barfuß auf dem dicken Teppich des Massageraums. Unter den kurzen, weiten Hosenbeinen guckten seine Beine hervor, auf denen eintätowiert war: »Sie sind müde.«

»Er hat gedacht!« Der Glatzkopf setzte sich abrupt auf. »Habe ich dir befohlen, zu denken? Was ist dir gesagt worden?«

»Ich soll sie ein bißchen beobachten.« Der Bursche zog den Kopf ein und schien gleichsam zu schrumpfen. »Und eine Wanze anbringen.«

»Richtig«, sagte der Glatzkopf, »beobachten. Warum hast du dann in ihren Zimmern herumgeschnüffelt?«

»Ja, also... Ich wollte doch bloß das Beste, echt ...«

»Na gut«, Locke winkte ab, »mach dich vom Acker, steh mir nicht länger unter den Füßen rum. Für heute kannst du blaumachen.«

Mit einem Seufzer streckte er sich auf der Liege aus, und die schweigsame Schönheit machte sich wieder ans Werk.

»Da siehst du, Nina, mit was für Leuten ich arbeiten muß«, klagte Locke. »Nichts kriegen die in ihren Schädel. Das ist nun die neue Generation, der Teufel soll sie holen ... Die Zone ist auch nicht mehr das, was sie mal war, die bringt ihnen nichts bei, die verdirbt das schwächliche Jungvieh bloß. Stumpf und blöd werden sie heutzutage in der Zone. Und die Moral geht auch den Bach runter. Dort entscheidet nur noch das Geld, nicht das Gesetz. Nicht so wie früher.«

Nina nahm etwas Massagecreme, verrieb sie in den Handflächen und begann Lockes schlaffe, fette Schultern zu kneten, auf denen die eintätowierten Abzeichen eines Generals prangten.

»Es gibt auch niemanden mehr, mit dem man sich beraten kann«, fuhr Locke fort, »man kann keinem mehr glauben, keiner Menschenseele. Eigentlich habe ich überall meine Leute. Wieviel Geld gebe ich allein für Spitzel aus! Dabei nutze ich ihre Dienste fast gar nicht. Aber wehe, man gibt diesen Parasiten mal nichts mehr zu fressen ... So einen Professor hätte ich auch gern als Berater, Nina«, seufzte er träumerisch. »An den besten Universitäten von Amerika und Europa haben sie ganze Fakultäten eingerichtet, um solche Psychologen, solche Spürhunde heranzuzüchten. Aber unsere Schnüffler sind mir auch gut! Die scheinen sie ja von oben ganz schön in die Mangel zu nehmen, wenn sie sogar einen Professor aus Amerika zur Beratung herkommen lassen. Nur gut, daß mich meine alten Freunde gewarnt haben. Ich weiß nur nicht, was ich jetzt mit diesem Professor machen soll. Und mit dem Mädel, der Dolmetscherin. Die ist gar nicht ohne! Hat zwei interessante alte Weiber besucht, bei ihnen Abendbrot gegessen, Tee getrunken und sich volle drei Stunden mit ihnen unterhalten. Da hätte man eine Wanze installieren sollen, aber wer konnte das ahnen? Keine leichte Aufgabe ist das, Nina. Da darf man keinen Bock schießen. Was meinst du, Kätzchen, was soll ich tun?«

Nina klopfte mit den Handkanten schnell über seinen Rücken. Ihr weiches rundes Gesicht drückte nichts als ruhige Konzentration aus. Locke drehte den Kopf und begegnete ihrem zärtlichen, hingebungsvollen Blick. Er ächzte genußvoll, drehte sich auf den Rücken, streckte den Arm aus und klopfte der Masseurin zärtlich auf die Wange.

»Komm ein bißchen her, Kätzchen, hilf mir, mich zu entspannen.«

Das Mädchen lächelte verständnisvoll und knöpfte ohne Eile ihren kurzen weißen Kittel auf. Darunter war sie nackt. Als ihre warmen, feuchten Lippen über seine behaarte, mit Narben und Schrammen bedeckte Brust glitten, schloß Locke die Augen und flüsterte:

»Ach, Nina, wenn ich könnte – ich würde dich heiraten. So eine wie dich, die nichts hört und immer schweigt … so eine taubstumme Schönheit … die wäre gerade richtig.«

Das Handy auf dem Fußboden trillerte höchst ungelegen. Ohne die Augen zu öffnen, heiser stöhnend, tastete Locke über den Boden nach dem Apparat.

»Sie haben die Wanze abmontiert«, teilte eine Stimme knapp mit.

»Wer?« Locke atmete tief durch.

»Entweder der mit der Brille oder das Mädchen selber.«

»Wo sind sie?«

»Sie sind nach Sagorinskaja gefahren, angeblich zu den Altgläubigen. Vielleicht ist das bloß ein Bluff? Zuerst haben sie eine Weile geredet und dann die Wanze rausgenommen.«

»Habt ihr die Karre von dem Bebrillten bestückt?«

»War bis jetzt nicht möglich.«

»Na schön, dann beobachtet sie weiter. Aber unauffällig. Steht ein Posten bei den beiden alten Weibern?«

»Natürlich! Zwei Mann.«

»Stellt noch einen dritten dazu. Und sag Bondar, er soll eine erstklassige Nutte auftreiben, eine, die Englisch spricht. Die beste, die er finden kann, kapiert?«

Locke drückte die Handytaste und ließ den Apparat auf den Teppich fallen. Sanft biß er in das zarte rosige Ohr, in dem mit kaltem Feuer ein kostbarer kleiner Brillant in einer antiken Platineinfassung funkelte.

* * *

Michael gelang es tatsächlich, die Altgläubigen zum Reden zu bringen. Ins Haus ließen sie ihn zwar nicht, aber auf der Straße erzählten sie bereitwillig. Lena dolmetschte wieder mechanisch, ohne auf den Sinn des Gesprächs zu achten.

Schon vor einer Weile waren ihr zwei junge Männer in offenen, teuren Lammfelljacken aufgefallen, die an den verschiedensten Stellen auftauchten. Sie taten immer ganz gelangweilt und verschwanden, sobald sie merkten, daß sie beobachtet wurden. Bis Sagorinskaja war ihnen ein nagelneuer grauer Niwa mit verschmiertem Nummernschild gefolgt. Er hielt einen respektvollen Abstand ein, dann verschwand er auf einmal, aber Lena wußte, dieser Wagen würde sie auch zurück in die Stadt begleiten.

»Ich soll dich von Major Ijewlew grüßen«, hatte Sascha ihr heute morgen rasch zugeraunt, als sie aus dem Hotel ins Freie traten. »Aber im Auto kein Wort darüber. Wir reden nachher. Vor den Spitzeln brauchst du keine Angst zu haben.«

»Sind es denn viele?« fragte Lena ebenfalls flüsternd.

»Wir zählen sie unterwegs.«

Seit diesem kurzen Gespräch waren sechs Stunden vergangen. Sie hatte mit Sascha noch nicht wieder sprechen können. Jetzt aßen sie in einem kleinen Café am Ortsrand. Die beiden Spitzel zogen ihre Lammfelljacken aus und setzten sich dreist an den Nachbartisch, was Lena ziemlich den Appetit verdarb.

Auf der Rückfahrt nickte Michael ein. Auch Lena fielen fast die Augen zu. Irgendwas ist hier faul, dachte sie. Wieso werden wir so genau unter die Lupe genommen? Ich war doch nur bei der Mutter von Wassili Slepak. Aber man durchsucht unsere Zimmer und installiert eine Wanze. Den Talkumpuder haben sie vielleicht für eine Droge gehalten. Als Michael von der Dose Talkum erzählt hat, habe ich mir gleich gedacht, daß die lokale Drogenmafia uns sicher für Kuriere hält. Wolkows Leute wären wohl kaum hinter einer bunten Blechdose her. Die Typen aus dem Niwa tun sich gar keinen Zwang mehr an. Sie beobachten uns ganz offen. Die reinste Ehreneskorte.

»Vielleicht war das Auto auch sauber«, sagte Sascha, als sie wieder im Hotel angekommen waren. »Hältst du noch eine halbe Stunde durch?«

»Wie meinst du das?« fragte Lena verwundert.

»Ich hätte nichts gegen eine Tasse von deinem genialen Kaffee.«

»Glaubst du, in meinem Zimmer kann man ruhig reden? Womöglich ist dort noch eine Reservewanze?«

»Nein«, sagte Sascha, »jetzt bestimmt nicht mehr. Während wir unseren Ausflug zu den Altgläubigen gemacht haben, ist dort jeder Quadratzentimeter untersucht worden.«

»Sag mal, hast du vielleicht irgendwas zu essen?« fragte Sascha, als sie allein waren. »Nachts kriege ich immer Freßanfälle.«

»Wie mir scheint, auch tagsüber«, bemerkte Lena. »Leider muß ich dich enttäuschen: Außer Tee, Kaffee und Zucker kann ich dir nichts anbieten.«

»Na, dann servier mir deinen Kaffee. Und laß dir etwas

gesagt sein, Lena. Mach dein privates Detektivbüro zu. Das kann ein schlimmes Ende nehmen.«

Lena schnürte ihre Schuhe auf, schlüpfte in Pantoffeln und setzte sich in den Sessel.

»Welches Detektivbüro, Sascha?« fragte sie.

»Du weißt schon Bescheid, markier nicht die Ahnungslose. Mir brauchst du keine Komödie vorzuspielen. Ich habe nicht die Absicht, als Doktor Watson bei dir anzuheuern.«

»Wie kommst du darauf, daß ich den Sherlock Holmes spielen will?«

»Wozu hast du denn den Besuch in der Malaja Proletarskaja gemacht?«

»Wozu macht man überhaupt Besuche? Ich bin doch nur zu zwei alten, hilflosen Frauen gegangen.«

»Und woher kennst du diese Pusteblümchen?«

»He, soll das ein Verhör sein? Was hast du überhaupt für einen Dienstgrad, Herr Milizionär?«

»Oberleutnant Wolkowez, Sicherheitsdienst der Russischen Föderation«, stellte sich Sascha vor und zog den Ausweis des FSB aus seiner Jackentasche.

»Sehr angenehm«, brummte Lena und sah sich das rote Büchlein genau an.

»Ein richtiges Verhör werde ich mit dir natürlich nicht veranstalten.« Sascha steckte den Ausweis wieder weg. »Aber ich meine es ernst. Mach Schluß mit deinen privaten Ermittlungen.«

»Vielleicht sollte ich mich überhaupt bei Michael entschuldigen und zurück nach Moskau fliegen? Und du suchst ihm einen anderen Dolmetscher?«

»Ehrlich gesagt, ich würde euch am liebsten beide nach Hause schicken«, sagte Sascha nachdenklich.

»Mit welcher Begründung?«

»Mit der Begründung, daß weder ich noch meine Behörde noch sonst irgendwer hier eure Sicherheit garantieren kann.«

»Und wenn ich dir sage, daß diese Omis von der Malaja Proletarskaja nur die Mutter und die Tante meines alten Bekannten Wassja Slepak sind? Beruhigt dich das?«

Sascha riß die Augen so weit auf, daß ihm die Brille auf die Nasenspitze rutschte. Er konnte einem direkt leid tun.

»Na schön«, sagte Lena seufzend. »Wassja Slepak hat vor ewigen Zeiten mal für eine Jugendsünde gesessen. Im Lager ist es ihm übel ergangen – er wurde von allen mißbraucht. Ich habe ihn kennengelernt, als ich mit einer Gruppe aus unserer Redaktion dort aufgetreten bin. Das ist schon endlos lange her, du warst damals noch ganz klein. Später habe ich durchgesetzt, daß eins seiner Gedichte veröffentlicht wurde. Die Zeitschrift habe ich seiner Mutter geschickt. Wassja und ich haben noch eine Zeitlang korrespondiert. Und jetzt, wo ich hier in Tjumen bin, habe ich Wassjas Mutter aufgesucht – aus Neugier oder anderen normalen menschlichen Regungen. Sieht das aus, als wollte ich Detektiv spielen?«

Obwohl Lena durchaus Vertrauen zu diesem mageren, immer hungrigen Sicherheitsmann hatte, war sie es doch langsam leid, ständig die gleiche Geschichte zu erzählen, die außerdem jeden Tag komplizierter und verworrener wurde. Sie wollte nicht zum wiederholten Male Spott und Unverständnis in fremden Augen sehen.

»Und ich warne dich, ich werde auch in Tobolsk Besuche machen. Wenn ich dich recht verstanden habe, willst du uns ja dorthin begleiten.«

»Und wen genau beabsichtigst du in Tobolsk zu besuchen?«

»Das ist meine Sache«, erwiderte Lena. »Mit dem Einbruch in unsere Hotelzimmer, dem verschwundenen Talkumpuder und den beiden Spitzeln im Niwa hat das nicht das geringste zu tun.«

»Weißt du, es ist spät geworden«, sagte Sascha, »morgen fahre ich ja wieder den ganzen Tag mit euch durch die Stadt, und abends geht's nach Tobolsk. Übrigens wäre es einfacher, wir fahren nicht mit dem Zug, sondern mit meinem Auto dorthin.«

»Gut, ich bespreche das mit Michael. Gute Nacht.«

Michael nahm den Vorschlag, mit Saschas Auto nach Tobolsk zu fahren, mit großer Begeisterung auf. Der Zug brauchte die ganze Nacht, und mit dem Wagen konnte man es in drei bis vier Stunden schaffen.

Vom frühen Morgen an waren sie auf den Beinen – besuchten das Museum für Heimatkunde und die Magazine der Zentralbibliothek und unterhielten sich mit einem Ethnologieprofessor aus dem Tjumener Pädagogischen Institut. Ihre Beschatter trotteten müde, aber beharrlich hinterdrein, und Lena freute sich insgeheim, daß sie den ganzen Tag lang nichts Interessantes beobachten konnten. Sascha war in gedrückter Stimmung, aber höflich.

»Siehst du«, meinte Lena spöttisch, als sie am späten Abend Tjumen verließen und nach Tobolsk fuhren, »ich bin nur eine friedliche, gewissenhafte Dolmetscherin. Nichts weiter. Hör mal, schaffen wir es tatsächlich in drei Stunden?«

»Wenn es keine Schneewehen auf der Straße gibt, dann ja.«

»Und wenn es welche gibt, bitten wir unsere netten Begleiter, die Straße zu räumen. Die sind doch bestimmt schon ganz erschöpft vom Nichtstun.«

»Du hast keinen Grund zur Fröhlichkeit«, sagte er kopfschüttelnd, »wir haben herausbekommen, wer dich verfolgt. Der einflußreichste Mann in dieser Gegend, sozusagen der Pate der Taiga.«

»Na schön, ich bin ganz ernst. Gleich kommen mir die Tränen. Habt ihr zufällig auch herausgefunden, was er von mir will?«

»Wenn du deine Besuche in Tobolsk machst, erzählt er es

dir vielleicht selbst. Übrigens kommt Ijewlew heute nacht mit dem Flugzeug an. Er fährt gleich weiter nach Tobolsk. Dann kann er sich mit dir herumschlagen.«

»Warum bist du so grantig? Es stimmt, ich habe einen ehemaligen Sträfling besucht. Aber sicher ist er längst ein ehrlicher, gesetzestreuer Bürger geworden.«

Sascha gab keine Antwort. Er starrte aufmerksam auf die finstere, verschneite Chaussee, die sich an der Eisenbahnlinie entlangschlängelte. Auf beiden Seiten der Straße dehnte sich die grenzenlose, undurchdringliche Taiga.

Kapitel 32

In Moskau war es wieder kalt geworden. Der März war schon zur Hälfte vorbei, aber der Frühling schien es sich noch einmal anders überlegt zu haben. Zur Nacht klarte der Himmel auf und bedeckte sich über und über mit funkelnden Sternen. Wolkow lenkte seinen alten schwarzen Mercedes über die leere Chaussee. Er fuhr jetzt immer mit diesem Auto, allein, ohne Chauffeur oder Bodyguard. In der letzten Zeit wollte er überhaupt nur noch allein sein. Manchmal ertappte er sich dabei, daß er laut dachte, mit Lena sprach und sich vorstellte, sie säße neben ihm. Überall sah er ihre schlanke Silhouette, spürte ihren Duft, glaubte den Klang ihrer dunklen, vollen Stimme zu hören. Er zählte die Tage bis zu ihrer Rückkehr.

Jetzt, nach einem langen, schweren Tag, vollgepfropft mit Terminen, Verhandlungen, dummer Musik und fremden, kalten Gesichtern, hatte er beschlossen, nicht in der Stadtwohnung zu schlafen, wo Regina auf ihn wartete, sondern auf die Datscha nach Peredelkino zu fahren. Er sehnte sich nach Stille, Ruhe, dem letzten weichen Schnee und reiner kalter Luft.

Er fröstelte ein wenig, achtete aber nicht weiter darauf.

Während er fuhr, sprach er einen langen, an Lena gerichteten Monolog:

»Was ich bisher verdient habe, reicht uns beiden für den Rest des Lebens. Ich habe ein kleines Haus in Griechenland, auf der wunderschönen Insel Kreta, direkt am Meer. Dort werden wir leben. Und wenn deine Tochter groß genug ist, schicken wir sie zum Studium nach Amerika oder England – wohin du willst. Wir werden gemeinsam alt werden, wir werden uns nicht einen Tag, nicht eine Stunde trennen. Ich werde deinem Kind ein guter Vater sein. Ich liebe Lisa schon jetzt, denn sie ist ja ein Teil von dir. Heute habe ich eine beträchtliche Summe auf ein Konto in der Schweiz überwiesen, auf eine der sichersten Banken der Welt. Das ist unser gemeinsames Geld, unsere Zukunft. Den Konzern überlasse ich meiner Frau, er ist für sie das Wichtigste.«

Er fuhr auf das Haus zu, ohne zu bemerken, daß im ersten Stock, in Reginas Zimmer, Licht brannte. Der Wachmann schlief wie immer in seinem Häuschen. Die Köchin kam ihm lächelnd entgegen.

»Regina Valentinowna hat gesagt, sie wolle ohne Sie nicht zu Abend essen«, teilte sie ihm munter mit.

Er zuckte zusammen. Das Frösteln verstärkte sich, Kopfschmerzen und eine watteartige Müdigkeit kamen hinzu.

»Da haben wir's«, sagte Regina, als sie ihn auf die Stirn küßte. »Du hast Fieber. Nun hast du dir also doch noch diese gräßliche Grippe eingefangen. Schnell ins Bett mit dir.«

»Ich dachte, du wärst in Moskau«, sagte er mit schwerer Zunge.

»Ich hatte so ein Gefühl, daß du hierherfährst. Komm, ich bringe dich ins Bett.«

Das Fieberthermometer zeigte neununddreißig Grad an. Regina zog ihm Schuhe und Hose aus, band ihm die Krawatte los.

»Wie konntest du bloß mit so hohem Fieber Auto fahren?

Warum hast du nicht angerufen? Ich hätte dir den Chauffeur geschickt oder dich selbst abgeholt.«

Erst jetzt merkte er, wie schlecht er sich fühlte. Schüttelfrost wechselte mit Schweißausbrüchen, alle Muskeln schmerzten gleichzeitig, auch die Haut tat weh. Sogar die Berührung des leichten Lakens war rauh und unangenehm.

Regina führte ein Glas mit einer durchsichtigen Flüssigkeit voller kleiner, stachliger Bläschen an seine Lippen. Sie schmeckte säuerlich.

»Was ist das?« fragte er, nachdem er gehorsam alles restlos ausgetrunken hatte.

»Lösliches Aspirin. Dein Fieber wird gleich zurückgehen, versuch einzuschlafen.«

Sie ließ nur eine kleine Nachttischlampe brennen und setzte sich leise in einen Sessel neben sein Bett. Wenige Minuten später war er eingeschlafen. Sein Atem ging schnell und röchelnd. Auf seiner Stirn glänzten Schweißtropfen, sein Mund war halb geöffnet.

Was soll's, dachte Regina, während sie sein bleiches, verschwitztes Gesicht betrachtete. Das kommt durchaus gelegen. Bis er wieder auf den Beinen ist, wird alles vorbei sein. Er kann mir nicht in die Quere kommen, krank, wie er ist. Wie die meisten kranken Männer wird er heftig leiden, sich selbst bedauern und an nichts anderes mehr denken.

»Lena«, hörte sie sein heiseres Flüstern, »meine Lena ... ich fühle mich so elend ... Es ist unser Geld ... Dort ist es im Winter warm, das Meer ist ruhig und klar ... hilf mir ...«

»Wenja«, rief Regina ihn leise an, »hörst du mich?«

»Wir tun niemandem weh ... niemandem, niemals ... Sie verzeihen uns ... Das war nicht ich, das war ein anderer Mann, aus einem anderen Leben ... eine sichere Bank ...«

Regina stand aus dem Sessel auf, ging zum Bett und beugte sich über sein blasses Gesicht.

»Wenja, ich bin hier, ich liebe dich«, sagte sie mit tiefer Stimme und fuhr mit der Hand über seine geschlossenen Augen, ohne sie zu berühren.

Seine Lider begannen zu zucken und hoben sich langsam. Er starrte sie mit roten, entzündeten Augen an und sagte:

»Regina, laß das. Ich schlafe nicht. Geh in dein Zimmer.«

»Ich möchte lieber noch eine Weile bei dir sitzen. Willst du vielleicht einen Tee?«

»Nein. Ich brauche nichts. Geh bitte.«

»Gut«, sagte sie und legte ihm die Hand auf die Stirn. »Ich glaube, die Temperatur ist gesunken. Sollen wir sie messen?«

Er stützte sich auf den Ellenbogen und sah ihr in die Augen.

»Sag mal, warum hast du diese plastischen Operationen machen lassen?«

»Na, guten Morgen!« sagte sie lächelnd. »Du tust, als wäre das gestern gewesen! Wie kommst du jetzt plötzlich darauf?«

»Früher war dein Gesicht schöner. Es war mir vertraut.«

»Wenja, es war scheußlich.«

»Es war echt. Ich habe es geliebt. Warum hast du das getan?«

»Mit diesem Gesicht konnte ich nicht leben«, sagte Regina kaum hörbar.

»Mit einem fremden Gesicht kann man nicht leben, mit dem falschen Gesicht einer Puppe.« Er ließ sich wieder auf das Kissen fallen und schloß die Augen. »Verzeih mir. Ich wollte dich nicht kränken. Geh schlafen. Es ist schon spät.«

»Regina Valentinowna, soll ich vielleicht einen Arzt rufen?« fragte Ljudmila flüsternd, als sie im Wohnzimmer aufeinandertrafen. »Es heißt, diese Grippe bringt scheußliche Komplikationen mit sich, für Herz und Nieren.«

»Ich bin selber Ärztin«, sagte Regina lächelnd. »Überleg

dir lieber etwas Gutes für mich zum Abendessen. Ich habe großen Hunger.«

»Etwas Leichtes oder etwas Sättigendes?« fragte die Köchin geschäftig.

»Lieber etwas Sättigendes. Haben wir Fleisch im Haus?«

»Mageres Schweinefleisch, ganz frisch. Ich war heute auf dem Markt.«

»Wunderbar. Mach mir ein gutes Schnitzel. Und reichlich Gemüse.«

Es war Mitternacht. Während sie auf das Essen wartete, zündete sich Regina eine Zigarette an, griff nach ihrem Handy und wählte eine Nummer.

»Grüß dich, Grischa«, sagte sie, »entschuldige, daß ich so spät noch anrufe. Ich habe dich hoffentlich nicht geweckt?«

»Wo denkst du hin, Regina, der Abend hat doch gerade erst angefangen!« erwiderte eine muntere Falsettstimme.

»Hör mal, Wenja hat Grippe. Vierzig Fieber. Stell dir vor, er ist den ganzen Tag krank herumgelaufen und hat gearbeitet. Jetzt liegt er bleich und schweißnaß im Bett, leidet und sagt, er hat möglicherweise irgendwas mit den Bankkonten verwechselt. Er hat mich gebeten, dich anzurufen. Sieh doch morgen früh mal nach dem Rechten, kontrolliere über deine Kanäle, was da los ist. Er scheint irgendeinen Vertrag verloren zu haben, so ganz habe ich das nicht verstanden. Leider habe ich von diesen Dingen überhaupt keine Ahnung. Du machst das für mich, ja?«

Sie drückte die Handytaste und saß eine Weile unbeweglich, schaute nur konzentriert auf die im Kamin züngelnden Flämmchen. Als Ljudmila das Essen brachte, klingelte das Telefon.

»Hast du mich gesucht?« hörte sie eine Stimme, bei deren Klang ihr Herz einen freudigen Sprung tat.

»Gottseidank«, sagte sie erleichtert in den Hörer.

»So sehr brennt es?« sagte die heisere Stimme spöttisch.

»Du freust dich ja wie über einen verlorenen Sohn. Dabei haben wir uns doch erst kürzlich gesehen. Komm morgen um achtzehn Uhr dreißig in den Sokolniki-Park. Zu dem Pavillon, du erinnerst dich?«

»Natürlich.« Regina lächelte.

Der nächtliche Anruf hatte ihren Appetit erheblich verstärkt. Das zarte, krosse Schnitzel verspeiste sie mit großem Behagen.

* * *

In Tobolsk quartierten sie sich im selben Hotel ein, in dem Wolkow sie vor vierzehn Jahren untergebracht hatte. Die Stadt war mit ihren stabilen Holzhäusern noch genau so gemütlich wie damals. Sie hatte Lena auch früher schon besser gefallen als das abgasverpestete, graue Tjumen mit seinen Plattenbauten.

Es gab noch viele alte, sogar historische Häuser, auch der berühmte hölzerne Kreml von Tobolsk war erhalten, der einzige in ganz Sibirien. Dort befand sich eine umfangreiche, kostbare Bibliothek mit einzigartigen Magazinen. Vierzehn Jahre war es nun her, daß Lena sie besucht hatte, und bis heute hatte sie diesen besonderen, aufwühlenden Geruch der alten Folianten nicht vergessen können, einen Geruch, den es nur in stillen Provinzarchiven gibt. Wie die ältliche Bibliothekarin damals gesagt hatte – in der Provinz atmet die Zeit anders, ruhiger und tiefer.

Als sie jetzt zusammen mit Michael den Bibliothekssaal betrat, erinnerte sich Lena wieder an diese alte Bibliothekarin, eine kleine, runzlige Frau mit schneeweißen, kurzgeschnittenen Haaren, die sich fröstelnd in ein riesiges wattiertes Umschlagtuch hüllte und die jungen Moskauer, die sich zu ihr verirrt hatten, in das Allerheiligste der Bibliothek führte. Anders als die meisten Provinzbewohner beklagte sie sich nicht über das trostlose, alkoholgeschwängerte Leben in ihrer öden Stadt, im Gegenteil, sie glaubte aufrichtig, daß man nirgends so gut leben könne wie in dem alten Tobolsk.

Ihr ganzes bewußtes Leben hatte sie zwischen Büchern verbracht, war nicht weiter gekommen als bis nach Tjumen. Frankreich kannte sie durch Balzac, England durch Dickens und war überzeugt, die Welt viel besser zu kennen als jemand, der sie kreuz und quer bereist hatte.

»Ich kenne viele Länder von innen, ich fühle ihre Seele. Natürlich würde ich gern den Louvre oder die Westminsterabtei sehen, aber ich halte mich nicht für benachteiligt, weil ich sie niemals erblicken werde.«

In ihrer kleinen staubigen Kammer bewirtete sie die jungen Leute mit Tee und Moosbeerkonfitüre und erzählte ihnen die Geschichte des sibirischen Kremls.

Damals war sie schon über siebzig. Jetzt war sie sicher nicht mehr am Leben. Trotzdem entschloß sich Lena, nach ihr zu fragen.

»Valentina Jurjewna lebt noch«, sagte die ältere Bibliotheksangestellte, »voriges Jahr ist sie ins Altersheim für Kriegsveteranen gezogen. Immerhin ist sie schon neunzig. Verwandte, die sie zu sich nehmen könnten, hat sie nicht. Sie steht allein auf der Welt.«

»Ganz allein ist sie nicht«, mischte sich ihre jüngere Kollegin ein. »Sie hat eine Tochter in Moskau. Die soll es angeblich weit gebracht haben.«

»Ja, die Tochter«, sagte die ältere traurig. »Wir haben geschrieben, haben angerufen. Sie hat es nicht für nötig gehalten, herzukommen. Sie überweist Geld für den Unterhalt, aber besucht hat sie ihre Mutter nicht ein einziges Mal. Die Bedingungen im Altersheim sind natürlich gut, Valentina hat ein Einzelzimmer, manchmal gehen wir auch vorbei. Besuchen Sie sie doch, wenn Sie Zeit haben. Sie freut sich so über jeden Besuch.«

»Sie wird sich kaum an mich erinnern«, meinte Lena kopfschüttelnd, »es ist schon so viele Jahre her.«

»Sie erinnert sich bestimmt noch. Sie hat ein ausgezeichnetes Gedächtnis. Und auch wenn nicht, sie wird sich trotzdem freuen. Sie wissen doch, wie wichtig für alte Leute etwas Aufmerksamkeit ist.«

»Gut«, sagte Lena, »geben Sie mir die Adresse, dann gehe ich hin.«

»Sie können auch Ihren Professor mitnehmen. Besser als Valentina kennt niemand die Geschichte von Tobolsk. Außerdem liest sie bis heute englische und französische Bücher. Für sie wird das ein richtiger Festtag sein – mit einem Professor aus New York Englisch sprechen zu können.« Die ältere Bibliothekarin schrieb die Adresse auf einen Zettel und erklärte den Weg.

Als Lena das Papier entfaltete und las: »Gradskaja, Valentina Jurjewna«, überlegte sie einen Augenblick. Es war weniger der Nachname, der sie stutzig machte, als vielmehr Vor- und Vatersname. Valentina Jurjewna, so hatte sich die falsche Ärztin genannt. Aber sie wies sich gleich wieder zurecht: Unsinn, das ist ein Zufall. So etwas kann nicht sein.

* * *

Major Ijewlew kam spät nachts in Tjumen an. Fünf Stunden Schlaf reichten ihm. Um acht Uhr morgens wachte er auf, machte rasch seine Gymnastik, rieb sich nach alter Armeetradition bis zum Gürtel mit eiskaltem Wasser ab, frühstückte auf die Schnelle am Hotelbüfett und ging dann zur Staatsanwaltschaft. Den ganzen Tag saß er im Archiv und studierte die dicken Wälzer mit den zwölf Jahre alten Kriminalakten.

Im Vergleich zu anderen Serienmördern war Nikita Slepak ein Waisenknabe. Er verhöhnte seine Opfer nicht, schnitt ihnen weder die Bäuche auf noch die Gliedmaßen ab, er aß auch keine Organe und spannte niemanden auf eine Folterbank. Seine Opfer waren keine kleinen Kinder, sondern junge Mädchen im Alter von fünfzehn bis achtzehn Jahren. Vier waren erwürgt worden, zwei hatte er mit einem Messerstich ins Herz getötet. Alle waren zuvor vergewaltigt worden, allerdings nicht auf irgendeine pervertierte Weise.

Als Serienmörder konnte man Slepak nur unter großem Vorbehalt bezeichnen. Sein erstes Opfer war die achtzehnjährige Galina Kuskowa aus Tjumen. Als fünftes Kind einer kinderreichen, mittellosen Familie litt Galina unter leichter Oligophrenie. Nach Abschluß der achtjährigen Hilfsschule fand sie nirgends Arbeit und verdiente sich ihren Lebensunterhalt durch Prostitution, obwohl es diesen Erwerbszweig Ende der siebziger Jahre in unserem Land bekanntlich gar nicht gab.

Von der Fotografie blickte Ijewlew eine hinreißende Schönheit an, der reinste Hollywoodstar. Ihr ständiger Aufenthaltsort war das Restaurant »Moskowski«, das teuerste und schickste in der ganzen Stadt. Der niedrige Intelligenzquotient der Schönen irritierte ihre Kunden – solide Geschäftsreisende und reiche kaukasische Händler – nicht weiter.

Ihre Leiche wurde im September 1979 auf einem verlassenen Grundstück in der Nähe des Neubaugebiets am Stadtrand gefunden. Die Experten stellten fest, daß der Tod durch Erwürgen eingetreten war. Vor dem Tod hatte sich das Mädchen in stark alkoholisiertem Zustand befunden und sexuellen Kontakt mit einem Mann gehabt. Seltsam war, daß der Mörder sich weder für ihr Geld noch für ihren Goldschmuck interessiert hatte. An ihren Fingern steckten noch drei teure Ringe, in den Ohren waren Ohrringe mit Saphiren. Neben ihr lag die verschlossene Handtasche mit Paß und dreihundertsiebzig Rubeln – keine geringe Summe für die damalige Zeit. Später stellte sich allerdings heraus, daß ein kleiner vergoldeter Glöckchen-Anhänger verschwunden war, den die Ermordete an einer dünnen silbernen Kette um den Hals getragen hatte. Aber von allem, was das Mädchen bei sich gehabt hatte, war dieser Anhänger das billigste gewesen.

Nach Aussagen von Zeugen hatte Galina das Restaurant an diesem Abend zusammen mit Mustafa Saidow, einem Aserbaidschaner, verlassen und in dessen Zimmer im Hotel »Sarja« ungefähr anderthalb Stunden verbracht. Der Portier und der Geschäftsführer erklärten kategorisch, das Mädchen habe um elf Uhr zwanzig das Hotel verlassen, allein, lebendig und unversehrt, allerdings sturzbetrunken. Danach hatte sie an diesem Abend niemand mehr lebend gesehen.

Die nächste Leiche wurde sieben Monate später gefunden, im April 1980 in Tobolsk. Die fünfzehnjährige Marina Laritschewa, Schülerin der neunten Klasse, wurde auf einer verlassenen Baustelle gefunden – ebenfalls erwürgt.

Am Vorabend hatte sie eine Freundin besucht, die ihren Geburtstag feierte. Die Eltern der Freundin waren nicht zu Hause, die Halbwüchsigen waren sich selbst überlassen. Wodka und billiger Portwein flossen in Strömen, die Musik dröhnte. Gegen Mitternacht verzankte sich Marina mit ihrem jungen Freund und verließ die Feier, ohne jemandem ein Wort zu sagen. Sie war stark betrunken. Auf dem toten Gesicht lag eine dicke, verschmierte Schicht Make-up. Ihr billiges Armband aus Neusilber, das sie am rechten Handgelenk getragen hatte, war verschwunden. Aber die teuren goldenen Ohrringe steckten noch in den Ohren.

Nach nur drei Monaten fand man erneut eine Leiche, in einem Wäldchen am Stadtrand von Tjumen, nicht weit entfernt vom städtischen Sommerlager, in dem die älteren Schüler der Technischen Berufsschule Ferien machten. Wieder war es ein stark betrunkenes und auffällig geschminktes Mädchen. Die sechzehnjährige Irina Koslowa, die im Waisenhaus aufgewachsen war, absolvierte an der Berufsschule eine Ausbildung als Anstreicherin und war nicht gerade für ihr vorbildliches Benehmen bekannt. Bei einer Disco im Lager wurde sie in eine Schlägerei verwickelt und rannte davon. Danach hatte sie niemand mehr gesehen. Der Mörder erwürgte auch sie mit bloßen Händen. Von ihren zahlreichen billigen Schmuckstücken fehlte nur ein silberner Siegelring, den Irina am kleinen Finger zu tragen pflegte.

Später erklärte eine ihrer Freundinnen, sie habe vor dem Disco-Abend, als es noch hell war, »so einen blonden Typ, noch nicht sehr alt, schlecht angezogen und sternhagelvoll« am Zaun herumschleichen sehen. Sie habe bei ihm sogar eine Zigarette geschnorrt. Auf seiner Hand sei eine Tätowierung gewesen, ob es Buchstaben oder Ziffern waren, habe sie nicht erkannt, »solche kleinen dunkelblauen Krakel«.

Wieder blieb der Mord unaufgeklärt. Niemandem war es bis dahin in den Sinn gekommen, auf Gemeinsamkeiten dieser drei Verbrechen zu achten.

Weitere zehn Monate später, Ende Mai 1981, wurde die vierte Leiche gefunden – in Tobolsk, auf derselben verlassenen Baustelle, wo ein Jahr zuvor, im April 1980, die Schülerin Marina Laritschewa ermordet worden war. Die achtzehnjährige Olga Fomitschewa studierte im zweiten Semester am Pädagogischen Institut von Tobolsk. Im Unterschied zu den drei vorhergehenden Opfern war dieses Mädchen nicht betrunken. Sie trank überhaupt keinen Alkohol, war eine vorbildliche Studentin und besuchte auch keine Diskotheken. Der Vergewaltiger entjungferte sie und tötete sie mit einem Messerstich ins Herz. Der Stich war so präzise, daß fast kein Blut floß und der Tod auf der Stelle eintrat. Die Mordwaffe wurde nicht gefunden. Es wurde überhaupt nichts gefunden. Die ganze Nacht hatte es stark geregnet, der Regen hatte alle Spuren weggewaschen – vom Boden ebenso wie von der Kleidung der Getöteten. Eine große Tasche aus billigem Kunstleder lag neben ihr. Darin befanden sich Kladden mit Vorlesungsmitschriften, einige Bücher, ein Kamm, ein kleiner Spiegel und ein Portemonnaie mit fünfundfünzig Rubeln.

Zusammen mit einer Freundin hatte Olga um sechs Uhr abends den Lesesaal der Institutsbibliothek verlassen. Die Freundin lud sie zu sich nach Hause ein. Dort blieb Olga länger als geplant und machte sich erst um halb eins auf den Heimweg. Die Freundin wohnte nicht weit von der unseligen Baustelle entfernt. Olgas Eltern machten sich fast sofort große Sorgen. Um drei Uhr nachts weckten sie ihren Nachbarn, den Oberleutnant der Miliz Igor Sacharow. Eine seltsame Eingebung führte Igor sofort zu der Baustelle.

Olga trug keinen Schmuck, weder billigen noch teuren. Der Mörder nahm nur eine kleine Uhr an sich, die einundzwanzig Rubel gekostet hatte.

Sacharow war der erste, dem der Gedanke kam, daß alle vier Morde von ein und demselben Täter begangen worden sein könnten. Er fuhr nach Tjumen, studierte die Akten und entwarf zum Verdruß des Staatsanwalts immer neue, ausgefeiltere Täterprofile.

Der Mörder ist äußerst vorsichtig, obwohl er nicht versucht, die Leichen zu verstecken. Geld und Wertsachen interessieren ihn nicht, aber er nimmt von jedem Opfer irgendein Andenken mit, das heißt, die Morde haben für ihn auch Ritualcharakter. Er ist wahnsinnig, aber nicht dumm. Er bringt es fertig, am Tatort praktisch keinerlei Spuren zu hinterlassen außer seinem Sperma. Niemand hat ihn je zu Gesicht bekommen. Jedes seiner Verbrechen ist sorgfältig geplant und durchdacht. Möglicherweise ist er mit den Grundbegriffen der Kriminalistik vertraut, sonst würde er nicht so professionell vorgehen. Es scheint ein gebildeter, kultivierter Mann mit schweren psychischen Problemen zu sein.

Die Fälle waren von vier verschiedenen Untersuchungsführern bearbeitet worden. Sacharow gelang es, die Gutachten der Gerichtsmediziner zu bekommen, aus denen hervorging, daß das Sperma, das man in den Körpern der vier vergewaltigten Mädchen gefunden hatte, von ein und demselben Mann stammen konnte. Trotzdem weigerten die Behörden sich strikt, die beiden Tjumener und die beiden Tobolsker Morde zu einem Fall zusammenzufassen.

Im Juni 1982 wurde die fünfte Leiche gefunden, auf einer Baustelle in Tjumen. Ein Mitschüler der ermordeten sechzehnjährigen Schülerin der Technischen Berufsschule Nr. 8, Natascha Koloskowa, erklärte, er habe einen großen hellblonden Mann gesehen, der sich an der Tür zur Aula herumgetrieben habe. Das Mädchen war vergewaltigt und erwürgt worden. Von ihrem Hals war ein Schmuckstück verschwunden – ein billiges emailliertes Herzchen-Medaillon mit einer gemalten roten Rose darauf.

Nur zehn Tage später wurde im Stadtpark von Tobolsk wieder ein totes Mädchen entdeckt, Angela Nassjebulowa, siebzehn Jahre alt. Sie war vergewaltigt und mit einem Messerstich ins Herz getötet worden. Laut Gutachten des Gerichtsmediziners war sie nicht nur stark alkoholisiert gewesen, sie hatte auch unter Drogen gestanden und allen Anzeichen nach keinen Widerstand geleistet, da sie gar nicht begriffen hatte, was ihr geschah. Die Mordwaffe wurde nicht gefunden.

Es blieb offen, ob der Getöteten irgendein Schmuckstück entwendet worden war oder nicht. Das Mädchen war eine Waise, ohne Ausbildung und ohne Arbeit, es lebte bei seiner Tante, einer Alkoholikerin, die sich nicht daran erinnern konnte, was für »Klunker« Angela besaß. Aber das Sperma war wieder das des »stillen Mörders«. Den »Stillen« hatte ihn Sacharow als erster genannt, und so hieß er seitdem in den Einsatzberichten.

Bei den Akten fand Ijewlew ein psychologisches Gutachten von drei Seiten. In diesem halboffiziellen Dokument stand etwa folgendes: Die Morde und Vergewaltigungen wurden von einem Mann zwischen vierzig und fünfzig begangen, mit Realschul- oder Berufsschulabschluß und sehr niedrigem Bildungsniveau. Verheiratet, Trinker, psychisch labil. Möglicherweise bei der Drogen- oder psychologischen Fürsorgestelle seines Wohnorts registriert. Hat wahrscheinlich als Heranwachsender Schwierigkeiten mit dem anderen Geschlecht gehabt, vielleicht eine schwere Kränkung oder einen Mißerfolg erlebt, der ihn für sein ganzes späteres Leben traumatisiert hat. Es liegt das sogenannte heboide Syndrom vor, Überreste von pubertären Komplexen im Erwachsenenalter. Durch den Mord an halbwüchsigen Mädchen bestätigt er sich gleichsam unbewußt selbst, rächt sich für die ihm in der Jugend zugefügte Kränkung. Höchstwahrscheinlich wird er seine Schuld kategorisch leugnen und einen hysterischen Anfall und Amnesie vortäuschen.

Unter dem Dokument stand die Unterschrift:

Dr. med. R. V. Gradskaja, Serbski-Institut für allgemeine und Gerichtspsychiatrie.

Richtig, der gründliche Sacharow war damals im November nach Moskau gefahren, um ebendieses Dokument zu bekommen. Damit die Psychiaterin Gradskaja ein psychologisches Porträt des Täters verfassen konnte, mußte sie mit den Ergebnissen der Untersuchung vertraut gewesen sein – wenn auch nur durch Sacharows Worte.

Bereits Ende Dezember war in Tjumen Nikita Slepak verhaftet worden – fünfundvierzig Jahre alt, mit Realschulabschluß, verheiratet, Alkoholiker, registriert bei der Drogen- und bei der psychologischen Beratungsstelle.

Der Quartalssäufer Slepak hatte in betrunkenem Zustand versucht, an einem Bierstand Schmuck und eine Uhr zu verkaufen. Er hatte randaliert, sich in der Schlange vorgedrängt, der Verkäuferin den billigen Nippes unter die Nase gehalten und dafür Bier haben wollen. Der Milizionär des Bezirks war gerade in der Nähe gewesen. Die Verkäuferin, der der zudringliche Säufer auf die Nerven ging, hatte laut gerufen: »He, Miliz!«

Nikolai Ijewlew betrachtete die Fotografien und las die genaue Beschreibung der Gegenstände, die man Nikita Slepak bei der Festnahme abgenommen hatte. Es war das komplette Sortiment der Schmuckstücke, die den ermordeten Mädchen gestohlen worden waren.

Slepak war sturzbetrunken, randalierte, im Protokoll war festgehalten, daß er bei seiner Festnahme aktiven Widerstand leistete. Nachdem er seinen Rausch ausgeschlafen hatte, erklärte er, den Schmuck habe er nicht gestohlen, sondern gefunden, und zwar nicht irgendwo auf der Straße, sondern in der Tasche seiner eigenen Steppjacke.

Bei der Hausdurchsuchung wurde hinter dem Ofen ein Pullover mit Blutflecken gefunden. Es war das Blut der ermordeten Angela Nassjebulowa, des letzten Opfers des »Stillen«. Ein sorgfältig abgewaschenes kleines Fahrtenmesser mit Plastikgriff war in den Pullover eingewickelt. Die Art der Wunde deutete auf genau so eine Waffe hin. Slepaks Blutgruppe stimmte mit der überein, die die Ergebnisse der Spermaanalyse nahelegten.

Slepak fuhr häufig zu einem Verwandten nach Tobolsk, wohnte dort über längere Zeit und nahm alle möglichen Gelegenheitsarbeiten an. Im Anschluß daran vertrank er alles, was er verdient hatte, manchmal gleich in Tobolsk, zusammen mit dem Verwandten. Manchmal gerieten sie sich auch in die Haare, dann fuhr Slepak nach Tjumen zurück und trank dort. Er hatte keinerlei Alibi – nicht in einem der sechs Fälle. Zu alledem kam noch, daß er groß, breitschultrig und blond war. Auf seine linke Hand war in winzigen Buchstaben »NIKITA« tätowiert.

Lange begriff er nicht, was man von ihm wollte. Aber nachdem man ihn in der Gemeinschaftszelle des Tjumener Untersuchungsgefängnisses fast totgeprügelt hatte, ihm den Schädel eingeschlagen und die Geschlechtsteile zerquetscht hatte, verfiel er in einen Zustand stiller Paranoia. Seit dieser Zeit antwortete er auf alle Fragen nur mit vier Worten: »Ich habe niemanden umgebracht.« Aber die Ärztekommission erklärte, er sei zum Zeitpunkt der Verbrechen zurechnungsfähig gewesen.

Slepak legte kein Schuldgeständnis ab, schrieb aber auch keine Anträge oder Bittschriften, wandte sich an keine höhere Instanz. Sein Rechtsanwalt erfüllte kaum seine gesetzlichen Pflichten. Die Angehörigen der ermordeten Mädchen beschimpften Slepak im Gerichtssaal, nannten ihn Tier, Mißgeburt, Ungeheuer. Zwei Leuten wurde sogar schlecht. Selbst wenn noch irgendwer an seiner Schuld oder an der Stichhaltigkeit der Beweise gezweifelt hatte, in dieser Atmosphäre wirkte jeder Zweifel albern, fast blasphemisch. Alles paßte zusammen. In Rekordzeit war der Täter gefaßt und unschädlich gemacht worden. Wer weiß, wie viele Opfer es sonst noch gegeben hätte? Die Justiz hatte triumphiert.

Das Bezirksgericht von Tjumen verurteilte Nikita Slepak zum Tod durch Erschießen. Das Urteil wurde im Frühjahr 1983 vollstreckt. Bis zur letzten Stunde seines Lebens wiederholte Slepak wie eine Beschwörung die vier Worte: »Ich habe niemanden umgebracht!«

Nur ein Mensch äußerte Zweifel an der Schuld von Nikita Slepak – Oberleutnant Igor Sacharow. Aber er wurde im November 1982 unter mysteriösen Umständen ermordet. Man schrieb diesen Mord irgendwelchen Rowdys zu. Spuren wurden nicht gefunden. Der Tod von Igor Sacharow blieb ein Geheimnis.

Kapitel 33

»Guten Tag. Sind Sie Nadeshda Iwanowna Sacharowa?«

»Ja, die bin ich«, sagte die pummelige, grauhaarige Frau und wischte sich die mehlbestäubten Hände an der Schürze ab.

»Mein Name ist Poljanskaja. Ich komme aus Moskau. Vor zwölf Jahren haben Sie mir eine Erzählung Ihres Sohnes Igor in die Redaktion meiner Zeitschrift geschickt.« Lena zog den alten Brief aus der Tasche und reichte ihn der Frau.

Nadeshda Iwanowna nahm ihn vorsichtig mit den Fingerspitzen entgegen.

»Ach so, Sie sind also diese Journalistin? Natürlich, ich erinnere mich. Kommen Sie doch herein, legen Sie ab, dort sind Pantoffeln. Entschuldigen Sie, ich bin gleich wieder da.«

Sie lief in die Küche, aus der es nach Angebranntem roch. Ohne Schürze kehrte sie zurück und bat Lena ins Wohnzimmer. An der Wand hing ein großes Foto von Sacharow.

»Nadeshda Iwanowna, ich weiß, daß Ihr Sohn in der Einsatzgruppe war, die mit den Ermittlungen im Fall Slepak beauftragt war.«

»Was denn, hat man erneut beschlossen, den wirklichen Mörder zu suchen? Nach so vielen Jahren?«

»Wieso erneut?« fragte Lena leise und merkte, wie ihre Finger kalt wurden.

»Es war doch schon einmal eine Frau da, sie kam extra aus Moskau angereist, eine Untersuchungsführerin bei der Obersten Staatsanwaltschaft. Das ist lange her, ich glaube, es war 1984. Ein Jahr, nachdem Slepak verurteilt worden war. Sie hat mich ausführlich darüber befragt, was Igor mir damals erzählt hat. Ich habe ihr sein Tagebuch gegeben und noch einige andere Papiere. Wissen Sie, ich habe so gehofft, daß man doch noch den Richtigen findet und damit auch den, der meinen Sohn …«

Sie schluckte krampfhaft und sprach nicht weiter.

»Verzeihen Sie, Nadeshda Iwanowna, aber sind Sie vollkommen sicher, daß diese Frau von der Staatsanwaltschaft war?«

»Natürlich, ich bin doch nicht auf den Kopf gefallen. Sie hat mir ihren Ausweis gezeigt, ein rotes Büchlein. Und ihre Fragen waren sehr professionell. Schließlich war mein Sohn Milizionär, in diesen Dingen kenne ich mich also aus.«

»Verzeihen Sie mir noch einmal, aber mich haben Sie nicht nach meinem Ausweis gefragt«, bemerkte Lena.

»An Sie erinnere ich mich ja noch«, sagte die Frau lächelnd. »Sie sind im Klubhaus der Miliz aufgetreten, ich habe in der ersten Reihe gesessen. Ihr Gesicht vergißt man nicht so schnell. Sie haben sich auch gar nicht verändert. Ihre Zeitschrift hatte ich viele Jahre abonniert. Sie haben dort als Sonderkorrespondentin gearbeitet, unter Ihren Artikeln stand Ihr Foto. Denken Sie nur nicht, ich ließe irgendeine Abenteurerin in mein Haus.«

»Nadeshda Iwanowna, wenn Sie ein so gutes Gedächtnis für Gesichter haben, wissen Sie dann vielleicht auch noch, wie diese Frau aussah?«

»Genau kann ich sie natürlich nicht mehr beschreiben. Aber sie war – wie soll ich sagen? Äußerlich unangenehm, ein häßliches Gesicht. Wissen Sie, manchmal sieht ein Mensch abstoßend aus, aber kaum spricht man mit ihm, vergißt man es. Eine sehr charmante Frau, aber ihren Namen habe ich nicht mehr im Kopf.«

»Haben Sie irgendeinem von Igors Kollegen von diesem Besuch erzählt?«

»Wo denken Sie hin! Sie hat mich von Anfang an gewarnt, daß die Staatsanwaltschaft den Fall geheim behandelt. Es gäbe Anhaltspunkte dafür, daß der wirkliche Mörder bei der Miliz arbeitet. Alles sei so geschickt inszeniert gewesen, als habe der Täter jedes Detail der Ermittlungen gekannt. Deshalb hat sie mich gebeten, niemandem etwas zu sagen. Ich habe sogar eine entsprechende Erklärung unterschrieben. Ein offizielles Formular, von der Staatsanwaltschaft der UdSSR. Igors Tagebuch wollte sie mir später zurückgeben, aber offenbar ist die ganze Sache im Sande verlaufen, und dann war ihr nicht mehr danach.«

Ja, dachte Lena, ihr war nicht danach.

»Sie haben also keinerlei Unterlagen mehr?« fragte sie laut.

»Nein. Alles, was ich hatte, habe ich ihr gegeben. Viel war es ohnehin nicht – eine Kladde mit seinem Tagebuch und die Entwürfe für ein paar Anträge, die er schreiben wollte.«

»Wissen Sie noch, an wen die Anträge gerichtet waren?«

»Eben dorthin, an die Oberste Staatsanwaltschaft.«

Der Besuch bei Nadeshda Iwanowna Sacharowa hatte nicht lange gedauert. Lena hatte Michael versprochen, um sechs zurück zu sein. Er war ganz besessen von der Idee, die alte Bibliothekarin gleich heute aufzusuchen.

»Ein Mensch, der so lange in einer Bücherei gearbeitet hat, muß einfach vieles wissen«, erklärte er. »Außerdem kann diese alte Lady von den zwanziger und dreißiger Jahren erzählen, von der Entkulakisierung und davon, wie die Bolschewiki Jagd auf die heidnischen Schamanen gemacht haben. Sie ist eine Augenzeugin. Eine solche Gelegenheit darf man nicht versäumen.«

Lena hatte vor, am nächsten Tag nach dem Haus zu suchen, in dem Wolkow früher gewohnt hatte. Sie wußte die Adresse nicht mehr, aber sie hoffte, es aus dem Gedächtnis zu finden. Bestimmt lebten dort noch Leute, die sich an ihn erinnerten. Sie wollte vorgeben, einen Artikel über die Kindheit und Jugend des berühmten Produzenten zu schreiben.

Sie kam zehn Minuten zu spät. Im Foyer des Hotels saßen Michael und Sascha und zwischen ihnen eine unbekannte Schöne, die sich mit Michael lebhaft auf Englisch unterhielt.

Das Mädchen sah umwerfend aus – flammendrote, taillenlange Haare, grüne Mandelaugen, hohe Wangenknochen, ein großer sinnlicher Mund. Gekleidet war sie einfach und teuer – eine hellgraue Wollhose und ein schwarzer Kaschmirpullover.

Lena ging auf die drei zu und blieb dann unentschlossen stehen.

»Da bist du ja endlich!« rief Michael erfreut. »Darf ich vorstellen, das ist Natascha.«

Das Mädchen warf Lena einen taxierenden Blick zu, nickte kühl und fuhr fort, Michael ihr Rezept für die Zubereitung echter sibirischer Pelmeni mitzuteilen. Aber Michael unterbrach sie.

»Entschuldigen Sie, Natascha«, sagte er lächelnd und stand aus seinem tiefen Sessel auf, »für uns wird es Zeit. Wir haben heute noch eine Verabredung.«

»Sie haben ja wirklich ein volles Programm«, zwitscherte Natascha schmachtend und stand ebenfalls auf. »Also es bleibt dabei, Michael?«

Sie war einen ganzen Kopf größer als Lena und sah mit hochmütigem und vernichtendem Blick auf sie herab.

»Natascha besitzt noch alte Kochbücher vom vorigen Jahrhundert mit Rezepten aus dieser Region«, erklärte Michael schuldbewußt, als sie gemeinsam mit Sascha, der die ganze Zeit geschwiegen hatte, zum Auto gingen.

»Sie hat dich also zu sich nach Hause eingeladen? Und du hältst mir Moralpredigten, Michael«, meinte Lena kopfschüttelnd.

»Mein liebes Kind, ich bin in einem Alter, in dem ich mir gewisse Freiheiten erlauben kann, erst recht in einem fremden Land wie Sibirien, am Ende der Welt. So ein bildschönes Mädchen, eine echte Sibirjakin. Die Arme hat niemanden, mit dem sie Englisch sprechen kann, sie vergißt die Sprache und ist darüber sehr traurig.«

»Lebt sie hier?«

»Nein, sie ist aus Omsk, hier ist sie bei ihrer Tante zu

Besuch. Die Tante wohnt in einem Haus aus dem vorigen Jahrhundert, einer echten Isba.«

»Und was hat sie im Hotel gemacht?«

»Kaffee an der Bar getrunken.«

»Michael, sie ist doch nicht ...«

»Nein«, versicherte Michael entschieden, »sie ist keine Prostituierte. Prostituierte sehen ganz anders aus und bändeln anders an. Glaub mir, ich kenne mich da aus.«

»Hast du auf diesem Gebiet so viele Erfahrungen?«

»Jedenfalls mehr als du«, brummte Michael sarkastisch.

»Sascha, was sollen wir tun?« fragte Lena leise. »Er ist imstande und geht zu dieser Tussi.«

»Kriegst du's mit der Angst zu tun? Wenn sie deinen alten Knaben kidnappen, wirst du endlich auf mich hören. Ich habe dich gewarnt.«

»Hör auf, Sascha!« Lena war den Tränen nahe. »Das ist wirklich eine Nutte, und ganz offensichtlich ist sie auf ihn angesetzt.«

»Was du nicht sagst!« Im Rückspiegel sah man Saschas geheucheltes Entsetzen. »Darauf wäre ich nie gekommen! Naiv wie ich bin, habe ich gedacht, der schönen Natascha hat es die schicke Glatze deines alten Knackers angetan. Nebenbei bemerkt, sie hat ihn sehr professionell angebaggert. Das Mädchen ist Extra-Klasse, da kann man direkt neidisch werden. Nur eins hab ich nicht kapiert – hält dein Professor sich tatsächlich für so unwiderstehlich? Er hat ja alles für bare Münze genommen.«

»Er ist einfach ein sehr geselliger Mensch, und gegen ein kleines Abenteuer hat er natürlich auch nichts. Und wenn dann eine solche Schönheit aufkreuzt ...«

»Ich glaube, sie wird ihn nicht enttäuschen und auch kein Geld von ihm nehmen«, bemerkte Sascha nachdenklich.

»Willst du etwa selber Michael zu dieser Mafia-Mieze fahren?« Lena lachte nervös auf.

»Aha, jetzt bin ich der böse Kuppler, der deinen kostbaren

Professor der Mafia ans Messer liefert.« Sascha kniff beleidigt die Lippen zusammen. »Warum so mißtrauisch? Du bist doch ein kluges Köpfchen, streng deine kleinen grauen Zellen ein bißchen an!«

»Na schön, wie du meinst. Ihr wollt durch sie herausbekommen, wer …«

»Das tun wir schon.«

»Bestimmt redet ihr von mir altem Playboy, oder?« ließ sich Michael vernehmen.

»Worüber wohl sonst?« brummte Lena.

Unterwegs hielten sie an einem kleinen Markt und kauften einen Strauß weißer Rosen.

Das Altersheim lag am Stadtrand von Tobolsk. Es war ein vierstöckiges Ziegelsteingebäude, das an ein Krankenhaus oder eine Schule erinnerte. Am Eingang hielt sie ein bewaffneter Wachmann an.

»Zu wem wollen Sie?«

»Zu Valentina Jurjewna Gradskaja, Zimmer 130.«

»Können Sie sich ausweisen?«

Lena reichte ihm ihren Presseausweis und Michaels blauen Paß.

»Sie können gehen«, sagte der Wachmann und gab ihnen die Ausweise zurück. »Erster Stock, über den Flur nach links.«

Im Flur lag ein dicker Läufer. Auf den Fensterbrettern standen Blumentöpfe. Alles war sauber und seltsam still. Keine Menschenseele begegnete ihnen.

»Herein, herein!« antwortete ihnen auf ihr Klopfen eine lebhafte Greisenstimme.

Sie waren überrascht, in dieser staatlichen Institution ein so wohnliches, gemütliches Zimmer zu sehen: in der Mitte ein runder Tisch, an den Wänden Bücherregale vom Boden bis zur Decke, ein kleiner antiker Sekretär, darauf eine nagelneue Schreibmaschine und ordentlich gestapelte

Manuskripte, ein niedriger Diwan, den ein riesiges Häkeltuch bedeckte, ein elegantes Wandbord vom Ende des vorigen Jahrhunderts, auf dem ein Plattenspieler aus den sechziger Jahren und zwei Reihen Schallplatten standen.

Valentina Jurjewna hatte sich kaum verändert – immer noch dasselbe schneeweiße, ordentlich frisierte Haar, dieselbe Seidenbluse mit dem runden kleinen Kragen und der zierlichen Brosche am Hals. Sie war noch magerer geworden, und in ihrem Gesicht war etwas Rührend-Kindliches. Lena hatte schon früher bemerkt, daß bei sehr alten Menschen, die ein langes Leben hinter sich haben, ohne verbittert geworden zu sein oder ihren klaren Verstand verloren zu haben, die Gesichter kindlich werden – als kehre der Mensch wieder an den Anfang seines Lebenskreises zurück, zu einer geheimnisvollen, ewigen Weisheit, wie sie nur kleinen Kindern und uralten Greisen zugänglich ist.

»Wenn ich Sie anschaue, habe ich gar keine Angst mehr vorm Alter«, sagte Michael auf Englisch und reichte ihr mit einem Lächeln die Hand. »Professor Barron, Columbia-Universität, New York.«

»Sehr angenehm. Wenn ich recht verstehe, haben meine Kollegen aus der Bibliothek Ihnen empfohlen, mich zu besuchen. Sie sind vermutlich Historiker?« Sie sprach ein klassisches Englisch, ohne die amerikanische Unsitte, die Vokale zu verzerren. »Und Sie, mein Kind, sind sicher die Dolmetscherin?« wandte sie sich auf Russisch an Lena. »Ich denke, Sie werden sich über eine kleine Erholungspause freuen.«

Lena beschloß, vorläufig nichts davon zu sagen, daß sie sich schon einmal begegnet waren. In vierzig Minuten würde Sascha Michael abholen, um ihn zu seinem Rendezvous mit der schönen Natascha zu bringen, und sie würde hierbleiben. So war es verabredet.

»Lena, Sie können sich inzwischen ein paar Kunstbände

anschauen oder meine Fotoalben, ich habe mein ganzes Leben lang Fotografien gesammelt«, sagte die Gradskaja. »Was interessiert Sie mehr?«

Lena bat um die Alben. Sie liebte alte Fotografien. Als sie das zweite Album in die Hand nahm, fiel ein großes Foto auf festem Karton heraus: »Oberschule Nr. 2, Jahrgang 1963.« Ovale Rahmen mit den Gesichtern der Schüler und Lehrer, blasse Vignetten aus Sternen, Ähren, Sicheln und Fabrikschornsteinen. Lena wollte das Foto schon beiseite legen, da fiel ihr Blick plötzlich auf die Unterschrift unter einem der Gesichter: »Gradskaja, Regina.«

Von allen Mädchen war sie das häßlichste – eine breite, plattgedrückte Nase, lange, vorstehende Zähne, ein fliehendes Kinn, tiefliegende kleine Augen. Lena konnte ihren Blick nicht von diesem Gesicht losreißen.

Da klopfte es an der Tür. Sascha trat ein. Unter überströmenden Dankesbekundungen begann Michael sich anzuziehen.

»Ich hole dich in einer halben Stunde ab«, sagte Sascha zu Lena.

»Nicht nötig. Ich finde selbst zum Hotel zurück. Valentina Jurjewna, darf ich noch ein bißchen bleiben? Ich möchte mich mit Ihnen über diese Fotos unterhalten«, wandte sie sich an die Gradskaja.

»Gern, mein Kind«, sagte Valentina Jurjewna, »ich freue mich, wenn Sie noch bleiben. Ich habe so selten Besuch.«

Als Sascha und Michael gegangen waren, betrachtete sie Lena aufmerksam durch ihre Brille.

»Sagen Sie, wo habe ich Sie schon einmal gesehen?«

»Das ist lange her«, sagte Lena. »Vor vierzehn Jahren haben Sie drei junge Moskauer Studenten in Ihre Bibliothek geführt. Danach haben Sie uns mit Tee und Moosbeerkonfitüre bewirtet und uns viele interessante Dinge erzählt.«

»Tatsächlich?« Die alte Frau schüttelte erstaunt den Kopf.

»Daran kann ich mich überhaupt nicht mehr erinnern, aber ich sehe Sie an und zermartere mir das Gehirn: Wo habe ich Sie gesehen? Übrigens, ich koche zwar nicht mehr selbst, denn das Essen hier im Heim ist ausgezeichnet, aber einen Wasserkocher und alles, was zum Tee gehört, habe ich da. Wenn es Ihnen nichts ausmacht, sehen Sie doch im Buffet nach, dort finden Sie alles Nötige.«

Während Lena den Tee zubereitete, fuhr sie fort:

»Wissen Sie, es ist ein sehr ruhiges Heim, sauber, komfortabel und immer so grabesstill wie jetzt. Die medizinische Versorgung ist hervorragend, Massagen und alle möglichen Therapien. Es gibt nur niemanden, mit dem man reden kann. Früher war es ein spezielles Heim für Parteiveteranen, das beste im ganzen Tjumener Gebiet. Jetzt laden hier die Neureichen dieser Gegend ihre alten Leutchen ab. In jedem Stock sind höchstens fünf Zimmer belegt. Der Unterhalt ist sehr teuer. Ich habe mich so lange wie möglich selbst versorgt, aber man wird nicht jünger. Natürlich bin ich meiner Tochter sehr dankbar, aber ...«

»Entschuldigen Sie, Valentina Jurjewna.« Lena reichte ihr das große Gruppenfoto und zeigte auf das Gesicht des häßlichen Mädchens. »Ist das Ihre Tochter?«

»Ja.« Die alte Frau nickte. »Das ist Regina.«

Lena sah, wie sich einen Augenblick lang ein Schatten auf ihr Gesicht legte.

»Haben Sie noch andere Fotos von ihr?«

»Warum fragen Sie, meine Liebe?«

»Wissen Sie, ich glaube, ich habe dieses Gesicht schon irgendwo gesehen, vielleicht ist Ihre Tochter mir schon einmal begegnet. Lebt sie jetzt in Moskau?«

»Sie lebt schon lange in Moskau. Gut möglich, daß Sie sie kennen. Aber andere Fotografien habe ich leider nicht. Dies ist die einzige.«

»Seltsam. Sie sammeln doch Fotos. So viele Aufnahmen von fremden Menschen.«

»Regina hat alle Fotos von sich vernichtet. Auch ihr Gesicht hat sie vernichtet.« Der letzte Satz klang laut, etwas erzürnt.

Lena hatte schon gemerkt, daß das Gespräch über die Tochter der alten Frau unangenehm war, aber sie mußte es zu Ende führen, es ging nicht anders.

»Sie hat ihr Gesicht vernichtet?« fragte sie leise zurück.

»Bringen Sie mir den Stapel Zeitschriften dort vom Regal.«

Rasch blätterte sie einige der bunten Hochglanzjournale durch und reichte dann Lena schweigend eine aufgeschlagene Illustrierte – die gleiche, die ihr kürzlich Goscha Galizyn gezeigt hatte. Von der Doppelseite lächelte strahlend das »Traumpaar« – der berühmte Produzent Wenjamin Wolkow und seine schöne Frau Regina Gradskaja.

»Meine Tochter hat sich in einer Schweizer Klinik einer ganzen Serie von plastischen Operationen unterzogen«, sagte Valentina Jurjewna. »Ihr ganzes Leben lang litt sie unter ihrem Äußeren.«

Kapitel 34

»Mister Barron, ich muß Ihnen mitteilen, daß die Frau, die Sie eingeladen hat, eine gefährliche Kriminelle ist.« Saschas Aussprache ließ zu wünschen übrig, aber sein Englisch war verständlich und korrekt, ohne Fehler.

Michael sperrte Mund und Nase auf.

»Es gibt eine alte Anekdote«, fuhr Sascha fort. »Ein reiches englisches Ehepaar hatte einen kleinen Jungen, der schon fünf Jahre alt war und immer noch nicht sprach. Die Eltern waren in großer Sorge, zeigten das Kind verschiedenen Ärzten, aber alles umsonst. Auf einmal schiebt das Kind beim Mittagessen den Teller weg und sagt laut und deutlich: Das Steak ist angebrannt. – Johnny, Liebster! – schreien die Eltern, nachdem sie sich vom ersten Schock erholt haben. – Warum hast du bisher immer geschwiegen? – Bisher war ja alles in Ordnung, erwidert Johnny. So steht die Sache, Mister Barron, bisher war alles in Ordnung, und deshalb habe ich geschwiegen.«

»Und was ist jetzt passiert?« fragte Michael und schluckte heftig. »Erklären Sie mir, Sascha, wer Sie sind und was los ist.«

»Ich bin Oberleutnant des Sicherheitsdienstes, mein Name ist Wolkowez.«

»Wollen Sie damit sagen, Sie sind vom KGB? Halten Sie mich etwa für einen amerikanischen Spion?«

»Ich begreife, daß diese drei Buchstaben bei Ihnen keine Freude auslösen. Aber meine Behörde ist es nicht, die Sie für einen Spion hält. Mister Barron, kennen Sie die klassische russische Literatur?«

»Mein Gott, Sascha, werden Sie doch etwas konkreter!«

»Kennen Sie Gogols ›Revisor‹? Es ist wie in diesem Stück – auch Sie hat man für einen anderen gehalten. Die hiesige Mafia beobachtet Sie sehr aufmerksam. Und das wird langsam gefährlich. Ich denke, Sie sollten noch heute zurück nach Moskau fliegen.«

»Nach Moskau? Aber ich war doch noch nicht in Chanty-Mansijsk und in den Dörfern der Umgebung. Und Lena?«

»Sie fliegt mit. Wir gehen jetzt zusammen in Ihr Hotelzimmer, und Sie packen so schnell wie möglich Ihre Sachen. Dann fahren wir nach Tjumen, direkt zum Flughafen. Es gibt einen Nachtflug, und diese Maschine werden Sie nehmen.«

»Und wenn ich nicht einverstanden bin?«

»Sie sind doch ein vernünftiger Mensch und wollen nicht Ihr Leben riskieren.«

»Gut«, seufzte Michael, »Sie haben recht. Mein Leben will ich nicht aufs Spiel setzen. Aber eine Bedingung habe ich. Ohne Lena fliege ich nicht.«

* * *

Nikolai Ijewlew sah, wie sich der kleine Moskwitsch von Sascha Wolkowez in Bewegung setzte und ein dunkelvioletter Lada ihm folgte.

Macht nichts, sprach der Major in Gedanken zu den vier Gorillas im Lada. Gleich auf der Kreuzung werdet ihr Dreckskerle sowieso hopsgenommen, und wie!

Es war längst dunkel. In dem vierstöckigen Altersheim waren nur wenige Fenster beleuchtet. Irgendwo hier, in dem hohen, dichten Gebüsch, das am Rande der Hauptstraße wucherte, warteten sie auf die Poljanskaja. Als das Motorengeräusch des Lada verstummt war, hörte Ijewlew ein leises Rascheln, das schwarze Dickicht der Sträucher bewegte sich.

Er blickte auf das Leuchtzifferblatt seiner Uhr. In zehn Minuten würde die Poljanskaja aus dem Haus kommen und die Allee hinuntergehen, vorbei an den schwarzen Sträuchern. Vielleicht würde man sie nicht sofort überfallen, sondern erst eine Weile beobachten. Möglich war beides.

Ijewlew wußte, daß in diesem Moment hundert Meter weiter ein Armeefahrzeug stoppte, und lauschte auf die Autos, die vereinzelt über die Chaussee fuhren. Die Einsatzgruppe, fünf Männer vom lokalen FSB, war bereit, sofort einzugreifen, sobald ein verdächtiges Geräusch oder gar ein Schuß zu hören war.

Ijewlews alte Lederschuhe waren völlig durchnäßt, durchtränkt vom geschmolzenen Schnee, und die Kälte durchdrang von den Füßen her den ganzen Körper. Er sehnte sich nach einer Zigarette und einem heißen Tee. Auch wenn man die Banditen festnahm – er wußte, sie würden den Mund halten und ihren Paten um keinen Preis verraten. Sie hingen viel zu sehr am Leben.

So war es immer, und so würde es immer bleiben. Die Handlanger und Hiwis schwiegen und schmorten im Lager. Die Paten aber schickten den ehrlichen Sträflingen Freßpakete und gefühlvolle Briefchen in die Zone und fuhren fort, als Alleinherrscher über ihre Erblande zu gebieten, über ihre Stücke vom Kuchen dieses riesigen Landes mit seiner Taiga, seinem Gold, seinem Erdöl, seinen Mohn- und Hanffeldern, seinen Banditen und Prostituierten, Volkskünstlern und Regierungsbeamten. So würde es immer sein. Und er, Major Ijewlew, der jetzt durchnäßt und durchfroren im verschneiten Gebüsch am Rande einer alten sibirischen Stadt saß und wartete – vielleicht auf eine verirrte Kugel, vielleicht auf eine Lungenentzündung –, er würde nichts daran ändern können.

Aus den Sträuchern auf der anderen Straßenseite war ein schwacher Pfiff zu vernehmen. Weit weg auf der Chaussee begann der Motor des Armeefahrzeugs zu brummen. Im blassen Lichtstrahl der Laterne tauchte blitzschnell ein langer Schatten auf. Ein riesiger Körper stürzte sich von hinten auf den Major und warf ihn in den lockeren Schnee. Das Strauchwerk knackte trocken und scharf. Ijewlew konnte noch mit dem geübtem Griff seiner Linken das Handgelenk des Gegners packen, mit der Rechten entsicherte er bereits die Pistole, als plötzlich eine ohrenbetäubende Explosion krachte. In hundert Metern Entfernung flammte auf der Chaussee etwas grell auf und riß für einen Moment einen Fetzen Taiga, den niedrigen Himmel über den Kiefern und eine Ecke des vierstöckigen Ziegelbaus aus der Dunkelheit.

Nur diesen einen kurzen Moment zögerte Major Ijewlew, aber da traf ihn die rasche Klinge auch schon ins Herz. Das letzte, was er sah, waren der weißliche, verschwommene Fleck des Mondes hinter einer Schicht nächtlicher Wolken und die schwarzen, knorrigen Zweige des Strauches.

* * *

»Danke, Valentina Jurjewna, für mich wird es Zeit«, sagte Lena, während sie sich erhob und ihre Jacke anzog.

»Sie wollen doch so spät nicht allein gehen? Ich dachte, Sie würden abgeholt.«

»Kein Problem«, sagte Lena. »Der Bus fährt noch bis zwölf. Und jetzt ist es erst halb elf.«

In der Ferne krachte etwas. Die Schwärze vorm Fenster wurde einen Moment lang von einem blassen Lichtschein erhellt. Die Scheiben klirrten leicht.

»Haben Sie das gehört, Lena? Was war das?« fragte die alte Frau erschrocken.

»Hörte sich an wie eine Explosion.« Lena blieb in der Tür stehen. »Tatsächlich, wie eine Explosion.«

»Vielleicht ein Unfall auf der Chaussee? Soll ich jemanden rufen, der Sie bis zur Bushaltestelle begleitet?«

»Danke, es ist wirklich nicht nötig.«

Lena verabschiedete sich von Valentina Jurjewna und trat auf den leeren Flur hinaus. Nun paßt also eins zum andern, dachte sie, während sie über den Läufer schritt. Seltsamerweise fällt es mir leichter zu glauben, daß Wolkow die Mädchen vergewaltigt und ermordet und Regina Gradskaja dieses ganze verzwickte Manöver inszeniert hat, um seine Spuren zu verwischen, als daß Regina die leibliche Tochter von Valentina Jurjewna ist.

Hinter ihr knarrten die Dielenbretter unter dem dicken Läufer. Sie wollte sich umdrehen, aber es war schon zu spät – etwas Hartes bohrte sich zwischen ihre Schulterblätter.

»Kein Gehampel und kein Geschrei«, flüsterte eine Männerstimme unmittelbar an ihrem Ohr. »Marsch vorwärts, ruhig und langsam. Ein Schritt zur Seite – und ich schieße. So ist's brav. Die Hände aus den Taschen, bist ein kluges Kind. Jetzt die Treppe runter. Sieh dich nicht um.«

Sie stieg Stufe für Stufe hinunter. Ihr war schwindlig, der Mund wurde ihr trocken, die Beine watteweich. Ein Treppenabsatz, dann der nächste. Dort drüben am Ausgang mußte der Wachmann stehen. Nein, man führte sie in die andere Richtung, irgendwohin ins Dunkel, wahrscheinlich zu einem Hinterausgang.

»Jetzt nach rechts.« Der Mann stieß sie mit der Mündung der Pistole in ein finsteres Loch.

Eine Sekunde später drehte ihr jemand rasch und geschickt die Arme auf den Rücken, und Lena spürte kaltes Metall an ihren Handgelenken. Handschellen klackten.

Das Auto stand direkt vor dem Hinterausgang. Lena wurde in einen riesigen Jeep gestoßen, sie landete auf dem Rücksitz zwischen zwei Gorillas, die sie in der Dunkelheit nicht richtig erkennen konnte. Insgesamt waren fünf Männer im Auto. Als der Wagen sich in Bewegung setzte, zog einer der beiden neben ihr mit der gewandten Bewegung eines Zauberkünstlers irgendeinen Lappen aus der Tasche und verband Lena die Augen, wobei er einige Haarsträhnen schmerzhaft festzurrte.

»Geht das auch ordentlicher?« fragte Lena mit verzogenem Gesicht und erkannte ihre eigene Stimme nicht wieder.

»Pardon«, entschuldigte der Gorilla sich höflich.

»Sie haben mir die Haare festgeknotet, das ziept«, erklärte sie ruhig. »Und überhaupt, glauben Sie, ich könnte in dieser Finsternis irgend etwas sehen?«

»Halt die Klappe, sonst machen wir dich kalt!« schnauzte der Mann neben ihr.

Aber Lena war nicht zu halten. Aus irgendeinem Grund fand sie es in dieser Situation weniger schrecklich zu reden als zu schweigen. Der Klang der eigenen Stimme wirkte beruhigend, wie eine Bestätigung, daß sie noch am Leben war.

»Wenn Sie den Befehl hätten, mich kaltzumachen, hätten Sie das längst getan. Ich wäre Ihnen verbunden, wenn Sie mir erstens diesen Knoten ordentlicher zubinden und zweitens eine Zigarette geben würden.«

»Die gefällt mir, echt!« sagte einer, der vorne saß. »He, Rübe, bind ihr den Fetzen anständig zu und gib ihr was zu rauchen.«

Der Mann, der Rübe genannt worden war, machte sich wieder an dem Knoten zu schaffen und zerrte dabei unbarmherzig an Lenas Haaren. Gleich darauf klickte ein Feuerzeug, und Lena wurde eine Zigarette in den Mund geschoben.

Sie fuhren anderthalb Stunden. Den ganzen langen Weg über wurde kein einziges Wort mehr gesprochen. Der Kassettenrecorder lief, der Solist einer bekannten Popgruppe sang mit rauhem Baß ein trauriges Lied von Gefängnis und Liebe.

Wenn sie mich töten wollten, hätten sie es sofort getan, dachte Lena. Das heißt, ich habe eine Chance, mit dem Leben davonzukommen. Einem Todeskandidaten würden sie nicht die Augen verbinden.

Im Auto war es warm. Die Kassetten wurden mehrmals gewechselt. Ab und zu fiel einer von Lenas Nachbarn träge ein und sang eine besonders bekannte Melodie mit, widerwärtig falsch, mit hoher, klirrender Stimme.

Das können nicht die Leute der Gradskaja sein. Die hätten mich sofort getötet. Sie hat ja nur dieses eine Ziel – mich zu töten, überlegte Lena. Was wohl auf der Chaussee explodiert ist? Und wo ist Ijewlew geblieben?

Endlich hielt der Jeep an. Lena wurde hinausgeführt, ohne daß man ihr die Augenbinde abnahm. Unter ihren Schuhen knirschte festgetretener Schnee.

»Vergessen Sie bitte meine Tasche nicht«, bat sie.

»Los, weiter«, war die Antwort, man stieß sie leicht in den Rücken, aber nun nicht mehr mit der Pistole, sondern mit der Hand.

Sie trat auf hölzerne Stufen, dann sickerte schwaches Licht durch die Augenbinde. Am Ellenbogen wurde sie durch mehrere geheizte Räume geführt. Erst jetzt merkte sie, wie verspannt ihre auf den Rücken gedrehten Arme waren. Die Schultern schmerzten unerträglich.

»Nehmen Sie mir die Handschellen ab«, bat sie leise. »Ich laufe nicht weg und fange auch keine Schlägerei an.«

»Du wirst es schon noch aushalten«, gab man ihr zur Antwort. Plötzlich wurde sie angehalten und unsanft in einen Sessel gestoßen. »Sitz ruhig, und fang ja nicht an zu schreien.«

Gleich darauf schlug eine Tür zu. Lena blieb allein, ohne zu wissen, wo sie sich befand, in Handschellen und mit verbundenen Augen. Sie versuchte, eine bequemere Position einzunehmen, aber es war unmöglich. Die Schultern schmerzten immer heftiger, die Arme wurden gefühllos.

Sie wußte nicht, wieviel Zeit vergangen war. Starker Durst quälte sie, ihr Mund war völlig ausgetrocknet. Es war sehr still. Sie glaubte schon, niemand sei im Haus, als plötzlich das Türschloß klackte. Schnelle, leichte Schritte näherten sich, jemand band ihr schweigend den Knoten im Nacken auf und nahm ihr vorsichtig, ohne an den Haaren zu zerren, die Binde ab.

Im ersten Moment meinte Lena, sie sei blind geworden. Das Licht im Raum war nicht grell, stach aber schmerzhaft in die Augen. Schließlich sah sie, daß vor ihr ein großes Mädchen mit rundem Gesicht stand. Das Mädchen war fast genauso angezogen wie Lena, es trug Jeans und einen weiten langen Pullover. An den Füßen hatte es dicke Wollsocken und Männerpantoffeln.

»Bitte geben Sie mir etwas zu trinken, und nehmen Sie die Handschellen ab«, bat Lena. »Ich laufe nicht weg.«

Das Mädchen schüttelte den Kopf und zeigte mit ausdrucksvoller Geste auf seine Ohren.

Eine Taubstumme, ach je, dachte Lena betrübt und betrachtete das Zimmer, in dem sie die letzten Stunden verbracht hatte.

Es war ein winziger, fast leerer Raum. Außer dem Sessel, in dem sie saß, gab es nur noch ein Eisenbett mit gestreifter Matratze. Kein Fenster. An der niedrigen Decke eine nackte Glühbirne.

Lena schluckte heftig und ruckte mit den Schultern. Das Mädchen sah sie ruhig und nachdenklich an. Seine Augen waren strahlendblau und klar. Es ging hinaus und schloß hinter sich die Tür ab. Aber fünf Minuten später kam es mit einem Glas Wasser zurück und führte das Glas an Lenas Lippen. Ohne abzusetzen, trank Lena das säuerlich schmeckende Mineralwasser aus. Das Mädchen stellte das leere Glas auf den Fußboden und holte aus der Tasche seiner Jeans einen kleinen flachen Schlüssel, schloß damit die Handschellen auf, nahm sie ab und ging sofort wieder hinaus. Das Türschloß klackte. Lena blieb in völliger Einsamkeit zurück.

Sie stand auf, reckte die steifen Arme und ging im Raum umher. Die Wände waren mit beiger Ölfarbe gestrichen. In einer Ecke befand sich eine zweite Tür. Lena drückte sie vorsichtig auf und entdeckte dahinter eine kleine Toilette und ein Waschbecken. Aus dem Hahn floß nicht nur kaltes, sondern auch heißes Wasser.

Ich bin also irgendwo in einer Stadt, dachte sie. Aber Tobolsk haben wir verlassen, und bis Tjumen hätten wir es in anderthalb Stunden nicht geschafft. Na ja, eigentlich kann ich sonstwo sein. Die Mafia ist imstande, heißes Wasser sogar in die Wüste oder in die Taiga zu leiten, wenn sie es braucht.

Es blieb ihr nichts anderes übrig als abzuwarten, was weiter geschehen würde. Sie wusch sich mit heißem Wasser, zog Jacke und Schuhe aus und legte sich auf die gestreifte Matratze. Den Blick auf die gelbliche Decke geheftet, bemühte sie sich, nicht zu weinen.

* * *

Michael fuhr zusammen, als er die ersten Schüsse hörte. Sascha trat mit aller Kraft aufs Gas. Hinter ihnen auf der Kreuzung fuhr ein Wagen der Miliz dem dunkelvioletten Lada in die Quere und schnitt ihm den Weg ab. Michael verrenkte sich fast den Hals, um durchs Rückfenster auf die finstere nächtliche Chaussee zu schauen. Dort war eine Schießerei im Gange.

»Vielleicht fahren wir gar nicht erst ins Hotel, um das Gepäck zu holen?« fragte er. »Ich sehe, die Sache ist sehr ernst.«

»Am Hotel wartet ein zweiter Wagen auf uns«, erwiderte Sascha. »Machen Sie sich keine Sorgen, alles wird gut.«

»Warum haben wir Lena dort zurückgelassen? Warum ist sie nicht mit uns gefahren?«

»Sie wollte es selber so.«

»Aber Sie wußten doch … Sie hätten darauf bestehen müssen, daß sie mitkommt!« Michael war nicht zu beruhigen.

»Ich wiederhole, es war ihre eigene Entscheidung. Sie ist ein erwachsener Mensch, und wir leben jetzt in einem freien Land.«

Weit entfernt krachte es.

»Was war das?« fragte Michael seufzend. »Ich glaube, in Ihrem freien Land ist der Krieg ausgebrochen! Können Sie mir als Leutnant des FSB erklären, was hier vorgeht?«

»Nein«, gab Sascha ehrlich zu.

»Ihre Gelassenheit erstaunt mich!«

»Alles Routine.« Sascha steckte sich eine Zigarette an.

Kein einziges Mal in der ganzen Zeit, in der er den aktiven Kämpfer für eine gesunde Lebensweise in seinem Moskwitsch umherkutschierte, hatte er in dessen Gegenwart geraucht. Jetzt aber tat er es. Michael sagte kein Wort. Er öffnete nur das Fenster einen Spaltbreit.

Im Hotel erwarteten sie drei Männer des Einsatzkommandos. Sascha übergab ihnen Michael, und sie begleiteten ihn auf sein Hotelzimmer. In drei Minuten hatte er seine Sachen gepackt. Der Mercedes des FSB brachte Michael in der Rekordzeit von zweieinhalb Stunden zum Flughafen von Tjumen, ohne Verfolgungsjagd oder Schießereien.

»Ich fühle mich, als würde ich des Landes verwiesen«, bemerkte Michael zu einem seiner Begleiter, der Englisch sprach.

»Niemand weist Sie aus, Mister Barron. Die Umstände haben sich so gefügt.«

»Wo ist Lena?« fragte er ein letztes Mal, als er bereits die Gangway hinaufstieg.

»Sie werden Sie in Moskau treffen«, war die Antwort.

Das Flugzeug flog durch die sternenreiche, samtene Nacht nach Moskau, über den schweren Märzwolken, über der unermeßlichen, schneebedeckten Taiga und den eisigen sibirischen Flüssen. Michael sah aus dem schwarzen runden Bullauge und erblickte sein eigenes verschwommenes Spiegelbild. Er dachte an Lena und war sehr besorgt. Längst hatte er begriffen, daß alle Fragen zwecklos waren.

* * *

Am Stadtrand von Tobolsk, hundert Meter vom Altersheim entfernt, arbeitete bei Scheinwerferlicht eine Einsatzgruppe und versuchte herauszufinden, warum urplötzlich ein leerer alter Wolga am Straßenrand explodiert war. Unter den Augen von fünf FSB-Mitarbeitern, die ganz in der Nähe in ihrem Wagen saßen, war er in die Luft geflogen.

Zwanzig Meter vom Eingang zum Heim entfernt fanden sie im hohen dichten Gesträuch an der Hauptstraße die Leiche von Major Ijewlew aus Moskau.

Sascha Wolkowez weckte die alte Frau Gradskaja, die schon geschlafen hatte. Sie berichtete, Lena sei ungefähr um halb elf gegangen und habe erklärt, sie führe mit dem Bus zurück zum Hotel. Der Wachmann am Eingang hatte natürlich nicht gesehen, daß eine Frau in schwarzen Jeans und brauner Lederjacke das Gebäude verlassen hatte.

Jetzt hat sie sich gründlich in die Nesseln gesetzt, sagte der Oberleutnant zu sich selbst und spuckte durch die Zähne auf den harten, festgetretenen Schnee.

* * *

Auf den Anruf aus Moskau mit den »interessanten Neuigkeiten« hatte Locke erheblich nervöser reagiert als erwartet.

»Ich verkaufe dir die Information zum Selbstkostenpreis«, sagte seine alte Bekannte Regina Gradskaja, nachdem sie ihm am Telefon die Geschichte von dem amerikanischen FBI-Psychologen und der Journalistin, die ihn als Dolmetscherin begleite, erzählt hatte.

»Danke, Regina«, sagte Locke. »Die beiden sehe ich mir auf jeden Fall genauer an. Eine wertvolle Information. Was willst du dafür haben?«

Als nüchterner Mensch glaubte Locke nicht an Uneigennützigkeit. Seine alte Bekannte hatte bestimmt ihre eigenen Interessen.

»Wie wörtlich du alles nimmst«, sagte Regina lachend. »Es ist ja nur eine unsichere Information, vielleicht sogar eine Ente.«

»Das wird sich zeigen. Also, was hast du für Probleme?«

»Ja, weißt du«, sagte Regina gedehnt, »dieses Weib, die Poljanskaja, ist mir zu neugierig. Sie schnüffelt herum, steckt ihre Nase in fremde Angelegenheiten. Bis jetzt kann man noch nicht von ernsthaften Problemen reden, jedenfalls nicht von unserer Seite, aber sie gefällt mir nicht. Und im Doppelpack mit einem Psychologen vom CIA gefällt sie mir erst recht nicht. Wir sind doch alte Freunde, darum wollte ich dich rechtzeitig warnen.«

Locke verfügte über wichtige und vielversprechende Geschäftsverbindungen in Amerika, und daher war er ziemlich sicher, daß die Nachricht von der Ankunft des CIA-Psychologen keine Falschmeldung war. Seinerzeit wäre er in Boston beinahe geschnappt worden, als er die Dummheit begangen hatte, zur feierlichen Eröffnung einer kleinen pharmazeutischen Firma höchstpersönlich zu erscheinen. Er wollte gern einen Blick auf seine Neuerwerbung werfen, die natürlich durch Strohmänner für ihn gekauft worden war. Er konnte sich noch rechtzeitig aus dem Staube machen, war aber seitdem in den Computern des CIA registriert. Nachdem die Amerikaner den legendären Japontschik* gefaßt hatten, waren sie offensichtlich vom Jagdfieber gepackt – und sie taten gut daran, denn die Spitzen der russischen Kriminalität arbeiteten auf internationalem Parkett und würden ihnen bald bestens vertraut sein.

Daher war Locke sehr nervös. Die neugierige Journalistin war gleich zu Beginn ausgerechnet in die Malaja Proletarskaja gefahren, zur Mutter und zur Tante des Blinden.

Daß dieses erbärmliche »Hähnchen«** , dieser Wassili Slepak, einer der besten und teuersten Killer Rußlands geworden war, kränkte jemanden wie Locke, einen Dieb vom alten Schlage, zutiefst. Ein Entehrter konnte und durfte

* »Kleiner Japaner« – der Spitzname für den Mafiaboß und »Dieb im Gesetz« Wjatscheslaw Iwankow (geb. 1940), der sich Anfang der 90er Jahre in New York niederließ und 1997 von den Amerikanern zu neun Jahren Haft verurteilt wurde.

** Russ. »petuschok« – steht in der Lagerhierarchie der Kriminellen auf der untersten Stufe und muß den anderen sexuell zu Willen sein.

kein Killer werden. Das widersprach dem Diebeskodex. Noch schlimmer war, daß Locke selber ihn schon zweimal für seine Dienste bezahlt hatte. Beide Male hatte er sich in einer Lage befunden, in der er sich an niemanden sonst wenden konnte.

Der Blinde tat seine Arbeit wie ein echter Künstler. Für ihn existierten keine Wachen und keine gepanzerten Wagen, er erwischte jeden, selbst den Präsidenten, egal wo. Niemals nahm er auch nur eine Kopeke im voraus. Immer gab er nur einen Schuß ab, und der verfehlte niemals sein Ziel. Noch nie war durch seine Hand ein Wachmann oder ein zufälliger Passant umgekommen. Wenn er sein Werk getan hatte, verschwand er, als hätte es ihn nie gegeben.

Vor fünf Jahren hatte Locke seinen Widerwillen überwunden und sich zum erstenmal an den Blinden gewandt. Er hatte sich damals geschworen – nur dies eine Mal, danach nie wieder.

Der Blinde sollte den Auftrag ausführen, danach, so war es geplant, wäre er selbst an der Reihe. Aber nach diesem ersten Auftrag tauchte gleich der nächste, noch wichtigere, noch unangenehmere auf, von dem überhaupt niemand etwas wissen durfte, auch die eigenen Leute nicht. Und Locke beschloß: Gut, noch einmal benutze ich ihn, und danach … Aber danach war der Blinde sofort verschwunden. Und alle, die Locke auf seine Spur setzte, verschwanden ebenfalls – spurlos.

So trieb sich nun am Ende irgendwo ein kluges, gerissenes »Hähnchen« herum, das viel zuviel wußte und vor niemandem Respekt hatte, unberechenbar und nicht zu erwischen. Deshalb war die dolmetschende Journalistin, die mit dem CIA-Mann angereist war und seelenruhig drei Stunden bei der Mutter des Blinden gesessen und mit ihr geredet hatte, eine unangenehme Überraschung für Locke. Regina Gradskaja hatte recht, dieses Weib war allzu neugierig – in jeder Beziehung.

Nach dem Besuch in der Malaja Proletarskaja war diese sonderbare Gesellschaft, bestehend aus dem FSB-Mitarbeiter, dem CIA-Mann und der Journalistin, nach Sagorinskaja gefahren. Dort aber, tief in der Taiga, nur fünfzig Kilometer von dem Dorf der Altgläubigen entfernt, befanden sich Lockes eigene Ölfelder. Die Förderung besorgte eine staatliche Firma, aber natürlich gehörte das Öl ihm. Schnüffler konnte er dort jedenfalls nicht brauchen.

In Tobolsk besuchte die Journalistin aus irgendeinem Grund die Mutter des vor vielen Jahren ermordeten Bullen. Mit dem hatte Locke zwar persönlich nie etwas zu tun gehabt, aber auch dieser Besuch hatte sicher etwas zu bedeuten. Und als sich dann noch herausstellte, daß das lästige Dreigespann das Altersheim aufsuchte, genau das Heim, in dem ein ganzes Stockwerk für die persönlichen Gemächer von Lockes senilem Vater reserviert war, riß dem alten Dieb die Geduld. Diese Leute mußte man unverzüglich stoppen.

Der Greis haßte seinen Sohn bis aufs Blut, wollte ihn nicht sehen und begann bei seinem Anblick jedesmal mit scheppernder Stimme zu schreien: »Dieb! Mörder!« Auch Locke hegte für seinen Vater schon lange keine Gefühle mehr, er erfüllte nur seine Sohnespflicht. Früher wäre es ihm nicht in den Sinn gekommen, am Altersheim eine besondere Wache aufzustellen. Es hätte sowieso niemand gewagt, dort aufzutauchen. Wer sollte sich auch schon für den alten Tattergreis interessieren? Außer ihm wohnte in diesem Heim gerade mal ein knappes Dutzend alter Leutchen, unter ihnen übrigens auch die Mutter von Regina Gradskaja.

Aber Locke hatte keine Zweifel – das lästige Dreigespann wollte zu seinem Vater. Beide zu entführen, die Journalistin und den Amerikaner, hätte zu viele Scherereien gemacht. Außerdem war es sowieso besser, sich den Ausländer vom Hals zu halten. Die Journalistin genügte vollauf. Sollte sie ihm alles erklären!

Durch seine Leute in Moskau hatte er bereits einige Informationen über dieses Weib erhalten. Daß sie die Ehefrau eines Obersten aus dem Innenministerium war, beunruhigte Locke keineswegs, im Gegenteil, es war ihm sogar angenehm.

Die zum Altersheim entsandten Männer hielten ständigen Kontakt zu ihm. Um halb zehn meldeten sie: Der FSB-Mann ist mit dem Amerikaner zusammen weggefahren. Locke befahl, ihnen zu folgen, sie jedoch nicht anzurühren, sondern nur zu beobachten. Es ließ sich alles recht gut an. Er bedauerte schon, daß er wegen dieses Weibsbildes so viele Leute eingesetzt hatte. Doch es sollte sich noch zeigen, daß er richtig gehandelt hatte.

Fast gleichzeitig entdeckten die Männer, die die Chaussee beobachteten, den Wagen des FSB und die, die im Gebüsch am Eingang warteten, einen Unbekannten, der auf der anderen Straßenseite ebenfalls im Gebüsch saß. Klar, daß er dort nicht seine Notdurft verrichtete. Später stellte sich heraus, daß er ein Major des FSB war. Der Mann, der ihn erledigt hatte, fand entsprechende Papiere in seinen Taschen.

Die Lage spitzte sich zu. Man mußte sich blitzschnell etwas einfallen lassen. Und Locke hatte einen Einfall. Einer der drei Wagen, den er für diese Aktion eingesetzt hatte, war ein uralter Wolga. Locke befahl seinen Jungs, den Wolga an den Straßenrand zu fahren und ihn vor den Augen des erstaunten Publikums mit viel Getöse in die Luft zu jagen. Währenddessen konnte man die Journalistin in aller Ruhe und ohne überflüssiges Geballer fortbringen. Wichtig war nur, daß alles zeitlich genau paßte.

Seine Jungs lieferten eine erstklassige Vorstellung ab. Eine kleine Schießerei gab's allerdings doch. An der Kreuzung stellte sich ein Patrouillenwagen der Miliz dem Lada in den Weg.

»Wie viele von unseren Leuten haben sie auf der Chaussee umgelegt?« fragte Locke aufgeregt, als er von der Schießerei erfuhr – nicht mehr über Funk, sondern von einem seiner Männer, einem früheren Major und Fallschirmspringer, der jetzt bei Locke in Dienst und Brot stand, halb als sein persönlicher Sekretär, halb als graue Eminenz.

»Niemanden«, erwiderte der Ex-Major fröhlich. »Der Lada hat einen guten Motor. Die Jungs sind auf einen Feldweg abgebogen und dann in der Taiga untergetaucht.«

»Ist jemand verwundet?«

»Nichts von Bedeutung, Chottabytsch ist schon dabei, die Kugel rauszuklauben.«

»Na prima«, sagte Locke. »Wie steht's in Moskau?«

»Morgen früh haben wir die Kassette.«

Kapitel 35

Im Traum sah er leuchtende, bunte Bilder, und er wollte nicht aufwachen. Früher waren seine Träume nur schwarzweiß und deprimierend gewesen.

Er sah sich als kleinen, von den Eltern zärtlich geliebten Jungen. Seine Mutter strich ihm mit der kühlen, leichten Hand über das Haar, gab ihm einen Gutenachtkuß, las ihm Märchen vor. Sein Vater war stark und fröhlich, er lehrte ihn, durch die Taiga zu gehen, die festen Erdhügel im sumpfigen Boden zu finden, Kessel aus duftender Birkenrinde zu machen und darin über dem Lagerfeuer Wasser zu kochen.

Sein Traum war voller Licht und Wärme. Purpurrot leuchteten die Moosbeeren der Taiga in der Sonne und erinnerten überhaupt nicht an Blutstropfen. Die kleine dunkelhaarige Nachbarin Lara kam mit klappernden Absätzen die Treppe heruntergelaufen, auf dem Gesicht ein strahlendes Lächeln. Die sechzehnjährige Tanja Kostyljowa schwamm ans Ufer des ruhigen nächtlichen Flusses, schüttelte ihr langes nasses Haar und streifte, vor Kälte zitternd, ihr Kleid über den feuchten Körper.

»Wenja, ich bin ganz durchgefroren! Warum hast du mich zum Baden überredet?« flüsterte sie und schmiegte ihre Stirn an seine Brust.

Tanja Kostyljowa lebte, sie war jetzt vierzig, wie er. Auch die anderen sechs Mädchen waren am Leben. Wenja Wolkow hatte niemanden vergewaltigt und getötet.

Irgendwo weit weg, in einer anderen Dimension, auf einem anderen Planeten, existierte der riesige Konzern »Wenjamin«, eine gewaltige Showbusiness-Maschine, die sich auf finstere Intrigen, Grausamkeit und Blut gründete. Aber er, Wenja Wolkow, hatte damit nichts zu tun. Er lebte ruhig und glücklich. Lena Poljanskaja sah ihn mit ihren klaren grauen Augen an, und es drängte ihn, ihr Gesicht zu berühren, zu fühlen, wie ihre langen schwarzen Wimpern unter seiner Hand zitterten. Er streckte den Arm aus, aber ringsum war Leere, kalte, tote Luft. Diese Luft konnte er nicht atmen. Sie versengte ihm die Kehle und zerriß seine Lungen. Er mußte aufwachen und wollte es doch nicht.

»Wenja, der Arzt ist da, er will dich untersuchen.«

Er öffnete die Augen und sah zwei Gesichter über sich – das puppenhafte, sorgfältig geschminkte Gesicht von Regina und das runde, weiche, bebrillte Gesicht eines unbekannten älteren Mannes.

Nur widerwillig riß er sich von der warmen, bunten Traumwelt des Schlafs los und kehrte in die trübe, eisige, schwarzweiße Realität zurück. Der rundgesichtige Arzt, ein Hals-Nasen-Ohren-Spezialist, hatte trockene, rauhe Hände. Er tastete die Halsdrüsen ab und schaute ihm in den Mund.

»Einen Abszeß im Rachenbereich sehe ich nicht. Der Hals ist entzündet, aber nicht sehr stark.«

»Eine Angina schließen Sie also aus?« fragte Regina.

»Wer spricht denn von Angina? Das ist eine ganz gewöhnliche Grippe.«

Regina bezahlte mit einem Hundertdollarschein.

Sobald sie das Geräusch des abfahrenden Wagens hörte, kehrte sie ins Schlafzimmer zurück und nahm aus dem Nachttisch eine Einwegspritze und eine Schachtel mit großen Ampullen, die mit einer durchsichtigen, farblosen Flüssigkeit gefüllt waren. Als sie mit einer kleinen Diamantnagelfeile den Hals einer Ampulle anfeilte, brach das dünne Glas, und sie schnitt sich in den Finger. Es war kein tiefer Schnitt, aber er blutete stark. Sie stellte die offene Ampulle vorsichtig auf den Nachttisch und ging ins Bad.

Als sie ins Schlafzimmer zurückkam, saß Wenja auf dem Bett und hielt die geöffnete Ampulle zwischen zwei Fingern gegen das Licht.

»Wieso fehlt das Etikett?« fragte er.

»Ich sehe, es geht dir schon besser?« sagte Regina erfreut.

»Ja, ich fühle mich besser. Was hast du mir die ganze Zeit gespritzt?«

»Antibiotika und Vitamine.«

»Ich brauche jetzt keine Medikamente mehr. Auch keine Ärzte. Tu nicht so, als ob ich todkrank wäre. Bring mir das Telefon.«

»Ganz wie du willst, mein Schatz.«

* * *

Lena rollte sich unter ihrer Jacke zusammen und versuchte zu schlafen. Sie wußte nicht, wie spät es war, ihre Uhr war verschwunden. Wahrscheinlich war das Lederarmband gerissen, als man ihr die Handschellen angelegt hatte. Durch das winzige Fenster konnte sie nur ein Stück Himmel sehen, das inzwischen schon erheblich heller geworden war.

Jetzt weiß ich fast alles, dachte sie, und was habe ich davon? Selbst wenn ein Wunder geschieht und ich hier rauskomme, werde ich nichts beweisen können. Ich begreife nicht, wieso Regina Gradskaja ein solches Risiko eingegangen ist. Wozu? Ist sie Wenja Wolkow so sehr verfallen? Oder wollte sie das Ungeheuer zähmen, um mit seiner Hilfe schön und reich zu werden? Eine plastische Operation in einer Schweizer Klinik kostet natürlich Unsummen. Aber sie hat doch genug Grips und Energie, sie hätte sich das Geld selber verdienen können, ohne die Hilfe dieses Monsters.

Und Mitja Sinizyn? Warum hat er erst vierzehn Jahre später zu reden begonnen? Und dann ausgerechnet mit Wolkow selbst! Er muß eine Ahnung, einen vagen Verdacht gehabt haben, aber wohl kaum konkrete Beweise. Was hätte ich an Mitjas Stelle gemacht? Im übrigen bin ich ja jetzt an seiner Stelle. Als er zu Wolkow ging, wußte er weniger, als ich jetzt weiß. Aber was nützt mir das? Ich bin eingesperrt und weiß noch nicht einmal, wo.

Lena war schon fast eingeschlafen, als sich die Tür öffnete und zwei jugendliche Gorillas erschienen.

»Steh auf, wir gehen«, sagte der eine zu ihr.

Lena zog die Stiefel an und schlüpfte in ihre Jacke.

Sie führten sie durch einen halbdunklen Korridor, in dem sie außer ein paar geschlossenen Türen nichts erkennen konnte. Dann stiegen sie über eine niedrige Holztreppe in den ersten Stock. Gleich darauf stand Lena in einem großen Wohnzimmer. Auf dem Boden lag ein heller Wollteppich, in der Ecke knisterte ein Feuer in einem Kamin, der altenglischen Vorbildern nachempfunden war. Die dunkelroten, schweren Vorhänge waren fest zugezogen. Vor einem niedrigen Couchtisch aus Ebenholz saß in einem weißen Ledersessel ein schwammiger, rundlicher und völlig kahlköpfiger Mann von etwa sechzig Jahren, der ein gutmütiges stupsnasiges Gesicht hatte.

»Guten Tag, Jelena Nikolajewna«, sagte er, »darf ich bitten, nehmen Sie Platz.«

»Guten Tag«, erwiderte Lena automatisch, machte einige

Schritte und setzte sich in einen Sessel dem Glatzkopf gegenüber.

Die beiden Aufpasser blieben hinter Lena an der Tür stehen.

»Kaffee? Tee? Oder lieber etwas Stärkeres?« fragte der Glatzkopf mit höflichem Lächeln.

»Kaffee, wenn es geht.«

Die Augen des Glatzköpfigen waren hellbraun, fast gelb, klein und wimpernlos.

»Los, Wadik, organisier uns einen Kaffee«, wies er einen der Gorillas an. »Haben Sie keine Angst, Jelena Nikolajewna«, wandte er sich freundlich, fast väterlich an Lena. »Ich stelle Ihnen einige Fragen, wir trinken gemeinsam Kaffee und trennen uns dann als Freunde. Unter einer Bedingung natürlich. Sie müssen meine Fragen absolut ehrlich beantworten, wie in der Beichte. Sind Sie bereit?«

»Ja.«

»Frage Nummer eins. Wer ist Michael Barron?«

»Michael Barron ist Bürger der Vereinigten Staaten, Professor und Historiker«, sagte Lena ruhig und dachte: Das also steckt dahinter! Sie haben Michael tatsächlich für jemand anderen gehalten. Die Gradskaja hat nichts damit zu tun. Wo Michael jetzt wohl ist? Hoffentlich hat Sascha ihn zurück nach Moskau geschickt.

»Jelena Nikolajewna, wir haben vereinbart, daß Sie ehrlich antworten.« Der Glatzkopf runzelte leicht die Stirn.

»Ich habe keinen Grund, Sie zu belügen. Mister Barron ist wirklich Geschichtsprofessor, und um das herauszufinden, hätte man weder unsere Hotelzimmer durchsuchen noch mich entführen müssen. Das ist genauso offenkundig wie die Tatsache, daß in der Dose Talkumpuder war und kein Rauschgift.«

Der Glatzkopf lachte laut und etwas kurzatmig.

»Na gut. Fahren wir fort. Wozu sind Sie zusammen mit diesem, wie Sie sagen, Historiker hergekommen?«

»Mister Barron beschäftigt sich mit der Geschichte Sibiriens. Mich hat er als Dolmetscherin engagiert.«

»Und wer ist der junge Mann, der Sie in seinem Moskwitsch umherkarrt?« Die Augen des Glatzkopfs wurden ganz gelb, die Pupillen verengten sich zu kleinen Punkten.

»Wir brauchten einen Chauffeur. Wir haben den ersten besten engagiert, er hat nur sehr wenig verlangt.«

Der Gorilla namens Wadik trat geräuschlos an den Tisch, mit einem Tablett, auf dem zwei kleine Tassen und eine Zuckerdose standen.

»Trinken Sie Kaffee, Jelena Nikolajewna, und denken Sie noch mal nach«, schlug der Glatzkopf friedfertig vor.

»Darf ich rauchen?« fragte Lena.

»Ja, natürlich.«

Auf dem Tisch erschienen Zigaretten, Feuerzeug und Aschenbecher. Lena nahm gierig einen Schluck von dem heißen, starken Kaffee und zog eine Zigarette aus der Schachtel. Der Glatzkopf gab ihr zuvorkommend Feuer.

»Worüber haben Sie denn so lange mit den beiden Omas auf der Malaja Proletarskaja gesprochen?«

»Ich habe die Mutter eines alten Bekannten besucht. Das ist eine Geschichte aus grauer Vorzeit.«

»Ich bin gespannt, sie zu hören.«

Lena erzählte ihm die Geschichte von Wassili Slepaks Gedichten. Locke lauschte und dachte, diesmal spricht sie die Wahrheit. Nicht die ganze natürlich, aber die Wahrheit. Er wußte, daß der Killer tatsächlich einmal Gedichte geschrieben hatte. Damals hatte man das als komische Schrulle betrachtet.

»Er tat mir so leid.«

Als erster lachte der Glatzkopf, dröhnend und kurzatmig. Dann lachten die beiden jungen Gorillas, die an der Tür standen.

»Er tat dir leid?« Der Glatzkopf rieb sich mit den Fingerspitzen die Tränen aus den Augen. »Mit dir selber hättest du Mitleid haben sollen!«

Unvermittelt war er zum »Du« übergegangen. Sein Gesicht wurde starr. Die gelben, nackten Augen fixierten Lena so durchdringend, daß sie unwillkürlich zusammenzuckte.

»Hast du Sehnsucht nach deiner Kleinen?« fragte er einschmeichelnd.

Lena schwieg. Sie spürte, wie sich in ihrem Inneren alles zusammenzog und kalt wurde, und konnte nichts dagegen tun. Ihre Hand, die die Kaffeetasse hielt, zitterte merklich. Lena stellte die Tasse auf den Tisch und ballte ihre Hand zur Faust.

»Ja, du hast Sehnsucht«, antwortete der Glatzkopf an ihrer Stelle und leckte sich rasch über die schmalen Lippen. »Möchtest du sie sehen?«

Lena schwirrte der Kopf. Er blufft, sagte sie sich. Das ist nicht möglich.

In der Hand des Kahlköpfigen tauchte eine kleine Fernbedienung auf. Erst jetzt bemerkte Lena in der Ecke auf einem Tisch aus schwarzem Holz einen großen Fernseher und einen Videorecorder. Der Bildschirm leuchtete auf, und einen Augenblick später erblickte Lena die breite Allee des Erholungsheims in Istra. Im leuchtendbunten Overall, auf dem Kopf die gestreifte Strickmütze mit der Bommel, lief Lisa die Allee hinunter. In einer Hand hielt sie ein rotes Plastikeimerchen, in der anderen ihren Plüschaffen. Sie rannte auf die Kamera zu. Ihr rotbäckiges Gesichtchen nahm den ganzen Bildschirm ein. Die blonden Locken quollen unter der Mütze hervor, die großen blauen Augen schauten Lena direkt an.

»Oma Vera!« schrie sie plötzlich vergnügt, bog ab und rannte in eine andere Richtung.

Dort, am Wegrand, stand Vera Fjodorowna. Sie beugte

sich lächelnd zu Lisa herab, rückte ihr die Mütze zurecht und machte einen Knopf am Overall zu.

»Laß mal sehen, Lisa, ob du nasse Füße hast«, sagte sie in ruhigem, normalem Tonfall.

Das Bild wechselte. Jetzt sah man das Hotelzimmer vom Balkon aus, durch das Fenster. Lisa schlief, Arme und Beine weit von sich gestreckt, in ihrem Schlafanzug aus rosa Flanell. Vera Fjodorowna saß strickend im Sessel vor dem Fernseher. Das Bild war so friedlich und gemütlich, daß Lena von dem Wunsch überwältigt wurde, jetzt in diesem abendlichen Zimmer zu sein, Lisas seidige Haare zu streicheln, die sich wirr auf dem Kopfkissen ringelten, und ihre warme Wange zu küssen, auf der sich die Falten des Kissenbezugs eingedrückt hatten.

Vera Fjodorowna erhob sich schwerfällig aus dem Sessel, ging zum Bett, zog die verrutschte Decke zurecht und tat genau das, was Lena so gern getan hätte – streichelte Lisa über den Kopf, beugte sich zu ihr herab, küßte sie auf die Wange und bekreuzigte das schlafende Mädchen. Danach gähnte sie herzhaft mit weit geöffnetem Mund, schaltete den Fernseher aus und ging aus dem Zimmer, vermutlich ins Bad.

Der Bildschirm erlosch. Lena nahm noch eine Zigarette aus der Schachtel, zündete sie an, bemüht, das Zittern ihrer Hände zu unterdrücken.

»Eine niedliche kleine Tochter hast du«, erklang die Stimme des Glatzkopfs. »Wem sieht sie denn ähnlich, mit ihren blonden Locken? Dem Vater? Übrigens, dein Oberst ist noch in London. Kannst du uns sagen, wann er zurückkommt?«

»Was wollen Sie von mir?« fragte Lena leise und zwang sich, in diese gelben, nackten Augen zu sehen.

Das taubstumme Mädchen trat geräuschlos an den Couchtisch und räumte die Kaffeetassen ab. Lena hatte gar nicht bemerkt, wann sie im Zimmer erschienen war.

»Weißt du«, fuhr der Glatzkopf träumerisch fort, »ich hatte schon mehr als einmal Gelegenheit, allzu schweigsamen Zeitgenossen die Zunge zu lösen. Meist waren es allerdings Männer. Mit Weibern habe ich es, ehrlich gesagt, nicht so gern zu tun. Es gibt natürlich verschiedene Methoden. Du bist eine intelligente Frau, hast viele Filme gesehen und Bücher gelesen, du weißt, wie man so was macht. Wichtig ist, daß man für jeden die passende, individuelle Methode findet. Physischer Schmerz ist natürlich ein gutes Mittel, jemanden zum Reden zu bringen. Aber mir geht das gegen den Strich, es macht zu viel Lärm, Schmutz und Gestank. Wie du siehst, hat dich bisher keiner meiner Jungs auch nur angetippt. Und auch deine Lisa ist bis jetzt nur gefilmt worden. Ohne Not werden wir deinem Kind nichts tun. Aber wenn es nötig werden sollte, ist es allein deine Schuld. Glaub mir, es macht mir nicht das geringste Vergnügen, dir in zwei, drei Tagen einen ganz anderen Film über deinen kleinen Engel zeigen zu müssen.«

Lena merkte plötzlich, daß das taubstumme Mädchen mit den leeren Tassen in den Händen wie erstarrt noch immer am Tisch stand und auf die schmalen Lippen des Kahlköpfigen starrte.

»Warum glauben Sie, daß ich lüge?« fragte Lena.

Nun richtete die Taubstumme ihre himmelblauen Augen unverwandt auf Lenas Lippen. Aber außer Lena bemerkte das niemand.

»Eine merkwürdige Frau bist du.« Der Glatzkopf seufzte. »Einen abgebrühten Verbrecher bedauerst du, aber das eigene Kind tut dir nicht leid. Oder hast du nicht richtig kapiert, was ich sage? Ich gebe dir noch einen Tag Bedenkzeit, bis zum Abend. Die Zigaretten und das Feuerzeug kannst du mitnehmen. Wenn du sonst noch was brauchst, genier dich nicht, es zu sagen. Ich weiß, was sich gehört. Vorläufig wollen wir so tun, als wärst du einfach mein Gast.«

Kapitel 36

Mischa Sitschkin hörte die Ansage, daß das Flugzeug aus London gelandet war, und wurde noch nervöser. Gleich würde der strahlende Sergej Krotow erscheinen, und er müßte ihm sofort alles berichten. Beim bloßen Gedanken daran, was Lena gerade alles zustoßen mochte, bekam Mischa Bauchschmerzen. Wie würde es erst Serjosha gehen?

Krotow wartete auf sein Gepäck. Er hatte zwei gewaltige Koffer mit Geschenken für Lisa, Lena und Vera Fjodorowna dabei, außerdem jede Menge verschiedener Souvenirs für Freunde und Kollegen. Nur eins tat ihm leid – daß Lena ihn nicht vom Flughafen abholen konnte, sie kam erst in vier Tagen zurück. Er beschloß, sich heute erst einmal gründlich auszuschlafen und morgen früh zu Lisa ins Erholungsheim zu fahren. Er hatte schreckliche Sehnsucht nach seiner Familie.

Es war kurz nach ein Uhr nachts, als er endlich den Gepäckwagen mit den zwei großen Koffern in die Eingangshalle rollte. Sofort entdeckte er Mischa. Und dessen Gesichtsausdruck machte ihm klar: Es war etwas passiert.

Draußen erwartete sie ein schwarzer Wolga. Der Chauffeur Kolja Filippow, den die Kollegen seit vielen Jahren nur Filja nannten, grinste übers ganze Gesicht, stieg aus dem Wagen und öffnete den Kofferraum.

»Guten Abend, Sergej Sergejitsch, wie war der Flug?«

»Grüß dich, Filja, gut.« Krotow drückte ihm rasch die Hand.

Sie verstauten die Koffer und stiegen ins Auto. Mischa setzte den schon im Flughafengebäude begonnenen Bericht fort. Er bemühte sich, kein wichtiges Detail auszulassen, ohne sich dabei in den vielen Einzelheiten zu verheddern.

Plötzlich vollführte Filja ein kleines Manöver – er zwängte

sich auf der Kreuzung direkt vor einen riesigen schwarzen LKW und gab Gas.

»Wir werden verfolgt«, bemerkte er, ohne sich umzusehen. »Schon seit Scheremetjewo sitzt uns ein Jeep mit den Brüdern von der Mafia im Nacken, verfluchte Bande!«

»Funk die Kollegen von der Verkehrspolizei an, die sollen sie abfangen«, sagte Krotow. »Hast du die Nummer gesehen?«

»Wofür halten Sie mich, Sergej Sergejitsch!«

Der Wolga war mittlerweile auf dem Platz vor dem Weißrussischen Bahnhof angekommen.

»Es tut mir leid um Ijewlew«, sagte Mischa. »Er war ein prima Kerl. Was glaubst du, Serjosha, steckt dahinter auch die Gradskaja? Oder ist das ein Zufall? Die Kollegen aus Tjumen sagen, Locke hätte den Amerikaner für jemand anderen gehalten. Er ist ja in Amerika dick im Geschäft, Locke, meine ich. Sonderbar, daß er diesen Professor so einfach hat laufenlassen.«

»Mischa, wie ist dein Englisch?« fragte Krotow.

»In der Schule habe ich Deutsch gelernt. Mit diesem Barron habe ich mich nur ganz kurz unterhalten, per Dolmetscher. Er weiß offenbar mehr, als ich dachte. Am besten, du sprichst gleich morgen mit ihm.«

»Filja«, wandte sich Krotow an den Chauffeur, »weißt du, wie man von hier aus am schnellsten auf die Wolokolamsker Chaussee kommt?«

»Aber klar, Sergej Sergejitsch. Ich kenne auch das Erholungsheim dort. Jetzt ist die Straße frei, in einer Stunde sind wir da. Wollen Sie sich mit den Wachleuten des Heims in Verbindung setzen?«

»Nein. Die Wachleute dort sind garantiert schon bestochen. Ist einer von euch bewaffnet?«

»Ich hab meine Knarre dabei«, sagte Filja.

»Ich auch«, nickte Mischa. »Sag mal, Serjosha, wo willst du Lisa und Vera Fjodorowna denn hinbringen?«

»Das ist jetzt völlig nebensächlich«, knurrte Krotow. »Hauptsache, wir treffen sie überhaupt noch an. Filja, nicht abbiegen! Ich glaube, wir werden schon wieder verfolgt!«

Diesmal war es ein kirschroter Toyota, der sich an sie gehängt hatte.

»Sollen wir vielleicht Unterstützung anfordern?« fragte Filja.

»Wir versuchen's allein, schnell und unauffällig. Fahr auf die Twerskaja, Richtung Petrowka. Dann schwenkst du rasch in die Tschechowstraße ein, Mischa und ich steigen aus, und danach dirigierst du diesen Toyota in aller Ruhe zur Petrowka. Offensichtlich wissen sie ja schon, daß ich zurück bin, jetzt ist die Hauptsache, daß wir vor ihnen da sind.«

Krotow griff über die Rückenlehne nach vorn und nahm Filja das Funktelefon aus der Hand.

»Leihst du mir deine Knarre?« fragte er, während er die Nummer wählte.

Eine Viertelstunde später wurden die drei Banditen im Toyota unruhig. Der Wolga, den sie so erfolgreich beschattet hatten, war irgendwo hinter dem Majakowski-Platz plötzlich abgetaucht. Aber schon bald atmeten sie erleichtert auf: Der Wolga kroch mit gedrosselter Geschwindigkeit durch die Tschechowstraße. Höchstwahrscheinlich wollte er zum Polizeirevier auf der Petrowka. Wohin auch sonst?

Auf einen der Durchgangshöfe am Gartenring fuhr inzwischen fast geräuschlos ein unauffälliger grauer Lada. Er bremste sanft, und Krotow und Sitschkin stiegen ein. Am Steuer saß ein Bekannter von ihnen, Oberleutnant Gontschar.

Kurz nach drei Uhr nachts erreichten sie das Erholungsheim. Sie hielten ein gutes Stück vom Tor entfernt, hinter der Ecke des hohen Gußeisenzauns. Gontschar blieb im Auto sitzen, Krotow und Sitschkin kletterten rasch über das Gitter. Sie gingen um das Gebäude herum und stellten fest, daß der Haupteingang verschlossen war. Es gab noch einen Eingang durch die Küche, aber dort hing ein großes Vorhängeschloß. Krotow legte den Kopf in den Nacken und betrachtete prüfend die wacklige Feuerleiter, aber Sitschkin entdeckte, daß über einem Segment der verglasten Kantine ein breites Oberlicht offenstand.

Vera Fjodorowna hatte einen sehr leichten Schlaf. Als es an der Tür leise und vorsichtig klopfte, wachte sie auf, knipste die kleine Wandlampe über dem Bett an und schaute auf die Uhr. Es war zwanzig vor drei. Habe ich mir das vielleicht nur eingebildet? dachte sie und wollte das Licht schon wieder löschen, da klopfte es noch einmal.

Sie warf den Morgenmantel über und ging auf Zehenspitzen zur Tür.

»Wer ist da?« fragte sie flüsternd.

»Vera Fjodorowna, machen Sie auf, ich bin's, Sergej«, kam kaum hörbar die Antwort von draußen.

»Lieber Himmel, Serjosha! Du bist zurück! Was ist denn passiert?«

Sie schloß auf. Sergej schlüpfte schnell ins Zimmer, gefolgt von Mischa Sitschkin. Sie sperrten die Tür sofort wieder ab.

»Vera Fjodorowna, machen Sie sich fertig. Schnell, ich helfe Ihnen, Lisas Sachen zu packen«, flüsterte er ihr ins Ohr, ging zur Balkontür, schloß das Oberlicht, legte den Hebel herum und zog die Vorhänge zu.

»Serjosha, was ist passiert?« Sie holte schon einen Koffer aus dem Schrank.

»Ich erkläre Ihnen später alles, jetzt muß es ganz schnell gehen. Ziehen Sie sich an, um Lisa kümmere ich mich. Mischa packt inzwischen schnell alles in den Koffer.«

Lisa war überhaupt nicht erstaunt, als sie die Augen öffnete und feststellte, daß der Papa ihr den Overall direkt über den Pyjama zog.

»Papa!« Sie umarmte ihn, machte wieder die Augen zu und murmelte: »Ich schlafe noch ein ganz klein bißchen bei dir auf dem Arm, ja?«

»Schlaf nur, Lisa, ich ziehe dich inzwischen an.« Sergej streifte wollene Socken auf die nackten Beinchen und hielt dann plötzlich inne.

Hinter der Wand, vielleicht auch auf dem Nachbarbalkon, polterte es. Sergej nahm die schlafende Lisa auf den Arm und ging auf Zehenspitzen in den winzigen Flur, wo Mischa hockte und alles ungeordnet in den Koffer stopfte. Aus der Tür des angrenzenden Zimmers kam die bereits fertig angekleidete Vera Fjodorowna.

»Wer wohnt im Nachbarzimmer?« fragte Sergej flüsternd und wies mit dem Kopf zur Wand, hinter der es erneut zu rumoren begann.

»Zwei nette junge Männer, sie sind seit drei Tagen hier. Sie haben Lisa mit einer Videokamera gefilmt.«

In diesem Moment hörte man auf dem Balkon einen weichen Plumps. Schon bei seinem Rundgang hatte Sergej bemerkt, daß die Balkone der nebeneinanderliegenden Zimmer nur durch niedrige Gitter voneinander getrennt waren. Es war kinderleicht, hinüberzuspringen.

»Schnell, gehen wir«, flüsterte er.

»Aber wir haben noch nicht alles gepackt«, sagte Vera Fjodorowna verwirrt.

»Es geht nichts verloren. Nehmen Sie nur Ihre Papiere mit.« Mischa Sitschkin schnallte den Koffer rasch zu und stellte ihn wieder in den Flurschrank. »Die Sachen werden später abgeholt.«

»Mein Äffchen!« sagte Lisa laut, ohne die Augen zu öffnen.

Vera Fjodorowna ging zum Bett, holte das Plüschtier unter der Decke hervor und streckte die Hand aus, um die Lampe auszumachen, aber Sergej hielt sie auf.

»Besser nicht. Lassen Sie sie brennen«, flüsterte er.

Die Scheibe der Balkontür klirrte leicht. Dort, auf dem Balkon, versuchte jemand vergeblich, durch die fest zugezogenen Vorhänge einen Blick ins Zimmer zu werfen.

Mit angehaltenem Atem traten sie aus dem Zimmer auf den halbdunklen Flur. Mischa, der als letzter hinausging, zog behutsam die Tür zu. Aber das englische Automatikschloß klackte trotzdem verräterisch.

»Kein Schwanz zu sehen«, erklärte der Bandit im Nachbarzimmer seinem Kumpel.

Er war gerade, nur mit Unterhose bekleidet, vom Balkon ins Zimmer zurückgekehrt und krümmte sich vor Kälte. Es zog ihn so schnell wie möglich wieder unter die warme Decke.

»Still!« fuhr ihn der andere, der auf dem Bett saß und auf die Geräusche hinter der Wand lauschte, flüsternd an.

»Nun mach mal halblang, echt«, sagte der erste gähnend. »Die Alte ist wahrscheinlich bloß pinkeln gegangen, aber du bist gleich mit den Nerven fertig! Wo sollen die um drei Uhr nachts denn schon hin?«

»Halt die Klappe, sag ich!« Der gewissenhaftere Bandit sprang vom Bett, öffnete leise die Zimmertür und spähte auf den Flur hinaus.

Dort herrschte Totenstille, kein Laut war zu hören. Vorsichtshalber blieb er noch eine Weile stehen und lauschte auf die friedliche, verschlafene Stille des nächtlichen Hauses. Mit dem Aufzug würde jetzt natürlich niemand fahren, das war ihm klar. Viel interessanter war die Treppe am Ende des Flurs. Barfuß schlich er über den abgeschabten Teppich und beugte sich über das Geländer. Aber auch im Treppenhaus war es still und leer.

»Unsinn«, sagte er, »so schnell hätten sie nicht nach unten laufen können. Das hätte man gehört.«

Der gewissenhafte Bandit wußte: Das Kind und die Alte konnten ihn den Kopf kosten, wenn etwas schiefging. Im

Unterschied zu seinem leichtsinnigen Kumpel war er sehr um seinen Kopf besorgt. Aber vorläufig war alles ruhig. Und wirklich, wo sollten sie nachts um drei schon hin? Das bißchen Getrampel – na und? Alte Leute leiden oft unter Schlaflosigkeit, und Kinder wachen manchmal mitten in der Nacht auf, müssen Pipi machen oder wollen etwas trinken. Er kehrte ins Zimmer zurück, wo sein Freund schon friedlich schnarchte, und hielt dem Schnarcher mit zwei Fingern die Nase zu. Der schmatzte einmal und hörte auf zu schnarchen. Der gewissenhafte Bandit horchte auf die Stille hinter der Wand.

»Die schlafen längst wieder, ehrlich!« brummte er, gähnte erleichtert und legte sich auch ins Bett.

Die Treppe und der Aufzug lagen am rechten Ende des Flurs. Links, am anderen Ende, befand sich eine Sitzecke mit Sesseln, Palmenkübeln, einem kleinen Tisch und einem Fernseher. Jetzt war es dort vollkommen finster. Krotow beschloß, für alle Fälle noch etwas abzuwarten und nicht sofort zur Treppe zu gehen. Wer immer da hinter der Wand geraschelt und vom Balkon aus ins Zimmer zu sehen versucht hatte, würde sicher sofort die Treppe kontrollieren. Aber zu viert, mit einem kleinen Kind auf dem Arm und einer dicken älteren Frau im Schlepptau, konnten sie unmöglich schnell und geräuschlos vom achten Stock ins Erdgeschoß gelangen.

Als Vera Fjodorowna die vorsichtigen Schritte hörte, preßte sie die Hand gegen den Mund. Zuerst entfernten sich die Schritte, der Mann ging zur Treppe. Einige Minuten lang war es still. Dann waren die Schritte erneut zu hören. Sie näherten sich. Vera Fjodorownas Herz begann zu hämmern. Aber die Schritte verstummten in der Mitte des Flurs. Ein Türschloß schnappte. Sie warteten noch einige Minuten, dann bewegten sie sich still und leise auf die Treppe zu.

Nach draußen gelangten sie durch die verglaste Kantine.

Die Tür hatte nur ein Schnappschloß. Vera Fjodorowna führte sie zu der Stelle am Zaun, wo die Eisenstäbe ein ganzes Stück auseinanderklafften. Sie selbst wäre fast steckengeblieben, zwängte sich aber schließlich doch hindurch.

»Und wohin jetzt?« fragte Gontschar, als sie endlich im Auto saßen.

»Laß mich überlegen«, sagte Krotow und schob sich die schlafende Lisa bequemer auf dem Schoß zurecht.

»Vielleicht zu mir?« schlug Mischa vor.

Krotow schüttelte den Kopf. »Da haben sie uns im Handumdrehen gefunden.«

»Warum können wir nicht nach Hause, Serjosha?« fragte Vera Fjodorowna.

Bis zu diesem Moment hatte sie sich tapfer und ruhig verhalten und keine überflüssigen Fragen gestellt. Erst jetzt, im Auto, zitterte ihre Stimme.

»Vera Fjodorowna«, begann Krotow vorsichtig, »ich bin in Schwierigkeiten. Es ist besser, wenn Sie mit Lisa einige Zeit untertauchen.«

»Ich habe es gewußt«, seufzte Vera Fjodorowna. »Es war kein Versehen, daß ausgerechnet Lisas Kinderwagen explodiert ist. Im ganzen Viertel spricht man von nichts anderem. Trotzdem, ich hatte gehofft, es sei ein Zufall. Nicht weit von hier, auf der Lugowaja, wohnt eine Schulfreundin von mir. Sie lebt allein, das Haus ist riesig und warm. Ihr verstorbener Mann war General bei der Luftfahrt, seine Wohnung hat sie ihrem Sohn gegeben, und sie selbst ist auf die Datscha gezogen. Wir könnten zu ihr fahren. Sie würde sich freuen.«

Sergej überlegte eine Sekunde, dann nickte er. »Ja, das ist vielleicht keine schlechte Lösung.«

»Serjosha, sie werden Lena doch nichts tun?«

»Wo denken Sie hin, Vera Fjodorowna, an Lena kommen sie nicht heran. Sie ist ja weit weg, in Sibirien«, antwortete

Sitschkin an Krotows Stelle. »Und wenn sie zurückkommt, wird alles gut sein.«

»Sind Sie sicher?«

»Wir werden uns bemühen.«

* * *

Lena spürte, daß irgend etwas geschehen war. Längst war es Abend und das winzige Fenster unter der Decke schwarz geworden. Sie aber schien man ganz vergessen zu haben.

Sie hatte über ihr Gespräch mit dem Glatzkopf nachgedacht. Gut möglich, daß er ein Bekannter der Gradskaja war. Aber daß ein Mann von seinem Kaliber sich von ihr als Killer anheuern ließ, war kaum vorstellbar.

Vermutlich hatte die Gradskaja ihn aus alter Freundschaft gebeten, sich um Lena zu kümmern. Aber für eine solche Bitte mußte sie wichtige Gründe anführen können. Und die Wahrheit würde sie dem Unterweltkönig um keinen Preis sagen. Also mußte sie irgendeine glaubwürdig klingende Geschichte erfinden. Was konnte sie sich ausgedacht haben? Daß Michael ein amerikanischer Mafioso sei, ein Konkurrent, der es auf Öl und Gold abgesehen hätte? Nein, das war Blödsinn. Russische Banditen in Amerika, ja, die gab es reichlich, aber amerikanische Banditen in Rußland – davon hatte Lena noch nie gehört. Außerdem wäre das leicht zu überprüfen. Was aber wäre nicht überprüfbar? Vielleicht hatte die Gradskaja angedeutet, Michael sei ein Agent des CIA? Ja, das war schon eher möglich.

Die Tür ging auf. Die Taubstumme rollte einen Servierwagen herein. Zwei Käsebrote, ein Apfel, eine Banane und eine große Tasse starker Tee waren darauf.

»Danke«, sagte Lena.

Sie hatte überhaupt keinen Appetit, das Essen blieb ihr in der Kehle stecken. Aber sie mußte bei Kräften bleiben, und deshalb zwang sie sich, fast alles aufzuessen. Das Mädchen stand an die Wand gelehnt und beobachtete sie. Aber Lena fühlte sich dadurch nicht gestört, der Blick des Mädchens schien ihr freundlich, sogar mitfühlend zu sein. Ehe sie den Servierwagen wieder hinausschob, berührte die Taubstumme Lenas Arm und machte eine Kopfbewegung zu der Ecke hinüber, in der sich die winzige Toilette befand. Lena verstand sie erst nicht, aber das Mädchen nahm einen Lippenkonturenstift aus der Tasche und nickte noch einmal zur Toilette hinüber. Sie gingen zusammen in die enge Kabine, das Mädchen schloß die Tür und begann mit dem roten Stift rasch auf die weißen Kacheln zu schreiben.

»Dein Kind ist in Sicherheit«, las Lena.

Sofort wischte die Taubstumme die Aufschrift mit einem angefeuchteten Taschentuch wieder weg. Lena wollte ihr den Stift aus der Hand nehmen, aber das Mädchen schüttelte den Kopf und bewegte vielsagend die Lippen. Lena begriff. Langsam flüsternd sagte sie:

»Danke. Was ist passiert?«

»In der Nacht hat sie jemand geholt und weggebracht. Sie haben den ganzen Tag gesucht, aber vergebens.« Wieder verschwand die Aufschrift.

Lenas Herz klopfte rasch und freudig. Natürlich! Letzte Nacht wollte Serjosha zurückkommen. Mischa Sitschkin wird ihm alles erzählt haben, und Serjosha hat sofort gehandelt.

»Laß dir nicht anmerken, daß du Bescheid weißt«, schrieb das Mädchen.

»Ja, natürlich«, flüsterte Lena und fragte plötzlich, unerwartet für sich selber: »Wer ist der Blinde?«

»Ein Killer.«

Sofort verschwanden die Worte wieder. Lena begriff, daß das Gespräch beendet war. Das Mädchen schob rasch, ohne sie anzusehen, den Servierwagen hinaus. Das Türschloß schnappte zu. Lena zog Stiefel, Pullover und Jeans aus. In T-Shirt und dünner Strumpfhose setzte sie sich aufs Bett und zündete sich eine Zigarette an. Sie fühlte sich, als hätte man sie gerade aus einem staubigen schwarzen Sack, in dem sie keine Luft bekam, ins Freie gelassen. Jetzt hatte sie Lust, sich von Kopf bis Fuß zu waschen, die Zähne zu putzen und dann zu schlafen.

»Ich muß dieses fabelhafte Mädchen um Zahnpasta, frische Wäsche, eine heiße Dusche und einen Kamm bitten«, dachte Lena fröhlich, »sonst sehe ich bald aus wie ein Penner.«

Jetzt wußte sie das Wichtigste: Lisa war nicht mehr in Gefahr. Sie vergaß plötzlich, wo sie sich befand, wollte nicht mehr daran denken, was ihr jeden Augenblick zustoßen konnte. Sie brauchte eine kurze Erholungspause, ein bißchen Ruhe und Freude.

Sie wusch sich mit warmem Wasser und Seife, spülte sich den Mund aus, legte sich den zusammengerollten Pullover unter den Kopf und deckte sich mit der Jacke zu. Ist Wassja Slepak wirklich ein Killer geworden, noch dazu ein so gefährlicher? dachte sie und war im selben Moment eingeschlafen. Das Licht der nackten Glühbirne unter der Decke störte sie nicht im mindesten.

Gegen Morgen wurde sie geweckt.

»Steh auf, zieh dich an«, hörte sie eine grobe Männerstimme und öffnete die Augen.

Vor ihr stand der Bandit Wadik. Sie ärgerte sich, daß sie ohne Jeans eingeschlafen war. In Strumpfhose und Unterhemd genierte sie sich vor diesem jungen Ganoven, der sie zu allem Überfluß auch noch dreist anglotzte und grinste.

»Dreh dich um«, sagte sie.

»Hab dich nicht so«, gab er zurück und glotzte weiter auf ihre Beine, »du siehst doch ganz gut aus, ehrlich. Wie alt bist du?«

»Siebzig«, giftete Lena ihn an. »Ich könnte deine Großmutter sein. Gib mir meine Jeans, Enkelchen. Sie hängen auf dem Stuhl.«

»Ganz schön frech bist du«, brummte der Bandit, reichte ihr aber die Jeans.

»Und jetzt«, sagte Lena, nachdem sie sich angezogen und die Stiefel zugeschnürt hatte, »möchte ich mich waschen und mir die Zähne putzen. Sei bitte so nett und bring mir Zahnpasta und Zahnbürste. Es wird hier doch hoffentlich eine neue, ungebrauchte Zahnbürste geben?«

Einige Augenblicke starrte Wadik sie stumm und verständnislos an.

»Was ist los mit dir, bist du festgewachsen?« nörgelte Lena weiter. »Hat man dir als Kind nicht beigebracht, daß man sich morgens und abends die Zähne putzen muß? Ich kann nicht mit deinem großmächtigen Chef sprechen, ohne mir die Zähne geputzt zu haben.«

»Äh … gleich.« Er ging zur Tür und schrie, noch bevor er ganz aus dem Zimmer heraus war, in den Flur: »He, Salziger! Die stellt hier Ansprüche!«

Offenbar konnte er dieses schwierige und unvorhergesehene Problem nicht allein lösen.

»Einen Kamm hätte ich auch noch gern, möglichst auch einen neuen!« rief Lena ihm hinterher.

Erstaunlicherweise kam er schon nach zehn Minuten zurück und brachte alles, was sie verlangt hatte.

»Danke«, sagte Lena mit gnädigem Nicken, »jetzt fehlt nur noch ein Spiegel, eine heiße Dusche und frische Wäsche.«

Der Glatzkopf saß wieder im Wohnzimmer, im selben weißen Ledersessel. Wieder waren die schweren dunklen Vorhänge fest zugezogen. Was dahinter war – eine Stadt, ein Dorf oder die Taiga –, blieb unsichtbar.

»Guten Morgen«, sagte sie und setzte sich ruhig ihm gegenüber.

»Grüß dich«, sagte er und nickte ihr zu. »Na, bist du zur Vernunft gekommen?«

»Zuerst einmal haben Sie sich noch gar nicht vorgestellt. Um mit Ihnen zu sprechen, muß ich wissen, wie ich Sie anreden kann.« Lena sah ihm gerade in die gelben, nackten, nicht zwinkernden Augen.

»Du kannst mich Wladimir Michailowitsch nennen. Oder Locke. Was dir besser gefällt.«

»Sehr angenehm, Wladimir Michailowitsch.« Lena versuchte, liebenswürdig zu lächeln. »Ich muß Sie warnen, es ist ein langes und vertrauliches Gespräch, das uns bevorsteht.«

Der an der Tür stehende Bandit Wadik schnaubte verächtlich.

»Und daher«, fuhr Lena fort, »könnten wir beide zuerst einmal einen Kaffee brauchen. Ein Frühstück wäre auch nicht übel.«

»Du plusterst dich ja reichlich auf, meine Hübsche«, sagte der Glatzkopf. »Aber wie du willst. He, Wadik«, wandte er sich an den Banditen, »bring uns Kaffee und was zu futtern.«

»Sagen Sie, Wladimir Michailowitsch«, fragte Lena, als sie allein waren, »war es Regina Valentinowna Gradskaja, die Ihnen von meinem Besuch erzählt hat?«

Angriff, dachte sie, ist die beste Verteidigung. Sie wollte versuchen, selber Fragen zu stellen, und nicht auf seine Fragen warten.

Seine erste Reaktion war ein ziemlich langes, angespanntes Schweigen und ein durchdringender Blick direkt in ihre Augen. Aber sie hielt sowohl das Schweigen wie den Blick ruhig aus.

»Das sind Dinge, Mädchen, die dich nichts angehen«, sagte er schließlich heiser und leise und räusperte sich sofort hinter vorgehaltener Faust.

Sehr gut, dachte Lena, eins zu null für mich. Die Information hat er tatsächlich von der Gradskaja.

»Regina Valentinowna hat Ihnen aus alter Freundschaft

mitgeteilt, daß ein mysteriöser Amerikaner herkommt, höchstwahrscheinlich im Auftrag des CIA, begleitet von einer Dolmetscherin, die ebenfalls mit allen möglichen unerfreulichen Behörden in Verbindung steht. Richtig?«

Locke nahm eine Zigarette aus der Schachtel, zündete sie an und fixierte Lena schweigend.

»Auf nüchternen Magen zu rauchen ist ausgesprochen ungesund«, bemerkte Lena. »Aber weiter. Als kluge und vorsichtige Frau hat Ihnen Regina Valentinowna keine genaueren Details verraten, sie hat gesagt, es ist eine vage Information, vielleicht nur Gerede. Dadurch hat sie einerseits Ihre Neugier noch mehr angestachelt, andererseits sich selber gegen den Fall abgesichert, daß Sie womöglich alles genau überprüfen und feststellen, daß Michael Barron keineswegs ein Agent des CIA ist. Im übrigen ist es äußerst schwierig, so etwas zu überprüfen. Aber wer weiß. Im Leben kommt mancherlei vor. Und Regina Valentinowna will auf keinen Fall als Betrügerin vor Ihnen dastehen.«

Wadik erschien mit einem Tablett. Der Duft von Rührei mit Schinken erfüllte das Zimmer. Während der Bandit gewandt wie ein echter Kellner Tassen, Teller und die heiße Kaffeekanne auf den Tisch stellte, schwieg Lena. Auch Locke schwieg und starrte Lena immer noch mit schwerem Blick an. In einer anderen Situation wäre sie unter diesem eiskalten, durchdringenden Blick vielleicht zusammengezuckt. Aber in diesem Moment durfte sie sich nicht den leisesten Anflug von Furcht erlauben. Das spürte sie geradezu physisch.

»Danke, Wadik, das ist sehr lecker«, sagte sie, während sie einen Happen Rührei in den Mund beförderte.

»Verschwinde«, knurrte der Hausherr den Banditen an, »und mach die Tür zu.«

»Ich muß Ihnen noch sagen«, fuhr Lena fort, nachdem die Tür sich hinter Wadik geschlossen hatte, »daß es in Wirklichkeit ganz einfach gewesen wäre, diese Information zu überprüfen. Sie hätten dafür nicht einmal etwas tun müssen, es hätte gereicht, ein klein bißchen nachzudenken.« Sie nahm einen Schluck Kaffee und bestrich eine Scheibe geröstetes Weißbrot sorgfältig mit Butter. »Ein echter CIA-Agent wäre erheblich jünger. Er würde ausgezeichnet Russisch sprechen, perfekt den Kriminellenjargon und sämtliche Kampfsportarten beherrschen. Er würde im verborgenen agieren. Und von seiner Ankunft würde Ihnen keine Regina Valentinowna berichten. Wenn die Sache auch nur im entferntesten mit dem CIA oder dem FSB zu tun hätte, würde sie Ihnen überhaupt nichts erzählen. Schließlich sind Sie nicht ihr Mann oder ihr Bruder, stimmt's? Wieso sollte sie ein solches Risiko eingehen und sich auf fremde Spiele einlassen? Aus alter Freundschaft zu Ihnen? Nein, der springende Punkt ist der, daß die Sache sie persönlich betrifft, sie und ihren Mann, Wenjamin Borissowitsch Wolkow. CIA, FBI, FSB und so weiter haben hierbei nichts zu suchen.«

Lena aß ihren Toast auf, trank den Kaffee, steckte sich eine Zigarette an und erzählte dem Mafiaboß alles der Reihe nach, angefangen bei den Ereignissen vor vierzehn Jahren bis zu dem Gespräch mit Regina Gradskajas Mutter vor zwei Tagen. Die Einzelheiten, die sie selbst betrafen, umging sie vorsichtig und berichtete nur die ihr bekannten Fakten. Locke lauschte schweigend und konzentriert. Als sie geendet hatte, herrschte im Zimmer gespannte, fast explosive Stille. Es dauerte eine ganze Ewigkeit, bis er schließlich sagte:

»Was du erzählt hast, ist sehr ernst. Ich muß es überprüfen.«

Lena nickte. »Ja, ich verstehe.«

»Du mußt vorläufig noch hierbleiben.«

»Und meine Tochter?« fragte Lena und dachte an das taubstumme Mädchen.

»Deine Tochter lassen wir in Ruhe.« Er lehnte sich entspannt im Sessel zurück und fügte hinzu: »Vorläufig jedenfalls. Später wird man sehen. Wann kommt übrigens dein Mann zurück?«

»Morgen abend«, erwiderte Lena, ohne mit der Wimper zu zucken. »Wladimir Michailowitsch, ich habe eine persönliche Bitte an Sie.«

»Raus damit.«

»Eine heiße Dusche, frische Bettwäsche, Pantoffeln und einen Spiegel«, zählte Lena auf. »Ja, und eine Bettdecke und ein Kopfkissen.«

»Kein Problem«, sagte er, »das kannst du haben.«

* * *

»Du siehst also, Nina, wir müssen sie jetzt hüten wie unseren Augapfel, sie ist für uns so etwas wie das goldene Schlüsselchen. Wie in dem Märchen von Buratino, erinnerst du dich?«

Ninas kräftige, warme Hände kneteten mit fließenden Bewegungen Lockes behaarten Rücken. Unter dem grauen Flaum schimmerte eine prächtige, mit farbiger Tusche eintätowierte Kathedrale mit drei Kuppeln.

»Weißt du, Kätzchen, was mir klargeworden ist, als sie mir das alles erzählt hat? Nein, das weißt du nicht, darauf kommst du nicht im Traum!« Er wälzte sich ächzend auf den Rücken, faßte nach Ninas Händen, preßte die kräftigen Gelenke und zog das Mädchen an sich.

Ihr liebevolles Gesicht war nun ganz nah. Die glatten blonden Haare fielen kitzelnd auf seine Schulter.

»Ich werde alt«, hauchte er auf ihre weichen, stummen Lippen. »Küß mich.«

Sie blickte ihn an und rührte sich nicht.

»Komm, Kätzchen, fang selber an, tu wenigstens einmal so als ob. Mir ist so schwer ums Herz.«

Sie glitt aus seinen Armen und begann, ihre lange Seidenbluse aufzuknöpfen.

»Und weißt du, Nina, warum mir so schwer ist – weil ich noch vor zehn Jahren dieses Scheusal eigenhändig umgebracht hätte, wie das Gesetz der Diebe es vorschreibt«, fuhr er fort und sah zu, wie die Bluse, der hautenge Jeansrock und die durchsichtige, fleischfarbene Strumpfhose nacheinander auf den Wollteppich fielen. »Für so einen ist auf der Erde kein Platz und in der Zone erst recht nicht. Sechs Mädchen! In der Zone verzeihen sie nicht ein einziges, da wird er sofort geächtet.«

Nina stand nackt vor ihm und fröstelte schon, doch er redete immer weiter.

»Weißt du, wieviel der Konzern wert ist?« Er kniff die Augen zusammen. »Das wird alles mir gehören! Sie werden es herausrücken, ohne auch nur zu mucksen, wenn sie erfahren, welches Vögelchen hier bei mir im Käfig sitzt. Sie fürchten ja nicht den Prozeß oder die Staatsanwaltschaft. Sie fürchten die Schande, die schlimmer ist als der Tod. Und ihre Schande sitzt munter und gesund bei mir und verlangt nach Bettdecke und Kopfkissen. Diese Poljanskaja hat mir direkt in die Hände gearbeitet, und Regina hat sie mir auf dem Silbertablett kredenzt wie den Schlüssel zum Geldschrank.«

Nina begann sich unauffällig wieder anzuziehen, ohne daß Locke es merkte, so sehr hatte er sich in Fahrt geredet.

»Reginas Fehler besteht darin, daß sie überzeugt ist, niemand auf der Welt sei klüger und gerissener als sie, daß sie meint, sie könne jeden austricksen, sogar mich. Aber da hast du dich verrechnet, mein Herzchen!« Er schüttelte seine große, behaarte Faust mit obszöner Geste in der Luft. »Viele hat sie tatsächlich hereingelegt. Aber mich wird sie nicht bescheißen!«

Die Faust krachte auf den harten Rand der Liege. Die dicken Finger öffneten sich, und die Hand fiel kraftlos herunter.

»Aber ich werde alt. Jede Menge Knete, aber kein

Schwung, kein Feuer mehr, nur noch glimmende Kohle. In früheren Zeiten hätte ich Regina zusammen mit ihrem widerlichen Komsomolzen mit Genuß an der Wand zerquetscht und auf ihr Vermögen gespuckt. Einem ehrlichen Dieb ist die Ehre kostbarer als alles andere. Aber ich bin nicht mehr derselbe wie früher. Und die Zeiten sind auch nicht mehr dieselben. Das ist nicht mehr meine Zeit. Wieso hast du dich wieder angezogen, Nina? Frierst du, mein Kätzchen? Komm her, Pfötchen, sei ein bißchen nett zu mir. Ich werde dich auch wieder aufwärmen.«

Kapitel 37

Das Zimmer im Hotel »Sowjetskaja« auf der Leningrader Chaussee war gar nicht übel. Michael hätte dort in Ruhe einige Tage wohnen und arbeiten können. Er hätte noch einmal in die Tretjakow-Galerie gehen können, ins Puschkin-Museum, ins Bolschoi-Theater. In Moskau gab es genug Interessantes zu sehen! Aber er hatte keine Lust mehr, wegzugehen. Er hatte auch keine Lust, zu arbeiten oder die Tonbandaufzeichnungen der sibirischen Gespräche abzuhören. Überall war Lenas Stimme zu hören, sie übersetzte die Berichte der Wissenschaftler, Kunsthistoriker, Altgläubigen, Museumsangestellten. Sofort wurde Michael traurig und machte sich Sorgen. Womöglich war Lena gar nicht mehr am Leben? Er war es gewesen, der sie überredet hatte, mit ihm nach Sibirien zu fahren.

Zwei Tage hintereinander lag Michael auf dem Bett im Hotelzimmer und las die Märchen von Oscar Wilde. Dieses alte, zerfledderte Buch, das schon seiner Mutter gehört hatte, pflegte er seit vielen Jahren immer bei sich zu haben. Wenn ihm traurig zumute war, nahm er es zur Hand und las eines der Märchen. Aber jetzt war er nicht einmal mehr imstande zu lesen, er starrte auf die geliebten, seit der

Kindheit vertrauten Zeilen und dachte an die Ereignisse in Sibirien.

Es war bereits ein russischer Polizeibeamter bei ihm gewesen, ein freundlicher Mann mit einem komischen Familiennamen: Sitschkin. Mit Vornamen hieß er ebenfalls Michael.

Er sprach kein Wort Englisch und wurde von einem blutjungen Übersetzer begleitet. Das Gespräch, das sie führten, war kurz und unergiebig.

»Mister Barron, wir möchten Sie bitten, noch ein paar Tage zu bleiben«, sagte er, und Michael fiel auf, wie verwirrt und schuldbewußt er dabei aussah. »Wir haben nicht das Recht, es zu fordern. Wir bitten nur darum. Lenas wegen.«

»Ich fahre nicht eher ab, als bis ich Mrs. Poljanskaja mit eigenen Augen gesehen habe. Ich muß wissen, daß es ihr gut geht. Schließlich war ich es, der sie gebeten hat, mich nach Sibirien zu begleiten.«

»Wir befürchten, daß sie entführt worden ist«, teilte der russische Polizist finster mit.

Natürlich, dachte Michael, zuerst wühlen sie in unseren Sachen herum und klauen eine Dose Talkumpuder, und dann entführen sie einen Menschen. Was hatte sich dieser Tschekist Sascha, dieser Gogol-Liebhaber, nur dabei gedacht? Michael brachte er geschickt in Sicherheit, aber Lena überließ er irgendwelchen unbekannten Banditen zum Fraß. Überhaupt wirkten alle diese jungen Männer des Ex-KGB auf Michael nicht eben vertrauenerweckend – weder der Spaßvogel Sascha noch der finstere Typ, der Michael nach Moskau begleitet hatte. Sitschkin gefiel ihm erheblich besser, aber seine größten Hoffnungen setzte Michael auf Lenas Ehemann. Immerhin ein Oberst. Der hatte bestimmt ganz andere Möglichkeiten, und vor allem, er suchte nach der eigenen Frau, nicht nach einer fremden, außenstehenden Person.

Als ein mittelgroßer hellblonder Mann mit Anzug bei

Michael im Hotelzimmer erschien und in ganz passablem Englisch sagte: »Guten Tag, Mister Barron, ich bin Oberst Krotow, der Mann von Jelena Poljanskaja«, atmete Michael erleichtert auf.

Gleich nach Krotow trat der schon bekannte junge Dolmetscher ein.

»Sie sprechen gut Englisch«, bemerkte Michael leise, »wozu ein Dolmetscher?«

»Mein Wortschatz ist noch zu klein. Eigentlich kann ich die Sprache gar nicht, aber nach zwei Wochen London fängt man unwillkürlich an, Englisch zu sprechen«, sagte Sergej freundlich lächelnd.

Der Dolmetscher mischte sich nur hin und wieder in ihr Gespräch ein, um Sergej einzelne Worte zu soufflieren.

»Ich begreife nicht«, sagte Michael aufgeregt, »warum der FSB sie nicht gewarnt hat, obwohl er die Gefahr kannte! Der Vorfall mit dem Talkumpuder und die Durchsuchung unserer Zimmer war doch ein ernstes Zeichen. Ich werde das Gefühl nicht los, daß Lena absichtlich als Lockvogel benutzt worden ist – warum und wozu, ist mir allerdings völlig unklar.«

»Michael, bitte erzählen Sie mir ganz ausführlich alles, was in Sibirien geschehen ist«, bat Krotow.

»Ich glaube, ich muß schon mit Moskau anfangen«, erklärte Michael erregt. »Vorher habe ich gar nicht darüber nachgedacht und keinen Zusammenhang gesehen. Aber jetzt – wissen Sie, es hat nämlich jemand versucht, nachts in die Wohnung einzubrechen.«

Sergej fiel auf, daß der Professor in seinem ausführlichen Bericht mit keinem Wort den Mann im Mercedes erwähnte, der sie den ganzen Tag durch Moskau kutschiert und in einen Privatclub geführt hatte. Er selber hatte es von Mischa erfahren und der wiederum von Major Ijewlew.

Der Alte will Lena nicht bloßstellen, amüsierte sich Krotow insgeheim, er meint, es handelt sich möglicherweise nicht um rein freundschaftliche Beziehungen, und schweigt sich über Wolkow vorsichtshalber aus. Eine Anstandsdame mit Bart und Glatze!

»Sie ist bei der Bibliothekarin im Altersheim geblieben«, wiederholte Sergej nachdenklich den letzten Satz des Professors, »bei Valentina Gradskaja …«

»Ja«, Michael nickte, »und dieser Sascha wußte bestimmt, daß man sie dort nicht hätte lassen dürfen.«

Aus den bizarren Details hatte sich nun endlich ein halbwegs deutliches Bild geformt. Der Bericht von Michael ergänzte es um die letzten, noch fehlenden Teile. Nur eins war immer noch unklar: Was hatte Locke, der legendäre Pate der Taiga, mit alledem zu tun?

* * *

Spät am Abend wurde Lena in ein anderes Zimmer gebracht, offenbar ein Gästezimmer. Wie in einem guten amerikanischen Haus hatte Lena hier ihre separate Dusche, komplett ausgestattet mit allen Toilettegegenständen. Außer Shampoo entdeckte sie noch eine Spülung für die Haare, eine Feuchtigkeitscreme, einen Frotteebademantel und eine Duschhaube.

In den Schubladen der auf antik gemachten Kommode lagen ein Paar neue Strumpfhosen und Höschen, ein Nachthemd, zwei T-Shirts und ein weiter beigefarbener handgestrickter Pullover. Lenas warme Lederjacke allerdings war verschwunden. Dafür standen auf dem Teppich vor dem breiten Diwan flauschige Pantoffeln mit rosa Flanellohren.

Lena mußte unwillkürlich lächeln. Sehr rührend! Wollen die mich hier etwa auf Dauer einquartieren? dachte sie.

Der Hauptvorzug des neuen Zimmers war das große Fenster. Es war allerdings fest verschlossen, öffnen ließ sich nur ein kleines Oberlicht. Unmittelbar vor dem Fenster begann die weite, verschneite Taiga.

In der ersten Nacht schlief Lena wie erschlagen. Am Morgen kam die Taubstumme und brachte das Frühstück – ein heißes Omelett, starken Kaffee, Brot und Butter. Auf dem kleinen Servierwagen lag auch noch eine Schachtel Zigaretten.

»Wie lange wird man mich hier festhalten?« fragte Lena flüsternd und machte eine Kopfbewegung zum Bad hin, in der Hoffnung, daß die Taubstumme wieder ein »Kachelgespräch« mit ihr beginnen werde.

Das Mädchen machte ein finsteres Gesicht und schüttelte abwehrend den Kopf.

»Wie heißt du?« fragte Lena.

Die Taubstumme zog ihren Konturenstift hervor und schrieb direkt auf die weiße Plastikoberfläche des Servierwagens: »Nina.«

»Freut mich, Nina. Ich heiße Lena. Aber das weißt du sicher schon.«

Nina nickte und lächelte.

»Komm, Nina, setz dich doch ein bißchen. Laß uns zusammen Kaffee trinken. Ich stelle dir auch keine schwierigen Fragen mehr.«

Nina schaute auf die Uhr, dann nickte sie, ging für einen Augenblick hinaus, ohne die Tür hinter sich zu schließen, und kam mit einer zweiten Kaffeetasse und einem Aschenbecher zurück.

»Danke schön«, sagte Lena erfreut.

Ein Gesprächsthema allerdings fand sich nicht, Lena fielen nur »schwierige« Fragen ein. So tranken sie den Kaffee schweigend und rauchten danach beide.

»Wohnst du ständig hier? Oder kommst du nur zur Arbeit?« entschloß sich Lena endlich zu fragen.

Aber Nina runzelte wieder die Stirn und schüttelte den Kopf.

»Entschuldige. Ich weiß nicht, welche Fragen ich dir stellen darf. Hör mal, gibt es hier irgendwelche Bücher? Oder

Zeitungen, Illustrierte? Dann könnte ich wenigstens ein bißchen lesen. Nur sitzen, essen, schlafen, an die Decke gucken und warten, ohne zu wissen, worauf – das kann ich nicht.«

Nina nickte, drückte die Zigarette aus und ging, den Servierwagen vor sich her schiebend, rasch hinaus. Etwa eine halbe Stunde später erschien sie erneut. Statt der Teller und Tassen lag nun ein Stapel Bücher auf dem Servierwagen. Nina packte sie ordentlich auf die Kommode, antwortete auf Lenas »Danke schön« mit einem freundlichen Kopfnicken und verschwand wieder.

Die übliche Mangelware der ausgehenden Siebziger, stellte Lena fest, als sie die Buchrücken musterte. Das Sortiment für den Gentleman: »Angélique«, »Die drei Musketiere«, »Wort und Tat« von Pikul, ein paar Romane von Maurice Druon. Die Sorte Bücher, die man im Austausch für Altpapier bekam oder über Beziehungen kaufte. Damals ein Muß für jedes Haus, in dem man auf sich hielt, obwohl man sie oft gar nicht gelesen hat. Die bunten Umschläge haben nur die importierte Schrankwand geschmückt, so wie Perlmuttporzellan aus der DDR oder tschechisches Kristall.

Das einzige Buch, das sie interessierte, war ein Auswahlband von Bunin. Sie legte sich in Jeans und Unterhemd aufs Bett. Nach den ersten zwei Seiten der Erzählung »Antonow-Äpfel« hatte sie vergessen, wo sie sich befand. Ihr war, als dufte es plötzlich nach Äpfeln und der eigenen Jugend. Das letzte Mal hatte sie Bunin gelesen, als sie achtzehn war.

Mittags erschien Nina und brachte ein großes Stück gebratenen Stör, Gemüsesalat, zwei Äpfel und Bananen.

»Die Verpflegung ist fürstlich«, bemerkte Lena. »Man füttert mich wie eine Mastgans.«

Unmerklich war es Nacht geworden. Lena klappte den Bunin zu. Sie hatte den dicken Band von Anfang bis Ende durchgelesen, einschließlich Vorwort und Anmerkungen.

Jetzt muß ich mir wohl Pikul oder Dumas vornehmen, dachte sie melancholisch, und was dann?

Sie trat an das schwarze Fenster. Man konnte natürlich versuchen, es gewaltsam zu öffnen oder die Scheibe einzuschlagen. Ihr Zimmer lag im ersten Stock, nicht besonders hoch. Aber draußen stand sicher eine Wache, und dahinter gab es nur die Taiga.

Leise heulte der Wind, die schwarzen Silhouetten der Bäume bogen sich ächzend. Irgendwo in der Nähe bellten Hunde. Den kräftigen, tiefen Stimmen nach zu urteilen, mußten es riesige Tiere sein, Schäferhunde oder irische Wolfshunde. In der Ferne, im undurchdringlichen Dickicht der Taiga, heulten die schlaflosen Wölfe mit dem kalten Nachtwind um die Wette.

Entweder tötet man mich beim Fluchtversuch, überlegte Lena kaltblütig, oder ich verirre mich in der Taiga. Übrigens muß es hier irgendeine Straße oder zumindest einen Weg geben. Aber wahrscheinlich erschießt man mich, bevor ich auch nur den Fuß darauf setzen kann. Dieser glatzköpfige Gangsterboß hat offensichtlich beschlossen, meine Informationen für seine Zwecke zu nutzen. Er hat mir sofort geglaubt und wird jetzt Wolkow und die Gradskaja so lange unter Druck setzen, bis er das alleinige Sagen im Konzern hat. Ich bin gespannt, wie lange das wohl dauern wird. Mich braucht er als Werkzeug für seine Erpressung. Er hält mich hier unter besten Bedingungen fest, damit er mich jederzeit als Zeugin präsentieren kann – nicht nur lebendig, sondern gesund, sauber, satt und imstande, zusammenhängend zu reden.

Aber dann? Dann werde ich einfach verschwinden, wie verschlissenes Material, das keiner mehr braucht. Serjosha wird mich natürlich suchen, er ist imstande, das gesamte Tjumener Gebiet auf den Kopf zu stellen. Im letzten Moment kommt eine Spezialeinheit mit Hubschraubern angeflogen und nimmt das Haus im Sturm. Ja, natürlich!

Nur die Hoffnung nicht aufgeben! Lena lächelte spöttisch. Sascha wußte, wer hinter uns her war. Ob die Leute vom hiesigen FSB dieses Haus vielleicht kennen? Aber was, wenn sie mit dem Glatzkopf auf freundschaftlichem Fuß stehen? Wieso sollten sie es sich mit ihm verderben? Ein schlechter Frieden mit einem König der Unterwelt ist immer noch besser als ein guter Krieg, und die Gehälter beim FSB sind ohne Zubrot äußerst mickrig. Sie selber werden also alles tun, damit Serjosha mich nicht findet.

Ihr war nicht nach Schlaf zumute. In der vergangenen Nacht hatte sie sich so gründlich ausgeschlafen, daß sie fast jedes Zeitgefühl verloren hatte. Eine Uhr gab es in ihrem Zimmer nicht.

Den »Grafen von Monte Christo« habe ich ungefähr mit zwölf gelesen, dachte sie mit einem spöttischen Lächeln. Was soll's, kehren wir in die Kindheit zurück.

Bevor sie sich mit dem Buch ins Bett legte, ging sie ins Bad. Vielleicht sollte ich so tun, als wäre ich krank geworden? dachte sie und betrachtete ihr blasses, trauriges Gesicht in dem großen Spiegel. Der Glatzkopf braucht mich lebendig und gesund. Aber er hat bestimmt seinen Hofarzt, der für Geld alles tut. Vielleicht könnte ich in den Hungerstreik treten? Nein, eine ganz blöde Idee. Dann binden sie mich fest und ernähren mich künstlich. Solange sie mich brauchen, lassen sie nicht zu, daß ich krank werde oder sterbe.

Sie wusch sich gründlich die Haare, stand lange unter der heißen Dusche und kämmte sich dann sorgfältig vor dem Spiegel die nassen Haare. Statt des kleinen Männerkamms hatte sie jetzt eine richtige Massagebürste. Die taubstumme Nina hatte nicht die geringste Kleinigkeit vergessen, hatte sie mit allem, was eine Frau brauchen konnte, versorgt. Für wie lange wohl? Wieviel Zeit habe ich überhaupt noch zu leben? Eine Woche? Einen Monat? Mehr wohl kaum. Aber ein Monat sollte reichen, um mich zu finden. Serjosha wird keine Ruhe geben, bis er mich gefunden hat.

Sie hüllte sich in den fremden Frotteemantel und verließ mit nassen, offenen Haaren das Bad. Wieder blieb sie vor dem schwarzen Fenster stehen. Die Hunde bellten jetzt besonders laut, ihr Bellen ging in Winseln über. Es waren mehrere Hunde, mindestens drei. Aber allmählich verstummten sie, einer nach dem anderen. Es wurde still, und in dieser Stille war deutlich ein weicher, dumpfer Aufschlag zu hören, als ob direkt unter dem Fenster etwas Großes, Schweres auf die Erde gefallen wäre.

Und plötzlich ging das Licht aus. Es erlosch im ganzen Haus. Der gelbliche Widerschein, der eben noch aus den Nachbarfenstern gefallen war, verschwand. Lena stand reglos und starrte in die Finsternis. In der Fensterscheibe spiegelte sich ihre brennende Zigarette wider. Einen Augenblick später ertönten Schritte und Stimmen auf dem Flur.

»Geh du zur Kontrolle nach draußen!« hörte Lena die Stimme des Banditen Wadik. »Ich gucke mir die Sicherungen an.«

Die Antwort darauf konnte Lena nicht mehr verstehen. Die Stimmen und die Schritte entfernten sich. Es wurde wieder still. Lenas Herz klopfte wie verrückt. Ohne selber zu wissen, wozu, begann sie sich im Dunkeln rasch anzukleiden. Sie tastete nach ihren Jeans und dem frischen T-Shirt. Als sie den Reißverschluß zugezogen hatte, knipste sie das Feuerzeug an und suchte in seinem Licht nach ihren Stiefeln. Sofort dachte sie: Wozu?

Im Haus herrschte Stille. Die Stiefel lagen unter der Kommode. Sie hatte gerade einen Stiefel angezogen, da hörte sie wieder die Stimmen:

»Vielleicht sind die Leitungen kaputt? Verdammt, wie soll denn man ohne Licht was sehen!«

»Wenn der Chef kommt, wird dir schon ein Licht aufgehen!«

Im Schlüsselloch drehte sich ein Schlüssel. Lena zog den

Stiefel schnell wieder aus. Die Tür öffnete sich. Das grelle Licht einer Taschenlampe traf ihre Augen.

»Schläfst du?« fragte man sie friedlich.

»Beinahe«, sagte Lena und blinzelte im hellen Schein der Lampe, »was ist denn los?«

Aber die Tür wurde schon wieder zugeschlagen.

»Hast du nach den Hunden gesehen?« hörte sie.

»Die pennen. Alle pennen.« Ein herzhaftes Gähnen. »Es ist zwei Uhr nachts. Wir kümmern uns morgen früh um das Licht.«

Die Schritte und Stimmen verstummten, irgendwo schlug eine Tür.

Lena fand keine Ruhe. Der Glatzkopf ist also weggefahren. Nur die Wache ist hiergeblieben. Wie viele das wohl sind? Für mich reicht auch ein einziger ... Jetzt gehen sie wieder schlafen.

Sie zog trotzdem die Stiefel an, schnürte sie zu und streifte ihren Pullover über. Die Augen hatten sich an die Dunkelheit gewöhnt, außerdem schien draußen hell der Mond. Lena zündete sich eine neue Zigarette an. Sie begriff nicht, warum sie so nervös war.

Was ist los, will ich etwa fliehen? Will ich ohne Jacke, in dünnen Stiefeln in die Taiga? Ich werde mich bloß verirren und vor Kälte und Hunger sterben. Die Wölfe werden mich fressen. Und wie soll ich hier überhaupt rauskommen? Wenn ich das Fenster einschlage, hören sie es. Öffnen geht nicht, es ist fest verschlossen. Ich hab's ja schon probiert. Sie merkte auf einmal, daß sie laut flüsterte, schnell und nervös.

Aber im selben Moment verstummte sie. Vor der Tür raschelte es, leise klickte das Schloß. Lena schlich auf Zehenspitzen zur Tür und leuchtete mit dem Feuerzeug. Der Türgriff drehte sich langsam. Sie wich zurück und preßte sich an die Wand. Die Tür öffnete sich einen Spalt und schloß sich sofort wieder. Eine kleine Gestalt huschte ins Zimmer – sie sah die Silhouette eines Mannes. Er bewegte sich leicht und geräuschlos wie eine Katze. Für eine Sekunde leuchtete eine Taschenlampe auf, richtete sich auf Lena und erlosch sogleich wieder.

Sie hatte nichts zu verlieren. Sie knipste das Feuerzeug an. In dem flackernden, unsicheren Schein erblickte sie muskulöse Schultern, über denen sich eine dunkle Lederjacke spannte, kurzgeschorene blonde Haare, tiefliegende, fast weiße Augen unter brauenlosen Stirnknochen, tiefe, grobe Narben auf den Wangen, die Spuren einer schlecht verheilten Pubertätsakne.

»Wassja Slepak«, flüsterte sie und wich zum Fenster zurück. »Wassja, bist du gekommen, um mich zu töten?«

Kapitel 38

Regina Valentinowna liebte es, Geld zu verdienen und Geld auszugeben. Aber sie haßte es, Geld zu zählen. Früher, als Studentin, hatte sie jede Kopeke gezählt. Jetzt aber rief alles, was mit Bankgeschäften und Buchhaltung zu tun hatte, bei ihr nur krampfhaftes Gähnen hervor. Selbstverständlich verfügte der Konzern über einen ganzen Stab von Buchhaltern, Juristen und Managern. Um ihre Qualifikation brauchte man sich keine Sorgen zu machen. Ihre Zuverlässigkeit allerdings stand auf einem anderen Blatt.

Auch Wenjamin Borissowitsch wußte, wie man Geld verdient, im Unterschied zu Regina aber zählte er es auch gern. Der gesamte gewaltige Finanzapparat des Konzerns befand sich unter seiner unermüdlichen und instinktsicheren Kontrolle. Er vertraute seinen Mitarbeitern, kontrollierte sie aber trotzdem ständig. Man konnte ihn mitten in der Nacht wecken, und er hätte, wie ein Musterschüler das Einmaleins, ohne Stocken aufsagen können, wieviel Geld auf welchem Konto und auf welcher Bank war, wieviel in Wertpapieren und wieviel in Immobilien angelegt war und wieviel in der Schattenwirtschaft steckte. Er wußte immer, was sich an den Börsen Europas und Amerikas tat, und kannte sich in den Aktienkursen ebensogut aus wie ein professioneller Broker.

Allerdings hatte auch Regina sich in letzter Zeit mit dieser langweiligen Materie befaßt. Nach und nach holte sie das Versäumte heimlich auf, selbst ihr Mann merkte nichts davon. Wenn die Rede auf Banken, Zinsen und derlei trockene Dinge kam, hob sie weiterhin schuldbewußt die Hände und sagte: »Da kenne ich mich überhaupt nicht aus. Auf allen anderen Gebieten bin ich firm, aber in diesen Dingen bin ich ein blutiger Laie.«

Wäre sie bis zu diesem Zeitpunkt wirklich ein blutiger Laie in Finanzdingen geblieben, dann hätte sie nun Grund zur Panik gehabt. Was Wenja, nach der schweren Grippe noch immer angeschlagen, mit den Bankkonten anstellte, erfragte sie nicht nur beim Buchhalter Grischa, sondern auch bei anderen zuverlässigen Informanten.

Jetzt saß sie mit einem ihrer heimlichen Berater in einem kleinen, gemütlichen Restaurant, schlürfte Likör aus einem Glas, das flach wie eine Untertasse war, und blickte nachdenklich in die klaren hellbraunen Augen des jungen Juristen. Dieser Junge hätte ihr Sohn sein können. Hübsch, als wäre er einer Rasierwasserreklame entsprungen, verströmte er auch den männlich-herben Duft dieses Wässerchens in dem kleinen, abgedunkelten Saal. Vermutlich hatte er vor dem Treffen eine ganze Flasche davon über sich ausgegossen.

Na, Kleiner, dachte sie träge, glaubst du etwa, es wirkt sich positiv auf deine Finanzen und deine Karriere aus, wenn du mich alte, gleichgültige Frau ins Bett zerrst? Du bist auch jetzt nicht arm und hast alle Chancen – jedenfalls, wenn du rechtzeitig merkst, daß es von schlechtem Geschmack zeugt, sich derart reichlich mit dem Duft eines

»echten Mannes« zu begießen. Du hast an der Sorbonne studiert und bist ein aufgewecktes Kerlchen. Du brauchst nicht mit mir zu kokettieren.

»Es gibt da noch etwas, Regina Valentinowna«, sagte der junge Mann und legte seine heiße Hand vorsichtig auf die ihre, »nur fürchte ich, diese Information ...« Er räusperte sich und verstummte.

»Keine Angst«, sagte Regina sanft, »nenn die Dinge ruhig beim Namen. Willst du sagen, diese Information kostet noch zusätzliches Geld?«

»Wo denken Sie hin!« Der junge Mann wurde rot. »Darum geht es überhaupt nicht.«

»Worum dann?«

»Die Information ist vorläufig noch sehr vage, andererseits aber äußerst brisant. Aber für Sie, Regina Valentinowna, gehe ich das Risiko ein.«

Oho! dachte Regina vergnügt. Du willst mich tatsächlich ins Bett kriegen. Weißt du eigentlich, Bürschchen, wie alt ich bin?

»Nur zu, Antoscha, sprich weiter«, sagte sie laut, lehnte sich zurück und blinzelte ihm fröhlich zu. »Was willst du zum Tausch für dein brandheißes Geheimnis? Vor mir brauchst du dich nicht zu genieren, ich könnte deine Mutter sein.«

Aber Anton genierte sich. Er errötete und merkte, wie das Hemd unter dem Jackett verräterisch feucht wurde.

»Ich glaube«, sagte er kaum hörbar, »darüber sollten wir besser an einem anderen Ort reden. Wenn Sie nichts dagegen haben ...«

»Na, du machst es aber spannend!« sagte Regina kopfschüttelnd. »Das sind ja die reinsten Staatsgeheimnisse. Wo können wir beide uns denn unterhalten?«

»Wenn Sie einverstanden sind ...« Er machte eine heroische Anstrengung, holte tief Luft und platzte heraus: »Bei mir zu Hause!«

Unter den Angestellten des Konzerns ging nun schon seit zwei Wochen das Gerücht, der Chef habe sich ein Liebchen zugelegt. Früher hatten sich alle über die unverbrüchliche Treue des erlauchten Paares gewundert. Weder Wolkow noch die Gradskaja hatten sich irgendwelche Affären erlaubt. Alle waren gewohnt, sie als eine unzertrennliche Einheit zu betrachten. Nun aber munkelte man, und mancher wollte es sogar schon genau wissen, daß der Chef den Kopf verloren habe.

Als Anton Konowalow im Auftrag der Gradskaja unauffällig die Finanzen des Konzerns überprüfte, fand er bald heraus, daß der Chef im Moment mit nichts anderem als der Teilung des gemeinsam erwirtschafteten Vermögens beschäftigt war. Eins mußte man ihm allerdings lassen – das riesige Kapital des Konzerns teilte er ehrlich zwischen sich und seiner Frau auf. Allem Anschein nach war er gewillt, Regina Valentinowna den gesamten Konzern zur freien Verfügung zu übertragen, sich selbst bewilligte er die Immobilien in Form einiger Häuser an verschiedenen idyllischen und prestigeträchtigen Ecken der Welt und das Geld in Form von Bankguthaben. Es war klar, daß die Gradskaja praktisch nichts dabei verlor: Der Konzern brachte gewaltige Gewinne, und innerhalb von fünf, sechs Jahren würde Regina Valentinowna das, was zusammen mit dem untreuen Gatten abhanden gekommen war, wieder eingenommen haben.

Natürlich gab es nicht wenige junge Männer, die bereit waren, ihr die Einsamkeit zu versüßen. Waren früher alle Versuche, bei der nicht mehr jungen, aber immer noch attraktiven und vor allem sehr reichen und einflußreichen Frau zu landen, von vornherein aussichtslos gewesen, so bestand jetzt eine reelle Chance. Und Anton Konowalow hielt seine für besonders groß.

Er saß nun schon zum zweitenmal mit der Chefin in trauter Zweisamkeit in dem schummrigen Restaurant. Was er ihr heute berichtet hatte, bekräftigte eindeutig die vagen

Gerüchte von einer bevorstehenden Scheidung. Aber es gab noch eine weitere Neuigkeit, eine unerwartete und höchst unerfreuliche. Allerdings glaubte Anton, daß er diese gefährliche Information noch rechtzeitig aufgeschnappt hatte, daß sie also sehr wertvoll war. Dabei dachte er keineswegs an Geld. Die Chefin mußte ihm dankbar sein. Und ihre Dankbarkeit konnte sie am besten bei ihm zu Hause zum Ausdruck bringen! Danach würde man weitersehen. Er jedenfalls würde das Seine tun, damit Regina Valentinowna ihre einsamen Stunden in Zukunft nur mit ihm versüßen wollte.

»Warum nicht«, sagte Regina freundlich, »ich habe nichts dagegen. Ich brenne geradezu vor Neugier.«

Die Zwei-Zimmer-Junggesellenwohnung am Wernadski-Prospekt war wie geschaffen für intime Treffen. Auf dem Boden des Wohnzimmers lag ein heller, weicher Teppich, eine Wohltat für nackte Füße. Ein niedriges breites Ecksofa, keine Sessel. Der Besucherin blieb gar nichts anderes übrig, als sich neben den Gastgeber zu setzen. Schwere Samtvorhänge in warmen Gold-Beige-Tönen machten das Halbdunkel noch gemütlicher. Aus seiner gut ausgestatteten Phonothek wählte Anton Mozart aus. Auf dem runden Couchtisch entzündete er eine Duftkerze und servierte in zwei winzigen Täßchen türkischen Kaffee.

»Ich höre, mein Kleiner«, sagte die Gradskaja müde, als der gastfreundliche Hausherr endlich zur Ruhe kam und sich neben sie auf das Sofa setzte.

»Regina Valentinowna«, sagte er, bemüht, seine Stimme tief und etwas heiser klingen zu lassen, »sind Sie es nicht leid, immer nur übers Geschäft zu reden?«

»Hör auf, den Clown zu spielen, Antoscha.« Sie runzelte die Stirn. »Raus mit deiner Information.«

»Ich habe Angst«, stotterte er verwirrt, »ich habe Angst, daß Sie gleich wieder gehen, wenn ich alles gesagt habe. Ich möchte doch so gern, daß Sie eine Weile hierbleiben, ich fühle mich so wohl mit Ihnen.«

»Du brauchst keine Angst zu haben.« Sie streckte den Arm aus und kraulte ihm den Nacken.

Er faßte nach ihrer Hand und küßte die harte, breite Innenfläche, dann glitt er zu Boden, kniete vor ihr nieder, streichelte vorsichtig die schlanken Beine in den zarten Strümpfen und flüsterte leidenschaftlich:

»Gehen Sie auch bestimmt nicht? Ich kann ohne Sie nicht leben.«

»Ich habe es doch versprochen«, hauchte Regina zurück und fuhr zärtlich mit dem Finger über seine Wange, berührte seine Lippen.

»Rein zufällig habe ich entdeckt, daß sich jemand lebhaft für die Finanzgeschäfte des Konzerns interessiert.« Seine Hände arbeiteten sich weiter nach oben vor, unter den engen Wildlederrock. »Zuerst habe ich geglaubt, es sei die Steuerfahndung, aber es steckt jemand ganz anderes dahinter.« Seine eine Hand glitt über ihre Hüfte, die andere zog den Reißverschluß ihres Rocks auf.

»Wer denn?« Regina nahm sein Gesicht in die Hände und blickte ihm aufmerksam in die Augen.

»Banditen«, hauchte er kaum hörbar, streifte ihr Rock, Strumpfhose und Slip herunter und begann, ihre Seidenbluse aufzuknöpfen.

»Wer genau?« fragte Regina, die ihm nicht half, ihn aber auch nicht hinderte.

»Die Leute von Locke.«

Die Bluse fiel zu Boden, der BH folgte. Im schwachen Licht der Kerze war nicht zu sehen, wie tödlich blaß Reginas Gesicht wurde.

»Wofür haben sie sich denn konkret interessiert?« fragte sie flüsternd.

Mittlerweile hatte sich Anton in Rekordzeit seiner Kleidung entledigt.

»Für alles. Für absolut alles, und ganz dreist und offen, als ob der Konzern ihnen schon gehören würde.« Er zog die letzten Sachen aus – dunkelblaue Socken mit weißem Sternenmuster.

Das ist das Ende, dachte Regina, während sie mechanisch die eifrigen Zärtlichkeiten des jungen Juristen erwiderte. Locke knöpft uns alles ab und macht dann Kleinholz aus uns. Die Poljanskaja wird er jetzt hüten wie seinen Augapfel. Auch der Blinde wird sie dort nicht erwischen. An Lockes Stelle würde ich genauso handeln. Aber was kann ich jetzt tun?

Anton Konowalow stöhnte bereits leise, und Regina stellte eher beiläufig fest, daß es ein Fehler gewesen war, die schüchternen Annäherungsversuche solcher jungen Pfauen abzuweisen. Sie hatten immer wieder ihre bunten Räder vor ihr geschlagen. Natürlich wußte sie sehr gut, daß es ihnen nur ums Geld und die Karriere ging, aber trotzdem, sie hatte viel versäumt. Jetzt ließ sich das nicht mehr aufholen.

Erstaunt merkte sie, daß ihre Erregung sich steigerte. In ihr erwachte plötzlich eine solch bittere, unersättliche Gier nach dem Leben, daß sie ihre Fingernägel fast bis aufs Blut in den muskulösen Rücken ihres Partners krallte und auf den funkensprühenden Wogen des Geigensolos davonflog.

Das Bad war rund und geräumig und verfügte über einen Whirlpool. Anton trug seine Dame auf den Armen dorthin, verteilte verschwenderisch alle möglichen wohlriechenden Substanzen im Wasser und stieg selbst mit hinein.

»Weißt du, mein Junge, ich glaube, ich bleibe bis morgen früh bei dir«, sagte Regina und schloß die Augen, »ich muß mich gründlich entspannen.«

»Wirklich? Danke!« Er freute sich aufrichtig.

»Ich habe dir zu danken. Dein Geheimnis ist wirklich viel

wert. Du hast recht, es ist eine unangenehme und gefährliche Information. Sei bitte vorsichtig.«

»Wo denkst du hin! Ich werde schweigen wie ein Grab!«

»Ein treffender Ausdruck«, sagte Regina nachdenklich.

* * *

Die Flamme des Feuerzeugs flackerte und erlosch. Lena versuchte es noch einmal, aber das Gas war zu Ende.

»Guten Abend, Lena Poljanskaja. Zieh dich schnell und leise an«, flüsterte Wassja Slepak.

Lena zog mit zitternden Händen den Pullover, den Nina ihr dagelassen hatte, über ihren eigenen. Der Killer leuchtete sie einen Moment mit der Taschenlampe an.

»Hast du noch irgendwas Warmes?« fragte er.

»Nein.«

»Gut, gehen wir.« Er nahm sie bei der Hand.

Sie stahlen sich aus dem Zimmer und schlichen über den Flur. Im Haus herrschte eine verschlafene, ruhige Stille. Einen Augenblick später betraten sie einen Raum. Lena blickte sich um und erkannte, daß es die Küche war. Die Taschenlampe flammte erneut auf und beleuchtete eine kleine, unauffällige Tür neben einem riesigen Kühlschrank. Hinter der Tür befand sich eine steile Holztreppe.

Sie stiegen hinauf und gelangten auf den Dachboden. Vorsichtig traten sie auf die quietschenden Holzdielen und gingen zum Fenster, bemüht, unterwegs nirgends anzustoßen. Es stand ein Stück weit offen. Dahinter sah man auf ein steil abfallendes Eisendach. Wassja half Lena hoch, sie kroch hinaus und rutschte sofort auf dem vereisten Dach aus. Wassja kletterte hinterher und packte sie gerade noch rechtzeitig am Arm.

»Ich springe jetzt als erster«, flüsterte er ihr ins Ohr, »dann du. Keine Angst, es ist nicht hoch. Ich fange dich auf. Wieso sind deine Haare naß?«

»Ich habe sie mir gewaschen«, flüsterte Lena zurück.

»Das ist schlecht. Du wirst dich erkälten. So, jetzt springe ich. Wenn du dran bist, paß auf, daß du nicht schreist.«

Er glitt fast geräuschlos vom Rand des Daches. Lena kroch langsam hinter ihm her. Sie fürchtete sich davor, nach unten zu sehen. Leicht gesagt, nicht sehr hoch! Fünf Meter waren es bestimmt. Lena kniff die Augen zu und sprang. In Gedanken hatte sie sich schon alle Knochen gebrochen, aber sie landete sicher in den eisenharten Armen des Killers. Ein seltsamer Geruch ging von ihm aus.

»Was riecht da so?« flüsterte Lena.

»Äther. Für die Hunde«, antwortete er und stellte sie vorsichtig in den Schnee.

Im Haus wurde es lebendig. In einem Fenster im Erdgeschoß leuchtete der Schein einer Taschenlampe auf. Wassja packte Lena am Arm und zog sie in die andere Richtung. Es war nicht leicht, durch den tiefen Schnee zu laufen, immer im Zickzack um die dicken Stämme der Tannen und Birken herum.

Das Haus war von einer mindestens zwei Meter hohen Betonmauer umgeben, die vom Fenster aus durch die Bäume verdeckt war. Unmittelbar an der Mauer lag etwas Dunkles im Schnee. Wassja beugte sich über den dunklen Haufen, und Lena erkannte, daß es ein Toter war. Wassja zog ihm die kurze Lammfelljacke aus und nahm ihm den Schal ab.

»Zieh das an«, sagte er und half Lena in die Jacke. »Schnell! Den Schal auf den Kopf!«

Lena, der vor Schreck ganz kalt geworden war, zog gehorsam den Reißverschluß zu und warf sich den breiten Strickschal des Toten über den Kopf. Der Schal roch nach Tabak und Rasierwasser. Wassja zog sie am Arm, sie rannten an der Mauer entlang. An einer Stelle befand sich zwischen den Betonsegmenten ein schmaler Spalt, aus dem die dicken Stangen des Stahlgerippes ragten.

»Ich gehe zuerst, du kommst nach, paß auf, daß du nicht hängenbleibst, oben ist Stacheldraht.«

»Steht er unter Strom?« fragte Lena.

»Jetzt nicht mehr.« Gewandt wie eine Katze kletterte er auf die zwei Meter hohe Mauer und verschwand. Lena packte eine Stange und zog sich hoch. Nicht einmal als Kind war sie über Mauern geklettert. Ihr Fuß suchte nach einem Halt und rutschte über den Beton.

Vom Haus her wurden Stimmen und Getrappel laut.

»Halt, verdammt noch mal!« Das war ganz nahe. »Halt, oder ich schieße!« Sofort krachten mehrere Schüsse.

Lena flog über die Mauer wie ein Vogel. Der Killer fing sie auf. Sie liefen im hellen Mondlicht in die Taiga, versanken im tiefen Schnee, stolperten über Baumwurzeln. Nur mit Mühe kamen sie voran. Hinter ihnen schoß man ununterbrochen, nicht mehr vom Haus, sondern bereits von der Mauer aus. Zu den Pistolenschüssen gesellte sich das Knattern von Maschinengewehren.

Im Laufen zog Wassja ein kleines automatisches Gewehr mit kurzem Lauf aus der Brusttasche, sah sich um und feuerte eine Salve ab. Die Schüsse hinter ihnen verstummten für einen Augenblick. Dann ratterten sie erneut los.

»Hinlegen!« kommandierte Wassja.

Lena ließ sich in den Schnee fallen. Sie sah nichts mehr, hörte nur noch vereinzelte Schüsse, Maschinengewehrsalven und das Fluchen ihrer Verfolger. Jemand lief mit schweren Schritten durch den tiefen Schnee. Wassja feuerte verteidigend um sich. Lena begriff plötzlich, daß er die Banditen mit seinem Maschinengewehr der Reihe nach niedermähte, einen nach dem anderen. Sie wußte nicht, wie lange es dauerte. Ihr schien, als sei es eine Ewigkeit. Der Schnee war kalt, sie begann zu zittern. Die Haarsträhnen, die unter dem Schal herausgerutscht waren, gefroren und verwandelten sich in Eiszapfen.

Endlich wurde es still. Sie hob den Kopf und blickte sich

um. Wassja saß im Schnee und hielt sich mit der linken Hand seine rechte Schulter.

»Das war's«, sagte er, »gehen wir.«

»Was hast du?« fragte sie.

»Ein Steckschuß, nichts Schlimmes. Schüttel den Schnee ab.« Er stand auf. »Wir müssen weg, so weit wie möglich.«

Jetzt rannten sie nicht mehr. Durch die Taiga zu rennen ist unmöglich, selbst wenn man eine Schneise findet. Es gibt keinen festen Boden unter den Füßen, überall lauert der Sumpf. Im Winter ist das nicht schlimm, aber mit Frühlingsbeginn wird das Eis dünn und brüchig, und der Sumpf der Taiga zieht einen blitzschnell in die Tiefe.

Sie arbeiteten sich vorwärts, stiegen über die Stämme umgestürzter Bäume. Es begann zu dämmern. Lena sah, daß aus Wassjas rechtem Ärmel Blut sickerte.

»Man muß das Blut zum Stillstand bringen. Komm, wir setzen uns auf einen Baumstamm, und ich sehe mir die Wunde mal an.«

»Nein.« Er schüttelte den Kopf. »Wir müssen bis zur Klause.«

»Was für eine Klause?«

»Eine Stelle, wo die Raskolniki gelebt haben, eine alte verlassene Erdhütte.«

»Wer soll denn noch hinter uns her sein? Du hast doch alle erschossen.«

»Nicht alle. Wenn es hell wird, können sie mit dem Hubschrauber starten. Wir müssen noch bis zur Klause, die sieht man von oben nicht.«

»Ist es noch weit bis zu deiner Klause?«

»Mindestens zwei Stunden.«

»Tut dir die Schulter weh?« fragte Lena.

»Red nicht«, erwiderte er, »spar deine Kräfte.«

Die Kräfte hatten sie schon fast verlassen. Ihre Füße rutschten auf den vereisten Baumstämmen ab. Sie fror, und vor Schwäche war ihr schwindlig. Sie gingen schon drei

Stunden ohne Rast oder Unterbrechung. Der Killer schritt trotz seiner verletzten Schulter leicht und rasch aus. Seine kleine, untersetzte Gestalt sprang von Baumstamm zu Baumstamm. Er ging durch die Taiga, als sei unter seinen Füßen glatter, sauberer Asphalt. Lena dagegen hielt sich kaum noch auf den Beinen. Einmal strauchelte sie und trat daneben, und sofort versanken ihre Beine tief im Schnee, unter den Sohlen knirschte es verräterisch. Wassja sprang sofort zu ihr, zog sie heraus, stellte sie auf einen breiten Birkenstamm und sagte finster:

»Kannst du nicht besser aufpassen?«

»Danke. Entschuldige bitte«, flüsterte Lena.

Den ganzen langen, qualvollen Weg über sprachen sie kein einziges Wort mehr.

Kapitel 39

»Regina, wir müssen miteinander reden«, flüsterte Wenja Wolkow. Er saß im Probensaal und schaute zu, wie der x-te Knabe über die Bühne hüpfte. Das hübsche karamellfarbene Gesicht des Jungen war vor Anstrengung rot angelaufen, die schwache Falsettstimme trug den üblichen Schwachsinn vor.

Regina war nicht in der Nähe. Sie war irgendwohin verschwunden, hatte nicht auf der Datscha übernachtet und war auch nicht in der Moskauer Wohnung gewesen. Um so besser, dachte er, endlich hat sie begriffen.

»Wir müssen miteinander reden«, flüsterte er noch einmal, bemüht, sich an diesen banalen Satz aus unzähligen Filmen und Büchern zu gewöhnen.

Er hatte ihn gestern abend sagen wollen, aber Regina war nicht gekommen, und er hatte erleichtert aufgeatmet. Wahrscheinlich war es auch besser, noch etwas zu warten. Dieses letzte Projekt mußte noch in Gang gesetzt werden, vorher durfte er nicht gehen.

Erst vor einem Monat war ihm die Idee gekommen: ein romantisches Duo, ein Mädchen und ein Junge. Nicht älter als achtzehn durften sie sein, und aussehen mußten sie noch wie halbe Kinder. Aber nicht wie die von heute, die auf Rollschuhen umherflitzten, mit bunten Feudeln auf ihren unvernünftigen Köpfen. Rührende, verliebte Kinder mußten es sein, zeitlos, ohne jeden Anflug von Vulgarität und Zynismus, unverdorben vom Unterweltmilieu. Romeo und Julia vom Ende des zwanzigsten Jahrhunderts. Ihm schwebte sogar eine Rockoper in der Art der »Westside Story« vor. Am wichtigsten aber war es, die richtigen Gesichter ausfindig zu machen.

Das Mädchen hatte er schon gefunden. In einer Schauspielschule hatte er eine gertenschlanke Anfängerin ausgesucht. Sie hatte üppiges, taillenlanges aschblondes Haar und riesige schwarze Augen in einem zarten, fast durchsichtigen Gesicht. Ohne Make-up sah sie aus wie fünfzehn. Sie hieß Juliana, konnte sich sehr gut bewegen, und auch die Stimme war gar nicht übel.

Die Suche nach dem Jungen war schwieriger. Heute wollte er endlich eine Entscheidung treffen. Dieser hier, der karamelhäutige, war an diesem Tag schon Nummer Sieben.

Als der nächste in den Saal kam, seufzte Wenja erleichtert auf. Dunkelbraune Locken, eine runde Brille, große tiefblaue Augen. Der Junge hatte die Bühne noch nicht betreten und den Mund noch nicht aufgemacht, da wußte Wenja schon: Der war's, der Idealtyp war gefunden.

»Wo ist Juliana?« Er blickte sich um.

»Hier bin ich, Wenjamin Borissowitsch!« erklang eine zarte Stimme hinter ihm.

Die ganze Zeit hatte das Mädchen im Saal gesessen. Er hatte sie völlig vergessen.

»Rasch, auf die Bühne. Stellt euch nebeneinander.«

Da war es, sein letztes Projekt. Romeo und Julia. Ein halbes Jahr würde es dauern, sie aufzubauen. Dann wäre er schon nicht mehr hier. Wenn Regina seine Hilfe brauchte, würde er kommen. Die ersten beiden Videoclips wollte er noch selber machen und das Repertoire für das erste halbe Jahr zusammenstellen. Auch den Komponisten und den Librettisten für die Rockoper würde er wohl noch auswählen.

»Regina, wir müssen miteinander reden«, flüsterte er zum dritten Mal.

»Haben Sie etwas gesagt, Wenjamin Borissowitsch?« fragte das Mädchen Juliana von der Bühne.

»Nein. Nichts. Kennt ihr beide irgendeine schöne Romanze?«

»Ich glaube, sie nehmen dich«, hörte er das Mädchen laut flüstern. Eine Minute später sangen die beiden im Duett:

»Frühling, geh nicht fort von mir,
Hoffnung, laß mich nicht im Stich.«

Der Junge hatte eine recht gute Stimme, tief und voll. Auch sein musikalisches Gehör war in Ordnung. Wenja schloß die Augen und lehnte sich müde im Sessel zurück. Der Text und die Melodie weckten kein Fieber, kein Zittern mehr bei ihm. Es war einfach angenehm, diese schöne Romanze zu hören.

Er beschloß, den schwierigen, banalen Satz heute abend nicht zu Regina zu sagen. Es war besser, noch zu warten. Er wußte, Regina würde ihm ruhig und aufmerksam zuhören und keine Szene machen. Sie würde seine Entscheidung verständnisvoll, ja sogar mitfühlend aufnehmen.

»Nun gut«, würde sie sagen, »wenn du es so willst, wenn es dir dabei besser geht, bin ich einverstanden.«

Und dann würde sie Lena umbringen.

Ja, dachte er, sie wird Mittel und Wege finden. Ein drittes Mal mißlingt es ihr nicht. Vielleicht geschieht irgend etwas Unerwartetes, zum Beispiel eine Explosion an Bord des Flugzeuges Tjumen – Moskau, das Flugzeug stürzt ab, und niemand ist schuld. Nein, Lena muß erst herkommen und mit ihrem Mann sprechen.

Daran, daß Lena auf seinen Vorschlag eingehen würde, zweifelte Wenja keine Sekunde. Sie war sein Glück, seine Jugend. Sie gehörte ihm, nur ihm allein.

Dieser ganze lange, schreckliche Abschnitt seines Lebens, seine sogenannte Jugend, verdichtete sich in seiner Erinnerung auf die wenigen glücklichen Tage im Juni 1982. Nur diese eine lebendige, klare Liebe zählte, mochte sie auch unerwidert geblieben sein. Jetzt würde sie zu ihm zurückkehren. Sie war ja schon zurückgekehrt. Lena Poljanskaja liebte ihn. Sie würden zusammenbleiben und sich nie wieder trennen. Er war gesund. Er hatte niemanden getötet.

»Dauert an, ihr goldnen Tage«, sangen der Junge und das Mädchen auf der Bühne selbstvergessen.

* * *

»Wir sind da«, sagte der Killer heiser und fiel in den Schnee.

Lena blickte sich um. Eine Klause war nirgends zu sehen, nur ein niedriger, verschneiter Hügel. Wassja lag mit geschlossenen Augen im Schnee. Die Morgensonne stach ihm ins Gesicht. Lena setzte sich auf einen umgestürzten Stamm, ihr war schwindlig.

Das letzte Stück Weg war sie beinahe leicht gegangen, als wären neue Kräfte in ihr erwacht. Ihr schien, als sei sie gar nicht müde, als könne sie immer weiter und weiter gehen. Erst jetzt, als sie haltgemacht hatte, merkte sie, daß sie völlig erschöpft war.

Wassja blieb nur etwa zehn Minuten im Schnee liegen. Diese kurze Zeit genügte ihm, um sich vollkommen zu entspannen, jeder Körperzelle Erholung zu geben. Nicht einmal die Schmerzen in der verletzten Schulter störten ihn. Lena schloß ebenfalls die Augen, lehnte sich an den Stamm und fiel augenblicklich in einen tiefen Schlaf, der einer Ohnmacht ähnelte.

Er weckte sie nicht. Er wählte einen geeigneten Birkenast aus und ging daran, den Zugang zur Erdhütte freizuschaufeln. In weniger als einer halben Stunde hatte er es geschafft. Sein rechter Arm wollte ihm nicht richtig gehorchen, aber dafür war der linke völlig in Ordnung.

Nachdem der Eingang freigelegt war, sammelte Wassja Tannenzweige und polsterte den Boden der Hütte mit mehreren Schichten von Reisern aus. Erst dann weckte er Lena.

Sie öffnete die Augen und wußte im ersten Moment nicht, wo sie sich befand. Nach dem kurzen Schlaf ging es ihr etwas besser, aber ihr Körper schmerzte und verlangte nach mehr Erholung.

»Solange kein Hubschrauber in Sicht ist«, sagte der Killer, »mußt du dir ansehen, was mit meiner Schulter ist. Wir setzen uns an den Eingang der Hütte, und sobald wir den Hubschrauber hören, verstecken wir uns.«

»Gut«, Lena nickte und dachte: Und wenn ein anderer Hubschrauber kommt? Nicht der der Banditen?

Aber laut sagte sie nichts.

Aus den unzähligen Taschen seiner Lederjacke holte Wassja eine kleine, flache Feldflasche, ein Finnenmesser in einer dicken Lederscheide und eine Tafel Schokolade. Sorgfältig entfernte er die Folie und brach vier Stücke ab. Zwei reichte er Lena, zwei steckte er sich selbst in den Mund.

»Iß langsam. Das ist alles, was wir für die nächsten vierundzwanzig Stunden haben«, sagte er. »Später werde ich versuchen, Wasser zu kochen.«

Unter seiner Jacke trug der Killer einen dicken Pullover, darüber einen Waffengurt, in dem unter der linken Achsel eine kleine Maschinenpistole steckte. Unter dem Pullover trug er ein blauweiß gestreiftes Matrosenhemd. Das blutverschmierte Loch an der rechten Schulter sah auf diesem Hemd besonders gräßlich aus. Lena wunderte sich, wie leicht er den verletzten Arm bewegte, als er Pullover und Hemd über den Kopf zog.

»Ist dir nicht kalt?« fragte sie, als er sich bis zum Gürtel ausgezogen hatte.

»Guck dir die Schulter an«, war seine Antwort.

»Ich bin kein Arzt«, sagte Lena warnend, während sie die blutende Wunde inspizierte.

»Ich weiß. Aber einen Arzt gibt es hier nicht. Nimm etwas Schnee, und versuch, das Blut abzureiben.«

»Was hast du in der Flasche?«

»Spiritus.«

»Wozu dann mit Schnee? Das könnte eine Infektion geben.«

»Es ist nicht viel Spiritus. Ich brauche ihn noch. Der Schnee hier ist sauber, fast steril. Tu, was ich dir sage.«

Lena kratzte eine Handvoll weichen Schnee unter der harten Eiskruste hervor und begann vorsichtig, das Blut um die Wunde herum abzureiben. Der Killer hielt still und verzog keine Miene.

»Es blutet nicht stark, fast gar nicht mehr. Ich glaube, ich fühle, wo die Kugel sitzt«, sagte Lena. »Hast du so etwas wie ein Taschentuch? Ich muß die Wunde verbinden.«

»Nein, ich habe kein Taschentuch. Einen Verband kannst du nachher machen, nicht jetzt. Jetzt schneidest du die Wunde auf und holst die Kugel raus.«

Lena untersuchte die Wunde genauer. Die Kugel saß direkt unter der Haut, ein Arzt hätte sie vermutlich in ein paar Minuten herausgeholt, selbst unter diesen Bedingungen. Aber Lena hatte, abgesehen von Holzsplittern, noch nie etwas aus der Haut eines Menschen entfernt. Doch sie begriff, daß Wassja recht hatte, die Kugel mußte heraus. Sonst konnte es eine Entzündung oder noch Schlimmeres geben.

»Du brauchst keine Angst zu haben«, sagte er freundlich, »ich kenne die menschliche Anatomie ganz gut. In diesem

Bereich gibt es keine wichtigen Arterien. Ich spüre, daß sie dicht unter der Haut sitzt. Außer dir kann es niemand machen. Und es muß gemacht werden.«

In den Taschen der fremden Lammfelljacke fand Lena nur eine Schachtel Zigaretten und ein Feuerzeug. Sie zog den Reißverschluß auf und tastete die Innentasche ab. Dort lagen fünfhundert Dollar. Sonst nichts. Was sie brauchte, war ein sauberes Taschentuch. Sie zog die Jacke aus, zerrte ihr langes T-Shirt aus den Jeans und schnitt mit dem Finnenmesser rundherum einen etwa dreißig Zentimeter langen Streifen vom unteren Ende ab. Diesen Streifen schnitt sie in mehrere kleine Stücke. Mit dem Spiritus rieb sie sorgfältig ihre Hände, die Messerklinge und die Wundränder ab. Sie holte tief Luft, blickte zum klaren Morgenhimmel auf und bekreuzigte sich. Dann spannte sie die Haut rings um die Wunde und machte mit rascher Bewegung einen präzisen Schnitt.

»Gut gemacht«, lobte der Killer sie. »Kannst du sie sehen?«

»Ja.«

Lena sah ein dunkles Metallstückchen. Die Kugel war klein und sehr glitschig. Sie bemühte sich, nicht an den Schmerz zu denken, den sie Wassja Slepak jetzt zufügen mußte. Ihre Finger waren schmal und geschickt, aber zum erstenmal im Leben bedauerte sie es, keine langen Nägel zu haben. Dann wäre es sehr viel leichter gewesen, die Kugel zu fassen.

Schließlich hatte sie es geschafft und reichte Wassja das kleine, längliche Stückchen Blei.

»Das kannst du wegwerfen«, sagte er.

Sie tränkte noch einen Fetzen Stoff mit Spiritus, rieb damit die Wunde gründlich aus und machte mit dem übriggebliebenen langen Stoffstreifen einen festen Verband um die Schulter.

»Sag mal, Lena Poljanskaja, warum bist du nicht Ärztin

geworden?« fragte der Killer, als er sich vorsichtig das Matrosenhemd überzog.

»Ich frage dich auch nicht, Wassja Slepak, warum du keine Gedichte mehr schreibst, sondern unter die Killer gegangen bist«, erwiderte sie mit einem schwachen Lächeln. »Gib mir lieber noch ein Stück Schokolade.«

»Hier.« Er brach zwei Stücke ab und gab ihr beide. »Du hast sie dir verdient. Iß Schnee dazu. Aber schluck sie nicht sofort runter, sondern laß sie im Munde zergehen. Das schmeckt dann so ähnlich wie kalter Kakao.«

»Ein tolles Frühstück.« Lena nahm sich eine Zigarette und reichte Wassja die Schachtel, aber der schüttelte den Kopf:

»Ich rauche nicht. Und jetzt sag mir, wer meinen Vater umgebracht hat.«

Er sagte das so einfach und alltäglich, daß Lena zusammenzuckte.

»Die Gradskaja«, erwiderte sie leise nach einer langen Pause, »deinen Vater hat die Gradskaja auf dem Gewissen. Die Mädchen hat Wolkow ermordet.«

Das Gesicht des Killers versteinerte. Seine Augen wurden ganz weiß. Lena wandte sich ab, sie konnte den Anblick nicht ertragen.

»Und nun alles ausführlich«, sagte er, »jede Einzelheit, von Anfang an.«

Da hörte man in der Ferne das Knattern eines Hubschraubers.

»Rasch in die Klause«, kommandierte der Killer.

Wenige Sekunden später saßen sie in völliger Finsternis auf den weichen Tannenzweigen. Der Hubschrauber kam immer näher.

Und wenn das nun gar keine Banditen sind? dachte Lena. Wenn es Serjosha ist?

»Ich höre«, flüsterte der Killer.

Lena erzählte ihm alles, von Anfang an. Sie sprach lange,

und der Hubschrauber kreiste die ganze Zeit über ihnen. Mal entfernte sich das Geräusch etwas, dann kam es wieder näher. Jedesmal, wenn der Hubschrauber ganz nahe war, verstummte Lena und lauschte. Aber der Killer drängte sie:

»Weiter!«

Als sie ihren Bericht beendet hatte, steckte sie sich eine Zigarette an und fragte leise:

»Wie hast du mich gefunden und wozu?«

»Ein Auftrag der Gradskaja«, antwortete er nach langem Schweigen.

»Du hast den Auftrag angenommen?«

»Hätte ich ihn abgelehnt, hätte sie einen anderen engagiert. Oder es noch einmal selber versucht.«

»Warum hat sie sich nicht gleich an dich gewandt?«

»Ich töte keine Frauen mit kleinen Kindern. In Moskau war dein Kind bei dir, hier bist du allein.«

»Wenn sie glaubte, daß du mich umbringen wirst, wieso hat sie dann auch noch die Banditen auf mich gehetzt?«

»Um sich abzusichern. Mit mir Verbindung zu halten ist schwierig, außerdem nehme ich kein Geld im voraus und gebe keine Garantien.«

»Hast du Mitja getötet?« fragte Lena kaum hörbar.

»Ja.«

»Und der Mord an mir sollte auch ein vorgetäuschter Selbstmord sein?«

»Nein, bei dir nicht.«

»Wie hast du es getan bei Mitja?«

»So wie der Auftrag lautete. Ich bin durchs Fenster gestiegen, habe ihm einen Schlag versetzt, ihm eine große Dosis Morphium in die Hand gespritzt, ihn aus dem Bett gezogen, und was weiter war, weißt du ja selber.«

Er sagte das so ruhig und selbstverständlich, als teile er ihr ein Kochrezept mit.

»Nur einen Fehler hast du gemacht« bemerkte Lena nachdenklich. »Du hast ihm das Morphium in die rechte Hand gespritzt. Aber Mitja war kein Linkshänder.«

»Ich habe in die Hand gespritzt, die aus dem Bett hing, das war am bequemsten. Ob das die rechte oder die linke Hand war, habe ich nicht beachtet.«

»Und wenn seine Frau aufgewacht wäre?«

»Die Frau sollte ich nicht umbringen. Sie stand aber sowieso unter Drogen, außerdem bin ich sehr leise vorgegangen.«

Der Hubschrauber war längst davongeflogen. Es war still geworden. Wassja sah nach draußen.

»Ich mache jetzt ein Lagerfeuer«, sagte er, »du kannst mir helfen, Reisig zu sammeln. Aber nimm keine Tannenzweige, die qualmen fürchterlich.«

Von einer jungen Birke schnitt er ein gerades Stück Rinde ab und rollte es zu einem Kegel, den er geschickt mit einem dünnen, biegsamen Zweig zusammensteckte. Lena saß am Feuer und beobachtete, wie er einen Kessel aus Birkenrinde anfertigte.

»Willst du darin Wasser kochen?« fragte sie.

»Worin sonst?«

Den Birkenrindenkessel füllte er mit Schnee und befestigte ihn über dem Feuer zwischen zwei Astgabeln. Der Schnee schmolz, er füllte mehr nach. Nach einer halben Stunde war der Kessel bis zum Rand mit Schmelzwasser gefüllt, und das Wasser begann rasch zu kochen.

»Warum ist er nicht verbrannt?« fragte Lena erstaunt.

»Ich weiß nicht.« Er zuckte die Schultern. »Die Chanten haben mir das beigebracht.«

Vorsichtig nahm er den Kessel vom Feuer und reichte ihn Lena.

»Verbrüh dich nicht.«

Abwechselnd schlürften sie von dem heißen Wasser und reichten sich gegenseitig den Kessel.

»Hat Mitja dir nicht leid getan?« fragte Lena vorsichtig. »Du hast ihn doch sicher erkannt.«

»Ja«, der Killer nickte, »ich habe ihn erkannt. Aber das ist meine Arbeit.«

»Warum hast du mit mir Mitleid gehabt?« Lena unterdrückte das Zittern in ihrer Stimme und sprach langsam und leise, fast flüsternd.

»Weil du früher einmal Mitleid mit mir gehabt hast.«

Kapitel 40

Wenja wachte sehr früh auf. Draußen war es noch dunkel. Er wußte, daß der einzige Linienflug aus Tjumen um neun Uhr fünfzehn ankam. Nach Domodedowo zu jagen, nur um danebenzustehen und zuzusehen, wie Lena in die Flughafenhalle kam, wie ihr Mann sie begrüßte und umarmte, war absurd. Aber er konnte sich nicht beherrschen. Zu gern wollte er sie wiedersehen, die zehn Tage hatten sich wie eine Ewigkeit in die Länge gezogen.

Er würde natürlich nicht zu ihr gehen. Er wollte sie nur anschauen. Abends würde er sie dann anrufen und bitten, mit ihrem Mann zu sprechen. Es wäre schön, wenn sie sich gleich morgen treffen könnten. Aber drängen würde er sie nicht.

Regina schlief in ihrem Arbeitszimmer. Er wollte an der verschlossenen Tür vorbeischleichen, aber sie kam sofort heraus, bekleidet mit einem kurzen Nachthemd.

»Was treibt dich in solcher Herrgottsfrühe aus dem Bett?« fragte sie gähnend.

»Geschäfte«, erwiderte er und ging ins Bad.

Nach dem Duschen fühlte er sich munter und frisch. Sein Gesicht strahlte. Als er im Flur die Schuhe anzog, tauchte Regina erneut auf. In der Hand hielt sie seine Lieblingstasse, in der heißer Kaffee mit Sahne dampfte.

»Zum Frühstück wird die Zeit nicht mehr reichen«, sagte sie, »aber trink wenigstens einen Schluck Kaffee.«

»Danke.« Er nahm ihr die Tasse aus der Hand.

Wirklich, ein heißer Kaffee konnte jetzt nicht schaden. Regina bereitete ihn so zu, wie er ihn liebte – sehr stark und süß, mit einer großen Portion fetter Sahne. Heute kam er ihm besonders lecker vor. Wenja trank die ganze Tasse aus, gab Regina einen Kuß auf die Wange, schnappte sich die Schlüssel seines alten Mercedes und verließ das Haus.

Regina blieb noch eine Weile stehen und wartete, bis das Motorengeräusch sich entfernt hatte. Dann ging sie in die Küche und wusch die Tasse sehr sorgfältig mit Soda und Chlorkalk aus.

Es war ein sonniger Morgen. Er lenkte seinen treuen alten Wagen durch den Verkehr und überlegte, wie er am besten nach Domodedowo fuhr. Unterwegs kam er an einem kleinen Blumenmarkt vorbei. Er hielt an und kaufte einen Strauß großer Teerosen. Natürlich würde er sie Lena gar nicht geben können. Aber trotzdem – die Blumen waren für sie.

Als er an der Ampel stand, schob er eine Kassette in den Recorder, das alte Beatles-Album »Help!«.

»Help! I need somebody!« Er sang die erste Strophe mit, obwohl er die englischen Worte kaum verstand. Aber seit frühester Jugend kannte er alle Lieder dieses Albums auswendig.

Die Ampel sprang auf Gelb. Er spürte ein seltsames, unangenehmes Stechen im ganzen Körper. Gleich darauf erfüllte ein scharfer, brennender Schmerz seine Brust.

Sieben Mädchen sahen ihn von weither durch einen heißen, blutigen Nebel an. Ihre Blicke waren ernst und traurig. Eine hieß Tanja Kostyljowa, ihr langer, nasser Zopf hing ihr über die nackte Schulter. Die übrigen sechs blieben namenlos. Er wollte ihre Namen auch gar nicht wissen.

Hinter ihm hupten die Autos. Die Ampel zeigte längst

Grün. Er hörte nichts. Der Schmerz schwoll an, wurde unerträglich. Seine rechte Hand tastete verzweifelt über das Armaturenbrett. Seine Augen sahen nichts mehr außer blutigem Nebel und sieben jungen Mädchengesichtern.

Er fiel mit der Stirn auf das Lenkrad. Der alte Mercedes begann verzweifelt zu hupen, heulte auf wie ein treuer Hund, der seinen geliebten Herrn verloren hat, verstummte dann aber sofort. Der Kopf Wenjas rutschte zur Seite.

»He, Kumpel, was ist los?« Der Fahrer des Lastwagens schaute in das halbgeöffnete Fenster des schwarzen Mercedes, der ihm den Weg versperrte. Er hatte als erster die Geduld verloren und war ausgestiegen, um dem Trottel, der den Verkehr aufhielt, kräftig die Meinung zu sagen. Im Auto lief leise das Lied »Yesterday«. Auf dem Beifahrersitz lag ein Strauß großer Teerosen. Der Mann am Steuer war tot.

»Yesterday all my troubles seemed so far away«, sang das legendäre Quartett aus Liverpool.

* * *

Als das Telefon klingelte, sah Regina auf die Uhr.

»Regina Valentinowna Gradskaja?«

»Ja, ich höre.«

»Ihr Mann, Wenjamin Borissowitsch Wolkow ...«

»Wohin soll ich kommen?« fragte sie heiser, als sie die tragische Nachricht gehört hatte.

»Ins Botkin-Krankenhaus, in die Leichenhalle.«

»Gut. In einer Stunde bin ich da.« Die eigene Stimme kam ihr wie tot vor.

Sie legte den Hörer auf, zündete sich eine Zigarette an und merkte mit Erstaunen, daß ihre Hände zitterten.

»Wenja, Wenetschka«, flüsterte sie tonlos, »ich hatte keine Wahl. Es war die einzige Möglichkeit, den Konzern zu retten. Locke hätte uns sonst im Handumdrehen geschluckt. Meinst du, es wäre mir leicht gefallen, Gift in deinen Kaffee zu tun? Jetzt bist du tot. Und niemand kann irgend etwas beweisen, niemand – niemals.«

* * *

Nach der Rast gingen sie wieder durch die Taiga. Lena kam plötzlich der Gedanke, daß Wassja selber nicht mehr wußte, wohin sie gingen. Sie hatten sich verirrt. Wie lange konnten sie noch so gehen, ohne zu essen? Von der Schokolade war nur noch ein kleines Stück übrig. Es wurde dunkel, der Himmel bezog sich mit Wolken. Wenn der Mond nicht schien, würde es bald völlig finster sein.

In ihren Ohren summte es. Lena spürte den eigenen Körper nicht mehr, er war leicht, gleichsam gewichtlos geworden. Die Dunkelheit verdichtete sich immer mehr. In den hohen Wipfeln der Tannen rauschte der Wind. Feiner Eisstaub wehte ihr ins Gesicht. Ein Schneesturm kam auf. Lena schien es, als fliege sie zusammen mit dem nadelfeinen Schneegestöber fort. Das Sausen in den Ohren wurde lauter, in der Kehle würgte es sie. Die schwarzen Baumstämme begannen sich vor ihren Augen zu drehen, der schwarze Schnee, die schwere, pulsierende Finsternis verschlang alles ringsum.

Lena verlor das Bewußtsein und fiel zu Boden.

* * *

Die Kämpfer der Spezialeinheit kletterten einer nach dem anderen über die zwei Meter hohe Mauer. Die vier Hundehütten waren leer. Im Haus herrschte Totenstille. Die Kämpfer schwärmten in verschiedene Richtungen aus und bezogen Posten. Der Militärhubschrauber schwebte direkt über dem Dach. Zwei Männer ließen sich an einer

Strickleiter hinunter und drangen durch eine Luke in den Dachboden ein.

Bald war klar: Das einstöckige Steinhaus war leer. Keine Menschenseele war mehr hier. Die gründliche Durchsuchung blieb ergebnislos. Nur in einem der Schränke entdeckte Oberst Krotow die dunkelbraune Lederjacke seiner Frau. Die Jacke hing zwischen fremder Oberbekleidung ordentlich auf einem Kleiderbügel, aus dem Ärmel guckte ein karierter Wollschal. In den Taschen fand er ein sauberes Taschentuch, dreißigtausend Rubel in kleinen Scheinen und eine Gästekarte für das Hotel »Tobolsk«.

Auf dem Boden des Schrankes lag zwischen lauter fremden Schuhen Lenas Tasche. Darin befanden sich alle ihre Papiere, Paß und internationaler Presseausweis, eine angebrochene Schachtel Zigaretten, zweihundert Dollar in einem Seitenfach, Kosmetiktäschchen und Haarbürste.

Der Schal duftete noch nach Lenas Parfum. Niemand sah, wie der bleich gewordene Oberst sein Gesicht darin vergrub.

* * *

Lena hörte zuerst ein rhythmisches, langsames Rumpeln, dann spürte sie einen Lichtschein durch ihre fest geschlossenen Lider und einen sonderbaren Geruch, nicht unangenehm, aber fremdartig. Noch bevor sie die Augen öffnete, begriff sie: Irgendwo ganz in der Nähe rattert ein Zug mit vielen schweren Waggons. Wahrscheinlich ein Güterzug. Und es riecht nach verbrannter Kohle, nach dieser besonderen, unverwechselbaren Luft der Eisenbahn.

Es war ziemlich kalt. Sie entdeckte, daß sie auf einem Haufen schwarzgelber Lumpen lag, eine fremde Lammfelljacke trug und mit einer speckigen, zerlumpten Steppjacke zugedeckt war. Als sie sich vorsichtig erhob, wäre sie fast gefallen, konnte sich aber gerade noch auf den Beinen halten und blickte sich um.

An den Holzwänden hingen noch einzelne Fetzen Tapete. Auf dem Fußboden lagen irgendwelche Eisenteile herum, Zeitungsschnipsel, ein zerbrochener Hocker, ein paar leere Konservendosen und Wodkaflaschen. In der Ecke stand ein halbzerfallener Ofen. Durch ein zerbrochenes Fenster fiel warmes Morgenlicht herein. Vom Windzug knirschte und klapperte die Tür.

Das Rattern des Zuges war in der Ferne verstummt.

»Wassja!« rief sie erschrocken.

Aber niemand antwortete. Sie ging nach draußen. Direkt vor ihr lag ein Eisenbahndamm, eine eingleisige Strecke. Zu beiden Seiten war die Taiga. Kein Mensch weit und breit, nur das kleine, verlassene Häuschen des Streckenwärters.

Lena schöpfte eine Handvoll frischen Schnee und rieb sich das Gesicht ab. Vor Hunger zog sich ihr Magen schmerzhaft zusammen. Als sie die Hände in die Taschen steckte, entdeckte sie dort ein kleines Klümpchen Folie. Sie nahm es heraus und faltete es auseinander. Von den vier Schokoladestückchen hatte Wassja sich nur eins abgebrochen. Die anderen drei hatte er ihr gelassen.

Sie erinnerte sich verschwommen daran, wie der Killer sie fast getragen hatte, wie er einmal gesagt hatte:

»Bitte halt noch ein bißchen aus. Nur gut, daß du so dünn und leicht bist.«

Sie wußte nicht, wie lange sie bis zu diesem verlassenen Häuschen gegangen waren, erinnerte sich nicht, wie er sie auf diese Lumpen gelegt und mit der Steppjacke zugedeckt hatte.

Die Schokolade schmolz langsam im Mund. Lena aß etwas Schnee dazu. Ihr wurde leichter, der Schmerz im Magen ließ nach.

Sie trug die Steppjacke nach draußen, legte sie neben die Schienen und setzte sich darauf. Hier war eine Eisenbahnstrecke, hier mußte es auch Züge geben. Einer war ja schon vorbeigefahren. Wenn der nächste kam, würde sie das

Rattern der Räder schon von weitem hören und sich auf die Eisenbahnschwellen stellen. Der Lokführer würde sie sehen und den Zug anhalten.

Durch die dünnen Wolken schimmerte fahl und kalt die Sonnenscheibe. Die Stille der Taiga war ohrenbetäubend. Man konnte hören, wie die Stämme der Bäume knirschten.

Lena wußte nicht, wieviel Zeit vergangen war. Sie hatte sich eng zusammengekauert, ihr wurde immer kälter. Sie fürchtete, den Zug zu verpassen, wenn sie ins Haus zurückkehrte. Die Sonne wanderte langsam gen Westen, aber noch immer war kein Zug gekommen. Sie schloß die Augen. Der Wunsch zu schlafen wurde übermächtig. Sie wußte, sie durfte nicht einschlafen, aber sie konnte nichts dagegen tun. Der Zug wird mich wecken, dachte sie, bestimmt wird er mich wecken.

Aber es kam kein Zug.

* * *

Der Hubschrauber kreiste entmutigt über der Taiga. Oberst Krotow drückte das Gesicht an das Bullauge.

Wenn sie sie weggebracht hätten, dachte er, hätte ihre Jacke nicht mehr dort gehangen. Wenn sie sie schon umgebracht hätten, wären noch mehr Sachen dagewesen, ihre Stiefel zum Beispiel. Vielleicht hat sie fliehen können.

Er spürte, daß wenig Logik in seinen Überlegungen war, daß er sich im Grunde nur selber beschwichtigen wollte.

Angenommen, sie ist geflohen. Wie lange kann das her sein? Einen Tag? Zwei? Mehr jedenfalls nicht. Jetzt ist kein strenger Frost mehr, immerhin ist schon März. Sie hätte zum Bohrturm oder zur Eisenbahn gehen können, dem Geräusch nach. Aber zu den Bohrtürmen gibt es eine Telefonverbindung. Von dort hätte man uns benachrichtigt.

»Es wird bald dunkel«, sagte der Pilot. »Wir müssen umkehren.«

»Noch ein bißchen«, bat der Oberst, ohne sich vom Fenster loszureißen.

Zuerst sah er die Schneise, dann die dünnen Streifen der Schienen. Dann das einsame Häuschen, winzig wie ein Kinderspielzeug.

»Auf dieser Strecke gibt es schon lange keinen Zugverkehr mehr«, sagte der Pilot zu Krotow, »nur manchmal kommen Güterzüge mit Holz aus Towda vorbei.«

»Geh ein bißchen tiefer!« bat der Oberst. Er begriff selber nicht, warum sein Herz plötzlich so laut und schnell zu klopfen begann.

Der Hubschrauber ging hinunter. Aus der geringen Höhe war die kleine dunkle Gestalt im Schnee deutlich sichtbar. Sie lag zusammengerollt direkt neben den Schienen.

Lena fror nicht mehr. Sie wollte nicht aufwachen. Doch der Lärm und der starke, geschmeidige Wind, der die Schöße ihrer kurzen, weiten Lammfelljacke immer wieder hochriß, ließ sie nicht schlafen. Langsam und schwer, mit ungeheurer Mühe, öffnete sie die Augen. Der Wind fegte ihr ins Gesicht, die Augen begannen zu tränen, sie konnte nichts sehen. Noch eine heroische Anstrengung – und sie stützte sich auf den Ellenbogen. Durch den tiefen Schnee kam Serjosha auf sie zugelaufen, mit ihm kamen noch andere Leute. Daneben rotierte der riesige Propeller eines Hubschraubers.

Oberst Krotow nahm seine Frau in die Arme und hob sie hoch. Sie kam ihm ganz leicht, fast gewichtlos vor.

Epilog

»Regina Valentinowna, vielleicht stelle ich Ihnen jetzt eine taktlose und schwer zu beantwortende Frage. Wie haben Sie es geschafft, nach einem solchen Schicksalsschlag sofort wieder an die Arbeit zu gehen?«

Der Fernsehmoderator, ein auf jung getrimmter Playboy mit Bart, blickte Regina aus hellgrauen, leicht zusammengekniffenen Augen an. Sein Gesicht drückte ehrliches Mitgefühl aus.

»Was hätte ich sonst tun sollen?« Regina lächelte traurig. »Der Konzern ›Wenjamin‹ ist mein Leben, mein Kind, wenn Sie so wollen. Unser gemeinsames Kind. Es wäre Verrat, die Projekte, die mein Mann geplant hat, jetzt zu stoppen und nicht zu Ende zu führen.«

»Apropos, Ihr letztes Projekt. Soweit ich weiß, wird es eine Sensation werden, eine Revolution in der Welt der Popmusik.«

Lena schenkte Tee ein. Am Küchentisch saßen Serjosha und Mischa Sitschkin.

Lisa kam hereingerannt und kletterte zu ihrem Papa auf den Schoß.

»Mama, kriege ich auch Tee?« fragte sie. »Für mich mit Zitrone. Kommt bald das ›Sandmännchen‹?«

»Bald, Lisa, bald«, antwortete Lena und holte, ohne den Blick vom Bildschirm abzuwenden, noch eine Tasse.

»Nun, ich will keine großen Worte machen.« Regina lächelte wieder in die Kamera, diesmal ein wenig verlegen. »Wenjamin Borissowitsch hatte einfach eine frische, originelle Idee, wie schon so oft. Mit einem Unterschied – dieses Projekt sollte sein letztes werden. Leider.«

»Das ist ja nicht zum Aushalten!« platzte Mischa heraus, sprang auf und schaltete auf ein anderes Programm.

Dort lief eine lustige alte Komödie.

»Onkel Mischa! Was machst du?« entrüstete sich Lisa. »Jetzt kommt doch das ›Sandmännchen‹!«

»Jetzt noch nicht, mein Spatz.« Lena schnitt eine Zitronenscheibe ab und legte sie in Lisas Teetasse. »Erst in einer Viertelstunde.«

»Ich glaube es einfach nicht! Kann man denn gar nichts tun? Ich kann und will das nicht glauben!« zischte Mischa.

»Nun reg dich nicht wieder auf«, sagte Krotow kopfschüttelnd. »Man kann ihr nichts beweisen, es ist unmöglich! Die Gerichtsmediziner haben nichts unversucht gelassen. Es gibt keine Spuren einer Vergiftung. Akute Herzinsuffizienz.«

»Aber sie hat Wolkow vergiftet«, schrie Mischa empört.

»Natürlich.« Sergej nickte. »Aber sie hat ein Gift verwendet, das keine Spuren hinterläßt, und keine chemische Analyse kann es zum Vorschein bringen.«

»Zum Teufel mit diesen Analysen! Und Nikita Slepak? Mitja und Katja Sinizyn? Der Sänger Asarow? Der explodierte Kinderwagen? Ich wäre imstande – am liebsten würde ich selber einen Killer bezahlen, Ehrenwort! Eigenhändig umbringen könnte ich sie!« Er brüllte fast, so sehr regte er sich auf.

»Onkel Mischa«, sagte Lisa streng, »warum schreist du so? Man darf niemanden umbringen! Hast du verstanden? Und überhaupt, macht endlich das ›Sandmännchen‹ an!«

* * *

Im Süden, an der Schwarzmeerküste, saß im abgedunkelten Wohnraum seiner zweistöckigen Villa der allmächtige

Pate der Taiga und starrte auf den Bildschirm des Fernsehers.

»Hast du mich also doch aufs Kreuz gelegt, Regina«, sagte er nachdenklich, während er mit den Augen das schöne, ebenmäßige Gesicht auf dem Bildschirm verschlang. »Was für ein Weib! Die hat Haare auf den Zähnen. Das Geschäft ist ihr wichtiger als alles andere. Solange sie Wolkow brauchte, hat sie alles für ihn getan. Sobald er ihr hinderlich wurde, hat sie ihn aus dem Weg geräumt, obwohl es ihr eigener Ehemann war. Und wie sauber, wie professionell! Ohne fremde Hilfe. Das hätte ich ihr nicht zugetraut, ich dachte, das war's, da kommt sie nicht mehr raus. Aber sie hat's geschafft, hat mich ausgetrickst. Alle Achtung!«

Die taubstumme Nina trat geräuschlos zu ihm, setzte sich zu seinen Füßen und legte ihren blonden Kopf auf die Knie des Paten.

* * *

Der schwarze Lincoln mit den verspiegelten Scheiben setzte sich geräuschlos in Bewegung und glitt wie ein langes Krokodil von dem bewachten Parkplatz des Fernsehzentrums Ostankino.

»Na, Antoscha, die Live-Sendung ist doch gar nicht schlecht gelaufen.«

Regina lehnte sich in den weichen Sitz zurück und schloß die Augen. Anton Konowalow küßte zärtlich ihre kalte Wange.

»Ja, Liebling, du hast umwerfend ausgesehen. Ich hab dich auf den Monitoren beobachtet. Der Kameramann brauchte gar nicht die Perspektive zu wechseln. Egal, von welcher Seite man dich filmt, du siehst immer schön aus!«

»Das meine ich nicht, mein Kleiner.« Regina runzelte die Stirn.

»Was dann?«

Sie hielt es nicht für nötig zu antworten.

Dem Lincoln folgte beharrlich ein kleiner, schmutziger Lada. Die Scheinwerfer der entgegenkommenden Fahrzeuge rissen hin und wieder das Gesicht des Mannes am Steuer aus der Dunkelheit – ein Gesicht mit tiefen Pockennarben auf den Wangen und seltsam hellen, fast weißen Augen unter den nackten, brauenlosen Stirnknochen.

Der Killer Wassja Slepak schickte sich an, seine übliche Arbeit zu tun, aber nicht auf Bestellung und nicht für Geld. Nur für sich allein.

Nino Filastò

Die Nacht der schwarzen Rosen

Ein Avvocato Scalzi Roman

Aus dem Italienischen
von Barbara Neeb

352 Seiten
Band 1602
ISBN 3-7466-1602-6

Der Florentiner Anwalt Corrado Scalzi wird in das nahe Livorno gerufen. Im Hafenbecken der Stadt wurde die Leiche eines jungen amerikanischen Kunsthistorikers gefunden – ertrunken, so heißt es. James weilte zu Recherchen über die Echtheit einiger Modigliani-Skulpturen in der Geburtsstadt des Künstlers. Aber was hatte der Amerikaner bei seinen Studien noch herausgefunden, das ausreichte, ihn ums Leben zu bringen? Zum dritten Mal wird der bedächtige Scalzi, assistiert von seiner scharfzüngigen Olimpia und seinem abenteuerlichen Freund Guerracci, in eine dunkle Affäre hineingezogen, die sich bald zu einer geld- und drogenschweren Fälscherstory weitet.

»Italien-Bilder voll authentischer ›italianità‹: Filastò beschert uns einen angenehm lesbaren, überdurchschnittlichen Kriminalroman.«

FAZ

AtV
Aufbau Taschenbuch Verlag

Fred Vargas

Bei Einbruch der Nacht

Roman

Aus dem Französischen
von Tobias Scheffel

336 Seiten, Gebunden
ISBN 3-351-02886-5

Die junge Camille, Komponistin für Fernsehserien und passionierte Leserin von Werkzeugkatalogen, lebt mit dem kanadischen Grizzly-Forscher Lawrence einen Sommer lang in den provenzalischen Alpen. Da passiert etwas Ungeheuerliches, das uralten Aberglauben wieder lebendig werden läßt: Ein Wolfsmensch, so sagen die Leute, zieht nach Einbruch der Dunkelheit mordend durch die Dörfer. Die Gendarmerie zeigt sich uninteressiert. So machen sich der halbwüchsige Sohn der getöteten Suzanne und ein alter Schäfer allein an die Verfolgung des Mörders – und die zarte Camille sitzt am Steuer ihres klapprigen Autos.
Als sie nach wenigen Tagen erschöpft aufgeben müssen, entschließt sich Camille schweren Herzens, einen Profi hinzuzuziehen: Kommissar Adamsberg aus Paris, den Mann, den sie einmal geliebt hat.

Aufbau-Verlag

Eliot Pattison

Der fremde Tibeter

Roman

Aus dem Amerikanischen
von Thomas Haufschild

493 Seiten. Gebunden
ISBN 3-352-00564-8

Hunger und härteste Arbeit: In der 404ten Baubrigade, einem Gulag in Tibet, werden buddhistische Mönche, Mörder und politische Abweichler gemeinsam von den chinesischen Machthabern gefangen gehalten. Unter den Häftlingen ist der frühere Polizei-Inspektor Shan, einst »der letzte ehrliche Mann in Peking«. Jetzt muß er klären, wie eine Leiche ohne Kopf ins Lager gekommen ist. Die Suche in einem versteckten Kloster, dem Herz des tibetischen Widerstands, wird zu einer abenteuerlichen Reise in eine mystische Welt.

R&L

Rütten & Loening

Russell Andrews

Anonymus

Thriller

Aus dem Amerikanischen
von Uwe Anton
und Michael Kubiak

450 Seiten. Gebunden
ISBN 3-352-00571-0

Carl Granville, ein junger erfolgloser Autor, bekommt die Chance seines Lebens. Er soll als Ghostwriter für ein hohes Honorar einen Bestseller schreiben. Aus geheimnisvollem Material, wie Tagebuchaufzeichnungen, Briefe, Dokumente, in denen die richtigen Namen und Orte geschwärzt sind, soll Granville ein Buch formen. Fast zu spät bemerkt er, was diese brisante Geschichte mit sich bringt. Ganz viele Menschen um ihn herum und er selber geraten in große Gefahr …

»Ein temporeicher politischer Thriller in der Art von Grishams Die Akte«

Michael Douglas

»Was für eine aufregende Geschichte! Das ist ein Thriller, der richtig mitreißt.«

Susan Isaacs

R & L

Rütten & Loening

Kurt Aust

Das Jüngste Gericht

Roman

Aus dem Norwegischen
von Maike Dörries
und Günther Frauenlob

Mit einer Kartenskizze
411 Seiten. Gebunden
ISBN 3-378-00632-3

Dezember Anno Domini 1699: ein Mord und Prophezeiungen vom bevorstehenden Weltuntergang beunruhigen die Gäste eines Wirtshauses in Jütland. Thomas von Boueberge, Professor aus Kopenhagen und legitimer Nachfahre des William von Baskerville, gelingt es mit seiner unerhörten Kombinationsgabe das Rätsel zu lösen.

»Das Jüngste Gericht« ist mehr als eine spannende Kriminalgeschichte. Zeitgenössische Philosophie und Mathematik, Glaube und Irrglaube werden in diesem wahrhaft gelehrten Roman auf erfrischende Weise vorgeführt, der sich durchaus an Umberto Ecos »Der Name der Rose« messen lassen kann.

Gustav Kiepenheuer Verlag

Vitali Vitaliev
Derek Kartun

Ikonen-Mafia
Thriller

Aus dem Englischen
von Esther Stein

400 Seiten
Band 1691
ISBN 3-7466-1691-3

Pjotr Baranow, Restaurateur, KGB-Spitzel und erfahrener Kunsträuber, hat einen Millionenfund gemacht: Er hat eine dritte, bisher unbekannte Variante der »Heiligen Dreifaltigkeit« von Andrej Rubljow entdeckt, dem berühmtesten aller russischen Ikonenmaler. Bei dem Versuch, sie in die USA zu schmuggeln, erfährt die armenische Mafia in Moskau davon. Erbitterte Bandenkämpfe beginnen.

Das Gemeinschaftswerk eines Engländers und eines Russen gewährt anhand einer raffinierten Kunstraubstory tiefe Einblicke in die dunkelsten Ecken der russischen Gegenwart.

»Von wilder, rasanter Spannung.«

Tagesspiegel

AtV
Aufbau Taschenbuch Verlag